LA HISTORIA TRISTE DE UN HOMBRE JUSTO

LA HISTORIA TRISTE DE UN HOMBRE JUSTO

Ángel González Olmedo

REDKEY BOOKS

LA HISTORIA TRISTE
DE UN HOMBRE JUSTO

Primera edición: febrero 2022

Calle Pere IV, 51, 4º 4ª, 08018 Barcelona
www.redkeybooks.com

Diseño de portada: Andrés Sáez Martínez «Marlock»
Imagen de portada: ArtStation, Satine Zillah
Diseño y maquetación: Claudia Andrade
Cartografía: José Calvo Muñoz
ISBN: 978-84-124798-0-5
Depósito legal: B 16594-2021
Impresión: Qp Print

A mis padres, que dieron sentido a Dragos;
a don Miguel, que le dio la voz; y a Paula,
que fue la primera en conocerlo.

CIUDAD-ESTADO DE ÍSBAR

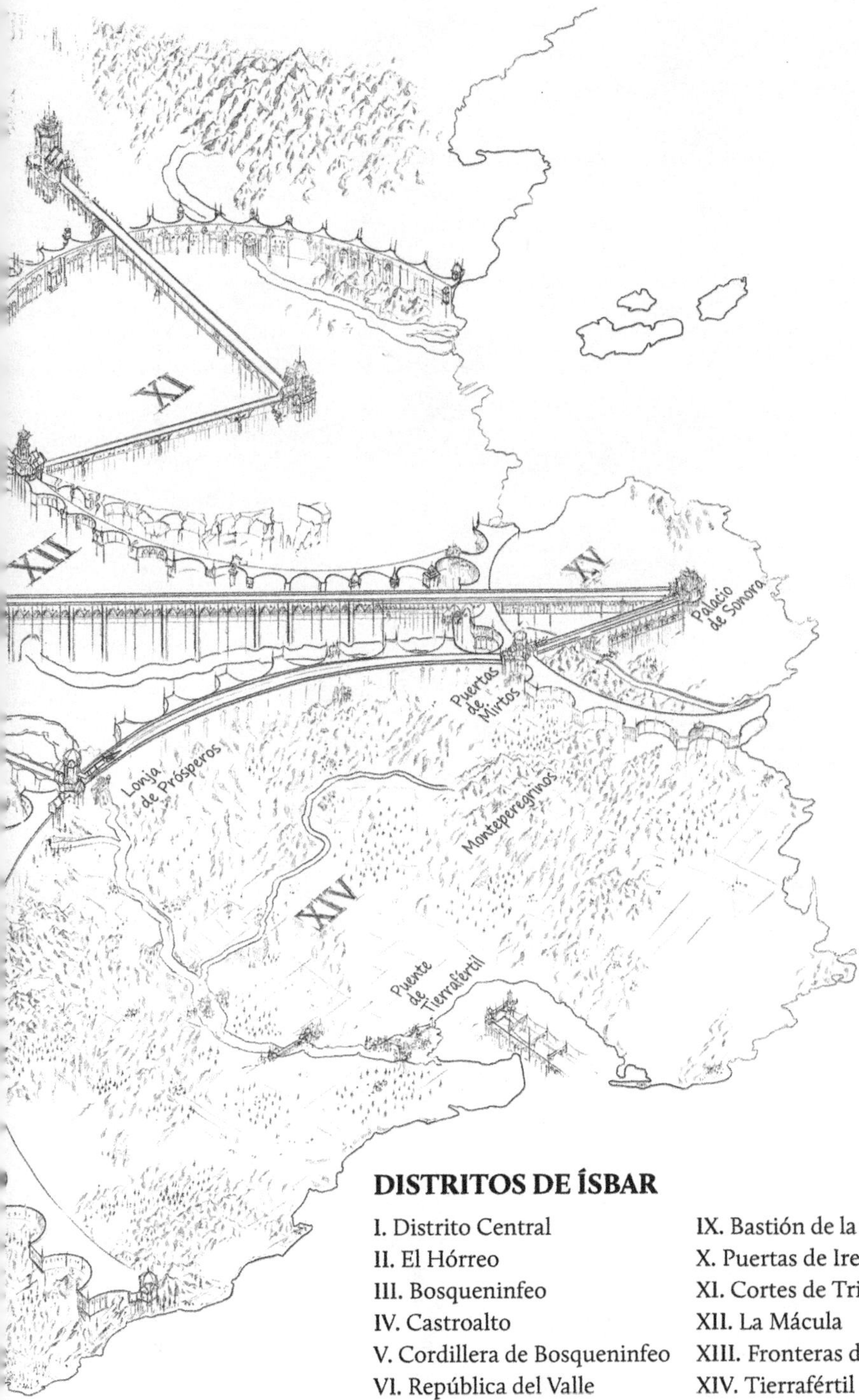

DISTRITOS DE ÍSBAR

I. Distrito Central
II. El Hórreo
III. Bosqueninfeo
IV. Castroalto
V. Cordillera de Bosqueninfeo
VI. República del Valle
VII. Merindades del Norte
VIII. Acequias del Vado
IX. Bastión de la Colina
X. Puertas de Irene
XI. Cortes de Tribunal
XII. La Mácula
XIII. Fronteras del Río
XIV. Tierrafértil
XV. Mirtos de Levante
XVI. El Cerco

PARTE PRIMERA
CORTE Y MUERTE

Capítulo 1

Que habla de la llegada de don Dragos Corneli al Cerco de la ciudad de Ísbar

No existe canción más perfecta que la del terror.

En los oídos de los bardos nos suena diáfana, depurada, virgen. Al menos esa era la melodía terrible que emanaba de aquel hombre maniatado que estaba a punto de ser asesinado.

Los corchetes lo habían interceptado apenas a una milla a nuestras espaldas y lo llevaban cargado como un saco en la grupa de uno de los caballos, a unas diez u once varas por delante de nuestro grupo. La melodía de su terror más absoluto se acrecentó en cuanto asomaron las monstruosas murallas de la ciudad de la que había huido. Unas murallas que emitían otros sonidos, pero perfectamente armónicos a los del miedo.

Hacía once años que no escuchaba esa música: la de la injusticia. Un sonido disonante, insolente. Un concierto hecho para los demonios, para esos pisaverdes que regentaban sus palacios, asentados cómodamente en el poder. Así sonaba el lugar al que nuestros pasos se dirigían. Así sonaba Ísbar. Así sonaba la ciudad-Estado más grande y decadente del mundo.

Sobrecogido el resuello y el alma, encontrando un momento de resolución fugaz que percibí en la pequeña sinfonía de sus emociones veladas, el hombre saltó del animal y corrió hacia nuestra comitiva con el rostro desencajado. Un estruendo terrenal, impertinente y compartido invadió el camino: «¡Clac!, ¡pum!», sonó, y el eco se derramó por las colinas mientras el hombre caía bajo una humareda sanguinolenta.

El disparo del corchete le deshizo la nuca, y las notas de su miedo se apagaron en la cadencia que componía la caída del cuerpo; un réquiem tímido y triste intentó sonar al final, sin fuerzas, como manifestación de su último estertor.

Silencio.

La compañía pasó junto al interfecto, sus ojos mirando al vacío, y yo me paré para observarlo unos momentos. «A veces se gana; otras se pierde...», dijo una voz fría a mis espaldas. Era Elres el Viejo, capataz de la cofradía de mercaderes con la que viajaba.

—Su cobardía le ha traicionado —sentenció, antes de proseguir la marcha.

Pero se equivocaba. Porque la canción que emanaba de aquel hombre se había definido muy clara: había decidido morir; yo era el único que podía descubrir esta certeza, el único con los oídos de un bardo en la compañía. Lo había visto —más bien escuchado— en otras ocasiones: primero una fuga de notas emocionales impulsada por un pensamiento. Elaboradas en el pentagrama de su alma, pude sentir el impromptu de su resolución fatal. Así es como uno se sobrepone a la melodía del miedo, aderezándola con los contrapuntos de una balada valiente, resignada. Después de eso solo cabe esperar el compás final.

Pues como toda música, la de este hombre se apagó para siempre, dejando el testimonio en un cadáver lleno de reminiscencias huecas. Un pentagrama vacío.

Me vi en sus ojos y reconocí la sombra del recuerdo: la desesperación, la huida y los perros ladrando a mis espaldas. Disparos que decidieron desviarse unas pulgadas, en vez de acoplarse en mi cuerpo.

Uno de los galvos que pasaba junto al muerto se llevó el pañuelo a la boca.

—¡Vive Dios! —exclamó.

—Y mueren los hombres —añadí.

Eché a caminar de nuevo, taciturno, como movido por una voluntad invisible; no quería levantar la vista hacia aquello que había impulsado las acciones del inmolado: las monstruosas Puertas de Irene, la entrada norte de Ísbar, encajada entre los dos riscos nevados de la cadena montañosa. Desde que salimos del país de Galvaré, el paisaje había sido parco y frívolo en su visión; en sus sonidos era la invariabilidad más representativa del tedio. Ahora las canciones de alrededor eran diferentes: los galvos emitían ritmos de expectación y sorpresa hacia mí, sonidos cristalinos decorados con segundas notas de admiración por lo que me atrevía a hacer. No era para menos: pocos inquirieron por qué dirigía mis pasos al interior de mi ciudad natal, donde yo era un proscrito repudiado desde hacía algo más de una década. Hay un dicho en Ísbar: «La capacidad de sorpresa muere en la adultez». En lo que a mí se refiere, mi muerte me sobrevino mucho antes de dejar de ser un niño.

No, ni siquiera eso.

Yo nací muerto; porque nací dentro de esos muros, y ahora estaba volviendo a ellos como un fantasma que visitaba su propio cadáver en un nicho. Ísbar era un cementerio donde los muertos eran mayoría entre la sociedad. Porque un hombre no tiene vida sin ilustración, y en Ísbar la ilustración es algo que muy pocas personas tienen la entereza de abrazar deliberadamente, aun cuando la bolsa se lo permita.

Once años pasé en el extranjero desde que marché de ese lugar donde la envidia, la estulticia y la galantería eran las monedas de cambio para la aceptación social y la supervivencia. Antes de esos once años pasaron veinte y tres desde mi advenimiento a este mundo en el que fuera, y posiblemente siga siendo, el barrio más humilde y abandonado del distrito sur de la ciudad: el Puente de Tierrafértil.

No quiero aburrir ahora a vuestras mercedes con los acontecimientos de mi infancia, pero basta con decir que nací dentro de una familia de hijosdalgo que supo inculcarme los preceptos más básicos del tratamiento nobiliario. En resumidas cuentas: una hacienda modesta, unos cuantos reales a la semana, zapatos nuevos cada año, un cocido de olla podrida cada dos días, y lo suficiente para la instrucción con la ropera, que es la espada que todo caballero ha de llevar consigo.

Hasta que me despojaron de ese derecho, junto con mi condición de hijodalgo. Un derecho y una condición que se me devolvían en forma de carta con el sello imperial lacrado.

Con todo, las colosales Puertas de Irene, que vertían sombras gigantescas sobre todo el valle, me cortaban la respiración de forma inclemente, como si reprobaran mi vuelta. ¿Las han visto alguna vez desde fuera? Yo las recuerdo con exactitud cuando cierro los ojos, tapando el paso de la garganta. Sus afilados remaches de hierro negro todavía me apuñalan la mente. Los centinelas parecen vigilarme aún desde las pasarelas de los gigantescos y numerosos vanos de su planicie, como los malos humores de una enfermedad que se resignan a abandonar mis pensamientos. Y al fondo, los cuatro anillos del Tetragrama del Mundo siempre ocupando gran parte de la bóveda celeste, temperando todos estos tonos en escalas menores con brillantes acentos agudos. En aquellos momentos, su música parecía embaucarme de forma maliciosa.

Pero la cofradía de mercaderes galvos no iba a cruzar esos portones dentados, claro —en realidad, pocos son los extranjeros que penetran en Ísbar—. El Cerco, una zona franca amurallada que rodeaba las Puertas de Irene, era lo primero que el viajero hallaba antes de acceder por la entrada del norte, y adonde nos íbamos a hospedar. Un lugar de relativa paz, a la sazón vigilado por la jurisdicción de Ísbar, emitiendo escalas fatuas que me llamaban como un coro eclesiástico llama a los feligreses.

Nada más cruzar las puertas del Cerco, sentí deseos de volverme, aunque la música que tenía a mis espaldas no era más alentadora: la armonía del ambiente se había adulterado con la de los corchetes, que rasgaban acordes tristes y apagados; cargaban el cadáver con la misma indolencia con la que le quitaron la vida. Eran terriblemente asépticos, desapasionados, inhumanos...

Filip, el muchacho preguntón, me tiró de la manga.

—¿Quiénes son esos hombres? ¿Y por qué llevan esas armaduras?

—Corchetes —se me adelantó Elres, su padre—, y no son hombres. Dejaron de serlo, ahora son máquinas.

—No entiendo. —Se rascaba la nariz cada vez que andaba en la confusión—. Si no son hombres, sino máquinas, ¿cómo es que pueden mirar y hablar?

—Son gente sin seso, niño —aclaró el viejo Edmé—; gentes de la carda que perdieron la razón.

Y tanto: hombres sin seso, sin dominio de sí mismos, llamados autómatas de forma desdeñosa. Pero bajo esas monstruosas armaduras que habíamos contemplado hacía unos minutos se encontraban personas provenientes de cárceles o condenadas a muerte —tanto igual diera por leyes civiles que eclesiásticas—; hombres y mujeres que preferían alistarse a las filas del Cuerpo de Corchetes antes de ser llevados ante el verdugo. Aun a precio del tormento que conlleva convertirse en un autómata sin voluntad, doblegado a las órdenes de los oficiales:

una armadura natural incrustada en la misma piel, insensibilizada por la muerte de los nervios; una mente más muerta todavía a causa de la droga que los hace dóciles y que a lo largo de semanas de operaciones traumáticas, les destruye toda noción de lo que una vez fueron en el seno de la sociedad. Pocos han logrado sobrevivir a semejante aberración, pero siempre hubo suficientes. A mi vuelta a Ísbar, se estimaban unos veinte mil corchetes autómatas repartidos por la ciudad, y su función era la de cubrir un puesto de vigilancia, lugares demasiado tediosos para los alguaciles. A veces guardaban las espaldas de los oficiales o los familiares de la Iglesia cuando iban a la caza de algún desdichado. Como intentaron conmigo hace años; como sí lograron aquellos dos corchetes con aquel pobre infeliz.

—¿Y por qué lo han matado? —preguntó otra vez.

Elres me miró de soslayo.

—Porque otros lo ordenan. Punto.

Hacía tanto tiempo que no veía un corchete que me dejó en desazón. El aire se invadió con notas de amargura, como una melodía apagada que pidiera ser escuchada. Los corchetes me trajeron un sinfín de reminiscencias cargadas con tonadillas de melancolía.

—Corneli. —Filip me sacó de mis pensamientos—. ¿Estáis bien?

—Sí... es que nunca te acostumbras a la música de... a la visión de un corchete.

—Son como animales —bufó Elres—. Gentuza que se dedica a hostigar al pueblo. Se supone que deben velar y proteger a los ciudadanos de vuestro país, pero sus cerebros están domados por los pisaverdes que se encierran en sus palacios, escupiendo órdenes desde sus despachos y sus altos salones.

—Son pobres desgraciados.

—¡Perros! —Su voz cortaba—. Perros del Gobierno que son tan tontos como para lamerles las botas a sus amos por un trozo de hueso corrompido, pero demasiado listos para conocerse los vacíos de las leyes y saltárselas a su antojo. —Su fisonomía tornó en una mueca de desdén—. En los veinte y ocho años que llevo visitando el Cerco he visto de todo. Una vez presencié cómo una de esas moles se acercaba a un zagal de no más de nueve o diez años, y le destrozaba media dentadura por correr y salpicar de barro a un alguacil.

—Creo que vuestra merced es demasiado punitivo —sentencié.

—Y vuestra merced es demasiado piadoso; los corchetes conservan una sombra de la vileza que antaño tuvieron.

Edmé sosegó los ánimos:

—Mi señor Dragos, ¿pasará vuestra merced esta noche con nosotros?

—A fe mía. No será hasta mañana, en el crepúsculo, cuando esperen mi llegada al otro lado de las Puertas de Irene.

Me llevé la mano al pecho por pura inercia y me conocí palpando la carta imperial, mi indulto. Sentí alivio al saber que seguía ahí. El aire se espesó de pronto y noté varias miradas clavadas en la factura de mis movimientos, conscientes de mis cavilaciones. Y entre los ojos ávidos de los galvos encontré los de Elres, que asintió circunspecto; la música de sus emociones me revelaba aflicción, probablemente fruto de nuestra fugaz aunque intensa camaradería. Existen relaciones que se afianzan más con el silencio que con las palabras vacuas. Este era uno de esos casos: de todos los galvos de la compañía, Elres fue quien me habló menos con la lengua, y más con la mirada; la serena visión de la edad te hace confiar más en ese tipo de gentes.

Y, a pesar de que había en el ambiente un cántico fúnebre que me incomodaba, confié en Elres hasta en el destino último del viaje: una venta maltrecha y oculta entre callejones torcidos, grotesca en tamaño y forma. El interior no era menos desolador a la vista, que se hallaba rodeado de adobe y metales, con pocas mesas y una basta barra de hierro hendido en un sinfín de sitios. Pero con todo, era un lugar cálido y de agradecer para resguardarse del relente del otoño, pues una estufa de leña nos abrazaba con una maravillosa sensación de calor, sumiéndolo todo en una tenue penumbra. La venta cantaba mustia mientras los armónicos, de entrañable familiaridad, los producía el lenguaje natal de mi tierra, que era hablado por cinco personas que se sentaban alrededor de una de las mesas. Después de pasar once años fuera de Ísbar no puedo negar que era una sensación paradójicamente liberadora el volver a escuchar el acento de mi país.

Trajeron las viandas en cuestión de minutos: peras, higos, un guiso de olla podrida, morcilla, queso, pepitorias y nabos, todo muy cargado de especias. Por supuesto no podía faltar el hipocrás, para regar la comida y para calmar las fatigas del viaje. Lo devoramos todo con ansia, y al cabo de un rato los galvos rompieron el silencio con la resolución y la tranquilidad de un estómago agradecido:

—Cuando cruces esas puertas, te quedarás encerrado para siempre. —La quebrada voz pertenecía a un galvo rudo, tosco en sus maneras—. Yo que tú lo volvería a pensar, Corneli.

—Gracias por enésima vez, René. Pero ya he venido hasta aquí, y no voy a volver mis pasos atrás. Mañana al anochecer un comité de bienvenida me espera al otro lado de la muralla, con el que pienso reunirme para entonces.

—¿Es cierto que el emperador de Ísbar no gobierna?

La voz de Filip se levantó junto con él mismo, por encima de su plato. Los galvos, que le habían callado muchas de las incómodas preguntas durante los nueve días de viaje, aprovecharon que tenían las bocas llenas para no reprenderle, interesados en lo que yo tuviera que decir. Querían saber cómo se comportaban mis palabras bajo mi techo, sobre mi tierra, junto a mi gente.

—Lo hace su valido, Gresnan Cot —dije, y lo miré reservado—. ¿Qué habrán de importarte a ti esos asuntos?

Pabela, la muchacha de pelo azabache y entrada en carnes, soltó una risotada.

—En Galvaré decimos que los hombres poderosos de Ísbar tienen gobernantes en las sombras y que los hombres pobres tienen sombras por gob...

—Me conozco los dichos de Galvaré —interrumpí, desabrido—. Mi señora haría bien en no decir tales cosas en Ísbar, ni aun en idioma galvo.

—Vuestra merced está ebrio de hipocrás. Bien sabéis que la cofradía no entrará más allá del Cerco, y es en el Cerco donde se halla «vuestra señora», no dentro de Ísbar.

—Es complicada la estructura política de Ísbar —sentencié.

El muchacho preguntón me miró continente. Me desencaré de la mujer con un gesto de desaire y me centré en el único rostro que parecía tomarme en serio: el rostro del muchacho. Además, cuanto más hablara yo, más tiempo tendrían ellos las bocas ocupadas.

—Imagínate, rapaz, una ciudad de gobierno propio con un sinfín de territorios que a su vez tienen sus propias leyes.

—¿Barrios con leyes propias?

—Los llamamos distritos. —Lo miré ceñudo; estaba claro que subestimaba las dimensiones de la ciudad—. Y por supuesto, en cada distrito hay barrios.

—Entonces, no es solo una ciudad, ¿verdad?

—Antaño eran varios reinos. Ahora todo está conectado.

—¿Cuántas leguas medía Ísbar desde la cordillera de Irene hasta el mar? —René no se callaba ni comiendo—. ¿Veinte?

—Quince leguas —aclaró Pabela—. Y unas diez de este a oeste.

—Todo eso es un cuento —se interpuso la voz del viejo Edmé—, pobres quimeras liberadas por los íbaros, para simular la grandeza de un imperio que no tienen; de territorios nobiliarios con el tamaño de apenas dos o tres calles; o de un emperador con más de corregidor que de monarca.

Aquí fue cuando el hipocrás se liberó por la lengua y unos pocos comenzaron a discutir, y yo fui a callar aprovechando los disparates de los galvos. Sin quererlo, había avivado más el fuego de la discusión. Con los años, uno comprende que la estupidez no entiende de fronteras; destila elixires de odio, miedo y osadía allá por donde pasa.

Pero mis entrenados oídos captaban una música que sonaba por encima de la estridencia de la discusión: la expectación del muchacho, que me miraba fijamente, aguardando a mis palabras. Entonaba una balada tan inquietante que tuve que mitigar sus ansias de saber, más por mi sosiego que por el suyo.

—Cada distrito está supeditado a las leyes imperiales —proseguí, mirando al rapaz—, pero tienen soberanía propia. Además, existen ducados, marquesados, condados, baronías, prefecturas eclesiásticas, un reino, un principado, cantones, merindades, y una república. —Hice una pausa para que lo asimilara—. Ahora imagínate que un noble señor es duque de uno de esos distritos, pero además comparte un gobierno binárquico con un príncipe en otro territorio. A su vez este príncipe es al mismo tiempo un prefecto eclesiástico en otro distrito. Ahora suma a todo esto el vasallaje de los señores menores: hombres de alta cuna rindiendo lealtad a un conde que se disputa una prefectura con otro grande de Ísbar, un duque, por ejemplo. Y ahora imagínate que esos hombres de alta cuna también le deben vasallaje a este duque. Y sí, entre todo este caos político se encuentra el emperador.

—¿Todo eso está bajo el mando del emperador? —preguntó incrédulo. De repente todo se hizo más silencioso, a excepción de un par de murmullos contumaces.

—¿Creías que el emperador se ocupaba de gobernar todo esto? —Mi ironía musitó un vals—. ¿Por qué crees que tiene una figura de valimiento?

—Una figura de valimiento...

—Un valido, un privado; un cargo ministerial que se ocupa de gobernar por el emperador. Esos gobernantes en las sombras, como dicen en Galvaré, existen por supuesto. Pero es más una necesidad que otra cosa... —Usé una voz queda, pausada—. Una necesidad para una oligarquía innecesaria.

Rellené de nuevo mi copa de hipocrás, y donde otros se preocuparían de mirar, yo solo escuché. Era el silencio de la reflexión, una música que estaba poco acostumbrado a oír.

Una música que me relajaba.

En ese momento la puerta de la venta se abrió dejando entrar el sonido de la lluvia precedido de un fuerte chasquido metálico, y dos hombres de mediana edad invadieron la venta con aire altivo, reparando en los galvos que se encontraban junto a mí. Uno era alto y con una barba hirsuta y oscura. El otro destacaba más bien por lo contrario, ya que apenas llegaba a los hombros del primero, y tenía un Dios os salve, como decimos en el lenguaje de germanía: una cicatriz que se derramaba desde el labio inferior hasta la barbilla. Ambos parecían hidalgos, por la ropera semioculta bajo el herreruelo, mas ninguno tuvo la mesura de descubrirse ante la presencia del ventero, al que ignoraron completamente. Entonces, como si ya estuvieran enterados de mi presencia en el Cerco, el más alto de ellos se fijó en mí con unas maneras muy bellacas y, diciendo estas palabras en íbaro, rompió el silencio de la venta:

—¡Vive Dios, Gastón, que me había parecido oler a perfume galvo por las inmediaciones, mas alguien lo está eclipsando con hedor a sarna!

—A lo mejor es el señor Corneli, que bien destaca entre ellos —dijo el tal Gastón, que escupió al suelo y me miró, intimidante—. ¿Acaso no cuadra con la descripción que nos han dado de su olor?

—Bien parece que cuadra, sí.

Pocos galvos entendían el lenguaje íbaro, pero no era muy difícil caer en la cuenta de que estos bellacos traían problemas.

Me esperaba una situación así, pero no tan pronto. Sabía que antes de que pudiera entrar por las puertas de palacio, habría multitud de valentones de baja estofa que correrían a mostrarme amablemente el camino hasta un tribunal eclesiástico. Lo que no pensaba era encontrármelos en el Cerco, sino dentro de la ciudad. Estos dos en concreto eran familiares de una prefectura, o lo que es lo mismo, un cuerpo laico del Santo Oficio que venía a interceptarme antes de que la ley imperial purgara mis antiguos delitos. Delitos graves contra la Iglesia de Ísbar, aclaro a vuestras mercedes.

El alto empezó a desprender unas notas de tensión y me señaló con un gesto de barbilla:

—¿Sois vos el señor don Dragos Corneli, del distrito de Tierrafértil?

El voseo es cosa ofensiva cuando las personas que lo usan se ven por primera vez; es un tratamiento reservado tras los rituales de presentación, por lo que usarlo en ciertos tonos es una afrenta declarada.

—¡Sí, vos! —levantó la voz el otro, mirándome con desprecio—. ¡El íbaro que acompaña a estos gentileshombres de Galvaré!

Frente a la tensión creciente, resolví mostrar mi tranquilidad dando un acompasado trago al hipocrás, mientras le sostenía la mirada. De los dos, el alto era quien tenía la melodía protagónica: ira, arrogancia, desprecio. Incluso pude percibir ese miedo que se va gestando antes de entrar a por uvas, con el cuchillo desnudo. Pero la melodía que más sonaba era la de la impetuosidad.

Me conocía esas canciones.

—¿Qué ocurre? —habló de nuevo el alto—. ¿Tanto tiempo en Galvaré que os habéis olvidado del íbaro? ¿No sois acaso hombre de honra y talante? ¿Ni hombre de patria?

—Por eso me tengo —contesté con la voz más fría que pude—. ¿Acaso vuestras mercedes dudan de tal honra y talante?

Fueron a hablar a la vez, pero el alto dio un paso hacia delante, tapando la voz del otro:

—¡Dudamos, Corneli!

—¿Y qué pasa si —comencé—, en vista de ser cierto eso que hablan, que Corneli es como me apellido, y que mi honra y mi talante, a expensas de mi patria, se hallan perdidos?

—Pasa que vendréis con nosotros a la prefectura de su ilustrísima Caperio Coordinante, quien estará dispuesto a hacéroslos recuperar.

—Comprendo —asentí frunciendo los labios—, ¿y si me place quedarme en este sitio, bebiendo hipocrás y hablando con estos gentileshombres en galvo, que bien me sé mi lengua materna para andar hablándola a deshoras?

—¡Pues os venís con nosotros por la fuerza! —El menudo, irritado, metió mano a los hierros en desabrigando el sobaco—. ¡O a lo mejor os dejamos el cuerpo a buenas noches, aquí y ahora! ¡Que mucho nos pagan por llevaros entero, pero bien está pagado el asunto si os llevamos por partes!

Abrí los oídos todo lo que pude para escuchar la música de las cosas: sosteniendo la mirada del jaque pude percibir una disonancia musical entre miedo e ira, todo intentando armonizarse con unas notas de bravuconería. El alto, sin embargo, pareciome menos arrojado, aunque también desprendía una tonadilla de inquietud, esperando lo que yo fuera a hacer.

Y lo que fui a hacer estuvo orquestado de la siguiente forma: primero interpreté una relajada mirada, y la aparté para dar sensación de estar intimidado. Conseguí el efecto esperado: la sintonía del menudo se modificaba, pues el crescendo de su bravuconería era ahora estruendoso. Luego agaché la cabeza y simulé —o no; en esas situaciones uno no está seguro— temblor en mis manos mientras cogía la copa para beber el último trago.

El miedo no desaparece enseguida; de hecho, ninguna emoción desaparece sin una transición: todas completan su melodía hasta el final. Esta es la razón por la que su bravuconería —que incité a ser más fuerte— y su temor —por lo deliberado del asunto— se mantenían componiendo una disonante musicalidad, imperfecta y estridente, mezcladas sin ritmo y desprovistas de naturalidad. Y durante esa mezcla de sonidos incoherentes que desprendían sus emociones me incorporé lentamente del asiento y, con cabeza gacha, levanté ambos brazos con las palmas extendidas.

—¿Van a ponerme cadenas vuestras mercedes?

Sus emociones ya estaban depuradas, como pretendía.

El menudo del Dios os salve dejó a un lado la ropera y sacó de la parte de atrás de su pretina una soga de esparto raído, con la que inferí que pretendía atarme, y comenzó a acercarse a mí con una sonrisa despectiva llena de orgullo. Entonces, cuando lo tuve a un par de varas, hice lo que los bardos denominamos componer el tejido de la realidad, y lo que la gente mundana llama, de forma sencilla, hacer magia.

Arrastré la manga izquierda hasta el codo, mostrando el artefacto dorado que tenía atado al antebrazo. La tenue relajación del jaque se rellenó de un miedo terrible cuando vio el instrumento: el llamado arpa de muñeca con el que muchos bardos canalizábamos nuestro poder. Consistía en un brazal de latón sobre el cual, en la cara interna, finas cuerdas de arpa se desplegaban. Me bastó punzar en ellas cuatro notas para armonizarme con el dogal que el jaque llevaba en las manos, y antes de que este reaccionara, el esparto ya le aprisionaba la garganta y lo izaba en el aire, ahorcándolo en una lenta agonía. El alto desabrigó y me apuntó con la ropera mientras se acercaba atónito, presto a tirarme unas tarascadas. Pero con él me bastaron dos notas y unos segundos: su espada empezó a tomar un color ámbar, y antes de que llegara a mí, desprendía humo por la cazoleta del guardamano. No tuvo más remedio que soltarla con un grito y el hedor a cuero quemado impregnó el ambiente. Dos notas más y el aire que había frente al infeliz crujió en un vacío que tiró los objetos más livianos por rededor y lanzó al hombre contra la barra.

Los galvos se movieron inquietos en sus asientos.

—Y ya puestos a aclarar el asunto —sentencié—, ¿qué pasa si el señor Corneli, con honra y talante, decide visitar su patria por voluntad propia?

Replegué las cuerdas del arpa de muñeca y el jaque que se hallaba en volandas cayó sobre la mesa. Ahora su armonía era una canción perfecta: solo terror.

Capítulo 2

Que prosigue las andanzas de nuestro gentilhombre hacia el interior de la ciudad

La pelea con los jaques el día anterior dejó a los galvos desconcertados en referencia a mi persona. Ninguno de ellos pensó, en momento alguno, que yo tenía los conocimientos de un armonizador —concretamente los de un bardo—, y menos aún cuando en Galvaré ese tipo de habilidades siempre fueron inusuales. Con todo, se mostraron afables hasta el final, y no mudaron su actitud ni siquiera en la despedida. Digo más, Elres el Viejo y su hijo Filip me acompañaron hasta las grandes puertas para despedirse de mí, en privado.

—Aquí acabose el viaje para vuestra merced —dije a Elres—, mas no para un servidor. Espero que sea un comercio beneficioso para la cofradía.

—¿Estáis en vuestro seso, señor Corneli? —El hideputa ni agradeció el comentario, como era de esperar—. Vais a cruzar las Puertas de Irene.

—Hay un ayuda de cámara de palacio esperándome tras la muralla; lo que en vuestra tierra se conoce como chambelán. —Saqué la misiva imperial de un bolsillo de la chaqueta, con el sello de lacre roto—. Ya está hecho, Elres. No conviene hacerlo esperar.

El hombre echó una mirada a la muralla, indolente.

—Es una trampa; un ardid. Vuestra merced sabrá.

Entonces diome unos golpes en el hombro, a modo de despedida, y en dándose la vuelta como si acabara de verme por vez primera en su vida dirigió sus pasos hacia la venta mientras su hijo le seguía. Elres no volvió la vista, pero Filip lanzaba su mirada atrás de vez en cuando con una temerosa curiosidad; como quien ve al reo caminar hasta el cadalso donde espera su fatalidad. Voto a mi suerte que no se desencaminaba mucho a estas suposiciones, si las tenía en verdad, pues cada uno de mis pasos hacia las Puertas de Irene se me hacían más pesados y una sensación de quemazón nerviosa me abrasaba los intestinos.

Pues bien, deteniéndome ante el inmenso portón de hierro quedémelo mirando no supe cuánto tiempo, la vista muerta en el metal. Se alzaba frío, inexpugnable, macizo; como si hiciera décadas desde la última vez que se abriera. La luz del atardecer fue a morir en el oeste y aparecieron ante mí las tenues luces de las lámparas de gas. Al fin, respiré hondo, tragué saliva y puse pies en el camino. Mi estómago estaba deshecho, y a fe mía que estuve a poco de volverme. Pero había llegado la hora de enfrentarme a la realidad, de entrar en Ísbar después de pasar tantos años en el extranjero. Así pues, me dirigí a la caseta de los alguaciles, que se encontraba al pie de las puertas, y extendí la carta hacia el guardia, quien la tomó ladeando la cabeza.

Por supuesto, como entenderán vuestras mercedes, no iban a abrirse las imponentes Puertas de Irene solo para mí. Estas únicamente se abrían para acontecimientos de gran importancia, como eventos relacionados con Su Majestad Imperial, para lindos y pisaverdes, o para la entrada o salida del Ejército. Un Ejército que en honor a la verdad era una institución donde medraban cargos inútiles.

Fui conducido escaleras arriba hacia otra entrada, hasta uno de los vanos que se abría en la misma muralla junto a las puertas. Y por aquella gran abertura metálica que agujereaba la amalgama de chapas de hierro oscuro, fui guiado hacia el interior de la ciudad por un túnel ruidoso de un asfixiante olor a acre, y que hacía llorar los ojos por causa de los vapores que emergían de cada orificio en el metal. Alzando la mirada al techo podía observar, por algún que otro hueco, la inmensa cantidad de pasarelas y escaleras de hierro que componían el interior del muro antes de delimitarse con la planicie vertical del otro lado. Y allí, al fondo, a un buen puñado de varas hacia el interior, se llegaba a un adarve de madera y hierro templado que discurría en una pequeña muralla junto al afluente del río Íbari que, engullido por el talud de la estructura, se perdía hacia el corazón de la urbe.

Y desde las almenas se abría, por fin, a la vista Ísbar, que me recibió golpeándome con un sinfín de sensaciones desagradablemente familiares. Todo era ensordecedor debido a la gran cantidad de motores que dejaban escapar humaredas de vapor, aquí y allá. En cuanto a esos sonidos que escuchamos los armonistas y que nada tienen que ver con los terrenales, recibí multitud de melodías de las que sinteticé una música destemplada: sonaba a desfachatez, a arrogancia, a envidia. Era la música incoherente de siempre, que mezclaba la presunción y el mal gusto con el cinismo y los modales de una sociedad acomplejada e insegura. En resumidas cuentas, la endemia no resuelta de un pueblo invertebrado de moral.

Mi sentido de la vista, por otro lado, se vio amenazado por los altos edificios de metal que se conectaban entre ellos por infinitos puentes de cuerda y madera. En este distrito en particular tienen una forma característica: ondulada en sus fachadas, como si unas olas invisibles hubiesen moldeado el adobe y la piedra. Los vapores, expelidos a chorros en todas direcciones, hacían que la ciudad se viera de un color grisáceo oscuro durante el día, pero que tornaba a una humareda amarillenta a medida que se encendían las estufas. Precisamente entonces, en la temprana noche, cientos de puertas derramaban una luz ambarina que invitaba a entrar y a guarecerse del frío. Parecían los edificios como colmenas metálicas y pétreas, atestadas de aberturas de distintas formas y tamaños que se abrían desde la base hasta arriba.

A mi vista se desplegaron incontables parapetos, desde el barro hasta las cúspides de los irregulares edificios conectados por pasarelas, donde se abrían pequeñas plazas colgantes, y se llenaban de tenderetes y puestos ambulantes en las horas de más luz. En cuanto a la miríada de puertas, podían pertenecer a viviendas, talleres metalúrgicos y tiendas por igual, aunque la mayoría de los comercios solían estar abajo, en el barro. Y es que el distrito de Puertas de Irene ha sido siempre, junto a la República del Valle, el núcleo industrial de Ísbar.

El ruido de los ciudadanos tampoco había cambiado; que más que grandes en nuestra honra lo somos más en nuestra vileza y nuestras apariencias. Y es que en Ísbar es tan fácil ser noble con falta de resuello en el estómago, como ser rico como el que más sin posición alguna. Y, si no, créanme vuestras mercedes que en la ciudad se encuentra algo que es inexistente en otros lugares del continente: el título de señor —tanto solariego como de mayorazgo—, que solía ser dado a quien ostentaba el control de una plaza, barrio o distrito, sin nobleza, pero con poder político y económico por encima de un conde, un marqués y hasta un duque. Una estimación rápida me reveló que el escalafón de castas seguía más o menos como estaba desde que marché: nueve de cada diez súbditos parecían villanos, mientras que los hidalgos destacaban entre ellos en menor número, con sus sobrias tonalidades de marrón y negro terciopeladas en sus jubones, sus sombreros chambergos de ala ancha con plumilla, y sus botas de cuero curtido rematadas con filigranas de plata y oro en bordado de canutillo —quienes podían permitírselas—. A la sazón, todos los nobles solían tener una espada ropera colgada de un tahalí o un cinturón, medio oculta por un herreruelo o una capa terciada encajada bajo la valona lisa del cuello, que muchos llevaban sobre uno de los hombros. Las damas, por otro lado, lucían sus corsés de tonos turquesas y níveos, y sus guardainfantes más oscuros, donde ponían a resaltar su joyería cargada de engreimiento y vanagloria.

Pero entre toda esa vanidad pude ver a la humilde gente de Ísbar enfundada en ropajes de menor calidad: las mujeres sustituían los guardainfantes por cortas faldas amatistas y granates, conjuntadas con camisolas blancas. Los hombres, amén de espada ropera, llevaban una daga quitapenas. Arma deshonrosa de rufián, por cierto, que es cosa sabida que el villano no puede portar arma alguna. Pero a riesgo de ser apiolado por la ronda y otras autoridades, la espada ropera pendía del cinto de más de un aparentado bravucón.

Pues bien, recuerdo que cerré los ojos, como si quisiera hacer desaparecer el paisaje de la vista, y no los abrí hasta que torné mi cabeza hacia atrás, donde se me revelaron las Puertas de Irene. Me parecieron más oxidadas desde dentro, aunque quizá fuera por un efecto de la luz de los edificios. ¡Qué fácil me resultó entrar de nuevo!, ¡y qué difícil que sería esta vez abandonar Ísbar!

Me mareé tanto que tuve que apoyarme contrito en la almena.

—¡Voto al Ojo! ¡Ahí estáis, Dragos Corneli! —La voz venía desde el barro.

Asomé la cabeza y vi al causante de mi distracción. Me quedé mudo por causa del embotamiento de emociones que sentía. Era Felindante Pelgrin, y su voz lozana, y su rostro alegre, y sus ojos joviales me embriagaban de repentina satisfacción, dispersando las sombras de mi desánimo. Abrí la boca, contento, pero como bien he dicho, ni un sonido salió de ella y el bellaco riose de mí al verme desubicado en mi repentino gozo.

—¡Cerrad la boca, amigo mío! ¡No quieran entraros los vapores y se os corrompan los humores del cuerpo!

—¡Salud, Felindante! —La alegría subía por mi garganta—. ¡Y tenéis razón, pardiez! ¡La boca está para hablar y cantar!

—¡Y para amar, señor de Corneli! ¡Que bien sé que volvéis por la belleza de las mujeres de Ísbar!

Ignoré el jocoso comentario y busqué las escaleras que me llevaban al barro, donde me reencontré con mi compañero.

Felindante Pelgrin había sido amigo desde la adolescencia y hombre de confianza durante los últimos años que pasé en la ciudad. Físico y barbero de profesión, acostumbraba a hacer sangrías a quienes se encontraban dolientes. Ya pueden imaginar que solía llevar su maletín de médico con los menesteres necesarios, aunque, curiosamente, a la sazón no se dio el caso.

No había cambiado mucho, salvo por lo orondo de su figura, unas pocas canas en su densa cabellera castaña y el bigote que gastaba, antes ausente. El tiempo no le trataba mal, según podía verse en unas tímidas patas de gallo y unas arrugas en la frente de las que no me percaté hasta que no le miré de cerca. Por lo general, siempre había sido hombre de carácter político, dado a ver la dicha en todos los aspectos de la vida, y eso sí que no había cambiado en absoluto. No obstante, había algo llamativo en el nuevo Felindante, que siempre solía ser un desatendido en su indumentaria: ahora llevaba sombrero y jubón de terciopelo negro que hacían juego con unos calzones del mismo color y unas polainas de calidad —y su sortija de médico en el dedo pulgar, por supuesto—. Esos añadidos elegantes no cuadraban en las maneras de mi amigo, pero de lo que verdaderamente me percaté desde el primer momento no fueron de estos enseres de prestigio, sino de la ausencia de algo muy importante en él.

—¿Dónde está vuestra daga quitapenas?

—Dragos, amigo mío —dijo sonriéndose—, me parece que no os habéis enterado del asunto.

Felindante señaló un coche de vapor y me miró expectante. Grabado en una de las portezuelas podía verse el sello imperial, que por aquel entonces se describía como una corona sujetada por dos pilares acanalados y un escudo dividido en cuatro partes: en el cuartelado los antiguos reinos de Ísbar, y bajo estos, con un entado en punta, las armas de Monteperegrinos de Tierrafértil. En el centro del escudo resaltaba el escusón de la casa Corne, blasón de la familia imperial. Era un carruaje de palacio.

—Así que os habéis hecho un pisaverde —bromeé—. Y además del Palacio Imperial.

—No es casualidad que me encontrarais paseando por aquí.

—Ya veo: sois vos quien habéis venido a por mí.

—Vamos adentro. —Extendió la mano hacia el coche, sonriendo—. Quiero que me contéis muchas de vuestras cosas mientras vamos de camino al Distrito Central.

Ya en Puertas de Irene es fácil perderse si no andas con cuidado. Cierto que es un distrito con barrios condales, rico y con importantes industrias, que hasta tiene una lengua propia —vestigio cultural que su gente ha conservado—, mas la mayoría de las calles de Ísbar siempre fueron peligrosas, pues grandes sombras impenetrables caen desde los altos edificios a las callejuelas y los rincones más amparados. Además, el sonido de sus gentes, mezclado con el ruido de los motores de vapor, ocultan toda trifulca por doquier, de modo que los jaques y los valentones de baja estofa no suelen tenerlo difícil si querían despachar por la posta a algún desdichado diablo.

Cerca de una hora recorrimos las estradas principales hasta salir de Puertas de Irene. Durante el trayecto pareciome que Felindante compartía la idea de no hablar del asunto de mi regreso, y centrábamos la conversación en ponernos al día sobre cómo sucedieron los años en mi ausencia.

Por lo visto, el bueno de Felindante andaba con proyectos vanguardistas, demasiado modernos incluso para los maestros de las universidades. Aseveraba que existían métodos para enmendar las mutilaciones de los lisiados mediante reproducciones de metal.

—Se trata de una ciencia delicada —decía—, en la que hay que andar con tiento y estómago. Consiste en conectar los nervios del muñón a la prótesis de metal, de modo que esta responda a las órdenes del cerebro.

Lo miré asombrado.

—¡Pues, cómo! ¿Y funciona?

—No —rio nervioso—, la verdad es que no. ¡Por ahora! Pero la ciencia avanza a pasos gigantescos, y alguien tiene que poner la primera piedra en el camino, si entendéis lo que quiero decir…

No pude evitar devolverle una sonrisa. Fue en ese momento cuando me di cuenta de lo mucho que había echado de menos a Felindante Pelgrin, aquel muchacho inquieto y de inteligencia asombrosa. Ahora era un hombre bueno cuya inventiva estaba al servicio de sus ciudadanos, por mor de poner orden a esta Ísbar llena de prohibiciones y de moralidad. Pues la solución a las mutilaciones ya existía en el mundo de la armonización, solo que estaba prohibida. La escala musical para arreglar la carne y restaurar miembros pertenecía al grupo de «magias perversas» —como gustaban de llamarlas coloquialmente—, práctica sacrílega y prohibida por la santa Iglesia. Porque es cosa sabida que, si Dios reclama algo tuyo, más vale resignarse antes que volver a regenerar lo que te ha quitado.

La sonrisa se me murió en los labios tras estas elucubraciones. Tenía a un verdadero dios delante de mí, un dios dadivoso que los ciudadanos repudiaban. Es lo que suele ocurrirles a los hombres de ciencia en esta patria canalla.

Entre pausa y pausa podíamos leer la preocupación en nuestros rostros, pero la esfumábamos prestos a redirigir la conversación a temas políticos o sociales, como la nueva configuración de la ciudad, que no había cambiado mucho: los distritos estaban separados por grandes murallas. Sobre estas, aunque no en todas, había carriles de hierro con locomotoras de vapor para desplazarse rápidamente en pocas horas, y que conducían autómatas con poca capacidad para algo más que manejar unas palancas y un volante de inercia. Hoy día quedan pocas de estas máquinas en funcionamiento. Por aquel entonces, entre cada uno de los distritos, había vastas extensiones de tierra que se usaban para el cultivo; grandes espacios que permitían respirar algo de aire limpio. Y fue en uno de estos caminos rurales, pasando a la sombra de un molino gigante de metal, cuando conté a mi amigo el suceso con los jaques del Santo Oficio.

—¿Cómo salisteis indemne? —inquirió Felindante—. No vais armado.

—Eso no es del todo cierto.

Me remangué la manga izquierda y le mostré el arpa de muñeca. Felindante abrió los ojos, espantado.

—¡Vive Dios! ¡¿Cómo habéis conseguido eso?! ¡No hay lutieres armonistas fuera de Ísbar!

—Estoy seguro de que la gallardía de esos jaques estaba alimentada por la misma incredulidad que ahora mostráis.

—He de admitir que me hallo impresionado. —Miró de cerca mi arpa—. No sé cómo habéis conseguido un arpa de muñeca fuera de Ísbar, Corneli, ni quiero saberlo, pero se supone que no tenéis autorización para portarla. Bien os convendría bajaros la manga antes de llegar al Distrito Central.

—¿Acaso no es cierto que he recuperado mi hidalguía nada más cruzar las Puertas de Irene? Eso, se supone, me da poderes para portar armas como hijodalgo.

—*Se supone,* mi señor Corneli, bien lo habéis dicho. —Sus emociones tocaban una tonadilla cautelosa—. Pero esto es Ísbar, que es lo mismo que hablar de arrogancia y traición; envidia y vileza; picaresca y bellaquería, aun entre los hombres de la corte... ¡No, no me miréis así! Se os dará vuestra hidalguía, por supuesto; os doy mi palabra de que tengo entendida tal cosa. Solo os digo que no deis nada por hecho hasta que no tengáis un papel o un billete que corrobore dicha condición de hijodalgo. Esto es solo mi consejo.

Recuerdo que en ese momento se abrió una hondonada a la izquierda del camino, como una sima cóncava y alargada sobre la cual había dispersas unas barracas de madera. Un regimiento de soldados guardaba formación, mientras que lo que parecía un oficial de portentosa figura les hablaba desde un estrado con aire solemne. Quizá fuera una arenga, y digo quizá porque la distancia me impidió oír las palabras del caballero, pero el viento me trajo una música de exaltación.

—Mosqueteros —murmuré.

Otra música se oía más fuerte y más cercana: el pesar llenó el interior del coche con escalas oscuras, notas sostenidas provenientes de los pensamientos de mi amigo. Felindante se percató de ello por algún gesto que me delató; la armonía tornó a otro camino más acorde al lugar adonde llevaba sus nuevos pensamientos. Cuando le sonreí fue a decir algo, pero solo boqueó vacilante. Seguidamente, me devolvió la sonrisa, y por fin dijo:

—En palacio se os pondrá al tanto de cómo están las cosas por aquí.

Por fin llegamos a la muralla del Distrito Central, donde los edificios no tienen más de tres o cuatro niveles. La baja altura de la capital de la ciudad resulta especialmente vistosa para el viajero profano, pero tiene una particular razón de ser, sustentada en una ley antigua en tiempos en los que Ísbar se componía de varios reinos. La Ley de Regalía de Aposento obligaba a quien tuviera un hogar de dos plantas a prestar una gran parte de su hacienda a los funcionarios de la monarquía. Como era característico en la megalópolis, la gente construía sus casas unas encima de otras, pero en esta parte de la ciudad esquivaban la ley construyendo un solo piso por vivienda, u ocultando una planta tras un socavón o bien amparándola tras la cobertura de otro edificio —casas a la malicia, las llaman—. Por esta razón, el desaparecido adarve del Palacio Imperial siempre se había levantado por encima de la arquitectura del distrito, contrastando con el resto de los edificios por las colosales cristaleras y por la piedra purpúrea. A diferencia de Puertas de Irene o Bastión de la Colina, las construcciones no solo son de adobe y metales, sino que añaden ladrillos y piedra de granito con millares de celosías en las ventanas y, a menudo, cerrando arcos en cada portal con escudos en las claves que señalan las casas de los nobles y hornacinas incrustadas en cada esquina. Estas últimas en gran número, llenas de estampas de santos manchadas con la cera de las bujías que encendían a la caída de la noche.

El Distrito Central está, en una buena parte del terreno, literalmente hendido por un cañón profundo en cuyas laderas se amontonaban un puñado de casas. El río Íbari derrama sus aguas desde el norte por uno de los barrancos de la hendidura y lo hace en dos grandes cascadas separadas por una planicie de tierra en el ensanchamiento de su curso, como una isla fluvial al borde del precipicio. A este singular accidente, rodeado de las aguas del Íbari, es lo que los íbaros llaman la Isla, y aquí se encontraba el Palacio Imperial, al que se llegaba desde el otro lado del cañón por el Grandioso Puente Doria I, inconmensurable e imponente. El puente —que hace dos mil años fue un acueducto del Íbari y que entonces recibía el nombre de un antiguo emperador electo de Ísbar— medía ciento once varas de largo, cruzando el precipicio de ciento treinta y tres varas de altura. Entre la estructura pétrea del viaducto las casas se esparcían apoyadas sobre cuarenta de sus cuarenta y cinco arcos, tapando la propia arquería con chapas de latón ennegrecidas por siglos de hollín y óxido.

Se podía decir que el Grandioso Puente Doria I era, por aquellos tiempos, un barrio en sí; los íbaros habían excavado peligrosamente su estructura interna haciendo huecos en la piedra, y habían trazado caminos oscuros que recorrían callejones adonde la luz del sol no llegaba. Por supuesto, un trabajo de décadas y a espaldas de la autoridad imperial, que hasta se hablaba de un entramado secreto de túneles que el mundo desconocía. A este singular paisaje pétreo y metálico se le conocía como la Colmena, y era en verdad el aspecto que lucía cuando le daba la luz del sol.

Y ahí estábamos, cruzando ese puente, acercándonos lentamente a la Isla, a los muros de los recintos imperiales. Y por fin vimos cómo se levantaba tímidamente el Palacio Imperial, lleno de majestuosas vidrieras turquesas, violáceas y oscuras, con engranajes gigantescos y torreones de cúpulas cristalinas que otrora sostuvieron chapiteles.

Pasamos sin problemas la puerta de la muralla, pero el coche paró en los jardines, frente a las escaleras que llevaban a la entrada del imponente edificio. Se oyó la voz del mozo desde el postillón que anunciaba la llegada.

Felindante Pelgrin suspiró al fin, como quien acepta la hora de un juicio.

—Tengo entendido que vos ya estuvisteis dentro de estos muros.

Asentí sin saber qué decir. Quien me había llamado era el único que podía darme respuestas, y se encontraba dentro del Palacio Imperial.

—¡Pardiez! ¿No me preguntáis por qué motivo se os trae hasta el palacio de Su Majestad Imperial?

Lo dijo aprensivo, limpiándose el sudor de la frente con una pañoleta. Le podía la preocupación del asunto, cosa que añadía más inquietud a mis sensaciones.

—La carta no decía mucho —comenté con voz queda—. Hablaba de que me devolverían mi título y mi hacienda...

Felindante me escudriñaba bajo el sombrero, taciturno.

—Supongo —musité— que el motivo es Su Majestad Imperial.

—Suponéis bien, Dragos. Ese es el motivo.

—Don Felindante —carraspeé—, voto al Tetragrama de los Cielos que no existe cosa alguna en mi repudio que el volver a Ísbar, bien lo sabéis. Se me pagan...

—Diez mil reales —interrumpió asintiendo—, y la pecunia no viene sola: se os promete un salvoconducto que os saque de Ísbar cuando acabéis vuestra tarea. Sí, Dragos, estoy al tanto.

—No me atrevo a preguntaros cuál es la naturaleza de esa tarea, ni por qué el emperador ha solicitado mis servicios para resolverla, hasta el punto de indultarme. Pero al margen de estas razones, me ha costado mucho entrar por las Puertas de Irene, y quisiera volver a cruzarlas cuando guste salir de la ciudad, don Felindante.

—Desesperado habéis estado para recuperar vuestro título y aceptar esos escudos, a sabiendas de las malas experiencias que cosechasteis aquí, hace once años.

Era obvio. Ya podía cumplir la tarea encomendada, que nadie me garantizaba ese salvoconducto; si hay algo que ha caracterizado siempre a los poderosos de Ísbar no es su benevolencia, sino su indolencia. Además, por mucho que diez mil reales valiesen para comprar un palacete, no valían ni por asomo el quedarse en este lugar.

—Entrad, Dragos Corneli —murmuró Felindante, más para sí que para mí—. Entrad, y descubrid para qué se os reclama al servicio del emperador.

Capítulo 3

En el cual se narran los desdichados motivos por los que se convoca a nuestro protagonista

El ujier me conducía por unos pasillos majestuosos, llenos de estatuas gigantescas de mármol y cuadros de antiguos soberanos que hacía siglos que abandonaron este mundo. Aunque ya había estado dentro del Palacio Imperial, hacía muchos años, me deleité con la belleza de su interior. El estilismo arquitectónico mezclaba la belleza artística de la modernidad del momento con elementos más primitivos, dando lugar a estancias recubiertas de mármol verde en contraste con rústicos espacios de piedra porosa. Lo que tenían en común todas las cámaras, fuera cual fuese la antigüedad, eran sin duda las pinturas que recubrían sus paredes, obras que se contaban por cientos.

Pregunté al funcionario lo razonable: cuándo sería la audiencia con el emperador; si me recibiría Su Majestad o el valido de este: «¿No cree vuestra merced que antes debo quitarme las ropas del camino?», «¿A dónde me lleváis?». Pero sus respuestas eran escuetas, sentenciando con palabrerías vacuas: «No me corresponde a mí saberlo, señor», «Todo a su debido tiempo, señor», «Es por aquí, señor».

Finalmente, se paró ante una puerta de roble blanco que se encontraba en un largo pasillo decorado con estatuas de alabastro, y me invitó a pasar dejándome a solas en una habitación pequeña y lúgubre, atestada de tapices. Me habían dejado en una mesita camilla una bandeja de plata con enseres: agua fría en jarra, vino en botella y limas dulces con frutos secos. Resolví no tocar nada y me acerqué a las grandes ventanas que daban al patio interior, por donde se filtraba la luz plateada del Ojo de Dios. El cuerpo celeste me observaba ocupando una buena parte del firmamento, brillando con su aspecto ovalado. Más cercano y brillante podía verse, cruzando el cielo de lado a lado, el Tetragrama del Mundo, que en realidad —pues es cosa sabida desde hace tiempo—, no es sino un grupo de cuatro anillos que rodean nuestro mundo.

Siempre me ha parecido curiosa la cosmogonía de nuestros anillos. Desde hacía siglos, en Ísbar, muchos teólogos habían insistido en que era un tetragrama usado por Dios para señalar con el Sol y con nuestras dos lunas —la luna Do tras el cuarto anillo, y la luna Fa orbitando entre el segundo y el tercero—, la clave en la que los armonistas debíamos componer y tocar nuestras escalas.

Quizá sea un poco confuso para los que no entiendan de música o astronomía, pero, en resumidas cuentas —que no tienen vuestras mercedes por qué saber ahora estas razones—, les vengo a resumir que las reglas impuestas por la Iglesia limitan considerablemente la potencia de los efectos de la música, sobre todo en algunos periodos litúrgicos y solares. Nunca ha convenido disentir sobre las directrices de la Iglesia, pues cualquier armonista termina claudicando ante la Fe rápidamente. Tampoco es muy molesto: solo hay que hacer algunos cambios según la hora del día, o el momento del año. Si un armonista quiere evitar ser el foco de atención de los familiares del Santo Oficio, ha de verse obligado a adaptar las escalas a lo que marca el Tetragrama, allá en el cielo, y eso conlleva dos opciones: la primera es afinar el instrumento; la segunda es readaptar la escala. Pero esto, como muchos hombres de razón sabemos, no es más que otra imposición estúpida asentada sobre la fe y la superstición.

Lo del Ojo de Dios es algo más estulto aún: ovalado y brillando con una luz blanca, muchos hombres de razón, como Sonoro Legítimo, afirmaban que era un universo lejano; mientras otros, como el dómine Arterio, sostenían la idea de que era una estrella que había explotado a incalculables leguas de distancia. Pero estaba claro que, por su movimiento, se trataba de un planeta con una gigantesca cantidad de anillos alrededor, como así lo corroboró recientemente el astrónomo y matemático Galero de Vitalinnio, cuando apuntó con su telescopio por vez primera a las estrellas. La gigantesca masa orbital de estos anillos puede verse desde nuestro firmamento, a pesar de que el planeta se halla mucho más lejos que la distancia de nuestro mundo al Sol. Las gentes humildes, por otro lado, afirmaban temerosas del

Santo Oficio que el Ojo no era sino una ventana al paraíso, por la cual Dios cuidaba de nosotros mirando por ella —o nos vigilaba, mejor dicho—. Y la Iglesia, que es dada a estas sinrazones, seguía sosteniendo dicho disparate, por lo que Sonoro, Arterio y Galero pagaron la osadía de la lucidez en las llamas de un auto de fe. ¿Dios? A él le encantan estos espectáculos: impasible y muy testigo del asunto, brillando en el firmamento se dedica solo a observar la resolución del Santo Oficio con desidia.

Y con ausencia, que mil veces lo he llamado y paréceme como mudo, sino sordo. A él solo se le da bien brillar en el cielo, sin parpadear.

Y brillándome inquisidor estaba cuando el pomo de la puerta se abrió a mi espalda. Eran dos hombres de mediana edad, uno especialmente bajo, calvo y con una barba espesa. Llevaba un cartapacio de cuero desgastado bajo el brazo derecho, mientras el izquierdo permanecía metódicamente a la espalda, en su rigor de hombre de etiqueta. El otro era más o menos de mi altura, y tenía una perilla muy cuidada bajo una sonrisa cínica y una nariz aquilina. Pero eran sus ojos lo que llamaba la atención: fríos y cerúleos. Demasiado claros. Portaba un fino bastón, y pude observar que en la mano que lo sostenía llevaba un anillo de oro con las filigranas de la casa Cot. Escuché los sonidos de su alma: resultaba difícil contrastar la arrogancia con la solemnidad y esto me llenó de confusión. Arrastró las primeras palabras, como degustándolas.

—El señor don Dragos Corneli.

—Sí, excelencia —respondí con una genuflexión—. Pido disculpas a su grandeza por mi aspecto; el viaje ha sido largo y no he tenido tiempo para cambiar las ropas. Sin embargo, entendí que debía venir cuanto antes «pese a cualquier desavenencia en la etiqueta», según rezaba literalmente la carta. —Saqué el documento para mostrarlo—. Estas son las razones de mi indebida indumentaria.

—Ha hecho bien, señor Corneli. No esperaba menos de vuestra merced —sonrió como solo puede sonreír un grande de Ísbar.

—También entendí que se resolvería cualquier contingencia al respecto, de modo que confío en que me permitan lavar el polvo del camino, antes de ir ante la presencia del emperador.

—Vuestra merced verá a Su Majestad Imperial a su debido tiempo, señor Corneli. —Se dirigió hacia el hombre bajito—. Pol, cierra la puerta.

Y Pol cerró la puerta mientras su compañero se acercaba a mí con una sonrisa pretenciosa en el rostro, casi paternal. Debía de tener la insana costumbre de ser tratado con excesivo respeto.

—¿Sabe quién soy, señor Corneli?

Hice una pausa, sosteniéndole la mirada. Quería tenderme una trampa: ver si era impulsivo, precipitado en mis suposiciones.

—Lleva el anillo de la casa Cot —apunté—. Imagino que vuestra excelencia es miembro de dicha familia.

—¡Voto a Dios, Pol! —rio—. ¡En verdad es cierto eso que dicen sobre la agudeza del señor Corneli!

—Y tanto, excelencia, es un hombre agudo. —Pol parecía no divertirse tanto.

—Mi nombre es Gresnan Cot. —Hizo una exquisita reverencia—. Valido de Su Majestad Imperial.

—Es un honor, excelencia. Tenéis ante vuestra merced a Dragos Corneli, que desde ahora en adelante se presta a vuestro servicio.

—Siéntese, señor Corneli.

—Como plazca a su grandeza.

Me senté en una mullida butaca y Gresnan Cot hizo lo mismo, de manera que la mesa camilla quedó entrambos. El hombre bajito que se hacía llamar Pol quedó de pie, junto al privado. Entonces Gresnan amplió una cordial sonrisa y me voseó por vez primera, dando a entender que habíamos terminado las presentaciones:

—¿Habéis tenido buen viaje?

—Sí, excelencia. He viajado con una cofradía de galvos, hombres dados al camino. Justo en la noche de ayer llegamos al Cerco, y como los gremios se encuentran dentro del país, no he tenido mucho tiempo de cambiar las ropas en alguna sastrería. Había traído un atuendo de más, pero las lluvias del otoño...

—¿Cómo os han tratado en Galvaré? Tengo entendido que habéis servido al delfín de *Son Altesse Royale.*

La interrupción me dejó algo aturdido.

—En efecto, excelencia —titubeé—. El joven príncipe es un muchacho afable, su padre...

—Voy a hablar sin preámbulos, señor Corneli —interrumpió de nuevo—: el motivo de haberos convocado a Ísbar no es otro que el de pediros ayuda.

Dejó unos momentos de silencio, escudriñando mis reacciones. Y entonces continuó:

—Un gran mal padece nuestra ciudad. Prestaréis servicio a Su Majestad Imperial para resarcir las dolencias que ensombrecen nuestro grandioso Imperio en estos días aciagos.

—¿Un gran mal decís?

Recuerdo que lo dije con preocupación fingida, pues los políticos siempre han sido duchos en magnificar los términos y conviene corresponderlos en sus emociones.

—Un asesino —contestó el valido, y él mismo empezó a verter vino en una de las copas.

—No alcanzo a comprender, excelencia. ¿De qué asesino me habláis?

Dejó la botella con un golpe seco en la mesa, y me miró fugaz e intensamente. Fue una factura de movimientos propia de su carácter; una melodía de circunspección que se armonizaba con ese tipo de respuestas que vienen con infaustas palabras.

—De uno sin rostro —arguyó seco—. De la sombra negra que disfraza a los hombres de incógnito, y que no deja más huella que la ceguera de quien se conduce a tientas buscando la luz del Ojo. De un asesino sin sonido, sin voz; como quien, en viendo el relámpago, aprovecha su predecible trueno para así verter, amparado en el ruido, el susurro en el oído. Os hablo del silencio mismo, de la oscuridad más absoluta. De ese asesino os hablo. Y ha arrancado la vida a alguien importante. —Me miró por encima de la copa, antes de dar un sorbo—. Sé bien a qué os dedicáis, Dragos Corneli. Sé que antaño fuisteis un armonizador, bardo proscrito, y sé que fuisteis acusado de cisma sacramental y herejía por el Santo Oficio. Más concretamente por el uso de esa magia oscura, que los bardos llamáis las escalas prohibidas; o como prefieren llamarlas los prefectos y los dómines: las escalas perversas.

El privado hizo un gesto al hombrecillo y este sacó de su cartapacio un legajo de papeles que le tendió enseguida. Eran expedientes, y en ellos figuraba mi apellido. Me ardía el estómago.

—Repasemos su historial de vida, señor Corneli —murmuró el valido—. Es *necesario*.

Sacó unos anteojos de un bolsillo y vertió aliento sobre ellos para limpiar los cristales con un pañuelo. La estancia se llenó de autoridad y tensión mientras Gresnan se ajustaba las lentes a la cara y se alzaba sobre el papel.

—Vuestra merced nació en el distrito de Tierrafértil en el año de Nuestro Señor Reverberado de 1598. Instruido en la Universidad de

Monteperegrinos conversionasteis como armonizador laico, siendo vuestro tutor... —Repulsión. Alzó la mirada por encima de los anteojos, simulando descarada sorpresa— ¿Risoldar Estut?

—Sí, excelencia —contesté con voz trémula—. El maestro Risoldar me enseñó todo lo que sé de música. También me enseñó a sentir la melodía de las cosas, y me instruyó en la teoría de la vibración de las cuer...

—Risoldar Estut —repitió impertinente—. ¿No era ese magistrado gordo, que siempre andaba borracho?

—Sí, excelencia. Su señoría tenía problemas con la bebida.

Quedose sosteniendo el porte un buen rato por encima de los papeles, como si pensara en decirme algo. Y entonces lo escupió con un tono de voz frío e indolente:

—Creo que murió hace dos inviernos, durante Segunda Penumbra.

Me dio un vuelco el corazón, de esos que te hacen aguantar la respiración hasta que te das cuenta de que solo queda el sonido de tus latidos, palpitándote en los tímpanos.

—Bueno, señor Corneli —continuó bajando la vista—, demostró vuestra merced unas aptitudes razonablemente adecuadas, aun teniendo al maestro que tuvo. —Cambió de papel—. Luego pasó al servicio del barón de...

—Excelencia... —Ni siquiera me di cuenta de la interrupción—. Risoldar Estut, ¿habéis dicho que murió?

—No volváis a interrumpirme, Dragos Corneli —dijo; no le hacía falta gritar ni afilar la voz para intimidarme—. He dicho que creo que murió. Es lo que ocurre cuando andas beodo la mayor parte del día y acabas perdido en un callejón del distrito de Tierrafértil. Si no te mata la carda te matan los fríos del hipocrás. De cualquier modo, hace mucho que no se le ve en activo. Se le ha buscado durante largo tiempo, y sencillamente no aparece desde hace dos años. No hay más que decir de él.

—Ruego me disculpéis, excelencia. —Mi voz era quebrada—. Guardo un cariño especial por el maestro Risoldar.

—Pasasteis al servicio del barón de Coteli por dos años —prosiguió, como si yo no hubiera hablado—, en el distrito de Cortes de Tribunal. Luego fuisteis recomendado a su amigo, el barón de Peñagrís.

Los siguientes quince o veinte minutos fueron dedicados a esta lectura, mientras que yo me desubicaba por causa de mis pensamientos y mis sombrías emociones. Risoldar Estut, probablemente muerto... Recuerdo mi profunda aflicción como un peso insostenible: era el peso de la incertidumbre. Hubiese preferido ver su cadáver a soportar esa irresolución, esa cruel incógnita que se me privaba al conocimiento.

El maestro Risoldar había sido una guía significativa en mi camino como bardo, una luz entre la espesa oscuridad de la sociedad. Era irreverente, pero soñador: no se cansaba de repetir que no podía irse de este mundo sin llevarse por delante, al menos, a un pisaverde. «O a dos», solía gruñir, «que a cada inocente que habita el mundo le corresponde un ladino responsable de su desdicha, y por falta de arrestos del inocente, se me hace difícil no acometer yo mismo contra el ladino. Todo sea por ajustar un poco más la balanza de la ecuanimidad». Sin duda, Risoldar Estut debía ser una de las balizas que me guiarían a mi vuelta a Ísbar, un faro de luz con el que contaba. Era un hombre cínico, pero también se podía decir que era un hombre bueno y justo, que persistía en la lucha por la ilustración y un mundo libre de estamentos. En el fondo creía en la raza humana, y por mucho que la vilipendiara, también esperanzaba con que otro mundo era posible. Me negaba a creer que el maestro Risoldar hubiera muerto de frío tras una borrachera de hipocrás, o que hubiese sido apuñalado en un rincón del barrio de Monteperegrinos.

No. Gresnan Cot no sabía lo que decía. Su señoría Risoldar debía estar vivo en alguna parte. Solo que no se dejaba ver tan fácilmente. Él creó el Laberinto Estut, una obra de ingeniería con multitud de pasadizos ocultos por toda Ísbar. Seguramente andaba escondido en su creación, hastiado de todos, del mundo.

—Prestasteis un gran servicio a la Corona, reforzando las protecciones de palacio. —Volvió a levantar la vista—. Esto fue justamente anterior a vuestro delito, ¿no es así?

—Dos años antes de que se me acusara, sí —repuse incorporándome—. Excelencia, ¿puedo preguntar por qué se me ha elegido a *mí* para esta tarea que, según entiendo, circunda alrededor de un asesino sin voz ni rostro, como decís?

Se quedó un rato mirándome a los ojos, como intentando menguarme más de lo que estaba. De esta forma delatose que sus intenciones no eran otras que acongojarme con pesares; quizá por eso me había hablado así sobre mi maestro; quizá había mentido descaradamente para mermarme los sentidos, mis oídos de armonizador.

—*Por qué,* preguntáis —musitó—. Pues porque el asesino es uno de los de vuestra calaña. Por eso se os ha elegido.

Pol asintió levemente y arrugó la nariz. No supe si era repulsión o si sentía cierta satisfacción con las palabras de Gresnan; mi consternación no me dejaba apreciar las tonadillas de sus emociones. El privado tomó una almendra y volvió a dar un pequeño sorbo al vino, como si lo que acababa de decir fuera cosa obvia.

—Excusad señor —repuse—, pero sigo sin saber a qué os referís.

—No comprendemos las macabras naturalezas con las que algunos... *bardos* actuáis. Por estas vicisitudes habremos de confiar en vuestra merced para enhebrar los hilos del misterio, y dar con el asesino. Seré claro: solo voacé, que comprende la naturaleza de cierta magia oscura puede resolver este asunto; porque esas herramientas blasfemas que conocéis, como bien os digo, han sido las mismas usadas por el asesino para perpetrar tan macabro crimen.

—¿Las escalas prohibidas, decís?

—Exactamente eso, Corneli. El asesino usa esa magia perversa que mutila cuerpos, corrompe el alma de los inocentes y perturba las mentes de los más templados; esa execrable hechicería diabólica que cambia la percepción de los hombres más sagaces, e induce a la locura a los más cuerdos. —Se paró en seco, mirando el vacío—; esa infame magia que apaga los corazones a voluntad...

El silencio se hizo sepulcral; tan solo yo podía escuchar las emociones de los presentes: terror y superstición.

—Excelencia... Mi pasado quedó atrás... Ni siquiera pienso en las escalas prohi...

—Os prometemos diez mil reales —interrumpió, ignorando nuevamente mi comentario— y un salvoconducto para que volváis a las tierras extranjeras, si así os place. Creo que lo expuse bien en la carta que mandé enviaros más allá de nuestras fronteras.

Tras ese «si así os place» se ocultaban muchas cosas. Se ocultaba «volveréis porque me place», aunque tal vez se ocultaba «volveréis si me place». La segunda opción me daba más miedo.

—Vuestra excelencia está llena de generosidad y benevolencia.

—Ahorraos palabras vacuas —escupió agitando la mano, como si quisiera apartarme de la vista—. No se ve un bardo proscrito en Ísbar desde hace diez y seis años, y no quiero tener ni uno cerca demasiado tiempo, sea enemigo o aliado. Sin embargo, si sois franco conmigo, si prestáis con lealtad vuestro servicio al Imperio de Ísbar, me ocuparé de que no tengáis nada que temer y gozaréis de mi protección; porque me sois más útil vivo en palacio, que muerto en una hoguera.

Seguidamente tomó del legajo un pergamino más desteñido que los demás papeles y me lo mostró. Un escalofrío recorrió mi espalda: tenía el sello de la santa Iglesia de Ísbar. Lo colocó encima del montón con un gesto despectivo y clavó un dedo sobre él.

—Esta —espetó— es el acta de Caperio Coordinante, el prefecto del Distrito Central y sumo calificador del Santo Oficio. Queda dispensado de ahora en adelante por jerarquía normativa: la ordenanza imperial de vuestro indulto enmienda el anatema, como os prometí en mi carta.

Mis hombros parecían desprenderse de una carga abismal, y antes de darme cuenta el aire de mis pulmones salió liberado con un ruido de exhalación. Confieso que la pena me subió por la garganta, y mis ojos se humedecieron continentes de emoción.

—Mi corazón os está agradecido, vuecelencia. —Quedé en silencio por unos segundos, aunque debía aprovechar ese momento—. Pero hay algo que también me es querido, más por causa de mi honra que por mi ambición.

—Y ya sabemos qué es: mañana por la mañana Pol irá a buscaros a vuestra alcoba, que se os dará esta misma noche. Estad en pie sobre las diez tras la salida del sol, porque vendréis a mi despacho, donde tendré a punto una ejecutoria de hidalguía. El pleito ya se tramitó formalmente hace una semana, también por decreto ley, de manera urgente; todo está arreglado ya con la Imperial Chancillería de Monteperegrinos. Mañana a las diez de la mañana volveréis a pertenecer a la nobleza, y por ende podréis portar espada ropera. Vive Dios que la vais a necesitar mientras permanezcáis en la ciudad.

Ya estaba completo. El alivio que sentí al oír todas y cada una de estas palabras me dejó ebrio de felicidad y no pude más que suspirar buscando la forma de dar las gracias nuevamente, con una voz que adivinábase trémula. Adivinábase, digo, porque Gresnan se adelantó con estas palabras:

—También necesitaréis un arpa de muñeca, así que iréis a ver a Liscario Tristante, el lutier de la corte. Creo que lo conocisteis durante vuestros trabajos aquí. Aún continúa en su puesto desde entonces. Sigue manteniendo la lutería en el callejón de los Montambancos. —Hizo una pausa y dijo algo que reveló su incompetencia como valido—: O eso creo.

—Bien lo conozco, sí. El maestro Liscario me hizo mi última arpa de muñeca por seis escudos de oro y nueve reales.

Sería un comportamiento embarazoso, tras la indulgencia que me mostraban en palacio, declarar que había ido lindamente por la ciudad con un arpa de muñeca rudimentaria cuando no se me estaba permitido, por lo que callé tal cosa. El maestro Liscario era uno de los mejores lutieres de Ísbar, y una nueva arpa de calidad se me revelaba como una bendición del cielo. No pensaba desechar tan tontamente un regalo como ese. Sentí el arpa oculta con una pesadez aún más incómoda y me llevé la mano al antebrazo.

—Lo primero que habréis de tener en cuenta —prosiguió Gresnan— es que estaréis formalmente reconocido por todo el territorio imperial. Por ello, se os dará una patente donde figurará vuestra condición de magistrado y vuestro título de hidalguía. También llevaréis la insignia pertinente para que se os identifique como funcionario imperial.

—¿Magistrado? ¿Yo?

Me costaba creerlo. De la noche a la mañana no solo volvía a ser hidalgo, sino que *de facto* había sido elevado al rango de magistrado, un título solo reservado a delegados del Imperio, a juristas y a armonistas de renombre con potestad para la enseñanza fuera de las universidades.

—Actualmente —aclaró—, algunos distritos están cerrados.

—¿Cerrados?

—Nada grave: se lleva un control en las puertas y suelen cerrarse tras la caída del sol. De cualquier modo, habréis de estar acreditado para poder acceder a ellos sin que se os increpe o interrumpa en vuestros menesteres. —Su música tocó unas notas de lobreguez, revelando un recuerdo—. También enseñaréis vuestras artes arcanas, las permitidas, por supuesto, a cierto alumno que quiere aprender la magia de la música. Y para estas cosas, como vos comprendéis, necesitaréis la condición jurídica que se os dispensa como magistrado.

—¡Pues cómo! ¡Un alumno! ¿De quién se trata?

—Hablaremos de él más tarde. Hoy únicamente conoceréis que os ha solicitado personalmente. —Hizo una pausa, su voz fría—. Y en contra de mi consejo.

—Supongo que el cargo durará hasta que complete la tarea.

—Suponéis bien. Segunda cosa importante, y atended bien, Corneli, porque esto me cuesta mucho decirlo, y no quiero que se entiendan mal mis palabras. Antes me guardaré de repetirlo por diez veces cada día, si es preciso andar en tal precaución.

—Os escucho, excelencia.

—Es posible que, llegado el momento de encontraros con el asesino, debáis defenderos de esa magia perversa y que para ello tengáis que usarla también vuestra merced, ¿yerro en lo que digo?

Me moví incómodo en mi asiento.

—Vuestra excelencia anda en lo cierto de lo que dice... Si bien puedo protegerme de muchas escalas prohibidas mediante las escalas convencionales, hay algunos efectos que precisan de protecciones menos... legítimas.

—Pues más os vale enterrar vuestro conocimiento perverso en lo más profundo de vuestra memoria, y más aún no permitir que se revele al mundo. La Iglesia considera sacrílegas estas prácticas todavía más que nosotros, por lo que, si los urdidores del Santo Oficio os señalan, consideraos muerto. Las leyes de Dios están por encima de las leyes de los hombres. No podré salvaros por una segunda vez sin despertar la ira de la Iglesia, sin hacer dudar a los súbditos de Ísbar sobre los cimientos de la fe. Digo más, con toda probabilidad pronto estaréis vigilado. No conviene siquiera que armonicéis la más inofensiva de las escalas, por si acaso. Cuanto menos llaméis la atención, mejor para todos.

—Algunos cánticos requieren de potencia en la voz, excelencia.

—¡Pues no cantéis! —me espetó.

—¿Ni aun cuando se trate de vivir o morir, su grandeza?

—Señor Corneli —suspiró—, ¿prefiere vuestra merced una muerte rápida, o un auto de fe a manos de un corregidor seglar? Ya conoce bien cómo son los procedimientos del Santo Oficio.

¿Saben vuestras mercedes cómo es el proceso de un auto de fe? Es ciertamente aterrador. Primeramente, se aísla al reo sin que se le diga palabra alguna sobre el motivo de su cautiverio. Mientras tanto, los familiares de los prefectos —agentes que se organizan como una milicia laica—, se dedican a acumular pruebas de herejía hasta que llega la hora del interrogatorio. El tormento —en caso de los villanos— es por supuesto el método favorito de los prefectos, y aunque el reo confiese bajo firma, el calificador del tribunal puede levantar un segundo proceso de tortura asumiendo que el primero ha nublado el juicio. Finalmente, si el acusado es declarado culpable le exhiben, para su vergüenza y no poca mella en la honra, en una plaza delante de toda la comunidad —que los íbaros gustan de ver estos espectáculos de manera miserable—. Los castigos van desde ser azotado, penitenciado, entonelado, asaetado, hasta la máxima pena: morir purificado por las llamas de una pira. Para más inri, si el infeliz es declarado inocente tiene que pagar el sueldo del torturador y las gestiones burocráticas del proceso.

Pero a fe mía que algo no entraba en razón. Aquellos que fueran hijosdalgo u ostentaran cargos dignatarios no eran sometidos a tormento por derecho de jurisprudencia cardinal. Gresnan Cot se percató de ello, como si me lo leyera en los ojos.

—Ahora sois hijodalgo, sí —sonreía—, pero al mismo tiempo sois *nadie* para el mundo. Gozaréis de una vida a la altura de un secretario imperial mientras estéis en palacio y cumpláis nuestros objetivos, pero no estaréis exento de vuestra baja alcurnia si la corrompida sangre de vuestras venas hace alarde de su manifiesto e irrumpe en la paz de nuestro grandioso Imperio. Repito: para Ísbar podéis serlo *todo*, o *nada*. —El odio empezaba a afinarse en su mente—. No olvidamos el agravio impuro, la infamia blasfema con la que insultasteis nuestra fe, ni tampoco olvidamos cómo huisteis de la justicia de Dios y la de los hombres. Por eso tendréis un tratamiento especial. —Se terminó la copa y me miró desdeñoso—. Demasiado me ha costado aplacar la obcecación del calificador Caperio como para no transigir en sus métodos, si fueseis juzgado por la Fe. Si esto ocurre, dad por perdida vuestra secutoria de hidalguía del mismo modo en que se os arrebató dicha condición el día en que decidisteis ser un proscrito. «Si vuelve a dar la espalda a Dios, es prueba irresoluble de su condición de villano, de su sangre corrompida y de ser siervo del Maligno»; estas fueron las palabras de su paternidad. —Su mirada se tornó aviesa; su voz siseó con malicia—: Supongo que conoceréis el dicho en alto íbaro: *non bis in idem.* No se puede condenar a alguien dos veces sobre el mismo crimen. Pero no se trata de volveros a inculpar, por supuesto; recordad que no se os ha eliminado la condena; esta sigue existiendo, solo que suspendida por el decreto. Pues bien, yo soy la voz de Su Majestad Imperial, y si he revocar vuestro indulto en aras de los deseos de la Iglesia lo haré, porque está en mi mano como privado y en mi determinación como hombre de fe.

El privado volvió a llenarse la copa y se quedó mirando a mis ojos, esperando a que yo dijese algo.

—Creo, señor Corneli, que es hora de enhebrar algunos hilos. La investigación empieza desde este propio momento. Así que tendréis preguntas, me imagino, y creo que la primera ya sabemos cuál es.

No se equivocaba. Solo había un punto de partida lógico.

—Pues bien, excelencia —carraspeé—, ¿quién es el hombre que ha sido asesinado?

Se llevó la copa a los labios antes de responder, pesaroso.

—Su Majestad Imperial —susurró, y se terminó la copa.

Capítulo 4

Donde se relata el desdichado albur en la desgracia que aquí nos ocupa

Socris Corne, el emperador de Ísbar, yacía tendido boca arriba sobre una decena de cojines de terciopelo cubierto por un sudario de lino gris: el catafalco era la cama de su alcoba. Tenía los ojos cerrados y la tez cetrina y serena. El tiempo se había detenido sobre la carne, impidiendo la putrefacción del cuerpo mediante la composición de una escala latente de conservación. Aunque el monarca rondaba los sesenta, el rostro, que en vida estaba marcado de arrugas, ahora era una superficie lisa y relajada, donde los surcos moteados por el tiempo describían tímidos canalillos poco pronunciados, como si hubiera rejuvenecido. Es lo que les ocurre a los cadáveres cuando la muerte les besa y les tranquiliza al final de su estertor; ningún muerto luce en su fatalidad lo que fuera en vida.

—Fue hallado por su primer sumiller de corps, aquí, en sus aposentos, justo donde le veis tendido. —Danubios Vitorio, el físico de palacio, se atusaba las puntas de su mostacho con dos dedos, gastando una flema irritante—. No hay signos de lucha ni heridas de ningún tipo. Parece más bien una muerte natural.

—Y así lo habríamos creído —asintió Gresnan Cot desde los pies del camastro—, de no ser porque en la misma mañana encontramos a Gladio Permes con un corte limpio en la garganta.

—¿Gladio Permes? —pregunté.

—El bardo de la corte. —Gresnan me miró con altivez—. El mejor de todo el Imperio.

—Entiendo. La casualidad juega bien su mano: Su Majestad Imperial aparece muerto el propio día en que su protector, el bardo imperial, es degollado. —Entrecerré los ojos; me vino una sombra de desconcierto—. No obstante, el palacio está bien protegido por escalas latentes. Digo más, resulta virtualmente imposible romper esas protecciones.

—No serán tan infalibles, por cierto.

Escudriñé al valido unos instantes. Recordé sus palabras en la salita: «Esa magia que apaga los corazones a voluntad», había dicho. Hacía muchos años que yo no oía hablar de esa escala prohibida. Hacía años que no la pronunciaba siquiera. Y, de repente, me encontré murmurándola para mis adentros:

—*El beso del silencio...*

—*¿El beso del silencio?* —El valido alzó una ceja, suspicaz—. ¿De qué habláis, Corneli?

—Bueno, su excelencia se refirió a eso abajo, cuando estuvimos hablando. —Lo miré continente; en realidad me costaba hablar de ello. Al fin, carraspeé con vacilación—: *El beso del silencio.* Es el nombre de la escala prohibida que se usa para detener el corazón de un ser vivo.

El Palacio Imperial, uno de los más protegidos del mundo, se revelaba ante estas razones como un lugar nimio y frágil. Parecía más lóbrego y frío ante la desgracia que presenciábamos; porque el fatídico hado que hizo que el corazón de su Augusta Majestad dejara de latir era la representación de algo más nefasto aún: la muerte del Imperio. Era la misma ciudad de Ísbar, nimia, frágil, lóbrega y fría, como no podía ser de otro modo, la que se revelaba en su naturaleza como lo que siempre había sido: un país exánime. Antes, su decadencia estaba oculta, pero ahora se mostraba desnuda. Como comprenderán, la seguridad que me había embargado entre los muros del palacio se disipó con estos pensamientos.

—¿Han considerado que el asesino se encuentra dentro de estas murallas, entre nosotros?

Gresnan me miró discreto.

—No. Afirmamos directamente que es del exterior. A eso me refería con que las protecciones no son tan infalibles: las escalas latentes del palacio y las alcobas fueron silenciadas.

El comentario me dejó más helado que al muerto.

Me permitirán una pequeña digresión para aclararles en qué consisten las escalas latentes. Estas representan un cuerpo de notas musicales que un armonista graba en un objeto o lugar de forma permanente; una música oculta que aguarda a ser activada. En este caso, las escalas latentes a las que Gresnan se refería eran las defensas de palacio, dispuestas por todos sus rincones para captar cualquier interferencia musical. De esta manera, si un armonizador modificaba el tejido de la realidad la escala oculta se activaba. Las escalas latentes de palacio, en concreto, estaban preparadas como una barrera que impedía que nadie se transportase hacia dentro; también que nadie pudiera atacarlas desde fuera; e incluso algunas estaban compuestas de tal modo que impedían armonizar a los bardos bajo los recintos de palacio. Al menos si no se conocían bien esas protecciones para poder eludirlas —o más difícil aún: silenciarlas—. Esto último resultaba imposible si no se descifraban antes. Un armonizador, bardo o dómine, sería incapaz de escuchar la música de estas escalas sin sentir daños adversos. Algunos de esos daños incluían reventar los tímpanos del atrevido infeliz.

Yo sabía que las de palacio eran lo suficientemente potentes como para dejar lisiado a un armonizador si intentaba manipularlas; fui yo quien elaboró y reforzó muchas de esas escalas durante mis años de servicio en la corte.

—Así que por este motivo pensáis que el asesino es un bardo y que ha usado escalas prohibidas. Un bardo que ha conseguido penetrar en el interior de palacio, silenciando las protecciones de sus murallas.

—Desde luego, no creemos que fuese un ventero —bromeó el físico.

—¿Dónde están los remanentes de su melodía? —Ignoré el comentario, dirigiéndome al valido—. Gustaría de examinar el tejido de la realidad, investigar cómo ha logrado entrar y qué escalas ha usado para ello.

—Hemos traído a los mejores armonizadores de Ísbar, han examinado el tejido y ninguno ha encontrado ningún tipo de esos...

Fruncí el ceño con incredulidad.

—Remanentes —apostillé.

—Sí, como lo llaméis. Pues eso, no hay residuos de magia, de ninguna melodía... —carraspeó— en ninguna parte del palacio.

—Tuvo que haber armonización, sin duda —añadió Danubios, señalando el cadáver con el mentón—, pero no hubo música.

La sala quedó momentáneamente en silencio. ¿Armonización sin música? Eso no tenía ningún sentido.

—Eso es muy extraño —dije—; toda manipulación en el tejido de la realidad deja un residuo audible. —Miré al cadáver, que transmitía una serenidad que evocaba el silencio más absoluto—. ¿Creéis que yo sí encontraré algún remanente en palacio, a diferencia de otros bardos?

—Las de palacio no nos preocupan tanto como las de Su Majestad Imperial.

—No alcanzo a comprender; ¿no convenimos en que le han parado el corazón mediante una escala prohibida? Supongo que, si sabéis eso, es porque algún bardo habrá examinado el cuerpo y os habrá dado a conocer tal cosa. Además, el Santo Oficio controla el tejido; los urdidores lo examinan celosamente.

Ambos hombres se miraron con gravedad. Gresnan viró hacia mí una mirada prudente.

—He ahí la mayor de nuestras incógnitas; incluso la santa Fe ignora que hubo un uso de escalas perversas. Y como os acabo de decir, ningún bardo ha sido capaz de descubrir restos de magia en el palacio, aparte de detectar que han silenciado las protecciones de las escalas latentes... pero tampoco ha descubierto nada en el cuerpo del emperador. Y eso es lo que os trae aquí.

—No hay remanentes musicales en Su Majestad —concluí, casi en tono de pregunta.

—Vos, señor Corneli, sois alguien que conocéis bien las escalas perversas. Habéis estudiado la magia prohibida y sabéis todo acerca de la profanación de los cuerpos. Supliréis la falta de pericia de otros. —Señaló al cadáver—. Ha llegado la hora de que arrojéis luz sobre este asunto.

El valido y el físico me miraban expectantes. Afirmaban que el emperador había sido asesinado con una escala prohibida, pero no eran capaces de demostrarlo. Lo que estaba claro era que habían silenciado las escalas latentes; no era descabellado pensar que efectivamente aquello era obra de un armonizador. Era una hipótesis arriesgada, pero plausible.

Gresnan parecía creer en ello fervientemente.

—¿Comprendéis ahora lo que os dije, señor Corneli? Un asesino sin rostro ni voz. —Suspiró mirando al muerto—. Ahora, por favor...

—Bien —accedí con actitud diligente—. Escucharé el sonido de las cosas y veré qué me cuenta el cuerpo del emperador.

Abrí mis oídos y me concentré en el cadáver, sereno.

Escuché un vals armonioso y conocido: *El tiempo ciego*, la escala latente de preservación, puesta por algún otro armonizador, que mantenía al cadáver impasible a la corrupción del tiempo. Era una tonadilla ciertamente incómoda: constante en ritmo, abrumadora en su cadencia, ominosa en su forma. Aparte de eso, ni una nota.

Nada.

Quedé callado en mi asombro como cinco minutos, escuchando la respiración de los dos hombres que me acompañaban, impacientes y atentos. Y tras ese tiempo de extrema confusión en mis pensamientos, resolví manifestar con estupor el fruto de mis sinrazones con una trémula voz que me sonó patética:

—No escucho nada, excelencia...

La decepción empezó a invadir la estancia con sonidos estridentes, y cerré los oídos para no ensordecérmelos.

—Me temo —añadí con desolación—, que no soy de mucha ayuda.

—Corneli, os he traído desde otro país para que vertáis luz sobre algo que nadie más puede. —Su voz se hizo fría y siseante—. El emperador ha sido asesinado.

Miré al cadáver y reflexioné unos segundos. Suspiré cansado.

—Opino que parece una muerte natural.

—Muy casual entonces —dijo Danubios—: un asesinato y una muerte natural el mismo día. Y ambas alcobas con las protecciones silenciadas.

—Para modificar el tejido hay que armonizar. Me cuesta creer que nadie oyera nada, ni una música, ni un sonido.

—¡Pues creedlo! —Por vez primera, Gresnan levantó un tono su voz.

Conocí que la tensión del ambiente esperaba una resolución por mi parte, pero ¿qué podía darles que fuera nuevo? Las evidencias tenían tres pilares fundamentales: una aparente muerte natural, un asesinato por degollamiento y las protecciones silenciadas. De pronto, una ocurrencia se me vino a la mente.

—¿Habéis considerado un posible envenenamiento?

Danubios negó con la cabeza.

—Se han interrogado a los sirvientes, a los cocineros e incluso al gentilhombre de boca, y podéis creer que no saben absolutamente nada. —No quise imaginar el tormento por el que debieron de pasar los criados de cocina durante el interrogatorio—. Además, soy físico y boticario de antiguo, y a fe mía que sé reconocer las señales fisiológicas de un envenenamiento. Hemos descartado esa idea por completo.

—Hizo una pausa, y en su mirada pude ver la resignación—. Recordad, don Dragos, que el bardo de la corte fue asesinado esa misma noche. ¿Qué sentido tiene asesinar a quien tiene la capacidad de detectar la armonización, si luego lo que se pretende es envenenar al emperador? Un envenenador no tendría por qué armonizar ni una nota.

—Menos sentido tiene —repuse—, que ambos asesinatos fueran cometidos de manera distinta: el emperador muerto, supuestamente, por *El beso del silencio*, y Gladio Permes muerto de un tajo en la gorguera... Lo que quiero decir es que podrían haberles parado el corazón a ambos. —Otra idea se me cruzó esperanzadora—. Por cierto, ¿dónde encontraron al bardo?

—En su alcoba —contestó el privado con voz rasgada—, también tendido en su cama. Todo apunta a que fue degollado mientras dormía.

—Tengo entendido que las protecciones de la alcoba de Su Majestad Imperial no solo son altamente peligrosas para quien fracase en silenciar sus escalas, sino que están preparadas para dar una voz de alerta a todo el palacio. —Miré al techo, intentando hacer memoria—. Recuerdo que, entre las escalas latentes, había una que conectaba a la habitación del bardo imperial para dar aviso de peligro.

Los dos hombres se miraron cómplices, como si ya supieran lo que yo fuera a decir.

—Si el emperador realmente fue asesinado —proseguí—, y no muerto de casualidad, ¿por qué iba a asesinar al bardo? Este no se enteraría de nada mientras estuviera durmiendo.

—Lo sabemos —dijo Danubios—. Está claro que el asesino quiso jugar sus cartas sobre seguro, y degolló al señor Permes por si acaso.

—Puede ser. ¿Preserváis su cadáver? Quiero verlo.

—¿El cadáver de Gladio? —exclamó el físico con una mueca de ironía—. Está calcinado, obviamente.

Imbéciles. ¿Cómo pretendían gobernar los grandes de Ísbar con esas decisiones estúpidas? Cualquier pista que pudiera esclarecernos el magnicidio había sido calcinada junto con el cadáver de Gladio. Así es como toman decisiones en Ísbar los hombres que ostentan el poder. Porque quienes ostentan el poder tienden a ser arrogantes, pero nunca menos estultos y arrojados a las decisiones precipitadas. Decisiones amparadas bajo la imprudente osadía de quien hace y deshace a golpe de orden, por temor a que la situación se les venga encima. Más vale deshacerse de lo incómodo cuanto antes, que mejor pan para hoy y hambre para mañana. Y como el pan siempre sobra en palacio, que venga otro a poner soluciones a su propia hambre; si le falta su mendrugo que se lo busque para él.

—Entonces —suspiré—, haciendo una rápida conclusión, a modo de prontuario: por lo que sabemos alguien silenció las escalas latentes que protegen el palacio; entró en las estancias de Gladio Permes y lo degolló; posiblemente luego, entró en las estancias imperiales, paró el corazón de Su Majestad Imperial con una escala prohibida, y todo ello sin dejar rastro alguno de remanentes musicales.

—En esas razones convenimos todos. —Gresnan se pasó un pañuelo por la frente, acongojado.

Aunque no tuviera sentido alguno que no hubiera remanentes, pensé que, al fin y al cabo, para eso me habían llamado: para dar sentido a lo que ellos no comprendían. No obstante, ya daban por supuesto un número de cosas en las que yo me hallaba dubitativo. Los poderosos solucionan las cosas meneando la bolsa y al momento. Ahora la bolsa le había costado a Gresnan diez mil reales y un pleito de hidalguía con resolución *de facto* a mi persona.

Con todo, encontrar una solución a esa desgracia no era empresa fácil porque, a lo mejor vuestras mercedes ya se habrán hecho las oportunas preguntas que en ese delicado momento me hacía yo: ¿y si, por mor de las intrincadas ruedas del destino, realmente había sido una muerte natural? ¿Y si el asesino, en buscando la alcoba del bardo, había dado por error con el emperador, y por eso había silenciado también las escalas latentes de su alcoba? ¿Y si en verdad el emperador había sido envenenado? ¿Y si ambos asesinatos no estaban relacionados, sin más? Algunos venenos, como la nuez vómica, inducen el colapso del sistema nervioso y la parada del corazón, y las manifestaciones solo pueden verse si se abre el cadáver. Esta práctica de estudiar los cuerpos es por desgracia cosa hecha en países que abrazan la ciencia, que no en Ísbar. *El beso del silencio*, por otro lado, no es una escala que sepa cualquier armonizador: solo conocí a un hombre que sabía usarla y hacía once años que no sabía nada de él. Además, dudaba muchísimo que tal hombre quisiera cometer una fatalidad de tal magnitud como aquella.

Pues bien, entre tantos pensamientos fui a caer en la cuenta de que hacía doce días que habían contactado conmigo, por lo que había pasado un tiempo prudente desde la muerte del emperador. Tenía más preguntas:

—¿Cuándo sucedió todo esto, exactamente?

—Hace casi dos meses —respondió Danubios.

—¡¿Dos meses?! ¡¿Habéis ocultado la muerte del emperador a Ísbar todo este tiempo?!

—¡Corneli! —Gresnan me miró amenazante y empezó a apostillar tajante—: Nadie debe enterarse de la muerte del emperador.

—Excelencia...

—Su Majestad Imperial —interrumpió el físico— ha muerto sin herederos y solo tiene un hijo bastardo, fruto de una amancebada. Si esta noticia llegara a todos los rincones de Ísbar sería inminente la sucesión de la Corona. A fuer de esta transición política pueden ocurrir muchas cosas entre los distritos de Ísbar, incluyendo una guerra civil.

—Y recordemos —continuó Gresnan— que estamos a solo un año de que se cumpla el lustro de valimiento. El Colegio de Príncipes Electores se pronunciaría de nuevo y no para elegir un nuevo emperador; eso ocurriría en los tiempos en los que el emperador era electo. Ahora, muchos hijos de alta cuna, reyes, príncipes y otros parientes lejanos de Su Majestad reclamarían el trono, y no se prevé cosa agradable.

—¡¿Y para qué está el Colegio de Príncipes Electores?! —repuse.

Fue una pregunta retórica, a modo de resignación, mas Gresnan me contestó taxativamente:

—La Cámara Territorial se ocupa de formalizar tradicionalmente el acto de la coronación, Corneli. El Colegio, aunque antaño se ocupara de elegir emperadores, hoy día tiene una función distinta, y *muy* necesaria.

—Pero... ¿Qué hay de la gente que sabe acerca de todo esto? Me imagino que en la corte se habrán enterado, ¿yerro? Estarán entrando y saliendo de palacio.

—Los armonizadores que han sido llamados para investigar el tejido están silenciados con una buena recompensa.

«Y con una buena amenaza», pensé.

—Tarde o temprano esta muerte saldrá a la luz —advertí—. Es imposible ocultarla.

—Su Majestad era reservado, todos lo saben —replicó el valido—. Hacía más de año y medio que no salía de palacio ni recibía en audiencia. Incluso hubo veces que no salió de su ala en semanas. Por estos motivos a muchos funcionarios de palacio no les sorprende pasar meses sin verlo. Yo soy su valido en todas las funciones que precisa, incluso siendo muerto, que Dios Reverberado lo acoja en su gloria. Y voto al mismo dios que así seguirá siendo hasta que sepamos qué le ocurrió. Y lo que ocurrió le atañe a vuestra merced, Corneli. ¡Descubridlo!

Suspiré abatido.

—¿Y sobre Gladio Permes?

—Gladio no tenía hijos y era muy mayor —añadió Danubios—, y su hermano, el conde de Regada, tiene el mal de la edad, que hasta ni recuerda al mercenario que le limpia las sábanas de mierda. Los funcionarios creen que el señor Permes murió de viejo. Le ocultamos la herida con los sudarios y le dimos discretamente la cremación; hubo pocos asistentes. No consideramos lógico propagar la noticia de su asesinato, pues restaría crédito a la seguridad de la Isla.

—¿Cuántas personas trabajan en la corte? —inquirí, consternado.

Gresnan me señaló con el pañuelo con un gesto impertinente. Pareciera querer frenar mis preguntas.

—De las dos mil almas que mantienen el orden en palacio solo los más cercanos a Su Majestad Imperial saben de este asunto, un puñado de hombres. —De repente su mirada se tornó de hielo—. Y a ninguna de esas personas de confianza les conviene que el orden de la corte se vea afectado en modo alguno. Porque la felonía de un solo hombre nos afecta a todos. *A todos*, señor Corneli.

—Pero... —No daba crédito a lo que oía—. Excelencia, ¿cuánto tiempo pensáis ocultar esto?

—Todo el que haga falta; eso es cosa mía. Vuestra merced se ocupará del asunto que se le ha encomendado. —Dio un paso hacia mí, amenazante—. Huelga decir que sería un lamentable asunto que la muerte de nuestra Grandeza Imperial saliera a la luz. —Y repitió tenaz—: Para todos.

Gresnan hizo un ademán con la cabeza y Danubios volvió a tapar el cadáver. Empezó a embargarme un mareo inmenso y tuve que apoyarme en el respaldo de una silla. ¿Qué esperaba esa gente de mí? Conocer las escalas perversas era una cosa, pero las habilidades musicales, en general, eran otra muy distinta y dependían de la pericia del armonizador. Y la pericia musical del armonizador es la herramienta con la que se direcciona el poder para componer y revelar el tejido de la realidad. A tenor de eso había —y los había de sobra— muchos hombres en Ísbar con mejores oídos que los míos. ¡Y pensar que estos inútiles habían depositado plena confianza en mí solo porque había sido un proscrito! Yo solo era alguien que había jugueteado con lo prohibido en cierta ocasión del pasado.

Nada había cambiado. Nada había cambiado sobre cómo hacer las cosas en ese infame rincón del mundo. La incompetencia seguía en el poder.

—Bien, don Dragos —dijo Gresnan—, dados los acontecimientos que hemos resumido en esta sala, convendréis conmigo en que de ahora en adelante ocupáis el puesto de bardo imperial.

Vacilé unos instantes, pues la sentencia me sacó de mis pensamientos.

—¿Yo? ¿Bardo imperial?

—Momentáneamente. Se os dará la credencial junto con vuestra ejecutoria de hijodalgo mañana a las diez, en mi gabinete. Al fin y al cabo, alguien tendrá que ejercer dicho cargo, y todos saben que habéis sido convocado.

—Creo que el señor Corneli se ha quedado sin aire —chanceó Danubios.

—Pues más vale que tome aire y hable. Señor Corneli, pedid: ¿qué precisáis para esta investigación?

Me dejé caer de nuevo en mis pensamientos, perdidos en una mente embotada, demasiado cansada para sostener mi atención. Parecía estar en un sueño.

Hacía década y media, cuando iba camino de bachiller en las cuatro reglas, me movía entre la carda y el lenguaje de germanía, tratando con toda clase de gentes de Ísbar. Si bien estudiar en la universidad era cosa reservada a los hijosdalgo, eso no quería decir que no fuéramos humildes. Porque en este país, como ya se ha dicho, el bolsillo y la nobleza no van necesariamente de la mano. ¡Quién iba a pensar que el humilde Corneli —que no tenía ni para comprar dos pares de zapatos al año— iba a llegar a bardo de la corte! Recuerdo que bromeaba sobre eso con ciertos amigos de mi juventud, con otros armonistas.

Otros más preparados que yo...

Y de repente, una seguridad se apoderó de mí cuando rescaté de mis recuerdos algunos rostros conocidos.

—Hay un hombre que tiene grandes habilidades musicales.

Gresnan entrecerró los ojos ante mi resolución.

—Quiero tenerlo cerca para esta empresa —continué—. Quizá pueda percibir algún remanente donde otros no podemos.

—¿Otro bardo?

—No conoce las escalas prohibidas, pero su oído es capaz de penetrar en las capas más ocultas de la melodía de las cosas. Denominamos a este fenómeno oído absoluto muy fino. Si fuese capaz de percibir las notas residuales en el cuerpo del emperador podría transcribirlas y yo las traduciría.

—¿Cuál es su nombre?

—Closter Tol. —Pronunciar su nombre me dibujó una media sonrisa—. Es del distrito de Tierrafértil. Podrían encontrarlo en el Puente, a menos que se haya mudado. Allí lo vi por última vez.

—¿Es hombre hidalgo, o un rufián matarife de la carda?

—Es de confianza —mentí; Closter Tol detestaba a los pisaverdes tanto como yo.

—Bien, lo traeremos a la corte. ¿Algo más?

—Si voy a hacer trabajo de campo necesitaré una ropera.

—Ya os lo he dicho antes: podéis bajar a la armería mañana por la mañana, después de nuestra reunión en mi despacho, y tomar una espada acorde con vuestra talla y vuestro talante de hijodalgo, Corneli.

—También necesitaré dinero para moverme de un distrito a otro.

—Por supuesto, señoría. —Por primera vez pronunció mi tratamiento de magistrado. Aun en una sociedad de estamentos el dinero está por encima de muchas cosas, incluido el respeto—. El tesorero de palacio es Gertrem Korvan, que le llevará las cuentas de sus fondos. Eran... ¿diez mil?

Ya me lo temía. Diez mil reales, claro. Diez mil reales de los cuales habría que descontar el dinero que necesitara durante mi estancia en Ísbar, incluyendo los costes de mi trabajo. Cualquiera sabría cuánto me habría de gastar en esta tarea, en tiempo, oro y sangre.

—Os estoy muy agradecido, excelencia. Sí, diez mil reales.

—Bien, bien —musitó—. Será mejor que vayáis a dormir, es tarde. El mayordomo mayor, Pol, os espera en la antecámara y os conducirá a vuestra alcoba. Mañana volveremos a retomar este asunto; así, espero que para entonces hayáis deliberado algunas cosas. Recordad, Corneli: a las diez de la mañana.

Mis estancias, que se hallaban en el segundo piso, eran dignas de un príncipe. Aunque tampoco esperaba menos, pues me encontraba en uno de los más grandiosos palacios que hubieran existido en esa parte del mundo.

Aunque no soy hombre de lujos, quizá en tiempos menos aciagos me hubiera paseado por las dos cámaras deleitándome con la ostentación que me rodeaba: entre el mobiliario de teca oscura destacaba un bonito bufete, donde hallé la merced de una resma de papeles con pentagramas ya dibujados: todo un detalle por parte del servicio de palacio. Pero no fue solo por estas finezas el motivo de mi deleite: ya había dos criados preparándome un baño caliente en la antecámara. El primero que me daba, por cierto, en decenas de semanas. Insistieron además en darme de cenar, pero les ordené que me dejaran solo, pues no tenía el estómago hecho para nada que no fuera algo de vino. Además, quería estar a solas con mis pensamientos.

Pensé en el abismo que se abría entre el antiguo Dragos y el de ahora; la última vez que estuve en el Palacio Imperial no obtuve tantos reconocimientos. Fue hacía unos trece años, cuando me contrataron para reforzar las escalas latentes de los muros. Me hospedaba en una pequeña posada, a unos veinte minutos de palacio. Sus habitaciones eran mucho más modestas que las lujosas cámaras en las que ahora me hallaba. Aun así, conseguí transportarme por un momento a aquella habitación pequeña, en La Tasca del Burlador —que era como se llamaba el local—. Recordé que del techo pendía una lámpara de aceite que podía apagar cómodamente cuando me echaba a dormir, algo muy distinto a la agobiante cantidad de hachas y bujías que me bañaban ahora el rostro. Y entonces, mis ojos se despertaron y emergieron de la memoria y me hallé mirando arriba: el artesonado de madera de mi nueva alcoba era tan alto que daba vértigo, y toda sensación de encontrarme amparado por el hogar se desvanecía con tan solo dar tres pasos por ese vasto espacio.

Se me antojaba frío. Inhóspito.

Asfixiante...

Ante la incapacidad de volver a mis cavilaciones, me acerqué a la ventana con la intención de localizar la antigua posada. Más allá del Grandioso Puente Doria I no podía ver más que un puñado de edificios que se interponían insolentemente a la vista como colmenas de luz ambarina, con techadas de un hierro tan oscuro que apenas contrastaba con en el manto de estrellas si no fuera por la plateada luz del gran arco del Tetragrama. Cuatro anillos con la luna Do, rojiza en su cénit.

Perdí la noción del tiempo y me invadió un sueño intenso mientras observaba a la humilde gente, allá lejos, bajo el capote de luceros sobre los puentes que se tendían por encima del barro.

Sobre cómo me abandoné al colchón, no tengo recuerdo alguno.

Capítulo 5

Que cuenta cómo el hijodalgo Corneli se hace a palacio, junto con otras lindezas de la corte

A la mañana siguiente fue a buscarme Pol, aunque llegó más temprano de lo que esperaba.

Me hablaba entonando una música de desprecio, pero no se dejó a las malas formas, que me habló con mucho oficio. Por lo visto, Gresnan Cot requería mi presencia en una hora, más o menos, y había enviado a Pol a recordármelo. Cuando estuviera listo, según me dijo, solo tendría que pedir a mi criado personal que me condujera a las estancias del privado.

—¿Se me ha asignado un chambelán? —pregunté, aguantando la risa.

—Un ayuda de cámara, si tenéis la gentileza de hablar en íbaro y no en galvo. Le ayudará a quitarse esa... —me miró de arriba abajo con repulsión— indumentaria.

—Creía que sería vuestra merced quien me llevaría ante el valido.

—Han tornado los planes. Yo estoy ocupado en otros avíos.

Palmeó dos veces y un hombre diez años mayor que yo se adelantó: pelo blanco y corto, rostro relajado y tez morena. Su música marcaba el rígido compás de la disciplina.

Pol se dirigió a él:

—Edmundo, ayuda al señor Corneli a elegir una ropa adecuada para andar por palacio.

Edmundo era hombre agradable y servicial, de buena familia. Me contó, marcando un fuerte acento vitalinnio, que era hijo menor de tres hermanos —todos varones— y que su padre era un señor de una ciudad de Vitalinnia que recibía el título de serenísimo señor —algo así como un corregidor con título nobiliario—. No paraba de llamarse a sí mismo camarlengo, una distinción prerrogativa de los eclesiásticos que era dada, generalmente, a los mayordomos del Alto Pontífice, allá en su país. Pero Edmundo no tenía nada de prelado, así que este nombramiento no era más que una mala traducción de lo que conocemos, meramente, por ayuda de cámara.

Como habrán deducido vuestras mercedes, todo esto me lo contó instado por mis insistentes preguntas, que costaban de ser respondidas debido a lo comprometido de su posición. Pero yo no estaba acostumbrado a tratar con personas que se tenían por estatus inferior al mío, que me crie entre la carda, así que hablaba a mi sirviente como a un igual. De cualquier manera, descubrí en el hombre una afabilidad oculta que dejaba entresacar, por momentos y con timidez, una faceta de persona facunda, culta y atenta. Y hablándome se me hallaba —prevenido, eso sí— mientras tomaba prendas del ropero.

Lo primero que abandoné fue mi jubón coriáceo y desgastado, y vestí uno de terciopelo negro, sin mangas, más acorde para pasear por el interior de un palacio que, a buen seguro, estaría colmado de pisaverdes perfumados. Dejé a un lado un montón de gregüescos y decidí seguir con unos calzones negros y sencillos, también terciopelados. Edmundo me sugirió la valona plana para ajustarla en el cuello. Nunca soporté los convencionalismos y las modas; tal como me la dio la volví a tirar al interior del ropero. Revolví entre una docena de capas: saqué un herreruelo modesto y me ajusté el amarre bajo el sobaco derecho, para terciarlo al lado donde iba a llevar la ropera. Lo que más me costó cambiar fue el sombrero, pero al final decidime por un fieltro de ala ancha, de buena calidad, oscuro y sin pluma. Guardé mi viejo chambergo dentro del ropero y ordené que no se tocara por ningún motivo. Luego tomé un desayuno frugal que consistió en aguardiente, tocino, algo de letuario con pan y una pera madura. Dejé más de la mitad de la comida y nada más lavarme en la jofaina —cosa a la que me acostumbré en el país de Galvaré— ordené a Edmundo que me llevara hasta el privado, que se hallaba en el primer piso.

Y entonces ocurrió que, en bajando las grandes escaleras de mármol, un grupo de criados que escoltaban un muchacho me abordaron casi de frente. El zagal era de tez pálida y pelo y ojos castaños, vestido con ropas terciopeladas de color azul y capa oscura. No frisaba más de los trece o catorce años, pero tenía una mirada altiva e hizo un gesto con la mano, haciendo que todo el grupo se parara de golpe ante mi presencia. Me miró de arriba abajo, con una ceja levantada. No habría de comentar más detalles para hacerles ver que era de alta cuna.

—¿Quién es vuesamerced? —preguntó.

—Mi nombre es Dragos Corneli —dije con una inclinación—. Soy el nuevo bardo de la corte. ¿Con quién tengo el honor de hablar?

—Habláis con Lintus Corne, infante de Su Majestad Imperial. A partir de hoy os dirigiréis a mí por su alteza.

Reí por dentro. El bastardo del emperador llamándose infante, y dándose a sí mismo el tratamiento de alteza. Hice el ademán de una genuflexión con el fin de decir «con vuestro permiso, alteza», pero el crío debió de notar mis prisas, y no me dejó ni decir esta boca es mía.

—Ardo en deseos de empezar cuanto antes —comentó apremiante.

—Dispensad, alteza —dije extrañado—; ¿a qué os referís?

—¿No os lo han dicho? —Hizo una inclinación de cabeza señalando uno de los criados; pude percibir que llevaba un estuche de guitarra—. Sois el encargado de instruirme en la magia. Comprendo las cuatro reglas básicas y el solfeo, lo suficiente como para empezar a hacer algo más... arcano. —Sus ojos se perdieron en sus pensamientos, velados sobre una estatuilla de alabastro que representaba un bardo con un arpa de muñeca—. Gladio Permes era un hombre estricto y reservado, y nunca llegó a enseñarme lecciones más prácticas. «No estáis preparado aún», decía, «queda mucho solfeo por aprender». —Volvió su rostro hacia mí—. Pero usía, magistrado, comenzaréis cuanto antes esas lecciones prácticas. Estoy completamente seguro de ello.

—Sí, alteza.

—¡Bien! —exclamó tras unos segundos de arrogante escrutinio—. La instrucción será de nueve a doce. Empezaremos mañana... señoría.

Dicho esto, hizo un gesto y se encaminó con sus criados escaleras arriba, dejándome a solas con Edmundo.

El despacho del valido se encontraba en una de las esquinas del edificio, junto a la sala de los ministros, y se llegaba a él por un ancho pasillo decorado por cuadros de validos de diversas familias que sirvieron antaño a antiguos monarcas de Ísbar. En tiempos lejanos, como bien se ha relatado antes, los emperadores eran designados por el Colegio de Príncipes Electores de Ísbar mediante votación, en periodo interregno. No obstante, cuando la dinastía pasó a heredarse de padres a hijos —dinastía de los Kesen durante la Transición—, el Colegio siguió funcionando, aunque solo para mantener los cargos, dando cierta formalidad a la ceremonia de la coronación. Esto, junto con otras costumbres del mismo estilo, ha conformado la vida política del Imperio desde que Ísbar existe: altos cargos medrando en puestos inútiles mientras el pueblo se muere de hambre.

Con respecto a los validos —o privados—, siempre fueron elegidos a dedo por el rey o por el emperador que a la sazón gobernara, por elección particular del mismo monarca. Ciertamente podemos decir que eso también ha cambiado, pues cuando la emperatriz Anuska Kesen contrajo matrimonio con Parexis Corne mantuvieron a la aristocracia contentada de esta forma: el Colegio de Príncipes Electores seguiría funcionando para formalizar la ceremonia de coronación, mientras que ambas casas tendrían su alianza y pasarían el título de emperador de padres a hijos, pero a precio de que cada distrito eligiera candidatos para el puesto de valido. Así, el privado ha mantenido su cargo a merced de las regalías que dependen de los diezmos del pueblo de Ísbar en sus trece estados, o distritos —que es lo mismo que decir que quien tiene más dinero e influencias, resulta ganador—. Un pueblo que, desprovisto de lucidez y cultura, mantenía en esos tiempos el foco de los ministros en dos facciones turnistas: Gresnan de la casa Cot y Malacael de la casa Gomori. Existían otros candidatos a privados, por supuesto, pero el pueblo, en su única manifestación democrática permitida mediante la donación de estas regalías, compensaba más a estos turnistas —que esquilmaban a la villanía, por cierto—, en detrimento de aquellos quienes verdaderamente tenían voluntad y arrestos para cambiar las cosas. Con todo, un privado es una especie de ministro, aunque no del tipo de otras naciones, ya que se encarga de hacer las funciones del emperador mientras este se dedica a otros menesteres.

O mientras está muerto...

El caso es que por allí me conducía Edmundo cuando pude ver, junto a la puerta que custodiaban dos corchetes, a Felindante Pelgrin sentado en un banco de mármol verde, y junto a sus pies, su maletín de cuero. Más bien ya estaba por levantarse, que pareció escuchar nuestros pasos tras el ángulo del pasillo, y se colocaba frente a nosotros con una amplia sonrisa que mostraba el hueco donde otrora se ajustaba un diente.

—¡Buen día, don Dragos! —Hizo una inclinación de cabeza, mientras se descubría—. Espero que hayáis dormido bien.

—¿Qué hacéis aquí, mi buen amigo?

—Soy un gentilhombre de cámara, ¿recordáis?

—Ya, pero Gresnan Cot me espera a mí, no a vos.

—En realidad —repuso—, habréis de saber que nos espera a los dos.

—¿Y eso significa...? —dejé la pregunta en el aire.

—Se me ha asignado a su señoría como médico de campaña. —Se sonrió, añadiendo—: Supongo que esto lo explicará mejor el valido.

Felindante hizo una reverencia y se echó a un lado, como invitándome a ir primero. Los corchetes nos franquearon las altas puertas, y se nos abrió a la vista un despacho rústico y lleno de muebles de teca, solemnes y oscuros. Una alfombra gigantesca cubría el embaldosado blanco, y sobre ella, tras un escritorio amplio, Gresnan Cot alzaba la vista hacia nosotros. Edmundo se quedó fuera.

—Ah, su señoría, el magistrado Dragos Corneli —exclamó sonriente, mientras se cerraban las puertas—. Y el físico Felindante Pelgrin. Adelante, por favor.

El privado tanteó bajo un montón de hojas en blanco, como dando la impresión de estar buscando un papel importante. Hundir mi ejecutoria de hidalguía bajo una montaña de papeles impolutos no dio el efecto de indiferencia que pretendía. Era un hombre verdaderamente torpe.

—Aquí está. La carta ejecutoria de hijodalgo de privilegio, firmada por el oidor de la Imperial Chancillería de Monteperegrinos, su ilustrísima Corintio Sato. Solo basta la rúbrica de vos para terminar este asunto. Comprobad si está todo correcto.

Me acerqué al escritorio y Gresnan puso frente a mí el tintero con la pluma. Leí el documento con mucha atención y efectivamente vi que todo estaba en orden: intitulación, exposición del motivo del pleito, jurisdicción, conminatoria y la fecha —que era, por cierto, la del día mismo, 7 de noviembre del año 1632 de Nuestro Señor Reverberado—. Cuando rasgué la pluma contra el papel sentí una sensación de inmenso poder. Luego me dio otra copia en virtud de mis credenciales y dos diplomas donde figuraban los títulos de magistrado y de bardo imperial, ambos firmados por el valido —que es lo mismo que decir firmados por el emperador—.

—Gracias, Corneli. —Gresnan tomó la carta junto con el tintero y la pluma y los dejó aparte—. Ahora, me gustaría hablar sobre el caso que nos asola. Como seguramente ya os habrá dicho el señor Pelgrin, se os ha asignado como médico de campaña. Esto significa que estará junto a vos para cuantos servicios preciséis.

—¿Estima vuestra excelencia que necesito dicho servicio?

—En realidad no es por usía, señor Corneli —dijo con sonrisa prieta.

—Entiendo... entonces cree vuestra excelencia que puedo hacer daño a alguien.

—Lo creo —zanjó—. Con respecto a lo que me comentasteis anoche, he mandado una silla de posta al distrito de Tierrafértil, al Puente, para dar con ese amigo vuestro, Closter Tol.

—¿Closter? —inquirió Felindante—. ¿El señor Closter Tol va a venir?

—Eso he dicho a sus señorías. ¿Sabéis dónde podemos encontrarle, don Felindante?

—Me consta que vive en el Puente de Tierrafértil.

—Estamos en las mismas. —Gresnan se volvió de nuevo hacia mí, suspirando—. Anoche nos venció el cansancio y no me prestaba a explicaciones, pero pongo plena confianza en vos, Corneli. Contadme pues, que sois versado en la magia: ¿en qué se basan las aptitudes de su amigo, exactamente?

Resultaba muy irónico dar una clase de música al privado del emperador, aunque era cosa necesaria para poder explicar las habilidades de Closter.

—Bueno —comencé—. Vuestra excelencia sabe que existen doce tonos primordiales, ¿yerro?

—¿Acaso no son siete? —Levantó una ceja, confuso—. Do, re, mi... ¿no es eso?

—Sí... bueno, no exactamente. Creo que hacéis referencia al nombre de las notas.

Eso iba a llevar su tiempo.

—Son siete notas, en efecto, como bien dice vuestra excelencia. Siete notas principales, por así decirlo, más cinco semitonos entre cada una. Y esto suele representarse en un círculo cromático de quintas.

—¡Helos ahí, los doce tonos! —se adelantó pretenciosamente el privado—. Continuad, Corneli.

—Hay cuatro características en la naturaleza de una nota musical: la duración de una nota es solo eso, el tiempo que se mantiene sonando; la intensidad determina lo débil o fuerte que esta suena; el color, o timbre, son las características dadas por los armónicos de su fuente; y la altura determina si es aguda o grave.

Hice al valido un gesto de aquiescencia, para ver si lo había entendido, y este contestó extendiendo la palma de su mano hacia arriba, anuente.

—Pues bien, centremos la atención en esto último: entre tono y tono hay una diferencia de altura, esto es, un sonido más agudo o más grave. Teniendo en cuenta que el sonido se propaga por ondas en el aire, y sabiendo como sabemos hasta ahora que una onda vibra, el número de veces de estas vibraciones durante un tiempo es lo que llamamos frecuencia. Y la frecuencia de la onda determinará la altura de su nota, o lo que es lo mismo: el número de vibraciones de una onda dentro de un tiempo nos dice si la nota es aguda o grave.

—Corneli, ¿es necesaria toda esta explicación?

—Sí, excelencia.

El privado suspiró agobiado, y se recostó en la silla mientras me hacía un visaje para que continuara.

—Como os digo, señor, entre nota y nota hay una distancia que puede ser medida. Nosotros, los bardos, o armonistas de oído, calculamos estas frecuencias con un calibrador que consiste en una fina cuerda muy precisa, y que generalmente se lleva en las arpas de muñeca. Esta cuerda vibra con el sonido y lo refleja en una aguja fina que señala con alta precisión la frecuencia de la onda en números. Para no aburriros resumiré toda esta explicación *científica* —remarqué bien la palabra— con lo siguiente: el calibrador cuantifica en números la naturaleza de las notas. Pues bien, hay personas con un oído que discrimina estas frecuencias con mucha exactitud.

—¿Quiere decir que hay personas a las que no les hace falta ese... medidor de frecuencias?

—Más que eso, excelencia —sonreí—. Las frecuencias pueden partirse en unidades todavía más pequeñas, un concepto conocido como «unidades de desafinación». Los armonistas jugamos con estas unidades, calibrando el sonido para producir efectos en la realidad física, y a esto lo llamamos temperar. Cada unidad de desafinación, además, se divide a su vez en otras cuatro unidades más pequeñas, que llamamos cents. Pues bien, hay oídos en este mundo que discriminan esos cents con exactitud.

—¿Y ese amigo vuestro, llamado Closter, es una de esas personas?

—Closter Tol discrimina una distancia de dos cents entre dos sonidos.

El privado se inclinó de nuevo sobre el escritorio y entrelazó las manos, dándole un aire de curiosidad.

—Pero ese señor Tol, como dijo voacé, conoce poco o nada de esa magia oscura.

—No es necesario conocerse las escalas prohibidas, excelencia. ¿Sabéis qué es el «número de oro»?

—No sé a qué os referís.

Su voz sonaba molesta. La gente inculta y poco dada a leer se muestra celosa de los conocimientos ajenos, y ven pretenciosidad en las explicaciones que proveen otros hombres, por muy humildes que sean. Es un miserable sentimiento de envidia, muy común en Ísbar, y que creo está relacionado con un frágil concepto de sí mismo, que se manifiesta en pos de vencer la propia vergüenza.

—El número de oro —proseguí— es el número de la naturaleza. Está en todas las cosas: en las proporciones del cuerpo humano, en las hojas de los árboles, en las caracolas, y hasta se cree que en la forma primigenia de los copos de nieve. Este número es una constante en la vida. Tanto es así que la naturaleza crece siguiendo su ritmo, y por eso los dómines lo llaman el número sacro, o el sagrado número de Dios. —Aquí Gresnan entrecerró los ojos; parecía sonarle el asunto—. Hasta hoy día muy pocos han podido replicarlo en música. Muchos teóricos, aquellos que no aceptan la existencia de las escalas perversas, creen que al número de oro no puede dársele realidad en términos de sonido, que es imposible de replicar en su frecuencia exacta. Esto es porque el número de oro no es un número racional, sino que representa un problema matemático y su extensión es infinita en la manera misma en que son los misterios insondables de la existencia.

Gresnan compuso un rictus de molestia, y lo reflejaba en una mirada que parecía decir: «Cuidado, Corneli, estáis blasfemando».

—Lo cierto —dije impasible— es que hace solo unas décadas se consiguió hacerlo. Algunos armonistas se valen de esas frecuencias puras, las del número de oro, para componer las llamadas escalas perversas, o escalas prohibidas. El número de Dios es considerado sagrado, y alterarlo está perseguido por la Iglesia. En efecto, estas son las razones por las que esas escalas pueden alterar el funcionamiento de la vida: reparar dolencias, reconstruir miembros mutilados, curar o inducir la demencia y... por supuesto también parar los latidos de un corazón.

—Y vos conocéis esas escalas...

—Conozco solo algunas, sobre el papel, en la teoría. Y sí, puedo replicarlas absolutamente de memoria con el artefacto adecuado.

Pero discriminarlas con el oído es otra cosa bien distinta. El sonido que emane de un arpa de muñeca, y que replique escalas con la frecuencia del número de oro, se revelará a los oídos como una música disonante e incoherente. Una música básicamente deslucida. Si hay remanentes en el cuerpo del emperador, puede que yo no los oiga, pero a lo mejor puede hacerlo Closter Tol, aunque solo escuche una música que no comprenda.

El privado me miró con unos ojos llenos de decepción, y el sonido de sus emociones me terminó por revelar una oculta contrición, probablemente sobre mi persona.

—Bien, pues esperaremos a ese Closter Tol, aunque la pecunia por sus servicios correrá de vuestro bolsillo, señor Corneli, que sois vos quien precisa de él. —Se recostó de nuevo—. Mientras, haceos con una ropera elegante, digna de portar. Podéis retiraros, a menos que deseéis plantear algo más.

—Gustaría, excelencia —planteé—, que me ha parecido ver en la noche de ayer unos barracones cerca del distrito, y pareciome de suma extrañeza, que no es común ver eso. Al menos hace once años, si vuestra excelencia me entiende.

El privado se movió inquieto en su asiento y me lanzó una mirada aviesa. Luego, suspiró y comentó:

—Sois muy observador, Corneli. Se trata de precauciones, solo eso. Últimamente el pueblo se encuentra un tanto revuelto y aparecen cismáticos por todos lados. Tienen afán de ir cerrando distritos en Ísbar. Pero la grandeza y la unidad de nuestro Imperio están por encima de toda esa algarabía de la carda.

Felindante emitía una anacrusa de inquietud, que hasta temí que se desbocara en un resuello de su quebrada contención de hombre pusilánime.

—Pueden retirarse —concluyó Gresnan, para mi alivio.

—Sí, excelencia —dijimos Felindante y yo al mismo tiempo.

Me encaminé junto con mi buen amigo hacia las arcas de palacio a ver al tesorero, ese tal Gertrem Korvan. Como Felindante me indicaba el camino, Edmundo quedó rezagado unos pasos detrás de nosotros.

—Gresnan Cot no es muy versado en términos de música —se sonrió Felindante.

—Pues ya podría aprender, que bien se sienta en el despacho del valido del emperador.

—Baje la voz, vuestra merced —susurró intranquilo, como si fuese a atenuar mis palabras con su voz queda—, estas son cosas que se hablan mejor en las tabernas.

—Yerra vuestra merced, don Felindante: en las tabernas están las lenguas desabrochadas, que hablan de todo y no dicen nada. Aquí hay incompetentes y cargos medrosos, y las cosas de palacio que se queden en palacio. Mejor no asustar a los que no quieren saber, pues la ignorancia es virtud para la dicha.

Cuando aún llevas en las venas una sangre irrefrenable que solo puede darte la impetuosa juventud, glorificas el conocimiento y el saber como fin último de la autosuficiencia y la seguridad en ti mismo. Pero nada más lejos de la verdad: que cuando la edad avanza y la lucidez se revela, la autosuficiencia y la seguridad tórnanse justamente en lo contrario, pues no hay nada más desolador que ir palpando los techos de los conocimientos de la humanidad, y darse cuenta de cuán corvos estamos bajo ellos.

En la juventud crees ciegamente en el orden de las cosas, y piensas que los hombres justos que las ordenan son dueños de herramientas poderosas, herramientas que usan para construir el mundo, o bien repararlo. Hasta que, nuevamente, con la visión serena que nos da la madurez y que se nos revela trayendo de la mano los estragos de este mundo, descubres las escasas herramientas que existen, y que construir y reparar el orden de las cosas no depende sino de lo que los poderosos quieran permitir obrar a esos hombres justos. Y más aterradora es la verdad, si cabe, cuando los poderosos delegan en ti dichas herramientas, aun siendo ellos mismos los que controlan la altura de esos techos de conocimiento, bajo los cuales no puedes erguirte sin hacerte daño.

—El caso es que yo sí quiero saber, Felindante. Algo que Gresnan no quiere que sepa, y que vos sí sabéis.

Un «vive Dios» creo que musitó, o algo así. Pero yo no iba a inquirir nada a mi amigo dentro de la corte imperial.

—Aunque pensándolo mejor —añadí—, tenéis razón: me contaréis estas razones cuando estemos en una taberna, lejos de palacio. Allí nos convertiremos en las lenguas más desabrochadas de Ísbar. Antes voy a hacerme con algo de dinero, una buena espada y un arpa de muñeca.

Capítulo 6

Sobre la visita que Dragos hace al lutier de la corte y algunos hechos conspirativos

—Aquí tenéis, usía: catorce escudos, cuarenta reales en plata y cincuenta ardites de vellón. En monedas de a ocho, de a cuatro y de a dos, como habéis pedido.

Gertrem Korvan era un hombre anciano, menudo y lánguido. Le faltaba la mitad de la dentadura y su mirada era muy insolente, de esas que se te quedan clavadas un buen rato cuando terminas de hablar, como desdeñando tus palabras. Cogí el dinero, le agradecí al señor Korvan su trato y salí del despacho de la tesorería mientras sentía su mirada clavada en mi nuca.

Felindante y Edmundo se unieron a mí en el pasillo.

—¿Ya os han proveído, Dragos? —dijo Felindante.

—¿Sigue estando la armería imperial en los bajos del ala oeste?

—Así es, amigo mío —afirmó.

—Pues si no os estorba, acompañadme.

—Que me place.

Bajamos a la planta baja en dirección a la armería, y Felindante sacó el tema del asesinato con interés. Le dije a Edmundo que no precisaría de él hasta el crepúsculo, por lo que le despedí gentilmente.

—Entonces, han silenciado las escalas latentes —comentó Felindante—. Dos asesinatos: uno por degollamiento, el otro por escalas perversas. Y sin remanentes o huellas de cualquier tipo. Me gustaría saber qué opináis de todo esto, mi buen amigo Dragos.

—Pues que no podemos afirmar que uno de ellos haya sido asesinado, por lo menos todavía.

—¿Creéis entonces que ha muerto de forma natural, el propio día en que su protector había sido degollado mientras dormía? ¿El propio día en que se descubrieron que las escalas latentes de *ambas* alcobas fueron silenciadas?

—¿Tenéis vos otra hipótesis, don Felindante?

—Creo que el asesino acabó con ambos hombres.

—Vos creéis que hubo un asesino, pero no hay que descartar naipes: pudo haber incluso dos, uno para cada hombre.

—Explicaos —me instó.

—Imaginaos: dos asesinos que mataron según sus limitaciones. O quizá hubo uno, como decís, y pretendió que anduviéramos en la confusión. Lo que no entiendo es cómo han conseguido silenciar las escalas para poder entrar en palacio, y que no haya huellas ni remanentes en el tejido. Y esto me lleva a sopesar, además, que el asesino conocía las escalas protectoras; o que alguien le ayudó a silenciarlas desde dentro.

—Pero nadie sabe hacer magia, aquí en el palacio. Los únicos que saben solfeo son el lutier Liscario y el hijo bastardo del emperador. —Felindante hizo una pausa momentánea, rescatando algo de sus pensamientos—: Y ambos, como os digo, no saben proyectar los sonidos, ni conjurar ninguna escala más allá de sus conocimientos teóricos. Es decir, no saben hacer magia, sino música.

—Componer el tejido de la realidad —corregí—. Hace menos de una hora me encontré de frente con el niño. Me ha pedido que continúe la instrucción que el difunto Gladio Permes dejó a medias. Es un chico algo ufano, pero sagaz; a lo mejor puedo volverlo contra sí mismo y enseñarle algo de humildad.

—Gladio decía algo parecido: impaciente pero listo. Por eso aún no le enseñó a... —se quedó pensativo— componer el tapiz, o como se diga.

—Yo también fui impaciente, Felindante, pero comedido —repuse—. Quizá no se trate de esperar a que se cure su impaciencia, sino de curar su altivez enseñando lo que es correcto e incorrecto.

Felindante rio divertido.

—Mi buen amigo, Dragos Corneli, no podéis hacer humilde a todos en Ísbar.

—Me basta con hacer humilde a uno.

—Pues habéis elegido al hijo bastardo del emperador. Ardua tarea.

—Quizá, pero si aplico humildad en un hombre importante, a lo mejor contagia a sus súbditos desde el distrito de Puertas de Irene hasta el mismo Puente de Tierrafértil.

—Disiento, amigo mío —negó con la cabeza—, el panorama de Ísbar no es tan fácil de cambiar con la actitud de un bastardo de alta cuna.

—Voy a decirte cuál es el panorama de Ísbar. Primero: una monarquía muerta; segundo: un gobierno de privados, turnista y corrupto; tercero: un pueblo complaciente y cobarde, haciéndose el ignorante. O ignorante y pávido a la vez. Y un pueblo ignorante y pávido es experto en seguir modelos.

—De las sociedades más temerosas nacen las más grandes tiranías —musitó Felindante.

—Risoldar Estut decía que no hay mayor miseria humana que el vacío que deja la ausencia de conciencia social. Hace dos años que no se ve al magistrado Risoldar. Quizá fuese un cínico, alguien que decoloraba la sociedad, pero sin él estamos más desvaídos aún. Si la miseria intelectual de las gentes de un pueblo se basa en los modelos que seguir, mejor que enseñemos la humildad a dichos modelos. Así la sociedad imitará a estos de forma instintiva.

En diciendo estas últimas palabras llegamos a la armería, mas ahora decidimos entrar juntos, por ser un sitio menos íntimo que el anterior. Se nos presentó una cámara que parecía solitaria, salvo por dos corchetes y un hombre de la guardia de corps que custodiaban el sitio. Quise entrar por la puerta de caoba que se levantaba tras el secreter del oficial, pero este me dijo amablemente que el maestro mayor de esgrima del Imperio, Lucario Dascar, a la sazón se encontraba fuera del distrito; que había sido informado personalmente por Gresnan Cot sobre mi llegada; y que era de su gozo hacer forjar una ropera para mí, como señal de bienvenida. Así que se adentró en la cámara de armas y trajo de vuelta una bellísima espada envuelta en seda. Era de acero del barrio de Altatorre, del distrito de La Mácula, lo que es igual a decir el mejor acero de Ísbar. La guarnición era de plata —algo ostentosa para llevarla, según el sitio—, con cazoleta de concha donde se había grabado el escudo de la baronía de Coteli. Sin duda era una espada magnífica, de arte mayor y con un equilibrio insuperable.

Era hora de adquirir un arpa de muñeca. Insté a Felindante a que me acompañara al taller del lutier imperial, que vivía a pocos minutos de palacio, donde tenía su negocio: La Casa del Arpa. Allí tornáronse las emociones de mi amigo con notas de turbación; sabía que fuera de palacio podría sonsacarle algunas palabras acerca del estado actual de la ciudad, y el bueno de Felindante era hombre poco dado al chismorreo. A fe mía que los mentideros son buenos lugares para intercambiar los acontecimientos más relevantes de la política local, pero tan fácil es oír en ellos la verdad como que te levanten caramillos. Y los conocimientos de un funcionario del Imperio —como lo era mi amigo— lo ayudaban a uno a ver esos matices grises entre tanto osado paisano íbaro. Paisanos, permítanme la crítica, con más fuerza en la lengua que en sus pensamientos, si vuestras mercedes me entienden.

De cualquier modo, Felindante disimulaba muy bien con su porte de gentilhombre, con sonrisa servicial y garbosa; que era mi viejo amigo hombre hecho a la corte. Y así fue como accedió sin réplica alguna a mi petición con un «que me place», tan acostumbrado en él.

—Parece que vais ganando fama en palacio, Dragos —continuó, señalando la ropera con la barbilla—. Ya tenéis un regalo sin conocer siquiera al bienhechor.

—En honor a la verdad sí que conozco a Lucario, pues serví a su hermano mayor, Martiso Dascar, barón de Coteli, hace unos catorce o quince años.

—¿No fue quien os recomendó a la corte imperial?

—Cuando trabajé para el barón demostré mi valía como armonista, reforzando las escalas latentes de su mansión. En efecto, fue este quien me recomendó a palacio. —De repente, un pensamiento irónico me vino a la mente—. Tiene gracia...

—¿Qué cosa?

—La última vez que vine a palacio tenía escolta.

Después de once años siendo un paria, salir de palacio con potestad para ir y venir por las calles de Ísbar sin temor a ser prendido fue una sensación extraña. Era de suponer que debía sentir dicha, pero parecía eclipsada por una música de tristeza que se proyectaba con el bullicio del distrito.

Como recordarán, para acceder a los recintos de la isla donde se hallaba el palacio había que cruzar un gran puente de piedra con aspecto de colmena. Bajo el Grandioso Puente Doria I, colosales arcadas albergaban cientos de hogares donde los íbaros habían improvisado edificios, dando un curioso contraste entre el estilismo arquitectónico del antiguo palacio negro y turquesa radiante de cristaleras, y un nuevo —pero humilde— asentamiento gris, sobrio e inhóspito, que parecía apagar el brillo del sol, pero que daba cobijo a cientos de íbaros de la carda. A lo largo de sendos pretiles podían hallarse, cada decena de varas, unas estructuras pedregosas que se levantaban como garitas y que conducían hacia el interior del viaducto, a sus estrechos callejones interiores iluminados por bujías en las hornacinas. Según se bajaba cuatro arcos, se llegaba a un nivel que se ajustaba a la cúspide de unos edificios que se cobijaban a la sombra de los riscos del otro lado, y donde podían oírse claramente los rápidos del Íbari, cuyas aguas venían de las cascadas que se derramaban desde las murallas del palacio, unas cuarenta o cincuenta varas allá arriba. Pues bien, en este nivel y próximo a la pared del risco, había una pasarela —si podía llamarse pasarela a un puñado de chapas ennegrecidas y frágiles— que conectaba el Grandioso Puente Doria I con las calles del distrito. Así, de seguida, nos perdimos por unas callejuelas a la sombra del precipicio, y pronto llegamos al llamado callejón de los Montambancos. Allí la gente sacaba sus tenderetes a las puertas de sus casas: desde merchantes de joyas, seda y pedrería, pasando por los de especias, hasta llegar a los más abundantes comerciantes mecánicos, que vendían piezas de recambio para motores de vapor, engranajes y un sinfín de tuercas y tornillos para relojes y juguetes similares. Todo esto entre aliviadores de sobaco prestos a robar a algún despistado. Digo más, poca gurullada siempre se ha visto por ahí, por lo que a más de un distraído lo podían dejar fácilmente a buenas noches, y aligerarle la bolsa después de muerto a mojadas en los higadillos.

Pero volviendo a lo que les contaba: una profesión tratada con desdén —la de comerciante, digo—, que bien es sabido que aquellos que se ganan la vida honrosamente están adheridos a un gremio, según se dice. Aunque la vida de burgués es cosa para gentileshombres más que para villanos de la carda, siendo pocos los que logran equiparar la honradez con la bolsa. Y los que honrosamente llevan a cabo el negocio de sus vituallas, verán que suelen ser aquellos que tienen un taller, como La Casa del Arpa del lutier Liscario Tristante.

Era tan acogedora como recordaba: un edificio que desentonaba completamente con las fachadas toscas y grisáceas de alrededor. De hecho, a pesar de que su estructura estaba construida de la misma forma que cualquier otra casa del Distrito Central, se había embellecido el frontispicio quitando las planchas de hierro y, cavando un hueco en el adobe, se había rellenado todo de un elaborado revestimiento de madera oscura, elegante y periódicamente barnizada. Por este motivo, un bellísimo y artesanal empaque contrastaba entre los oxidados metales, dando al local un aspecto solemne pero alegre dentro del gris y triste callejón.

El interior había cambiado en redistribución, aunque conservaba el mismo perfume y casi los mismos instrumentos sobre muebles y suelos de madera de caoba: instrumentos de viento, como flautas, trombones y cornetas; así como cordófonos de todo tipo, como cedras, citaras y vihuelas. Pero sobre todo guitarras íbaras, que consistían en una caja de resonancia estrechada en el centro de sus lados largos y un mástil que se extendía doce trastes, con tres cuerdas de tripa y otras tres revestidas con alambres. Fue el primer instrumento que aprendí a tocar.

Cuando entramos me sobresalté, y a Felindante se le contagió la reacción. Pude escuchar la melodía de una escala latente que se encontraba sobre nuestras cabezas. Fue extraño, pero me embargó una melancolía que me dejó sin respiración; hacía once años que no escuchaba la melodía de una escala recién activada.

Una dulce voz se oyó desde una puerta entreabierta, a un lado del mostrador:

—¡Voy enseguida!

Sonreí. La escala latente era un chivato que avisaba a Liscario si algún cliente entraba en el local. Una obra de arte encargada a algún armonista, y que la última vez que visité la tienda no estaba. Resultaba muy caro contratar estos servicios, ya que una escala latente es un trabajo de una manufactura delicada y no todos los bardos saben componerlas.

En menos de un minuto, un demacrado Liscario Tristante, dueño de esa dulce voz, apareció por la puerta de madera junto al mostrador, limpiándose unas manos curtidas en un delantal. Debía de rondar los sesenta, y había perdido todo el pelo de la cabeza. La última vez llevaba una barba canosa y conservaba algo de cabello ralo sobre las orejas y la nuca, mas ahora también habíase afeitado, mostrando una barbilla hundida en la papada.

Quedose unos segundos sonriendo, mirando a través de sus lentes hasta que, en reconociendo a Felindante, tornose de seguida hacia mí entrecerrando los ojos, como queriendo escudriñarme. Entonces los abrió de golpe mientras en su boca se dibujaba la sorpresa.

—¡Ah! —exhaló—. ¡Ya estáis aquí!

El lutier se nos acercó efusivo y nos estrechó las manos.

—Confieso que os he reconocido por su señoría Felindante, que es lo mismo que decir que os he deducido, señor Corneli —rio efusivamente y se palmeó la cabeza—. ¡Disculpad la verborrea! Pero ¡qué cambiado estáis! ¡Aún recuerdo el arpa de muñeca que os hice por vuestra petición, con apenas veinte años en vuestro cuerpo! —Se quedó pensativo—. ¿Cuántos fueron? ¿Sesenta y seis reales?

—Setenta y cinco —corregí con una tierna sonrisa—. O lo que es lo mismo: seis escudos y nueve reales.

—Sí, sí, eso mismo... —dijo, llevando sus pasos tras el mostrador—. Me informó el privado, su excelencia Gresnan, que vendríais estos días. Lo cierto es que he estado atareado, como de costumbre. Pero he sacado tiempo para elaborar un nuevo artefacto para vuestra merced. Aún conservo las medidas de vuestro antebrazo, que no habrá cambiado mucho, por lo que veo.

—No mucho —reí.

—Y decidme. —Empezó a buscar en varios cajones de una estantería—. ¿Qué fue de vuestra primera arpa de muñeca?

—Fue destruida, don Liscario.

—Oh... —Cerró un cajón y abrió otro—. Una verdadera lástima, señor Corneli. Era una obra de artesanía muy bien conseguida.

—Cierto, pero hay algunos familiares del Santo Oficio que no sienten el mismo respeto por el arte ni la ciencia de vuestra profesión.

Tras estas palabras, escuché disonancia entre el pavor de Felindante y la impasibilidad de Liscario.

—Ya veo —musitó el lutier mientras removía objetos de metal—, aunque hay algo que siempre me he preguntado de vos. Algo cuya curiosidad inquieta el magín de mis pensamientos y me hace elucubrar cientos de hipótesis al respecto. Pues no comprendo, por imposibilidad de su naturaleza quiero decir, cierta proeza que lograsteis.

Me sentí inquieto ante esa reflexión, pero Liscario no era de esos hombres que usan la información contra los demás, por lo que amablemente pregunté:

—¿A qué os referís, señor Tristante?

—A Puertas de Irene, señor Corneli. —Se giró sonriente, inclinando la cabeza—. No logro a comprender cómo eludisteis las escalas latentes de las murallas de Ísbar, y menos todavía sin arpa. Es prácticamente imposible salir de la ciudad sin que te detecten, aun usando las artes arcanas.

El lutier cerró el cajón y puso en el mostrador un arpa de muñeca nueva hecha de latón. Por uno de los lados mostraba una excepcional orfebrería, que había sido ornamentada con filigranas de plata imitando la cabeza de un perro corgi. Dándole la vuelta mostró una elegante cejilla que aprisionaba ocho finas cuerdas de metal que se encontraban en una hendidura. En esa misma cara, a un lado, había un calibrador de frecuencias.

—Puertas de Irene... —musité, admirando el arpa. Y cuando fui a abrir la boca para dar explicación, Liscario me interrumpió:

—Es parecida a la anterior que os hice, señor Corneli. Aunque esta tiene una cuerda de más, como habréis podido comprobar. Se le ha añadido con el mismo calibre que la tercera cuerda, para tonos altos. —Hizo un gesto de invitación—. ¡Probáosla!

Me remangué la camisa, cuidando de que no se me viera el tatuaje en la cara interna del antebrazo. Tomé el instrumento y lo ceñí con un chasquido. Me cubría desde la muñeca hasta una pulgada de la articulación del codo. Quedaba perfecta, verdaderamente hecha a mi medida, como bien dijo Liscario. El arpa que había llevado días antes se ajustaba con correas de cuero y solo tenía una cara de latón, que era la que soportaba las cuerdas. Esta arpa de muñeca estaba hecha en dos partes, cubriendo enteramente el antebrazo y dando protección a la cara externa. Incluso tenía una sordina de metal para mutar el sonido o hacerlo más tenue.

Hasta Felindante, que poco o nada sabía de estas cosas, parecía maravillado.

—Me gustaría ver una demostración, señor Corneli.

—¡No! ¡Aquí dentro, no! —exclamó Liscario—. ¡Si queréis probarla que sea afuera!

Felindante rio divertido, aunque el lutier se mostraba serio en lo que andaba diciendo. Quité la cejilla y las cuerdas se liberaron unas pulgadas por encima del antebrazo. Moví las clavijas buscando la afinación correcta y rasgueé las cuerdas produciendo un agradable sonido. Era muy buen instrumento.

—No os preocupéis, señor Tristante, no compondré el tejido aquí dentro.

—Bien, bien. Aquí solo se prueba el sonido; no se usa para otro fin que no sea deleitar los oídos.

Volví a colocar la cejilla y cubrí el arpa con la manga.

—Señor Tristante, gustaría de llevarme algunas cuerdas más, por si acaso vencen estas que habéis colocado.

—Sabía que diríais eso. —Señaló con el dedo—. Un momento por favor.

El lutier volvió a girarse y sacó de un cajón una cartera de piel negra. Buscó entre ellas varias cuerdas y seleccionó un juego de siete, más una octava que correspondía, como recordarán que mencionó el lutier, a una copia de la tercera.

—¿Qué precio conviene todo esto? —pregunté.

—Por el arpa... —Me miró unos instantes, expectante, y luego sonrió—. ¡Pues nada, señor Corneli! Va a cuentas de palacio, como ya le habrán dicho. Por las cuerdas sí he de cobrar, si me dispensa vuesamerced: convienen tres reales y... —Quedose pensativo—. Sí, tres reales y treinta maravedíes de vellón. Pero dadme tres reales y estamos en paz.

Saqué de la bolsa dos piezas de plata de a dos y las puse sobre la mesa con un golpe sordo. El sonido de unas monedas contra una mesa puede ser una elegante forma para zanjar un asunto.

—Aguardad —dijo Liscario—, creo que tengo una moneda de plata en el bolsillo.

—No es necesario —resolví—, que bien sé que sois hombre de fe y por tanto me permitiréis el gozo de ser bienhechor con el prójimo. Quedaos el resto, que me place.

—Os agradezco la merced, señor Corneli. —Tomó ambas monedas y las tintineó, agitándolas en la mano.

—Antes de que me vaya, don Liscario, quisiera preguntar algo, si estáis en disposición de contestar.

—A disposición vuestra estoy desde que pusisteis el pie dentro de mi tienda. ¿Qué puedo hacer por vos?

Escuché la música de la reflexión y la premura. Armónicos de inquietud venían de mi vera procedentes del señor Pelgrin que, callado como estaba, tornó su rostro lentamente hacia mí, como vaticinando algo delicado. No se desencaminaba de la verdad.

—Señor Tristante —comencé—, como habréis oído en lo referente a los hechos que nos enfrentamos, y que puede estar tranquilo que no serán mencionados fuera de la intimidad, me embargan preguntas que temo puedan estar relacionadas con el mal que asola al Imperio.

—Preguntad —instó con delicadeza.

—Gustaría de interrogar al privado del emperador, mas paréceme que estorba mis pesquisas más que aliviarlas; pues su actitud es cerrada y solo quiere que yo, Dragos Corneli, recién llegado a la corte, aporte datos sin que él se anime a darme alguno.

—El valido es un hombre de Estado, y los hombres de Estado se guardan de no decir mucho.

—Como es costumbre en la ingrata Ísbar —señalé—. Por tanto, acudo a vos para indagar algo acerca de Gladio Permes, pues no iría muy desencaminado si me atreviera a decir que tuvisteis acercamientos con él.

—No, no os desencamináis —afirmó—, pues el señor Permes era el bardo de la corte y yo su lutier. Por la fuerza, efectivamente, que ambos estábamos abocados a trabajar en conjunto tal cual estaremos vos y yo desde este mismo día. —Se sonrió con ternura—. Os diré cuanto queráis, señor Corneli.

—Os agradezco el gesto. —Cerré los ojos, rescatando de mi memoria todo cuanto habría de preguntar—. Habladme del antiguo bardo de la corte. Habladme de Gladio Permes.

—Era un hombre de buena familia —suspiró el lutier, mirando al vacío—, tercer hijo del ya fallecido conde de Regada, su ilustrísima Bálaster Doil, y hermano del actual conde, Kenter Doil. Adoptó el apellido Permes de su abuelo materno, que por esta razón dejó en su herencia cerca de cien fanegas de puño en el distrito Cortes de Tribunal. Su hacienda, como imaginaréis, estaba bien dotada, por lo que se le envió al Colegio Mayor del Castillo, aquí en el Distrito Central, donde se instruyó en el cuadrivio y aprendió solfeo. Resolvió escoger la guitarra íbara y el laúd para componer el tejido, de modo que estos eran los instrumentos que yo le hacía por petición de la corte.

—¿Podéis hablarme de las maneras de este gentilhombre?

—Era ciertamente buena persona, cordial, atento y correoso. Pero he de añadir, y que me perdone Dios por hablar de las malquerencias de un hombre que ya no camina por el mundo, que era dado a conciliábulos y otros menesteres que solo se hacen a la sombra de las cosas.

—¿Qué queréis decir?

—Digo, señor Corneli, que era apegado al privado Gresnan Cot en el modo en que vos os apegáis a un arpa de muñeca. Y como bien sabéis que yo desprecio a la figura del valimiento, que en nada beneficia a un pueblo en la manera que el emperador es quien debe gobernar, y no otro en su lugar mientras el monarca gasta el dinero del Estado en su ociosidad, creo que todo queda dicho ya acerca de las maneras del señor Permes y de su parecer con el ordenamiento de su ministerio.

—Entiendo.

Me vi ante Liscario reflexivo, con el puño apretado contra mis labios. Ciertamente no había dicho ninguna rareza, que es bien sabido que estas cosas funcionan así en la corte; a quienes ejercen su oficio dentro de palacio les parecen bien las cosas de palacio, y no hay más que decir. Pero era bueno conocer la actitud de Gladio Permes desde el punto de vista de quien lo conocía de cerca. Tal cosa era mejor que el silencio del valido.

—¿Tenía Gladio Permes enemigo jurado? —pregunté de nuevo.

—No —exclamó, y luego apostilló—: No que yo sepa, pues como bien digo, en el fondo era hombre de bien y tenía temple y arrestos. Aunque... —Se quedó pensativo, mirando de nuevo al vacío—. Es cierto que esa última actitud menguó en sus últimos días.

—Explicaos, si tenéis la gentileza —apremié expectante.

En ese instante un pisaverde de jubón y greguescos azules entró en la tienda con aire altivo, portando un bastón. Liscario se excusó ante nosotros y se acercó sonriendo al cliente, que al parecer vino a por un laúd para regalar a un sobrino segundo suyo o un parentesco similar. Perseveró tanto tiempo entre indecisiones y parsimonias que temí que se quedara toda la mañana. Cuando pagó el instrumento comentó en voz alta la bellaquería de los cismáticos que querían cerrar sus distritos y formar sus propias instituciones, cosa en auge últimamente en Ísbar, y que me sorprendía. Después de un monólogo de irrefrenables pardieces, vivedioses y votos a tal y al Ojo, dio las buenas tardes —que el sol ya estaba en el mediodía— y se marchó con el instrumento en un estuche.

Felindante suspiró de indignación:

—Cuanto más alza la voz un hombre, más parece que le falta aplomo y razón.

—Eso es —rio Liscario—, porque necesita que sus palabras suenen seguras y fuertes para que hagan de escudo a sus pensamientos, inseguros y débiles.

—Señor Tristante —insté de nuevo—, continuad con el relato que nos contabais sobre el temple del señor Permes.

—El señor Permes, sí. —Golpeó el mostrador con los nudillos, como si así mandara salir a sus recuerdos—. Decía que a Permes, que otrora se mostrara hombre hecho a la disposición y a las finezas de la corte, hacía tiempo que le sobrevenía una sombra de pesar en su alma: que cuando hablaba parecía su voz más quebrada; cuando miraba, su rostro más cansado; y cuando andaba, como si unas cadenas invisibles le tomaran los tobillos y a cada paso que diera costara más de moverse. De eso solo se percataban quienes bien lo conocíamos, pues era hombre de correctas finezas, como os he dicho, y solo en la confianza y en lo personal se ven estas diferencias.

»Un día, su excelencia Gresnan Cot me hizo llamar urgentemente a palacio. Recuerdo que fue antes del verano y yo me encontraba haciendo una vihuela por encargo de alguien importante. Me vi interrumpido en mi quehacer para acercarme al gabinete del privado del cual, a puerta cerrada y guardada por dos corchetes de rostro pétreo, salieron amortiguadas unas voces. Era Gresnan, que reprendía al bardo por algo. Cuando se abrieron las puertas el señor Permes salió cabizbajo y con la mirada perdida; ni siquiera reparó en mi presencia. El valido estaba furioso y usaba un tono de voz más arrogante de lo habitual. Lo primero que me preguntó fue un disparate: "Señor Tristante", dijo sin dar los buenos días, "¿es posible fabricar instrumentos que no reproduzcan la magia negra?". Como vuestras mercedes comprenderán, yo me quedé atónito ante tan absurda pregunta, por lo que resolví a explicarle, entre cien interrupciones impertinentes que acostumbra a hacer, que las escalas prohibidas no dependen de un instrumento, sino de quien las compone. Luego me exigió que todo lo que yo hablara con cualquiera de la corte se le dijera al momento y me despidió de su despacho con muy malas formas, clamando al Ojo por Su Majestad, por él y por todos los hombres de fe.

—Particular historia la que me contáis, don Liscario.

—Sí, pero en la corte ocurren muchas singularidades y otras tantas supersticiones extrañas. Esto que ya les he contado no iba a ser menos, salvo por la actitud del señor Permes, que como bien digo una vez más, se volvió pusilánime. Pues desde aquel incidente salía menos de palacio, comía apenas bocado y se encerraba en su alcoba por días, aludiendo que se encontraba estudiando música.

—¿No le preguntasteis a este respecto?

—No se me ocurrió, la verdad —dijo contrito—, porque yo soy hombre de oficio que en nada acompaña a los asuntos de los demás, salvo que para estos asuntos me pidan consejo o ayuda. Lo único que sí puedo deciros es que el último día que pasó por aquí me pidió un juego de cuerdas de guitarra para su pupilo, el hijo bastardo del emperador. Platicó poco conmigo, mas lo hizo con amargura, como era de esperar en él en esos últimos días. Comentó cosas tristes, como que sentía que el mundo le había dado la espalda y que ya no le quedaba más que morirse. «No digáis eso, señoría», repuse dándole las cuerdas, «que es vuestra merced hombre hecho a la buena fortuna, querido en la corte». Ante esto se limitó a sonreír, pero cuando me dio la libranza de la tesorería dijo estas palabras que me parecieron, y me siguen pareciendo, muy curiosas: «A fe mía que va siendo hora de dejar un testamento de lágrimas. Y será de la misma forma en que os hablo, Liscario. Recordadlo. Por favor, recordadlo: un testamento de lágrimas en la forma que ahora os lo digo a vos, en este momento».

—¡¿Os dijo tal cosa?! —exclamé.

—Eso dijo… —farfulló el lutier, sorprendiéndose de mi reacción—. Pero ¿por qué os alteráis en oyendo estas palabras?

—Decidme —apremié—, ¿había algo sonando en la tienda al tiempo que dijo esto? ¿Tocaba un instrumento? ¿Canturreó algunas notas entre lo que dijo, o momentos antes?

El lutier quedose mirándome, como asustado, y entonces sus ojos se iluminaron.

—¡Ya lo creo que sí, señor Corneli! Pero ¿cómo sabéis tal cosa?

—Decid, por favor —apuré—, no os detengáis en vuestro relato.

El lutier se llevó la mano a la barbilla y se serenó. Su voz sonaba más lóbrega.

—Es cierto, señor Corneli: mientras comentaba estas palabras acerca de su testamento había en el mostrador un arpa de mano. Punzaba en ella los dedos e hizo una especie de arpegio, tocando unas notas armoniosas. Como una cancioncilla que hubiera improvisado en ese momento mientras hablaba, mirando al techo pensativo, como quien observa a la lejanía.

—No fue una cancioncilla improvisada, don Liscario.

Me desmangué de nuevo y retiré la cejilla del arpa. Puncé las cuerdas y toqué una escala de diez notas en un compás de a tres por cuatro. Felindante transmitió sensación de deleite, pero el lutier ahogó un grito señalando el arpa.

—¡Eso! ¡Eso fue justamente lo que tocó!

—Necesito que cerréis la tienda con llave —sentencié—. Y temo deciros, aunque no es de mi agrado, que esto más que una petición es una exigencia como magistrado.

Liscario quedose clavado en el suelo, como intentando comprender, y escuché sus emociones: turbadas notas de miedo salían de sus ojos. Lo miré con ternura y le sonreí:

—Tranquilizaos, no me llevará más que un momento.

El lutier sacó una llave del bolsillo y se acercó con paso inseguro a la puerta de entrada, la cual cerró al público.

—Bien, don Liscario, fijaos que hace más de once años que no tengo contacto con vos y ya he de faltar a lo primero que os prometo: componer el tejido en vuestra tienda. Mas he de faltar a mi palabra, porque por encima de esta promesa se encuentra la de resolver aquello por lo que estoy en Ísbar.

Antes de que dijera nada, puncé unas notas en el arpa de muñeca y me armonicé con el entorno. Los que no tenían oídos entrenados para escuchar la música de las cosas solo pudieron deleitarse con el sonido de las cuerdas de mi nueva arpa, pero yo encontré algo más: el puente se tendía desde mi mente hasta un lugar concreto, un ancla que albergaba un sonido oculto, una escala escondida dentro de la tienda. Y esa escala era el remanente de unas notas que un bardo había puesto allí.

Entonces, en terminando las últimas notas de la escala, coloqué la cejilla y oculté de nuevo el arpa con la manga.

—Un testamento de lágrimas —dije—, no es la manera coloquial en la que llamó Gladio a su futuro testamento, don Liscario. *El testamento de lágrimas* es el nombre de una conocida escala, o sea, un conjuro tal y como diría alguien profano.

—¡Qué decís! —El lutier se llevó una mano a la cabeza—. ¿Significa esto, señor Corneli...?

—Que Gladio Permes no miraba al techo como quien observa en la lejanía. Gladio Permes estaba escribiendo.

Señalé al techo, y en la madera lisa e impoluta aparecieron finos trazos de un mensaje que momentos antes no estaban.

Capítulo 7

De un secreto perverso que se oculta en palacio y otras indagaciones

Eran unas letras elegantes y curvas, con líneas perfectas y finas que se inclinaban cayendo a la derecha. Bajo estas letras había un pentagrama con una escala de cuatro notas. Se hendía la lisa superficie allá donde se encontraba el trazo, aplastando las moléculas de la madera con un brillo ámbar:

Sucesor mío:
Un secreto perverso.
Buscad en mi alcoba, que os dejaré a V. M. mi última palabra.
Componed la Sonata de la revelación *y aplicad estas notas a la escala.*

G. P.

Los tres hombres releímos el mensaje una y otra vez, emocionados por este descubrimiento. Memoricé cada una de las palabras y las notas dadas en el pentagrama, y emití una contraescala, es decir, una escala disonante que disuelve el remanente de sonido de otra escala activa —toda escala tiene su contraria; solo hay que componerla—. Así pues, nada más tocar la melodía, el remanente de sonidos de Gladio Permes se disipó para siempre y la superficie se volvió lisa de nuevo.

Silencio.

—¡Pardiez! —exclamó Felindante—. ¿Cómo habéis hecho eso?

—Usando la *Sonata de la revelación* —respondí—, justamente la escala misma de la cual habla el mensaje. Se usa para encontrar remanentes como este.

—Había oído hablar de este conjuro, mas es la vez primera que mis ojos ven tal cosa.

—Vos lo veis, pero un armonizador no solo lo ve, sino que también lo escucha —aclaré—. Y no es un conjuro, por cierto, sino una escala.

—¿A dónde ha ido? —preguntó el lutier, inquieto. Se le adivinaba cierta ansiedad por saber si el mensaje habría desaparecido definitivamente.

—Al lugar más desolador que existe para la música.

—¿El silencio? —preguntó Felindante.

—El silencio forma parte de la música. Ha ido al olvido; es una música que jamás se escuchará de esta forma, con este mensaje.

—¿Qué creéis que significa, señor Corneli?

—No lo sé, pero está claro que guarda relación con la muerte de Gladio.

—«Un secreto perverso» —murmuró Felindante—. ¿Explicaría eso lo de *El beso del silencio*?

Negué con la cabeza.

—Disiento. Eso sigue sin probar nada, pero quizá pueda esclarecernos algo al respecto.

—¿No os parece suficiente prueba?

—Lo único que sabemos es que, en el momento de morir, el señor Permes dejó otro mensaje, otro testamento de lágrimas, según se nos ha revelado aquí. O al menos eso deduzco. —Me masajeé los ojos con cabeza gacha—. Creo que Permes sabía que moriría y, por tanto, también sabía que tarde o temprano algún armonizador vendría a La Casa del Arpa y terminaría revelando este mensaje.

—¡Qué aterrador! —exclamó el lutier—. ¡Pobre señor Permes! Pero ¿cómo sabía de su desdicha?

—No lo sé —contesté—. «Buscad en mi alcoba, que os dejaré a V. M. mi última palabra». Quizá esa incógnita se nos revele en su alcoba. Pediré permiso al privado esta misma tarde para entrar allí y sacar algo más en conclusión. Usando la *Sonata de la revelación* será fácil encontrar el mensaje que dejó oculto. Espero que eso baste para esclarecer la muerte de Su Majestad Socris Corne o, al menos, nos adelante mucho en la investigación.

—¡No habléis tan alto! —El lutier agitaba las manos, como intentando amortiguar el sonido de mis palabras—. Os recuerdo que fuera de palacio somos pocos quienes sabemos acerca de la muerte de Su Majestad.

—Las paredes tienen oídos —apostilló Felindante.

—No, las paredes no. Pero tenéis razón los dos: el sonido puede responder al capricho de quienes lo seduzcan, haciéndolo viajar por los muros, las cosas y el mismo aire. Un experto que sabe manejar el sonido es capaz de atraerlo a sus oídos.

Mi amigo se estremeció.

—¿Creéis que Gresnan va a dejaros pasar a las estancias del antiguo bardo?

—¿Por qué decís eso, Felindante?

—No es un misterio —se adelantó don Liscario—. Ya os he dicho cuanto sé sobre este tenebroso asunto y no tengo buenos presagios. Gresnan Cot es taimado y hombre arrogante.

Felindante me miró de reojo con complicidad. Señalé la puerta con un movimiento de cabeza.

—Ya podéis abrir, don Liscario. Os agradezco el gesto.

El lutier se acercó a abrir la puerta y yo me dispuse a salir. Felindante, atolondrado al principio, echó a andar justo detrás.

—Gracias, don Liscario —dije sonriendo—. Es un arpa magnífica.

Liscario tornó el porte de forma pesarosa.

—Señor Corneli, después de lo que os he confesado acerca del privado y su relación con Gladio…

—No, no tengo intención de comentar esto en palacio, así que haremos bien en guardar este secreto. De quienes menos me fío son de los hombres de la corte.

El lutier se quedó pensativo antes de contestar.

—Señor Corneli… —repitió, e hizo una pausa, como si aún pensara en decirlo—. Tened cuidado; es mejor tener enemigos entre la carda, que en la propia corte.

—No espero tener enemigos en la corte —mentí, sonriendo, e hice un gesto de sombrero.

El señor Pelgrin y yo fuimos a La Tasca del Burlador, un bodegón que solíamos frecuentar en nuestros años mozos y que, como ya mencioné, también usé para hospedarme cuando trabajé en las escalas del palacio. Era, en esencia, morada de gariteros —todo hay que decirlo— y de las gentes humildes del distrito. Se encontraba perdida en unas callejuelas del primer nivel y la parte de atrás daba a una balconada grande que compartía con otros locales, por la cual —que también hay que decirlo— más de una vez se ha defenestrado a algún chivato o a algún listo que tiene el cuajo suficiente —y no menos simpleza, que ya por decir, sigamos diciendo— de vilipendiar a alguna amancebada que frecuentara el local.

Descorrí un herreruelo mugriento que tapaba la puerta de la taberna y entré con paso diligente. El bullicio nos recibió en un salón de suelo de madera y paredes de tosco metal ennegrecido, lleno de moho y óxido en los remiendos de la chapa. Lo natural: hombres jugando a las cartas, busconas de medio manto y algunos valentones incitando pendencia por una mirada. Y al fondo, tras una tosca barra de hierro, el señor Picaresco Dosfuentes abrió los ojos como platos en cuanto me enganchó con la mirada. Estaba, por supuesto, una década más viejo que la última vez que le vi: más arrugas, más barriga y menos pelo. Y con ese rostro, que emanaba una canción de gran desconcierto, venía hacia nosotros apartando a la gente con los brazos, sin siquiera reparar en quiénes eran los incordiados que sacaba de su camino.

—Dragos... —dijo con voz queda, como si hablar en alto fuera a hacernos caer un mal inminente—. Dragos Corneli... —Me miró como quien mira un fantasma—. ¿Dragos Corneli?

—Hola, don Picaresco —contesté con voz cordial.

Su música luchaba en dos frentes: uno de esos frentes era el de la alegría de volverme a ver, aderezada de una melancolía entrañable. El otro era el miedo armonizado de sorpresa, lo que me hizo pensar que aún no creía en lo que estaba viendo. De repente unos cuantos rostros tornaron hacia nosotros, curiosos algunos, estupefactos otros. El bueno de Felindante aportó al asunto.

—Sí, sí —dijo irritado—, es Dragos Corneli de Tierrafértil, que ha vuelto a Ísbar. —Alzó la voz, palmeándome la espalda—. ¡Y habrán de saber vuestras mercedes que está perdonado por Su Majestad Imperial!

Algunos parroquianos —que a lo mejor ni entendían del asunto— alzaron sus vasos en señal de aprobación exclamando algunos vítores. El tabernero aún no salía de su aturdimiento y empezó a aligerar la risa floja por encima de su estupefacción.

—Cuando acabes de reponerte —exclamó Felindante—, tráenos algo ligero para comer. O que venga a servirnos Fiona, que nos alegrará la vista. —Se dirigió a mí, con una sonrisa cómplice—. Os gustará, Dragos, es buena moza.

Pedimos una jarra de hipocrás y una comida frugal: capirotada de queso con algo de cabrito —y sí, les aseguro que era cabrito, que es cosa sabida que en otros lugares sirven algún que otro gato—. No había cambiado mucho el sabor desde la última vez que comí en el garito, y el hipocrás ayudaba a regarlo todo. Pero en cuanto se acabó el alcohol, le dije a Felindante que iría a mear tras el callejón y que aguardara. Era solo un pretexto: al volver pedí otra jarra en la barra y la llevé hasta la mesa que escogimos, algo apartada del gentío.

Entre alcohol, las lenguas y los pensamientos... en fin, etcétera.

—Mi querido Felindante —dije al cabo de un rato—. Necesito saber cosas.

Felindante suspiró y miró el fondo del vaso. Era un buen hombre que no gustaba de hablar sobre asuntos que pudieran comprometerle, pero ambos sabíamos que los dos estábamos encauzados por los mismos intereses. Convenía descubrir las cartas en favor de la misma baza.

—Aguardad —le indiqué.

Desabrigué el arpa bajo la mesa y toqué unas notas que, si bien se apagaban con el barullo del local, eran suficientemente fuertes como para que las ondas de sonido llegaran hasta la base de la superficie de madera. Felindante me miraba suspicaz y yo le expliqué:

—Es por seguridad.

—¿Por seguridad?

—He emitido una escala latente —aclaré—. Si alguien intenta escuchar nuestros murmullos mediante la armonización de una escala se topará con esta protección que acabo de grabar bajo la mesa, y yo lo sabré. Mientras tanto, pareceremos dos amigos que hablan sobre frívolos asuntos. Confío en que esto os resulte tranquilizador.

—No erráis, don Dragos: os lo agradezco.

—Habladme del niño— le pedí.

—El niño —murmuró—. ¿Lintus Corne?, ¿el bastardo del emperador? ¿Qué queréis saber?

—¿Qué relación tenía con Gladio Permes?

Felindante suspiró.

—Discutían mucho, no era cosa rara para el personal de palacio. Con todo, mantenían una relación cercana, casi parental. Pero nada fuera de lo común, si os referís a eso.

—¿Y con Gresnan?

Mi amigo fue a hablar, pero antes dio un sorbo largo y se enderezó en el taburete, incómodo.

—Con Gresnan no mantiene una relación tan cordial —dijo—. En apariencia es un niño engreído y caprichoso, que gusta de pedir al valido con instancia absoluta, y eso a Gresnan no le hace gracia, si bien entendéis lo que quiero decir. Ocasiona molestias, por supuesto, pero Gresnan ha de mantenerse complaciente con su alteza para guardar las apariencias de la etiqueta, más que por contentarle.

—¿Lo llamáis su alteza?

—Lo sé, lo sé —exclamó, alzando la mano—. Es bastardo y no le corresponde ese tratamiento. Pero ha insistido siempre en que lo llamemos así. De cualquier modo, ¿cómo podríamos disentir sobre sus deseos? Digo más, Corneli: últimamente está pidiendo que le llamen Su Majestad, como si el trono le perteneciera por derecho.

—Esta mañana me ha pedido que le llame alteza —añadí—, aunque me ha parecido una pretenciosidad típica de los hombres que desean mostrar su autoridad.

—Es inofensivo, señor Corneli, todo apariencias. Puedo aseguraros que en el fondo tiene un gran corazón.

—Como todos los niños —concluí—, el engreimiento no es más que fruto de un mal aprendizaje. No dudo que Permes hiciera buen trabajo, pero si era hombre hecho a la corte quizá tuviera manga ancha con el zagal. Mañana tendrá un maestro que se crio entre la germanía. A ver cómo responde su altanería ante mis maneras.

Felindante sonrió, y yo rellené los vasos vaciando la jarra. Este gesto, unido a la pausa correspondiente, vaticinó que tornaba la conversación en otros asuntos:

—Felindante, ¿qué ocurre en Ísbar?

—¿Perdón?

Lo escudriñé con la mirada.

—No es cosa común que, nada más llegar al Distrito Central, un regimiento de mosqueteros se encuentre apostado a las afueras. —Bajé la vista al vaso—. Esos militares no hacían prácticas de tiro, si vos convenís conmigo. Demasiada barraca.

Una sombra cayó sobre su rostro, y yo pegué un buen sorbo.

—Bueno —titubeó—. Hay problemas políticos, Dragos. Hace dos meses que... —Su figura se recogió— pasó lo que pasó. Ya me entendéis. Lo de Su Majestad Im...

—Entiendo —interrumpí—, continuad.

—Pues bien. Hace año y medio, más o menos, que la princesa Sonora, de Mirtos de Levante, pide una audiencia con Su Majestad Imperial para resolver asuntos sobre las acequias del Íbari.

—¿Aún tienen problemas para llevar el agua al distrito Mirtos de Levante?

—Su alteza Sonora se muestra cada día más impaciente por esa audiencia, y cada vez hay más tensiones entre los políticos. En resumidas cuentas, señor Corneli: después de lo que ha ocurrido en palacio, vos convendréis en que se hace más dificultoso llevar a cabo contactos con el emperador. Y la aristocracia de Ísbar ya empieza a sospechar algo raro.

—Ya, y Gresnan tiene miedo.

Felindante abrió la boca, como queriendo corregirme, pero no dijo nada.

—Sí, Felindante —zanjé—. Gresnan Cot tiene miedo y su incompetencia le hace tomar decisiones estúpidas y precipitadas. —Di otro sorbo—. Cuando no existen soluciones a un problema, los hombres incompetentes inventan falsas soluciones en un desesperado intento de poner fin a dicho problema. Es una mentira que se creen para limpiar una conciencia manchada por otra mentira. Por eso ha sacado a sus mosqueteros, porque teme un aislamiento cismático en Mirtos. Teme que el distrito cierre sus puertas a Ísbar y abra sus puertos al mundo. Y el maestro mayor de esgrima, Lucario Dascar, va a encauzar las órdenes de un incompetente en un conflicto que está a punto de comenzar.

—¿Creéis posible...?

—Más que posible. Este es el país de las dos Ísbar, ciudad de ingratos, de estultos y viles demonios, donde las guerras civiles se disparan por una reyerta exigua. La ingrata patria donde no hay un tronco moral común; invertebrada en su ética, perdida en la falseada historia de su patrimonio mancillado. —Callé unos segundos, pero en cuanto escuché las risas estridentes de alrededor conocí que no estaba saciado—. Un Imperio que no es Imperio; con gentuza asentada en el poder que delega las decisiones importantes en la gente preparada y solvente para que el error persiga a estos últimos, mientras que el clamor del éxito, si lo hay, será total fortuna para aquellos. —Me quedé agitando el vaso, viendo cómo el líquido se arremolinaba—. Pero como os he dicho hace unas horas: en las tabernas están las lenguas desabrochadas, que hablan de todo y no dicen nada.

Estas últimas palabras no aplacaron la desazón de Felindante, que terminó su vaso de un trago. Yo, que dejé de agitar el mío, miraba pensativo como se calmaba el líquido de su interior y lo derramé sobre el suelo.

—Los poderosos de Ísbar tienen sombras por gobernantes —murmuré, y añadí—: somos sombras, Felindante.

Nos quedamos largo rato callados, taciturnos y pensativos, y entonces saqué el tema de Risoldar Estut.

—¿Es cierto que ha muerto?

—Hace mucho tiempo que no se le ve —dijo Felindante—, y muchos así lo afirman cuando se les pregunta. La pretenciosidad de este lugar no tiene parangón, sobre todo en el distrito de Tierrafértil, que ya sabemos cómo gustan de exagerar las cosas. Pero ya muchos coinciden en que vieron su cadáver en uno de los callejones de Montperegrinos, tumbado sobre el pecho, con la cara morada besando el barro.

—Muchos coinciden... —murmuré con incrédulo dolor.

—Lo sé, Dragos. Pero basta con que lo haya visto solo uno para que todos afirmen que lo vieron, aunque no sea cierto. Y con que ese uno haya visto al cadáver, creo que es prueba suficiente para determinar su muerte.

—Erráis.

—¡Pardiez, qué contumaz sois! ¿Es que siempre existirá la duda para vos?

—Así como la imaginación es el mejor juguete del hombre, la duda es el cimiento sobre el que construye su precaución. Quien no duda sobre lo que no ha comprobado él mismo —sentencié— está abocado a ser dirigido por otros.

Lo siguiente que hablamos fue sobre dar un paseo por el distrito antes de volver a palacio. No obstante, como las viejas costumbres no mueren, todo lo que se planificara en una taberna difícilmente se llevaba a cabo si había que salir fuera de ella. Y así pasamos la tarde, jarra tras jarra de hipocrás, regándonos las venas de vino embriagador, hablando de episodios del pasado.

Acabamos en un extremo de la barra, recogidos en la intimidad del lugar. Recordamos nuestros años en la Universidad de Montperegrinos y pronto salieron a la luz algunos de nuestros momentos más preciados, generalmente relacionados con anécdotas graciosas. Y entonces caí en la cuenta de que aún no había preguntado a Felindante si había alguna mujer en su vida.

—La hubo —respondió—, pero se terminó hace dos años. Una buena mujer, don Dragos.

Le escudriñé en silencio durante unos segundos.

—¿Qué ocurrió?, si me permitís la pregunta.

—Fueron momentos desdichados. Pero no fue mala mujer...

—No voy a juzgar eso.

—No todos pueden decir lo mismo —repuso, y se quedó pensativo—. Quiero decir: las lenguas hablan de lo que no saben.

—Bien se ha dicho ya que es cosa endémica de Ísbar.

Se quedó asintiendo mirando la copa, el clavo flotando en el vino. Y al fin, como si se liberara de una carga, levantó unos ojos húmedos y confesó:

—Me vi sin un real en mi bolsillo durante algunos meses. Hay personas frágiles de voluntad, solo eso. Personas que no conciben una vida sin las facilidades del dinero.

—Claro.

No lo dije con necesidad de dar consuelo, sino porque no sabía qué decir. Pero Felindante agradeció que no opinara sobre el asunto, que me dejó turbio y pensativo. Y entonces me cogió con la guardia baja para hablar de algo que me encogía las entrañas.

—¿Y vos, Corneli?

—¿Yo? —murmuré tras vacilar unos segundos.

—Sí, vos. ¿Habéis encontrado alguna moza en el camino?

—No de las que te arropan el alma, Felindante. Aunque las haya habido dispuestas a tal menester.

—¿Estáis repuesto, Corneli?

—¿Sobre qué cosa habláis? —inquirí, aunque bien sabía a qué se refería.

—Sobre ella.

—¿Ella? —volví a disimular.

—Aquella... —continuó, con voz temblorosa— aquella que está ligada al motivo de vuestra partida. Aquella por quien hicisteis aquello tan oscuro...

No me percaté de lo vacío que estaba el bodegón hasta que tocamos este tema. Dejaba de ser íntimo, por supuesto, porque muchos conocían esta parte de mi pasado, pero una parte de mi pasado que me provocaba tal dolor que en ese momento habría dado un brazo por enterrarlo en la profundidad del mundo.

—Felindante —repuse—, no es lo mismo vivir la vida con ilusión que vivirla en una ilusión. No os preocupéis por mí; eso está superado.

Lo primero que hice cuando llegué al palacio fue pedir audiencia con Gresnan, quien me la concedió en poco menos de media hora. Se hallaba donde lo dejamos Felindante y yo, sentado tras su amplio escritorio. Esta vez fui solo, aunque Pol se hallaba junto al valido pasándole despachos.

—¿Sí, Corneli? —preguntó Gresnan, muy sereno—, ¿ya os habéis hecho con vuestro instrumento?

—Así es, vuecelencia. Don Liscario me ha fabricado un artefacto como pocos pueden igualar en Ísbar.

—Eso es bueno. —Mojó su pluma y firmó un documento. Pol lo retiraba con una mano al propio tiempo que con la otra extendía una nueva cédula.

—Señor, quiero pediros algo importante para la pesquisa.

Paró su lectura y alzó los ojos hacia mí, poniendo las manos sobre la mesa.

—Por supuesto, Corneli: decid.

Hablé sin rodeos:

—Necesito entrar en la alcoba de Gladio Permes.

Silencio.

Abrí los oídos para escuchar sus emociones: encontré el soniquete característico de la ansiedad, mientras el valido cruzaba las manos apoyadas sobre el papel. Sentí la interferencia de Pol, que componía una tonadilla inquieta, impaciente. Dirigía la mirada entre Gresnan y yo.

—Bueno —dijo el privado con flema—, no entiendo el motivo de esta petición.

—Es importante, excelencia, como bardo de la corte gustaría de investigar...

—Dos meses han pasado —interrumpió Gresnan—, y no se han hallado más pistas al respecto. Dómines y bardos de Ísbar han pasado por la alcoba, algunos con grandes dotes para escuchar esos ecos que se quedan tras hacer magia, y nada han descubierto. Vuestro motivo es hallar escalas perversas y como en la alcoba de Gladio Permes no existen evidencias de tales cosas oscuras, pues recordad que ha sido degollado, poco hacéis allí. Esa parte de la investigación ha quedado más que clara. Y por respeto a su señoría Gladio tenemos clausurada su alcoba por un periodo de luto que durará hasta pasada Segunda Penumbra, en año nuevo.

—Entiendo, excelencia. Pero ¿cómo sabemos que...?

—Vuestros asuntos dentro del palacio se limitan ahora al reforzamiento de las protecciones y a la educación de su alteza imperial, Lintus Corne. —De repente se relajó, dando a entender que la conversación estaba zanjada—. Mañana pasaréis por la cámara donde le instruiréis, el salón de la música. Edmundo os conducirá hasta allí, si tenéis problemas para encontrarlo. He de deciros que el muchacho se muestra impaciente e ilusionado con usía.

—Es un honor oír vuestras palabras. Con respecto a...

—Estoy ocupado, Corneli.

La frialdad de su mirada se conjugó con una canción de ira que llenó de forma ensordecedora toda la estancia. Cerré los oídos ante el horrísono de sus pupilas.

—Gracias por todo, excelencia. —Hice una genuflexión—. Mi nuevo instrumento servirá a la grandeza del Imperio.

Sentí dos pares de ojos clavados en mi nuca, antes de que los corchetes cerraran las puertas a mis espaldas. Caminé hasta el recodo del pasillo y dirigí mis pasos a las estancias del segundo piso. Me paseé como curioso, admirando las obras y presentándome a los lindos del lugar. Y entonces llegué a las puertas de las estancias imperiales y me puse de espaldas a ellas mientras miraba despreocupadamente por una ventana, como quien pretendiera buscar con ansia el aire del exterior. Las puertas estaban cerradas, por supuesto, posiblemente con llave; tras ellas había una antecámara y esta daba a las alcobas del emperador y a las del bardo imperial. Sentí fuertes deseos de allanarla, pero me resigné temblando; si lo intentaba, probablemente se activarían unas escalas latentes de protección.

Así, me llené de resolución; si no querían franquearme la alcoba de Gladio, tendría que entrar por mi cuenta.

Capítulo 8

Sobre la instrucción de Lintus Corne y de un nuevo aliado en la corte

Edmundo trajo un desayuno consistente: pan, letuario y no poca fruta. Hablamos sobre fruslerías relacionadas con la cercanía de la Primera Penumbra; me percaté de que el sol salía cada vez más cercano al Tetragrama, un poco más al sur. Pronto llegaría el solsticio, y unos días después, se ocultaría parcialmente tras el cuarto anillo, sumiendo al mundo en una suave oscuridad.

Llevando la conversación a la sociedad inquirí sobre Tierrafértil, pero mi ayuda de cámara nunca había viajado a mi tierra. Se limitó a hablar acerca de la política del Distrito Central, que era en lo que andaba puesto: Galifante Kesen seguía siendo duque del Castillo, al cargo del colegio mayor; Agris Martiso, marqués del Cauce, aún vivía también, aunque gastaba noventa y cuatro años y se decía por los mentideros que no controlaba sus esfínteres, pues el hedor que llegaba de su palacete era nauseabundo en los calores del estío, incluso mucho antes de la hora del agua va; el conde de Murosur murió apenas hacía un año y ahora su hija Dalia Iris mantenía su legado; el duque de Muroriental, Dagris Corne —primo lejano del emperador y que mantenía desavenencias en los tratos con la Corona— se había mudado al distrito Cortes de Tribunal, increpando la vida de su sobrino Primoresco, barón de Consagrada... Y así un ejemplo tras otro, sobre la mezquindad de la nobleza de Ísbar en sus opulencias; sobre la miserable condición moral de quien cree vivir con la inmortalidad.

Muy dado a la aristocracia.

Antes de que se llevara los enseres le ordené que se sentara a la mesa, frente a mí, y obedeció inquieto.

—Edmundo, señor —empecé con amabilidad—, ¿qué sabéis de Gladio Permes?

Me miró estupefacto, antes de responder:

—¿El señor Permes? Era hombre político, de buenas maneras...

—Me refiero —interrumpí— a qué sabéis sobre su muerte.

Estaba cruzando la línea que Gresnan Cot me había advertido dos noches atrás que no cruzara.

—Sé lo que todo el mundo sabe, señor: que se le pudrieron los humores y que expiró en su cama.

—Eso me han dicho, aunque no entiendo ciertas cosas que a lo mejor vos comprendéis mejor que yo. Sabéis que sustituyo las funciones del antiguo bardo, pero convenid conmigo en que es desconcertante que me hayan dado esta alcoba y no la que corresponde a dicho cargo.

—Bien es cierto, señoría, y muy extraño.

—No es la vez primera que vengo al palacio, ¿lo sabéis?

—Sí, señoría.

—Cuando vine, había otro protector antes que Gladio Permes. Su nombre era Heráldico Toli. No llegué a conocerlo, pues murió justo antes de que yo llegara a la corte.

Hice una larga pausa y me retrepé en la silla cruzando los brazos, sumergiéndome en mi memoria.

—Cuando recibí la carta de palacio, por aquel entonces, creí que sería contratado como bardo imperial. —Reí con melancolía—. La impetuosidad de la corta edad nubla la percepción de las cosas: creía que obtendría el puesto por ser uno de los mejores compositores de escalas latentes en Ísbar. Pero nadie te hace bardo imperial si no eres de familia ilustre; las cualidades de uno no valen más que para el servicio correspondiente, que te pagan una vez despachado el trabajo.

En realidad, había querido decir: «Las cualidades de uno no valen más que para contentar a los pisaverdes, que te desdeñan una vez despachado el trabajo». Pero con ese discurso ya había obtenido lo que quería: Edmundo desprendía una música de afinidad. Demasiada afinidad, que me dejó casi contrito. A lo mejor sabía a qué me refería, más de lo que yo mismo hubiera sospechado. Supuse que, como muchos, era un hombre que se sentía poco valorado en la corte.

—Con todo —proseguí, echando la vista al vacío—, recuerdo muy bien las habitaciones del bardo, pues tuve el placer de entrar en ellas.

Eran preciosas, con un tapiz gigantesco que describía un círculo de quintas en el centro, con la llamada quinta del lobo. Es un sistema de afinación antiguo, con un círculo cromático de las doce notas primigenias. Tenía bordado alrededor del círculo los nombres de todos los bardos que han pasado por palacio: Magnánimo Lucarante, Alexis Borel, Heráldico Toli… Os sonará el nombre de esa obra de arte: el Tapiz de Madabarante.

Entonces miré a Edmundo a los ojos, sonriendo, justo en el crescendo de su comprensión hacia mí. Estaba en el cénit de sus emociones.

—Sería una lástima —dije con flema— que nadie atendiera esas habitaciones. Que el polvo se asentara en la belleza de sus obras, que sus muebles envejecieran por culpa de las carcomas y que la humedad dañara el gran tapiz por causa de mantener los postigos cerrados y no se alegrara con la luz del sol.

Edmundo se quedó unos momentos callado, como si mis pesarosas palabras no fueran más que un discurso sacado de mis meditaciones, sin otro fin que el de ser compartido. Pero comprendió que el peso de la conversación ahora era suyo y, aunque primeramente no supiera qué decir, la lógica determinación de la causalidad fue la que habló en un tono conciliador de obviedad diciendo lo que yo esperaba:

—Bueno… me consta que, lógicamente, la habitación es atendida para que no se estropeen estas cosas.

—¡Pues cómo! —fingí con sorpresa—. ¿Me estáis diciendo que hay gentileshombres de cámara que ayudan en el mantenimiento de esa alcoba? ¡No sabéis lo dichoso que me hacéis con vuestras palabras, Edmundo! ¿Quién es el afortunado que se dedica a tal menester?

—No me corresponde decirlo, señoría.

Me esperaba esa respuesta.

—¡No me partáis más el corazón, Edmundo! Por favor, decidme quién es ese hombre que Dios señala con la merced de mantener la antigua alcoba de Gladio. Solo quiero felicitarle por… —Hice una exhalación en esta pausa—. ¡Oh, está bien! Voy a seros franco. Pero tendréis que jurarme que no podréis contar nada de esto, a nadie, porque me pone en un compromiso al revelarme como hombre inquieto y no soportaría la vergüenza de mostrar estas maneras en la corte.

—¡Voto a Dios que no, señoría! Todo cuanto me cuente queda entre vuestra merced y este fiel camarlengo.

—Bien, bien. Veréis, mi buen Edmundo: el motivo de por qué insisto tanto en saber la identidad del hombre que cuida la alcoba es porque necesito cerciorarme de que haga bien su trabajo y no estropee el Tapiz de Madabarante. Es una obra que vale una fortuna, pero más por su legado histórico que por su valor económico, si vos me entendéis lo que quiero decir. —En diciendo esto, Edmundo asintiome nervioso—. Por esto quiero advertir a ese hombre, en la intimidad, por supuesto, algunos consejos para que el tapiz tenga los cuidados más exquisitos. Y ahora bien, ¿me ayudaréis, Edmundo, a encontrar a ese hombre?

Entonces sus emociones, bloqueadas por un sinfín de pensamientos, se liberaron ante mi exigencia de saber una respuesta inmediata. Y efectivamente se liberó por el cauce más rápido: la afinidad que había creado al principio de la conversación.

—Sí, señoría —dijo al fin con un suspiro—. El camarlengo se llama Gótrix de Orofel y es el hijo menor del vizconde de Pozasur.

—¿Es el hijo de un vizconde?

—Ya nos hemos cruzado con él en el día de ayer, aunque quizá usía no lo recuerde, debido a que pasó de largo junto a nosotros: un hombre de vestimenta ponderada y barba hirsuta y negra, finamente recortada y con algunas canas visibles. Lleva la insignia de la Orden de Peñagrís en el pecho.

—Es caballero de orden, pues.

—Y hombre refinado, aunque algo vehemente en sus maneras si se le interrumpe. Pero gustaría de no seguir hablando en su ausencia, si vuestra merced me entiende. Soy su fiel camarlengo mas, si me permite la expresión, nunca gusté de roerle los zancajos a nadie. —Pausa—. Dispense usía, si le ofendo.

—Mi querido Edmundo, ¿cómo podría alguien ofender mediante la merced? Yo la he pedido y vos me la habéis prestado. Sois verdaderamente un hombre fiel.

Edmundo contuvo una leve y recompensada sonrisa. Solo me faltaba saber una cosa.

—Y decidme, ¿cuándo suele arreglar la alcoba don Gótrix de Orofel?

—El último sábado de cada mes. Limpia por la mañana temprano y por la tarde, después de comer.

—Eso es dentro de doce días —concluí—. Os agradezco vuestra ayuda, Edmundo. Podéis retiraros, que os llamaré en cuanto necesite de vuestra compañía.

Entonces, tras despedir a Edmundo, me dirigí al ropero. Elegí unos tonos azules oscuros para el jubón y las calzas, e incluso me puse la valona. Era hora de reencontrarme con el hijo bastardo del emperador, de darle la primera clase de música. «Usía, magistrado» dijo el día anterior, «comenzaréis cuanto antes esas lecciones prácticas».

Entré en el salón de la música sin dirigir la mirada al muchacho, que me esperaba sentado tras una mesa circular de caoba con su guitarra fuera de su estuche. Alrededor, sobre otros muebles, había violines, guitarras íbaras y otros instrumentos de cuerda, y algunos de percusión. Junto a las puertas, iluminadas por unos ventanales con vidrieras abiertas de par en par, tres pizarras grandes apuntaban hacia la alargada cámara.

Por mucho que su postín fuese un alarde de exuberantes finezas, Lintus se veía insignificante ante la majestuosidad del lugar. Percibí la armonía de su desconcierto mientras me acercaba a la primera pizarra y comenzaba a pintar un pentagrama. Cuando iba por la quinta línea, me arranqué la valona del cuello y la arrojé sobre una mesa de la forma más despectiva que pude, cual si me incomodara moverme con ella —cosa que no era incierta—. Al terminar el pentagrama me volví hacia el salón, mas no esperé ni un instante a que el infante pudiera abrir la boca cuando me dirigí a él con voz queda; cuatro horas no serían suficientes:

—Buen día, pequeña majestad. Acercaos aquí con vuestra guitarra y una silla, si tenéis la gentileza.

Obedeció sin terciar palabra, aunque noté un desarreglo en sus emociones: ¿acaso era un insulto eso de «pequeña»? ¿O era una merced eso de «majestad»? Fue a decir algo, pero me volví a adelantar, apremiante.

—La primera cosa que habréis de aprender es este cuerpo de notas —dije mientras llenaba el pentagrama de figuras—. Todo de memoria.

Terminé de escribir y volví a girarme frente a él, que me miraba ceñudo y suspicaz. Esperé a que dijera lo inminente:

—¿Qué es eso?

—El *Rondó de partida* —respondí—. Una canción de doscientos años de antigüedad que alberga en su naturaleza la estructura monódica de los pueblos del mar.

—Se supone que ibais a enseñarme magia, no rondós.

—Y precisamente magia es lo que tenéis frente a vuestra merced, pequeña majestad: la magia de la música. Para entender las lecciones sobre el tejido de la realidad, si es a eso a lo que os referís con magia, primero habréis de entender las lecciones de música.

—Frente a mí solo veo una canción —dijo alterado—. Ya sé tocar rondós, magistrado. Quiero que me enseñéis lecciones prácticas, ya os lo dije. A tocar melodías mágicas.

Lo miré desvaído, como quien mira al vacío, y me dirigí al fondo de la habitación, a sentarme frente a uno de los pupitres donde había pluma y papel. Tenía intención de ponerme a componer; era hora de planificar la entrada a la alcoba del bardo. Mientras, el chico se entretendría con el pentagrama.

—¿Estás sordo, magistrado? —alzó la voz—. He dicho...

—¡He dicho que os aprendáis el rondó! —sentencié, y el eco de mi voz se escondió por todos los rincones, apagándose en las profundidades de las cosas—. ¡No toquéis ni una nota hasta que hayáis aprendido el pentagrama entero! ¡De memoria!

Di unos pasos más y me volví a girar, con más temple.

—Componer el tejido de la realidad no es hacer magia, es hacer física —apostillé, y señalé la pizarra con la barbilla—. Todo de memoria... *pequeña* majestad.

Dejé al infante en su pávida conmoción; había acertado con mi actitud. Podía escuchar unas notas de resignación en el muchacho que sonaban claras y perfectas, como si ya estuvieran predefinidas. Y así conocí que esa era la actitud que Gladio Permes gastaba cuando se dirigía al infante.

La rueda del tiempo giró con una rapidez asombrosa durante la mañana. La cámara quedó en un silencio sepulcral mientras las sombras se encogían. De vez en cuando salía de mi disertación en la composición de escalas para alzar la vista y revisar al infante. Era maravilloso verlo en su cumplimiento, allá al fondo, mirando muy bien mandado la pizarra; el niño arrogante del día anterior había dejado caer su máscara y ahora se mostraba como lo que era: solo un niño. Un niño que llevaba dos meses sin un mentor.

En cuanto a los asuntos que tenía entre manos, sobre la mesa, debo decir que por el momento empezaba el juego con malos naipes. Imagínense la puerta de las alcobas imperiales, yo armonizándome con la cerradura o intentado transportarme al otro lado de la puerta. De repente un chirrido insoportable, un dolor agudo en los tímpanos y sangre saliendo de los oídos. Eso en el mejor de los casos, que se han visto armonizadores saliendo arder después de intentar silenciar una escala latente.

Luego estaba Gótrix de Orofel, el caballero que se ocupaba de limpiar la alcoba. No le convencería, pues tendría órdenes directas de no permitir el paso a nadie. ¿Hacerme pasar por él? Sí, había una posibilidad de hacerse pasar por otra persona usando la armonización. Digo más, que había varias posibilidades, pero la mayoría eran prácticos anatemas. Ocupar el lugar de su mente era una escala convencional, no prohibida. Pero esta praxis estaba perseguida por la ley civil, no la eclesiástica. Luego existían escalas prohibidas capaces de metamorfosear los rostros y eso tenía peores consecuencias si eras apiolado por el Santo Oficio, porque estabas afrentando a la naturalidad que Dios ha puesto sobre la tierra. Que es cosa sabida, además, que el Maligno adopta formas para seducir a los débiles de corazón y así llevarlos a las tinieblas. Pero había una escala capaz de manipular la percepción de los hombres y hacerles ver, oír y sentir cosas que no corresponden al mundo tangible. De esta forma, alterando las percepciones, ocuparía la identidad del mercenario solo en la mente de quienes me cruzara en el camino y les haría creer que le ven, huelen y oyen cuando realmente no es Gótrix de Orofel, sino el mismo Dragos Corneli. Solo había dos problemas: conocer suficientemente a Gótrix como para imitarle las maneras y el porte y, por supuesto, dejarle fuera del negocio para que no interfiriera en mi plan.

En resumidas cuentas, que entrar en la alcoba era asunto harto delicado, porque si bien lograba silenciar la escala, también podía echar una mala mano e irme lindamente por la posta. En cambio, si ocupaba la identidad de Gótrix el negocio sería menos peligroso, pero más sofisticado y problemático. Así que, habiendo rellenado un legajo de veinte papeles llenos de escalas y posibles contraescalas conocidas, y poco antes del mediodía, el niño sacome de mi concentración cuando apareció junto a mí con su guitarra.

—¿Habéis aprendido el pentagrama, pequeña majestad? —pregunté.

—Es fácil, magistrado.

—A ver qué tal. —Apunté con la cabeza el instrumento—. Sin mirar a la pizarra.

No se podía decir que fuese la perfección hecha música, pero tuvo solvencia y no menos elegancia haciendo vibrar las cuerdas de la guitarra. Reprodujo todo el pentagrama más o menos como cabía de esperar de un zagal con talento. Cuando acabó, compuso una sonrisa altiva y me miró con expectación.

—Es hora de entrar en materia —dije.

Su júbilo era denso en la habitación, acariciando todos los objetos de ella, que hasta pareciome que las figuras de las vidrieras querían bailar a su son.

Llevé mis pasos hasta la pizarra y comencé a borrar todo lo que el zagal había aprendido.

—Volved a sentaros. —Le indiqué con la tiza.

Comencé a escribir formulaciones matemáticas, que me llevaron poco menos de veinte minutos hasta completar las tres pizarras. No voy a distraer a vuestras mercedes con la complejidad de lo que escribía; basta decir que enumeraba las leyes del comportamiento de la materia. Dándome la vuelta contemplé al antes sonriente infante, que ahora miraba a su mentor con rostro de pasmarote.

—¿Qué es eso?

—Gravitación universal. —Señalé la primera pizarra—. Las más elementales leyes de la gravedad. En esta parte de abajo, cinemática y dinámica de la materia.

Apunté a la segunda pizarra con la tiza.

—Comportamiento energético del éter.

—¿El éter?

—El éter, sí —repetí, asintiendo impaciente—. Y en esa otra pizarra algunos conceptos básicos sobre óptica y refracción, el comportamiento de la luz y la propagación de las ondas. Ya sabéis que el sonido también se mueve por ondas: longitud, frecuencia, amplitud...

Se puso de pie, iracundo y encendido, la voz rasgada.

—¡¿Estás jugando conmigo, magistrado?!

—Estoy enseñando, no jugando.

—¡Esto es charlatanería y pasatiempo teatral! —Era bastardo, pero la fuerza de la monarquía corría por sus venas—. ¡¿Estás beodo, Corneli?! ¿Qué mierda se supone que tengo que hacer con esta majadería?!

—Me temo que he de disentir con vuestra pequeña majestad, esto no es una majadería, es...

—¡No soy tu *pequeña majestad*!

—Disculpad, señor.

—¡Alteza!

—El señor es el bastardo de Socris Corne, por tanto, el tratamiento de vuestra merced es señor, me temo.

—¡Guardias!

Dos hombres de la Guardia Imperial aparecieron en la habitación casi antes de que terminara de pronunciar la palabra.

—Llevad a Dragos Corneli a sus habitaciones. No se encuentra en disposición de *enseñar*.

Los soldados de la guardia me invitaron a salir con una genuflexión: «Por aquí, oh, señoría; si tiene la gentileza de acompañarnos, señoría», y deferencias condescendientes de ese tipo. Así puestos, me despedí del principito con una reverencia de sombrero y me dejé guiar por los hombres. Justo se cerraron las puertas de la habitación cuando, por un ángulo de la misma galería, apareció Danubios Vitorio, el físico imperial.

Era un tedio de hombre.

—¡Ah, Corneli! ¡Iba a buscaros!

—A su servicio, señoría.

Hice una inclinación cuando el médico llegó hasta mí, pero él se limitó a hacer un visaje con una ceja levantada, como si faltara algo.

—¿Dónde está su alteza? Creí que estaba con uced.

Desde el interior de la cámara podía oírse cómo el bastardo reproducía el *Rondó de partida*, lo que me divertía hasta la risa. Obviamente aguanté la compostura, quedando todo en una amplia sonrisa que hice pasar por júbilo servicial.

—Su alteza practica con mucho ahínco, señoría.

—¡Vaya! ¡Me alegra oír eso! —Me devolvió la sonrisa, y luego, su semblante se relajó—. Me gustaría hablaros de un asunto de delicada importancia, si me hace la merced de concederme el momento oportuno.

—Que me place, señoría.

—Pasead conmigo —dijo, e hizo un ademán a los guardias—. La escolta de vuestra merced puede quedarse aquí. No es necesario ir tan protegido dentro de palacio.

Los guardias quedaron clavados, mirándose entrambos sin decir palabra. Se encogieron de hombros y volvieron a montar guardia a ambos lados de las puertas. No esperaba menos; el niño no tenía más poder que ciertos hombres de palacio.

Danubios me llevó hasta una estancia gigantesca que quedaba apartada en el ala este. Era un lugar majestuoso, que nunca visité, pero que conocía de oídas. La sala de la corona estaba decorada por un sinfín de tapices paisajísticos y en el centro, en una urna de cristal, la corona y el cetro imperiales descansaban sobre un cojín azulado de terciopelo. La entrada estaba abierta, desde la cual se podía ver todo eso, pero Danubios me indicó que esperase. Inmediatamente después, alzó la mano derecha hacia el marco produciendo un leve zumbido en nuestros oídos. No me hizo falta abrirlos, pues sabía qué ocurría: el lugar estaba protegido por una escala latente y el anillo que Danubios portaba en su mano permitía silenciar sus efectos.

—Vengo aquí cuando necesito meditar.

En diciendo esto llevó sus pasos hacia el interior, invitándome a entrar con un gesto de cabeza. Le seguí sin decir palabra.

—Es un lugar muy tranquilo —continuó—, apartado. Nadie viene por aquí.

—Es verdaderamente majestuoso.

—Hay mucho vacío. Me gusta. Es como si aquí las cosas dejaran de existir; una isla de respiro entre la inmensidad de esta ciudad; un respiro concentrado en un pequeño punto que es esta gran sala. Supongo que vos, armonizador como sois, os habréis percatado del significado de estas palabras que os digo.

Claro que me percaté.

—Hay mucho silencio, señoría —contesté.

—Exacto —se sonrió—. Además, silencio en los dos sentidos: aquí no hay más perturbación que el ruido de nuestras palabras, que rebotan en los objetos dando este particular eco. Pero además estos objetos no tienen memoria, por lo que tampoco tienen mucho que contar.

Me miró suspicaz, sonriendo. Y entonces, dejándome llevar por mi intuición, abrí los oídos para escuchar el sonido de las cosas. Al hacerlo sentí el vacío más absoluto, la ausencia de *todo*; el abismo profundo de *nada*; la propia inexistencia. Los oídos me zumbaban con una presión tal que volví a cerrarlos de golpe, consternado. Y entonces, como si emergiera del agua, el silencio mundano que había en la estancia me vino de golpe, ensordecedor.

Me llevé las manos a las orejas, gimiendo de dolor.

—Esto es un nodo —exclamé aturdido, admirando la sala.

—Un nodo creado hace casi ciento cincuenta años por Madabarante Magris, el primer bardo imperial.

Aún consternado, quedeme mirando al facultativo que seguía sonriéndome pretencioso, y comprendí que me hallaba en un lugar del cual el sonido jamás salía ni entraba. Un lugar idóneo para hablar sobre cosas que se perderían para siempre de la memoria del mundo.

—¿Por qué me habéis traído aquí?

—Porque estoy de vuestro lado, Dragos Corneli. Porque muy bellacas son las maneras de nuestro valido, ocultando la muerte de Socris II al mundo, para mantener una posición. Porque esto solo puedo decíroslo aquí, en el abismo del olvido.

Sentí una profunda afinidad en su voz apenas lo dijo. Había tenido prejuicios sobre la actitud del físico de la corte, aunque ahora parecía mucho más sereno, con esa mirada limpia que revela la buena voluntad de los hombres ecuánimes, llena de tristeza resignada. Y ante su mirada ecuánime y triste me llené de unos arrestos que aún no había liberado dentro de palacio.

—¿Y por qué no afrentamos directamente su empresa? —exclamé—. ¿Por qué no alzamos la voz al mundo y acabamos con esto?

—¡Ah! —suspiró—. Habláis con las palabras de un fantasma, Dragos. Puede que vos, después de revelar nuestra situación, huyáis fácilmente de Ísbar como bien lo hicisteis en el pasado. O quizá os importe poco encargar misas si ese es el precio de la justicia que merece vuestro pueblo y el mío. Pero yo tengo mujer e hijos, y una hacienda holgada, con una posición que no estoy dispuesto a sacrificar por esta causa. El valido tiene sicarios en todas partes y es capaz de segar la vida de todos los conocedores de estas circunstancias, extendiéndose a segundos y terceros, sin ningún tipo de reproche a su conciencia. —Hizo una mueca de resignación—. Por muchos años Gresnan se ha mantenido junto al emperador, sostenido lustro a lustro por las regalías de un pueblo que, ignorante de las verdaderas pretensiones de la casa Cot, lo alza y lo vitorea por encima de los desgraciados y mugrientos hombros de esta sociedad. No: las palabras son más peligrosas que los puñales. Y cinco mayordomos, un sumiller de corps, un gentilhombre de boca, un tesorero, un lutier y dos físicos no estarán dispuestos a empuñarlas. Ni siquiera los dos prelados palatinos: el confesor imperial y su sumiller de cortina. *Nadie* dirá esta boca es mía, si puede evitarlo.

—Entonces, ¿qué pretende Gresnan? ¿Seguir gobernando sin emperador hasta el día de su muerte?

Danubios me estudió unos instantes, y entonces llevó sus pasos hasta un tapiz antiguo que mostraba el mapa de Ísbar. Sus territorios resaltaban con trazos en granate por dentro de las murallas que los dividían. Se lo quedó mirando con ojos entrecerrados.

—Cuando Ísbar sea plenamente consciente de que Socris II murió sin más heredero que el bastardo que le dio una difunta barragana de medio manto, los distritos aplicarán leyes de excepción, algunos cerrándose entre ellos. En ese instante, la Cámara Territorial, ese órgano que durante casi dos siglos no vale más que para que un puñado de aristócratas medre en puestos inútiles, por fin aplicará sus funciones correctamente. —Se volvió lentamente hacia mí, el aire prudente—. Los príncipes electores de cada distrito, secular y eclesiástico, volverán a proclamar un nuevo monarca mediante una dieta imperial. Gresnan Cot terminará por revelar la muerte del emperador, por supuesto. Solo hace tiempo para ganarse el favor de los aristócratas más importantes, y si puede demostrar que el asesino fue capturado bajo su mandato, lo agasajarán más que nunca. De lo contrario, si se supiera todo esto prematuramente, podría caer en desgracia ante los nuevos candidatos a emperador, pues en él delegarían la negligencia del asesinato.

—¿Decís que Gresnan hace tiempo para mostrarse solvente?

—Así es. Gresnan prepara sus naipes para enfrentarse al nuevo emperador. Un emperador que será electo.

—Un emperador que será electo —repetí con deferencia—. Pero ¿también será electo el valido? Los tiempos en los que era elegido a dedo por el emperador han pasado. Hubo una transición: desde Parexis II son los distritos los que eligen al valido cada lustro mediante regalías y diezmos, no el emperador. Si hay nuevo emperador, hay nuevo valido; habrá nuevos diezmos, nuevas regalías. Los príncipes electores proclamarán su emperador, pero el pueblo proclamará su valido.

—¡Ah, sí! —exclamó taciturno—. La engañifa de la transición. Parece que os olvidáis de las clases de Historia, mi buen Dragos Corneli. El precio de la elección de un pueblo: el mantenimiento de la monarquía, de los poderes absolutistas. Desde Parexis II, como bien decís, el valido es hasta hoy día elegido por regalías de cada distrito. Recordad que las regalías es un sistema impuesto por los príncipes electores para controlar al emperador. Ya nos conocemos el corral de comedias: quien obtenga más diezmos es el valido durante cinco años; así podemos controlar la Corona cambiando de ministro. Un lustro el valido proviene de Tierrafértil, otro lustro de Cortes de Tribunal... Pero se os olvida que este sistema existe porque fue uno de los acuerdos por el cual se garantizaba la sucesión de la Corona de forma dinástica y no electa. Por eso, si hay transición al antiguo régimen, el emperador volverá a ser elegido, y todos los que le vengan después; y esto significa que el valido probablemente sea nombrado al gusto del nuevo emperador electo, y no por el sistema de regalías. Y es bien sabido que, aunque el valido actual no fuera del gusto de su difunta majestad, esta supo congraciarse de amistades en las casas más importantes, como la casa Cot; y eso quiere decir tratos de favor con la pecunia pertinente. En otras palabras: aunque el emperador no eligiera nunca a Gresnan Cot, supo cómo torcer la dirección de los diezmos del pueblo. Por eso, si Gresnan demuestra haber sido útil ante este dilema, puede que el nuevo emperador, presionado por los deseos de su pueblo, elija a Gresnan Cot. Al solvente, al justo, al correoso Gresnan Cot. A quien vengó las heridas de la monarquía. Pero...

Sonrió avieso, y enseguida comprendí por qué. Levantó una mano para que yo continuara su discurso.

—Si se descubre la muerte de Socris II prematuramente —dije—, Gresnan caerá en desgracia.

—Exacto. Pero si se descubre cuando hayamos atrapado al asesino, alzarán a Gresnan como un dios. Y entonces lo tendremos no solo por cinco años, lo tendremos hasta que haya muerto él o el próximo monarca.

—Pero es muy atrevido anticipar lo que va a ocurrir. Vos mismo dijisteis hace dos noches que podría incluso haber una guerra civil. Digo más, olvidaos de una guerra: ¿y si no hubiere transición al antiguo régimen? ¿Y si, sencillamente, siguiéramos con el sistema de regalías? Pudiere suceder que se mantuviere el acuerdo del régimen actual. Pudiere ocurrir que el próximo monarca electo pasara la Corona a su descendencia. Si esto fuere así, Gresnan tendría que volver a ser elegido por el pueblo.

—Pues peor aún; siempre ha sido más fácil engañar a un pueblo inculto que hacer estrategias en la corte.

—¿Creéis que el pueblo de Ísbar volvería a dar sus regalías a la casa Cot? ¿Aun con todo lo que ha ocurrido?

—No subestiméis la indolencia de las gentes de este país. La cobardía que anida en la ciudad es tal que volverían a dar sus diezmos a Gresnan Cot, aunque este declarara mañana que él mismo ha asesinado al emperador. Gresnan se está cubriendo las espaldas de los nobles, no de los ciudadanos de Ísbar; estos son los que le temen, no aquellos. Es el poder del miedo, el miedo a los cambios, a los nuevos vientos. Porque aquí nunca se eligió para dar la victoria a alguien, aquí siempre se eligió para hundir a otros. —Suspiró y miró por las grandes ventanas, hacia el gris sucio de la ciudad—. Por otro lado, es cierto que la casa imperial Corne está en sus últimos estertores desde el momento justo en que expiró el emperador. Mantienen bajas esferas de poder en los distritos del Hórreo, Castroalto y Cortes de Tribunal. La casa de la dinastía Kesen asimismo apoya a Gresnan, pero también es débil. —Se paró, mirando al vacío, y añadió meditativo—: En menos de veinte años ha habido tres devaluaciones de la moneda en Ísbar. Tres crisis financieras que han sumido nuestro país aún más en la miseria. Esto no está sentando nada bien entre los estratos más humildes, sobre todo en los distritos del sur: La Mácula, Fronteras del Río, Mirtos de Levante y Tierrafértil. En resumidas cuentas, señor Corneli: los burgueses empiezan a notar la bolsa más aligerada y los cambios suelen venir cuando estos se ponen de parte de las gentes que no tienen nada.

—Creéis que se avecina otro tipo de cambio.

—Con toda certeza. Sobre todo, con candidatos más bienhechores con sus gentes.

Repasé en mi mente los príncipes electores; eran dos por cada distrito: eclesiásticos y seculares —estos últimos debían tener título de grande de Ísbar si querían optar a emperador—. Por supuesto, a la sazón de la historia que os cuento, entre defunciones y cambios de residencia el panorama había cambiado.

—¿Quiénes son los candidatos a emperador?

—Muchos. La ley, en caso de que la Corona quede sin descendencia, y en caso de que quieran cumplirla, dictamina más o menos esto: cuando el Colegio de Príncipes Electores se reúna presentará a sus dos candidatos por cada distrito, uno secular y otro eclesiástico. Empezaré por los seculares... —Cerró los ojos, haciendo memoria, y empezó a narrar—: Fatua Prímula de Altatorre y Nácar, duquesa de Sidoña; Dalacael Corne, marqués de Riogrande; Galifante Kesen, duque del Castillo; Dagris Corne, duque de Muroriental; Agris Martiso y Kesen, marqués del Cauce; Agris Acalet de Lirio y Kesen, duque de Puertas de Irene; Mustio Corne y Loberia, marqués de Altatorre; Darío Kesen, duque de Tierradivina; Martiso Dascar, barón de Coteli; Primoresco Corne, barón de Consagrada; Martirio Espurio y Kesen; barón de Igle...

—Sonora Pesar —interrumpí la larga lista—, la princesa de Mirtos de Levante...

Asintió.

Se quedó unos instantes callado, mirando mis reacciones. Seguidamente exhaló un suspiro de hastío y cambió su fisonomía con cierta despreocupación.

—De igual modo, eso no es importante ahora ni nos concierne a ninguno de los dos. Vengo a hablaros de otra cosa.

—Decid.

—Durante la cena de anoche, Gresnan Cot y el niño mantuvieron una conversación sobre su señoría. Lintus se mostraba entusiasmado por comenzar su educancia, que bien se ve que ha indagado mucho sobre vuestro pasado particular y os tiene en gran devoción e interés.

»—No es buena idea, alteza —decía Gresnan, contumaz—. Ya os lo dije cuando supisteis que Dragos venía, y vuelvo a decíroslo ahora: ese hombre está aquí más por necesidad que por prestarnos ayuda. Tal es mi capacidad de voluntad, que hasta los que han sido tocados por el Maligno se postran ante Gresnan Cot.

»—¡Pues que se postre también ante mí! —contestaba el niño.

»—Y esas serán sus pretensiones, alteza. Postrarse para que, cuando os veáis confiado, se alce de nuevo para dominaros con su magia oscura. Sin ir más lejos, esta tarde ya ha comenzado a tener algunas insubordinaciones.

»En ese momento se dirigió a mí, que me encontraba tomando tranquilamente la cena en mi lado de la mesa; ya os lo imagináis: intentando hacer oídos sordos a la conversación.

»—¿Lo oís, Danubios? ¡Exigiéndome que le abra la alcoba de Gladio, como si ya le perteneciera! ¡Preguntad, preguntad a Pol, que bien os corroborará mis palabras!

Sentí aprensión por el relato de Danubios, pero me había traído hasta un nodo de silencio por algún motivo.

—¿Y bien, mi señor Danubios? ¿Qué queréis decirme con todo esto, en el abismo del olvido?

—Pues que ayer pasé junto a la galería de las estancias imperiales y me pareció veros tomando algo de aire frente a sus grandes puertas. Y como bien comprenderá vuestra merced, tras oír las declaraciones del valido durante la cena, no cejo en pensar que tenéis gran interés por las estancias de Gladio Permes.

Me quedé callado, intentando no mostrar mi inquietud en la mirada. Danubios volvió a hablar.

—No voy a acusaros de nada —dijo, adelantando un paso hacia mí—. Pero no me fío de Gresnan Cot.

—Veo que no soy el único en la corte.

—El valido oculta algo, estoy seguro de ello. Así que voy a regalaros esta información.

—Oigámosla, pues.

—Gladio Permes también habló acerca de *El beso del silencio*.

Esta razón me golpeó la mente con sorpresa.

—¡¿Os habló de la escala?!

—Se pasó varios meses indagando acerca de una escala de protección prohibida, una contraescala para combatir esa magia que para el latido de un corazón.

Me recuerdo escudriñando en su mirada, prudente y confuso. Había muy poco del Danubios que vi junto a Gresnan la otra noche.

—Eso quiere decir que Gladio Permes sabía exactamente lo que iba a ocurrir.

—Mirad, don Dragos, yo no sé acerca de músicas arcanas ni nada que se le parezca. Pero sé leer en el temple de un hombre mitigado por la enfermedad. Y la peor de las enfermedades es la del ánimo. Gladio Permes estaba afligido por una extraña angustia que hizo que perdiera el color de la piel y su peso en muy poco tiempo.

Esto explicaba lo que el maestro lutier me había comentado acerca de la congoja del bardo. Recordé el mensaje del testamento de lágrimas: «Un secreto perverso», decía.

—Un ánima triste —continuó el facultativo— pudre los humores del cuerpo con más rapidez que una gangrena. Esta puede cortarse del cuerpo, pero aquella solo nos abandona cuando el corazón deja de latir. A Gladio Permes no lo mató un cuchillo; ya estaba muerto por dentro, y esto solo era puro trámite. Sabía que vendría alguien a matarle.

—¿Estáis seguro de eso?

—Me lo contó.

Sonrió pesaroso en cuanto notó mi asombro.

—Sí, señor. Me lo contó días antes de morir. Y habréis de saber que encontró la manera de proteger al emperador de esta desgracia.

—¡Pues cómo! —exclamé—. ¡Encontró la contraescala! ¡Encontró la forma de protegerse de *El beso del silencio!*

—Pero no de un cuchillo —sonrió con tristeza.

—Eso explica por qué amaneció degollado..., pero si logró proteger su corazón de *El beso del silencio*, ¿por qué no hizo lo mismo con el emperador?

—Bueno. Me temo que eso es algo que habrá que descubrir.

En ese momento unos funcionarios pasaron muy lindamente cerca de la estancia. Callamos con gravedad, esperando a que los pasos estuvieran bien lejos. «Tenías razón, Felindante», me dije, «solo había un asesino». Danubios parecía leerme los pensamientos.

—En resumidas cuentas, mi buen bardo imperial, creo que Gladio oculta en sus alcobas algo importante.

—El problema es que no tengo autoridad para entrar en las estancias imperiales. No puedo acceder a la alcoba de Gladio Permes sin el permiso de Gresnan.

—Sois hombre versado en la ciencia arcana, ¿no tenéis medios para entrar?

No quería perder el tiempo explicando al físico la dificultad de saltarme las barreras de las protecciones, con todo el peligro que conllevaba. Mejor que eso, pensé en lo que me dijo Edmundo, pues al fin y al cabo estaba frente a un cortesano, y Danubios tendría contactos en la corte.

—Dentro de doce días —dije—, tengo entendido, un ayuda de cámara llamado Gótrix de Orofel entrará en la alcoba para hacer su limpieza mensual. Suele pasar por allí dos veces: por la mañana temprano y luego por la tarde, tras la comida.

—¿Qué tenéis pensado?

Hice un abatimiento de resignación.

—No creo que Gótrix de Orofel se preste a dejarme pasar, don Danubios.

—Es un hombre terco, no lo niego.

—¿Y bien?

—Podría hablar con él, pero no os aseguro nada. ¿Sabéis dónde está la Sala de la Porcelana?

—Sé cuál es, he trabajado sus escalas latentes.

—Lo imaginaba. Supongo que, como todas las mañanas, estaréis ocupado con su alte... con el zagal. Esperad junto a la sala en la tarde, poco después del mediodía. Gótrix pasará por ahí con su séquito de gentiles golondrinos. Intentaré mediar con él para que os deje pasar, pero, si no resultare, improvisad con vuestra magia.

Después de toda una mañana elucubrando planes, me había caído del cielo una grata oportunidad. Pero quedé confuso con todo esto; se presentaba demasiado fácil. Danubios obraba con buena voluntad, muy dado a mi contento.

—¿Por qué? —pregunté al facultativo.

—Porque no se trata de capturar a un asesino sin más. Se trata de vencer al tiempo: dad con el asesino cuanto antes y Gresnan se irá por la posta.

Se dirigió a la puerta, dando la vista por concluida, y entonces se volvió.

—Por cierto, mañana viajaré a Tierrafértil para acompañar a un regidor al concejo de Monteperegrinos, así que el señor Felindante se ocupará de mi botica durante dos semanas o tres, que será lo que tarde en volver. Hay problemas administrativos con un marrajo que dice ser barón de no sé qué barrio. Tengo entendido que sois del distrito. ¿Queréis que deje un mensaje?

Por un momento pensé en pedir que indagara sobre Risoldar Estut, pero estaba siendo impetuoso con la confianza mostrada.

—No —concluí—. Os agradezco la merced, señor Vitorio.

Capítulo 9

Acerca del distrito de Tierrafértil y de las voces del pasado

Felindante y yo caminábamos por el Distrito Central junto a una plazoleta que se adornaba con un humilladero en el centro.

Hoy puedo decir sin temor alguno que nunca me gustó el símbolo de la religión: un pilón que se corona con un brazo transversal cuyos extremos son besados por una luna y un sol; los dos limbos se unen por un arco que representa el Tetragrama del Mundo. Una imagen astrológica basada en la superstición que nace en el hombre cuando echa la vista al cielo por vez primera. Es un ejercicio de curiosidad imaginar a las gentes del mundo antiguo cuando miraban a la bóveda celeste: un arco, un sol, dos lunas, un planeta ovalado y un manto de estrellas como únicas consejeras de la humanidad. Resulta una ironía que todas las culturas busquen primitivamente el consejo de la inmensidad, allá en el firmamento, para explicar las leyes de lo mundano que anidan aquí, en la tierra.

El caso es que tomamos asiento en unos bancos de piedra cerca de la pétrea estructura. Quedamos un buen rato callados, mirando las gentes de Ísbar. Yo rompí el silencio:

—Voy a tomar una silla de posta, Felindante.

—¿Vais a viajar a otro distrito? ¿Necesitáis que os acompañe?

—Voy a Tierrafértil, a la Universidad de Monteperegrinos. Quiero averiguar algunas cosas.

Felindante quedose observando mi figura, como intentando adivinar si lo que le había dicho era más una advertencia que una aclaración.

—¿Necesitáis que os acompañe? —repitió.

—No es necesario, mas quisiera dejar mis ropas en vuestra casa antes de marchar y recogerlas para cuando vuelva, que será esta misma noche.

—¿Es que pensáis ir desnudo? —preguntó riendo.

—Antes de entrar en la villa de Monteperegrinos me gustaría vestir más modesto; estas ropas son un ultraje para la germanía. No me encuentro cómodo con tan pródiga indumentaria. Menos aún si quiero recabar información.

—Sois magistrado, podéis averiguar cualquier cosa a golpe de voz por vuestra condición.

—Los hombres que usan la fuerza están movidos por el miedo, la estulticia o la vileza. Y los que se valen de la condescendencia de la germanía se arriesgan al bulo. A la gente humilde no se le arrebata la verdad, sino que se la toma prestada.

—Pues habréis de compraros una ropa más adecuada, señor Corneli —dispuso mientras se levantaba—. Hay un ropavejero cerca del corregimiento del distrito.

En menos de una hora salía de casa de Felindante con un jubón de piel de corso, calzas pardas que más bien eran unas follosas de esparto, unos labrados por calzador y un herreruelo liso y sencillo de color oscuro, todo muy usado. La espada lucía con otras actitudes, y suponía que mi mirada también, que se amparaba bajo el fieltro desgastado de ala ancha que me había acompañado siempre.

Pero antes de llegar a la silla de posta desvié nuestro recorrido hasta unas callejuelas más ocultas, donde solían vagar algunos valentones. Y cerciorándome de que no había nadie a la vista, me acerqué hasta una esquina de chapa y piedra donde había una hornacina adornada por el símbolo del Tetragrama y desabrigué el arpa.

—Vive Dios, Corneli —dijo Felindante—, que tenéis una habilidad prodigiosa para dejarme en confusión. ¿Por qué sacáis el arpa ahora?

—Atended —reí.

Toqué unas notas, y justo detrás de la estatua de piedra un hueco de unas ocho pulgadas empezó a abrirse en la roca viva, amasando a sendos lados de la concavidad toda la gravilla. Seguía allí, y la tomé: era mi antigua daga quitapenas, que ajusté como pude en la pretina ocultándola bajo la capa. Seguidamente entoné la contraescala y la concavidad volvió a cerrarse dejando la hornacina exactamente como la encontramos.

La expresión de mi amigo era inefable, y hasta me produjo más ganas de reír.

—¿No se os quita la confusión, señor Felindante?

—¡Pardiez, Corneli! ¿Habéis tenido una daga oculta en una hornacina? ¿Por cuántos años?

—Por once, y no se ha oxidado, pues la piedra cubría el arma y me guardé de que ni un cortadillo de aire besara el metal. La oculté aquí mientras huía de la ciudad, junto con otras pertenencias que confío se hallen aún ocultas.

—¡¿Tenéis más cosas guardadas por la ciudad?!

—No es inventiva mía —me encogí de hombros—, que un viejo amigo ya hacía estas cosas mucho antes que yo.

No dijo nada más, pero desde ese momento me miraba más admirado.

Llegamos hasta la cúspide de la muralla oeste del distrito a través de un elevador de vapor, y allá arriba, unas ciento veinte varas por encima del barro, pagué los siete reales que costaba el transporte.

La maquinaria del ferrocarril, consistente en un ténder para el combustible y tres o cuatro zorras de vía cubiertas —a veces un ferrobús—, era conducida por un postillón autómata y solía salir cada hora si había suficientes pasajeros.

Felindante me preguntó una vez más si deseaba que me acompañase, pero decliné su oferta y le dije que demoraría todo el día. En caso de que llegara a altas horas de la noche, su mayordomo me devolvería las ropas de palacio.

No pasaron ni diez minutos desde que marchó mi amigo cuando un silbato nos indicó que la máquina iba a ponerse en movimiento. El sonido que llegó después fue el del vapor saliendo por todas las aberturas posibles del vehículo que, con un impulso inesperado que lanzaba el cuerpo al vacío, empezó a moverse lentamente hasta que alcanzó una velocidad constante.

Deberían haber visto Ísbar desde las altas alturas de la muralla: más allá del Distrito Central podían verse ríos de metal que conectaban con otros distritos, extendiendo los edificios en cientos de calles por toda la ciudad. Y entre estos ríos artificiales se observaban extensiones de tierra que dibujaban la meseta central: precipicios, colinas, bosques y praderas por donde discurría algún afluente del río Íbari. En dirección sur, desde ese tramo, se alzaba el Tetragrama del Mundo cernido sobre la muralla que separaba el Distrito Central del distrito de La Mácula. Allí se transbordaba el vehículo, antes de volver a salir para nuestro destino: Tierrafértil, donde me apearía.

La muralla de Tierrafértil, elevada en su cúspide ciento cuarenta y tres varas por encima del nivel del barro, recibía la máquina con su imponente escudo en un montante que mostraba dos grandes columnas bajo la cual rezaba: «Tierrafértil por sí, para Ísbar y la humanidad». La parada se encontraba justo en el nexo de dos murallas; era la unión de tres distritos: Tierrafértil, La Mácula y Fronteras del Río.

Como es sabido, en cada distrito había grandes puertas en sus murallas que permitían el paso de la gente; pero allá abajo sus puertas no se habían cerrado desde hacía dos siglos, y se puede decir que este punto que unía a los tres distritos albergaba bajo sus amalgamas de hierro negro todo un barrio de comerciantes —la Lonja de Prósperos— donde la gurullada tenía poca presencia. Se limitaba solo a un puñado de alguaciles y otros tantos de corchetes a sus órdenes. Todo trámite, para contentar a los lindos. Y bajando por el interior del muro hasta ese vasto e interno espacio donde la luz del sol casi nunca llegaba, se podía salir por tres grandes puertas, una dando a cada distrito. Yo me dirigí al sur, en dirección al barrio de los Prósperos, y con ello el Tetragrama me dio la bienvenida a Tierrafértil.

Y así tardé unas dos horas desde que salí del Distrito Central hasta llegar a Monteperegrinos de Tierrafértil, que se caracterizaba por estar al pie de una gran colina rocosa alrededor de la cual se distribuían un puñado de casas y algunos edificios antiguos, como la Imperial Chancillería, el colegio mayor y la universidad... En este último aprendí las cuatro reglas y a tocar la guitarra íbara. De todos los distritos de Ísbar, Tierrafértil —y más aún el barrio de Monteperegrinos— ha sido y es una cultura aparte, vestigio de la antigua y orgullosa raza de los omerios, que nos trajeron grandes avances en el saber elemental de la ciencia, como la medicina o el álgebra.

Pero sabía que era un día perdido vagar por las calles de Tierrafértil en pos de mi verdadera empresa. Porque, junto con Castroalto, era el distrito que más ciudadanos albergaba, de modo que buscar a Risoldar Estut —que no era hombre dado a dejarse ver fácilmente— iba a ser como buscar una aguja en un pajar. Con todo, visité las antiguas callejuelas, vagué por las majestuosas estancias de la universidad y me deleité con la cantidad de lutieres que mantenían sus tiendas decorando la fachada de la calle homónima.

Y en estas que, yendo por la calle de los Lutieres, sabiéndome distraído por el hado de la caprichosa fortuna mientras buscaba a mi maestro, sonó en mi cabeza una voz clara, cristalina y que así decíame: «Dragos Corneli, once años mayor». Se trataba de *El susurro del viento,* una escala que se usaba para proyectar mensajes a la mente de otra persona. Miré en rededor, buscando entre la gente quién era el causante de esa voz que me habían enfocado a la mente con la escala. Y allí vi, apoyada en la columna de un emparrado oxidado, a una bella mujer que había aguantado el peso de la edad con temple.

Capítulo 10

Que narra el reencuentro con una vieja amiga y la reconciliación con el bastardo del emperador

Los embistes del tiempo no son iguales para todo el mundo. Solo sus ojos grises —que siempre me habían fascinado por este singular color— mostraban una serenidad y una lucidez mayores, pues su rostro parecía el mismo de antaño, carente de arrugas; quizá unas pequeñas motas bajo el ojo izquierdo y una piel que adivinábase más caída y relajada, probablemente también menos suave y amansada por los años.

Su cabello también estaba más ondulado, envejecido, aunque recortado hasta los hombros y de un color castaño oscuro. Sus ropajes eran modestos, como siempre: falda larga y camisola típica de jacarandina que, amén del típico jubón de paño, cubría con un coleto de corte masculino —cosa prohibida en las mujeres por la Iglesia, por cierto—.

—Nolvaria.

Lo dije quedo y triste, que parecía que mis emociones eran lúgubres más que dadas a mostrar la verdadera alegría de volverla a ver. Una alegría que se ocultaba, más por cansancio que por mesura. Pero Nolvaria de Bruma siempre tuvo un sexto sentido para captar las emociones y supo leer en mis sentimientos.

En esta ciudad patriarcal y moralista, a las mujeres no se les permitía entrar en la universidad —Nolvaria no conocía las reglas del solfeo—, pero mi reencontrada amiga era una de las mejores armonizadoras que había visto en Ísbar, siendo capaz de improvisar escalas que yo mismo jamás soñaría en hacer ni en cien años. Porque es cosa sabida que, a medida que un armonizador va conociendo profundamente la naturaleza del solfeo, más profundamente estará ceñido a las pautas y a la teoría cuando haya de componer una escala. De esta manera tiende uno a ajustarse a las reglas, como movido por una inercia que merma la capacidad de improvisación y creación genuina. Yo era un gran conocedor de la teoría, pero en la práctica improvisada Nolvaria no tenía parangón.

—Yo también me alegro de verte, Dragos Corneli —dijo.

Aunque no sonreía, sus ojos se conectaron con los míos tornándose comprensivos.

—Al principio creí que eras un fantasma —añadió.

—Lo soy —contesté taciturno—. Soy un fantasma que vuelve para visitar su tumba.

—Algo así le dije a Felindante cuando me contó que volvías. ¿Por qué has venido a Tierrafértil? ¿No te tratan bien los pisaverdes de la corte imperial?

—Ya sabes que no soy dado a la aristocracia —me sonreí, y al cabo de un momento proseguí—: He venido en busca de alguien.

—No está aquí.

—¿Acaso sabes a quién me refiero?

—Risoldar Estut no está aquí —apostilló, encogiéndose de hombros.

—Dicen que ha muerto.

—Pero tú no lo crees.

—Pero yo no lo creo —afirmé tras unos instantes.

Sonreía a media vela, fatua y sencilla. Siempre había querido tener el control de las conversaciones con una bellísima altivez. Aunque a veces se perdía tontamente en la arrogancia.

—Quería hacerle una visita, Nolvaria.

—O bien querías sentirte más seguro. Te comprendo —suspiró—, caminar junto al magistrado Risoldar es como caminar junto a un ángel de la guarda. Pero tú no necesitas de esas cosas. ¡Pues bien!, ya has echado el ramillete de flores en tu tumba. No tienes más que hacer aquí. Yo que tú escaparía de este infame país de la misma forma que hiciste hace años y volvería a la corte del *excellent prince*, el delfín de Galvaré. Después me olvidaría de todo lo que hay y hubo en Ísbar. O al final... bueno, tendré que echarte las flores yo a ti.

—Vuelvo para recuperar mi hacienda y mi condición de hijodalgo, Nolvaria —aclaré—; he sido perdonado por el emperador.

—A mí lo que me digas sobre el imperial culo de Su Majestad y sobre tu título de hidalguía se me da un ardite. —Lo dijo fría, echando la vista al Tetragrama—. Vienes por causa de ella. Va en tu sangre y en el oficio.

No supe qué contestar. Entonces bajó su mirada y en ella pude leer: «¿Te atreves a negarlo, Dragos?». Sentencié un sencillo comentario, pero con la voz; con Nolvaria era mejor no hablar con los ojos:

—Espero verte pronto, Nolvaria.

Me di la vuelta y entonces escuché en mi cabeza *El susurro del viento*: «Si me necesitas, estaré por aquí».

Me sonreí con tristeza y me dispuse a volver al Distrito Central. Podía notar su mirada con un cosquilleo en la espalda y la sensación se desvaneció cuando doblé por un ángulo de la calle.

Al día siguiente, dirigí mis pasos muy temprano hacia el salón de la música, donde inferí que el bastardo me esperaría con aire irritado. Y no me equivocaba, pero hallábase con él Gresnan Cot, que permanecía sentado a la misma mesa, ambos tan silenciosos como el sumiller que les acompañaba. El mercenario, por el contrario, aguardaba de pie con una salvilla de peltre sobre la que había una jarra y copas de cristal. El niño se habría quejado ante Gresnan, claro; al punto pues, el valido vendría a pedir las explicaciones pertinentes, a cerciorarse personalmente que todo estaba en orden.

Me invitó a tomar asiento con una sonrisa.

—Corneli —comenzó Gresnan—, supongo que sabréis por qué estoy aquí.

—Lo ignoro, excelencia.

—¡Eres un mentiroso! —bufó Lintus.

—Alteza —continuó el valido dirigiéndose al niño—, debéis guardar la compostura.

—¿Por qué tengo que guardar la compostura ante este hombre? ¿Acaso es de noble linaje?

—Lo es, alteza; desde anteayer por esta hora.

El niño puso los ojos en blanco.

—¡Quería decir que...!

—Que es noble, por supuesto —interrumpió Gresnan, antes de que Lintus hablara sobre aristócratas, pisaverdes y grandes de Ísbar. Se volvió a mí, anticipándose al niño—: Disculpad a su alteza imperial, señor Corneli; suele ser irascible cuando no obtiene lo que quiere, sobre todo cuando se trata de asuntos relacionados con la música.

El niño abrió la boca para protestar, pero se relajó al ver que el valido permanecía inmutable mientras me sostenía la mirada. Comprendió que su comentario era más una riña hacia mí que una crítica hacia él.

—¿Os referís, excelencia —empecé a decir—, a que las razones de vuestra visita a este salón son porque pensáis que no estoy instruyendo adecuadamente a su alteza imperial?

—Así es, señoría —convino con una mirada tenaz.

—Pero ¡si le he enseñado muchísimo! ¿Queréis vuestra grandeza una prueba de ello?

Me miraron desconfiados, pero yo me dirigí al muchacho con gran mesura:

—Alteza, tocad el *Rondó de partida*, si tenéis la gentileza.

El chico me miró arisco y fue a hablar, pero Gresnan se adelantó:

—Ardo en deseos de escuchar tal pieza. Estoy seguro de que sabéis tocarla tan bien como alguien que la ha practicado su vida entera. Todos en la corte sabemos que sois un prodigio.

Al niño pareció afectarle tal condescendencia. Colocó tímidamente la guitarra en su regazo y empezó a tocar la melodía con una limpieza en las notas que me reveló que había estado practicando, a pesar de sus aflicciones. Tras la última nota aplaudimos la interpretación y, como era de esperar, ambos rostros apuntaron hacia mí, en busca de cualquier respuesta.

—¿Les ha gustado a vuestras mercedes? —resolví con amplia sonrisa.

—Señoría —dijo el valido—, ¿dónde se ha producido la magia? Sin menospreciar la belleza de las notas de la canción, claro.

—¡Oh, la magia! ¡Por supuesto! Se lo explicaré a vuestras mercedes, pero antes, ¿puedo aclararme la garganta con un poco de agua?

Gresnan me sostuvo la mirada unos instantes con la ceja levantada e hizo un visiblemente irritado ademán a su copero. Me observaba con el rostro cínico, sonrisa forzada y labios apretados, pero el muchacho y el criado quedáronse ambos congelados, mirando la jarra; tan congelados como su contenido, pues ni una gota cayó al interior de la copa.

El criado titubeó y un rápido visaje del valido bastó para que también se quedara mudo de asombro.

—¿Qué ocurre? —pregunté—. ¿No hay agua?

El criado intentó explicarse, pero no pudo más que enseñar su contenido al valido, a modo de excusa desesperada: una piedra blanquecina de hielo.

—El agua... —dijo Gresnan con voz queda—. ¡Alteza! ¡¿Habéis congelado el agua de la jarra?!

—La música ha congelado el agua de la jarra, excelencia —apunté.

El chico soltó el instrumento encima de la mesa y se miró las manos, asustado. A Gresnan se le encogieron los músculos de la cara: patas de gallo y los dientes a la vista en una sonrisa que no podía ocultar.

—¡Y bien! ¿Acaso no habéis obrado tal acto de magia, alteza? —exclamó—. ¿Qué tipo de quejas son estas en las que os habéis embozado el carácter en la noche de ayer? ¡Vos mismo habéis hecho esto por merced de las enseñanzas de don Dragos Corneli!

El niño no contestaba, por lo que abrí los oídos: miedo y confusión salían de su mente; de Gresnan Cot —y a pesar de su reticencia a la armonización— salía júbilo, y yo lo aproveché.

—Ya lo veis, vuecelencia, que las lecciones están llevándose a cabo con solvencia. Espero que esto haya ayudado a esclarecer este asunto y convengamos en que todo ha sido una lamentable confusión.

—¡Así es, Dragos! Y puesto que ya está todo solucionado, me retiro para dejaros continuar con vuestra instrucción a su alteza imperial. —Se dirigió al pávido niño—: Alteza, espero que esto os haya recobrado la fe en el señor Corneli, que bien ha tenido a enseñaros magia aun cuando pareciera que solo os enseñaba lecciones de álgebra en las pizarras.

Lintus no dijo nada, solo miraba el contenido congelado de la jarra. Entonces el valido hizo un gesto al sumiller y se marchó con este por la puerta del salón. La estancia quedó silenciosa a oídos de cualquier profano, pero aquellos que entendieran el lenguaje de las cosas escucharían un crescendo de gozo en el bastardo del emperador, quien, ante la resolutiva de sus pensamientos liberados de su momentánea fascinación, tomó de nuevo su guitarra y se dispuso a tocar la misma canción frente a la jarra.

Me dirigí a él con sorna.

—No pretenderéis congelar todo el líquido del palacio, ¿verdad?

—Voy a practicar —rio nervioso.

—¿Creéis que habéis congelado el agua de la jarra? ¡*Yo* he congelado el agua la jarra, botarate!

Todo el júbilo de su rostro cayó a la base de la cara, dejando paso a una parca expresión y desprendiendo una música de pesar y de decepción que hasta me encogió el alma. Se le llenaron los ojos de lágrimas y la ira empezó a hablar por ellos. Estaba a punto de gritar.

—Yo he congelado el agua la jarra —susurré, y me incliné hacia él—, a través de vuestra música.

Y la música de sus emociones se hizo más suave, lenta, como buscando las notas para crear una armonía tranquila y serena, y dejar paso a su hambre de saber.

—Entonces... ¿lo he hecho yo, o lo habéis hecho vos?

—Ambos.

—¿Ambos?

—Ambos —repetí.

—No lo comprendo.

—Porque os empeñáis en obrar sobre el mundo sin herramientas, por eso no lo comprendéis. Contestad: ¿qué es el éter?

—El éter... —La conmoción no lo dejaba pensar—. Pero ¿de verdad existen esas cosas? ¿Esos cuentos que escribisteis ayer en la pizarra?

—¡Espabilad! Cuando tengáis que componer durante una situación comprometida necesitaréis la mente despierta. —Di una palmada—. ¡Rápido! El éter, ¿qué es? Recordad las fórmulas matemáticas.

—El elemento primordial del cual se compone la materia —contestó con voz quebrada.

—¿De qué se compone el éter?

—¿Estáis chanceando, Corneli?

Me levanté, amenazante, y la melodía de sus emociones desprendió notas asustadizas.

—¿De pequeñas bolitas de energía? —apremió el niño.

—¿Y qué nombre tienen?

—Par... partículas.

Asentí, satisfecho, pero pretendía seguir acorralando al muchacho. Pregunté de nuevo:

—¿Qué hay dentro de estas partículas?

—Partículas más pequeñas —respondió, aunque parecía más una pregunta, por la entonación.

—Bien, bien. Pero... —dije imprimiendo misterio en mi voz—, ¿bajo estas últimas?

Al principio no supo qué contestar, mas pareciome que recordaba algo por un brillo momentáneo en su mirada.

—Se supone que hay...

No se atrevía a decirlo. Aunque consideraba un disparate todo eso del éter y sus partículas, el chico había tenido la buenaventura de estudiarlo de las pizarras. Digo más, quizá Gladio Permes ya le hubiera instruido en la materia. Me acerqué a él y cambié mi fisonomía, pues le sonreí tranquilizador; le puse una mano en el hombro, mientras que con la otra busqué el bordón de su guitarra.

—Dilo.

—Cuerdas —susurró—. Cuerdas que vibran.

Apreté el bordón y la estancia se llenó con el sonido de la nota mi. El muchacho dejó de temblar y sus ojos empezaron a iluminarse.

Capítulo 11

Que nos muestra la física que hay tras aquello que los profanos llaman magia

—En efecto —reí—, en las partículas hay pequeños bucles de energía que llamamos cuerdas.

Lo dije con demasiada jocosidad, pero al niño no le pareció tan divertido. Escuché una tabarra de protesta movida por sus ansias de saber. Me serené con el muchacho: quienes eligen tomar el conocimiento merecen un respeto.

—¿Por qué existe el sonido? —inquirí.

—El sonido viaja a través de las ondas —recitó de memoria—. Estas ondas llegan a nuestros oídos y nosotros las interpretamos en lo que llamamos sonidos. ¿No era así?

—Veo que habéis leído lo que escribí ayer en la pizarra. ¿Qué más podéis decir sobre el comportamiento de una onda? ¿Cuáles son sus naturalezas?

—Una amplitud, una frecuencia... —se paró a la mitad—. ¿Qué tiene que ver eso con esas fantásticas cuerdas del éter?

—Pues que una cuerda bien se parece a algo, ¿yerro?

El niño sonrió, suspirando con ironía.

—Ayer la dibujaste como una cuerda ondulada.

—Bien, pequeña majestad, como una cuerda ondulada —afirmé—. Pues sabed que estas pequeñísimas cuerdas de energía que habitan dentro de las partículas también tienen las propiedades de una onda: una longitud, una frecuencia, una amplitud. Cuando vibran, estas vibraciones se proyectan en el comportamiento del éter. Para que no divaguemos con aspectos arduos y complejos lo diré más sencillo: las ondas de estas cuerdas, junto con su longitud, frecuencia y amplitud, pueden moldearse. Y pueden hacerlo, zagal, con la misma naturaleza con la cual se moldean las ondas de sonido para hacer viajar las notas que producimos a nuestro antojo.

No hay nada como la liberación a través del conocimiento. La sensación que produce el entendimiento de las cosas se siente como una pesa que es levantada desde el pozo de la mente. El chico sentía estas cosas. No me hizo falta ni escucharlo, pues ya se le notaba en su mirada. Empezó a enhebrar los hilos en la buena dirección:

—Así que es eso... los armonistas hacen vibrar esas cuerdas escondidas. Hacen vibrar la energía de la materia.

—Muy bien —asentí—. La naturaleza, en su forma, en sus leyes y en su comportamiento, depende de las vibraciones de estas cuerdas. Si modificamos su vibración, el éter se comportará de una manera distinta. Por tanto, si cambiamos las vibraciones de la energía, es obvio entonces que la materia que vemos también será alterada. La materia, sometida a las leyes de nuestro universo, no es más que la proyección de la naturaleza de las cuerdas, el elemento más básico...

—Si alteramos esas cuerdas —interrumpió exaltado—, podemos cambiar la materia.

—El comportamiento de la materia, sí: si moldeas las cuerdas, el éter cambia y la materia se modifica también, así de fácil. Fíjate en esto.

Puse mi dedo sobre la jarra congelada y entoné una sencilla melodía. Tras el soniquete la así por el mango y llené el vaso del infante con agua fresca. El niño me miraba papando moscas.

—A esto —sentencié— se le llama componer el tejido de la realidad; y verdaderamente estoy componiéndolo, enhebrando y remendando las cuerdas como si fueran hilos en un telar infinito que compone toda la existencia de nuestro mundo. Los prefectos y los eclesiásticos llaman al tejido de manera distinta.

—El monocordio de la creación —aportó el zagal.

Me dejé caer en el asiento, taciturno.

—Por desgracia —continué—, no es tan sencillo llegar a las cuerdas que habitan dentro de la materia. La música es la única manera que tenemos de llegar a ellas y hacerlas vibrar. Es nuestro vehículo, que nos permite penetrar bajo las capas del éter. Construimos caminos con las notas; ingeniamos atajos con nuestras melodías; incluso sellamos senderos musicales para blindar objetos de otros armonistas que intenten perturbarlos: como las escalas latentes. A esto lo llamamos tender el puente, un puente que se extiende desde nuestra mente hasta lo que conocemos como un foco.

—Explícame eso magistrado, no lo entiendo muy bien.

—El foco es, básicamente, la diana. El lugar donde se encuentran las cuerdas que vamos a modificar.

El niño acarició la guitarra, apoyada en la mesa.

—¿Por qué la música?

—Porque la comprendemos.

—Pero... —se quedó pensativo— Madabarante Magris escribió que se puede modificar el tejido con sonidos simples, sin necesidad de darles melodía.

—Es cierto, pero Madabarante también decía que la música es sonido ordenado. El sonido es sonido, vibración de ondas en el aire que puede ser producida por un bordón de guitarra o por una gota de agua cuando cae en un charco. La vida está llena de ondas de sonido que vibran a nuestro alrededor, hablándonos en un idioma que pocos comprenden. Pero la música ordena estos sonidos en un lenguaje para descifrar qué nos dicen. Es un sistema, un idioma: un algoritmo que lo hace todo más fácil. Para esclareceros esto haré una analogía: la música es el lenguaje con el que transcribimos la verdadera *lengua* que emite el sonido de todas las cosas. Es como un traductor. Tal y como cada cultura de nuestro mundo tiene una lengua propia que sirve para traducir todas las cosas, la música nos permite a los armonistas comunicarnos con el tejido y traducir su vibración.

—¡Pardiez! —exclamó el infante—. ¡Nunca había pensado en la música como el lenguaje de los bardos!

En sonriendo paternalmente al niño tomé una hoja de la mesa y dibujé en ella la escueta figura de un hombre frente a una jarra. Justo encima de su cabeza empecé a trazar el vaivén de una onda que culminaba en el objeto.

—Cuando el armonista crea su propio sonido, bien tocando un instrumento, bien cantando, es más fácil tender un puente desde su mente al foco de las cuerdas que se quieran componer. —Dibujé otro puente, otra onda, que no tocaba al muñeco, sino que salía de una guitarra que bosquejé con unas rápidas líneas—. También es posible tender puentes hasta el foco usando los sonidos de alrededor, como lo que acabo de hacer con el sonido de vuestra guitarra. Sin embargo, resulta más difícil controlar el sonido ajeno a un armonizador, y por tanto igual de difícil es acceder a las cuerdas; de esta manera hubiera sido mucho más sencillo tender el puente de mi mente al foco si yo mismo hubiera tocado el *Rondó de partida.*

El chico volvió a sonreír. Su fanatismo nobiliario dejaba paso a su oculta humildad, llena de lucidez. Felindante tenía razón: el muchacho tenía buen corazón. El engreimiento de la corta edad no puede juzgarse en los zagales, sino en sus educadores.

—Todo esto del éter, las partículas y las cuerdas... —Me miró suspicaz—. ¿No estarás chanceando de nuevo?

—Entiendo que desconfiéis de mí. Pero vive Dios que ando en la verdad que os digo.

—Y los bardos, ¿cómo sabéis que existen estas cuerdas y partículas? ¿Cómo podéis demostrar esto?

—No podemos. Los dómines teorizan porque usan los números —dije señalando la pizarra—, nosotros tenemos la certeza porque sentimos la vibración de esos elementos, aunque no podamos explicar tales sensaciones. Éter, partículas y cuerdas son solo nombres; nadie los ha visto en realidad.

—Pues a mí me gustaría ver esas cuerdas...

—Quizá las cuerdas no, pero puedes ver el éter vibrando. ¿Hay diapasones por aquí?

El chico se dirigió presto a uno de los cajones de un mueble y me trajo un puñado de diapasones de metal. Con su forma de horquilla, los diapasones emiten una nota al ser golpeados ayudando en la afinación de los instrumentos. Tomé uno de ellos y desenvainé mi daga quitapenas, impoluta, resplandeciente como un espejo. Y como un espejo pretendía usarla.

—Hace años —expliqué—, un galvo colocó un pequeño espejo en la punta de un diapasón y proyectó una luz en él. Se dio cuenta de que al golpear el instrumento, el espejo que había en su punta devolvía la luz a una pizarra mostrando la onda de sonido.

Golpeé la punta del diapasón con la quitapenas y me armonicé con la nota vibrante que emitió, haciendo que el sonido impregnara la daga. La sentía cimbreante en la mano; no era costoso mantener el remanente de notas en ella. Busqué la luz temprana del sol a través de las vidrieras y dejé que un rayo besara la hoja de la daga. Finalmente, la giré proyectando la luz hacia una de las pizarras: allí relucía una fina línea, trémula y resplandeciente. Impoluta.

—Como ves, el sonido también puede interpretarse con los ojos, aunque esto solo es un esbozo. Pero suficiente como para intuir un cuerpo de notas. Un buen truco para detectar escalas latentes, si sabes observar con atención.

El niño reía, maravillado. Me recordé a mí mismo mientras Risoldar Estut me enseñaba la misma lección. Di un largo suspiro y envainé la daga cerrando los oídos.

—La vida está llena de música, pequeña majestad, eso sí es una certeza. Solo tenéis que pararos a escucharla, a entenderla, a sentirla. En el comportamiento de la luz, en la secuencia de notas del crecimiento de una flor, en la jarra de agua... en vuestra mente. Cuando seáis capaz de descifrar el sonido podréis ahondar más en su significado, y lo que se os es revelado. La vida nos habla, infante. Recordad eso.

Mirándome fascinado, el muchacho se llenó de una fugaz determinación y volvió a tomar la guitarra, palpando las cuerdas del instrumento como si quemaran.

Y yo reí.

—Os sentís desconcertado porque no sabríais ni cómo empezar.

Asintió tímidamente.

—Notaréis las cuerdas a su debido tiempo, con entrenamiento... un día, sin más, percibiréis algo extraño. Como una vibración en vuestra mente. Sé que es difícil de comprender, pero es como si sintierais el lenguaje de las cosas. Asociaréis sonidos a todo lo que encontréis en la naturaleza: temperaturas, movimientos, el paso del tiempo, incluso las emociones que transmiten los seres vivos. Habréis experimentado, por tanto, lo que llamamos un ancla.

Se quedó boqueando con el ceño fruncido. Reí; quizá estaba yendo demasiado rápido.

—Sí, un ancla. Una agradable sensación de pesadez en algún punto de vuestra mente —elucidé risueño—. Y es, precisamente, desde un ancla donde tenderéis un puente armónico hasta el foco de las cuerdas que queráis modificar. Ahí se os revelará el verdadero sonido de las cosas.

—El sonido de las cosas...

—La música de las cosas. Porque lo que estaréis sintiendo es el tejido de la realidad, que os hablará usando el lenguaje de la música. El mismo tejido es inteligente y se hará entender: os dirá las cosas conforme a ese lenguaje pactado llamado música.

—La música de las cosas —dijo con mirada perdida—. ¡Eso al menos decía Gladio Permes!

—Sí. El color de las cosas, su sonido, pero también su idioma, su acento, su atractivo, sus emociones. Por eso para el bardo Madabarante Magris, en particular, la lluvia sonaba a cansancio. Hay una música para cada cosa.

—¿Y a ti? ¿A qué te suena la lluvia, magistrado? —rio.

—A melancolía.

El chico tuvo la mesura de serenarse ante esta respuesta. Palmeé la mesa para despertarle de su prudencia.

—¡Muy bien, pequeña majestad, esta es la teoría! —Me levanté sonriente—. Ha llegado la hora de practicar con unos acordes sencillos.

Fuimos a uno de los patios que se encontraban en la parte trasera del palacio. Era un lugar precioso, con un pequeño manantial procedente de un afluente del río, lleno de patos y con un sauce llorón besando la orilla. Había también una suave cascada que caía desde un promontorio de piedras que ocultaba tras la cortina de agua una pequeña concavidad cavernosa, como una covacha donde las aves tenían su morada en un reducido remanso de aguas calmas. Señalé la cascada e indiqué al infante que preparara su guitarra.

—Hay una música más o menos constante en el sonido que produce el agua al caer. Ignora los graznidos de los animales, céntrate en el sonido de la cascada.

—¿Qué se supone que he de hacer?

—Utilizar un círculo de quintas. Doy por hecho que sabéis de qué se trata.

—Sí, la clasificación de los doce tonos de la escala cromática, separados por un intervalo de quintas. Me lo enseñó su señoría Gladio. Pero es un dibujo. ¿Qué quieres que haga aquí con eso?

—Saltar de quinta en quinta según el sonido del agua al caer. Quiero que identifiquéis las notas que os transmite la cascada. Empezad por la nota do y luego intentad identificar sol. Hacedlo una y otra vez, sin pausa.

—Pero ¿cómo voy a hacer tal cosa?

—Se llama intuición. Creedme, pequeña majestad, el agua respeta una escala musical muy característica cuando se mueve. Algo básico: lo denominan ruido blanco. ¿O acaso no suena más o menos igual, tanto sea de una cascada, un manantial o cuando cae a la copa desde una jarra? Tenéis hasta que caiga el sol.

Me di la vuelta y lo dejé pasmado en el sitio. Pude notar su nerviosismo, su desesperación. Era lo adecuado; a veces se aprende mejor cuando te dejan con las herramientas mínimas, rodeado de la impotencia.

Se pasó como hora y pico sentado en un banco, guitarra en mano, mientras yo elucubraba acerca de las palabras que Danubios me dijo el día anterior. Hablaría con Gótrix de Orofel, y si al fin no accedía, yo tendría que improvisar con mi *magia*. ¿A qué se refería con eso? Imaginé que era una forma sutil de decirme que suplantara la identidad del mercenario. La *Balada del hombre muerto* es como se conoce a la escala prohibida que se usa para metamorfosear el rostro. Muchos creen que es una leyenda, pero conocí a un hombre que dio con las notas de esa música vetada por la Iglesia. Aunque la mayoría prefiere no hablar de su melodía: el Santo Oficio es muy conocedor de ella y sería capaz de detectarla.

¿Saben vuestras mercedes cómo actúa un vigilante urdidor del Santo Oficio? Mi maestro, Risoldar Estut, estuvo en presencia de ellos, en la cámara de urdidores. En cada prefectura tienen a una docena metidos en un sótano aislado y sin ventanas, todos armonistas; el vigilante es quien coordina al resto. Estos devotos hijos de Dios eligen arrancarse los ojos cuando obtienen la *gracia* de sentar plaza, pues eliminando la visión terrenal se sensibiliza la llamada visión armónica. Este don posibilita a un armonizador ver el tejido en su pureza, por lo que le hace sensible a todo lo que ocurra en él. Cada urdidor se ocupa de una nota y la coordina psíquicamente con las de sus once hermanos, funcionando como una sola mente. Los urdidores, además, son los únicos eclesiásticos a los que se les permite aprender escalas prohibidas, por eso se les encierra en la cámara y jamás ven la luz del sol —salvo en contadas ocasiones—. Y este conocimiento, como habrán adivinado, les hace especialmente perceptivos a cualquier escala prohibida que alguien ose componer en el tejido del distrito que vigilen. Una vez es detectada, los urdidores transmiten al vigilante inquisidor la escala, el lugar y el momento de su ejecución.

Pensé en la posibilidad de encontrar la *Balada del hombre muerto,* pero sentí un escalofrío al pensar que los urdidores me detectaran si la llegase a usar. Había maneras de engañarlos, por supuesto, aunque no era fácil. Me percaté de que el Ojo de Dios me observaba en el cielo, como si el astro adivinara mis pensamientos. Casi sentí un temor supersticioso; es difícil destruir las creencias con las que te has criado, pues te persiguen como fantasmas del pasado, y aunque entres en razón, la semilla del miedo primigenio sigue enterrada por siempre, como una mala raíz. El Ojo de Dios no era más que un planeta con muchos anillos, pero seguía dándome estremecimientos, pues parecía que observaba de verdad.

Y entonces fui a darme cuenta de que la posición del sol ya estaba bastante elevada.

Me llenó de satisfacción que el chico siguiera persistente en su práctica con la guitarra, poniendo acordes según el flujo del agua cambiaba. Era un ejercicio muy útil, porque ayudaba a conectar el oído con el tejido. Me acerqué a él y le pedí prestado el instrumento.

—Hay cuatro cualidades en una nota —comencé.

Rasgueé unas cuantas notas. El sonido se dispersó con el agua.

—Cuatro cualidades que se corresponden a cuatro preguntas que habréis de haceros correctamente cuando tengáis intención de armonizaros con el tejido de la realidad. La primera... —toqué dos notas— es el tono.

—Has tocado un do y un sol.

—Correcto —afirmé—. La primera cualidad, como bien os digo: el tono. La primera pregunta tiene que ver con el tono: *¿qué* queréis componer? ¿Queréis congelar la materia? —Toqué el *Rondó de partida* y empezaron a surgir carámbanos desde la pequeña cascada—. ¿O queréis hervirla? —Toqué la contraescala, que en este caso correspondía a la consecución de notas del rondó al revés, y los carámbanos se partieron y el agua empezó a emitir gases, la superficie burbujeante—. Repito: la primera pregunta la responde el tono de la música, es decir, la frecuencia de las notas. ¿Os ha quedado clara esta parte?

—Muy clara, primera pregunta: *¿qué* quiero componer? Continúa, magistrado.

—Bien. ¿Veis que no para de hervir?

—Bien lo veo, sí.

—El tiempo de una nota. Esa es la segunda pregunta: *¿cuánto* queréis que dure la composición? Desde mi mente puedo romper el puente del remanente del sonido cuando lo desee. —El agua dejó de emitir gases—. Atento con esto último, pues dependiendo del efecto, algunas cosas requieren de más esfuerzo para mantener el puente en latencia.

—¡Pardiez! Así que mantenéis la duración a través de la mente.

—Ciertamente así es. Además, el tiempo puede reajustarse dentro de la mente en una distancia más corta, de manera que si sois rápido podéis prescindir de tocar toda una escala con un instrumento.

—No comprendo.

—Digo, pequeña majestad, que, si tenéis el entrenamiento suficiente, os bastará solo rasguear unos cuantos acordes. A partir de ahí tenderéis un puente a través de esos acordes sin necesidad de tocar la escala entera. Es como tomar las notas de los acordes por separado; estas penetran por vuestro oído y seleccionáis las que más os gusten. Si sois rápido podéis calentar el metal, por ejemplo, con tan solo tres notas, o quebrar el aire con solo dos. La rapidez de la escala la formáis en milésimas de segundo en vuestra mente.

—¿Cómo es posible? ¿De dónde sacáis las notas que os faltan?

—De los sonidos del ambiente, claro. La gente tiene la fea costumbre de crear una burbuja de silencio a su alrededor. Abrid bien el oído: el agua es un excelente aliado, pues tiene un rango de notas gigantesco; los patos y sus graznidos; los pájaros que anidan en el sauce; las hojas y las ramas mecidas por el viento... Todo tiene sonido, absolutamente todo. Y si llegáis a poseer una pericia excepcional... —dejé en el aire la sentencia—. Seguramente habréis oído que Madabarante Magris no tenía la necesidad de usar música, ¿verdad? De hecho, antes habéis comentado algo parecido.

—Pero son leyendas... —dijo con voz queda, dudosa—. ¿No?

No pude aguantar una risotada.

—Bueno, sí, usaba música. Se dice que Madabarante usaba los sonidos del ambiente para hacer música, y entonces daba la sensación de que modificaba el tejido con la mente. Ora un do de una gota de lluvia; ora un si de un chasquido de un pedernal; ora el canto de un zorzal... Lo hiciera o no, un bardo podía sentir la composición que emanaba de él, por lo que no era invisible. Podía verse cómo se armonizaba con el tejido.

—Me imagino que decís eso porque un armonista es capaz de sentir cuando otro está componiendo.

—Sois un zagal muy listo, y lo digo de veras. No basta solo con sacar los sonidos del ambiente; siempre debe haber música, porque la música pone orden, orienta al resto de los sonidos en una dirección. Y esta música siempre queda impregnada en las cosas, como una huella, a la que llamamos remanentes. Ciertamente, cuando un armonizador compone, la configuración del sonido de las cosas se siente a leguas; tanto que así nos controla la Iglesia cuando componemos algo que no les gusta a los prelados del Santo Oficio.

—Me resulta impresionante que haya armonistas que se den cuenta de algo que pasa a leguas.

—Si estás conectado con el tejido eres sensible a su modificación, del mismo modo que una araña notaría el más mínimo roce en su telar. —Golpeé suavemente la madera de la guitarra, de modo resolutivo—. En todo caso, ¿habéis entendido lo del tiempo?

—Creo que lo entiendo, ¿cuál es la tercera pregunta?

—La tercera pregunta es: *¿cuál* es la fuerza del efecto? La intensidad del sonido; la tercera propiedad de una nota, su amplitud.

Volví a tocar el rondó con más intensidad, y donde antes se formaron carámbanos de una cuarta, ahora se clavaban en la superficie del agua, cristalizando una pequeña película de hielo bajo una columna congelada. Y entonces devolví la guitarra al niño, que me miró continente.

—Señoría, dime cuál es la cuarta pregunta.

—La cuarta pregunta es la más importante de todas: *¿para qué*?

Desabrigué el arpa de muñeca y toqué el rondó con sus finas cuerdas. La cascada empezó a tomar la forma de un cisne de hielo con un sinfín de detalles que bailaban al son de las florituras que añadía a la música.

—El timbre. La cuarta y última cualidad del sonido. Su acento, su color.

El niño quedose maravillado, dejando caer la guitarra mientras miraba mi instrumento acoplado en el antebrazo.

—Un arpa de muñeca —musitó.

—Tal y como hay personas con más cualidades de emocionar a otras, hay instrumentos que se integran mejor con ciertas naturalezas del mundo.

—El arpa es el instrumento más sofisticado —señaló.

—De ningún modo, muchacho. Dependiendo del *para qué* queráis modificar el tejido un instrumento será más sofisticado que otro. El hielo es tan delicado que necesita que se le hable con la dulzura de un arpa de muñeca. Pero si quiero construir una espada a partir de un trozo de hierro negro, será mucho esfuerzo para el arpa, y una nadería para el lenguaje que emite un tambor.

Lintus quedose un momento pensativo, con esa mirada llena de lucidez que la vida solo te regala por momentos durante la comprensión de grandes verdades. Entonces el brillo de su mirada se tornó suspicaz. Casi estuve tentado de abrir los oídos para escudriñar en las emociones del muchacho.

—He oído cosas sombrías acerca de componer, magistrado —dijo al fin.

—¿Cosas sombrías? —bufé—, ¿qué habéis oído?

—Los dómines hablan de que hay que componer el tejido comedidamente, sin excederse en la práctica.

Claro. Gladio Permes era bardo, pero también hombre religioso, apegado a las prácticas de los dómines, así que no encontré rarezas en lo que dijo el niño. En Ísbar, las dos clases de armonizadores mantenían una discordancia gnoseológica entre la procedencia y el uso de la música. Mientras que los dómines, hombres seglares en su mayoría, habían sostenido durante siglos que la merced de la música era gracia y obra de Dios, un nuevo tipo de armonizador caminaba por el mundo desde hacía siglo y medio: un hombre que cuestionaba los preceptos teológicos esgrimiendo el poder de la razón. El nuevo armonizador fue llamado bardo, porque recreaba historias maravillosas a través de la música, llegando a reflejar visiones en el agua y los espejos, trayendo antiguos vestigios del pasado al momento presente, para preservar la historia. Por tanto, el bardo reflejaba su oposición moral en la manera de componer alejado de las tendencias clásicas de los dómines, que estaban limitados en su habilidad por estúpidas y antiguas reglas —basadas en las estructuras monódicas, es decir, cantos a una sola voz—, por no hablar de rituales y festividades que tenían que ver, en su mayoría, con el movimiento de los astros y el Tetragrama del Mundo.

Paradójicamente, fue la figura del dómine quien formalizó la teoría del éter; pues quien tendía un puente y sentía el foco del tejido era capaz de sentir la vibración de la energía. Como es de entender, es lógico que quien experimentaba estas cosas buscaba comprenderlas a través de las matemáticas y la teorización de la experiencia. Pero fue el bardo Madabarante Magris quien dio pasos más largos, fundando el concepto de «cuerda».

Hasta entonces, los bardos no eran sino dómines que se habían salido de las tendencias clásicas, jugando con otras escalas, transgrediendo tímidamente la norma. El tiempo disgregó a ambos tipos de armonizadores, y a pesar de que incluso en los años actuales la enseñanza de la música en las universidades y colegios mayores siguen acaparándola los hombres de la Iglesia —ya sean laicos o prelados—, los bardos que han obtenido la merced del título de magistrado son actualmente capaces de enseñar a componer fuera de la institución. Cosa a la que la Iglesia se opuso con intransigencia, pues estas licencias no han sido más que caprichos de los nobles con intenciones de imitar al emperador Parexis II, quien se enamoró de las nuevas músicas y sus efectos en el momento mismo en que Madabarante le mostró el rostro de su padre en el vino de una copa. Había nacido el bardo, quien añadió la quinta línea, sustituyendo el tetragrama por el pentagrama —una opulencia innecesaria según los dómines—. Fue el bardo quien conjugó el arpa de muñeca con la voz para tejer la realidad, produciendo un nuevo concepto: «la polifonía». O sea, cánticos a más de una voz.

Madabarante Magris fue el primero en llamar la atención de la Corona, dando origen al título de bardo de la corte. Las supersticiones que giran en torno a su historia aún tienen eco en nuestros días. Porque es bien sabido que los que no siguen las estrictas reglas del Tetragrama de Mundo son susceptibles de caer en las escalas perversas del Maligno.

Y si alguno de vuestras mercedes lo ha pensado, sí: fue Madabarante Magris quien armonizó por vez primera una escala perversa.

—Los dómines son hombres temerosos de Dios, supersticiosos la mayoría —repuse—. No hay nada malo en practicar.

—Dicen que cuanto más se aprovecha un armonizador del poder de Dios... Bueno, dicen que, cuanto más se practica...

No supo cómo terminar, y entonces lo adiviné en el brillo de sus ojos. El niño había oído demasiados cuentos y supercherías. Me anduve, como casi siempre hago, sin rodeo alguno.

—¿Qué os han contado de mí? —pregunté—. No, no me pongáis esa cara. Sé a qué os referís, pequeña majestad.

—Entonces, ¿es cierto?

—Depende, según la parte que os hayan contado.

—Bueno —suspiró tras seleccionar las palabras en su mente, y luego habló con temple—, eso de que, si practicas ciertas escalas, como las escalas perversas, ¿es cierto que atraes al Maligno en la forma en que un demonio puede llegar a poseerte? ¿Es cierto que experimentaste... una posesión?

—Creo que —musité gastando flema— os han contado cuentos de brujas, pequeña majestad.

Frunció el ceño, aunque no supe si fue por lo de «pequeña majestad», o sencillamente porque había destruido un mito de sus sentimientos.

—¿Aprendiste una escala perversa, Corneli? ¿Sí o no?

—¿Sois religioso, muchacho?

—A fe mía, como mi padre —contestó orgulloso.

—Pues entonces convenís conmigo en que no es el momento para hablar de tales cosas. El Ojo de Dios se ve en el levante y el crepúsculo le seguirá detrás, en unas pocas horas. La tarde se acerca y el Altísimo cuida de nosotros durante la oscuridad, por lo que sería conveniente no hablar de cosas así.

—Solo dime eso, magistrado —dijo contumaz.

—¿Por qué me tuteas tanto?

—Tú me llamas pequeña majestad —protestó.

—Sí, y si me agradáis en vuestros deberes os quitaré el apelativo de «pequeña».

Ya era de mi total sumisión; no cabía en su júbilo, según me informaba un vals de condescendencia inminente.

—Por favor, decid, señoría —corrigió puntilloso y sonriente, aunque me recordó con su mirada a quién tenía delante.

Quedé mirándolo a los ojos un buen rato y dibujé una perniciosa y descarada sonrisa, para dejarle ver una parte altiva de mí que le había ocultado hasta entonces. A lo mejor sería acertado mostrarle gota a gota los verdaderos peligros del mundo y probar en él cuán madura era la semilla del miedo, esa que seguramente le habían sembrado a tenor de las estupideces de la religión. Esa mala raíz, esa semilla primigenia que nunca desaparece del corazón, aunque el saber y la razón te abracen en el camino de la vida.

—Sí —contesté—. Busqué el conocimiento prohibido. Encontré una escala prohibida, la aprendí y la usé.

Abrí los oídos aún más para leer sus emociones. Me sentí sorprendido y maravillado de tener frente a mí a alguien que no se mostró temeroso ni con prejuicio acerca de las escalas prohibidas. Tanto que dejé escapar un leve suspiro por la nariz. Pero lo que de verdad me emocionó fue otro tipo de música: el niño desprendía admiración bajo una base de inquietud.

Se quedó continente unos segundos, mas volvió a hablar:

—¿Puedo hacerte otra pregunta?

Lo dijo inmediatamente sin pensar, tuteándome de nuevo. Probablemente quería preguntar qué escala perversa fue la que aprendí. No era cosa prudente ni siquiera recordar esa parte de mi vida, y menos cuando mi patria y la Iglesia me habían perdonado tales herejías tres días atrás.

—No creo que...

Y entonces me paré. Miré al muchacho, expectante y ávido de saber. Y decidí probar el fruto de su corazón una vez más.

—Quizá —murmuré—. Sí, si sois capaz de hacerme la pregunta correcta, quizá os la conteste.

Se quedó pensativo un momento, intentando encontrar en su interior las palabras, y así fue como, tras un tiempo prudente, preguntó:

—¿Qué escala fue la que encontrasteis?

Fue un pequeño golpe de decepción, pero me contuve y sonreí al niño de forma afable. El chico tenía talento, pero no se podía pedir mucho más de quien había sido criado entre las chucherías de un palacio, entre la ostentación de los lujos inmediatos.

—No es la pregunta correcta, pequeña majestad —concluí—. Cuando la formuléis debidamente os contaré entonces esa parte de la historia. Mañana seguiremos con la lección.

Y entonces ocurrió algo que casi me hizo saltar las lágrimas. En volviéndome para entrar de nuevo en palacio la voz del niño me atravesó el alma.

Hizo la pregunta correcta:

—¿Para qué?

Me paré en seco. Lintus volvió a preguntar:

—¿Para qué aprendisteis una escala perversa, magistrado?

La sonrisa se me amplió llena de satisfacción y, volviéndome hacia él, una sombra que debió de notar pasó por mi rostro.

—Para salvar a una persona —dije.

Capítulo 12

Sobre la llegada de Closter Tol y la entrada a la alcoba de Gladio Permes

Si me lo permiten, gustaría de hacer pasar la rueda del tiempo algo más rápido, pues los hechos que transcurrieron después de estos días desde mi llegada a Ísbar fueron ciertamente más sosegados y de poca importancia para la historia. Pero, así como sumario, se puede decir que el infante aprendía rápido, con una actitud más confiada para conmigo; hacía muy mandado todo cuanto yo le encomendaba. Demostraba una agudeza intelectual notable, pues aprendía escalas sin ningún esfuerzo, pero aún era incapaz de anclarlas en un foco. Era demasiado temprano para armonizarse con el tejido, que día tras día se le iría revelando a sus oídos de armonizador. Le ponía empeño al oficio, sin duda, que todas las tardes lo veía junto al estanque escuchando el sonido del agua al caer con su guitarra entre los brazos. Y lo más emotivo para mí fue que el niño poseía las virtudes de la persistencia y la tenacidad; son las cualidades de esa clase de personas que se hacen adictas a un cometido en pos del perfeccionismo más absoluto. A menudo tenía que venir uno de sus criados a recordarle que era la hora de cenar.

En cuanto a mí, de vez en cuando iba a Tierrafértil, pero aún no me atrevía a pasar por el Puente, por mi barrio. Pensaba que todavía no estaba hecho para la ciudad, porque mezclarme con la germanía no solo requería cambiar mi indumentaria en la casa de Felindante, sino también mudar un porte que durante once años se había acostumbrado a las finezas de la corte de Galvaré.

Y entonces llegó el día que esperaba: el día en que Gótrix de Orofel procedería a hacer limpieza en las estancias de Gladio Permes. Yo acababa de llegar de instruir a Lintus y recuerdo que venía con un hambre voraz. Justo cuando mi ayuda de cámara trajo las primeras viandas del almuerzo, Pol apareció junto a él en el umbral atravesándome con su mirada aviesa e impertinente.

—¿Y bien? —pregunté.

—Gresnan Cot solicita vuestra presencia, señoría.

—Debe de ser urgente si me llama a la hora del almuerzo.

—Debe de ser —repuso con tono abúlico.

—Edmundo, dejad aquí la comida, que no tardaré.

Pero tardé.

Pol me llevó escaleras arriba. Cosa que me dejó en confusión porque el despacho del valido se encontraba en la primera planta, junto al salón de los ministros. Sin embargo, pronto comprendí hacia dónde nos dirigíamos: a las alcobas imperiales.

Pues bien, todavía no habíamos llegado a las alcobas cuando me sorprendió sentir una música conocida que venía desde la habitación del emperador. Y cuando entramos en el cuarto, donde Socris II yacía impoluto aún sobre sus cojines gracias a *El tiempo ciego*, encontré de pie a Gresnan Cot, pero también a otros dos hombres que me miraban escorados hacia la puerta y ambos con las manos entrelazadas hacia atrás, el fieltro entre ellas. El primero de ellos era Felindante Pelgrin, que me sonrió tímidamente bajo el mostacho hirsuto, con rostro afable y emanando una música de cordialidad. El segundo era el hideputa que por fin le había dado por aparecer: Closter Tol. Llevaba un jubón de corso marrón, unos calzones menesterosos y manchados, y unas botas polainas que le llegaban casi a la rodilla. Iba todo tapado en su lado izquierdo por el herreruelo que se amarraba bajo el sobaco del otro brazo. No había muchos cambios en él, salvo la madurez de su rostro y el paso de los años en su mirada, ahora más serenada. «La edad templa el carácter incluso a Closter Tol», pensé. Mi amigo fue un muchacho muy seductor y bien parecido; ahora hasta se le veía más atractivo, con su fino bigote y su rostro sereno, aunque más menguado de salud. Su música también había cambiado un poco. Me transportó a las sensaciones que sentí la última vez que le vi, en el Puente, pero era una melodía diferente: ahora estaba refinada en experiencias, aunque más apagada en volumen, descolorida. Pareciome levemente melancólica, como si a una misma melodía se le hubieran cambiado la modalidad de los acordes en algunos pasajes: mayores y alegres por otros menores y tristes. Me descubrí ante la escena después de una reverencia al privado, que me miraba de frente entre el hueco que dejaban los otros dos.

—Ah, Corneli —sonrió—, el señor Closter Tol ya se encuentra con nosotros.

Miré a Closter y él desdibujó una sonrisa adusta que, de no ser por la sinceridad de su música y sus ojos, cualquiera habría tachado de falsa.

La alegría me subió por la garganta, me maravillaba verle de nuevo.

—¡Closter, amigo mío! ¡Qué bien te veo!

—¿Veo, dices? —ronqueó—. ¿Qué pasa, ya no escuchas? ¿O es que te gusta cerrar los oídos de armonizador? ¡Qué melodía más aburrida transmites, Dragos!

El hideputa de Felindante mantuvo el rostro pétreo, pero escuché su silenciosa carcajada en el interior de sus entrañas. Aun así, lo que me ensombreció el ánimo fue el rancio y pastoso aliento que emanó de mi viejo amigo cuando abrió la boca: Closter estaba medianamente ebrio, y él se percató de mi desazón.

—¡Pardiez! —rio—. ¡Eso está mejor, Dragos! La próxima vez que te advierta aburrido no tendré más que decírtelo para que cambies las notas de tu ánimo.

—Señores míos —interrumpió Gresnan—, intentemos hablar en íbaro y no en solfeo.

—Dispensad, excelencia —se disculpó Closter—, es difícil mantener la atención cuando escuchas notas por doquier. Además, hacía... siete años que no veía a mi amigo, y eso me ha embotado las emociones.

—Once —corregí poniéndome a su lado.

—¿Qué?

—Que te digo que once años son los que no nos vemos.

—Siete, once o diez y siete —continuó el valido—, eso ahora no importa. Ya tendréis tiempo luego para hablar de vuestras cosas. Ahora hemos de verter claridad sobre los asuntos que nos atañen. Señoría —se dirigió a mí—, el señor Tol ya se encuentra informado de los tristes acontecimientos de palacio.

—Y, por tanto —diserté—, hele ahí para cumplir el propósito por el cual se le ha llamado.

—Así es, y gustaría que vos supervisaseis el proceso como armonista de la corte, señor Corneli.

Closter se atusó el bigote con mucha tranquilidad.

—¡Pues bien, vamos a ello!

Tan pronto como Closter Tol se posicionó a un lado del emperador, todos nos movimos de manera automática ocupando un lugar con la debida determinación.

—Señor Felindante —dijo Closter—, abra el cadáver.

Fue inefable el silencio que siguió a estas palabras. Yo ya sabía que Closter no tardaría en decir algo inadecuado. Felindante se quedó boqueando, mientras que Pol le clavó su mirada iracunda. Pero el valido fue, efectivamente, quien rompió el silencio en un tono frío, pausado, pero suave como la cuchilla afilada que se abre paso por la carne:

—¿Está chanceando vuestra merced?

—No, excelencia —contestó Closter—. Si vuestra merced me comenta que el emperador ha sido muerto por *El beso del silencio*, gustaría ahondar en su interior.

El valido quedó unos segundos callado con ímpetu contenido. Entonces chasqueó la lengua intentando serenarse.

—Señor Closter Tol, ¿no es capaz de saberlo sin profanar su santo cuerpo? ¿Acaso no va a intentar siquiera escuchar los remanentes ahora?

—Lo vengo haciendo desde que entré en palacio, señor. De hecho, es una constante en mí, una condición maldita de nacimiento. A diferencia de Dragos y otros armonistas, que bien pueden hacer eso de abrir y cerrar sus oídos, yo soy incapaz de sosegar el sonido de las cosas. Así sabrá vuestra merced que ya he escudriñado en Su Majestad y nada pude escuchar, pues de lo contrario ya lo habría hecho conocer. Seguro que el señor Felindante tendrá un escalpelo o algún bisturí. Si lo abrimos, quizá...

—¿Si lo abrimos? —El valido empezó a levantar la voz.

—No me interrumpáis, si tenéis la gentileza —contestó mi amigo—. Como decía a vuestra excelencia...

—¡Señor Closter Tol! —chilló el valido, y el mismo cuarto pareció temer su terrible presencia—. ¡Estáis afrentando a la Corona imperial! ¡¿Cómo os atrevéis?!

Closter se quedó mirando al valido durante ese vacío que deja la gravedad de los momentos delicados. Pestañeó repetidamente, se pasó la mano por los bigotes con mucha flema y negó con la cabeza.

—Gritáis mucho —comentó—, no pienso ayudaros.

El mundo parecía pararse, como si nos catapultara al abismo. Todo podía desmoronarse con cada palabra, con cada gesto de Closter. Y sus palabras concluyeron con un «señores...», al propio tiempo que sus gestos se limitaron a un movimiento extraño de sombrero, en lo que parecía una genuflexión torpe, envinada por el hipocrás.

Y se dio la vuelta para irse.

El valido dio un paso al frente, tan intimidante que incluso Pol se retiró hacia atrás como temeroso de un daño colateral.

—Os ordeno que os deis la vuelta —siseó entre dientes.

Closter obedeció en parte, pues se quedó de soslayo, e hizo un gesto despectivo de cabeza.

—¿Algo más que decir, señor valido del Imperio?

—¡Andaos con mucho tiento, señor Tol! ¡Puedo hacer que os arranquen la piel a tiras con una mirada! ¡Así que venid aquí, antes de que os encierre en el más profundo sótano de Ísbar!

—Muy bellaco es el plan; que una cárcel es un tedio y los convictos gustan de contar historias para entretenerse —dijo, e hizo un gesto con la mano, señalando al emperador—. Historias como la de *ese* que ha doblado la cresta, que bien entretenida podría ser para aquellos que esperan el cadalso; ya sabemos todos que, en el garrote, junto al verdugo, suelen maldecir hasta a Dios.

El valido anduvo nervioso hasta Closter y lo agarró por la gola; perdió toda la solemnidad con tal ruptura de etiqueta. Mi amigo se llevó por inercia la mano a la daga quitapenas que el muy ruin se había ocultado bajo el herreruelo, pero le supliqué con la mirada y el paso que se guardara de hacer algo; yo lo había traído a la corte, y todo cuanto hiciera proyectaba responsabilidad contra mí. Entonces tomó una postura estoica mientras Gresnan le escupía estas palabras a una pulgada de la cara:

—¡Puedo hacer que todo cuanto améis en este mundo deje de existir! ¡Está en mi mano, borracho despreciable, postergaros un tormento que ni los padres de la Iglesia podrían daros a vos y a los vuestros! ¡Puedo tornaros la naturaleza de vuestro corazón al modo de las bestias, en la forma que incluso Dios os aborrecería! —Bajó la voz, marcando un tono terrible y helado—. ¡Soy el valido de Su Majestad Imperial; el patriarca supremo de este país; la autoridad secular más alta!

—Entonces —musitó Closter—, sois hombre que tiene mucho que perder.

Gresnan componía notas de estupor ante la impasibilidad de mi amigo; desde donde yo estaba no podía verle la cara, pero adiviné que abría mucho los ojos.

Closter lo miró con justa insolencia.

—Ahora sé quién sois realmente, privado Gresnan Cot. Bien, ¿sabéis quién soy yo? ¿Os lo habéis preguntado? Pues me haré conocer: soy un hombre que no tiene nada que perder. Ya veis que por tanto todo lo contrario a vuestra excelencia, que me soltará ahora mismo.

De repente, como si toda la fuerza se le escapara por los dedos, el valido soltó a Closter, que volvió a hacer una extraña reverencia y se marchó de los aposentos. Y en los aposentos, cuando Gresnan reaccionó, pareciome que el aire era respirable de nuevo y que el mundo seguía girando.

—Por el bien de todos, esperad que haya silencio en ese bellaco —susurró el valido al aire—. Marchaos.

Al punto de cruzar las puertas de palacio intercepté a Closter Tol, que caminaba impasible ante la majestuosidad del lugar. Me paré a sus espaldas.

—¡Closter!

En volviéndose a mí, levantó una mano y me lanzó una mirada cansada.

—No te entiendo, Dragos Corneli. No entiendo por qué estás aquí.

—Lo que yo haga aquí es cosa mía, Closter. Solo vengo a procurarte consejo.

—¡Qué revelador!

Echó a andar y no tuve más remedio que ponerme a su vera derecha, en dirección a los grandes jardines de la entrada del recinto. A sendos lados había coches de vapor y algunos postillones autómatas mirando al vacío desde sus pescantes. Los jardines ayudaban con la vista, mostrando la alegría de algunas encinas y alcornoques tras los setos que decoraban los lindes del camino. Más allá, tras las grandes rejas del muro, el Grandioso Puente de Doria I se revelaba a la vista expulsando las humaredas de la Colmena.

—Gresnan Cot tiene poder suficiente para hundir a las familias más ricas de Ísbar —comencé.

—Se me da un ardite.

—Tú no tienes nada que perder, Closter. Pero si te haces matar, a lo mejor me haces matar a mí, por no hablar del bueno de Felindante.

—Bien merecido está el asunto: tú has cometido la mayor estulticia de tu vida volviendo al país de la envidia y las apariencias. En cuanto al sacapotras del señor Pelgrin... ¿qué se puede decir del desdichado? Es ahora un pisaverde que ha abrazado las comodidades de la corte. ¿No va en el oficio el no juntarse con la germanía?

—Eso no es justo.

Closter Tol se paró con tanta flema que parecía un fantasma. Un fantasma de fisonomía neutral que se giraba de cuerpo entero hacia mí, amenazante. El hedor a alcohol era insoportable.

—No es justo... —repitió con cansado desprecio—. ¿Sabes qué se dice de mí, Dragos? ¿Del ilustre y talentoso Closter Tol?

—Que eres el hombre con mejores oídos de armonizador en la ciudad.

—Eso sería en una patria coherente que valora a sus súbditos.

—Pues, ¿qué dicen? —inquirí.

—Tú siempre hablando de ecuanimidad —susurró—. Once años, Dragos. Once años y sigues cacareando la misma estolidez. Once años y sigues repitiendo las imbecilidades de Risoldar Estut con su estúpido laberinto. No es justo, dices. Tampoco es justo que digan, del hombre con mejores oídos de armonizador de la ciudad, que bebe tanto hipocrás que mea vino y caga clavo.

—Risoldar sí era hombre ecuánime. Un hombre que creía en un mundo donde las gentes abrazasen la cultura. Una Ísbar diferente, una patria coherente.

—Una quimera que te creíste.

—Que todos nos creímos, y que algunos no hemos cejado en esperanzarlo.

Closter Tol dio un paso hacia mí dejando su rostro a dos pulgadas del mío; el olor a hipocrás se me metía por los poros, grasiento y denso. Levantó la mano derecha, señalando la ciudad que se erguía tras los recintos de palacio, más allá de un gargantuesco puente de piedra y chapa.

—¡Entérate bien, pardiez! Ahí fuera no existe la justicia. —Volteó de dirección la misma mano, señalando el palacio—. No mientras esos hideputas salidos del infierno sigan comiendo, bebiendo y amenazando mientras esquilman a un pueblo cobarde y genuflexo. La justicia es un bien que se comercia.

Entonces tomé la mano de Closter en volandas y le coloqué un escudo de a ocho en ella.

—Sea pues, Closter Tol —dije—, empecemos a pagarla mientras podamos.

Y me marché dejándolo clavado en el suelo, la moneda de oro en la mano.

Dos horas después volvía a estar en la planta alta esperando junto a la Sala de la Porcelana, sentado en un bonito banco de mármol blanco. Estaba exhausto por los lamentables acontecimientos que habían ocurrido en las estancias del emperador. Me había reencontrado con Gresnan antes de volver a mi alcoba y le había asegurado una centena de veces que Closter Tol estaba silenciado. Su despedida fue una mirada intensa y larga, y un rostro de profundo desprecio mientras echaba a andar por el pasillo. No sentía buenas vibraciones con esa contingencia, y esto se me reveló en la mirada inquieta de los lindos que vagaban por el palacio: algunos miraban al suelo cuando pasaba junto a ellos, como si estuvieran inmersos en sus pensamientos; otros apretaban el paso o giraban por el ángulo de un pasillo tomando otra dirección; incluso los había que me saludaban altivos. El palacio estaba tenso ante mi presencia.

De cualquier modo, ahora me hallaba centrado en mis quehaceres, y a esa hora Gótrix de Orofel aparecería de un momento a otro junto con sus ayudantes para limpiar la alcoba de Gladio Permes. Como ya me dijera Edmundo, la descripción del caballero era característica, sobre todo por el emblema de la Orden de Peñagrís, aunque tampoco sería un problema tener que reconocerlo: según Danubios, Gótrix estaba avisado de mi presencia.

Me levanté de un salto cuando escuché los pasos de unos hombres que venían desde las escaleras. Como era de esperar, el rostro del mercenario apareció el primero, comandando a los tres criados que le venían detrás: dos de ellos llevaban enrolladas unas pesadas ropas de cama cargadas sobre los hombros. El otro llevaba un cubo enjabonado y paños de lino.

Hice una genuflexión cuando los hombres llegaron hasta mí, pero me sorprendió que pasaran de largo mientras Gótrix musitaba un «vive Dios» con desdén, mirándome de soslayo con aversión.

—¿Sois por ventura el señor Gótrix de Orofel? —pregunté a sus espaldas.

El caballero se paró en seco alzando la mano. Seguidamente se volvió con un giro enérgico y dio unos pasos hacia mí. Los criados se quedaron quietos, mirándose entre ellos.

—Y vos sois el señor don Dragos Corneli, bardo imperial.

Lo dijo con una mueca de repugnancia tal que al principio pensé que, como todos en la corte, quería mostrar unas maneras desmedidas de poder. No llegué a contestarle, y siguió hablando con un tono de voz ligeramente alto:

—Ya he hablado con Danubios.

—¿Y bien? ¿Me haréis la merced de permitirme ver el gran Tapiz de Mad...

—Me debo a Gresnan Cot —interrumpió—, no a un médico viejo que vive ebrio de opio.

Se giró de nuevo y me dejó clavado en el suelo. Antes de decir nada, esperé; quizá fuera teatro, para guardar las apariencias. Y entonces, teniendo la puerta de la alcoba de Gladio a unas pocas brazas, viendo cómo levantaba su mano enjoyada para desactivar las escalas latentes, el mundo cayó de nuevo sobre mis hombros. Doce días habían pasado desde que supe de estos menesteres; doce en los que había podido preparar cientos de contraescalas para desactivar las protecciones; doce días completamente perdidos. Maldije a las dos penumbras y al hideputa de Closter Tol; Gresnan llevaría dos horas largas royéndome los zancajos por todo el palacio. Y, como era de esperar, toda merced que pudieran ofrecerme dentro de palacio se había ido por la posta, todo sea por contentar al privado de Su Majestad. ¡Malditos los aparentados pisaverdes de este infame país de títeres!

Me dispuse a irme, contrito de haber confiado demasiado, y en escuchando cómo se abría el cerrojo de la puerta me vino la voz del caballero, que claramente la alzaba para que yo me enterara de todo:

—¿Os dais cuenta? ¡Llega hace dos semanas y ya cree que puede vagar por el palacio como si le perteneciera!

—Sí, señor —musitaban los criados.

—Ya lo dijo Gresnan, aquí solo entramos nosotros y los enseres mínimos. Así que, ¡adentro! ¡Y cuidado con las sábanas! La última vez las arrugasteis...

Y en ese momento, como si Danubios hubiera confiado fehacientemente en mi capacidad de improvisación, se me ocurrió algo magistral. De esas cosas que solo pueden tener efecto si se hacen con la impulsividad aderezada del miedo a ser descubierto. Volviéndome hacia los hombres, que se disponían a entrar, desabrigué el arpa bajo el herreruelo, y aplicando la sordina que venía en ella, toqué unas notas tendiendo un puente armónico desde mí hasta los criados. Lamentablemente, no capté bien el foco debido a que el sonido del ambiente era demasiado fuerte durante el día. Entonces volví a intentarlo: quité la sordina y repetí las mismas notas justo en el momento en el que el último de los criados entraba por la puerta. Fue arriesgado, claro, porque la melodía se escuchó perfectamente por toda la galería, que hasta Gótrix sacó la cabeza de la alcoba mirándome con unos ojos amenazantes. Abrió la boca para exclamar alguna protesta hacia mí, que me encontraba en la distancia, mirando la puerta de soslayo y escondiendo el arpa. Y en lanzando a mi figura un visaje de arriba abajo con profunda antipatía, prefirió entrar desconfiado, clavándome la mirada con un odio que parecía acuchillarme el ánima. El portazo reactivó las escalas latentes de protección, pero ya no me importaba en absoluto. Esta noche, me dije, entraré en la alcoba.

El ocaso filtraba los colores rojizos por los ventanales de mi habitación cuando mandé a Edmundo a que enviara un mensaje al señor Pelgrin. Quería cenar en mis aposentos con Felindante, quien se presentó muy dado a mi petición una hora después.

—Sigo pensando que no fue buena idea llamar a Closter —razonó.

—De cualquier modo, ya está hecho, Felindante.

—¿Volverá?

—Hemos hecho un trato.

El facultativo enarcó una ceja, confuso. Tomó una pera y comenzó a pelarla.

—Pero habéis dicho que solo le habéis dado una moneda. ¿Eso basta?

—En todo caso ya sabemos dónde está.

—Dicen que ha sido difícil dar con él.

—Lo sé —dije con tristeza—, he hablado con los hombres que lo encontraron.

—¿Ya os lo han dicho? —El cuchillo dejó de rasgar la fruta—. Lo del arrabal del Puente.

—Sí —susurré pesaroso.

Miré por la ventana y observé la metálica y pétrea ciudad, cobriza por los colores del crepúsculo. Closter vivía en el arrabal del Puente de Tierrafértil, es decir, en el interior de la estructura. Un lugar donde apenas llegaba la luz del sol y donde las gentes se amontonaban como animales, en la indigencia. ¿Cómo era posible que acabara en ese cubil de ratas el hombre con más talento del país? Quise creer que, alguna que otra vez, se ganaría unas blancas malviviendo como armonizador, si es que era contratado. En esa Ísbar ingrata, quien había gastado dinero y tiempo en la universidad no solía encontrar trabajo para el resuello de su estómago. Me inquietaba la idea de que hubiera caído, como tantos otros, en el mal oficio del jaque. Los lances a sueldo estaban mal pagados y el riesgo era notable. Ahora estaría entre los edificios del Distrito Central, gastando el escudo de a ocho que le había dado hacía unas horas. Esos callejones al menos eran más seguros que los del sur, aunque también podías ir con las del diablo.

De nuevo llevé la vista más allá de los edificios, a mis pensamientos. Perdida entre las callejuelas de Monteperegrinos, Nolvaria de Bruma seguía deambulando mientras estafaba a los parroquianos. La conocí así, creyendo ella que en mí había una víctima de su desfalco: primero un susurro en la cabeza con voz maliciosa, dando razones de que era el Maligno y que iba a poseerme; luego la orden de dejar mi bolsa en el cubo de un pozo. Lo que Nolvaria no sabía es que lo que yo iba a dejarle era una escala latente de protección. En el momento en que una muchacha de ojos grises y de diez y siete o diez y ocho años se acercaba al pozo, un trozo de aire estalló en su cara y sus oídos quedaron colapsados para unas cuantas horas. Cualquiera la habría matado después de ese oprobio mientras estaba indefensa en el suelo, tapándose las orejas; pero los que roban por necesidad son de otra naturaleza, y el perdón es un lujo que solo pueden proveer aquellos que tienen los arrestos de vencer en una de las más arduas batallas de nuestra mente: la de la rencilla y el odio. La venganza tiene sentido, por supuesto, pero carece de él si el aprendizaje se interpone entre ella y tú. Y Nolvaria ya había aprendido la lección ese día.

Felindante me sacó de mis recuerdos.

—Bueno, Dragos, ¿para qué me habéis llamado, amigo mío?

—Felindante —dije mirando al vacío—, voy a entrar en la alcoba de Gladio Permes.

Silencio. Entonces abrí los oídos y confirmé el temor de mi amigo.

—Dragos, ¿estáis seguro de eso? Estaréis allanando las estancias imperiales. No es prudente.

—No, no lo es. Es necesario.

—¿Por qué no dejáis que los acontecimientos sigan su curso, Dragos? Puede que tengáis razón, y que a lo mejor descubráis mucho en ese mensaje que, según vos, está oculto en las estancias del pobre de Gladio, pero... ¿y si os descubren?

Felindante, como siempre, más pávido que prudente. ¡Ay, mi viejo amigo!, qué desdichado fue para él verse en medio de estos acontecimientos, en esta triste historia que narro a vuestras mercedes, mientras se transcriben mis palabras en este libro. Siento tanto, Felindante, haberos metido en esta empresa que no deseabais. Pero, insisto, era necesario. Y espero que algún día podáis perdonarme por todo lo que os hice pasar.

Ese día yo estaba impaciente y no le contesté a su pregunta. Sencillamente me anduve sin rodeos:

—Necesito que os quedéis velando mi alcoba. Edmundo tiene órdenes de no entrar, pero si se presenta alguien importante me gustaría que lo entretuvieseis aquí con el pretexto de que no estoy en disposición de atender a nadie hasta que esté presente y aseado.

—¿No será sospechoso? —volvió a preguntar temeroso.

—Faltan unas cuantas horas para la medianoche. Diréis que estáis esperándome para dar un paseo por el distrito. Por cuestiones de etiqueta y protocolo cualquiera que venga se quedará con vos en la sala hablando de banalidades. Eso si vienen, que es poco probable. Al menos hoy...

Mi amigo pareció comprender ese comentario.

—¿Cuánto tardaréis, Dragos?

—No lo sé.

Me dirigí hacia la habitación y Felindante me siguió, confuso. Abrí las grandes puertas y entramos en la penumbra, solo bañados por la luz de las bujías de la salita a nuestras espaldas. Entonces desabrigué el arpa y empecé a tocar las mismas notas que había tocado en la galería donde tuve el encuentro con Gótrix.

—¿Qué hacéis? —preguntó Felindante.

—Como os he dicho, me dispongo a entrar en la alcoba de Gladio Permes.

—¿No se supone que eso está arriba?

Sonreí a Felindante y apoyé una mano sobre su hombro.

—Amigo mío. Voy a entrar desde aquí.

—Estáis chanceando, Corneli —rio el médico.

—En modo alguno, mi querido Felindante. —Me dirigí a la cama y aplané las mantas—. En modo alguno.

Obviamente, mi amigo entendía poco de mis palabras. Me di cuenta de que le debía una explicación.

—Felindante, escuchad. Lo que voy a hacer ahora puede provocaros estupor. Podéis quedaros a verlo, si queréis, o podéis ir a la salita. De cualquier forma, una vez hecho necesito que permanezcáis allí. He compuesto sobre el tejido de la realidad esta misma tarde.

—¡Habéis compuesto dentro de palacio!

—Pero no sobre el palacio. —Di un suspiro impaciente—. Veréis: cuando los criados entran en la alcoba del bardo imperial silencian las escalas latentes. Pues bien, durante ese momento, todo, absolutamente todo, puede entrar por la abertura silenciada.

—Eso quiere decir que ya habéis entrado —afirmó.

—Erráis, he hecho algo mejor —dije sonriendo—. He anclado una escala latente sobre la ropa de cama que los criados portaban sobre sus hombros. *La puerta* es una escala muy conocida, que sirve para moverse a grandes distancias. Para ello, el bardo compone la misma escala en dos objetos, a ser posible de la misma naturaleza o materiales; normalmente suele hacerse con muros o superficies planas. En ese momento, se habrán anclado sendos objetos. Lo que ocurre es que se tiende un puente que los conecta, de manera que cuanto más lejano sea el puente armónico más difícil es mantenerlo. Vos habéis oído hablar del Laberinto Estut, creación de mi maestro, ¿no? Bien, ese laberinto no es más que una concatenación de rutas conectadas por esta escala. —Di una palmada, para centrarme—. ¡Bueno!, ya hemos dicho que uno de los focos está en la ropa que yace sobre la cama del difunto Gladio; el otro foco lo he anclado en mis propias ropas de cama. La distancia, pues, son solo unas decenas de brazas, pues las alcobas del señor Permes se encuentran en el piso de arriba.

Mi amigo parecía embotado.

—Corneli, ¿qué estáis diciéndome?

—Digo que, a mi voluntad, activaré el puente entre ambas ropas de cama y entonces temperaré la escala conocida como *La puerta.*

—¿Y eso... significa?

—Que como si se tratare de una puerta, mi cuerpo pasará a través de mi cama y saldrá por la del señor Permes.

—¡¿Vais a aparecer en la habitación de Gladio Permes a través de su cama?!

—Bueno, es una forma de decirlo. En realidad, aparecerá otro Dragos Corneli.

—¡Pardiez! ¡Ahora sí que parece que estáis chanceando!

Reí divertido.

—No, no chanceo con vos: hay leyes físicas que hablan de que la materia no desaparece. No quiero detenerme mucho sobre esto, Felindante: basta decir que el mundo mantiene un equilibrio sobre la energía. Me descompondré aquí y el universo equilibrará esa descompensación de energía componiéndome en el otro lado, nada más. ¡Tranquilo, Felindante, no pongáis esa cara! El Santo Oficio no considera *La puerta* escala prohibida, porque al fin y al cabo no creen que el cuerpo se transmuta; aparece tal y como desapareció. Es como si Dios permitiera el traspaso, aunque a efectos prácticos yo lo consideraría peor que modificar partes de un cuerpo, porque con *La puerta* estás actuando sobre el cuerpo completo. Además, es una escala tan práctica que prohibirla les haría el trabajo más difícil, pues la Iglesia de Ísbar también suele usarla. Es un doble rasero moral.

Felindante abría los ojos, horrorizado.

—A ver si lo he comprendido: ¡no seréis vos, sino otro vos!

—Pues como siempre ocurre a lo largo de nuestra vida. Nuestra energía se renueva constantemente.

Felindante no salía de su estupefacción. A pesar de ser físico, entendido de la medicina, no podía ir más allá de lo que enseñaban los dómines y los padres de la Iglesia.

—No importa —dije—, es asunto mío. Será mejor que no lo veáis, podéis sentir una aprensión insana.

Felindante así lo quiso, pues me dejó a solas en la habitación, no sin mostrarme un rostro circunspecto que parecía decir: «¡Pardiez, Corneli, estáis loco!». Cerró la puerta dejándome a oscuras, aunque no del todo; cuando me senté en la cama y respiré hondo me di cuenta de que me bañaba la luz del firmamento. La ventana mostrábame el Ojo de Dios, inquisidor. Y con él apareció de nuevo esa sensación extraña, esa semilla de inquietud que acompaña a los hombres desde su infancia. Y en mirando el astro por unos segundos, exclamé un «vive Dios» que no casaba con mis creencias, y me dejé caer de espaldas. El Ojo fue testigo de cómo me hundía en las ropas de cama y escapaba de su visión.

La sensación ya la experimenté en el pasado. Es como sumergirse en un agua que, al ir tocándote la piel, te la va durmiendo con la misma impresión desagradable que sentimos cuando dejamos el peso del cuerpo sobre un brazo. Así que todo vibraba en mi ser, desde los huesos, pasando por las entrañas, hasta llegar a mis ropas. Y no duró más de un segundo cuando me así por el borde de la cama, arrastrándome hasta caer al suelo, con la cabeza embotada y el cuerpo entumecido. Aguanté las ganas de devolver.

Allí la luz era distinta. O, mejor dicho: allí, en las alcobas de Gladio Permes, no había luz, sino oscuridad total.

Había que iluminar la estancia, pero no sería coherente ir a tientas, palmando las cortinas para dejar pasar la luz de las estrellas. Ya pensé en esa probabilidad, por lo que llevé conmigo una pequeña bujía y un pedazo de pedernal para encenderla; no tardé mucho en hacer saltar una chispa e iluminar la alcoba.

Lo primero que vi fue la cama grande de la cual había emergido. Una cama lóbrega y recién colocada en una habitación sobria. Era el camastro del pobre de Gladio, donde debieron encontrarle con la gola abierta en medio de un reguero de sangre. Suspirando me di la vuelta y se reveló ante mí el gran Tapiz de Madabarante, con su círculo de quintas bordado nota por nota. Madabarante Magris ocupaba la nota do, y le seguía Dascario Tifón en sol, que sirvió a los emperadores Socris I y Doria II, hasta su muerte. Arisco Dofano ocupaba la nota re, pero murió joven, antes incluso que Doria. Así tomó el testigo Profano Recio en la nota la, y continuó hasta los tiempos de Doria III, quien tomó por bardo de la corte a Magnánimo Lucarante, barón de Villaverdosa, la nota mi. Muerto Doria III, y subiendo al trono Parexis IV, Magnánimo abdicó, ocupando el puesto el anciano Alexis Borel, con la nota si, quien murió cuatro meses antes que su emperador. Ocupó fa sostenido, al servicio del moribundo Parexis, Heráldico Toli, quien prestó un excelente servicio hasta el final, según se contaba por los mentideros. Le sucedería en do sostenido, por último, un recio Gladio Permes que postergó su mandato trece años al servicio de Socris II.

Hasta que fue asesinado justo en el lugar donde me hallaba...

Y entonces vi que, en la llamada quinta del lobo, que en el tapiz correspondía a sol sostenido, se abría un hueco para un nombre que aún no habían empezado a bordar.

Sentí una sensación extraña de impotencia y abatimiento; ahí debía estar mi nombre. Había mantenido el pensamiento de que mi estancia en palacio sería limitada, pero me entristecía pensar que pasaría a la historia como desertor. Quizá ni siquiera lo bordaran, o tal vez lo hicieran a cambio de que me quedase.

Me intenté despejar de esos oscuros magines, que en nada me beneficiaban, y me centré en mis asuntos.

La disposición de los muebles era casi la misma que la que tenía Heráldico, que de primeras me sorprendió. Inmediatamente comprendí que no era tan extraño si pensaba que, las dos veces que había entrado en esa alcoba, era la alcoba de un fallecido. Por tanto, ni objetos personales, ni legajos de papeles con pentagramas, ni instrumentos ni nada de la misma naturaleza perturbaban una estancia que despertó de mi memoria reminiscencias de cuando estuve por última vez. Entonces recordé el testamento de lágrimas de Gladio: *Sucesor mío: un secreto perverso. Buscad en mi alcoba, que os dejaré a V. M. mi última palabra. Componed la* Sonata de la revelación *y aplicad estas notas a la escala.* Dejé la bujía sobre un secreter y desabrigué el arpa, rogando al destino que me guardara de un sendero equivocado. Comencé tocando tímidamente las primeras notas de la *Sonata de la revelación*. No tuve arrestos de terminar la escala; me paré para tomar una profunda inspiración. El corazón me latía con fuerza y me di cuenta de que estaba empapado de sudor. Cerré los ojos. Había llegado muy lejos. No podía abandonar mi empresa ahora. Gladio Permes dejó un mensaje oculto por algún lado de la alcoba y no podía fallarle. Pero sobre todo no podía fallarme a mí mismo.

Tras unos segundos calmando mi respiración, me llené de autodeterminación y volví a tocar la melodía añadiendo las notas que Gladio dijo que aplicara. Entonces, con el estómago del revés, noté la pequeña vibración de mi ancla mental tendiendo el leve peso del puente armónico que buscaba el foco por toda la habitación. Y justo como un imán, el puente cayó en un espejo grande que apuntaba hacia la ventana, donde empezó a dibujarse una forma humana que casi me saca los higadillos por la boca del propio susto. Se reflejaba en el espejo, aunque su cuerpo obviamente no se hallaba en la habitación. Era un hombre enjuto y moreno, de pelo liso y ralo, con un jubón negro y una valona plana en el cuello que le daba a su indumentaria un gran parecido con la del valido. Su rostro anciano parecía afable, de esos marcados con las grietas que se crean por causa de una vida llena de dolores. Pero había en su mirada glauca algo que denotaba la sabiduría propia de la edad, lúcida y templada. Se dirigió a mí y me habló en mi mente a través del puente, con una voz tan lejana y cristalina que preciome que rompería el cristal.

—Bienhallado, mi buen sucesor —comenzó a hablarme—. Mi nombre es Gladio Permes, armonizador de la corte imperial, y he decidido sepultar este mensaje en mi espejo por razones primordiales. No me atrevo a hablar a través de un testamento de lágrimas, pues otros armonizadores, a las órdenes de Gresnan Cot, podrían hallar lo que tengo que decir a vuestra merced. Y tengo en esperanzador deseo que, siendo voacé mi sucesor como espero, sea también hidalgo de honra y talante ecuánime. Os habréis dado cuenta, mi gentilhombre, que la revelación que habéis activado se basa en notas unisonantes a la melodía de las escalas latentes que protegen esta habitación; de esta forma es más seguro que vuestra merced encuentre este mensaje, y no otros, pues nadie miraría en las escalas de protección de un simple espejo.

Su mirada cayó al suelo, triste y acompañada de una mueca resignada.

—Calculo que el eco de esta escala perdurará, hasta perderse en el tiempo para siempre, al menos un año; cuanto más tiempo pase, la potencia impresa en el tejido más se deteriorará. Así que seré lo más breve posible, para que el remanente del efecto tenga menos energía que mantener.

Tras aclararse la garganta, prosiguió en un tono de voz lóbrego pero tenaz:

—Hace unos tres meses y medio, el 19 de mayo del año de Nuestro Señor Reverberado de 1632, paseaba por el distrito de Mirtos de Levante cuando, un hombre con sombrero de ala ancha y cara embozada por una capa, me habló usando la escala *El susurro del viento.* Pude notar el puente que me tendió a la mente, pues no hizo en absoluto por ocultarse, que me miró a través del gentío a ocho varas desde donde yo estaba. Pues bien, más que palabras me transmitió una sucesión de imágenes donde se veían unos hitos siniestros creados en su imaginación: el primero de ellos fue una flor sobre mi cama. De seguido, con más duración, me mostró a Su Majestad Imperial. Al principio pareciome dormido, pero la palidez de su rostro me confirmó que lo que se veía era su cadáver. Por último, me transmitió mi cuerpo sin vida de la misma forma donde descansaba la flor en la primera imagen. Le espeté, usando el canal de su mismo puente, que pocos hígados tenía para amenazar de esta manera a un funcionario imperial y a la Corona, si lo hacía en la distancia. Entonces, en riéndose primeramente de mí, sus palabras resonaron como un eco lejano: «Esto es solo un aviso de lo que haré», dijo, y de repente noté en el pecho una opresión que me dejó boqueando, haciéndome caer de rodillas. Cuando me levanté, el hombre había desaparecido.

Gladio Permes se llevó la mano al pecho y cerró los ojos con fuerza. Suspiró levemente y continuó:

—Nada más volver a palacio quise denunciar ante el valido este hecho, con el fin de que pudiésemos comparecer ante su ilustrísima Caperio Coordinante en persona. Hacía más de diez años que nadie usaba una escala perversa en Ísbar, desde que el desertor Dragos Corneli escapara de la ciudad. También me llenó de miedo y dudas un hecho inusual: si ese hombre embozado había emitido una escala perversa, ¿cómo era posible que la Iglesia aún no hubiera alertado de esto? En estos pensamientos estaba, como le digo a vuestra merced, cuando, al abrir la puerta de mi alcoba, descubrí que sobre mi cama había una rosa idéntica a la imagen que el despreciable hombre embozado me había arrojado a la mente. Me dejó tan consternado que me zumbaban los oídos. ¿Cómo había entrado en palacio? Hacía tiempo que no sentía tanto terror.

»Caperio Coordinante, Gresnan Cot y yo tuvimos una discusión de todo esto durante días, en los que me hallé temeroso, debo confesar. Hablé de *El beso del silencio*, una escala perversa que apaga la vida de los corazones que se enfoquen. Pero tanto su ilustrísima como su excelencia me instaron a no alertar a Su Majestad Imperial y se centraron de manera fanática en buscar a ese hereje, que no se dejaba ver por ninguna parte de Ísbar. La verdad era que la seguridad de palacio había sido profanada y me ocupé de reforzar cada escala, puliendo cada nota, temperando cada cent, sobre todo en las alcobas imperiales. Pero de nada sirvió todo esto: al cabo de una semana otra flor se hallaba en mi cama.

»Durante mucho tiempo discutía con el valido sobre estos acontecimientos y le aconsejé que contásemos todo a Su Majestad Imperial, pues la Corona corría peligro. Pero como hombre insolvente, como me demostró que era, no hacía más que gastar en opulencias, en festejos y en cotos de cacería. Más claro: el tiempo pasó, todo pareció olvidarlo e ignoró todas mis súplicas.

»Entonces pues, tras un mes con mi corazón temeroso de lo perturbador del asunto, con el alma encogida y el resuello vacilante, y en viendo que el Palacio Imperial no me daría la protección que anhelaba, tomé una de las decisiones más difíciles de toda mi vida.

Al bardo se le endureció la voz.

—Un pecado venial del que no me arrepiento, pues mi lealtad al emperador es más firme que mi propia fe.

»Pedí audiencia a Trémulo de Orofel, barón del Arrabal, y me ofrecí a reforzar sus escalas latentes por un favor que le debía. Con este pretexto frecuenté durante varios días la capilla del barrio, donde se halla la sede de la Iglesia de Ísbar, y logré acceder a sus archivos. Todos sabemos que allí hay cuantioso registro de las escalas conocidas, incluso muchas que solo podemos usar los magistrados. Estudié durante días una buena colección de escalas y algunos libros, y cuando se confiaron, jugué mis naipes. Fue muy arriesgado, pero logré pasar las protecciones que llevaban a los archivos más profundos del Santo Oficio, donde los urdidores guardan celosamente las escalas perversas.

»Encontré información diversa, pero la deseché, pues me quemaba la conciencia indagar sobre la cantidad de monstruosidades que se albergan en las escalas del Maligno. Pero al cabo de un tiempo prudente, logré dar con lo que buscaba: el conocido *El beso del silencio.* No quise tomarlo, por supuesto, e intentando no memorizar sus notas que se encajaban en el sacro número de oro, me fui a estudiar posibles contraescalas y terminé encontrando una. Según el texto, esta contraescala protegía un corazón de *El beso*. Memoricé todo lo que pude y salí raudo de la capilla.

Gladio Permes alzó la mano y unas finas líneas de un color ámbar se grabaron en la superficie del espejo. Era un pentagrama sin notas. Fue a dibujar algo en él, pero se quedó quieto, como si dudara en hacerlo. Bajó el brazo y continuó hablando:

—No es prudente protegerse con esta escala si no es usada correctamente. La santa Iglesia de Ísbar podría detectarla rápidamente en el tejido. Hubiese querido proteger al emperador, pero era una tarea harto ardua. Una tarde, mientras paseaba por la galería que da a las estancias de su alcoba, vi a Socris Corne encorvado y con talante de hastío. Tuve intención de colocarle la contraescala latente sobre la piel de su corazón, pero resolví no tomarme este asunto a la ligera, pues se trataba del mismísimo soberano de Ísbar. Además, los urdidores detectarían el movimiento en el tejido y eso sería mi perdición. Su religiosa Majestad tampoco se vería muy contento si le pedía permiso para alterar su cuerpo con una escala que, impía en su naturaleza, protegería la llama de su vida. Resolví hablar directamente con su valido para tratar este asunto con más delicadeza y podéis adivinar el resultado: jamás lo vi más fuera de sí que cuando le confesé lo de la contraescala. Parecía que quería destruirme. De hecho, habló de que podía arruinar mi vida social y política, afectando mi estatus y el de mi hermano. Me prohibió por tanto usar esa abominación y me dijo que sopesaría lo que le había dicho, consultando esto con los padres de la Iglesia, si hacía falta. Cerca de dos horas estuvimos discutiendo. Hasta hizo llamar a Liscario, el anciano lutier. No sé para qué, aunque temo que fuera para ponerlo en mi contra.

»Esto fue hace una hora, momento justo en el que me he aplicado la contraescala alrededor de la piel que cubre el músculo de mi corazón. Lo he hecho en la sala de la corona; habréis de saber que es un nodo de silencio. Allí el tejido está en latencia, invisible al Santo Oficio. No sé si funcionará o si el poder del armonizador que me amenazó será todavía mayor para sobreponerse a la contraescala. Pero si muero solo espero ser el único. Por favor, si ocurriera lo peor, proteged al Imperio. Por favor, tened los arrestos que yo nunca he tenido.

Y en diciendo esto, Gladio Permes pasó la mano sobre la superficie del espejo y empezaron a dibujarse unas notas en el pentagrama. Seguidamente colocaba anotaciones en la frecuencia de cada nota y entonces comprendí lo que estaba haciendo: era la frecuencia de cada nota llegando a las perfecciones del número de oro. Se trataba de una escala prohibida; la contraescala de *El beso del silencio,* que empecé a memorizar lo mejor que pude durante un buen rato en el que el bardo permanecía callado, con su mirada triste, como si aguardara pacientemente a que retuviera en mi memoria cada número y cada nota.

Y tras estos instantes, Gladio Permes se dio la vuelta y desapareció.

—Tenías razón, Felindante —murmuré con ironía—. Tenías razón…

Capítulo 13

De la zalagarda de quien se muestra a conocer como el asesino del emperador

Al volver encontré a Felindante sentado a la mesa, quien se incorporó de un salto nada más verme.

—Oí un ruido extraño en el dormitorio y me asusté —dijo—. ¡Y entonces no estabais!

—Pero ya he vuelto.

—¿Y bien? —exclamó expectante—. ¿Habéis sacado algo en conclusión, don Dragos?

—No todo lo que deseaba, pero al menos buena parte.

Busqué asiento para cerrar los ojos; me molestaba la luz. Mi amigo me puso una mano sobre el antebrazo.

—¿Estáis bien?

—Agotado y con mal de casco. Descomponerte y componerte de seguido es demoledor. Aún más cuando lo haces dos veces en un mismo día. —Me llevé los dedos al entrecejo—. Esta noche voy a ir con las del diablo.

—Tengo belladona en el maletín, voy a por ella.

—Os lo agradezco, amigo.

Felindante comenzó con el preparado mientras intentaba despejar mi cabeza embotada. Estaba realmente mareado por ambos viajes, y para colmo, los perros no paraban de ladrar abajo, en el patio. Los oídos me pitaban, con una presión anómala, aunque era lo esperado; se aconseja no viajar más de una vez al día usando *La puerta.*

—Me zumban los oídos —dijo Felindante, como quien arroja un comentario al aire.

Al principio no le di mucha importancia, pero cuando vino con la medicina conocí que algo no andaba bien.

—¿Qué decís? —pregunté exaltado.

—Los oídos... —dijo vacilante—, me zumban.

Me puse en pie, musitando lo que había oído de Gladio Permes en el espejo: «Me dejó tan consternado que me zumbaban los oídos».

—¿Estáis bien, señor Corneli?

Me acerqué a la ventana, mirando agazapado, y abrí los oídos.

Nada.

—¿Señor Corneli?

Me dirigí a Felindante con apremio:

—Felindante, amigo mío: ¿confiáis en mí?

Quedose clavado, sin saber qué decir. Ante mi insistente mirada contestó, nervioso:

—Sí, Dragos, claro que confío en vos.

—Pues perdonadme si allano el terreno de vuestra ánima y vuestras supersticiones, pero aprecio demasiado vuestra vida.

Entonces hice algo muy precipitado. Desabrigué el arpa de muñeca y apliqué la afinación correcta, casi al límite de la tensión de las cuerdas. Es difícil dominar la digitación del arpa, pero más difícil si tocas las frecuencias exactas del número de oro. El número de la vida. El número de Dios con el cual se componen las frecuencias de las escalas prohibidas.

—¿Qué hacéis? —preguntó asustado.

Toqué la contraescala recién dada por Gladio Permes. Lo hice instintivamente, movido por mi convicción interna. Felindante notó algo, llevándose la mano al pecho. Inmediatamente lo noté yo, que también me apliqué la escala: un adormecimiento vibratorio en las entrañas, en el pecho, en el corazón.

—Estoy protegiéndonos, Felindante. Os he hecho inmune.

—¿Inmune? —repuso con voz entrecortada—. Inmune, ¿a qué?

En ese momento un chillido agudo inundó el pasillo y se filtró bajo la puerta de mi alcoba. El sonido de los pasos se hacía cada vez más pesado, pero concluyó con un golpe apagado de varios cuerpos al caer, seguido del estruendo que produce el brillo metálico contra el mármol. Corrí hacia la puerta y dije a Felindante que se quedara dentro.

Al salir al pasillo, lo primero que vi fue un grupo de tres hombres de la Guardia Imperial que yacían en el suelo, inmóviles y con las armas desenfundadas. Al fondo se encontraba una criada en las mismas circunstancias.

Los oídos me pitaban con más intensidad; podía notar una extraña vibración, algo que no había sentido nunca, tal como si fuera un eco muy lejano. Y entonces, cuando me di la vuelta hacia el otro lado del pasillo, lo vi por vez primera: un hombre ni muy alto ni muy bajo, pelo rizado y por los hombros, moreno y de ojos castaños. Se embozaba hasta la nariz con una larga capa que le cubría el cuerpo entero, inmóvil como una estatua, y llevaba un fieltro de ala ancha tan negro como su atuendo.

Le apunté con mi arpa.

—¡¿Quién sois?!

No contestó. En vez de eso se limitó a mirarme impasible, aunque estaba haciendo algo; lo noté en el brillo de su mirada, que se intensificaba por momentos. Pero lo cierto es que no percibí absolutamente ningún atisbo de sus emociones a través de mis oídos de armonizador; una especie de escala latente en el embozado impedía que se me revelaran tales cosas. Estaba bien protegido el hideputa.

Y así fue como, en la ausencia de todo sonido, noté una música proveniente de mí. ¡Mi contraescala latente estaba vibrando! ¡La misma que segundos antes había tenido la dicha de aplicar en el músculo de mi corazón! Y en sintiendo esto me llené de terror por dos motivos: primeramente, por el fortuito límite al que el destino expone a los hombres en segundos, pulgadas y palabras, invitando a la parca muerte a acariciarles, para recordarles que esta acecha en cada momento. En segundo lugar, porque no escuché ningún tipo de sonido, escala o melodía aparte de la defensa de mi contraescala; ni siquiera el sonido del tejido de la realidad cuando es compuesto; pero tampoco escuché las ondas de sonido terrenales que deberían haber salido desde el ancla mental del embozado. Si este oscuro personaje estaba intentando pararme el corazón, debería haberse oído la música *El beso del silencio* en algún momento, proveniente de un arpa de muñeca, de su voz, de cualquier instrumento, de lo que fuera. Pero no solo no se escuchó ninguna música; ni siquiera parecía tender un puente. Solo miraba fríamente a mis ojos, esperando a que me desplomara.

Y en viendo que no había resultado, levantó una ceja y su mirada tornose confusa.

—¡¿Quién sois, os digo?! —repetí—. ¡Hablad ahora y no os evit...!

Dejé la frase en el aire, pues este crujió frente a mi rostro y me lanzó nueve varas hacia donde yacían los cuerpos. De nuevo ninguna música. Pero sí había notado una vibración antes de ser despedido, y otra más en el momento de caer. De nuevo, no supe ver el puente de la escala —si era una escala lo que la extraña figura estuviera componiendo—. El efecto sí que se veía bien: una de las columnas de mármol verde estalló en su cúspide, luego en su base, y empezó a pivotar primero y a caer después sobre el lugar donde me hallaba. Era demasiado pesada para la música del arpa, me supondría un terrible esfuerzo parar su caída con el delicado timbre del instrumento y podría verme expuesto ante el enemigo. Podría incluso partir las cuerdas que, como recordarán vuestras mercedes, estaban en una afinación límite. Así que, en los dos segundos que dispuse para hacer algo, toqué unas cuantas notas haciendo crujir el aire, de nuevo frente a mí, y con esto conseguí impulsarme hacia atrás. La columna aplastó parte de los cuerpos mientras yo caía casi al borde de las escaleras que conducían al piso de abajo. Gritaba «¡A mí la guardia!». Entonces Felindante salió en el justo momento en que la figura empezaba a moverse, que se distrajo momentáneamente por la presencia de mi amigo. Este hecho me dio tiempo para componer el *Rondó de partida*; si lograba aplicar calor a una de las vidrieras de la galería estallaría por dilatación junto al embozado.

Toqué improvisando en la afinación, y tras unos instantes, logré resquebrajar la vidriera cuando la figura pasaba por su lado, convirtiéndola en un sinfín de cristales puntiagudos. Pero ninguno le hizo el menor rasguño. Aun así, con un poco de suerte podría dirigir algunos de estos hacia el hideputa o, por lo menos, desorientarlo hasta que lo tuviera de frente para hincarle una cuarta de ropera en los higadillos.

—Te voy a dejar baraustado —le espeté.

Me armonicé con los grandes trozos de cristal y los dejé en volandas apuntando hacia mi enemigo. Quedaron suspendidos entre bellas notas agudas de mi arpa mientras el embozado me lanzaba una mirada aviesa.

Felindante echó espalda contra la pared, los ojos abiertos del miedo. La siniestra figura esquivaba mis ataques sin mucho esfuerzo. Sus movimientos eran extraños, pero elegantes; tenía las pisadas de un hombre que conocía la destreza de la espada. Y así se acercaba, cuando volví a notar una extraña vibración que me hizo zumbar los oídos hasta dejarme medio sordo. Noté cómo las cuerdas del arpa se partían y, seguidamente, una fuerza invisible me alzaba en el aire con una facilidad terrorífica.

Así no podía defenderme, pensé, sin saber qué notas usaba. Pero como les he dicho, no parecía hacer sonar música alguna; no componía. Era como si modificara el tejido de la realidad a voluntad, con su pensamiento. Como si... como si hiciera magia. Magia de verdad.

Felindante intentó sacar su espada, pero fue en vano: una nueva vibración sin música le dejó su arma al rojo vivo, tanto que tuvo que soltarla en unos segundos. En cuanto a mí, manteníame en el aire con brazos y piernas apresados por grilletes invisibles. No podía siquiera alargar la mano a los hierros. Entonces la figura mostró por fin una mano enguantada que salía de la capa empuñando una daga quitapenas y, cuando me tuvo a dos yardas, me espetó con voz ronca, templada:

—¿Qué mierda pasa con los bardos de la corte? ¡Qué tediosos sois para moriros!

Creí que ya debía encargar misas cuando un disparo de saeta sonó a mis espaldas, justo desde abajo, proveniente de las escaleras. La figura gimió de dolor y el pivote quedó clavado en su hombro derecho haciéndole soltar la daga. Yo caí también y me conocí a pocos pasos, dispuesto a ensartarlo con cien mojadas de mi ropera en cuanto me aupara. Pero la Guardia Imperial apareció de entre la oscuridad, justo por el ángulo de la cima de la escalinata, y el embozado se vio tan apurado que, emitiendo otra vibración que nos hizo zumbar los oídos a los presentes, se fundió con el suelo en menos de un segundo.

—¡Abajo! —grité—. ¡Está abajo!

Todos corrimos hasta el primer piso, en el cual se oía un barullo lejano seguido de un estruendo de cristales que se rompían. Cuando llegamos hasta la galería descubrimos a uno de los criados que yacía temblando en el suelo junto a una bandeja con los enseres desperdigados. Señalaba un gran ventanal destrozado que daba al patio de armas. Al asomarnos solo pudimos ver el césped mojado por el rocío de la noche.

Los perros seguían ladrando como locos.

—¡Guardia Vieja! —gritó el capitán de la guardia—. ¡A mí la Guardia Vieja!

No tardó en aparecer un contingente del cuerpo de la Guardia Vieja, un grupo de veteranos del ejército. Y enseguida empezaron a buscar al atacante, dando la alerta por todo el Palacio Imperial. El capitán se volvió hacia mí, aturdido.

—¡¿Quién era ese?!

—Un asesino —contesté.

Capítulo 14

Donde el hombre ecuánime se sobrepone al gobernante incompetente

—¡Voto al Ojo! ¡¿Cómo pudo entrar?!

Gresnan Cot se paseaba por su despacho nervioso. Su silueta se remarcaba ante la plateada irradiación del Tetragrama del Mundo, que se filtraba por la ventana hasta la rústica cámara. El lugar parecía más lóbrego que nunca, pues estaba tenuemente bañado por la luz de la mitad de las bujías. El valido tenía el rostro desencajado y la voz quebrada por el miedo. Era difícil escudriñar si sus palabras me reprendían o si, por el contrario, solo se lamentaban por la seguridad del edificio; mis oídos de armonizador captaron las sutiles notas de ambos sentimientos. La daga que el embozado había dejado caer en el pasillo descansaba ahora sobre el gran escritorio.

—¡¿Qué ha sido de las protecciones de palacio?! —me voceó—. ¡¿Qué ha sido de las escalas latentes?

—Silenciadas, excelencia.

—¡Silenciadas! ¡¿Cómo es posible?!

Abrí la boca con el fin de dar respuesta, pero ningún sonido salió de ella. Una voz ronca inquirió:

—¿No sabéis cómo ha ocurrido, señor Dragos?

Era Lucario Dascar, maestro de esgrima del Imperio, que permanecía junto a un pávido y callado Felindante. Sus ojos claros me miraban bajo unas espesas cejas canosas.

Negué con la cabeza.

—No, usía. No está en mi entendimiento cómo han podido caer las protecciones del palacio.

—¡Visteis su rostro al menos! —exclamó el valido en su esperanza.

—Estaba embozado por un herreruelo sórdido y ennegrecido, excelencia.

El valido emitió un soplido de disgusto y se dejó caer en la silla. Sacó una pañoleta para limpiar el sudor de su frente. Pol llenaba una jarra con vino mientras Gresnan intentaba serenarse.

—¿Y decís que no oísteis música alguna? —gruñó.

—A fe mía, señor.

—¿Y es posible tal cosa?

Gresnan bebió ávidamente de la copa. De nuevo tardé unos segundos en contestar.

—No. —Dicho esto hubo un tenaz silencio; sentí el peso de la conversación en todas las miradas—. No es posible, excelencia, pero... modificó el tejido.

El valido quedose mirándome buen rato y luego clavó la mirada en Felindante. Quería asegurarse de que mis palabras eran honestas. Mi amigo solo miraba al suelo, medroso ante la seriedad del asunto, y Gresnan volvió a clavar sus cerúleos ojos en mí.

—Entonces... ha hecho magia —sentenció en tono de pregunta—. Así, a la sazón de su mirada o su pensamiento. Por propia voluntad.

Todos guardamos silencio ante estas palabras, porque no había nada que decir. Entonces, el valido desasió un tremor en la forma misma en la que se revela un pensamiento desagradable.

—Solo los demonios —susurró pávido— son capaces de tales razones.

La habitación misma contuvo el aliento. Lucario Dascar se adelantó muy hidalgo hasta la robusta y pesada mesa, poniéndose a mi vera. Era un hombre taxativo, siempre lo fue. Tuve mucho más trato con su hermano Martiso, el barón de Coteli, pero a pesar de su carácter jamás experimenté ninguna desavenencia con él.

—Señoría Corneli, ¿cómo es que no quisiera mataros? —preguntó ahora, desviando el abominable tema de conversación.

—¿Dispensad?

—Está claro —escupió Gresnan—. Vuestro corazón sigue latiendo.

La delicada situación me dejó tan consternado que no había pensado en cómo explicar la contraescala de *El beso del silencio.*

—El rufián quiso vérselas con mi resuello a dos palmos y desabrigó esta daga quitapenas para darme una tarascada mortal en la gola. Momentos antes compuso... —aquí me interrumpí mirando la daga sobre la mesa—. Quiero decir... me alzó en volandas con esa habilidad suya, en la que la música o el sonido nada tienen que ver.

—¿Os alzó en volandas? —Gresnan levantó una ceja con desprecio.

—Mis señores —la voz queda de Felindante sonó tras nosotros—, es necesario apuntarles que su señoría Dragos Corneli ha sido un héroe en todo este asunto. Es importante tener en cuenta algo de valía en las habilidades de nuestro bardo imperial.

—¡Pues mira! ¿Y qué aporta nuestro bardo imperial, en volandas? —preguntó con sorna el valido.

La sala se oscureció levemente: el arco del silencio empezaba a avanzar por los anillos del Tetragrama, oscureciéndolos con la sombra del mundo, pues ya eran altas horas de la noche. Felindante titubeaba:

—Bueno... me asusté sobremanera cuando el embozado me dirigió una mirada. Sentí una sensación extraña.

Maldije por dentro a las dos penumbras.

—¿Qué sentisteis, facultativo? —inquirió Gresnan, impaciente.

—Sentí como si quisieran arrancarme la vida. Algo extraño dentro de mí... una sensación de adormecimiento en mi pecho.

Felindante estaba a punto de hablar de más, y mi tensión era tan abrumadora que cualquier armonista se taparía los oídos por la estridencia.

—No entiendo mucho de bardos ni dómines y aún menos de escalas perversas o no perversas... —dijo Felindante— pero creo que debo a mi amigo, el señor Corneli, que me salvara de lo que el embozado estaba a punto de hacerme, pues momentos antes...

—Es cierto —interrumpí, clavándole la mirada con frialdad—. Es cierto, señores. Pues momentos antes en que posiblemente fuera a apagar el corazón del señor Pelgrin, yo intenté apuñalar al asesino con un millar de cristales, interrumpiendo su faena.

Felindante relajó su fisonomía y emitió un brillo con la mirada. Pareció entender mis intenciones.

—Exacto —susurró tan levemente que casi pareció ni emitir sonido.

El valido se retrepó en el asiento y juntó las manos, mirándonos como si quisiera sentenciarnos a muerte allí mismo. Su mirada, cansada y llena de vileza, pareció darse cuenta de una verdad terrible.

—No estamos seguros —dijo al fin—. Ya van dos veces que se quiebra la seguridad de palacio, para nuestra deshonra. —Levantó la mirada al maestro de esgrima y musitó—: Lucario, ¿qué me decís vos?

—La Guardia Vieja está inspeccionando todos los rincones de palacio. Excepto, claro está... —Arrugó el ceño comprensivo.

—Exacto, las estancias del emperador no han de profanarse.

—La Guardia Amarilla —continuó el esgrimista— está levantada en armas e inspecciona los recintos imperiales barriendo el terreno hasta las murallas y las orillas del Íbari, hasta la última covacha de la Isla. Estarán toda la noche si hace falta. Si sigue cerca del palacio lo encontraremos.

Gresnan miró por la ventana, a la oscuridad de la arbolada que había más allá de las aguas del Íbari. Era como si tuviera la esperanza de ver al asesino en alguna parte. Su voz volvió a sonar, frágil y temerosa.

—¿A qué creen vuestras mercedes qué venía?

—Venía a por mí —contesté sin dudar.

El despacho quedó en un sepulcral silencio. Un silencio terrenal que servía de base para escuchar las cristalinas notas de los presentes: Gresnan volviendo lentamente su facha hacia mí con intriga; Pol mostrando desprecio por mis palabras; Lucario Dascar armonizando una suspicacia con escalas muy elegantes, casi con corte clásico. El pobre de Felindante estropeaba la música de estas emociones con una temerosa y a la vez triste disonancia.

Antes de que nadie pudiera hablar llamaron a la puerta, sobresaltando a mi amigo, desafinando aún más el concierto. Cuando abrieron, un gentilhombre de cámara entró apresurado con un billete en la mano haciendo genuflexiones a Gresnan y a los presentes. Era el nuncio imperial, que traía el correo urgente. Tuve que cerrar los oídos; estaba saturado de tanto escuchar el tejido, que vibraba molesto. Gresnan se incorporó de un salto, el rostro grave.

—¿Qué traéis, Marterio?

—Un comunicado del armonógrafo. Es de Su Santa Paternidad.

El corazón casi se me salía por la boca. El esgrimista carraspeó:

—Han detectado una escala perversa.

—¡Dadme el billete, Marterio! —exigió Gresnan, extendiendo la mano.

El privado leyó y releyó la carta pasando los ojos muy nerviosos por el papel con ansia viva. Tras una eternidad habló con lobreguez:

—Marterio, contestad enseguida con una afirmación servicial.

El nuncio hizo una genuflexión y salió del despacho. Justo antes de cerrarse las puertas me percaté de algo que me sobresaltó. ¡Qué zagal más hideputa! Lintus Corne se escondía tras una consola con estatuas de alabastro a tan solo dos varas de la sala. Seguramente estaría junto a los autómatas, escuchando toda la conversación desde el pasillo.

—¿Excelencia? —Lucario Dascar se acariciaba la perilla.

El valido diose la vuelta y caminó hasta la ventana. El arco del silencio del Tetragrama se revelaba oscuro como el carbón, borrando un pedazo de cielo estrellado. La luna Do caía por la línea de anillos superior, hacia el oeste. El valido se escoró a nosotros mirando al suelo y extendió la carta. El esgrimista la tomó respetuosamente y leyó:

A la atención de Su Augusta Majestad Imperial:

En la noche del 20 de noviembre del año de Nuestro Señor Reverberado de 1632, se ha detectado una disonancia en el Santísimo Tejido del Monocordio del Mundo con carácter de felonía, dentro de los recintos de la Isla. Se hace saber a la autoridad secular de Su Augusta Majestad Imperial, que este Santo Oficio, deseoso de prevenir la corrupción del Maligno, manda en esta misma noche al calificador Efimerio Cael y al procurador Mustio Aguilente a palacio, donde confían se les abrirán las puertas para que el poder del Señor Nuestro Dios Reverberado se revele ante la oscuridad que allí se declara en esta noche.

Firmado:
Su ilustrísima Caperio Coordinante,
prefecto del Distrito Central,
supremo calificador del Santo Oficio.

—Como veis, Dragos Corneli —continuó Gresnan—, parece que estáis bien sordo. Que no hayáis oído la escala perversa, no quiere decir que el embozado no la haya conjurado. ¡No se puede engañar a los maestros urdidores!

Sus palabras, por más frías que sonaran ahora, se convirtieron para mí en la más pura insignificancia hecha dialéctica. El desdén del valido y su ira no me preocupaban nada comparado con una investigación del Santo Oficio. Y el Santo Oficio se dirigía a palacio.

Si no han adivinado vuestras mercedes, lo diré yo: la escala perversa que los urdidores habían detectado, sin duda alguna, era la contraescala de protección que yo había armonizado, y no *El beso del silencio,* como Gresnan creía. En cuanto al embozado y su magia, hacían que mi lógica anduviera deshecha y me llenaban de consternación.

Ese oscuro hombre había parado los corazones de tres guardias y una criada, y también intentó pararnos el corazón a mi amigo y a mí, pero yo no escuché nada: ni armonización del tejido ni música en el ambiente. Hacía y deshacía el tejido sin necesidad de armonizarlo o tocar un instrumento. Sin sonido, sin música. Por tanto, el único sonido, la única música que sonó en la Isla del palacio fue la de mi arpa de muñeca. Tenía que salir de allí cuanto antes, o esta vez —y como dijo Nolvaria de Bruma cerca de una docena de noches atrás— podía ir echando flores en mi tumba.

De pronto se me ocurrió una idea.

—¡Excelencia! —exclamé exaltado—. ¿Podría hablaros a solas?

El valido quedose mirando mi inesperada resolución, con una ceja levantada.

—Lo que tengáis que decir, señor Corneli, podéis decirlo ante el maestro de esgrima del Imperio y vuestro físico de campaña.

—Es necesario, excelencia —repuse.

—Necesario, ¿para qué?

—Puedo dar con el asesino, pero es menester que me dejéis margen suficiente para actuar con presteza. Solo vos tenéis la grandeza resolutiva para ejecutar acciones admirables, por eso necesito hablaros a solas. —Miré a Pol con frialdad—. A solas.

Gresnan Cot, con un movimiento sacádico de ojos y su emblemática cara de desprecio, me recorrió con la mirada altiva de arriba abajo. Y estoy seguro de que, si yo no hubiera cerrado mis oídos de armonizador, habría captado las características notas que componen la melodía de la curiosidad.

—Esperad fuera —ordenó a los demás, sin apartar la mirada de mis ojos.

Los presentes, incluido Pol, abandonaron la estancia y un vacío se apoderó de ella, tan solo lleno por la ruidosa respiración del valido.

—Dragos Corneli, la paciencia no es mi principal virtud.

—Lo entiendo, excelencia, gustaría de…

—Por eso espero que prestéis la utilidad debida que no habéis mostrado hasta ahora. ¿Comprendéis?

—Comprendo, exce…

—¡Bien, hablad!

Entonces abrí mis oídos de nuevo y mudé el porte para mostrarme más seguro de mí mismo. El antes enjuto y consternado Dragos Corneli, puedo asegurarles, se mostró con cuajo, casi con buen ánimo, con una sonrisa a media vela y... sí, recuerdo haber echado al valido mi primera mirada impertinente, ojos entrecerrados y fieros frente a su presa. Gresnan Cot no era más que un pisaverde que en nada se había enlodado el alma con las malas sensaciones del peligro cercano. Lo más cerca que había estado del peligro había sido mediando conflictos y diferencias territoriales en el Colegio de Príncipes Electores, firmando despachos, amparado tras los muros de una fortaleza. Era hora de hacerle ver que no era tan poderoso como él pensaba; que no era invulnerable. Que no era inmortal.

El hombre ecuánime contra el incompetente.

—Gresnan —pronuncié su nombre por vez primera—. Oíd bien, porque os *conviene* hacerlo.

Noté la ira preparándose para el estallido de unas fuertes notas. Las mías sonaron antes desde mi arpa. *El quiebro del telar* —una preciosa escala compuesta hace ciento treinta años— produjo una invisible rotura en el espacio en forma de esfera, justamente alrededor del valido. Este gritaba fuera de sí, pero el sonido no pasó más allá de los límites de esa esfera invisible, que rebotó por sus paredes produciendo un eco ensordecedor en su interior esparciendo la voz del valido desde todas direcciones. La reverberación le hizo callar de inmediato con un sobresalto. Seguidamente se quedó como una estatua de mármol, quieto y pálido.

Fuera de *El quiebro del telar*, por supuesto, no se escuchó más que mi voz:

—No me interrumpáis, os *conmino* a ello. Porque los hombres que interrumpen son peores que los que imponen su voz por encima de las de otros. Estos, con sus gritos, pueden resultar totalitarios; pero aquellos, con sus interrupciones, no se toman siquiera la molestia de escuchar. Y a menudo la imposición de una voz que grita es la respuesta legítima contra una interrupción.

El blanco marmóreo de su tez pasaba al amarillo enfermizo del alabastro. Temblaba, y no de ira. El temor era tal dentro de sí que parecía que iba a implosionar llevándose *El quiebro del telar* consigo. Sabía que Gresnan Cot no movería ni un dedo con mi arpa desabrigada.

—Bien, su excelencia de la casa Cot: no es mi intención amenazaros, pero no soy un hombre que acostumbra a perder el tiempo. Un tiempo que ahora muéstrase muy diligente conmigo, por cuestiones que ahora no vienen al caso, excepto por una que sí debéis saber: atrapar al asesino. Como veis, en eso estamos en el mismo tercio.

Me acerqué al escritorio y acaricié la daga encontrada.

—Gustaría de pedir dos cosas —proseguí—. La primera de ellas es que necesito partir ahora, hacia mi hacienda en el Puente de Tierrafértil. En el distrito vive una vieja amiga que tiene una capacidad inusitada para improvisar música. Por supuesto, es armonista, pero lo realmente excepcional es que tiene el don divino de ver el tejido como un urdidor; en otras palabras, tiene visión armónica. Veréis, cuando una persona toca un objeto —pasé los dedos por la hoja— es posible encontrar la vinculación de la persona con dicho objeto, y por ende es posible desandar los lugares por los que ha pasado, indagando en los remanentes del tejido. En otras palabras, es como si dejara una huella allá por donde pisa y, por tanto, es posible rastrear al dueño de la daga. —Levanté la vista hacia el valido—. Claro que esto es harto difícil para un armonista que sigue las reglas más estrictas del solfeo, como yo: alguien quien tiene un poderoso conocimiento de la teoría, pero no tanto de la práctica. Para otros es más sencillo, pues el tejido es caprichoso y está continuamente en movimiento.

Un poco de luz plateada entró por la ventana. El arco del silencio se movía y el Tetragrama del Mundo empezaba a brillar de nuevo.

—Nolvaria de Bruma —continué— está libre de estas imposiciones teóricas que, por el vicio del aprendizaje, se entrometen en la capacidad de la improvisación a la hora de *hablar* con el tejido. Ella no siente las interferencias del solfeo, y por ello ve el tejido nítidamente, en su verdadera naturaleza. Yo recomendaré mis conocimientos a mi amiga; esta seguirá mis pautas a sueldo de *mi* bolsillo y marcará los pasos que seguir. Y... Closter Tol —Gresnan se sobresaltó al oír el nombre—. Sí, mi amigo Closter es capaz de penetrar en el tejido donde otros no podemos; tanto es así que él podrá escudriñar los orígenes de esta daga y por las manos que ha pasado hasta llegar aquí. Para entendernos: Closter Tol es capaz de hablar con la memoria de los objetos. Él se ocupará de ejecutar con solvencia las soluciones dictadas por Nolvaria y por mí, y así solventaremos las posibles contingencias en el camino.

La cerúlea mirada de Gresnan se humedecía.

—No os preocupéis por el señor Tol. Tendrá a bien ayudarnos —dije con una sonrisa tranquilizadora—. Contáis con mi palabra, excelencia. ¡Ah! —exclamé tomando la daga quitapenas, la cual tercié en mi pretina—, me la llevo para la investigación. ¿Tenéis algo que decir?

Disipé *El quiebro del telar* con una contraescala. Gresnan hubiera parecido un cadáver si no fuese por el tremor que le provocó la anulación del efecto. Empezó a caminar lentamente hacia la puerta.

—¿Cómo osáis...? ¿Cómo osáis pedir...?

Volví a rodear al valido con la escala, mutándole la voz nuevamente. Por supuesto, quedose clavado en el sitio.

El corazón me latía con fuerza, pero más que el miedo de transgredir en esa ignominia que podía condenarme a la muerte, era mi excitación por poner al valido ante la justicia moral merecida. Él estaba aterrado, y era hora de usar mi última carta contra su miedo.

—La segunda cosa que quiero pediros es que tengáis la coherencia de no echar sobre vuestros hombros otra muerte más.

Caminé tras el escritorio y me puse a una braza del valido, su mirada confusa y aterrada. Quería que sintiera mi aliento tras la esfera invisible que lo tenía silenciado.

—Los armonistas sabemos más de lo que vos creéis, excelencia, porque así como podemos hablar con una daga para que nos cuente su recorrido, también podemos hablar con otros fantasmas del pasado. Sé que la muerte de Socris Corne fue una negligencia de vuestra merced. —Sus ojos perdieron todo el brillo; ahora sí parecía un cadáver—. Sé que Gladio Permes estuvo aquí, en esta misma cámara, aconsejándoos guardar al emperador del mal que se le venía encima. Sé que vuestra incompetencia, por temor de vuestras estultas supersticiones, acabaron por desencadenar la fatalidad de lo que nos ocupa. Dos semanas atrás, cuando llegué a este palacio, me amenazasteis diciéndome que erais hombre de fe, que vuestra determinación podía condenarme. Pues yo os digo, Gresnan, que el temor a Dios os ciega tanto que no percibís el temor que debéis tener a los hombres que caminan por el mundo; sobre todo a los justos, que son los más peligrosos para vosotros, los demonios de la aristocracia.

»Porque os aseguro que no mentiré a los prelados que se dirigen esta misma noche a palacio, sino que les contaré toda la verdad oculta tras las estancias de Su Majestad Imperial. Esto conlleva declarar al Santo Oficio la muerte del emperador y, por consiguiente, la disolución de la Cámara Territorial para designar prematuramente, y en contra de vuestras intenciones parece, un nuevo emperador *de facto*. La Iglesia os perdonará, incluso os aplaudirá por no sucumbir ante una contraescala prohibida que Gladio os hizo conocer. Pero ¿qué ocurrirá si las grandes familias de Ísbar, los príncipes electores seculares, se enteran de este asunto? Especialmente los primos directos del emperador: Dagris Corne, Darío Kesen, Primoresco, el barón de Consagrada, la princesa Sonora de Mirtos de Levante... Me temo que vuestra vida política estaría disuelta. Y eso en el mejor de los casos...

Es difícil explicar qué parca expresión tenía el valido en ese momento, pero describir las notas de su ánimo era, sencillamente, inefable. Ahora solo quedaba rematar el asunto:

—¡Pues bien, atended! El palacio ya no es seguro y el asesino ya sabe que estoy aquí. Si de verdad tenéis aprecio por la línea de Corne, incluso a los bastardos, que es lo mismo que decir aprecio por vuestra posición social, más os vale tomarme en serio cuando os digo que, si he de marchar, absolutamente nadie tendrá protección alguna aquí. Y si el niño sufre algún daño, vuestra posición es lo menos grave que perderéis.

Di un paso más.

—Esta es mi determinación, que vais a aceptar, porque no os queda más remedio: Lintus Corne se viene conmigo.

Disipé *El quiebro del telar* y Gresnan pareció respirar de nuevo. No le salía voz alguna, tan solo me miraba con unos ojos nuevos, los ojos de un desgraciado que pedía clemencia.

—Sopesad la balanza, señor —sentencié—, ahora mismo, que poco tiempo queda.

Gresnan Cot se apoyó en la mesa y cerró fuertemente los ojos, menguado. Se llevó una temblorosa mano para enjugarse el sudor de la frente. Al fin levantó la mirada más arrogante que pudo —pero pávida, por supuesto— y habló de esta manera con voz quebrada:

—Así que tan solo queda encubrir aún más estos acontecimientos. Ahora no solo ocultamos del mundo al emperador, sino a su hijo.

—¿Se podría expresar mejor, excelencia?

—Lo que queréis —rio con resignación— es un rehén, perro hideputa. Eso es lo que queréis.

—¡Pardiez, sí que se puede!

—Cuando esto acabe, asquerosa rata de la germanía... —De repente se llenó de cuajo y dio un paso hacia mí, atravesándome con la mirada; su miedo ya había decidido—. Cuando esto acabe, os digo, no os creáis tan a salvo. Ya veremos qué ocurre con vuestro salvoconducto. Ya veremos qué ocurre con vuestro oro. Con vuestra hacienda. Con vuestro título. Ya veremos qué ocurre al final, Dragos Corneli, con vuestra miserable existencia.

—Cuando esto acabe, Gresnan Cot… —contesté dando otro paso, hasta que su cara quedó a un palmo de la mía—, cuando esto acabe, os digo, descubriréis que el salvoconducto, todo el oro, mi hacienda, mi título de hijodalgo y mi vida valdrán poco comparados con el verdadero motivo de mi vuelta. Tengo un asunto pendiente en esta ciudad y ahora no es el momento de solventarlo. Ahora es el momento de ir avisando a su alteza imperial. Ísbar está a punto de revelarse ante él.

PARTE SEGUNDA

VILLA Y GERMANÍA

Capítulo 15

De la llegada de nuestro gentilhombre al Puente de Tierrafértil

El niño ocupaba todo el asiento frontal del coche; se le había aplicado *El sopor de la anciana;* la escala, anclada en su mente, lo sumía en un profundo sueño. Las ostentosas ropas que solía llevar habían sido cambiadas por las de un criado de cocina, y se le había revuelto el pelo a conciencia, así que el principito lucía bien diferente a lo que acostumbraba: le quedaban algo grandes los calzones y su camisola estaba raída y manchada, pero era precisamente como había de lucir su vestimenta. Por el distrito de Tierrafértil pasaría desapercibido como un mozo más de su edad, desaliñado. Si su adusta y arrogante mirada —que probablemente lanzaría por doquier— no fuese de más distinción que su indumentaria, no habría que explicarle que con esas actitudes podría provocar pendencias. En todo caso, no puso muchos reparos cuando se le comentó que saldríamos, más bien todo lo contrario. Pero sus ánimos eran volubles y caprichosos, pues se le demudó la cara en cuanto vio la ropa *nueva*.

Por supuesto no dejó su guitarra íbara atrás. Se aferraba con cada bogada de la barquilla cuando cruzábamos el Íbari; pues salimos de la Isla del palacio a través del río, que no por la Colmena. En la ribera este Felindante Pelgrin había esperado con el coche para sacarnos del Distrito Central, también vestido como le conocí: hombre de ropajes modestos.

Y a mi lado lo tenía ahora, observando conmigo la suave respiración del niño. Lintus estaba tan profundo en su sueño que no percibía el traqueteo de las ruedas ni el ruido de la máquina. Sin embargo, mi amigo y yo habíamos intentado, sin mucho éxito, echar una cabezada en la oscuridad, pues era difícil relajarse con tanta sacudida.

Tras cuatro horas de viaje la noche estaba llegando a su fin. En el interior se empezaban a dibujar formas pálidas cuando los débiles rayos del sol se filtraban tímidamente por la celosía de las portezuelas.

—Empieza a haber luz —rompió el silencio Felindante—. ¿Lo despertamos?

—Aún no.

Recuerdo que la humedad se colaba por las ropas, calando hasta la misma carne, cubriendo nuestros huesos. Me recogí entre el herreruelo cuando se empezaron a escuchar los graznidos de las gaviotas y algunos voceríos a lo lejos, que daban a entender que los hombres de mar se encontraban en su temprana faena. Felindante me sacó de mis cavilaciones.

—¿No iréis a palacio ni una sola vez?

—No —respondí tajante—. No mientras haya familiares del Santo Oficio investigando. Necesito que Closter y vos hagáis los trámites oportunos por mí.

—¿Recordasteis retirar la pecunia necesaria?

—Sí, no os preocupéis; todo está en el debido orden, tal y como os advertí antes de salir. He acordado con el señor Korvan una libranza contra la tesorería imperial a licencia de mi amigo Martiso Dascar.

—¿El barón de Coteli?

—A pesar de ser un grande de Ísbar, Martiso es hombre ecuánime y de moral holgada. También he puesto el crédito a vuestro nombre para no levantar sospechas; ya os iré pidiendo lo que necesite. —Hice un gesto tranquilizador—. El barón os recibirá con las puertas abiertas en Cortes de Tribunal, en su palacete.

Si hubiera tenido los oídos de armonizador abiertos no me habría tomado por sorpresa su repentina risa.

—¿De qué os reís, Felindante?

—Gertrem Korvan —reía—. No ha debido de tomarse a bien que lo sacaran de su cama.

—Es el tesorero, hace su trabajo —repuse, y luego reí con él.

Las tensiones estaban a flor de piel, por lo que agradecí al físico su chanza con una mirada invisible en la penumbra. Al rato, con el ánimo más jovial y resuelto, volví a hablar con voz cansada:

—Teníais razón, Felindante.

—¿Cómo decís?

—El embozado.

—¿Qué pasa con él?

—El asesino es solo uno: mató al emperador, mas no pudo parar el corazón de Gladio Permes. El bardo se aplicó la contraescala de *El beso del silencio*, y por ello, el embozado le abrió la gola, probablemente con la daga que ahora guardo bajo el herreruelo. Aunque no lo podemos saber. —Mis ojos se perdieron aún más en la oscuridad, adormecidos. Creo que llegué a musitar—: Aún... pero lo sabremos. —O algo así...

Noté el estremecimiento de mi amigo.

—¡Pobre señor Permes! —exclamó—. ¿Por qué habría de guardarle un destino semejante?

—Porque yo estaba fuera de Ísbar. Y ese destino estaba reservado para mí.

Sus ojos, aunque difícilmente podían verse en las sombras, se abrieron como platos.

—¡Voto al Ojo! ¿Cómo pensáis eso, Dragos?

—El misterio de la muerte del emperador requeriría de mi destreza en asuntos de escalas prohibidas. En eso convenimos todos, ¿yerro?

—En absoluto que no, por eso se os ha llamado.

—El pobre de Gladio es un chivo expiatorio. Pensadlo bien, Felindante: Gladio muerto y el palacio desprotegido, no son sino las razones para atraerme... y darme muerte.

—Pero... ¿quién, amigo mío?

Me encogí de hombros, resoplando laso. Intenté observar a través de la celosía y conocí que bajábamos por Acantonados, un humilde y pequeño barrio que discurría por una colina hasta llegar al Puente. Estábamos entrando en mi barrio natal.

Noté la mano de Felindante en mi hombro.

—¡Suerte que momentos antes encontrasteis la contraescala!

—¿Suerte? —A través de la celosía ya podía divisarse el mar—. Eso es lo que me aterra, Felindante: tal bendita suerte. Tan fortuita casualidad...

De repente, el carruaje fue parando y el motor se apagó. El postillón anunció la llegada a Puente de Tierrafértil. Estábamos mezclados con las voces del gentío, las aves marinas y los talleres cercanos. Mi amigo abrió la portezuela y salió poniéndose el sombrero; dolía los ojos tanta claridad. Antes de que dijera nada agarré el tirador.

—Esperad afuera, Felindante. Quiero darle los buenos días a su pequeña majestad. En privado, si tenéis la gentileza.

Mi amigo solo asintió conforme, mostrando las palmas hacia arriba, y yo cerré la puerta sumiéndolo todo de nuevo en la penumbra.

Me quedé mirando al muchacho, su relajada respiración. Cerré los ojos y desvinculé el puente tendido hacia el foco, que era la mente del muchacho. Y nada más disolver *El sopor de la anciana* el niño empezó a despertar. Primero una inspiración larga, profunda; luego frunció el ceño y, finalmente, comenzó a abrir los ojos y a desperezarse. Se sentó medio dolorido por la postura. Y entonces, como si se acostumbrara a la tenue luz, me miró con los ojos entrecerrados y exclamó, el hideputa, con voz rota:

—¿Qué es este olor?

—El Íbari —respondí al momento.

Parpadeó confuso.

—¡El Íbari no huele así!

—Allá arriba olerá a clavel. Aquí abajo, ya veis que huele a mierda.

—Voto a Dios... —musitó sin más, e hizo una pausa para bostezar—. Así que ya hemos llegado.

Me quedé mirando al niño largamente, escudriñando sus emociones con la mirada y con los oídos. El porte de su rostro era el de la arrogancia, con una mirada de autosuficiencia —una mirada aún por espabilarse—. El porte de sus emociones, por contra, ocultaba tras esta fachada fisonómica una contención inusitada. Era un contrapunto de expectación, prudencia, pero también cierta admiración por su maestro.

—Estoy seguro —dije al fin, carraspeando—, que recordáis vivamente el día en que congelé el agua de la jarra con el *Rondó de partida*, melodía que tuvisteis a bien reproducir.

Se encogió de hombros.

—Sí, es algo digno de recordar... supongo.

—En esa sala a Gresnan Cot lo acompañaba un sumiller. Llevaba la salvilla de las copas y la jarra. ¿Os acordáis?

—Sí, es el señor Plestor, un gentilhombre de boca. ¿Qué pasa con él?

—¿Qué visteis en el señor Plestor?

—¿Qué vi en Plestor? No entiendo...

Me quedé mirándolo largamente; él ya había aprendido que *esa* era la mirada de mi persistencia. Continuó apremiante:

—Pues iba vestido con ropa de...

—Me refiero a su talante, su planta, su carácter.

—¡Ah! Bueno... creo que humildad, respeto... miedo, quizá. También benevolencia.

—¿Y en Gresnan Cot? ¿Qué visteis diferente en él?

—Pues, su excelencia siempre es severo, también solemne... A veces es un ególatra —dijo con una risotada que calló al momento, cuando conoció que yo no reía—. No entiendo qué quieres decirme, magistrado.

—Esas cosas nos ciegan ante la verdadera visión del mundo. No has visto lo más importante, no lo has escuchado. Ambos tenían pelo, arrugas en el rostro, unos ojos envejecidos. Ambos están hechos de lo mismo, van a morir.

—¡Vive Dios que sí...! —exclamó con voz queda—. ¿Y qué puede diferenciar en sus actitudes tal fatalidad del destino?

—Pues que uno lo sabe, el otro no.

El niño arqueó una ceja con suspicacia.

—El mundo del que provenís —continué— es muy distinto al que estáis a punto de adentraros. Aquí la gente convive con la muerte. La gente de la carda sabe que la vida es cruel y difícil. La miseria, el infortunio y el horror están pendientes siempre de caer sobre el control de las vidas de todos los hombres de la tierra y eso es algo que, bajo las ostentaciones de las altas techadas de un palacio, se olvida con rapidez. —Lo miré en silencio; escuché una entonación débil y cansada—. Pero existe una cura para todo eso, y se llama experiencia.

—No recuerdo que nos quedáramos en esta lección de filosofía.

Ignoré su estúpido comentario.

—Vos habéis tenido la suerte de criaros en un palacio donde existe una biblioteca. Y eso es bueno: la ilustración es un asidero para afrontar con templanza las desdichas del mundo.

—También resulta tedioso, sobre todo leer los libros de filoso...

—Estos hombres —interrumpí, dando unos golpecitos en la celosía—, los que vais a ver en estos lugares de la carda, son los mismos que veis en la corte pero con una salvedad: no se conducen por la vida como inmortales, como Gresnan. Ellos tienen otro tipo de saber: ven la muerte todos los días, como el señor Plestor. La conocen bien, como una vecina más de su parcela.

—Aún sigo sin entender qué tiene que ver todo eso con las lecciones que os corresponde enseñarme.

—Todo. En vuestra edad significa la delgada línea entre la vida y la muerte. Pronto os encontraréis con el momento en el que os convirtáis en un hombre que sepa que va a morir o en uno que niegue tal certeza. Mi misión es que, cuando ocurra la desgracia, porque ocurrirá, tarde o temprano, no os llevéis las manos a la cabeza y se os vele la mirada como a un autómata. —Chasqueé los dedos—. Necesito que estéis atento, presto a actuar, a hacer, a solucionar.

—¡Como si fueran importantes tales frivolidades! —bufó tras unos instantes.

Quedamos callados, yo observando el paisaje a través de la celosía, el muchacho reflexionando con una melodía exquisita. Eso era algo que me llenaba de gozo: poco a poco se mostraba más flexible ante mis lecciones. Aunque sus comentarios tuvieran aún ese tinte de altanería, su rígida mente estaba liando los bártulos. Risoldar Estut así me lo dijo una vez: «Durante la temprana edad es cuando tenemos la última oportunidad de cambiar el cristal a través del cual vamos a ver la vida. Luego, la tarea se torna difícil, aunque no imposible».

Al fin, el niño rompió con una orgullosa resolución, sentenciando algo que me arrancó una media sonrisa:

—¡Yo leo muy a menudo!

—Lo sé —susurré mirando a sus ojos, y entonces abrí la celosía, mostrando el Puente de Tierrafértil—. Pero un hombre que lee, no es nada sin experiencias.

Para quien no haya visto el Puente de Tierrafértil, una explicación sencilla puede resumir su visión: bellísimo e inusitado en la lejanía, pero demacrado en su interior. Su nacimiento como barrio es mera cuestión de determinismo histórico —y militar—. Es un barrio construido sobre un istmo arenoso que sobresale como apéndice de una ensenada; como un hilo de tierra que se alarga hacia el interior del mar. Sobre ese enclave, que navega en las aguas cuando sale la luna Do, se dibuja la forma de un puente formado por una amalgama de hierros ennegrecidos, piedra roída y madera podrida sobre una infinidad de anchos pilares. Aunque más que un puente es una gigantesca plataforma —ampliada por los años—, que sirve de camino hacia la Fortaleza del Guerrero, conectando esta con Ísbar. Inexpugnable sobre el promontorio de roca caliza, la fortaleza extranjera se levanta muy por encima del Puente controlando el estrecho de los Dos Mares, como una expresión burlesca de su superioridad económica.

Me despedí de Felindante, que volvió a sus quehaceres palaciegos, mientras que Lintus y yo llevamos nuestros pasos hacia el sur más lejano de la ciudad. El niño, absorto, contemplaba las vastas aguas que se extendían más allá de la costa, hacia el sur. Y al sur, el Tetragrama se revelaba frente a nosotros como una gran puerta abierta en el cielo matinal, claro y nacarino con sus cuatro anillos, parecía que era la puerta al paraíso. Pero estábamos entrando en el Puente, y dentro del barrio todo empezaba a tornar más decadente; mientras en otras partes de Ísbar el barro era suelo firme, aquí se abollaba debido a los remiendos de chapa y los vanos en la madera. No había ni una calle que estuviera bien llana exceptuando la principal, que discurría por el lado derecho hasta perderse en el mismo centro de la gran estructura.

Me dirigí a Lintus con mucho tiento:

—Cuidado ahora, pequeña majestad, despavesad las linternas.

—¿Qué linternas?, ¿qué decís?

—Es una expresión del habla de jacaranda; vas a aprender muchas finezas aquí. —Un par de hombres me miraron desde un rincón con altivez. Resolví pasar lo más cerca posible de ellos sin vacilar en el paso y esto les hizo perder su interés por mí. Me volví al príncipe con cautela—. Lo que quiero decir es que no estáis en la corte, sino entre la germanía. Tened ojos en todas direcciones, a eso me refiero con despavesar las linternas. Y si alguien os mira con especial hincapié, dadme el aviso de manera sutil.

—¿Tan peligroso es este sitio?

—El malestar de un lugar también hace mella en la actitud de sus gentes. —Escuché algunas estridencias tras mi nuca, y conocí que la canallesca más pendenciera me evaluaba en la distancia. No volví la mirada—. Está claro que la pobreza agudiza el ingenio: aquí se capta fácilmente si alguien está hecho al mundo. Pero una cosa es ser sagaz y otra ser sabio. La ignorancia de los hombres no les permite discernir en ellos mismos la difusa línea entre la bravura y la bravuconería; dos palabras muy antiguas y muy distintas. Por eso, a la actitud sosegada en el otro la confunden con candidez —di unos golpecitos en la cazoleta de mi espada—; y ya es tarde para cuando han puesto verbos en el nombre de uno.

—Es la gente del sur dada a los lances, por lo que veo.

—Eso que os enseñan en los libros acerca de las nobles artes del duelo es superchería barata —resoplé—. Si alguien quiere matarte, primero contratará a otro para que lo haga. Todo sea antes que arriesgar su posición o su fama. Digo más, si no queda otra que matarte él mismo, tened por seguro que os asaltará en la cerrada noche, a preferir en calles estrechas. Y por supuesto no esperéis que meta mano a los hierros; que estará más prestado a resolver el asunto con un pistoletazo en los higadillos antes que dejarse ver de frente. Tened por seguro que irá con el embozo y sacará la ropera cuando no le queden más naipes.

—¡Qué deshonor!

—La honra aquí es barata, niño. Se paga en escudos de a ocho, según a quién se le quiera apagar la candela. Y los hay que aceptan hasta cuatro míseros ardites de vellón.

Quedamos un rato callados, caminando entre la gente más honrada y trabajadora: pescadores, chatarreros, relojeros, mecánicos, zapateros, artiferos y vendedores ambulantes. Al cabo de un rato el niño volvió a hablar:

—¿Dónde tienes tu casa?

—No vamos a mi casa.

—¡Voto al Ojo! —exclamó entre el gentío—. ¡¿A dónde pretendes llevarme, Corneli? ¿A una fonda?!

Me detuve de golpe, en medio de la plaza que en aquel momento estábamos cruzando. Lentamente giré mi severo rostro hacia el infante, que me devolvió una mirada pavorosa, la misma de quien descubre haber hecho o dicho algo inapropiado y espera las justas consecuencias del agravio. Por un momento se me pasó por la cabeza cruzarle la cara con el dorso de la mano, pero me limité a mirarlo largamente, y entonces, le hice un gesto de cabeza para que se apartara conmigo junto a un pozo ciego para desperdicios. Y en el brocal mismo apoyé el brazo derecho mientras me quitaba el sombrero con el izquierdo. Hablé al zagal con el tono más frío que me salió:

—Se me da a mí que no sois muy consciente del peligro que se gasta el asunto de traeros aquí.

—¿He dicho algo imprudente?

—Habéis hablado imprudentemente, que es más grave, si cabe. Que las formas son a veces más importantes que el contenido. —Bajé un tono—. Habéis voceado mi nombre en mitad de esta plaza. Pero sobre todo me habéis tratado como a un plebeyo.

—Soy...

—¡Paje de un músico, hijo de manceba y protegido de mi merced!

Por un momento sus ojos se encendieron con un relámpago de ira. Pero me adelanté antes de que dijera esta boca es mía.

—¡Por lo que vamos a hablarnos con buena crianza! —Di un paso al frente, y añadí en voz más baja—: ¿Convenimos, Dantian Pecler?

Y el hideputa, en dando un paso atrás, contestó sonriente y en voz alta:

—Convenimos, muy señor mío, Dragos Corneli.

Nuevamente estuve a punto de cruzarle la cara, mas no había motivo real para ello; me había tratado con respeto y si le pegaba llamaría aún más la atención. La música de alrededor ya sonaba más cauta, aunque más tensa. Notaba los rostros apuntando hacia mí. Me limité a clavar duramente mi mirada en el niño durante unos instantes.

—Aquí —continué con afilada voz—, hay hombres que estarían dispuestos a dejar como una mojama al bastardo del emperador.

—Pero vos —me sonrió remarcando la palabra— sois un gran protector, ya lo habéis dicho.

—Cuidado, infante, que estáis ante hombre mortal. Pero quien tiene peor mano en una pendencia es el que no porta espada, como vos. Así que ya estáis rebajando el tono u os mato yo mismo.

Quedose clavado, estupefacto por la amenaza.

—¿Qué pasa? —inquirí—. ¿Nunca os han amenazado de muerte?

No dijo nada y tampoco me hizo falta escuchar. Sus ojos me hablaban en dos lenguas: la primera era la cristalina y orgullosa mirada de aristócrata. «Cuidado», me advertía, y parecía no creer en mis palabras. Pero el fondo de sus pupilas era distinto; porque cuando aprendes la lengua de los ojos puedes ver el ligero tremor de la naturaleza más primigenia de los hombres. Era un zagal asustado, y como zagal asustado ante el mundo, sus ojos me reafirmaban compasivos, por si acaso era verdad lo que yo decía: «No, nunca me han amenazado; tengo miedo». Casi parecía implorar ante la incomprensión de lo que acababa de experimentar, pero yo no tenía el resuello para relajar el carácter.

Ni piedad para esos asuntos.

—No voy a dejar —continué— que la parca venga a llevarme por la posta por la imprudencia de un zagal estúpido. Si esto ocurre... —susurré, y le tuteé, aplicando más frialdad—, te llevo a un callejón y te vendimio la gola yo mismo, antes que un vive Dios.

Cerré los oídos, que el mundo mermaba mi atención sobre el muchacho. Lintus empezaba a razonar según me delataba el brillo de su mirada, ahora humedecida. Podía notar en su respiración una sensación de inseguridad que empezaba a apoderarse de él. Ya no estaba en su palacio, entre sus seguros muros. Ahora había comprendido: toda la seguridad la representaba su protector, Dragos Corneli. Y su protector era el primero que podía dejarlo a buenas noches.

—¿Querías saber algo, Dantian? —pregunté en el mismo tono.

—Sí —carraspeó parpadeando—. Digo a vuestra merced que si vamos a una fonda.

—A una fonda vamos, muchacho. A una fonda.

No había cambiado de nombre: Viso de Sol; pero la fonda sí parecía haber cambiado de dueño, porque el hombre que esperaba encontrar tras el pequeño mostrador de hierro negro no se hallaba en su sitio, como solía acostumbrar. En vez de Faustín fue su hijo Elio quien me miró con inusitada sorpresa, boqueando como si viera un fantasma. Reconocí al individuo de inmediato, aunque la última vez que le vi tenía unos quince años, y un tímido bozo asomaba donde ahora lucía una tupida barba azabache. Riscaba los veinte y cinco pero aparentaba treinta. Murmuró un «vive Dios» nada más verme entrar por la puerta, y en menos de un cuarto de hora ya teníamos una modesta aunque húmeda habitación en la primera planta del edificio. Elio había heredado la pulcra discreción de su padre en la faena de su negocio; no me hizo pregunta alguna, sino que se dedicó a disponerlo todo para nuestro gusto. Por supuesto, presenté a Lintus como mi paje Dantian Pecler, pero Elio lo trató con un servicial respeto, al modo en que acostumbraban en la fonda desde hacía tres generaciones.

—Os he preparado un baño caliente, señor Corneli. Si gustan, vuestras mercedes pueden venir dentro de una hora al salón principal, donde mi hermana nos traerá un emblanco bien caliente.

—¿Un emblanco? ¿Qué es eso? —inquirió el infante.

—Un estofado de pescado, propio del sur de Tierrafértil.

—Bajaremos después de lavarnos, Elio —respondí agradecido.

Lo miré con atención: la pesadumbre podía palparse sin necesidad de abrir los oídos de armonizador.

—¿Dónde está el señor Faustín? ¿Dónde está vuestro padre?

Apenas lo dije, todo su carácter mudó de formas y sus serviciales maneras cambiaron a esa informalidad que sobreviene a quienes paran sus menesteres para hacer un descanso. Señaló una mesa con la barbilla y nos sentamos enseguida, Lintus a mi lado, Elio frente a mí, este último con una congoja que me estremecía el tuétano. Hablaba abatido, dando razones acerca de que iba siempre con las del diablo.

Que no se podía tener tranquilamente un local en ese lugar, voto a tal y voto a cual. Que ya le habían hecho boicot con los comerciales de la Fortaleza y la misma gente del Puente. Sin embargo, tras el infortunio de ver una madre partir por unas cuartanas malignas, por fin parecía haber un momento de gracia y el negocio levantaba cabeza.

—Pero ha bastado con que un hideputa de la calle Imperial del Puente denuncie a mi padre, señor Corneli. —La voz sonaba quebrada por la ira—. Vos sabéis bien que mi padre no es hombre malo, sino que además es religioso. Pues bien, hace cuatro meses o así, que me encontraba con él comprando las vituallas para la jornada, lo típico: algo de pescado y fruta cuando, en doblando una de las esquinas que van desde el mercado hasta la plaza, oímos un «¡Faustín Gorel, daos preso en nombre del Santo Oficio!».

—¡Pues cómo! ¿Qué decís, amigo?

—Como oís, señor mío —respondió con voz quebrada—. Y como vuestra merced ya sabrá, por mucho que preguntara cualquier cosa, a los apiolados por la Iglesia de Ísbar no se les comunica nada sobre los motivos por los cuales se les acusan. Así que mi padre, con el cuerpo descompuesto primero, pero haciendo grave esfuerzo en su rostro para darme consuelo con una mirada tierna, tuvo temple de decirme: «Esto se resuelve en un vive Dios, Elio. Anda y ve a preparar las viandas para los pescadores, que pronto vendrán a comer». —Elio entrelazaba los dedos en tensión, mirando al vacío con la mirada húmeda—. Sentí que un cosquilleo me recorría el espinazo mientras se lo llevaban antojado de cadenas. Pero luego las sensaciones cambiaron por el desprecio más absoluto: me enteré que había sido denunciado a los familiares del Santo Oficio por ese malnacido pendolista de Carlario Altoburgo.

—Muy bellaco el nombre que me contáis.

—Sé que tampoco os hace gracia hacer mucha liga con él —se sonrió—. Luego me enteré de que la acusación fue por una cuestión de limpieza de sangre. Recordad, mi amigo, que no somos religiosos viejos, sino que mi abuelo tomó conversión a nuestra religión hace unos cuarenta años, al llegar a Ísbar.

—¿Y aún no se sabe nada?

—Nada, Corneli, y veis que aquí desventurado me hallo entre la miseria. Porque los costes del proceso se pagan con los bienes de los reos, con la pella de quienes no tenemos ni un ardite. Porque esa es la única fuente de ingresos del Santo Oficio: robar a los condenados.

Ayer, sin ir más lejos, me dejaron aún más miserable, más infortunado, pues volvió el calificador con el notario de secuestros para esquilmarme dos barriles y unos muebles del desván. Y así seguirán hasta que me dejen sin un vellón en la bolsa y entonces vendrán a por la escritura, que está puesta sobre mi nombre. Y ese día ya sabemos qué ocurrirá...

Reafirmé sus palabras con un movimiento de cabeza, mostrándome emocionalmente abatido. Y de veras lo estaba, porque a Elio y a su hermana iba a lloverles una catástrofe. El silencio lo partió Lintus:

—Y ese día... ¿qué ocurrirá?

—Pues ocurrirá, zagal —comenzole a responder—, que me querrán acusar de impureza, como a mi padre. Pero al hijo de mi padre no tendrán hígados de acusarle de nada, porque al hijo de mi.... ¡No, Corneli, no intentéis reprenderme! ¡El resuello es lo último que me quitan! ¡Que al hijo de mi padre, os digo, esos hideputas no van a esquilmarle ni un real más, porque antes me llevo por la posta a todo el Santo Oficio, desde el comisario, pasando por el procurador y terminando con el calificador, si es preciso! ¡Antes me hago matar cien veces!

Y entonces rompió a llorar en la manera que lo hacen los hombres reservados: apretando dientes y labios y en silencio, con la nariz arrugada por la ira. Y como hombre reservado que era, su música también sonó débil, tanto fue así que una sonata de zozobra me vino más fuerte de su pequeña majestad, que miraba piadoso a Elio. Y como un repentino presentimiento, ya fuera resultado de una intuición natural o de la sensibilidad que en los meses venideros ya empezaría a tener con sus oídos de armonizador, el niño conoció que yo lo miraba y *de facto* puso los ojos sobre los míos, intentando encontrar en el juicio de su maestro explicación ante tal incomprensible desgracia. El humilde mundo que empezaba a presentársele le cayó como un cubo de agua fría, desconcertante y desagradable. Tras un rato, quedando los tres en silencio —Elio inconsolable—, en la mirada de Lintus pude ver cómo se disolvió la modesta crianza del carácter nobiliario y, del fondo de sus pupilas, surgieron la fragilidad y la afinidad humanas vencidas ante la certeza de la crueldad de los hombres poderosos sobre la carda. «La semilla de la humildad no se aprende como la del miedo» sonó Risoldar Estut en mis recuerdos, «sino que se revela». Por un momento vi a mi maestro, en su despacho, cerniéndose sobre legajos mientras diseñaba el laberinto de pasadizos que llevaría su nombre. «El esfuerzo de plantar esa semilla, Dragos, corre por cuenta de uno, al igual que el de regarla con el agua de las buenas acciones».

Sentí orgullo ante tales simpatías en el muchacho, aunque reprimí una leve sonrisa para no mancillar el momento; había que cerciorarse de que la semilla de la humildad fuese bien plantada. Si hay algo que aprendí de la lección de Risoldar es que son los duros momentos los que labran el campo de nuestra mente y los ponen prestos a sacar las conclusiones más importantes de la vida.

Así que, sabiendo estas razones, sentencié sin miramiento alguno:

—Qué injusticia, ¿eh, Dantian?

Y Dantian el paje solo agachó la cabeza.

Capítulo 16

De cómo la habilidad de Closter Tol revela las andanzas del embozado

—Tienes el juicio más beodo que mis venas, Dragos.

Closter Tol reía sentado a la mesa del cuarto, con una jarra de hipocrás en una mano y un trozo de pescado en la otra. La luz de la mañana entraba por una claraboya en la parte superior de una de las paredes; el haz llegaba hasta la mesa e iluminaba el plato de aluminio.

—¿Mi juicio beodo? —bufé con sorna—. ¿Más que tus venas? ¿Tal cosa es posible?

—No estás en tu seso —dijo tras darle un buen trago al hipocrás—. Te atreves a dar quejas sobre mis sórdidas formas en presencia del valido, pero cuando tú lo amenazas todo se torna en bueno.

La alcoba de la fonda era un lugar íntimo: además de nosotros, había un único huésped que alquilaba un pequeño chiscón, y se encontraba fuera a esa hora. Así que, por esas razones podíamos hablar sin miedo y en voz alta. Aun así, me ocupé esa misma mañana de hacer de la habitación —mediante el uso de la escala latente *La cuerda sorda*— un lugar donde los sonidos jamás saldrían más allá de sus paredes. Me llevó un buen rato, porque la música del cuarto sonaba con insolencia. Momentos antes de que llegara Closter permití al niño ir a las cocinas, a que hiciera algo de amistad con la hermana de Elio.

—Gresnan no me ha dejado otra opción; iba a permitir que el Santo Oficio entrara en palacio.

—Pero seguimos trabajando para él.

—Seguimos trabajando para él —confirmé—. Pero sin él. Acordé que si me encontraba en la necesidad de comunicarle algo enviaría a alguien a palacio.

—Me da a mí que no vas a tener mucha necesidad.

—Probablemente —musité.

—¿Y si él necesita comunicarte algo a ti, Dragos?

—Pues no podrá.

Su sonrisa se ensanchó.

—Eres un hideputa, Dragos.

—Y tú el hombre más furtivo que conozco. Pero me alegra que juegues los mismos naipes que yo.

Closter rellenó el vaso mientras daba su último bocado. Suspiró tedioso.

—Ningún hombre juega los mismos naipes que otro; siempre estamos solos. —Alzó el vaso y miró su contenido con ojos ausentes—. Y si sabes cómo encontrarme es porque has comprado mi tiempo con un escudo de a ocho.

—Espero que te alivie al menos por un año.

—¿Estás chanceando? No da ni para dos días.

—¡¿Ya te lo has gastado?! —exclamé sorprendido—. ¿Te has gastado un escudo de a ocho en dos días?

—Ya me pagarás otro. ¿Por qué me has hecho llamar? Me imagino que quieres que use mis habilidades. Felindante no me ha dado más explicación salvo que tienes la daga del asesino y que pernoctas en esta sórdida fonda. ¡Espero que no estés en continua mudanza!

—Es posible que así sea —asentí—, Gresnan no puede saber dónde estamos Dantian y yo. Además, he dispuesto multitud de escalas latentes protegiendo estos callejones. Me avisarán contra invitados no deseados.

—Con todo, no le será muy difícil encontraros —repuso en dando un buen sorbo—. Aunque le cambies el nombre al niño tarde o temprano lo hará. ¡Dantian! ¡Ja! Te has hecho una buena tela de araña con las cuerdas del tejido, protegiendo estos callejones, pero existen muchos métodos para eludirla. —Otro sorbo, muy garbo el plante—. Además, ¿crees que ha sido acertado venir al propio Puente?

—Mi antigua casa estará vigilada; incluso los familiares del Santo Oficio podrían sospechar de mí por causa de los recientes acontecimientos de palacio. En cuanto no me encuentren en ella es probable que busquen en cualquier otra parte, antes que en el Puente. En fin, que en mi casa está ahora Felindante, con una cuadrilla de criados bien pagados, reformando la hacienda hasta mi llegada; es una buena baza, además de ser cierta, y Felindante es uno de los hombres más fieles que conozco. Creerán que me he alejado del barrio. Serán un estorbo cuando logren dar conmigo: me vigilarán, se me acercarán amistosamente, me harán preguntas... Y eso si no descubren al niño. ¡Me estás poniendo nervioso con el puto hipocrás!

Closter volvía a llenar la jarra y yo perdía la paciencia; cuanto antes terminásemos, menos bebería. Me echó una mirada displicente.

—Lo que haga para colmar mi sed es cosa mía. —Hizo una pausa, antes de llevarse la copa a los labios, y durante un trago largo me señaló—. ¿Sabes que me han interrogado? Ayer mismo.

No me sorprendía.

—Me lo imaginaba. ¿Qué han inquirido?

—¿Tú qué crees? —respondió sardónico—. Que me habían visto por el palacio, que qué hacía por allí. Les contesté que fui a visitarte, naturalmente, pues hacía años que no te veía. ¡Menos mal que soy hijodalgo! Si no, esos perros del Santo Oficio me habrían partido los dedos y, probablemente, seguiría dentro de una mazmorra. ¡Suerte que no me han retenido en mi casa!

—¿Y sobre mí?

—No preguntaron nada, pero lo dieron a entender. —De pronto su tono se hizo burlón—: ¿Cómo se atreverían a pensar mal de ti, Dragos Corneli? ¿Cómo se atreverían a acusarte y menos aún cuando el valido les ha perjurado ante el Ojo y el Reverberado que eres un santo?

—Bien, bien... Gresnan no es tan imbécil o tiene miedo... o ambas cosas; me protege ante el Santo Oficio. Me espiará, por supuesto, pero sabe que si mete mucho las narices le corto la gola al niño.

Closter carcajeó en mitad de un sorbo tan de repente que casi se atraganta.

—¿Y lo harías?

—¡Y lo haría! —dije al punto, cortante y frío.

Hubo un silencio y mi amigo me escudriñó desdibujando una pérfida sonrisa.

—¡Pardiez! Sí que te veo cambiado... ¡En fin! Tú solo dime si vas a marearme mucho cambiando de residencia.

—Cambiaré tanto como lo necesite. —Me levanté, hastiado de la conversación—. Vamos a lo nuestro, pues el tiempo es nuestro mayor aliado y cada segundo está siendo malgastado en hablar sobre asuntos en los que yo faeno, no tú.

Me dirigí a un cajón donde habíamos guardado algunas prendas de repuesto y saqué de debajo de mi jubón de viaje la daga que confisqué a Gresnan. La puse sobre la mesa, frente a Closter, al propio tiempo que él retiraba el plato de comida. Arqueó la ceja, suspicaz.

—¿Esta es el arma? Parece buen acero, aunque modesto en la cazoleta y la empuñadura. Muy sobrio. —Hizo el ademán de tomarla—. ¿Puedo?

—Para eso estás aquí —accedí.

En ese momento se abrió la puerta de golpe y nos sobresaltó de tal manera que eché rápidamente mi sombrero sobre el arma. Lintus entró cerrando tras de sí. Miró a Closter de arriba abajo y preguntó:

—¿Quién eres tú?

—Te dije que te fueras abajo —le espeté—. También que llamaras a la puerta cuando fueras a entrar.

—¿Por qué? Es mi habitación.

—Nuestra habitación. No vuelvas a hacerlo o me enojaré de verdad.

Por un momento pensé que iba a contestar contumaz, pero la mirada no transmitía la misma arrogancia que en palacio y parecía de muy buen humor. Mi mirada, por contra, era la que usaba para reprenderle y, además, el humor no me acompañaba tanto como a él. Así que hizo una mueca y un gesto de abatimiento con la mano, y el orgulloso príncipe Lintus dejó paso al humilde paje Dantian.

—Convenimos, magistrado —terminó diciendo con desaliento.

—Bien. Es peligroso. A partir de ahora llamaremos siempre a la puerta para dar al otro la opción de preguntar quién vive.

Closter observaba la escena de forma aviesa y expectante, echando la vista al sombrero. Esperaba que despidiera al niño, y estuve a punto de veras, pero el muchacho había dejado el orgullo a un lado. Para el aprendizaje de buenos hábitos es primordial recompensar.

—Dantian —le sonreí—. Este es mi viejo amigo, el armonizador Closter Tol, quien ha tenido a bien enseñarte una poderosa escala. Toma tus papeles y apunta lo que va a decirte.

En saliendo de un leve estupor, Closter arrancó una carcajada. Pero el niño no estaba en su juicio y sus ojos le brillaban de felicidad. Fue sonriente hasta su macuto y sacó una pequeña escribanía que le había comprado esa misma mañana: una funda de cuero con un legajo sin limar, tinta, pluma y papel secante.

—¿Has hecho amistades con Blanca? —pregunté.

—Se llama Bianca —corrigió mientras preparaba sus herramientas en la mesa—. Me preguntó por mi acento. Le dije que soy de una humilde familia del Distrito Central... Y que me tienes por paje —rio—. ¿No es ridículo?

—Es lo que debes contar. Ni más ni menos.

—También le dije que me estás enseñando armonización arcana. Se mostró muy interesada; digo más, que quiere que le cante una canción con la guitarra.

Closter y yo nos miramos suspicaces.

—Es una moza atenta, por lo que veo.

—¡Es una moza estúpida! —repuso—. ¡Cualquiera diría que tiene un año más que yo!

—A mí me parece que nos trató con buena crianza durante la cena.

—Si a eso lo llamas buena crianza... Yo digo que habla con malas formas.

—Pues ¿cómo es, con malas formas?

—No sé... —dijo incómodo—. Usa palabras muy raras, indignas de una dama.

—No todos tienen la suerte de nacer en un palacio. La etiqueta es un lujo reservado a muy pocos, pequeña majestad.

Mi amigo soltó una risilla. Ahora calló Dantian y habló Lintus, molesto:

—¿Y tú de qué te ríes?

—¡De ti, esperpento! —contestó con su voz de barítono—. Si crees que voy a llamarte alteza andas aviado. Y mucho menos majestad, grande o pequeña. Aquí estás entre la germanía, así que ándate con tiento o me pongo a echar las cabras. Ahora eres un fantesco, o un platero correveidile si prefieres llamarlo así. Y para más estragos, de un palomo mamacallos. —El hideputa me señaló insolentemente con la barbilla—. Si este te parece hombre de hígados, más vale que no me hagas cagar el bazo, porque me presto a santiguarte la cara en menos que un voto al Ojo. ¿Has comprendido mi lenguaje, o quiere voacé que se lo traduzca a la gentil lengua de los pisaverdes?

El niño parecía que iba a estallar de ira, aunque su porte estaba menguado. Le saqué de su estupefacción iracunda dando unos golpes sobre su papel.

—Atento a lo que este borracho va a enseñarte. Porque Closter no es de los que repiten las lecciones dos veces.

El niño sostuvo unos segundos la mirada al bardo y, en sonriendo con malicia, la volvió a bajar sobre el pentagrama en el papel. Al pan, pan, y al vino, vino. Las cosas son así; incluso entre las murallas de palacio los maestros eran respetados; no iba a ser menos en la cueva del lobo. Y si Closter tenía algo que enseñar, el niño tendría toda la manga ancha necesaria para la merced.

—Closter —resolví cansado—. Procede de una vez, por favor.

Mi amigo se inclinó sobre la daga quitapenas. Un leve brillo en los ojos de un armonizador delata que abre sus oídos para escuchar el sonido de las cosas. Pero Closter no necesitaba hacer eso, porque Closter nació con oído absoluto y siempre escuchaba el tejido de la realidad.

—Closter —repetí. Mi amigo alzó unos ojos sombríos—. Todos los remanentes que puedas, a ser posible hasta un año atrás.

—¿Un año? —contestó incrédulo—. Es una daga de misericordia, Dragos. Que es lo mismo que decir impertinente metal, no imperecedera piedra. Además, un objeto pequeño, manejable; este tipo de armas suele pasar por una infinidad de manos.

—Todo lo que puedas escarbar —insistí.

—Si consigo ver hasta un par de meses o tres ya puedes darte con un canto en los dientes.

—Por eso he traído al hombre con los mejores oídos de armonizador de Ísbar —sonreí—. ¿O acaso se te escapa lo que puede decirte una daga?

—Las dagas también tienen memoria, Dragos —suspiró—. Y todas las memorias se marchitan. Veré cuánto puedo sonsacar a la hoja.

En la habitación iluminada por el haz de la claraboya una sola persona se concentraba en la daga, mientras que las otras dos aguantaban la respiración. Y aunque escuchar el sonido de las cosas puede ser una tarea dificultosa incluso con años de entrenamiento, aún es más difícil hablar con los objetos en su propio lenguaje. A lo más que suelen llegar la mayoría de los armonizadores experimentados es a percibir las vagas evocaciones que emanan de la materia del mundo. Escuchar los remanentes de alguna escala requiere gran esfuerzo; hablar con ellos y traducir sus lenguas —y lo que cuentan— a los propios pensamientos, es algo que solo un puñado de personas puede hacer.

Closter no tardó mucho en dar una profunda inspiración.

—Puedo verle... —dijo al fin, mirando al vacío.

—¿Al embozado? —apremié.

—El hideputa se ha guardado bien de no mostrar su rostro. Un hombre envuelto en capas y siempre embozado cada vez que toma la daga. Voy hacia atrás... —El silencio era pesado en la habitación—. El remanente es débil; esta daga ha estado muy meneada.

Sus ojos se movían sacádicos, con unas sacudidas que daban a entender diversas sensaciones. El brillo de sus pupilas se apagaba y se encendía como la luz de una trémula bujía y, de cuando en cuando, un gesto casi imperceptible: ceño fruncido, nariz arrugada, labio tensado. Tras unos instantes de colmada paciencia estuve a punto de preguntar, pero Closter rompió el silencio.

—Veo un atuendo rojo.

—¿Rojo? ¿Has dicho rojo?

—Como la sangre, aunque borroso... La mantiene en su poder poco tiempo. Hay una figura, una sombra... está muy difuminada; esto debe de haber ocurrido hace meses. Tiene la daga sobre una mesa: es un vendedor ambulante, un chatarrero o algo así. —Sus ojos parpadearon molestos, lo que me dio a conocer que rompió la conexión con la daga—. Lo anterior son solo sombras difuminadas y ecos ininteligibles. Quizá antiguos dueños del arma, ni siquiera escucho qué dicen. Y luego oscuridad completa.

—¿Lo tienes todo?

—Acércame la jofaina, zagal —dijo al niño a modo de respuesta.

Y el niño obedeció dándole el cuenco con agua, mientras Closter se remangaba la camisa. Un arpa de muñeca de latón y filigranas de plata, donde se ornamentaba una grulla, produjo el chasquido característico de la cejilla al separarse de las cuerdas. Entonces Closter tiró al suelo de madera el agua de la jofaina y empezó a verter vino en su lugar.

Me dejó perplejo.

—¿Vas a reproducir el *Cantar de Madabarante* con vino? ¿No es el agua más cristalina?

—¡Qué aguado eres, Dragos! —rio—. ¿Acaso no conoces la historia de Madabarante y Parexis? Se hizo con vino, ¡y ya sabes que yo soy un romántico de estas cosas!

—¡Pardiez! —exclamó el niño—. ¿Vas a componer esa escala?

Dantian daba cierta tonada de gozo mientras preparaba su pluma sobre el papel.

—¿Qué sabes tú de eso? —preguntó Closter—. Es una leyenda disuelta en el tiempo.

—La he leído, pendenciero. Sus efectos se describen en el *Códex de Dascario: la música de Madabarante Magris y otras escalas.* Aunque el magistrado Gladio ya me contó acerca de esa historia. —Su mirada se veló por el recuerdo—. Fue durante el Imperio del abuelo de mi abuelo, Parexis II, consorte de Aneska Kesen, en los tiempos en los que se unificó el reino de Bastión de la Colina con los demás. Cuentan que Madabarante Magris, el Primero, fue invitado a la corte del emperador como armonizador y que hizo maravillas legendarias.

—En aquellos tiempos —apostillé—, los bardos tan solo eran conocidos como armonizadores, al igual que los dómines.

—Cierto es, magistrado —afirmó el muchacho—. Por aquella época los armonizadores de oído, que es como se llamaban, eran repudiados por los dómines porque hacían músicas más... diferentes.

—Transgresoras —recalcó Closter—. No tengas miedo de llamar a las cosas por lo que son, zagal. Músicas más transgresoras.

El niño no le hacía caso; repetía como de memoria la leyenda de Madabarante con gran entusiasmo:

—La música de Madabarante Magris fue de una belleza tal que el emperador lo invistió *de facto* en su corte y lo llamó bardo, pues contó una historia invocando imágenes en una copa de vino. La Divina Creación de nuestro Señor; la creación del mundo.

—No es exactamente así —dije.

—¿Cómo que no?

—Pues que no convocó tal cosa. Hay muchas historias sobre eso y casi todas exageran. No te creas todo lo que dicen los libros; la mayoría de los títulos de una biblioteca particular suelen ser firmados por gentes de muy parecidas ideas.

—¿Insinúas que no es verdad, magistrado? —preguntó molesto.

—La historia es un instrumento para observar muchas cosas, pero es imposible escudriñarla con rigor. Se construye sobre el cimiento de los datos, de la información; y a esta información les dan forma los libros, los testimonios, los escritos, legados culturales y otros vestigios de los cuales podemos sacar solo conclusiones aproximadas, pero no verdades absolutas. —Me aclaré la garganta—. He aquí la historia tal y como me la contó mi viejo maestro, Risoldar Estut. Por lo menos hasta lo que se sabe con certeza.

—Ya estamos con el viejo Risoldar —espetó Closter.

Lancé una hosca mirada a mi amigo, antes de continuar.

—Parexis II era hombre abierto y no gustaba tanto de los armonizadores de fe. En un principio, los dómines eran reservados y enseñaban poco de armonización, porque sostenían que solo los presbíteros y hombres de fe eran capaces de modificar el tejido de la realidad, pura merced y gracia de Dios concedida a estos y no a ningún otro más que no vistiera el hábito.

—Hasta que descubrieron que otros sí podían armonizar —añadió Closter, con sardónico desprecio.

—Entonces —alcé la voz—, Madabarante, que había viajado al mundo oriental, habló al emperador sobre hombres que componían escalas musicales en un pentagrama y no en un tetragrama de tan solo cuatro líneas. Cautivó sus oídos y le prometió algo que jamás se había visto en el mundo, algo que solo podía hacerse si se armonizaba con estas nuevas herramientas traídas de más allá de Ísbar. —Me acerqué al muchacho, con voz queda e impostada—. Le prometió reproducir la historia tal y como era en el vino de su copa. Y esto, como conviene a entender en una mente lúcida, era una afirmación tan atrevida que llamó aún más la atención de Su Augusta Majestad.

»El emperador era conocido por su escepticismo, como es costumbre en hombres cultivados por la cautela del estudio, y gozaba fama de consumado historiador. Madabarante, además, tenía por entonces los mejores oídos de armonizador que jamás han caminado por el mundo. Tanto es así que, según se cuenta de él, era capaz de hablar con la tierra y con el viento; y estos le traían cuentos que solo el mundo conocía desde hacía muchos años, cuentos que se habían apagado en la memoria de todas las criaturas vivas. La piedra era capaz de transmitir el peso y las formas recuperados de su estanca memoria; mientras que el viento, que recogía y guardaba celoso todo lo que robaba al pasar por la tierra, ponía el sonido de estas naturalezas en sus oídos, dando voz a lo que hasta entonces nadie lograba traducir. Y así Madabarante conciliaba estos dos elementos, viento y tierra, en la armonía de su mente como único testimonio que la voz del mundo canta eternamente con el aspecto de un eco lejano.

»Parexis II, conmovido por las elocuentes palabras del armonizador, le apremió a que demostrara estas razones, y que si se había atrevido a verter chanza ante el emperador sería castigado. Y así fue como Madabarante Magris tomó la copa de vino de Su Majestad Imperial y reprodujo en ella las visiones que la tierra y el viento le trajeron conjugadas a su conocimiento. Y en lo privado de esta conversación, frente a la multitud ignorante y distraída, Parexis, con ojos humedecidos por la emoción, vio en la copa el rostro de su abuelo, el rey Doria.

Miré la jofaina llena de vino. Los otros aguardaban a que terminara mi historia, aunque conocí que ya habíamos perdido mucho tiempo con tanta palabrería.

—Pero como ya he dicho —concluí—, hay muchas leyendas acerca de esto: en una se cuenta que en vez de una copa fue en la tina de la emperatriz, quien sedujo a Madabarante llevándolo a su alcoba; en otra se dice que no reprodujo el rostro del abuelo del emperador, sino una imagen inventada, que también es historia favorita entre los dómines; incluso se ha llegado a contar que el agua cobró vida por unos instantes y habló en presencia de todos con la forma de un demonio. De cualquier modo, Madabarante se convirtió en el primer bardo imperial. Y desde entonces, mientras la música la enseñan los dómines en las universidades, en las cortes de los palacios, por el contrario, los magistrados bardos suelen ser quienes se ocupan de la educación musical de la nobleza. —Me encogí de hombros, suspirando por la nariz—. Ya sabemos cómo es Ísbar: la envidia incita a la imitación de los grandes, sobre todo los gustos del emperador. Y nosotros vamos a imitar a Madabarante ahora. ¡Closter, reproduce lo que has visto!

—¡Espera! —murmuró el niño—. ¿Cuánto es cierto de todo esto, magistrado?

—¿Qué más te da?

—Madabarante también fue el primer bardo proscrito, pues inventó las escalas perversas. ¿No es menos cierto que un tribunal de la Iglesia quiso llevarlo a un auto de fe?

—Las escalas prohibidas no son un invento —aclaró Closter, mientras afinaba su arpa—. Lo que pasa es que modificar los cuerpos no es algo que les guste mucho a los dómines. Un claro ejemplo de disconformidad para desprestigiar a quienes tienen la capacidad de entender la música sin limitaciones estúpidas.

—Es impío, según cuentan. —El niño hablaba con una terrible pasión—. Madabarante desafió a Dios; logró hacerse con una escala que le hacía inmortal. Muchos piensan que sigue caminando entre nosotros, oculto. Quiero saber si todo esto es cierto; quiero saber si es posible.

Closter asentía con fingida efusión.

—Sí, sí. ¡Madabarante el Inmortal! Paréceme que a los dos os importan más los cuentos del Primero que lo que tenemos en faena. —Se inclinó sobre la jofaina—. Bien, vamos echar la vista atrás, a la historia.

A medida que Closter tocaba el *Cantar de Madabarante* el niño apuntaba las notas en el pentagrama con magistral soltura. Estaba exhausto y nervioso ante tal manifestación. Entonces, la música cesó y el contenido de la jofaina emitió un leve burbujeo. Poco a poco, el hipocrás empezó a ondular levemente hasta que unas tenues pero afiladas formas bailaron en el fondo con un sonido sibilante.

El vino nos hablaba: primero los objetos parecían superpuestos unos con otros —era la proyección del tejido—, mas luego tornose algo más claro, como más definido en cuanto a lo que se sucedía. También muy difuminado en colores y tonos, pues lo que podía verse eran cientos de miles de ondas dibujando las líneas del mundo. Y aunque era difícil distinguir algunos objetos —pues las imágenes en el vino se mezclaban con el fondo cóncavo—, podía intuirse la música que transmitían los movimientos de las cosas, una música que empecé a temperar en mi mente, en mi memoria. Debía recordar absolutamente toda la información que me fuera posible.

Y lo que vi en la jofaina fue como sigue: en primer lugar, distinguí a un hombre con jubón coriáceo y sombrero de ala ancha. El rostro volviose cada vez más familiar, aunque solo veía ondulaciones doradas en contraste con el desvaído y sucio color del hipocrás. Conocí que era yo. La daga empezó a cambiar de mano y la solemne figura de otro hombre con una perilla finamente recortada tomaba la daga de una mesa: supuse que era Gresnan Cot en el momento de poner la daga sobre su escritorio. Entonces pude ver las formas de su despacho y el valido caminando hacia atrás, hasta llegar a unas galerías que se difuminaban en un millar de ondas infinitamente pequeñas. En esencia, y para resumírselo a vuestras mercedes, observamos todo el recorrido que hizo la daga desandando el camino del tiempo: cómo era transportada hasta el pasillo donde cayó; cómo se depositaba por una mano desconocida en el suelo y, luego, cómo otra la tomaba en el aire. Cuando el metal era tocado por esta última mano vibraron las ondas de su figura, desvelando por fin al hombre que la sostenía: el embozado. En ese momento distinguimos dos figuras: una embozada y otra en volandas. Esta última volvía a ser yo.

—¡Vive Dios! —exclamó el niño—. ¡¿Esto fue la pelea del pasillo?!

El tiempo volvía a correr hacia atrás, mostrando al hombre en un ancho y abovedado corredor. Ya que la jofaina nos mostraba los misterios del tejido pudimos ver que uno de los muros parecía quebrado, como si las rígidas ondas que debieran darle su forma estanca estuvieran desdibujadas. Yo sabía bien de qué se trataba: en esta parte del muro del palacio las escalas latentes estaban silenciadas. La pared lisa se mostraba intacta a ojos de cualquiera, pero había una brecha en el tejido; se revelaba como un trozo de tela al que se le hubiera hecho un boquete y los deshilachados bordes se mecieran con la brisa exterior. Logré percibir las notas de una contraescala y la jofaina se agitó durante un momento. El pasillo ya no existía: se daba a conocer ahora un suelo de hierba rodeado de árboles y por un momento parecía verse el Palacio Imperial a unas pocas centenas de varas a lo lejos, rodeado de las aguas del río Íbari.

—Así es como se transportó hacia dentro —murmuré.

Y entonces se nos descubrieron las andanzas del embozado antes de que llegara a palacio, es decir, se nos reveló de dónde venía. Y vimos unas calles llenas de gente, aunque el tejido aquí empezaba a distorsionarse violentamente; debía haber armonizadores cerca. Se distinguían algunos lugares emblemáticos de Ísbar pertenecientes al distrito de La Mácula: los barrios de Roblesa y Altatorre. El embozado viajaba a pie por la ciudad y a pie entró por un portón gigantesco de metal incrustado en una monstruosa muralla que parecía abierto y cerrado al mismo tiempo —cosas del tejido, que muestra el pasado, el presente y el futuro simultáneamente—.

Las músicas que venían de Closter y el niño eran inquietas, tanto que me dificultaban aprender la que transmitía el vino de la jofaina.

—¿Qué es eso? —preguntó el niño—. Parece una puerta gigantesca.

—Mirtos de Levante —contesté escueto—. La entrada del distrito.

El vino burbujeaba con más fuerza; el tejido estaba aún más inquieto en esa parte. Las calles de Mirtos se difuminaban cada vez más entre la maraña de ondas desbocadas, mientras la daga se mecía terciada en el cinto del embozado. Y todo parecía más borroso aún, pues la muchedumbre emitía una barahúnda insoportable. Duró poco, no obstante, pues se alivió el ambiente cuando llegamos desorientados a un interior y las cosas tornaron a verse un poco más nítidas; aquí se absorbían los sonidos de la calle hasta ser transformados en lejanos murmullos. El vino se calmaba paulatinamente.

Al punto conocimos la guarida del embozado. Nos encontrábamos en un cuarto sobrio: una mesa llena de papeles, una estantería, un camastro mugriento y una ventana a través de la cual se veía un chapitel, o una especie de torre acabada en punta. El Tetragrama cortaba el cielo al fondo con un brillo cegador —dando a entender lo perennes que resultan los anillos en el tejido, pues nunca parecen cambiar de forma—. En cuanto a la daga, era depositada en un cajón. El vino se aquietó totalmente y suspiramos en la oscuridad de la jofaina.

Pero pasados unos segundos el vino volvió a burbujear y a ondular con fuerza, y la oscuridad dejó paso a una nueva visión: intuimos que había pasado un tiempo considerable porque el tejido era más desvaído. Mostraba ahora al embozado tomando la daga. Aquí se nos reveló que la estaba limpiando —más bien humedeciendo, pues la escena, recuerden, iba atrás en el tiempo—: pasaba un trapo húmedo por ella y la humedad cayó al metal, dejando como consecuencia un trozo de tela raído y seco. El sonido que emitía me avisaba del sabor: sangre. Una sangre que no tardaría en desvelarse a quién pertenecía, porque el embozado emprendía sus pasos de vuelta hacia el Palacio Imperial.

De repente caí en la cuenta.

—¡Closter! —espeté—. ¡Llévate a Dantian!

El niño se mostró sorprendido e indignado.

—¿Qué? —exclamó—. ¿Por qué?

Entonces Closter comprendió, cambió su fisonomía y tomó al niño por una manga de la camisa: vamos, niño, aquí no se te han perdido las ovejas, tal y cual.

—¡No me toques, puto! —chilló, revolviéndose.

Closter lo agarró del cuello de la camisa.

—No me remuevas la bilis, zagal...

Escuchaba la furia del niño *in crescendo*. No podía permitir que me hiciera perder la concentración en ese momento.

—¡Lintus! —grité.

El niño se puso rígido de golpe. Nos miramos durante unos segundos y en sus ojos noté su afinidad, un leve brillo de confianza que tenía depositada en mí. No supe si esperaba que me mostrara compasivo con él, pero por un instante comprendió algo en mi mirada circunspecta y le sonreí con ternura.

—No puedes ver esto, Dantian —musité.

El niño se quedó clavado y, como si mantuviera una batalla mental —blanco de miedo y el corazón palpitante—, asintió con flema. Comprendió el asunto. En un momento de resolución se liberó de Closter de un tirón y fue a salir de la habitación con un porte totalmente trocado en sus intenciones; porque todo el interés que mostrara anteriormente inclinándose hacia la jofaina era ahora el más puro repudio hacia al objeto, como si le molestara tenerlo cerca. Cuando cerró la puerta tras de sí me llegó una leve melodía con unas notas ahogadas por la pena.

Tomé el relevo de la pluma, copiando la música que desprendía el recipiente, y Closter me miró con gravedad. Sabíamos qué era lo que se nos iba a narrar en el vino y las palabras de Closter señalaron lo obvio.

—Ahora llega la parte de su antiguo maestro.

—Y la de su padre —añadí.

Capítulo 17

Que prosigue el relato de la jofaina, y de una pendencia en el salón principal de la fonda

Los abruptos de las ondas se hacían cada vez más estruendosos a medida que el embozado penetraba de espaldas por un muro del Palacio Imperial. Poco a poco fue caminando, escaleras arriba hasta que llegó a unas grandes puertas de madera y hierro. Una vez la figura se adentró en ellas conocí que eran las estancias imperiales.

El vino comenzó a burbujear con una violencia tal que hasta pareciome que la jofaina temblaba débilmente. El asesino se hallaba de pronto frente a la cama de un hombre que parecía dormir en ella. Por la configuración que dibujaban las ondas del tejido supe que era la alcoba de Socris, el emperador de Ísbar. Esta sazón me dio no pocas ganas de fijarme en las ondas de su cuerpo y así conocí que, aunque se movían delatando que estaba caliente, ya no había vida en él. En este punto, el hipocrás se escapaba por los bordes, y hay quien pueda decir que no estoy muy en mi seso, pero no percibí un movimiento ondulatorio normal en la agitación del vino; y es que tampoco era una escala normal lo que el embozado componía: *El beso del silencio.* Pero, si de verdad era esa escala lo que estaba componiendo, sonaba estridente y hacia atrás —unas leves notas de incomodidad me vinieron de Closter—; la muerte del hombre que yacía como dormido empezó a alejarse y hubo un estallido en el pecho que convulsionó imperceptiblemente hasta la última molécula de su cuerpo. Es curioso... Sentí gozo al escuchar el sonido que produce un estertor hacia atrás; el mismo principio subyace en la música de un recién nacido: un corazón que se hace conocer y se apropia de un lugar en el mundo.

Pero el lugar que creemos apropiar por condición de nuestra vida es en realidad un lugar que el mundo nos concede por tiempo limitado y un día deberemos dejarlo para siempre. Gladio Permes estaba a punto de dejarlo, o a punto de nacer de la muerte, si prefieren razonarlo así vuestras mercedes. Aquí todo se hizo muy claro, porque la daga nos hablaba sobre sus experiencias más cercanas y tangibles. Y el vino se calmó, mostrando una imagen clarísima, con un tejido definido sin interferencias del pasado o del futuro, sino del momento mismo y con una serenidad que revelaba ante nuestros ojos —a nuestros oídos— que la parca muerte era dueña de las alcobas del bardo.

Se hizo raro presenciar cómo la hoja se introducía por una gola abierta e iba cerrándola a medida que el cuchillo se movía de izquierda a derecha. Su sangre, que yacía esparcida por la cara, los cortinajes de la cama, el acero y parte del suelo, iba abandonando estos sitios y se iba introduciendo por la abertura de la carne. También vi el rostro nítido de Gladio y su espantosa fisonomía: el horror sereno, consciente pero no lúcido, sino desorientado; su boca abierta en un rictus, con su mandíbula contorsionada hacia un lado, boqueaba dando espasmos hasta que poco a poco fue relajándose. Igual pasaba con su lengua, tensa y roja por la sangre, que parecía como querer escapar del cuerpo, chocando tanto con los dientes de arriba como con los de abajo, arqueada en una horrible posición. Pero sobre todo sus ojos. Esos ojos blancos: con unas pupilas forzadas hacia arriba por la agonía que iban ocupando de nuevo el centro, abiertos como platos, encendiéndose ante la fatalidad de la vida, de la muerte. Y al final, ojos y mandíbula abandonaron la tensión en tan solo un segundo y se cerraron de golpe, al propio tiempo que el cuchillo salía de la gola cerrándola para la merced de la vida, dejando el cuello del bardo intacto. El horrísono de las ondas mostraron las emociones iracundas del asesino, que intentaba usar la escala de la muerte contra un durmiente inconsciente de su destino. Un durmiente que se resistía a *El beso del silencio* con un corazón protegido. Entonces el embozado tomó camino dando pasos hacia atrás y emitió escalas contra las protecciones de palacio, cerrando las aberturas de las cuales venía; y así hasta salir de nuevo hacia los alrededores.

Lo siguiente que vimos fue una larga temporada, quizá meses atrás, que hizo que el escenario envejeciera de golpe y solo quedaran sombras que atenuaban la luz del mundo. Y como si la daga conociera por vez primera las manos del embozado, se desprendió de estas para caer en otro hombre: una sombra de color rojo ensombrecido con el rostro desdibujado por la inestabilidad del tejido. El hombre del atuendo rojo dio la daga a otra sombra más borrosa aún y que desvelaba a su alrededor lo que parecía un puesto ambulante. Y por último, la oscuridad sonaba en el líquido que se serenaba en la jofaina, primero gris sombrío con jirones, luego con total oscuridad, hasta caer en la música que más me abrumó desde la infancia: la aplastante inmensidad inherente que subyace en el vacío del olvido.

—Calculo —dijo Closter— que esto ocurrió hace unos seis meses, ocho como muy tarde.

Me retrepé en mi asiento, consternado.

—El del atuendo rojo...

—Ya sabes qué tipo de indumentaria es, ¿verdad?

Asentí con gravedad.

—Era la dalmática de un diácono.

—Pues entonces ya conocemos quién está detrás de todo esto.

—Y tiene mucho sentido —mascullé temeroso.

—¿Crees que el Santo Oficio te ha hecho venir hasta aquí? ¿Hasta Ísbar? ¿Crees que te ha tendido una trampa?

—Eso parece, Closter.

—¿Caperio Coordinante...?

Tal como dijo esto, una iracunda sensación me vino a los ojos desde las entrañas y fulminé a mi amigo con ellos. Susurré con voz gélida:

—Ese nombre... Por favor, no...

Closter levantó las manos, como defendiéndose de mis palabras.

—¡Rediez! ¡Disculpa! No volveré a mencionar a ese marrajo.

El suspiro de dolor que di preparó la habitación para el silencio que le siguió. Nos quedamos un rato callados, reflexionando sobre las revelaciones de la jofaina. Closter siempre fue un hideputa irrespetuoso, pero hay que reconocerle que se comportó de muy hidalgas maneras con mis pensamientos, que le sonaban acongojados.

Al fin, otro suspiro mío acabó con el silencio de la pequeña estancia y resolví comentar lo que ambos pensábamos:

—Esa última figura... Ese comerciante, ese puesto ambulante. Hay que encontrarle; debemos interrogarle sobre el clérigo.

Closter asintió cruzando los brazos.

—Es el mejor punto de partida. El diácono será tarea más jodida, pues un diácono suele estar ocupado con las misas de sus presbíteros, y con atuendos rojos los hay a cientos. Por no hablar de que se pueden pasar meses encerrados dentro de una iglesia sin ver la luz del sol. Los comerciantes los hay a millares, pero es cuestión de pasearse por los distritos de esta infame ciudad, ya sabes: le cantas fieros a este o aquel; compras la lengua de ese otro… Sí, daremos con él.

—¿Crees que podrías hacerlo en estos días?

—Pues no lo sé. Puede ser fácil o difícil. —Tomó la jofaina y dio un sorbo—. Eso sí, reza para que siga con vida.

—No se me da bien rezar.

—Ya, bueno —rio—, a mí tampoco. De todas formas, voy a pedirte prestada la daga. Su memoria se despertará si la paseo cerca de donde se haya producido la compra.

—Llévatela. Mientras tanto yo investigaré sobre la guarida del embozado.

—¿Y cómo piensas hacerlo? El tejido muestra el pasado, el presente y el futuro al mismo tiempo que muchas cosas que ocurren y no ocurren. Son probabilidades que pueden darse o no: puedes ver perfectamente a un gato que muere dentro de una caja, y al mismo tiempo, cómo sigue viviendo. Lo único que podemos ver estable es aquello de lo que tenemos total certeza, como que la daga existe y ha tenido un recorrido específico. —Me señaló con el dedo, dando fe de algo—. Mirtos de Levante: está claro que allí tiene su casa. Pero ¡buena suerte si consigues encontrarla!

—Todo eso es cierto, Closter, pero hay personas con visión armónica que pueden ver nítidamente el tejido sin disrupciones.

—¿Aparte de los urdidores?

—Aparte de los urdidores.

Entonces mi amigo frunció el ceño, intentando escudriñar mis intenciones. Bebió otro trago de la jofaina —parecía querer beberse los recuerdos que el vino nos había relatado—. Inmediatamente relajó su rostro dándose cuenta de una certeza y se inclinó poniendo un codo en la mesa.

—Nolvaria de Bruma…

—Mañana iré a Monteperegrinos. Le enseñaré los pentagramas. —Alcé los papeles—. Le mostraré lo que la jofaina nos ha revelado.

—Si me permites un consejo…

—No hay tiempo para consejos —interrumpí—. Ni tampoco quiero escucharlos. Hay que actuar ya.

—Muchas prisas manejamos.

—Porque muchas prisas tiene el Sol, amigo mío, y cada vez se encuentra más cerca de la cuarta línea del Tetragrama del Mundo. —Me incliné también sobre la mesa y bajé la voz, haciéndolo todo más íntimo—. Y cuando la luz empiece a esconderse sumiendo al mundo en la Primera Penumbra y posteriormente se oculte totalmente tras el cuarto anillo celestial, se hará voto de silencio armónico por luto a Dios Reverberado, y ya sabes lo que ocurrirá: la armonización estará prohibida bajo pena venial mientras el Sol se esconda tras el Tetragrama. De repente, todos los armonizadores de Ísbar, obedientes y temerosos del Santo Oficio dejarán sus instrumentos y sus voces, y el tejido quedará en profundo y respetuoso silencio. Y así, cada armonización, cada mínimo sonido bajo la oscuridad de la Umbra, cada cent que se altere en el tejido será perfectamente audible para los urdidores, los vigilantes del Santo Oficio. Y lo será en la manera misma en que una araña nota la más mínima vibración en su sereno e imperturbable telar. —Volví a recostarme, la voz cansada—. Toda armonización, claro, menos la del embozado, invisible en el tejido.

No salí en todo el día, a pesar de que Closter me instaba a acompañarle a otros lugares más animados. Me arrepiento de no haber hecho caso a mi amigo, pues ese mismo día estuve a punto de despachar por la posta a un miserable que se atrevió a poner verbos en mi nombre. En realidad, estos trances me ocurrieron en varias ocasiones, pero a continuación relataré este episodio en concreto debido a la importancia que recobraría años después; cosa que contaré a su debido tiempo.

Verán vuestras mercedes, a veces es bueno deshacerse de los malos pensamientos y distraer la mente, pero yo resolví hacerlo de la peor manera posible: bebiendo en soledad, aprovechando que el zagal hacía amistad con Bianca con la excusa de llevar juntos algunas tareas de la fonda. O más bien la niña, que Dantian afufaba cuando había labores y se transformaba en Lintus y se quedaba mirando cómo ella limpiaba, recogía y remendaba aquí y allá. A veces se oía la melodía de una guitarra desde algún cuarto, y luego, unos palmeos torpes y efusivos.

Total, que cayó la noche mientras todo eso ocurría. Y gentes de la mar entraron empapadas de humedad y salitre, con fuerte olor a faena. No había edad fija para ese trabajo, sino resuello en la bolsa que mantener: desde hombres de vejez temprana, hechos al cansancio de la rutina y a los estragos de la mar, hasta niños sin bozo y mirada desorientada —que incluso los había de dos años menores que mi joven compañero—. Entraron en tropel, como si la querencia del uso les marcara el momento exacto para dejar sus quehaceres, todos al mismo tiempo, y con ello ponían pies a las fondas y a las tascas movidos cual autómatas. A pesar de que la ingrata patria los dejara miserables, a merced de un territorio marcado por la desigualdad del vecino extranjero, venían casi todos con alegría, cantando canciones típicas del lugar: coplas emotivas y cuplés graciosos de las fiestas tradicionales.

Me quedé sentado en un taburete, en una esquina de la barra con mi copa en la mano; allí se me derramaba la sombra de unos estantes. Durante unas horas los observé bajo el fieltro y escuché la osadía de sus palabras ausentes de toda la coherencia que antes hemos mencionado. Abriendo mis oídos de armonizador el panorama se presentaba más desolador: revelaba los candentes ánimos de personas incomprendidas y tristes, y que buscaban hacerse con un lugar en el mundo. Quizá por ello hablaban del funcionamiento de la vida política como si la hubieran vivido de cerca; alzaban más fuerte la voz quienes más ignorantes eran. Por un momento sentí lástima por ellos. Respecto a Dantian —que apareció sentado a mi lado en cuanto Bianca se mostró más ocupada—, sentía desconcierto y diversión. Le pregunté por su mano, que estaba vendada.

—Ha sido un corte pequeño —comentó—. Fue al abrir una puerta de chapa que da al estrecho patio de atrás, donde se tira la basura a un pozo. Bianca dice que tengo que aprender a abrirla sin que me corte con los filos. Por suerte es buena curandera, más que ese físico amigo vuestro.

—Luego le echaremos el ojo. Tengo aceite de terebinto que me ha dejado Felindante. —Lo miré con gravedad—. Ten más cuidado: el óxido te pudre los humores y puede producir la muerte por espasmos.

—¡Vive Dios!

—Y mueren los hombres.

Y a medida que la gente iba abandonando el salón y el trabajo se hacía menos cargante para los hermanos, Elio se me acercaba tras la barra limpiándose el sudor con una pañoleta de lino. Le venía bien dedicarme unas palabras de confidencia de vez en cuando —para relajarse, digo— y aprovechaba para llenarme la jarra de hipocrás entre comentarios sobre ese marrajo del rincón y aquel maco del bigote. Y al fin, solo quedaron cuatro hombres sentados al fondo del pequeño y ya oscurecido salón, puesto que Bianca se ocupaba de ir apagando las bujías. Estaban jugando a las cartas a la lumbre de una pequeña linterna y daban al lugar una apariencia más íntima y hogareña, porque nos acompañaban en un agradable silencio sobre un fondo armónico de algunas toses, palabrejas sueltas de amistad y el ruido distante de un motor de vapor allá fuera. El corazón se sentía recogido dentro del lugar, cada uno a lo suyo: los hombres en su mesa dándose muerte a la bolsa, Bianca enseñando a Dantian a jugar al puño puñete y Elio sentado tras la barra frente a mí, entre las sombras, mirando a los zagales con ternura.

—Están haciendo buenas migas.

—A Dantian le hacía falta. —Sonreí mareado por el alcohol, viendo sus risueñas caras, uno frente al otro en una mesa construyendo una torre de puños. Llevé la vista a la oscuridad del local—. Hoy han venido bastantes.

Elio se movió incómodo e hizo una mueca de descontento.

—Pero no es como antes. Desde que mi padre está... bueno, apiolado, la mayoría no suele presentarse. Estos solo son los parroquianos de siempre, los que no se conmueven por el qué dirán.

—Bueno, al menos ha habido pecunia.

—Sí, Dragos, la ha habido. Pero como bien sabéis no puedo gastarla; que en cualquier enhoranegra puede aparecer el notario de secuestros para esquilmar el resuello de nuestros estómagos.

Lo miré taciturno y una sensación de piedad tremenda se apoderó de mí. Como recordarán que ya hablé en el coche con Felindante, él y mi amigo el barón Martiso tenían bonos contra la tesorería imperial, bonos que en realidad eran míos. Por un momento estuve a punto de retirar una pequeña fortuna y dejarla en manos de Elio, pero era probable que fuese más agravante; en cuanto Elio se permitiera una mínima opulencia los familiares del Santo Oficio darían cuenta y el notario de secuestros aliviaría más la bolsa. Eso si no venían con preguntas acerca del porqué de tanto oro.

—Si alguna vez estás demasiado apurado, no tienes más que decírmelo. Haré todo cuanto esté en mi mano.

—¡No sufráis por mí, Dragos! Vuestra presencia en la fonda de mi padre nos alegra el alma a Bianca y a mí. Vuestra compañía me resulta tan agradable como la compañía que Dantian hace a mi hermanita. Podríais estar en un palacete o en vuestra hacienda, por más vacía que se encuentre ahora. Y, sin embargo, ¡aquí estáis con nosotros! ¡Que el Ojo os cuide desde el cielo!

—El Ojo... —murmuré con la lengua pesada—. No es esfuerzo muchacho, que siempre me han gustado estos sitios, más que los palacetes.

—¡A fe mía que sí! ¡Que no se diga que sois un pisaverde perfumado!

Reí la chanza con tristeza.

—Y que nadie se atreva a afrentarme con tal remoquete, Elio. Prefiero el de hijodalgo. —Apuré la copa y concluí—: Creo que voy a acostarme.

Entonces ocurrió lo que siempre ocurre en esta insolidaria Ísbar que tenemos. Y como mala madre que es como patria, malos hijos son los que pare, envilecidos por la envidia, que es uno de los pecados primordiales del íbaro. Que apurando el vaso y antes de que me levantara, una voz sonó desde la mesa donde estaban jugando a los bueyes, diciendo algo que no pude entender debido a que el hipocrás le amarraba la lengua. Al principio no lo reconocí, porque tenía el rostro extremadamente envejecido, propio solo de lo que un tormento de vida puede dejarte en herencia. Pero cuando entrecerré los ojos y lo escudriñé entre el vaivén de la trémula luz de la linterna, reconocí a un maco del barrio del Puente llamado Vigelirante Coronario, que siempre me miró y me habló con desprecio sin yo saber el porqué de sus razones.

—¿Cómo dice vuestra merced? —pregunté al aire.

—¡Digo —alzó la voz, impertinente— que tú no eres hijodalgo, Dragos Corneli! ¡Dejaste de serlo! ¡Solo ostentas un chambergo de calidad y un jubón nuevo a modo de aparentar unas maneras y unas finezas que no visten con la condición de villano que te han dado!

El silencio fue sepulcral. Tanto sus compañeros como Elio se quedaron blancos, como muertos, y dejaban la mirada en puntos perdidos en la oscuridad, palpando la tensión, como si el asunto no fuera con ellos. Porque el asunto no iba con ellos, sino conmigo y con Vigelirante. Y Vigelirante notó mi porte y mi mirada se clavó en él, que por un momento la apartó sonriendo a media vela, intentando disimular que estaba levemente arrepentido por su impetuosidad, por su error. Todos supieron que se había alborotado el aula y ya era demasiado tarde para retractarse.

Bajé las botas del taburete metiendo peso en los tablones y levanté el ala del fieltro para que viera mi rostro desencajado de inquina y sed de reyerta. Por un momento quise arrojarme a él y despedazarlo a espadazos de mi ropera, pero me limité a susurrar en la afonía del salón. Y les aseguro que los presentes escucharon perfectamente mi susurro, mis palabras.

—Vuestra merced yerra. —Eché mi herreruelo atrás—. No sé quién ha envenenado esos oídos, pero soy gentilhombre que solo pasa a ver a un amigo. —Salí del ángulo de la barra lentamente y por vez primera le mostré la espada en la pretina. Un segundo antes el hombre fue a responder algo, pero palideció en cuanto vio los hierros—. No obstante, si está vuestra merced presto a conversar conmigo sobre usos y maneras en el vestir, podemos vernos para tal menester junto al atracadero del Primer Torreón, donde estoy seguro de que el gentil caballero podrá convencerme de llevar otras ropas.

No dijo nada. Nadie dijo nada: Vigelirante miraba al vacío, como más espabilado en una mirada de espanto; los tres acompañantes agacharon la cabeza; Elio aguantaba la respiración; los niños, inquietos ante una escena tan delicada, volteaban sus rostros más curiosos: ora el follón, ora la espada, ora Corneli.

—Y para que pueda dar ejemplo de tales cosas —continué—, estoy dispuesto a comprarle una ropera con mis holgados contentos que, a buen seguro, en la intimidad de aquel lugar, podemos ver cómo le queda a uced la indumentaria de hijodalgo. Solo para lucirla, quiero decir, ya que a vuestras mercedes, los villanos, no se les permite portar armas.

Cuando en el Puente de Tierrafértil se habla de quedar en el atracadero del Primer Torreón, no se queda para hablar de indumentaria, como habrán imaginado. Realmente, se queda para echar mano a los hierros y llevarse por la posta al hideputa que se había atrevido a poner verbos en el nombre de uno. Los lances siempre han sido habituales en el Puente, pero la mayoría suelta las cabras para no quedar en vergüenza delante de la sociedad. Más habitual es, puedo asegurarles, que todo acabe en un teatro de comedias y que cada cual se marche por donde ha venido; porque la honra se limpia más con las apariencias que con la sangre y pocos llevan hasta el final lo que escupen delante de la muchedumbre. Y como la muchedumbre aquí la constituían ocho personas, el maco rio nervioso, agachó la cabeza a modo de disculpa y dijo con voz débil:

—Voto al Ojo, Corneli, que ya no aguantas las chanzas de viejos conocidos.

—Es que me he hecho un perfumado en la corte de Galvaré. Por eso trato a uced con mucha política.

—¡Vive Dios que tiene razón vuestra merced! —Se irguió con más resolución—. ¡Elio! ¡Una jarra de hipocrás para mi amigo Dragos Corneli!

Levanté la mano y negué con la cabeza.

—No. —Se hizo de nuevo el silencio y puse la mano sobre la cazoleta de la espada. Entonces Vigelirante tragó saliva y su garganta sonó nítida. Ante su mirada asustada dejé caer la mano con misericordia y tapé los hierros con el herreruelo—. Voy a acostarme. ¡Dantian, es hora de dormir!

Solo se escuchaban nuestros pasos en el suelo de madera, mientras los hombres seguían en su discreción, siguiéndonos con la mirada. Subiendo las escaleras a las espaldas de todos abrí los oídos: el miedo sembró el odio de uno de los presentes y no me gustó la sensación. En cuanto los cerré noté en mi nuca un par de ojos clavados y un cosquilleo en mi espina dorsal. A fe mía que, años después, no me equivoqué con tales sensaciones...

Capítulo 18

De la contratación de Nolvaria de Bruma y sobre los zafios entretenimientos en Ísbar

El barrio de Monteperegrinos se presenta inefable a la vista cuando se ve por vez primera, por lo que el niño admiraba maravillado todo cuanto le rodeaba. Aquí, la cultura omeria había levantado un palacio cuyo verdadero nombre se había perdido en el tiempo y que muchos sostenían que en su origen designaba el de Fortaleza Grana. Y el palacio es en verdad rojizo y oxidado, encajonado en una estribación del monte, imponente ante un mar de espejos. Porque los azulejos son un vestigio de la arquitectura del barrio que —aunque en toda Tierrafértil pueden verse, incluso en el norte de Ísbar— es aquí donde más predominan, entre casas de adobe y pasajes llenos de arcos y fuentes en las plazoletas. Aún conservan ornamentadas las antiguas escrituras del sur, como jirones extraños e indescifrables.

Mi amiga vivía en el tercer nivel de un edificio de nueve, al pie de un mercado volante tendido en puentes de chapa y con toldos para guarecerse de las lluvias o protegerse del abrasante sol del verano —que en este barrio agobiaba sofocante—.

El bullicio se colaba por la ventana a espaldas de Nolvaria, que me observaba tras una mesa roída.

—Así que sois Lintus Corne —comentó al niño—. ¿Debo llamaros alteza?

Me adelanté antes de que el muchacho dijera esta boca es mía.

—Debes llamarlo Dantian y tutearlo, además.

—Se me hace raro sabiendo quién es.

—No te preocupes, mujer —dijo Dantian—. Si es extraño para ti, imagina para mí.

La austera habitación, carcomida en paredes y techos, y con chapas llenas de moho y óxido, era todo cuando Nolvaria de Bruma poseía. Era un cuartucho que una tía suya le dejó en herencia y que pagó con unos impuestos abusivos que el distrito imponía para conservarlo, muy por encima de su valor catastral. Su bolsa siempre estaba ligera, porque nunca tuvo oportunidad de llenarla. Lástima que su talento musical no fuese valorado por ser mujer; la universidad repudia al sexo femenino —como todas las instituciones del país— y aquellas mujeres que siguen el camino de la armonización deben estudiar por su cuenta, buscándose los modos para alcanzar su propósito y aprovechar sus habilidades. Llega incluso a haber luterías que no venden instrumentos a las mujeres, y si estas muestran alguno en su posesión, son mal vistas por la sociedad. Lo más que este pueblo hipócrita ha llegado a aceptar en ellas son las sonajas y las castañuelas, para el baile de la zarabanda. Por ello Nolvaria no usaba arpa de muñeca, sino que había improvisado instrumentos rústicos pero fiables a base de dosificaciones de paciencia, recolectando aquí y allá boquillas, cuerdas de guitarra envejecidas, parches remendados y cajitas de resonancia de chapa y madera. Era sorprendente ver cómo conjugaba estos elementos fabricando sonidos nuevos y extraños a lo habitual. Pero lo verdaderamente admirable de mi amiga no era la colección de cachivaches de las faltriqueras de su pretina —donde también ocultaba celosamente un tesoro traído de Oriente, instrumento de viento al que llamaban ocarina—, sino que, en su vetado camino al aprendizaje del solfeo que se impartía en la universidad, Nolvaria había desarrollado una habilidad que pocos conocíamos, una habilidad que se le conocía al mismísimo Madabarante y que, de ser desarrollada con el debido estudio de la visión armónica —que Nolvaria poseía de nacimiento—, podía hacer de un bardo un ser excepcional. Esta habilidad no tenía nombre y consistía en sacar de los sonidos del mundo —desde los pasos de un hombre hasta el estruendo de un trueno— las notas necesarias para armonizar el tejido. Estamos hablando de valerse de los sonidos mundanos, no de la voz ni los instrumentos musicales. No era algo que dominara muy bien, debido a la dificultad que entrañaba, pero hacía ciertas consonancias con su voz de contralto, para rellenar los huecos que quedaban entre las notas que usaba del ambiente.

De esta manera, Nolvaria tendía puentes armónicos más inestables que los de cualquier bardo, frágiles y difíciles de defender ante otros armonizadores, pero puentes armónicos que jugaban con la baza de la improvisación, imprevisibles. Por eso, los naipes de Nolvaria se ocultaban siempre hasta el último momento cuando modificaba el tejido. Risoldar Estut hablaba de ella como «la armonizadora del sigilo».

Ladeó la cabeza y le ofreció al infante una sonrisa tierna.

—Está bien, no le llamaré alteza.

—¿Nolvaria? —interpelé—. La Primera Penumbra se acerca.

Saqué de mi bolsa un escudo de a ocho y lo puse sobre la mesa, mis dedos sobre la moneda. Los ojos de la mujer se encendieron con un brillo de codicia, pero yo no liberaba el oro.

—Necesito de tu visión armónica.

—¡Pardiez! Ya me lo has dicho como tres veces, Dragos. ¿Esto es mi pecunia o qué es?

—No está mal pagada.

—¡Lo está! —exclamó airada—. ¡Vive Dios que sabes que lo está, Dragos! Pero es más de lo que podemos pedir para lo mal pagada que está la vida. Así que vamos a conformarnos, ¡que no te faltará mi agradecimiento, de todas formas! —Suspiró—: A fe mía que no...

Reí comprensivo.

—No te preocupes. Hay más.

—Eso es lo que quería escuchar. ¿Y bien?

Solté la moneda y, con un gesto que pretendía ser pausado, mi amiga la tomó, la miró con fingida indiferencia y la guardó en un pequeño bolsillo tras la pretina. Miré a sus ojos grises durante unos instantes para dar cuenta de la seriedad del asunto, que se diera tiempo para asimilar el pago. Saqué del interior de mi chaqueta unos legajos y los extendí sobre la mesa. En ellos se veían los pentagramas llenos de las notas que en el día anterior tradujimos de la música de la jofaina.

—Abre bien los oídos ahora. Quiero que aprendas una canción.

Nolvaria se encogió de hombros y rio con resignación.

—Ya sabes que el solfeo no es mi fuerte.

—Si tu impaciencia no se interpone, la reproduciré enseguida para que puedas aprenderla. Por favor, no jodas. Hoy tengo mal de cascos.

—¡Pues adelante! ¡Saca esa arpa de una vez!

Y haciendo caso a esta sentencia, pedí a Nolvaria una palangana que yacía por ahí tirada mientras desmangaba mi arpa de muñeca. Yo era menos romántico que Closter, así que me bastó con agua de pozo y en esta vertí la música inscrita en los pentagramas tantas veces como Nolvaria necesitó para su memoria y el estudio de las imágenes que en el líquido se sucedían. Cuando llegábamos a la parte del emperador y su asesinato, el niño se fue a la ventana —instado por un gesto mío— y miraba a las gentes de Monteperegrinos como si no fuera la cosa con él, muy pesaroso y con la mirada desganada. Pero lo que me interesaba del análisis de mi amiga no eran esas horribles escenas, sino los lugares por donde el embozado pasaba. Le pregunté a cada instante: «¿Ese portón?», «¿Ese edificio?», «¿Esa muralla?», pero ella entrecerraba los ojos con paciencia y negaba sutilmente alzando la mano.

Casi una hora estuvimos en el estudio del tejido cuando Nolvaria misma, en la mitad de la música, deshizo la armonización que yo había colocado en la palangana —lo cual significaba que había aprendido por fin la canción—. Suspiró con tedio y me miró durante unos instantes:

—Bueno, ya sabes cómo es el tejido. Muestra el pasado, el futuro y los mezcla con el presente. Por tanto, todo lo que se ha visto en la jofaina solo contiene una parte de verdad.

Dantian alzó la voz desde el alféizar.

—Nolvaria, señora. ¿Qué queréis decir con eso?

—¿Sabes, muchacho, cómo se ve el tejido con la visión armónica?

—Aún estoy aprendiendo mucho sobre armonización.

Nolvaria me echó una rápida mirada de complicidad y se aclaró la garganta.

—Cuando abres en tus ojos la llamada visión armónica el mundo se transforma para ti. Parece como si lo que ocurrió y lo que ocurrirá se mezclen con lo que ocurre, todo a la vez. El mundo se detiene de súbito. Es difícil de explicar: el tiempo está fuera del entendimiento; y cuando emerges al mundo real la vida y la existencia se aceleran de golpe. Es el letargo que produce el tejido.

El niño se movió incómodo.

—¿Es que en el tejido no existe el tiempo?

—El tiempo nunca ha existido; no es más que una ilusión de nuestra mente; una mera herramienta para comprender los cambios de la materia en una sola dirección. Solo viendo el tejido puro con tus propios ojos puedes llegar a comprender eso. Es ahí donde puedes ver cosas como un campanario que sigue existiendo donde otrora se erguía; o el óxido de las murallas derruidas que hoy están bruñidas; o millares de estrellas cambiantes en un cielo soleado junto al Tetragrama rielando... Y entonces te das cuenta de lo más aterrador: el mundo se diverge, en infinitas formas, como caminos alternativos que se desprenden del nuestro y que, como ecos en la distancia, se pierden más allá de las fronteras de nuestra existencia; quizá camino de otras realidades lejos de la nuestra.

—¿Realidades múltiples?

—Infinitas posibilidades que ocurren en nuestra existencia. —Rio al ver la cara incrédula del niño—. Sí, muchachito: cada vez que *me adentro* en el tejido veo infinitas Nolvarias que, como fantasmas translúcidos desaparecen en todas direcciones. Resulta perturbador, ¿verdad? Como si existieran en otros universos: en algunos tengo el pelo más corto; en otros soy un hombre; en otros soy exactamente igual, pero hago otra cosa; mientras que en otros muero o ni siquiera existo.

—Es un concepto de la física matemática —comenté—, pero no está muy desarrollado aún.

Dantian miró al bullicio de Ísbar: las casas de adobe y chapa, las grandes torres, la fachada de la iglesia y el castillo rojizo. Los señaló con la mano.

—Entonces, en el tejido ves todo eso. Pero distorsionado.

—Veo todo eso, pero también veo edificios donde no los hay, y también veo edificios que existen, pero al mismo tiempo los veo derrumbados. ¿Entiendes por qué estáis aquí, muchachito? Solo alguien con visión armónica podría identificar lo que a vuestros ojos es indescifrable de esta música que me habéis presentado. —Suspiró agobiada—. Pero hay muchas cosas que no reconozco. Necesitaré viajar por algún que otro distrito, y eso implica que si me falta...

—No te faltará ni una moneda —interrumpí—. Por ahora, tienes ocho escudos que confío que gastes con prudencia. Si necesitas más solo tienes que hablar conmigo o con Felindante Pelgrin.

—¡Oh! —exclamó con sorna—. El mamacallos es el tesorero de vuestra merced.

—El tesorero es mi amigo Martiso Dascar, a quien visitaré esta semana.

—¿Por qué no dejas al muchachito con el barón de Coteli, si es tan amigo tuyo?

—Porque necesita ser instruido.

El niño entonó una henchida música de satisfacción. Le guiñé un ojo.

—Bien, Nolvaria. Encuentra alguna pista de por dónde ha podido pasar el embozado. Recuerda que en la jofaina se muestra su habitación y recuerda lo que se ve a través de su ventana: los edificios, su aspecto. Creo que esa puede ser la clave.

—Sí, a través de la ventana puede observarse como un chapitel o algo así. Me armonizaré con las torres que vaya viendo por la ciudad.

—Excelente. Yo seguiré mis pesquisas por otro lado. Espero que Closter también haya avanzado en algo.

—¿Te fías de él? Bebe tanto hipocrás que mea vino y...

—Y caga clavo, ya sé qué se dice por los mentideros. Tan solo preocúpate de lo tuyo. Si necesitas algo ya sabes dónde encontrarme. —La miré durante unos instantes, entonces puse una mano en su hombro—. Ten mucho cuidado, Nolvaria de Bruma. Si notas una sensación extraña en el pecho, en tu corazón... Sal huyendo y no dejes de correr.

—Y tú también, Dragos Corneli —sonrió con sorna—. Ya sabes, si notas en tu pecho la congoja, es que hay un escribidor que quiere pararte el corazón con su poesía. Afufa y no dejes de correr.

Ignoré el comentario y le sonreí a mi vez con sarcasmo.

—¡Adiós!

Antes de volver a la fonda dimos un paseo por el barrio. En la calle de los Lutieres el niño se deleitó con los escaparates de las distintas luterías de Monteperegrinos —aunque un servidor de vuestras mercedes también lo hizo, debo confesar—. La amplia calle daba a entramados complejos de callejones llenos de azulejos y arcadas omerias, donde los orfebres, relojeros, mecánicos y otros merchantes tenían sus negocios hacinados en las mismas puertas de los edificios.

Lintus exigió entrar en una lutería pues decía que era hora de comprar un arpa de muñeca, pero Dantian se resignó con tan solo una mirada mía de disentimiento.

—Ya tendrás la oportunidad —le aseguré.

Entonces, tras comprar un juego de cuerdas para mi arpa en un puesto ambulante, pasamos cerca de El Gallinero, un local que frecuentaba Pilgrin Nash, un poeta espurio. El niño, muy observador, notó mi repudio y preguntó por mi estado.

—Nolvaria lo comentó antes —aclaré—. Se trata de la casta más bufonesca del artisteo de los locales de Ísbar.

—¿Qué les pasa a esos?

—Que no tienen nada que contar. Hoy día el oficio del poeta se ha desvirtuado en un verso libre insustancial: tonterías que suenan muy bien. La palabra *poesía* parece liviana, hasta que uno se da cuenta de los arrestos que hay que tener para levantarla. —Me paré en seco y miré en rededor—. Pero se puede ir más lejos; porque esto, incluso, puede llegar a ser respetable comparado con otra cosa. Déjame mostrarte algo.

Lo llevé por otras calles más concurridas —aunque todo Monteperegrinos es un barrio de por sí atestado de gentes— y llegamos a un edificio grande. Se escuchaban aplausos desde el interior.

—¿Has oído hablar de un corral de comedias?

Sus ojos se iluminaron.

—¡Pardiez! ¡He oído hablar mucho de estos sitios, sí! Mi padre solía visitarlos en su juventud. Pero con el tiempo empezó a celebrar las actuaciones en los recintos de...

—¡Lo sé, habla más bajo! De todas formas, en las últimas décadas se les conoce por corral de zancajos. ¿Quieres saber por qué, zagal? Ven conmigo.

Pagué con un real de a cuatro por el niño y por mí y entramos para ver la dantesca escena ya comenzada. Poco me importaba lo del escenario, claro, que mientras iba mostrándole estas lindezas al niño, mis intenciones ocultas eran las de mezclarme con las gentes con el fin de encontrar algún atisbo de ese embozado que me obsesionaba. Pero no me pareció ver indicios de eso, sino que se nos presentó un corral típico de comedias: el patio repleto de los llamados mosqueteros, que reían y aplaudían de pie frente al escenario. Los alojeros vendían su agua melosa, mientras que en las galerías los más pudientes podían gozar de asientos con mejores vistas. Y las vistas ahora consistían en dos mujeres y un hombre que hablaban sentados en unas sillas de mimbre, con histéricas e indecorosas maneras. La cosa iba de Kenter Dosdedos, señor del Cruce, y de sus burladoras noches frente a la casa de cierta dama que andaba cortejando. Hablaban sin pudor sobre él: qué hacía, cómo lo hacía, cuándo y dónde. Y le roían los zancajos así y así, sin ningún tipo de aprensión o contrición siquiera. Con tal desvergüenza.

El niño asistía a todo esto perplejo. Primeramente, había creído que se trataba de una obra de teatro, claro. Pero le expliqué entre susurros que eso se estilaba antes y que, ahora, el pueblo de Ísbar asistía a estas pantomimas deleznables en sustitución de lo que antes eran dignas representaciones. Los actores ya no eran valorados y lo que había sobre el tablado era la gentuza de Ísbar que ventilaba los chismes oídos por los mentideros. Y el pueblo pagaba por verlo, aun a sabiendas de que mucho de lo que allí se contaba eran ridículas berlandinas y todo tipo de embustes. Esto era el espectáculo de la sociedad; porque si bien quedaban corrales decentes, la mayor parte de estos estaban vencidos por los desfalcos intelectuales de estos histriones sin moral ni decencia.

El niño, iracundo y fuera de sí, me tiró de la manga y susurró:

—¡¿Cómo es posible que Kenter Dosdedos, señor del Cruce, tolere tales ignominias sobre su decente persona, así en público?!

—Es el doble rasero de moral que nos define. Hacemos como que es una representación teatral, una parodia. Todos sabemos que es verdad, pero ni Kenter, ni cualquier otro moverá un solo dedo, no a menos que ostente un título nobiliario o tenga demasiada influencia en Ísbar. De ser así ni siquiera se atreverían a roerle los zancajos como lo hacen ahora.

—¡Es un oprobio! ¡Indignante!

—¡Lo es! Pero la cosa llega mucho más lejos: esta gente hace mucho dinero y está muy bien protegida. A menudo es usada como arma, además de para entretener a las gentes de Ísbar. Estos están por encima del señor del Cruce y muchos otros. Y no solo eso, sino que están aclamados por el pueblo como figuras referentes del buen hacer y no tolerarán que se les ponga un dedo encima. —Uno de los *actores* soltó un chascarrillo y las risas inundaron el patio—. Aquí se premia la vileza, la envidia y lo soez. Dar estos espectáculos lo hace a uno poderoso, porque a cambio de vender la vergüenza propia, estos personajes que ves en las tablas son adalides del ideal del íbaro. —Señalé a la que más alzaba su voz, estridente y con rostro desencajado, con una fea nariz torcida—. ¿Ves a esa? ¿La que arranca las palabras de los demás de forma insolente? La llaman la «Infanta del Pueblo».

—La Infanta del Pueblo... —repitió con incredulidad.

—Sí, zagal, esta gente tiene poder. Que es lo mismo que decir: la estupidez en Ísbar tiene el poder y las riendas de la sociedad.

Quedamos los dos asistiendo con el mayor de los desprecios, mirando cómo el resto vitoreaba cada palabra de esos chufleteros. Entonces susurré para mí mismo:

—Pero a fe mía que inmortalizaré a mi forma su estulticia y su despreciable mal gusto.

Y como si lo estuviera esperando, tal como di la espalda al escenario el niño saltó de su incómodo estancamiento para seguir mis pasos lo más raudo posible y abandonar ese lugar para siempre.

Capítulo 19

Sobre la misteriosa música que puede hallarse en las emociones

El Viso de Sol estaba silencioso. Elio se encontraba en el mercado haciendo unas compras mientras su hermana se hallaba en el mostrador, sirviendo a algún ocasional cliente. Como otras mañanas, habíamos estado practicando algo de armonización: escalas, teoría y alguna que otra música para agilizar los dedos. Ninguna alma se vería interrumpida o molestada por nuestra música, aunque siempre activaba la escala de *La cuerda sorda,* que nos mantenía ocultos para los oídos de cualquier rondador.

El niño metió el instrumento en su estuche; el mediodía había llegado y Bianca comenzaría a preparar su emblanco habitual.

—¡Y bien, Dragos! —rio divertido—. ¿Quién es esa Nolvaria que se atreve a no llamarme alteza? ¿Es tu colipoterra?

—Ya veo que te estás haciendo al habla de germanía. No, no es mi prostituta, y ten cuidado con lo que dices, pequeña majestad.

—Así que no hay amores en tu vida.

—Lo hubo una vez —contesté—, hace tiempo.

—¿La persona que intentaste salvar?

Sabía que el niño se dirigía hacia este punto. Suspiré consternado e impaciente, y echando la vista a un lado, descubrí que por la estrecha claraboya el Ojo de Dios me miraba inquisidor.

—Estas cosas no te importan.

—Pareces abatido. Mejor me lo cuentas cuando estés repuesto.

Su pequeña majestad dejó de existir con esta última frase, pues el considerado y respetuoso Dantian asomó con su particular y acatada prudencia. Y no pude más que sonreír, porque en el fondo sabía que era el precio que el niño pagaba por el conocimiento que yo le proveía.

—Magistrado —dijo al fin.

—¿Sí?

—¿Cómo se leen los pensamientos?

—Las leyes eclesiásticas prohíben leer los pensamientos mediante la armonización. Es un delito de profanación, pues se realiza con escalas prohibidas; hay que introducirse en la mente del foco.

—Pero tú sabes qué pasa por mi cabeza, ¿no?

—Los pensamientos proyectan su manifestación en algo que se revela al exterior y ese algo sí que se nos permite leerlo.

Al zagal se le cruzó un pensamiento que se manifestó en sus ojos con un brillo.

—Las emociones —musitó.

—Las emociones —asentí sonriendo.

—Pues bien, reformulo la pregunta: ¿cómo se leen las...?

—Sintiendo su vibración, ni más ni menos —interrumpí. Señalé su estuche—: Dame la guitarra, voy a enseñártelo.

Lintus casi volvía, denotado con una ceja levantada por la disconformidad de mi tono; pero Dantian aprendía mucho, así que me sonrió de seguida y me acercó el instrumento con ilusionado porte.

Toqué el bordón de la guitarra, un mi.

—Atención al movimiento de la cuerda: al principio va cogiendo fuerza, y se mueve arriba y abajo tan rápido que se percibe como una mancha borrosa.

De forma exacta a lo que narraba, volví a tocar la cuerda para recrear el ejemplo y esta se hizo invisible en su rápido vibrar.

—Vibra demasiado rápido para ser percibida —razoné. El niño miraba atento con los ojos entrecerrados; yo volvía a tocarla constantemente con suavidad—. Ahora fíjate cómo va ralentizándose, describiendo un movimiento aún demasiado rápido para la vista, pero más revelador: la cuerda vuelve a dejarse ver en varios tramos. Y para finalizar... —Di un último pulsamiento y el sonido empezó a dispersarse—. La vibración termina por completo sumiéndolo todo en un silencio.

A esas alturas el niño ya se había acostumbrado a mi método de enseñanza. Así, vaticinó fácilmente que yo ya había concluido una parte de mi explicación, por lo que alzó sutilmente los ojos a los míos. Esperó a que su maestro concluyera.

—Pues esta —dije— es la naturaleza de la emoción: crece poco a poco hasta su punto álgido y luego decae marcando los pasos anteriores. No puedes forzarla, pero sí manipularla.

—¿Cómo, magistrado?

—Con otras vibraciones, por supuesto.

—¿Es por eso por lo que sabes cuándo un hombre está asustado?

—El miedo es una de las emociones más sencillas de leer. Digo más, no es preciso ser armonista para percibirlo.

El rapaz se quedó mirando la guitarra con ojos iluminados.

—¿Y el amor?

No esperaba esa pregunta.

—El amor —murmuré.

El niño era... Era solo un niño. ¿El amor, preguntaba? ¿Era prudente revelarle una verdad tan desoladora que solo los armonistas sabíamos? Recapacité en mi duda y determiné que, al fin y al cabo, el amor era una de las maravillas ante la cual resultaba mejor darse de frente llegado el momento oportuno. Pero, aunque el dolor que provoca el milagro humano del amor es necesario, quizá sería prudente precaverle el corazón con el fin de afinar sus pasos en sus futuras experiencias.

—No lo vas a entender, zagal. —Lo miré un instante—. Pero el amor no es una emoción.

—Estás chanceando —rio.

—No. No chanceo. Esto solo lo sabemos los bardos; los armonistas de fe apelan a que es el poder de Dios Reverberado. Pero sea como fuere, el amor es de naturaleza distinta a una emoción. La afiliación, el afecto, son lo que llamamos emociones. —El niño entrecerró los ojos, prudente—. El amor es mucho más que una emoción, por lo que no puede manipularse.

—Pues no logro a comprender.

Lo dijo vacilante y musitado, porque revelaba con vergüenza que su incomprensión se basaba en sus ya experimentadas sensaciones.

Toqué la misma cuerda.

—Aquí tienes el afecto, tal como sentiría un hermano por otro, una madre por su hijo, un amigo por otro amigo. ¿Ves? La cuerda se mueve conforme al afecto, porque es una emoción. Toma la guitarra y toca esa misma nota cuando yo te diga. Vamos a hacer un experimento.

El niño obedeció y yo desabrigué mi arpa. Y en un momento en el que le ordené que tocara, compuse una escala de preservación, *El tiempo ciego*. La cuerda quedó congelada en el tiempo, y con ella se apagó el sonido con una relajante vibración. La forma de la cuerda era una onda perfecta, describiendo arcos arriba y abajo. El niño reía maravillado mientras yo señalaba la estanca forma.

—Ya puedes verlo mejor: el afecto, la afiliación. Emociones. Ahora construyamos el amor... si podemos.

Tomé su guitarra y pasé el dedo por la cuerda, recorriendo sus ondulaciones perfectas.

—La pasión, o amplitud —señalé una ondulación—; el compromiso, o frecuencia —conté las ondulaciones—; y la intimidad, o longitud de onda. —Puse mis dedos midiendo la distancia entre dos ondulaciones—. Todas estas características deforman la vibración del afecto. Fíjate.

Moví mi dedo por la cuerda, deformándola, hundiendo cada cresta, moviendo en todas direcciones las formas que describía, de tal manera que destruí su perfección y torné el bordón en una línea irregular y anárquica.

—Ahora vas a ver qué ocurre cuando manipulamos el amor.

Tal cual lo dije, disolví *El tiempo ciego* y la cuerda se partió emitiendo un chasquido sordo. El zagal se sobresaltó y sus ojos buscaron una nueva respuesta.

—No, no se puede leer la vibración del amor —zanjé—, porque no tiene una vibración propia. Y si no tiene vibración, el amor es mucho más que una emoción: tiene la emoción del afecto, sí. Pero también otros ingredientes ocultos.

Fue a preguntar, pero yo me adelanté.

—Nadie sabe cuáles son esos ingredientes —sonreí al mudo Dantian—. Y hablando de ingredientes, ¿por qué no vas a ayudar a Bianca en la cocina?

El niño se marchó jubiloso, presa del éxtasis que se siente con la adquisición de nuevos conocimientos. Un conocimiento que a mí me abatía el ánima. Pensé en ella, en nuestra canción perfecta.

Ojalá hubiese podido manipular las notas de su pentagrama; ojalá hubiese dejado de sentir el amor solo por un día.

Poco a poco, el salón de la fonda fue quedándose vacío, hasta que solo permanecimos Elio, tras la barra, y el niño y yo sentados en los taburetes, él con un vaso de agua de canela en la mano y un servidor de vuestras mercedes con hipocrás. Solo un cliente, de pelo largo y finísimo bigote, miraba tristón desde una mesa lejana por una de las ventanas. No nos molestaba en absoluto. La lobreguez del lugar se interrumpía levemente por un parco rayo de sol; decidí que tal mustia imagen era suficiente como para mantener cerrados mis oídos.

—¿Se sabe algo de vuestro padre, Elio? —comenté.

Movió la cabeza con abatimiento y sus ojos contestaron por él. Decidí tornar la conversación a otros temas.

—¿Cuáles fueron los resultados de los diezmos en el último lustro, aquí en Tierrafértil?

—¿Las elecciones del valido? Bueno, el pueblo de Tierrafértil siempre se ha inclinado por Malacael Gomori. Este distrito está formado por labradores y jornaleros que trabajan el campo, mientras que, en otros lugares, como Cortes de Tribunal, abundan más burgueses, comerciantes y gente conservadora. Pero es cierto que las crisis financieras han terminado por desvelar que sendas familias (tanto la casa Cot como la Gomori) tienen unos intereses oligárquicos muy cercanos. —Se encogió de hombros, pesaroso—. Solo quieren el sillón del valido y poco les importa que su pueblo se muera de hambre. Pero como sabéis, la casa Cot alcanzó un buen peso en regalías durante los últimos diezmos.

—¿Qué hay de Martiso Dascar?

—¿El barón de Coteli? Lo de siempre: obtiene poca representación.

—Es lo que les pasa a quienes hablan con la honradez en una mano y el corazón en la otra.

El niño alzó un dedo.

—¿Acaso eso sirve para gobernar?

—Eso y algunas cosas más, como la valentía.

—Entonces, ¿por qué no recibe tantas regalías? ¿No es lógico que si la mayoría del pueblo elige a Gresnan es porque confían en él?

—No. No lo es.

—¿Por qué?

—Porque su valimiento se sustenta en el miedo.

—¿El miedo? —rio—. Nunca he oído que Gresnan Cot amenace al pueblo.

—No en el miedo que deben tenerle a él, sino a otros; un miedo ficticio y estúpido que Gresnan mismo se ocupa de inculcar en los íbaros.

Lintus resopló e hizo un ademán demasiado arrogante. Apuró lo que le quedaba de bebida.

—No tenéis razones de peso.

—Ni falta que nos hacen. —Le arrebaté el vaso vacío y lo acerqué a Elio—. Ya entenderás por qué la gente da sus regalías a Gresnan, de la casa Cot. Ahora ve a jugar con Bianca, que dijo que estaría en el patio. Estas conversaciones no son para Dantian Pecler.

Me miró vacilante, con cierta continencia, y sonrió con resignación. Entonces resopló, cual si un aparente triunfo de la discusión lo justificara, y saltó del taburete para subir escaleras arriba.

—Prefiero ir al cuarto, a practicar escalas.

Elio suspiró con cierta indolencia. Y no era de extrañar, que tenía preocupaciones más graves que la propia política. No volví a hablar hasta que escuché la puerta de la habitación cerrarse allá arriba.

—¿Y Martiso? —comenté al fin—. ¿Sigue con sus proyectos políticos?

—Siempre se ha opinado de él que sus ideas son revolucionarias. Habla de repúblicas, federalización de los distritos y cosas así. Pero ha surgido un nuevo candidato en el Distrito Central, ¿lo sabía vuesarced?

—¿Otro candidato? —exclamé sorprendido—. ¿Quién es?

—Pintoresco Igris, el barón de la Hendidura.

—¿Hay una baronía en la Hendidura?

—Se compró el título, Corneli. Pero ¡atención! Que este hombre, este tal Pintoresco, era villano de condición y nativo de la Colmena del Puente Doria y nunca ha tenido más dinero que lo que justamente ganaba.

Reí incrédulo.

—¿Pues cómo ha llegado a barón?

—Gracias al pueblo.

—¡Pardiez!

—Sí, señor Corneli, gracias al pueblo de Ísbar —sonrió—. Este hombre, según cuentan, circula aclamado entre las gentes, con modesta indumentaria y poco peso en la bolsa. El dinero es gastado para los intereses políticos y el resto lo vuelve a repartir dadivosamente.

—¿Y de dónde saca el dinero?

Elio rio ante mi aturdimiento.

—Ya os lo he dicho, Corneli. Proviene del pueblo de Ísbar. El pueblo, harto de tanto escamoteo por parte de la nobleza del país, ha decidido reunir los contentos para comprar, primero la hidalguía, y luego la baronía del señor Igris. Según tengo entendido, los demás políticos pusieron todo empeño por retrasar y deslegitimar esta proclamación; pero al final, su ilustrísima Corintio Sato no vio problemas para esto.

—¿Y Gresnan Cot lo permitió?

—Hay cosas que mejor permitir, sobre todo cuando la culpabilidad puede dirigirse a la Corona. Hasta Gresnan se guarda de firmar ciertos despachos. Pero, en verdad, parece que se mostró demasiado seguro de sí mismo y no interfirió siquiera. Todo comenzó cuando, durante una revuelta, Gresnan comunicó a los disidentes que si querían cambiar el mundo que se presentaran a las elecciones.

—Entiendo, no creyó que fuese probable que ese tal Pintoresco llegara a barón.

—Y lo ha sido —se carcajeó Elio—. Tanto que ahora le da dolor de cabeza al mismo valido, pues Pintoresco tiene a una gran parte del pueblo respaldándole. Y aunque lo tildan de más revolucionario y populachero que el barón de Coteli (que según dicen quiere unirse a su causa), ahora tiene derecho a presentarse como candidato a valido por su condición. —Se me quedó mirando con una sonrisa—. ¿Qué opináis, Dragos Corneli?

Contesté con un visaje de cansancio. Bajé la vista al vaso y Elio aprovechó para recoger unos cuencos y llevarlos a la cocina.

Este era el panorama, pues. De camino a otra transición, a otra manera de hacer las cosas. No sé muy bien si acertada o errada en su método, pero una cosa era segura: según lo que podemos sacar en conclusión sobre la historia de este país, si había oportunidad de tornarlo a una patria más coherente, el mismo íbaro se ocuparía de dilapidarla y enterrarla bajo la losa del absolutismo y el cerrojo de la moral. Porque por mucha voluntad que tengan los líderes, un pueblo no puede mejorarse si sus habitantes son timoratos. Por esta misma razón recelo del malvado, me repugna el imbécil deliberado y, con mucho más ahínco, soy inclemente con el cobarde.

—¡Sois Dragos! ¡Dragos Corneli!

El dueño de la voz era el hombre de pelo largo y fino bigote que se hallaba sentado junto a la ventana. Alertado, abrí los oídos y sus emociones se desnudaron: entonaba una melodía de admiración y respeto dirigida hacia mí. Sonriente se acercó, muy dado a la prudencia en sus indecisos pasos. Su cara mostraba una ventura inusitada.

—¿Es vuestra merced don Dragos Corneli? —repitió incrédulo—. ¿Corneli? ¿De Tierrafértil? ¡Disculpad, he oído al fondero y me ha parecido escuchar que os llamaba así!

—No erráis en vuestro atrevimiento, caballero. Mas, ¿podríais no aclamar mi nombre en voz alta, si hacéis la merced?

Como ya he dicho la fonda estaba vacía, a excepción de los mencionados, pero no era prudente ni menos político actuar de estas maneras.

El hombre dio unas palmadas nerviosas mientras reía. De seguida se serenó inclinando la cabeza.

—¡Disculpad, señor, disculpad!

—No os lamentéis, gentilhombre. ¿Cómo os llamáis?

Una luz de felicidad pasó por sus ojos nada más preguntárselo. Parecían decir: «¡Dragos Corneli quiere saber cómo me llamo!».

—¿Mi nombre? —tartamudeó—. ¡Mi nombre! ¡Tom Doil! ¡A su servicio!

Quedose mirándome con la misma música, constante, maravillado al reconocerme; ante tal deferencia apelé, no con mucho gusto, a los rituales de cortesía.

—Por favor, acompáñeme —dije, señalando un taburete a mi vera.

El hombre inclinaba la cabeza una y otra vez a modo de agradecimiento y exclamaba una ininteligible y nerviosa verborrea de vivedioses y gracias. Lo cierto es que me hastiaba tanta condescendencia, pero a lo mejor me venía bien hablar con las gentes de mi país, aunque solo fuera por cinco minutos. El hombre, que aparecióseme como mi más profundo admirador, dejaba leer entre líneas que no era como la mayoría convencional, pues sería cosa rara contentarse con un antiguo proscrito como yo. Y los había, claro, que discutían acerca de si el perdón de Su Majestad Imperial me era merecido, que es otra cosa distinta el reconocimiento de mi habilidad para escapar por las Puertas de Irene, y esto era motivo de fascinación entre muchas gentes dadas a las artes de la armonización.

Este hombre parecía querer saberlo todo acerca de mí, y hablaba con un rostro encandilado, que en nada se parecía al que portaba cuando se hallaba en su mesa. Sus sentimientos de fervor daban a su vez cierta sensación de prudencia por no ofenderme. Parecía creerse invasivo en su afán de inquirir sobre Dragos Corneli.

—Don Dragos, ¿cómo es que estáis por aquí y no en la corte?

—Estoy haciendo una investigación para Su Majestad Imperial. Gresnan Cot me lo ha pedido.

—Entiendo, los asuntos del emperador suelen salir a menudo de las comodidades palaciegas.

—Para eso estamos los funcionarios —sonreí con complicidad.

Soltó una risotada sonora, que a primera vista —u oído—, cualquiera hubiera tildado más falsa que un ardite de a tres. Su afinidad empezaba a ser insoportable.

—¡Sí, sí, lo entiendo perfectamente! Y más aún en estos últimos meses, por lo que ya habréis oído.

—No sé a qué os referís, caballero.

—¡Voto a bríos, que andáis en el desconocimiento! No se ofenda vuesamerced, pero es bien cierto que no conocéis las noticias recientes por ser profano en la ciudad. ¿Es que no habéis oído lo que se dice por los mentideros?

—Disculpad, desde que llegué a Ísbar no he salido de palacio hasta hace unos días. Si tenéis la gentileza, ¿podéis aclararme qué es eso que se dice por los mentideros?

—Que me place —asintió arqueando las cejas—. Se dice que Socris está enfermo y que no ha salido de su ala en meses. La princesa Sonora ha pedido audiencia desde hace tanto tiempo que, al no verse ella contentada con la presencia del emperador para discutir el problema de las acequias, está sopesando cometer cisma y cerrar las puertas de su distrito.

—El emperador está... —musité— muy ocupado ahora, gentilhombre.

—Me lo imagino, señor Corneli, y supongo que afectado, que como bien es sabido era amigo cercano de su difunto bardo imperial. —De repente sus ojos se entrecerraron—. Por cierto, desde la muerte de Gladio Permes el bastardo habrá quedado sin maestro armonizador. Supongo que os estaréis ocupando de él.

—Con diligencia, caballero, con diligencia.

Gastando una flema que confundió al mismo dios del tiempo, me llevé la jarra a la boca, terminé la bebida y la dejé en la mesa con un golpe sonoro. Entonces mi rostro se volvió hacia el hombre —notaba su música de amabilidad, de constante y sincera admiración— y con una amplia sonrisa le dije algo que hizo que sus ojos se iluminaran de ilusión:

—Estoy seguro de que querréis verme armonizar. ¿Por qué no venís conmigo a mi habitación? Quiero presentaros a mi paje, Dantian. Se alegrará de saber que tenemos un admirador.

Me dio mil gracias por la merced, y tras una interminable perorata suya durante la cual yo me ajustaba la pretina, subimos las escaleras: él primero y yo justo detrás, indicándole el camino.

Una vez llamé a la puerta para hacer saber al niño que era yo, entramos dentro y lo vimos en su menesterosa tarea.

—¡Hele aquí, con su guitarra! —señalé.

—Hola, zagal —saludó Tom—. Te veo muy dado al instrumento, ¿qué estabas tocando?

El niño lo miró con una ceja levantada.

—Era tan solo una balada.

Me dirigí a la tosca mesa y tomé pluma y un billete para escribir una dirección mientras los dos intercambiaban frivolidades acerca de la música.

—Tienes mucha suerte, chico —proseguía el hombre—. Yo nunca tuve un instrumento, y menos aún, un maestro como Dragos Corneli.

—¿Suerte, decís?

—Sí, mucha. No puedo imaginar lo que debe ser que este hombre te enseñe armonización. ¡Es todo un privilegio!

Me acerqué al niño y le extendí el billete garrapateado.

—Dantian, dale esto a Elio. Este hombre merece conocer a nuestro médico de campaña; mandará a Bianca a por el físico. Quédate abajo hasta que llegue Felindante.

—¿Puedo ir con ella?

—No. Si sales de la fonda lo sabré.

El niño resopló con derrotado plante y me arrancó el papel de las manos. El hombre y yo nos quedamos a solas en la habitación. Me sonrió pesaroso, dando a entender con su afabilidad inquebrantable que se alegraba de mi suerte.

—¿Tenéis un médico de campaña?

—Se me asignó en palacio.

Sus ojos brillaron de entusiasmo y su media sonrisa entonaba una armónica composición de encandilamiento. Su música parecía decir «¡Pardiez!, ¡sois increíble, Corneli», y daba con ella lastimosos sentimientos de fascinación, quizá por lo pródigo que él debía ser en su vida...

—Miserable... —murmuré.

—Disculpad, ¿qué decís?

Alcé la vista con cansancio y semblante indiferente. Desabrigué el arpa y vi que sus ojos brillaban con sorpresa y fascinación. Puncé las cuerdas y armonicé *La cuerda sorda* sobre las paredes de la habitación. Y así nos aislamos del mundo, y los sonidos que allí hacíamos no traspasaron más allá de las paredes de chapa y adobe que rodeaban el cuarto.

—Que digo —aclaré—, que sois un miserable.

Volví a tocar unas pocas notas y me armonicé con el cuerpo del hombre, de tal manera que lo agarré tendiendo un puente armónico desde mi mente hasta su cuello y así fue como lo empujé hacia la pared. Unos arpegios rápidos y los brazos y las piernas quedaron aprisionados por zarcillos invisibles haciendo que su cuerpo quedara inmóvil contra la chapa. El lastimero personaje chillaba fuera de sí, pero como ya he dicho, ni vocerío ni estruendo alguno saldrían más allá de las escalas latentes que *La cuerda sorda* blindaba en las paredes. Dirigí el arpa a su cara y empecé a tocar la *Sonata de la revelación*.

Tal como sospechaba: sus emociones estaban disfrazadas con una escala latente, mientras que el puente de mi escala se armonizaba con un foco que procedía de su chaqueta. Busqué en ella y encontré en uno de sus bolsillos interiores la interferencia: un ardite de vellón que tiré a un rincón de la habitación y que fue a parar tras una de las camas. ¡Ahora sí escuchaba sus verdaderas emociones! Pues la admiración que el hombre dedicaba hacia mí se iba con la moneda al rincón y de él solo quedaba el horrísono desprecio de alguien que solo pretendía sacarme información.

Me dirigí a él con mucha tranquilidad, la voz neutra. Como quien habla por inercia o de forma casual. Esto es lo que suele ocurrir cuando el hartazgo te llena por completo y solo respondes con emociones de futilidad.

—¿Quién sois vos? —pregunté desapasionado.

—¡Por Dios Reverberado! ¡¿Qué hacéis?!

Tal cual lo dijo, desenfundé la daga quitapenas y se la hendí, sin escrúpulo, dos dedos por encima de la clavícula.

Chilló. Pero mi tono seguía siendo flemático.

—Vuestro nombre, señor, u os desangro.

Empujé levemente la daga, y el hombre gritó una retahíla de fonemas entrecortados que más bien parecían gemidos.

—No pienso sobrepasarme en vuestro límite —aclaré—, pues viene un médico; pero sí lo haré con vuestro dolor, que hará parecer un calabozo del Santo Oficio una nadería. Estaremos aquí hasta que decidáis hablar.

No tardó mucho en menguarse. Al principio lo dijo muy susurrado, hasta que acerqué mi oído mientras lo miraba de soslayo con cara de querer cortar más carne, y entonces lo gritó en desesperado miedo:

—¡Frígido! ¡Mi nombre es Frígido Lamel!

Lo miré con ojos aviesos y fríos durante unos segundos. Sé cuándo los hombres dicen la verdad, pero le di tiempo para que viera que ese día me encontraba especialmente incrédulo, impaciente.

—¡Voto al Ojo! —lloriqueó—. ¡Ese es mi nombre!

—Más os vale, Frígido. Porque vais a votar y a jurar cuanto haga falta para contentar mis ansias de saber todo acerca de vuestra merced. ¡Ya lo ve! Ahora soy yo vuestro admirador. —Volví a mirarlo en silencio con toda mi vileza, dándole unos instantes para que comprendiera que no disponía de tiempo para ponerme a citarle el santoral. Entonces pregunté lo que sospechaba—: ¿Sois familiar del Santo Oficio?

Palideció y se tomó unos segundos para contestar.

Pero no llegó a abrir la boca más que para volver a chillar; le hinqué la daga un poco más.

—¡Hablad!

—¡Sí! —sollozaba— ¡Soy familiar de la Iglesia de Ísbar! ¡Estáis atentando a la autoridad de Dios Reverberado!

Y entonces respiré hondo y la ira llenó mis entrañas. «Estáis atentando contra Dios», repetía esperanzado mientras yo lo miraba con contención, «contra el Santo Oficio y contra la verdadera fe». No pude aguantar más.

—¡Os equivocáis! —voceé encolerizado—. ¡Vos sois un gusano laico dado a la chivatería por unas migas! ¡La santísima Fe no cometería el oprobio de mandar a un perro delator detrás de un magistrado imperial! ¡Estoy amparado por Su Augusta Majestad y no tengo por qué soportar irreverencias como si fuese un hereje o un criminal! —Acerqué mi rostro al suyo, y lo escoró presa del terror—. ¡Si el Santo Oficio quiere investigarme lo hará trayendo una gurullada de corchetes comandados por un comisario! ¡Y el hidalgo Dragos Corneli irá gustoso a donde haga falta para comparecer ante cualquier prefecto, prelado, tribunal o ante el mismo Ojo! ¡Si esto ocurre es porque la Iglesia habrá intercedido en los menesteres de la Corona, y la Corona se habrá mostrado complaciente en verse interpelada! —Aquí pegué mis labios a su oído y se lo ensordecí con un berrido tal que me dañó la propia garganta—. ¡No voy a tolerar que un puñado de correveidiles me increpen en mi buen hacer para la causa del emperador, que también impera sobre la Iglesia!

Le saqué la daga y disipé la armonización que lo mantenía en la pared. Cayó de rostro al suelo.

—No te muevas de ahí —le ordené con un dedo—. Ahora vendrá un médico para curarte.

Y Felindante llegó al cabo de un cuarto de hora junto a Dantian, ambos rostros descompuestos ante la escena que allí acontecía.

—¡Vive Dios! —exclamó—. ¿Qué habéis hecho, Dragos?

El tal Frígido, que se hallaba sentado de espaldas a la pared de chapa, muy pálido y asustado, me señaló con un dedo tembloroso. Su voz trémula:

—¡Este hombre ha atacado a un familiar del Santo Oficio!

—¡Pardiez, Dragos!

Felindante y su característico aspaviento contribuyó al cuajo del miserable.

—¡Soy familiar del Santo Oficio! —gimoteó—. ¡Este hombre debe ser denunciado!

—¡Hacedlo, pues! —amenacé—. ¡Seré juzgado por las leyes civiles, no por la Iglesia! ¡Pues sois laico y no miembro seglar del Santo Oficio! Y más os vale ser hijodalgo por dos cosas: en primer lugar, porque habéis mentido sobre vuestro nombre a uno con estatus jurídico de magistrado imperial en clara conspiración. ¡Elio puede confirmar tal cosa! Además, cuento con un ardite de vellón que he arrojado tras la cama y que ha enmascarado vuestras emociones con una escala latente. —El hombre apretaba los dientes con impotencia—. Por supuesto, convenimos todos en que este engaño que habéis perpetrado habrá sido al margen de lo que hayan ordenado los prelados de la Iglesia, pues no querréis comprometer a vuestros superiores, ¿no?

»En segundo lugar, más os vale ser hijodalgo si, de confirmar estos supuestos, queréis que yo sea juzgado ante un tribunal. Porque parece que poco tendrán en cuenta cualquier cosa que tengáis que decir, como villano, sobre un funcionario de la Corona, funcionario al que habéis faltado a la honra; lo que conlleva a faltar la honra a Su Majestad Imperial. Así que, ¡decidid si os merece la pena salir de aquí con grillos o con una herida curada por un médico!

El hombre bajó el rostro con una terrible vergüenza que se conjugaba con una emoción hermana: exasperación.

—Felindante —proseguí—. Gresnan Cot tenía razón el día que estuvimos en su despacho. No estáis aquí por mí; por favor, curad a este perro, que volverá sus pasos hacia donde se encuentre su dueño. Pero antes nos contará quién es el que está al otro lado de la correa.

Capítulo 20

Donde se diserta sobre el hombre justo y de cómo Dantian Pecler se sobrepone a Lintus Corne

—¡Caperio Coordinante! —exclamó Closter.

—¿Qué esperabas? —El nombre me irritó—. No es de extrañar.

Mi voz sonaba ronca y cansada en la habitación de Closter; ninguno de los presentes contestó, ni aun el niño o Felindante, que eran devotos. La luna Do reinaba sobre el Tetragrama y había alcanzado el color rojizo, aunque no podíamos verlo, pues la casa de mi amigo se hallaba en el arrabal del Puente de Tierrafértil, es decir, bajo la estructura del barrio, y ni ventana ni celosía alguna había en aquel lugar lúgubre, que solo era iluminado por unas cuantas bujías. Pero los bardos desarrollamos una sensibilidad especial para detectar el rojizo de las lunas, incluso bajo tierra. Este particular color que toman ambas lunas cuando están en su cénit no es más que un efecto que provoca la luz cuando el mundo se interpone entre la ellas y el Sol —un eclipse lunar diario—; pero para la Iglesia es una señal de Dios que indica la clave que hemos de usar para armonizar. Así, tanto Closter como yo nos encontrábamos cambiando la afinación de nuestras arpas para adaptarlas a la clave de do: él con parsimonia y yo, con desarraigo y frustración. Y como la irritabilidad quiebra la mañana del buen hacer, rompí la cuarta cuerda en mi brusquedad.

—¡Estúpidas reglas eclesiásticas!

—Es la norma —comentó Closter—, si no armonizas con la afinación que marca el Tetragrama podrías tener problemas con la Iglesia.

—Y no os conviene, don Dragos —añadió el físico—. El prefecto Caperio es un hombre taimado y temeroso de Dios; querrá acabar lo que intentó hace once años. Buscará cualquier excusa para juzgaros ante el Ojo y demostrar que fuisteis y sois culpable.

—¡Pues que investigue lo que quiera, Felindante! —Saqué de mi faltriquera el juego de cuerdas de repuesto—. A lo mejor armonizo en clave de sol y me dejo atrapar para acabar con todo esto...

Felindante, que como se ha dicho era hombre escrupuloso, casi saltó de su asiento ante mi atrevimiento.

—¡Pardiez, Corneli! ¡Calmaos y sed más político! ¡Tampoco os conviene blasfemar! Que Dios brilla con...

—¡No hables de Dios, facultativo! —interrumpió Closter—. ¡No en mi casa! Que Dios solo es el reflejo de lo que no hay arrestos de hacer; una palabra vacía más. —Dantian admiraba toda esta escena con nerviosismo. Closter terminó de afinar y ocultó el arpa con la manga.

Felindante levantó un dedo, muy rojo por la ira, pero solo farfulló, porque Dantian se adelantó. Bueno, Lintus se adelantó, muy enojado hacia Closter:

—¡Deberías ser apiolado por el Santo Oficio, borracho despreciable!

¡Zas!

Le crucé la cara, y se hizo el silencio. La contrición no tardó en llegar para reclamar un pedazo de mi vergüenza.

Reprender físicamente a un zagal no le hace aprender lo correcto, sino que tiene un efecto más bien corto en el tiempo: le avisa de lo que no debe hacer y su renuencia se mantiene hasta que el guantazo deja de picar. Puedes dedicarte toda una vida santiguándole la cara y probablemente claudicará; no obstante, es posible que termine acostumbrándose y considere que el precio a pagar por la mala conducta sea bastante asequible y barato, y siga pecando. Por eso no me gusta pegar, sino más bien castigar con algo que descubrí hace tiempo y que da mejor resultado: retirar de su vera algo apreciado —tiempo, dinero, libertad... una guitarra, por ejemplo— y no devolverlo hasta que aparece la buena conducta o en la memoria se asienta el buen hacer.

—Ahora cierra la boca o te parto la guitarra —señalé.

Primero un brillo en los ojos de Lintus que duró un segundo y una primera nota de protesta, pero mi mirada era fulminante y Dantian arrastró la vista al suelo. Lamenté por mucho tiempo hacer lo que hice; todos cometemos errores imperdonables. Sin embargo, los otros dos vieron esto como algo normal, a pesar de mi contrita desazón.

—Bueno —dije abatido para cambiar de tercio—. ¿Qué tienes para mí, Closter?

—He estado investigando, pero no he hallado mucho. Es posible que la daga proceda de la Lonja de Prósperos, pues su memoria despierta bastante por ahí.

—¿Puedes mostrármelo?

—Apacigua tus ansias, solo verías jirones en el tejido. Ten paciencia que cuando tenga algo mejor te lo reproduciré en una jofaina.

—Esta vez con agua, si es posible. Me gustaría transcribirlo a Nolvaria lo mejor que pueda. En estos momentos debe de estar en Mirtos de Levante investigando sobre la guarida del embozado.

Felindante se movió incómodo en su asiento.

—Hay una cosa que quizá os sea digna de preocupación. —Tragó saliva y el miedo le bailaba en la garganta—. ¿Habéis oído lo de la princesa Sonora?

—¿Qué pasa en Mirtos? —preguntó Closter.

—Veo en vuestros rostros que ignoráis tal cosa. Pues bien, anoche oí cómo unos hombres hablaban de que Sonora había ordenado bruñir y engrasar las bisagras de las tres puertas de su distrito.

Closter bufó y se encogió de hombros.

—¿Y qué tiene de malo un mantenimiento?

—Está amenazando al Imperio —dije—. Amenaza con cerrarlas y aislarse.

—¡Y Nolvaria está dentro! —apostilló el físico—. ¡Pardiez! ¿Tan difícil resulta llevar el agua del río a Mirtos?

—No se trata de que sea fácil o difícil, Felindante —repuse—. El emperador no se pronuncia desde hace meses. El duque de Antigua aprovecha esta situación para torcer la política de Mirtos, aumentando el malestar entre sus habitantes.

Terminé de afinar el instrumento y todos quedamos pensativos ante estos acontecimientos sobre la política de Ísbar. Entonces saqué una moneda.

—Felindante, ¿podríais visitar al barón de Coteli? Necesito algo más de resuello.

—Que me place, señor Corneli. Martiso se alegrará de saber noticias vuestras.

Closter se retrepó en el asiento. Ambos sabíamos su melodía; codiciaba la moneda, así que describió una armonía de tranquila asunción.

—Tienes suerte de tener a un valedor como Martiso. —Señaló la moneda con la barbilla—. Y eso sí que me place a mí.

Dantian volvió a aparecer. Parecía increíble, pero el niño no se mostraba enojado por la reprimenda. ¿Estaba empezando a ganar Dantian la partida? ¿Estaba aprendiendo tan rápidamente algo como la humildad, virtud que ha de asentarse en el carácter con el paso del tiempo?

—Me resultas increíble, bardo —dijo a Closter, y este lo miró prudente.

—¿Increíble?, ¿yo?, ¿por qué?

—Por el dinero, que lo necesites —aclaró—. Lamento haberte hablado así, ha sido un deseo pernicioso lo que he dicho sobre el Santo Oficio. Eres un blasfemo, eso seguro; si has de ser juzgado no seré yo quien lo haga, pero, dime una cosa: ¿cómo es posible que, teniendo el talento que tienes, no seas rico cantando en las tascas y los palacios?

Closter se lo quedó mirando con una ceja levantada. Lo evaluaba, y yo también, aunque no nos pareció que la pregunta fuera con malas intenciones. Parecía haber honestidad en la curiosidad del niño. Mi amigo rio con garbo.

—A lo mejor es porque la gentuza de este país no aprecia ni el buen arte ni la buena música, zagal. O al menos no más que los corrales de zancajos. Solo aprecian a mamacallos pisaverdes que los esquilman. Por eso, tú tienes dinero y yo, no. Qué cosas, ¿verdad?

Nada más lo dijo me lanzó una rápida ojeada por el rabillo, pues el niño se había mostrado muy político —cosa que apreciaba mucho en él— y Closter muy desagradable con la respuesta que le dio —cosa que siempre detesté—.

—Pero ahora que estás contratado tienes dinero —sonrió Dantian... ¿o Lintus?, con perversidad—. ¿Acaso eres un mamacallos también?

—No, zagal, te equivocas. Me dan dinero por un motivo en particular.

—¿Por qué?

Closter se inclinó con un brillo de malicia en los ojos, su cara a un palmo del muchacho. Susurraba.

—Porque un hombre sin posesiones es una de las criaturas más peligrosas sobre la faz del mundo. El dinero es lo que hace que mi daga esté enfundada y no en tu cuello.

Ahora era Closter quien sonreía en el silencio que abarcó la habitación. Silencio para el mundo, que no para mis oídos de armonizador, que preferí cerrarlos de golpe ante el desconcierto de las emociones de los presentes. Ya estaba empezando a hartarme de tanta palabrería y, aunque era una lección muy acertada, quien se ocupaba de la instrucción del zagal era yo.

—Felindante, ¿puedes llevarte a Dantian afuera? Tengo que hablar con Closter en la privacidad.

El facultativo asintió anuente y se marchó con el niño, que accedió sin rechistar, hastiado de estar encerrado. Tan solo quedamos dos armonizadores de oído en un lúgubre cuarto, a la lumbre de los candiles. Y como si nos hiciera falta meditar, estuvimos un rato con la mirada perdida en el vacío, suspirando a ratos con tez cansada, brazos cruzados y ánimo deslucido. Entonces Closter partió el silencio terrenal:

—Bueno, ¿vas a darme la moneda o no?

Admiré el doblón con la cara de Socris Corne en su cuño.

—A eso voy, ya que parece que los escudos de a ocho te duran un vive Dios.

El bardo se encogió de hombros.

—Es que el hipocrás ya me embota tanto como el agua, y otras azumbres de mayor calidad son más caras. Además, quiero quitarme esa mala fama de que meo vino y cago clavo.

—Tú te la has buscado —repuse encogiéndome de hombros, sin dejar de admirar la moneda.

—No me toques los aparejos. ¿Vas a cambiar ahora de residencia? ¿Por todo este asunto de los familiares de la Iglesia?

—No. Es decir, iré de aquí allá, alternando: mi hacienda (la cual aún no he visitado), la casa de Nolvaria (la cual allanaré sin más remedio), luego a una tasca (cualquiera me vale), luego de vuelta al Viso de Sol... Creerán que no volveré a la fonda en cuanto esté unos días sin aparecer por allá. Regresaré cuando la marea se calme. He dado a pagar a Elio una temporada larga, por eso me hallo tan pródigo y con las manos vacías. Además, he armonizado algunas escalas latentes en la habitación a las cuales les mantengo un puente armónico.

—¿Para qué?

—Para saber quién entra y quién sale.

—¿Y si viene un armonizador de fe? —preguntó—. Detectará fácilmente la escala.

He de confesar que la vileza me subió por la garganta, en forma de una risa que reprimí.

—Si viene un armonizador de fe, que intente silenciar mis escalas latentes. Ya sabes que me gusta sorprender con esas cosas. —Aparté la mirada de la moneda y mis ojos se reencontraron con los de Closter—. Pero ya habrá tiempo para hablar de dómines, que ahora los que vendrán son familiares estultos que juguetean con el tejido. Todos al servicio del dinero miserable, como siempre.

—Como yo —repuso, y apartó su mirada para depositarla en el oro.

—Tú eres diferente.

Volvió a cruzar la mirada conmigo y en sus ojos llegué a ver a un Closter que antaño gastaba más inocencia, aunque más modestia. Un Closter más correoso... más justo.

—La justicia es un bien que se comercia —dije al fin—. Un hombre que mueve sus acciones por el dinero, ¿sería un hombre justo, Closter? ¿Sea cual fuere su faena? ¿Incluso por lo que estamos haciendo a espaldas de toda la sociedad, tú y yo?

Lo pregunté sin saber muy bien por qué, una reflexión vaga y casual. Lo cierto es que era una cuestión muy elemental, pero el bardo se la tomó no con poca seriedad.

—Tengo que llenar mi estómago todos los días.

Lo miré con contrición y él pudo leer una pequeña melodía de disculpa en mí. Fui a hacerlo: «Es cierto, Closter, disculpa» o «Tienes razón», pero ninguna voz me salió y extendí la moneda para que la tomara. Y tras una eternidad miró triste y cansado al suelo, musitando una excusa.

—Guárdala. —Se retrepó de nuevo y cruzó los brazos con desánimo. Entonces, ante la música de mi zozobra, aclaró—: He conseguido algunos reales por ahí, ya sabes, cantando, tocando en alguna tasca. Es poco, pero me basta para el resuello diario. Ya te la pediré cuando realmente la necesite.

Pasaron tres días desde la visita del familiar del Santo Oficio, durante los cuales resolví mudarme a mi antigua hacienda. Allí el niño siguió practicando notablemente algunas escalas, como el *Rondó de partida* o *La cuerda sorda,* aunque también tocamos otras músicas por puro divertimento, quizá por alegrar un poco el ambiente. Notaba extrañas las emociones del muchacho, irregulares, probablemente resentido por el pescozón en casa de Closter. Era difícil saberlo, pues el aprecio por su maestro se confundía en su corazón. Se me ocurrió algo para levantarle el ánimo.

—Acompáñame —le dije, y lo llevé por unas mohosas escaleras hasta la azotea. En cuanto estuvimos arriba el muchacho se encogió de hombros.

—Hay mejores vistas desde mi habitación. —Dio un suspiro—. Pero el mar es bonito.

—¿Ves esas casas allá, al otro lado de la ensenada? En una de ellas, un maestro me enseñó un tipo de esgrima traída de Oriente.

—Como si fueses a enseñarme...

Le sonreí confidente, y su respuesta fue una mirada confusa. Entonces, mientras leía en mis ojos mis intenciones, le fue asomando una expresión de júbilo; enseguida supo qué era lo que yo estaba pensando. Asentí como prueba confirmatoria y el niño dio saltos de alegría.

El momento nos duró poco, pues unos pasos apresurados subieron hasta la azotea: era Felindante Pelgrin, con una carta en la mano. Ni lo dejé hablar: se la arranqué con expectación, implorando al Ojo —o a lo que fuera— que en el remitente se leyera el nombre de Nolvaria, pero lo cierto es que era de Gresnan Cot. El inoportuno Gresnan. No pondré aquí las impertinencias y las amenazas que me dedicaba, porque tampoco fueron de especial trascendencia para la historia que narro a vuestras mercedes. Solo diré que mentaba al niño, por supuesto, preocupado por su salud; se dejaba entrever que no era por puro apego, sino por lo delicado de la situación política. Rompí la carta nada más leerla y dije a Felindante —que se espantó al oírme— que iba a estar fuera un día o dos.

—Alquila un coche, amigo mío. Dantian y yo vamos al barrio de Altatorre. Ya es hora de que el chico tenga su propia espada.

Mi amigo insistió en que era Lucario Dascar, el hermano del barón de Coteli a quien correspondía la instrucción del infante con la espada ropera. Que para eso era el maestro mayor de esgrima de la corte, decía, pero zanjé el asunto antes de subir al carruaje:

—¡Esto no es la corte! Ahora, amigo mío, intentad tener algo menos de aprensión e informadme de todo cuanto ocurra en el Puente que sea de especial importancia. Sobre todo, si llega una carta de Nolvaria.

Había una forja muy famosa donde una vez compré una de las mejores espadas que he manejado. Cuando me vi forzado a escapar de Ísbar tuve que deshacerme de mi acero, en cuya cazoleta de concha se grababan mis siglas. Por este mismo motivo ordené al artesano hacer lo mismo con Dantian Pecler, pues era una espada para el villano, no para el príncipe. Esta fue una de las condiciones que puse y el zagal no hizo más que encoger los hombros con indiferencia; su satisfacción mandaba en el concierto de sus emociones y no se permitía disonancia alguna que ensombreciera su maravillosa melodía.

—Herrero —dijo al artesano—, ¿tiene vuestra merced dagas quitapenas?

—¡No tiene! —increpé—. Esta espada es un regalo, Dantian. No abuses de mis contentos.

El herrero, que vio el negocio claro, señaló un armero con algunas dagas y carraspeó:

—Gentilhombre, puedo dejar el juego de hierros a muy buen precio. ¡Mire qué dagas!

—Una daga quitapenas —repliqué con una ceja levantada— es arma de rufián, caballero.

Ahí debió acabar todo, pues el artesano sonrió apretando los labios con resignación; pero la inocencia del niño volvió a manifestarse.

—Pero ¿no es algo que se suele usar mucho? —Miró al artesano—. Me ha parecido ver...

—Sí, mozalbete —interrumpió—. Es un arma de rufián que suele llevar la gentuza, por eso hablaba de dagas, en general, y no de la quitapenas con puntualidad.

—¿Acaso la quitapenas no es una...?

—Es una daga, sí —elevó su voz insolente, pero sin dejar de sonreír—. ¿O acaso no la veis?

El chico quedó perplejo por lo invasivo que resultaba su tono.

—C-claro —titubeó—. Lo que quiero pregun...

—La diferencia entre una quitapenas y una cuchilla o una daga de guardamano es que la quitapenas es una daga más larga.

—¿Y por eso da mala ima...?

—Y por eso da mala imagen, mozalbete.

El hombre sonreía con toda la amabilidad posible, pero era un fingimiento. Ese tipo de carácter avinagrado que es producto de una vida llena de problemas no resueltos y que enmascaraba con un buen —pero torpe— trato al público. Estuve a punto de soltar los dos escudos de a ocho que valía la espada y salir de allí, pero entonces fue cuando el niño dijo algo maravilloso:

—¿Y por qué las vendéis, si es tan de rufián?

Tuve que abrir los oídos para escuchar cómo una estridencia de odio golpeaba los humores del artesano. Ya no sonreía y hablaba con voz molesta.

—Son las modas, niño. Estas dagas siempre han existido, pero ahora las llevan más a menudo, sobre todo... —un soniquete de repugnancia— sobre todo desde que la porta ese tal Pintoresco Igris. El nuevo candidato a valido.

—Pues entonces...

—¿Algo más, gentilhombre? —Se volvió a mí.

—Nada más, caballero. —Hice un saludo de sombrero—. Gracias por su trabajo.

Salimos de la herrería y paseamos por las calles del distrito hasta llegar a Roblesa, vizcondado de Lírico Pertinente, quien tenía un palacete rodeado de viñedos y donde, según se cuenta, hacían unos quesos maravillosos. Tomamos unos chocolates que un vendedor callejero nos vendió, y a la vera de una plaza con un humilladero que estaba partido por la mitad, vi a un Dantian que sonreía con sinceridad y comprensión.

—Tenías razón, magistrado. Ahora sé por qué las gentes de Ísbar dan sus regalías a Gresnan, de la casa Cot.

No pude reprimir la sonrisa.

—¿Pues?

—Ese hombre —susurró cómplice—. El herrero... gritaba, e interrumpía mucho.

La sonrisa divertida se demudó a una de tristeza. Gresnan Cot fue impertinente hasta en la correspondencia; durante días esperé una carta de Nolvaria desde Mirtos, pero como si interrumpieran su llegada, las misivas del valido invadían las manos de Felindante.

Y un día, sin haberlo pensado siquiera, la carta de mi amiga llegó por fin trayendo noticias agridulces.

Capítulo 21

De la entrada a Mirtos de Levante

Amigo mío:

Me gustaría ser más clara en todo este asunto, pero ya sabes las tristes noticias que aquejan a este país, y el correo no es muy fiable. Hace dos días, como ya te habrás enterado, el distrito de Mirtos de Levante ha cerrado sus puertas a Ísbar por orden de la princesa Sonora Pesar, debido al silencio de Su Augusta Majestad, Socris Corne, ante el problema de las acequias del río Íbari. Se habla de guerra civil, de traición, de cismáticos... No puedo salir de aquí, y solo la santa Iglesia tiene libre albedrío para cruzar las puertas, dando comunicados, billetes y cartas entre las familias que quedan a uno y otro lado de la muralla. Después de todo, para eso existe el Santo Oficio, para conciliar las disputas seculares bajo una misma autoridad.
No obstante, la situación es precaria aquí: nada más cerrar las puertas del distrito, el agua ha dejado de correr por Mirtos y la princesa aguanta con las reservas, a la espera de establecer comercio exterior con otros Estados; ha abierto sus puertos al mundo. Los más pudientes pueden permitirse el agua, que se raciona a golpes de bolsa, pero mis contentos son pocos, pues ya los conoces. No sé cuánto va a aguantar el resuello de mi bolsillo, pero tengo buenas noticias para ti: ¡el negocio que andas buscando está zanjado!
A lo mejor, como representante del Imperio en tu condición de magistrado, puedes traspasar las murallas del distrito. Te adjunto una nana para ti.

Nolvaria de Bruma.
6 de diciembre del año de N. S. 1632

P. S.: Evita la entrada por mar, la intendencia del puerto solo permite barcos extranjeros.
P. P. S.: Dile al borracho que me debe cuatro reales y veinte y ocho ardites.

En leyendo la carta con cansada flema, miré a Closter implorando en su mirada algún plan. El bardo se encogió de hombros.

—Pues hay que entrar en Mirtos.

—No se puede entrar en Mirtos —contesté yo.

—Pues hay que entrar en Mirtos —repitió él.

Felindante se giró hacia la puerta entreabierta; del patio del Viso de Sol salían las risas de los dos niños, que corrían combando las chapas del suelo con graves y vibrantes sonidos. Elio se encontraba comprando.

—¿No pensaréis meter al niño en el distrito?

—¿Pensaréis? —bufó Closter—. ¿Es que acaso no vais a venir, señor Pelgrin? Sois el médico de campaña.

—¡Pardiez, no! —Volvió su rostro sarcástico hacia mí, pero lo tornó lentamente en sorpresa en cuanto conoció que yo lo miraba circunspecto—. Corneli... —Su voz musitada y trémula—. ¿Es que acaso he de ir?

—Ya lo ha dicho Closter: sois el médico de campaña, viejo amigo.

«¡Voto al Ojo!», creo que dijo, y se quitó el sombrero angustiado. En su frente brillaba una película de sudor.

—No os preocupéis, Felindante —lo consolé—, que Nolvaria también ha estado muy acertada: soy representante del Imperio. Un magistrado.

Pero todos sabíamos que eso no significaba nada. Mirtos había cerrado sus puertas a Ísbar y por tanto había renegado del Imperio. Había una guerra en ciernes si la situación seguía así y solo la Iglesia podía mediar en la política. Como ya daba a entender Nolvaria en su carta, aquí se desnudaba el verdadero cometido del Santo Oficio: servir de instrumento político, más que religioso, pues se hizo para la política, que la religión solo es el pretexto. Las leyes de la Iglesia no solo sirven para poner límites de moralidad o torcer la voluntad por un camino recto y sin curvas, sino para que prefecturas eclesiásticas —tanto igual abiertas que cerradas al mundo— estén aunadas por el calificador general. Que es cosa sabida que el poder de Dios está por encima de las leyes terrenales y con estos mecanismos divinos se consiguen muchas cosas. ¿Quieren un ejemplo? Tan solo imaginen a quien es buscado por la Justicia en un distrito y afufa a otro donde las leyes son distintas; las autoridades civiles dejan de perseguirle y el que huye ya ha salvado el cuello. Pero si el marrajo es importante, el Santo Oficio tomará las riendas con cualquier excusa para apiolarle y llevarle de vuelta alegando un pecado venial, capital, nefando o lo que se tercie para acusar al interfecto. De igual modo, pero al contrario, está quien huye por la Justicia civil y se entra en sagrario en una iglesia, pasando a la protección del Altísimo Reverberado. Si comprenden hasta dónde llega esta separación legislativa en Ísbar, podrán intuir que, si los políticos no se ponen de acuerdo, la santa Iglesia puede servir como punto de negociación en común. Eso si Sonora Pesar, la princesa de Mirtos, no daba modorra a la santa Iglesia y les vendimiaba las golas a los curas fanáticos o los llevaba al ostracismo —una empresa que siempre ansió—. Pero esto era cosa difícil, pues Sonora era mujer religiosa en el fondo y, además, era un asunto arriesgado llevar a cabo tal faena, sobre todo si los naipes del distrito no iban a favor en esta trifulca.

Closter se levantó para cerrar de un portazo la chapa que daba al patio.

—Ya tengo bastante con los sonidos de las cuerdas.

—No podemos dejar al niño aquí —recordó Felindante.

Y el niño, claro...

Imaginando que yo, como magistrado, pudiera entrar, ¿qué posibilidades había de que dejaran pasar al niño, aunque fuera mi paje?

—No, no podemos, amigo. Pero no sabemos cuándo terminará todo este asunto político y Nolvaria está ahí dentro, angustiada. —Volví mis ojos a la carta—. «El negocio que andas buscando está zanjado», dice; ¿querrá decir que ha hallado la casa del embozado? Hay que entrar en el distrito, a pesar de las dificultades.

—Bueno —rio Closter—, entrar y salir a través de las murallas se te da muy bien.

—Pero no tanto como sosegar los ánimos del perdón, que once años me ha costado. Y por una petición desesperada por parte del valido...

—¿Qué tienes pensado, entonces?

—Por lo pronto preguntar en las puertas.

Closter me miraba inquieto, y entonces me di cuenta de algo en él: en un leve brillo en sus ojos pude ver la cáustica continencia de su arrojo, de su picaresca, de su pendenciera forma de vivir. Así que abrí los oídos y escuché las últimas notas de un compás amenazador. Y apagó su música en cuanto supo que conocí unas intenciones ocultas en él. Volteó el rostro con media sonrisa, como casual.

Tramaba algo...

—¿Cuándo partimos? —dijo Felindante.

—Mañana —sentencié para sorpresa de mis dos amigos—. El Sol cada vez está más cerca de los anillos y el tiempo es lo más valioso que tenemos. —Me levanté para adentrarme en la barra; puse tres copas y vertí hipocrás en ellas.

Más allá de Monteperegrinos se halla un barrio extenso donde se cultiva la oliva de Ísbar. Se acostumbra mucho a cocinar con la grasa de cerdo, pues es tomado por apóstata quien no come este animal al menos cuatro veces por semana. Pero el pan con aceite y ajo es muy común en el campo, y en el barrio de Albatero —un señorío próspero— abunda en cántaras. Y es por aquí, muy cerca de la baronía de Mirooriental, por donde llegamos a una de las tres puertas que mantenían a Mirtos de Levante aislado de toda la ciudad de Ísbar.

Conocerán vuestras mercedes los tristes episodios de aquella época. Y aunque no es de mi placer recordarlos —que quiero centrar mi historia en los acontecimientos de mi biografía—, es imposible narrarles el camino que mis pasos recorrían sin describir lo que mis ojos habían visto frente a las puertas del distrito: miedo, ira y dolor. Cientos de íbaros, agolpados como animales frente a las grandes murallas, exigiendo entrar algunos por la fuerza, otros arrodillados y los más floridos burgueses a golpe de bolsa y untando la cerra al alguacil de turno. Esa mañana habían sido apuñalados un mecánico y un nevero que intentaban entrar entre la maraña de gentes: el primero yéndose por la posta en medio de un corro de morbosos —que según se decía entre ellos, el infeliz ya iba aviado y con las del diablo, y los que cerca se hallaban esperaban irreverentemente los estertores como si de un espectáculo se tratare—; el segundo ya había apagado candela y tenían su cadáver en una carreta enganchada a una almifora desnutrida, tapado con una sábana y a la espera de que la gente se dispersara un poco para poder sacarlo de allí.

Con respecto a la gurullada, cerca de dos mil se contaban entre corchetes y alguaciles, todos desplegados como los regimientos de los tercios, blandiendo mucho hierro: espadones, roperas, pistoletes, culebrinas, carabinas... hasta algunos de los hideputas autómatas tenían metal en los dientes o prótesis afiladas en los brazos. Era ciertamente intimidante ver el despliegue de la ronda, y por supuesto, nadie iba a sobrepasarse en las maneras, que si uno traspasaba los límites de los alguaciles se le trasponía el cuerpo sin miramiento alguno, como pasaría en los siguientes días. Tan solo un pasillo había hasta las puertas, delimitado por las bruñidas armaduras de los monstruosos corchetes —todos de cara al pueblo de Ísbar—, y al que se accedía por permiso de un alguacil que, extasiado con el panorama, hacía paseos protegido por placas de coraza.

Mirando el panorama concluimos que mejor sería almorzar algo y volver al crepúsculo. Así que Felindante, Closter, Dantian y un servidor de vuestras mercedes nos encontramos comiendo en un bodegón bastante decente, a la espera de que el paisaje se calmara. Almorzamos en una mesa al aire libre, suspendidos en una plaza volante, un poco por debajo de las murallas del distrito y a la sombra de otros niveles de chapa que pendían oxidados sobre nuestras cabezas. Atarazando con los lumaderos unas asaduras, pan de maíz con picadillo de jabalí, cachopo y algunos quesos fuertes del norte —que el local lo regentaba un anciano de Bosqueninfeo—, pude fijarme en que las puertas de Mirtos quedaban junto a unas escaleras que llevaban a la plataforma del ferrobús, el ferrocarril que discurría a través de los raíles por encima de la muralla que separaba los distritos. Se encontraba parado y con el morro puesto hacia el centro del distrito de Mirtos, con las luces apagadas. Elucubré llegar a lo alto por la noche, ocultarme tras los ténderes y moverme sigilosamente por encima del muro hacia el interior, pero luego miré al muchacho y a Felindante. No era una tarea difícil, sino más bien cercana a lo imposible. Lo deseché por completo.

—Hay que hablar con el comisario —suspiré al fin.

Closter me señaló con el filete.

—Primero tendrías que probar bocado. No has tocado el plato.

—Tengo el estómago cerrado.

—Puedes darme tu parte —comentó el niño.

Y Dantian compartió con Felindante mi comida.

Las estrellas brillaban en el norte con fuerza, mientras que en el sur el Tetragrama empezaba a mostrar el arco del silencio en su parte más occidental. La mayoría de la gente se había dispersado y solo quedaban pequeños islotes de personas agolpadas en hogueras y acampadas en la plaza que se descubrió frente a la barbacana de las grandes puertas, toda la planicie mancillada de comida, orín y otras basuras dejadas por la multitud que en el día había estado manifestada, como dije, por cientos. Fue sencillo llegar hasta la autoridad del lugar, pues no hizo falta más diplomacia que mostrar mi insignia de magistrado en el jubón. El joven alguacil, al contemplar mi crédito, hizo un visaje de consternación —probablemente por el cansancio del día—, encogió los hombros y nos llevó a mí —y a los otros, que tomé por protegidos— a través de la fila de incansables corchetes hasta llegar a una casetilla de madera con tres personas recogidas a la lumbre de un calentador de vapor, justo a un lado de la entrada a Mirtos. Entonces el alguacil llamó a un hombre que se encontraba inclinado sobre un libro, con las manos apoyadas en una mesa. Elegante bigote, moreno, valona de paño blanca contrastada con el negro azabache de su indumentaria. Era un teniente mayor, los otros dos un oficial de justicia y un corchete con rostro desapasionado y estoico, como de costumbre. Todos alzaron la vista cuando nos vieron llegar entre el frío y la humedad, arrebujados en nuestras capas.

Abrí los oídos.

—Señor Dasteli —anunció el alguacil, dirigiéndose al teniente—. He aquí a Dragos Corneli, de Tierrafértil, y a sus protegidos, que vienen de palacio a hablar con vuestra merced en nombre de Su Majestad Imperial.

El hombre me escudriñaba de lado, sin cambiar la postura. Desprendía una cautela que iba bajando en volumen, mientras que una música de consuelo iba apoderándose de él —el alivio de quien espera un golpe de buena suerte—. Entonces una voz con el roto característico de una garganta maltratada por los gritos habló con parsimonia:

—Ah, ¿sí? —Me miró de arriba abajo, y Closter se puso a mi vera. El hombre le echó una larga mirada, y entonces menguó y la volvió a colocar en mí. La cautela volvió a tocar algunas tímidas notas—. ¿Y qué nuevas traen vuestras mercedes de palacio?

—Hemos de ver a Sonora Pesar —dije sin vacilación—. Gresnan Cot ordena que nos abráis las puertas.

El hombre se irguió con una mueca de dolor y cruzó las manos hacia atrás, con pesadumbre. El corchete movió su postura, dándonos a entender que la orden dada al autómata era que no se despegara del oficial. Se puso al lado del teniente y frente a Closter, mirando por encima de su cabeza al suelo, unas yardas atrás.

—Señor Corneli de Tierrafértil —continuó el teniente—, ni aunque tuviera vusted una carta, un billete o una premática del mismísimo emperador, podríais traspasar estas puertas. Estamos aquí para calmar ánimos y controlar que no haya incidentes. Solo los prelados y la curia eclesiástica pueden ir y venir.

Closter Tol alzó la voz y, aunque quede de cuento, una fina lluvia comenzó a caer nada más dijo lo que sigue:

—¡El emperador ordena!

La música de tensión —y hastío por parte de los alguaciles— hendía el ambiente, y ahora me centré también en las notas de Closter: un cántico muy destemplado. Pero la música que más me preocupaba era la del teniente, quien dejó el consuelo de mi llegada a un lado y empezó a asomar una recatada tonadilla de suspicacia. Sus manos dejaron su espalda y la izquierda se apoyó en la cazoleta de la espada. Miró a Closter de nuevo, y sin apartar la vista de él, continuó hablándome:

—El caso es, señor Corneli, que el emperador ya ha ordenado que cuidemos la entrada. —Volvió sus ojos a los míos—. Y como su señoría entenderá, no podemos llamar a la puerta, decir que no sois de la santa Iglesia y que os dejen pasar, así por obra del Altísimo. Los del otro lado no quieren oír hablar de imperios ni de distritos, como uced comprenderá.

Antes de que Closter contestara me adelanté, descubriéndome con una genuflexión.

—Gracias por vuestro tiempo, señor Dasteli —zanjé apremiante—. Llevaremos esta situación a Gresnan, quien la volverá a estudiar.

Sin que las notas de precaución menguaran en el teniente dimos media vuelta. Tenía ganas de abofetear a Closter en cuanto nos fuéramos de allí. El muy canalla me había jodido la jugada. No sabía si mis naipes eran buenos o no, pero preguntar era mejor que cualquier cosa. Quizá amansando los ánimos con un escudo de a cuatro hubiera bastado, pero al límite de los fieros no se podía tratar con la ronda y tendríamos que volver a intentarlo al día siguiente, con otro alguacil. Así que, mientras conducíamos nuestros pasos por el pasillo de corchetes empecé a murmurar con voz afilada a Closter, mirando al suelo y con la ira subiéndome por la garganta.

Pero Closter no estaba para escucharme.

En cuanto me di la vuelta vi que el muy azumbrado se dirigía de nuevo a la caseta y avivé el paso para alcanzarle antes de que hiciera una estupidez. Vi cómo el teniente —que se encontraba de nuevo en la postura de lector— tornaba su cabeza con extenuación en cuanto escuchó los pasos en el fango; que el oficial se levantaba de un salto;

y que mi amigo desabrigaba el herreruelo, todo al mismo tiempo. El teniente —muy hidalgo, que todo hay que decirlo— mantuvo la sangre fría, aunque conoció que algo andaba mal. Eché a andar más deprisa, aunque no logré oír qué se decían el uno al otro. Era palpable el nerviosismo: solo alcancé a percibir el rostro del alguacil, fatigado y displicente, y su música de desprecio continente, arreglada de paciencia y compostura. Entonces, justo cuando llegué a la vera de Closter para llevármelo del brazo, el teniente vio algo en él que hizo que abriera los ojos como platos y echara mano a los hierros. Pero antes de que pudiera sacar la filosa de la vaina, Closter ya había hecho crujir el aire en su rostro y el hombre salió despedido hacia un lado como seis o siete varas antes de dar con la cara en el barro —no se levantó, el cuello roto—. Grité ciscándome en el Tetragrama y maldiciendo las doce notas y la madre que parió al borracho de Closter; y lo más que pude hacer fue desabrigar el arpa y hacer lo mismo con el corchete, que ya tenía el espadón levantado y a punto de solfear la cabeza de mi amigo. La onda expansiva de *El suspiro de Ennea* —que así se llama la escala—, tiró al autómata por los aires junto al oficial que se encontraba detrás y, nada más cayeron, el alguacil que se hallaba atónito a nuestras espaldas empezó a llamar a la gurullada de corchetes, alguaciles y comisarios que se movilizaban con extraordinaria rapidez.

Tomé a Closter del cuello de la valona, a punto de soltarle granizadas, pero me apartó de un manotazo y me gritó, el aliento grasiento de hipocrás. Se lo llevaban los diablos.

—¡No me toques! —voceó.

Entonces me empujó y se dirigió presto a las escaleras que quedaban libres tras la casetilla, y Felindante, el niño y yo corrimos tras él confusos y sin creer en la situación en la que nos hallábamos. Para Closter, los naipes no venían por el azar, sino que los pintaba él tal como le iban saliendo —ya lo dijo unos días atrás: ningún hombre juega los mismos naipes que otro—. Y así fue como se nos presentó el as que se había fabricado: nada más llegar a la parte de arriba de la muralla, con una guarnición de incontables corchetes y alguaciles al grito de «Ténganse al emperador», «Justicia al emperador» y cosas así, Closter abrió la portezuela del ferrocarril y se introdujo por ella hasta llegar a la cabina del maquinista. Cuando entramos, chorros de vapor empezaron a surgir en todas direcciones y la máquina comenzó a calentarse vertiginosamente. Closter se encontraba en el hogar, usando el *Rondó de partida*, acelerando la combustión de la máquina.

—¡Señor Pelgrin! —gritó sonriente a Felindante—. ¡Girad el volante de inercia y agarraos!

—¡Pardiez!

El menguado Felindante, que se encontraba al lado del volante de inercia, obedeció sin pensar, pues su mente ya pertenecía al miedo y era dócil. La máquina empezó a renquear de forma violenta, y había que agarrarse a cualquier quicio para no perder el equilibrio. Y entre tanta sacudida conocimos que muchos de los bruscos movimientos se debían a que algunos corchetes empezaban a allanar los coches de atrás, agarrándose a las paredes y subiendo a los techos como cucarachas. Closter se ciscó en todo el santoral cuando sacó la cabeza por la ventanita, y se preparó para salir al exterior.

—¡Voy a separar el ténder!

Desabrigué el herreruelo y mostré los hierros. No había manera de llegar a los coches por medio de ninguna puerta, pues la cabina del hogar se hallaba totalmente aislada y se anexaba solo por los enganches de sus topes.

—¡Felindante, quédate con Dantian!

Salí por el otro lado cuando el vehículo tomaba una velocidad considerable, que incluso tuve que sujetarme el sombrero para no perderlo y eso casi me hizo caer. Abajo, las casas de Mirtos de Levante proyectaban haces de luz ambarina hacia el muro interno del distrito, que ahora mostraba oquedades en forma de cientos de arcadas de piedra y metal.

Arrojé el fieltro al interior antes de dirigirme a los enganches, donde Closter intentaba tirar de la palanca que mantenía los vagones unidos. Por lo peligroso que resultaba moverse en estas circunstancias —y lo oxidada que estaba—, se resistía al movimiento. Hubiera sido más o menos fácil moldear el metal con el arpa, pero Closter necesitaba de una mano para asirse a uno de los marcos del vagón. No pude ayudarle, porque uno de los corchetes ya estaba casi encima de nosotros y tuve que subir a la techada del coche para interceptarle. Tampoco tuve tiempo más que para desenvainar la espada ropera y la quitapenas y colocarme en posición. El espadón casi me parte en dos, pero dio torpemente a mi vera; la mole me sacaba cabeza y media y se desequilibraba por causa de los movimientos del coche y del viento. Antes de que jugara la negra nuevamente, lo desestabilicé con el hombro y cayó fácilmente al vacío.

—¡Date prisa, Closter!

Tres figuras me vinieron a los alcances con prudencia, lentamente y en equilibrio, los pasos inseguros y encorvados de cara al viento. Uno de ellos era autómata, pero los otros dos eran jóvenes alguaciles. El que tenía más cercano riscaba los veinte años, pero gastaba cuajo, que me miraba tenaz bajo su sombrero —a lo militar— y con la capa enrolada al brazo izquierdo. Llovía Dios ahora.

—¡Daos al nombre del emperador!

Pero yo no estaba para darme a nada, así que acometí al flanco en arco por abajo. Yo tenía dos hierros, uno en cada mano, mientras él me afrentaba escorado y prudente, de tal manera que tenía ventaja en la defensa. El refilón dio en el vencejo y tuve que besar su acometida con mi quitapenas, acero contra acero. Muchos arrestos, como les digo, pero era joven y vacilaba, que tuvo el error de no inclinar la frente sobre la mía por inexperiencia. Así que, entre el tintineo de las armas en corto, di con mi cabeza en su nariz y se la avié con un crujido que me resonó en el tuétano. Con todo, el muchacho tuvo resolución —o quizá fuera simple instinto— para poner las palmas en el techo evitando caer por uno de los lados de la máquina, por donde sí fue a dar su arma. El otro que me venía era mayor, pero más torpe, pues precipitaba un antuvión desde arriba y cargando de frente. Me bastó meter cuerpo dejándome caer sobre mi rodilla, extendiendo el brazo de la espada; la quitapenas ni siquiera tuvo que parar la hoja de su espada, que su antebrazo fue a dar con mi hombro izquierdo y la hoja cayó por detrás; en cuanto a mi espada, ya estaba hendida en el coleto. Este sí cayó, y recuérdome musitando un gimoteo de consternación en viendo su cara antes de perderse en la oscuridad —era el joven alguacil que nos había abierto el paso entre la fila de corchetes—. Habíamelas a seguido con una mole de poco menos de tres varas que, además, tenía rodela. Contra esto solo quedaba esquivar y desequilibrar a la menor oportunidad, así que me puse en faena, sorteando hurgonadas de espadón de tal manera que casi me daba traspiés al vacío. Entonces uno de los tajos alcanzó de refilón mi jubón y cortó el amarre de mi herreruelo. Antes de que se desprendiera arrojé la daga a la negrura y tomé la capa dando un salto hacia atrás —quedé al límite del coche, dando la espalda a Closter, que aún se encontraba entre los ténderes—. Esperé la acometida en fondo del corchete y enrolé la capa a su arma fácilmente. Le lloví media docena de cuchilladas que fueron a dar todas en la rodela del hideputa, de tal manera que entre la desesperación y la inminente llegada de otras figuras que se acercaban por el techo, empecé a gritar de impotencia intentando buscar el hueco. Y en esas estaba, yo dando puñaladas y el corchete parándolas mientras intentaba destrabar su espada de mi capa, cuando oí el chasquido de un pedernal a mis espaldas y una bala pasó zumbando hasta dar en el cuello del autómata. Como si despertara de un sueño, extasiado y desorientado dejé de gritar mientras el corchete caía traspuesto.

—¡Esto ya está! —gritó Closter con la pistola en la mano—. ¡Salta!

Dos segundos después salté al coche del maquinista y los ténderes se separaron. La gurullada que atrás quedaba nos miraba a través de las tinieblas, como bultos negros alejándose entre la lluvia y la noche. Closter se burlaba de ellos, riéndose y gritando improperios. Rápido se le cortó el júbilo cuando un par de fogonazos iluminaron vagamente las figuras en la lejanía de la oscuridad; las balas pasaron silbando muy cerca —una dio contra el casco del coche—, y aunque fuera difícil que nos alcanzaran, resolvimos resguardarnos dentro con no poca presteza.

Tal como entramos vimos al niño blanco de terror, y Felindante nos dio la mala noticia.

—Los frenos —bailaba su trémula voz—. El palacio...

Vimos cómo el palacio de Sonora Pesar cada vez estaba más cerca, y Closter se dirigió a los mandos.

—¡Debemos bajarnos antes!

Closter tiró de la palanca de frenos, pero la máquina no respondía. Por primera vez en años vi la expresión de terror más intensa que pudo mostrar.

—¡¿Por qué no funciona?!

Entonces fue cuando intuí lo que pasaba. Volví a la ventanilla, saqué la cabeza y efectivamente: una de las balas dejó aviada la palanca de frenos del ferrocarril. Girando la cabeza hacia el otro lado vi con la mayor de las consternaciones cómo el palacio de la princesa estaba ya encima. A Closter se lo llevaban los demonios y lo único que hacía era mover de arriba abajo la palanca de frenos, como si fuera a responder en cualquier momento.

—¡La madre que nos parió a todos!

Ya saben vuestras mercedes que si estoy contando esto es porque sobreviví al accidente, pero voy a describirles las razones por las cuales no nos matamos. Harto curioso resulta cómo la mente humana, en los momentos más peligrosos y delicados, es capaz de dejar paso al arresto más comedido, frío y eficiente cuando se abandona a la intuición y al instinto, y deja las emociones y el pensamiento de lado. Sencillamente, hace, y eso es resultado de conocer bien la certeza de que el mundo puede golpearte en cualquier momento. Desabrigué el arpa y le dije a Felindante que rezara todo lo que supiera, porque lo que intenté fue de lo más arriesgado que he hecho en mi vida. *La cantata de los mil tintineos* es como se llama la escala y moldea el metal. Es difícil hacerlo con un arpa, y puede partir las cuerdas. Suele usarse con el *Rondó de partida* para dilatar la materia y hacerla más moldeable. Así que me armonicé —aun desconociendo el funcionamiento de los mecanismos de un ferrobús— con todo metal que hubiera bajo nuestros pies, y empecé a fusionarlo con los raíles. Lo hice lo más lentamente que pude, intentando no llevar las cuerdas al límite. Pero la máquina daba sacudidas irregulares, produciendo chirridos insoportables y levantando una cortina de fuego en forma de lluvia roja, a ambos lados del vagón. Entonces un zarandeo dio con nosotros al suelo y perdí el puente armónico. Todos se levantaron angustiados, pero yo volví a las cuerdas, y sentí cómo algo metálico se partía y se desprendía allá abajo. Ya íbamos a menor velocidad, porque el suelo ofrecía resistencia y pude ver que la cortina de chispas se levantaba ahora frente al cristal delantero, que se quebraba. Un estruendo volvió a agitar violentamente la máquina y no me permitió erguirme, que hasta los otros volvieron a caer, y los gritos de unos hombres a pocas varas en el exterior nos dio a conocer lo inevitable: la oscuridad anegó el interior del coche, que seguía perdiendo velocidad, y entonces conocí que estábamos entrando a través de la vía férrea del palacio y habíamos partido la barrera de seguridad de la entrada. Intenté armonizar más el metal y noté una resistencia extraña, como más estanca, y fue tarde cuando supe que las ruedas hacía minutos que no estaban y que lo que intentaba fusionar era el casco del vehículo con la vía. Así fue como, antes de llegar al final de esta, el coche se enganchó en el metal, partió su estructura por la inercia y salió volando con nosotros dentro, girando violentamente hasta dar con una pared de mármol.

Y ahí todo se oscureció.

Cuando recobré el conocimiento estaba tendido en el suelo de la colosal estancia, con el codo magullado y el anular y el meñique de la mano izquierda rotos; me habían sacado del aparato a rastras. Los demás yacían espabilados: Felindante con la rodilla lastimada examinando al niño, que mantenía el plante orgulloso con una brecha en la cabeza, y Closter con medio palmo de metal atravesándole el hombro, gimiendo con entereza. Pensé en la suerte que tuvimos con mi arriesgada idea; si no la hubiera llevado a cabo esa noche hubiéramos tañido campanas los cuatro. Pero, aunque Closter, tramposo y sinvergüenza, se fabricara el naipe del ferrocarril y yo usara hábilmente una mala mano, se nos recordó que había nuevos jugadores en la partida y que sus naipes podían estar mejor ordenados. Eran como cincuenta, entre corchetes y hombres de armas de la princesa. Nos apuntaban con alabardas, espadas y todo el arsenal de Ísbar, cerrándonos en círculo en medio de la gigantesca sala de la estación de su palacio. Y antes siquiera de ponerme en pie, un hombre de noble porte, galante y perfumado dio unos pasos hacia mí, pelo rizado recogido en una coleta y bigotes elegantes a lo galvo. Pero aún no le vi la cara —picada de un fuerte acné durante su juventud— cuando escuché una música de frustración, hábilmente temperada con melancolía y ciertas notas de agrado por verme.

—Así que —dijo su lozana voz— con estas finezas entráis y salís de las murallas de Ísbar, Dragos Corneli.

Y mi tesorero —y amigo— Martiso Dascar, barón de Coteli, me miró con atribulada gravedad.

Capítulo 22

En el que Corneli se enfrentó al juicio de su alteza Sonora y de los descubrimientos de Nolvaria

La princesa tenía el pelo azabache, el rostro ligeramente cetrino y los ojos almendrados. Rasgaba los cincuenta, pero su belleza era el leve eco de una juventud que se resistía a abandonarla; se adivinaba su madurez en algunas motas en la piel y el desvaído de sus pupilas ambarinas. Iba con justillo de paño azul y escote, y puntillas de bolillos en las puñetas, pero algo sobria en adornos; el ruedo del guardainfante no hacía justicia a la alteza de su planta. Parecíase más a una dama adinerada que a una grande de Ísbar.

Como ya dije en la primera parte de esta historia, un nodo de silencio es un lugar donde las vibraciones armónicas del tejido están en latencia, quietas en el tiempo —ni siquiera el Santo Oficio puede escuchar lo que se armoniza en él—. Esto provoca en los bardos una sensación incómoda y levemente dolorosa que, de exponerse demasiado tiempo con los oídos abiertos, tórnase en insoportable. No se puede describir con palabras, pero, para que se hagan una idea, voy a darles una analogía: rocen con un dedo el dorso de su mano y solo sentirán tacto; háganlo de forma continuada y sentirán molestia; sigan con la tarea y no tardará en aparecer la irritación. Por eso Closter Tol, incapaz de cerrar los oídos de armonizador, mantenía el porte —muy hidalgo, a decir verdad— dentro del nodo de silencio que abarcaba casi todo el palacio de Sonora. Tenía el rostro sudado de crispación, los ojos entornados y se aguantaba el vendaje del hombro con mano temblorosa por el tormento. Y la princesa, imponente, nos miraba a los cuatro desde su trono, mientras que sus incontables señores y golondrinos, hombres de cámara, mariscales y otros nobles —incluido Martiso Dascar— nos rodeaban en hileras a ambos lados de la ovalada cámara.

El rostro de Sonora era severo, amenazador, su voz metálica.

—Veo que os incomoda mi palacio, señor... —dejó las palabras en el aire. Entonces inclinó la cabeza hacia su mayordomo, quien le susurró algo en el oído— ¡ah, sí! Señor Closter Tol.

Closter dio un leve y temeroso paso en un gesto de forzada postración. Gemía con cada palabra, mirando el suelo.

—Para mi desgracia, su alteza, la naturaleza no me ha dado la merced de poder cerrar mis oídos a voluntad. —Levantó la mirada hacia Sonora—. ¿Podríais disolver el nodo de silencio?

—No —sentenció con terrible tranquilidad—. El nodo lleva armonizado treinta y cinco años por orden de mi madre y no pienso romper la tradición por un capricho de vuestra merced. De ella aprendí mucho, incluido cuidarme de todo lo que un bardo pueda escuchar acerca de mis sensaciones. Estoy segura de que, por complacer a vuestra princesa, resistiréis esta nadería.

—Sí, su alteza —susurró el bardo, y estoy seguro que de tener mis oídos abiertos habría escuchado su inquina interna.

—Dragos Corneli, de Tierrafértil —se dirigió a mí—, habéis transgredido la ley de Mirtos entrando en el distrito por la fuerza; y lo que es peor: habéis irrumpido en mi palacio destruyendo una valiosa infraestructura ferroviaria que llevará años de esfuerzo y dinero en ser arreglada. —Aquí hizo una pausa para escudriñar mi mirada cansada—. ¿Y bien? ¿Qué tenéis que decir al pueblo de Mirtos de Levante por vuestra terrible profanación?

Fue difícil cuidar las palabras.

—Grandeza —comencé—, nuestra preocupación por el aislamiento de...

—¡Dejaos de bachillerías conmigo, Corneli!

Me sorprendí de la perfecta acústica de la sala del trono cuando Sonora elevó un tono la voz. Closter apretó los dientes y cerró los ojos, como si así fuera a disolver los sonidos.

—¡¿Acaso creéis —continuó ella— que vais a mentir a la soberana de Mirtos con verbosidades?! ¡Sé que no estáis aquí por mandato de Gresnan Cot! El valido es un inepto tragavirotes, pero también un menguado. Una necedad del calado de vuesamerced no le corresponde a sus cobardes maneras de proceder. Vuestra irrupción en mis tierras se debe a motivos más personales, sean oscuros o no. —Se percató de mis ojos continentes—. ¡Hablad! ¡Hablad si queréis salvar el cuello del garrote! ¡Y hacedlo presto antes de que os juzgue aquí y ahora!

Closter temblaba de dolor, Felindante de miedo y noté que Dantian clavaba su mirada en mí. Los tres se movieron incómodos y expectantes ante mis palabras. Y mis palabras sonaron trémulas:

—Alteza... os contaré todo cuanto me pidáis. Pero para daros mayores razones es necesario que hablemos en soledad.

Antes de terminar estas palabras, ella ya estaba negando con la cabeza con impaciencia. Se inclinó terrible y depredadora.

—Dragos Corneli —entonó rígida—, lo que tengáis que decir ante mí, también será oído por mi corte.

Entonces, cuando exhausto fui a proveer las primeras palabras resignadas, Martiso Dascar apareció de repente por su vera izquierda y le susurró algo en el oído. No pude ver la boca del hombre, pues su sombrero de ala ancha le tapaba el rostro, pero Sonora, anuente, escuchó todo lo que hubo de decirle el barón de Coteli. Arqueaba ella la ceja, mientras me miraba con tenacidad, los labios apretados y asintiendo levemente a cada instante. Así, poco a poco, la princesa fue relajando su respiración, sonrió a media vela y finalmente ordenó algo inesperado: que todos quedaran fuera, excepto Martiso, el mayordomo mayor y los que en el centro de la estancia nos encontrábamos como objeto de acusación.

Cuando hubieron marchado todos, Sonora respiró hondo, como si limpiara su ánima de la ira. Sus ojos se movieron ligeramente hacia Martiso.

—Mirtos de Levante tiene muchos amigos que vibran con su causa. —Volvió a clavar su mirada en mí y su voz se heló—. Pero también existen otros que quedaron aquí por mor de la suerte, y no son de fiar. Esto no quiere decir que crea que habéis venido por algo que me beneficie, pero desde luego no soy una ignorante.

—Alteza —musité—, no pienso que seáis...

La princesa me interrumpió mientras clavaba la mirada en el niño:

—¡Lintus Corne! ¿Qué hacéis aquí?

Recuerdo que no volví a tomar aire hasta que el niño habló —Martiso también abrió la boca y entrecerró los ojos, como escudriñando a quién tenía delante—. De repente, Lintus despertó de una disertación oculta bajo el humilde Dantian y se llenó al punto de un porte y una dignidad colosales; como si el oír su verdadero nombre le diera la potestad merecida de su condición. Y otra voz le sonó en la garganta: más alta y cristalina.

—¡Princesa Sonora! ¿Cómo me habéis reconocido, señora?

—¡Voto al Ojo! —rio amarga—. ¿Creíais de verdad que no os reconocería? Hace solo cinco años visité el Palacio Imperial para una audiencia con vuestro padre. Aunque hayáis crecido reconozco vuestros ojos y vuestro mentón.

—Me sorprende. Y sabiendo ahora que sois mi vasalla, os ordeno que...

—¡¿Vasalla?! ¡¿Vasalla decís, chiquillo?! —Su risa ahora era indignada—. ¡No reconozco a ningún señor por encima de mí! ¡Estáis ante una princesa que después de la Segunda Penumbra será coronada reina si las acequias no están abiertas y el agua del Íbari no fluye a mis dominios!

Lintus dio un paso para contestar airado pero la princesa seguía hablando:

—¡Está claro que algo pasa en el Palacio Imperial! —El niño tornó su rostro suspicaz, y la princesa se percató de ello—. ¡Ah, claro que sí! Si no ocurriera nada, las acequias traerían agua a mi distrito; si no ocurriera nada el emperador ya se habría pronunciado ante esto; y si no ocurriera nada, por supuesto que vos, el infante del emperador, no estaríais aquí. ¿Y bien? ¿Alguien va a arrojar algo de luz sobre estas tenebrosas circunstancias?

—¡Es un rehén! —gritó Closter—. ¡Por favor! ¡Dejadme salir! ¡Arrojadme por uno de vuestros barrancos! ¡Cortadme la cabeza! Pero ¡acabemos con esto ya: es insoportable!

La princesa, desapasionada, lanzó una fría mirada al bardo.

—Si volvéis a abrir la boca, no os cortaré la cabeza, sino la lengua. —En posando largamente sus entornados ojos sobre el bardo, como si dudara de sus palabras, volvió finalmente su mirada hacia mí, susurrando—: ¿Es eso cierto, Dragos Corneli? ¿Habéis raptado al hijo del emperador de Ísbar?

Aunque mis ojos estaban fijos en los de Sonora, pude ver con el rabillo del ojo cómo Dantian Pecler, el paje, me miraba extrañado.

—Sí —contesté—. Es un rehén.

Martiso Dascar tuvo que agarrarse al respaldo de una silla, presa de un repentino mareo. Pero la princesa se retrepó, sonriente y bella, en el modo en que el depredador arrincona a una presa y le embarga el sabor del triunfo. El niño se escoró hacia mí, incrédulo.

—¿Qué dices, magistrado?

—Lo que acabas de oír. —Me volví con flema hacia su rostro indignado—. El sacarte a ver mundo, a compartir escalas, a instruirte... Es un cuento.

—Entonces —balbuceó—, ¿por qué me has enseñado...?

—¿Las escalas? —interrumpí—. Para que te quedaras callado. ¿Acaso no oíste lo que te dije junto al pozo en el Puente? Te dije que te mataría si se terciaba el asunto en mi perjuicio.

El niño tornose pálido.

—Creí —rio ahogadamente— que a fin de cuentas era una chanza.

Me incliné fríamente, mi voz pausada.

—Tú, pequeña majestad, tan solo eres lo que hace que Gresnan no se atreva a ponerme un dedo encima. —Me dirigí a la princesa elevando el tono—. ¿Queréis saber, princesa Sonora? ¡Pues vais a saber! ¡Socris II, emperador de Ísbar, ha muerto!

Tal cual lo dije, Martiso volvió efusivamente su cabeza ante Sonora, quien intentaba ocultar sin éxito la sorpresa en su rostro. El silencio solo quedaba roto por los gimoteos de Closter, a los que nadie prestaba ya atención. La princesa volvió a inclinarse con interés, mas ninguna palabra salió de sus labios; que con la inquina desde el fondo de sus pupilas y su media sonrisa ya me ordenaba que yo comenzara a hablar. Y así fue como conté todo cuanto hubo ocurrido desde mi llegada a Ísbar, un 6 de noviembre, hasta el momento mismo en que nos hallábamos, incluyendo el motivo de mi entrada en el distrito, justo un mes después: Nolvaria de Bruma y su pesquisa sobre el embozado. Mientras yo hablaba, Felindante hacía visajes de dolencia, llevando la vista a varios lugares en medio de la narración: ora una columna, ora un cuadro, ora buscando el consuelo de la mirada de Closter. Pero este parecía ajeno a todo, concentrado en el dolor, temblando y al borde de un ataque al corazón. En cuanto al niño, solo miraba al suelo, pero su dolor era distinto al del bardo. Solamente Martiso Dascar escuchaba absorto junto a una complaciente y a la vez sorprendida princesa, que no perdía detalle alguno. Una princesa que me miraba diferente en cuanto terminé mi historia.

—¿Es todo, Corneli?

—Es todo, alteza.

—¡Pardiez! Que no se equivocó nuestro amigo Martiso cuando me aconsejó que me guardara de otros oídos ante vos. Me alegro, pues, de haber despedido a mis cortesanos. —Se levantó, y supimos que fue un gesto que anunciaba algo importante: su sentencia—. Debería condenaros a cien latigazos, al ostracismo o a galeras por lo que habéis hecho. Pero voy a ser indulgente por la información que me habéis brindado, así como por vuestro regalo.

—¿Mi regalo?

—¡Pardiez, Corneli! —exclamó con un ademán de desaire—. ¡Ya sabéis cómo acaba esto! Dejaréis a vuestro rehén aquí; luego abandonaréis mi palacio inmediatamente para jamás regresar a él. Recordad mi misericordia por la merced que me hacéis con vuestra llegada: habéis vuelto a nacer. Me habéis traído información política de trascendencia y al mismo hijo del emperador. Pensadlo, habéis pasado de un criminal a un espía en favor de Mirtos —rio—. ¡Hasta puede que algunos os consideren héroe local! —Su semblante cayó grave de nuevo—. ¡No tengo más que añadir! ¡Adiós!

Dicho esto, nos dio la espalda para irse, y Closter se dispuso a salir de la habitación como si lo acabaran de liberar de unas pesadas cadenas. Pero se paró ante la voz de Martiso.

—¡Alteza!

La princesa se volvió vehemente y ambos intercambiaron algunas palabras entre susurros. Ella no parecía muy conforme, pero al cabo le acarició el rostro, leí en sus labios la palabra *amigo* y volvió a dirigirse a nosotros con la misma voz:

—Martiso Dascar se ha ofrecido como vuestro protector. Al fin y al cabo, tiene razón... —Su voz aquí tornó en sorna—: ¡Qué desaire sería a los ojos de mis súbditos echar a los héroes de este palacio!

Un sinfín de sensaciones desagradables me recorrían el cuerpo y mi pesar era compartido por mis acompañantes; incluso por Martiso, que me miraba piadoso desde los escalones. La princesa puso elegantemente una mano en su antebrazo.

—Quien quiera podrá quedarse en el ala del barón, pero no por más de una semana. Podéis estar tranquilo, señor Tol, que allí no se extiende el nodo. Pero ¡tendréis prohibido vagar por las otras zonas de mi palacio! —Se volvió a Martiso de nuevo—. Son de vuestra incumbencia, amigo mío. Vos sabréis qué es lo que hacéis teniendo cerca a esta gente. —Se volvió hacia su mayordomo—. ¡Trémulo! Acomodad una de las habitaciones del tercer piso para Lintus Corne. Que una escolta de dos miembros de la Guardia Real y un gentilhombre de cámara lo acompañen en todo momento.

Era un palacio más pequeño que el del emperador, pero suficientemente grande como para extender dos gigantescas alas que se cernían sobre un mar de edificios de metal. En ellas se albergaban jardines flotantes marchitados ante la sequía y el inminente invierno. El distrito era conocido por la otrora abundancia del mirto, que era de hoja perenne, pero ahora eran las plantas menos comunes. Felindante revisaba la herida de Closter, ya más calmado en la alcoba de Martiso. Los cuatro hombres, lavados y con ropas nuevas, nos encontrábamos más confortables, sobre todo los armonistas. Por supuesto, el niño no se encontraba entre nosotros y ni siquiera me miró a la cara cuando echó a andar protegido de la escolta de la princesa. Apoyé mi mano sobre la cazoleta de mi espada sintiendo el punzante dolor de los dedos ensalmados, los latidos del corazón en ellos.

—Tienes buena temeraria —comentó Martiso señalando la espada.

—Me la regaló tu hermano.

—¿Cómo está Lucario?

Miré por la gran ventana, hacia el norte. En estos momentos el maestro de esgrima mayor tendría entre manos una faena importante. Martiso sabía que el Distrito Central había sacado a los mosqueteros y que su hermano lideraba un posible ataque. Pronto se le unirían los tercios de otros lugares del Imperio. ¿Quién sabe? Quizá las negociaciones tornaran en un estallido de violencia prematura y las fuerzas militares de Ísbar comenzarían su asedio al distrito no en pocas semanas, sino en días. Una guerra civil había en cierne.

—¿Por qué estáis aquí? —comenté sin dejar de observar el manto nocturno, las hiedras moribundas de las casas en la distancia, iluminadas por el Tetragrama.

—Ya lo sabes, me encontraba en Mirtos cuando ocurrió el cisma. Se me permite salir, gracias a la amistad que me brinda la princesa (y en secreto), pero no me conviene hacerlo demasiado.

—Entiendo.

—No es solo la confianza de Sonora; también vibro con su causa.

Closter se volvía a poner el jubón.

—¿No teméis perder la hacienda, ni el título?

—No, señor Closter —dijo el barón—. Pues soy ahora mismo el nexo de comunicaciones entre la casa Cot y Mirtos de Levante, y eso conviene a ambos bandos.

—¿Habéis intercambiado correspondencia con el valido?

—La mantengo, por supuesto. A través del Santo Oficio.

—¿Y qué os dice en las cartas?

Martiso caminó hacia la ventana, como si quisiera ver más allá, en el norte.

—Defiende muy político su propósito. Al principio me extrañó que fuera tan comedido, pero como habéis oído de Sonora, extraño resultaba de por sí que el emperador no se pronunciara ante este problema. Es obvio que algo ocurría; y todo se ha aclarado cuando han llegado vuestras mercedes. Pero no solo la aristocracia empieza a sospechar; el pueblo de Mirtos está agitado y el hambre agudiza la imaginación.

—Ya veo —musité—. ¿Cómo piensa Sonora hacer frente al problema de las acequias? El distrito de La Mácula ha cortado el suministro del río por orden de Sórdido Toli, sin pretexto alguno.

—El pretexto es que se inundan sus campos.

—Un pretexto falso, ya sabemos cómo es el duque, protegido de Gresnan. Todo es política: en La Mácula las regalías van a la casa Cot, a diferencia de Mirtos. —Suspiré abatido—. Es doloroso, pero por mucho que al pueblo se le diga la verdad, se agitará contra los gobernantes de su propio distrito, hasta que el duque Sórdido consiga lo que quiere: que las regalías de Mirtos vayan a Gresnan Cot.

—Es así —afirmó el barón—. ¿Para qué pensar más allá de la causa y el efecto? Un pueblo no leído es un pueblo timorato, fácil de manipular mediante el miedo. Y más aún si le falta el resuello, o el agua en este caso.

—¿Cuánto tiempo piensa resistir Mirtos sin agua? —inquirió Felindante.

Martiso se volvió con una sonrisa siniestra.

—No subestimes a la princesa Sonora. Posee naipes que ni el mejor ingeniero de Ísbar podría soñar con tener en su mano.

El silencio volvió a apoderarse de la habitación y conocí que Martiso no hablaría sobre esos naipes.

—Vuestras mercedes —continuó— ocúpense de lo que se traen entre manos. Es de vital necesidad que atrapéis a ese asesino cuanto antes para desacreditar al negligente Gresnan Cot.

—¿Tardarán mucho? —pregunté—. En encontrarla, digo.

Nada más decirlo Martiso supo enseguida a quién me refería, pero fue Closter quien contestó por él:

—Como si no conocieras a Nolvaria de Bruma... Estoy seguro de que sabe que estamos aquí, más aún después de nuestra bonita irrupción en el palacio.

—De cualquier modo —añadió Martiso—, mis hombres no tardarán en dar con ella.

—Ahora sois vos quien subestimáis, su ilustrísima. Nolvaria es la armonizadora del sigilo.

El barón se volvió de cuerpo entero hacia Closter y caminó hacia él con las manos a la espalda, sonriente y muy político.

—No dudo que vuestra amiga sea poseedora de un talento inigualable; creo recordar que era capaz de abrir la llamada visión armónica. Pero recordad que yo también conozco el tejido, y mis sirvientes, también bardos como vos y como yo, están todos instruidos personalmente por mí. De cualquier modo, no importa quién encuentre a quién; sino que la tengamos con nosotros cuanto antes.

—¡Pobre Nolvaria! —se lamentó Felindante—. ¡Debe de tener el resuello ávido!

—Es villana, pero podrá comer y dormir todo cuanto desee mientras sea mi protegida, como vuestras mercedes. Con un poco de suerte pensará en llamar ella sola a las puertas del palacio.

Una sensación de esperanza renació en mí: en cuanto Nolvaria de Bruma nos contara lo que había descubierto daríamos con el embozado. Si todo corría bien lo atraparíamos antes de la Primera Penumbra; en cambio, si el Sol caía hasta la primera línea de anillos de Tetragrama, sería más difícil afrentarle, pues la Iglesia restringía armonizar en esa época del año. Con todo, tras las murallas de Mirtos estábamos más seguros que en cualquier otro lugar de Ísbar. Ni siquiera debió importarme ya el niño; si en cualquier momento algún agente de Gresnan me hubiera puesto las manos encima, el niño se iba por la posta conmigo y eso era lo último que debía ocurrir. Ahora, Lintus Corne volvía a la corte, a su forma de vida llena de opulencias y chucherías. Solo esperaba apiolar al asesino antes de que me echaran del palacio de Sonora.

Tras estas cavilaciones me acerqué al barón y puse mi mano sobre su hombro. Oí cómo Felindante se sorprendía ante esta ruptura de etiqueta.

—Martiso. Gracias.

No respondió, solo me miró severo.

—Sé muy bien —añadí— que no es la mejor forma de volver a Ísbar: una libranza contra vuestra tesorería; una irrupción en vuestro círculo de aristócratas; y ahora no somos más que una molestia para vos, pues habéis dado la cara ante nuestros delitos, dándonos techo, comida y ayudándonos en nuestra empresa.

—Corneli —suspiró—, lo que me molesta de ti no es la libranza contra mi tesorería, que ya me ocuparé de revertirla contra la de la Corona. Tampoco que irrumpas en el palacio de mi aliada; a fin de cuentas, le has hecho un favor (aunque ella se resista a admitirlo), porque una de las vías de comunicación directas con el palacio ha sido destruida y no pueden acusarla de ello. Y por supuesto tampoco me molesta ayudarte en tu empresa, porque también es la mía, dadas las graves circunstancias políticas en las que vivimos. —Retorció una mueca de molestia—. Lo que me molesta de ti es que después de haber salido de este infierno, has vuelto once años después y todo por causa del mayor de los pecados: una obsesión. Y esa obsesión será la perdición de Dragos Corneli.

Los otros se armonizaban en consonancia con la música del barón, callados ante el silencio de su concierto. Me pasé la mano por la frente, estaba cansado de tanto parloteo.

—Martiso, he venido...

—Por venganza —sentenció él, severo y con el tono más grave—. Y por tu venganza otros están pagando con su vida.

—¿Pues cómo, con su vida? No sé a qué os referís.

—Cuatro alguaciles serán ejecutados mañana por irrumpir en Mirtos por la fuerza. —El silencio entre las palabras se hizo más pesado—. Fueron encontrados en la muralla ferroviaria que cruza el distrito hasta el palacio, por la cual llegasteis; cerca de donde paró su ténder.

—Me aflige el corazón.

—Y os creo, Corneli —asintió con gravedad—, pero hay que ser sinceros: esas ejecuciones os valdrán para no ser enemigos del Imperio.

Closter gruñó con pesar.

—Nos han visto decenas de ellos.

—Entre la oscuridad, según tengo entendido. —Martiso cerró los ojos, como si quisiera repasar algo, y en abriéndolos nuevamente me miró continente—. Mañana escribiré a Gresnan Cot y negaré que hayáis llegado aquí.

Hubo un silencio reflexivo tras estas palabras. Todos supimos que esa mentira no la creería nadie, pero la palabra de un grande de Ísbar podía valer más que la verdad misma. Mi mente estaba tan embotada que solo pude articular dos palabras, torpes, tristes, cansadas, repetidas:

—Gracias, Martiso.

—No necesito que me des las gracias —concluyó—. No menos que te niegues a admitir tus oscuros tormentos, por la salud de tu cordura.

Y por vez primera desde que volví a Ísbar no negué mis oscuros tormentos.

Bastaron seis horas para que Nolvaria apareciera dentro de las murallas del palacio; yo fui ajeno a ello, pues dormí muchas horas antes de despertarme, cuando el sol casi rozaba el centro de Tetragrama. Como predijo Closter, nuestra amiga había intuido que los del ferrobús éramos nosotros. Según ella, habíamos agitado a todo Mirtos; que hasta el estruendo llegó a oírse en las costas y en menos de una hora todo el distrito estaba en pie, pues muchos creyeron que se trataba de un atentado, o algo peor.

La encontré en la alcoba de Martiso, ambos inclinados sobre un plano que cartografiaba Mirtos de Levante. Era un plano antiguo, sacado del archivo y al que solo el barón tenía acceso; muchas de las casas y callejuelas que allí se mostraban dibujadas ya no existían o habían cambiado. Pero seguía siendo un buen mapa y parecía que Nolvaria tenía mucho que decir sobre él, porque trazaba líneas con el dedo, pasándolo de aquí allá por encima del papel, con entusiasmo.

Volvió un rostro sonriente en cuanto me vio entrar.

—¿Ya has dormido lo suficiente?

—Este distrito me hace conciliar el sueño mejor que cualquier otro.

La mujer me sonreía perspicaz y correosa.

—¿Cómo están tus dedos?

—Felindante ha hecho un buen trabajo —dije mostrando el remiendo de la mano—. He sentido algunas molestias esta noche, pero el cansancio ha podido más que el dolor.

Mi amiga rio con cierta pesadumbre.

—¿Tan distraído te estás volviendo?

—A lo mejor es porque intuyo que tienes buenas noticias.

—Espero que me pagues bien por lo que tengo que decirte.

—Bueno —contesté—, ¿quieres que te pague yo personalmente, o prefieres que nos ahorremos el trámite y sea Martiso quien te provea la pecunia?

El barón soltó una risotada.

—¡No afufes, Corneli! Si quieres dinero firma una libranza. De lo contrario no podré reclamar luego a la Corona.

—Puede que pronto las libranzas y los créditos tengan poca importancia.

Ante este lúgubre comentario los ánimos tornaron a un grave y continente silencio de pesar. Entonces una voz me vino de un rincón a mi espalda, un lugar ensombrecido en el que no reparé.

—Tenías razón, Corneli. —Closter Tol bebía, como de costumbre, una copa de hipocrás—. Nolvaria ha encontrado la casa.

Martiso sonrió con entusiasmo y me hizo un gesto para que me acercara. La guarida del embozado se encontraba en un laberinto de calles al norte del distrito, en un bloque de adobe derruido sobre un tercer nivel, junto a una iglesia cuya torre cayó en pedazos hace algo menos de un siglo.

—Ese era el chapitel que se veía a través de la ventana —señaló Nolvaria—, según nos mostraba la jofaina.

Martiso se volvió con una ceja levantada.

—¿El chapitel?

—Sí —aclaré—. Cuando Closter nos enseñó el tejido en la jofaina, pudimos ver cómo el embozado llegaba a su habitación. A través de la ventana podía verse una especie de torre en punta.

—Una torre que no existe ahora —añadió mi amiga—. Pero ya sabéis cómo es el tejido, ilustrísima; y no hay nada que se escape a mi visión armónica.

—Adelante, te escucho.

Me enseñó el lugar: un arrabal mugriento dentro de un barrio llamado Parco, a menos de dos millas del palacio. Estaba encajado en una maraña de callejones estrechos e irregulares y según nos contó, aunque el mapa no lo mostraba, había puentes y plazas colgantes que con el tiempo se fueron añadiendo a la arquitectura del sitio.

—A pesar del sinfín de pasillos asfixiantes por donde se camina a duras penas, es un lugar poco transitado. No me ha parecido escuchar escalas latentes, pero al abrir mi visión armónica percibí el tejido extraño.

—Pues ¿cómo extraño?

—Poco virgen, sería la manera adecuada de decirlo; como si hubiera sido compuesto y descompuesto nuevamente; o como si una extraña vibración latente estuviera presente en las cuerdas, pero con una presencia invisible.

—¿Alarmas?

—Puede. Lo que es seguro es que el asesino no me conoce, si no, ya me habría interceptado.

—O algo peor —musité, mirándola con preocupación.

Closter Tol dejó la copa sobre una mesa con un golpe sordo.

—También podría ser que no estuviera en su casa en los momentos que pasaste por allí. Pudiera ser que no esté ni siquiera en el distrito; que nosotros estemos encerrados en Mirtos y él no pueda entrar.

—Lo he pensado —asintió Nolvaria—, o lo que es peor: que me haya reconocido y nos esté esperando... que haya decidido esperar a Corneli. —Hizo una pausa, observándome con inquietud—. De cualquier modo, no soy tan estúpida como para escuchar las escalas, si las hay realmente, y menos silenciarlas; pasé de largo como si la cosa no fuera conmigo.

—Has hecho bien —admití—. Antes has comentado que había un buen número de plazas colgantes.

—Estuve tentada de subir, pero debido a lo inquietantemente silencioso que es el arrabal (y que además esa parte da a viviendas desoladas), pensé que no había excusas para llegar hasta arriba sin levantar sospecha. Lo que sí hice fue andar por una de las callejuelas en la que se abría una ventana que inferí sería la habitación del asesino por su posición frente a la iglesia. Estaba tapada con papel, pero no había duda de que era el lugar, puesto que al final advertí que coincidía su perspectiva con la del relato de la daga.

Asentí clavando mi mirada en el punto del plano y me pregunté si el asesino estaba allí ahora; lo fácil que resultaría para la araña atraparme en su tejido particular. Martiso me dio unas palmadas en la espalda, sacándome de mis cavilaciones.

—¿Y bien? ¿Cuál es el plan, Dragos? ¿Vas a entrar en el arrabal por las buenas en condición de magistrado, bramando tu nombre, pidiendo justicia al emperador?

—Sabéis que eso es un suicidio.

—Sí. Y mientras piensas en la manera de no condenarte aún más de lo que estás, sería bueno que llenaras el estómago, para tenerlo calmo. Vamos al comedor; el señor Pelgrin dijo que vendría sobre esta hora. Espero que ya se haya deleitado bastante con las bóvedas y los jardines colgantes.

El barón caminó hacia la puerta y, como movidos por inercia, empezamos a seguirle. Pero entonces recordé algo en lo que estuve pensando antes de acostarme la noche anterior.

—Disculpad, Martiso —dije, y él se volvió para escucharme—. Necesito hablar con Nolvaria y con Closter. ¿Tendríais la gentileza de esperarnos en el comedor?

Mis amigos me miraron expectantes, pues debieron de notar en mí lo discreto del asunto. En mirándonos Martiso unos instantes concluyó con anuencia:

—No tardéis. Sería prudente que nos vieran juntos en todo momento.

Dicho esto, hizo un gesto de sombrero y dio media vuelta para salir por la puerta. Closter fue quien habló primero:

—Y bien ¿qué quieres, Corneli?

La duda me embargó por unos segundos y Nolvaria ya insistía impaciente sobre las palabras del bardo cuando les indiqué que vinieran conmigo. Se miraron confusos, se encogieron de hombros y me siguieron, ella con perspicacia, él con desapasionado compás. Entonces llegamos hasta una puerta que marcaba el umbral del nodo de silencio en el cual todo el palacio estaba inmerso.

—¡No pienso entrar ahí! —exclamó el bardo.

—Closter, amigo mío... Te pido que confíes en mí.

Nolvaria se dispuso a pasar el umbral con una risilla —sabíamos que era una burla—, pero Closter negó efusivamente con la cabeza.

—Puedo estar beodo la mayor parte del día, Dragos, pero no pienso pasar ni un minuto más en las zonas del nodo.

—¡Y voto a los doce tonos que no será por más de un minuto! —Lo miré implorante y en mis ojos imprimí toda la confianza que pude transmitirle—. Closter, confía, es necesario.

Entonces, tras una eternidad, Closter inspiró con profundo tedio y se adentró gimoteando y enterrando el cuello entre los hombros en un visaje de molestia. En su mirada pude ver contrición y yo supe el porqué: Closter no tenía derecho a quejarse después de lo del día anterior y su mansedumbre se debía a ello.

—Espero que esto valga el oro suficiente.

«Lo valdrá», susurré guardándome de que estábamos completamente solos en aquel lugar. Y ese fue el momento en que desabrigué el arpa ante los sorprendidos ojos de ambos. Así, ante el silencio armónico de un tejido que no se movía —y que por tanto jamás daría testimonio alguno sobre lo que allí se armonizara— toqué la contraescala de *El beso del silencio* y protegí los corazones de mis amigos.

Capítulo 23

Donde se explora el edificio del embozado y de los milagros y desgracias del íbaro

Sobre las lindezas que podíamos encontrar en el palacio —al menos en el ala en la que se nos permitía deambular—, puedo decirles que lo normal: pisaverdes, galanes y otros lindos de aquí para allá, sumidos en la ostentación y la vanagloria propias del compás de sus vidas. Tenían medidos los tiempos desde la mañana a la caída del sol; los lugares donde presumir de sus chismes; los personajes a los que dirigirse para obtener favores y atenciones...

Me encontraba hablando con un señor de mayorazgo llamado Tristerio Relente, señor de Puertocercano del Hórreo. Se quejaba incansablemente sobre su mala suerte al haber acabado dentro de Mirtos cuando el cisma —el palacio estaba abarrotado de otros como él—. Por suerte, Tristerio poseía un patrimonio mayor que el del duque de su distrito y eso le granjeaba ciertos privilegios dentro del palacio real de Sonora.

—¿Es que quieren una guerra civil? —decía con ojeriza—. No son capaces de arreglar sus problemas y ahora los proyectan contra otros.

Me encogí de hombros.

—La situación de Mirtos es tan escabrosa que quizá piensen que el cisma pueda revertir la situación.

—¿Es que acaso lo apoyáis? —bufó—. Sus gobernantes son los que han traído la ruina a este distrito pues, ¿quiénes son los que lo gestionan? ¿El distrito de La Mácula? ¿El Central? ¡No! ¡Mirtos de Levante no tiene agua porque así lo ha elegido!

—Quizá sean los de otro distrito los que vierten inquina, en vez de agua, sobre Mirtos de Levante. No es Sonora Pesar, precisamente, quien ha cerrado las acequias, sino Sórdido, el duque de Antigua, del distrito vecino.

—¡Simplezas, Corneli! —espetó—. ¿A quiénes dio sus regalías el pueblo de Mirtos? ¿A quiénes sus diezmos? Si hubieran ofrecido sus contentos a la casa Cot, el agua correría por todo el distrito. ¡Tienen lo que se merecen!

—¿Me estáis diciendo que la culpa es de los ciudadanos de Mirtos por no complacer con sus diezmos hace cuatro años a Gresnan Cot?

Hizo un visaje de apatía.

—¿No le echaréis la culpa al valido?

—No pretendo ofenderos, señor Tristerio, pero no comparto esta forma de pensar: echar la culpa de los problemas del distrito a sus gestores cuando son otros los que los crean no me parece cosa clarividente.

—¿Qué os parece clarividente, señoría? ¿Lo que dice ese tal Pintoresco Igris? —Me señaló, como acusándome—. ¿O ese amigo de vuestra merced, Martiso Dascar? ¿El mismo que quiere repartir las tierras entre el campesinado, según se le intuye?

Y así es la forma de discutir del íbaro, saltando de un razonamiento a otro del modo más peregrino, de la manera más aleatoria: las vísceras por encima de la razón. Y cuando todas las falacias son desmontadas lo siguiente es apelar a algo negativo de su interlocutor: en este caso, de ser yo simpatizante del valimiento de mi amigo Martiso —como si no tuviera este derecho a presentarse a valido—. Y en estas estábamos cuando el mismo barón apareció por uno de los ángulos del pasillo, con su jovialidad y su amigable talante, pero vestido muy sobrio, sin distinciones ni opulencias —podría haber sido confundido por un simple y modesto hidalgo—. Tristerio Relente hizo entonces una pequeña genuflexión en cuanto lo vio y se marchó del lugar, el rostro envilecido. Una vileza que era más una máscara que un sentimiento real. Tanto Martiso como yo conocíamos ese tipo de rostro: ocultaba en realidad un miedo, el miedo del timorato. De no ser por el nodo de silencio lo habríamos escuchado con nuestros oídos de armonizador.

—Cuando gustéis, Corneli —comentó mientras miraba cómo Tristerio se alejaba refunfuñando—. Solo hemos de avisar a los demás y partiremos en menos de un vive Dios.

Lo miré un rato con interés. «Valido», pensé, «mi amigo Martiso un valido». Algo que jamás vería: él estaba del lado del pueblo; el pueblo del lado de Gresnan; y Gresnan del lado de su familia y de la familia imperial. El barón, al verme desubicado en mis pensamientos, repitió que cuándo nos íbamos, pero yo torné la conversación a otros lugares:

—¿Cómo está él? Veníais de verlo, ¿no?

—Pues asustado... —se encogió de hombros tras un suspiro— es un niño. Además, le dejan salir poco de su habitación y siempre en compañía de la princesa o el mayordomo mayor.

—Entiendo, está solo.

—Quizá le venga bien para practicar con su guitarra y pensar sobre estos acontecimientos.

—No lo creo —repuse—, este palacio es una cárcel para los bardos; mis oídos me limitan en este nodo.

Martiso golpeó su antebrazo con los nudillos y un metal bajo su camisa resonó: clanc, clanc.

—No me hables de eso, que mi arpa es capaz de huir de aquí por sí sola.

—¿Os habéis pasado a la cuerda? —reí—. No os veía muy dado al arpa de muñeca.

—Soy un hombre ilustrado, Dragos. Cuantos más instrumentos se sepa tocar, más pentagramas se componen.

Una risotada, luego un suspiro, finalmente una mano que se me posó en el hombro.

—El niño está bien —aseguró el barón—, pues pide libros, según me cuentan. Libros de armonización: el *Códex de Dascario, Escalas latentes del prelado Seraxis, Teoría de cuerdas,* entre otros... —Me sonrió con afabilidad—. Ahora, tú y yo tenemos algo que hacer en Mirtos, y es investigar cierta guarida de cierto embozado. ¿Estás preparado, amigo mío?

Me desmangué y vi la cara del perro corgi ornamentada en la chapa. Una vez tuve un perro así. *Corchete*, se llamaba.

—¿Estará el embozado preparado? —dije—. Bajemos al distrito.

Era un entramado de callejones que se perdían de forma laberíntica en multitud de pasillos entre edificios y pasarelas que los conectaban con hierro oxidado. Había algo extraño en el ambiente, como un silencio antinatural. Al tiempo nos dimos cuenta de que la quietud era por causa de cientos de viviendas desocupadas. Ante tal imponente estructura de edificios desolados se hallaba una plaza llana y abierta al cielo, con una fuente por la cual no salía agua alguna. Aquí sí había movimiento de gentes y algunos negocios, entre ellos una herrería, un relojero y una tasca modesta que se recluían en un pequeño mercado de puestos ambulantes —realmente era uno de los tantos mentideros que abundaban en la ciudad, donde las gentes se contaban supercherías—. Nolvaria, Closter, Felindante, Martiso y yo decidimos mezclarnos entre los lugareños y observar prudentemente mientras fingíamos comprar algo por la zona. Los armonizadores hablábamos mentalmente usando *El susurro del viento*, por lo que nadie —a excepción de Felindante, sobre quien extendimos un puente armónico— podía escuchar lo que allí nos decíamos.

«Ese callejón de allí», comentó Nolvaria mientras levantaba sutilmente un dedo, *«baja a través de unas escaleras de piedra que dan a una encrucijada. Tornando a la izquierda existe un pasadizo donde la luz es más tenue y que se interna hacia la iglesia del chapitel derruido que hay frente al lugar que buscamos»*.

Martiso tomó un broche de herreruelo de uno de los puestos y aparentó evaluarlo. Entretanto, Nolvaria continuaba su explicación:

«No obstante, desde la antigua iglesia hay otras escaleras que pasan bajo una plaza volante; es precisamente desde esa plaza por la cual se accede a la vivienda, pero hay que hacer unos cuantos giros más, subiendo y bajando calles por ese entramado laberíntico». Negó con la cabeza cuando una mujer venía a ofrecerle unas ramas de romero. *«Lo que quiero decir es que el lugar está muy cerca, pero se puede atajar»*.

«Dijisteis que no había escalas latentes», pensó Martiso, *«pero sí extrañas sensaciones sobre el tejido. ¿En cuántas ocasiones?»*.

«Al menos cinco veces, sobre todo en los ángulos de los callejones».

Miré a Closter con una ceja levantada.

«Si son escalas latentes de protección, será un trabajo para los mejores oídos de armonizador de Ísbar».

«Supongo que no será difícil detectarlas». Closter se encogió de hombros. *«Pero silenciarlas será cosa tuya»*.

«No te preocupes por eso. ¿Puedes acercarte y localizarlas?».

Martiso interrumpió dejando el broche en la mesita del puesto.

«Es peligroso», pensó, *«el embozado podría detectaros, señor Tol»*.

«El embozado no me conoce».

«Y vos no conocéis si eso es cierto».

Martiso se giró hasta quedar frente a Closter y sonrió.

—¿Os apetecería comer algo?

«No es prudente, señor Tol», sentenció a la par de sus palabras, *«pues aún no sabemos siquiera si puede ser alguno de estos hombres que transitan por aquí»*.

Miramos alrededor: hombres fornidos y flacos; altos y bajos; viejos y jóvenes. Hombres de rostros desconocidos, sin embozo. Closter asintió chasqueando la lengua:

—No estaría mal llenarse el estómago.

«Dragos paga, vos proveéis», concluyó con sus pensamientos.

Y entonces echamos a andar hacia la tasca, que quedaba en el lado oriental de la plaza, junto a una balconada que miraba hacia un terreno que se hendía a niveles más bajos, con casas envueltas por los gases de las chimeneas. Antes de aventurarme a los callejones se me ocurrió una buena idea y les comenté que aguardaran unos minutos, cosa a la que accedieron con indiferencia. Así fue como nos dirigimos a la balconada y nos sentamos en un pretil erosionado y mohoso mientras dábamos apariencia —como tantos otros en la plaza— de contarnos cuchicheos.

—¿Qué propones ahora, Dragos? —preguntó Closter.

—Hay que entrar sin levantar sospechas. Y creo que armonizar es la clave.

—¿Te refieres al Laberinto Estut? —dijo Martiso—. ¿Es eso?, ¿tu maestro tenía alguna escala de *La puerta* conectada con el interior del arrabal?

Negué pesaroso.

—Desconozco si Risoldar armonizó su laberinto en esta zona.

—Entonces, ¿a qué te refieres con eso de armonizar?

—La *Balada de la envidia.*

Mi amiga se sobresaltó.

—¡La conozco! ¿No es esa, acaso, una escala perversa?

—En absoluto —contestó Martiso—. Es más bien una escala vetada, prohibida por las leyes civiles, que no las eclesiásticas. Es el gobierno quien se encarga de perseguir este tipo de armonización. Pero en honor a la verdad, no sienten tanta pasión por detectarlas como los urdidores a la hora de detectar escalas perversas.

—Entonces es verdad: si se usa podrían detectarlas los magistrados del Imperio.

Desabrigué el arpa de muñeca y sonreí tranquilizador a la mujer.

—Y yo, como magistrado imperial, te puedo asegurar que no voy a incumplir ninguna premática. La razón es que la escala está prohibida si se usa con seres humanos, algo que no voy a hacer. Si por casualidad la detectaren en el tejido, que dudo mucho (pues son negligentes y despreocupados como bien ha dicho Martiso), yo me ocuparía de dar pruebas de haber hecho un uso correcto.

Closter se sentó a mi lado y se cruzó de brazos mirando alrededor.

—¿Sobre qué la vas a usar, entonces?

—¿Ves ese montón de basura de ahí?

—¡No jodas, Corneli! —rio amargo—. ¿Vas a poseer a una rata?

Los ojos de Felindante se abrieron como platos y abrió la boca para soltar su retahíla de vivedioses, pardieces y votos a tal o cual, pero yo no estaba para aprensiones.

—Sí, Felindante, sí —dije impaciente—, voy a meterme en la mente de uno de esos bichos, lo voy a dominar y voy a usar su cuerpo para ver, oír y sentir a través de él. Su cuerpo me servirá como recipiente para mi mente y con él me introduciré por el entramado de callejuelas hasta dar con la guarida que buscamos. No pienso entrar ahí como Dragos y tampoco voy a poner en peligro a ninguna de vuestras mercedes. ¿O preferís que cambie de opinión?

El pobre de Felindante, compungido por la inesperada situación, no pudo más que alzar las manos anuentemente y guardar silencio. Así, al amparo de los demás, a los que pedí que me ocultaran de las vistas ajenas, toqué una prominente balada y lancé un puente armónico hasta el lugar de las ratas. Logré atrapar a una, que se quedó como quieta, temblando y con el lomo erizado. Y tomando una bocanada fuerte de aire cerré los ojos y me sumergí en mi mente relajándome todo lo que pude. Finalmente, buscando en mis pensamientos vi un haz de luz plateado, como una abertura en la oscuridad. Era el umbral del vano que se abría en la frontera de mi ser —y el principio del puente armónico que había tendido de mí a la alimaña— y por el que me deslicé lentamente hasta su borde. Noté un fuerte tirón nada más dejar caer mi consciencia a través del hilo de plata y la cabeza me dio mil vueltas.

Cuando abrí los ojos la visión era distinta: la desagradable sensación de otros dientes, otros ojos, otro cuerpo; la torpeza motora de las patas, el fuerte olor de la basura aderezado con otras texturas y sabores; el dolor de espalda por causa de una vértebra dañada; el afinado umbral del sonido en unos oídos de rata que me presentó un abanico de tonos inaudibles para el ser humano; un pelo erizado y áspero y una mirada turbia que enfocaba mal de lejos, pero compensada con una especial sensibilidad en los bigotes que me ayudaban a entender lo que había a mi alrededor.

Es difícil recordar algo acerca de una posesión, porque los recuerdos y las sensaciones se mezclan con los del poseído. Esto es porque dos mentes no pueden estar unidas en un mismo cuerpo y lo que ocurre realmente es que se intercambian; la consciencia viaja por las partes de nuestra mente y, como la energía no puede disiparse ni crearse, ha de ser suplida de tal manera que una mente sustituye a la otra para no romper el equilibrio. Vuestras mercedes conocerán, dadas estas razones, que la mente de la rata ocupaba ahora mi cuerpo —cosa que era cierta—, pero no se manifestó a través de él. Quien conoce esta escala suele tener una escala latente de protección para impedirlo —en mi caso, un tatuaje en mi antebrazo—. Y resulta que, a la hora de regresar la mente al cuerpo de origen, uno se lleva parte de esa energía —lo que se memoriza durante la posesión— a precio de perder algo de cordura propia, y esto es lo que hace peligroso usar la *Balada de la envidia*. Para más pesares, resulta un trabajo arduo arrancar la energía de forma precisa; así, sobre la posesión, se tiene un recuerdo que es una mezcolanza de los pensamientos y las sensaciones de ambas mentes —la mayoría de las veces, ambos se quedan con el mismo recuerdo, pero fragmentado: recuerdos complementarios con sensaciones opuestas, como las caras de una misma moneda—. La narración del recuerdo se convierte en algo confuso y su claridad dependerá del poder del armonizador sobre el poseído.

Por suerte, una rata no suele tener una mente fuerte. Déjenme que me sumerja en mi memoria y rescate las sensaciones que viví durante la posesión tal y como sigue:

La temperatura es más sofocante.

Percibo los sonidos atenuarse a mi alrededor mientras los bigotes confirman esta quietud, y siento cómo la piel se me eriza con un instinto desagradable y desconocido hasta entonces; las ratas de alrededor se han parado y me observan con ojos desorbitados y las bocas abiertas, mostrando unos dientes irregulares, amenazantes.

Saben que soy un intruso: lo huelen.

Torpemente apelo a la memoria motora de mi recipiente y mi consciencia lucha para ocupar sitios de un cerebro que se presenta limitado al razonamiento humano. Pero consigo acostumbrarme a la extraña naturaleza de los pasos, y en menos de medio minuto, estoy pegando el cuerpo a la pared de uno de los edificios, siguiendo su contorno irregular con el lomo, levantándolo de forma instintiva. Al llegar a una esquina giro el morro y observo a duras penas que mis compañeras han vuelto a su faena.

Hay momentos de oscuridad, recuerdos desdeñables de los sitios, percibidos de manera muy desapacible, pero al fin encuentro una disrupción de mi latencia cuando los pesados pasos de un hombre restallan a mi vera. El miedo me atenaza las extremidades y rezo para que sus botas no me pisen o me golpeen.

Al cabo de unos minutos veo la encrucijada que Nolvaria describió y recorro el pasadizo interminable hasta llegar a lo que parece un vasto espacio abierto al cielo, ante el cual se alza un edificio grande. He llegado a la iglesia del chapitel derruido y, aunque levanto la cabeza para observar, mis ojos son incapaces de percibir más allá de mis deseos y solo puedo intuir dónde se habrían de levantar los restos del antiguo campanario.

Bajando por un pasadizo percibo que todo se hace más desvaído y oscuro; debo de estar bajo la plaza colgante. Busco por todas partes algo por lo que escalar, pero la búsqueda es infructuosa. Cada segundo que paso dentro de este cuerpo puede costar muy caro a mi mente. Pensando en esto, el terrible instinto reaparece y enerva de nuevo mis sentidos: un animal acecha cerca y puedo ver un tenue reflejo a poca distancia de mí, como dos puntos luminiscentes que se encienden y apagan apenas un segundo en la oscuridad. Mis patas se mueven por sí solas y me encuentro en el aire de un salto. Arreglo el equilibrio de mi cuerpo nada más posarme en el suelo y corro mientras huelo al gato acortando las distancias. La suerte es increíble: alcanzo la oquedad de la pared a tiempo, pero noto una punzada en la cola; la garra ha logrado cercenarme la punta, y un instante después, lanza cuchilladas sin alcanzar más que el aire a través del boquete de la chapa. Las cuchillas se retiran y la cara del animal asoma observándome y relamiéndose.

El terror es tan insoportable que sopeso devolver mi consciencia a mi cuerpo, pero noto algo que me ha caído en el cuerpo y me ha sobresaltado: una cucaracha. El instinto vuelve a apoderarse de mí cuando siento unos deseos irrefrenables de cazarla, pero esta vez los reprimo y siento a través de los bigotes que el hueco se extiende hacia arriba.

Subiendo a duras penas y no con pocas caídas y numerosos intentos llego hasta una cima donde se abre la plaza colgante. Hay una mujer tendiendo ropa y dos niños jugando a lances con palos. Más allá debe de estar el edificio del embozado. Sorteo a los humanos pegándome a las paredes y dejo atrás las calles que se abren a sendos lados, de tal forma que por fin alcanzo el edificio que, intuyo —por la orientación de sol—, se trata del mismo en el que debe de estar la guarida.

Resulta peligroso subir y las puertas están cerradas; sigo explorando y termino por encontrar, entre ruindades de adobe y chapa, un camino escabroso que me lleva hasta los tejados —creo haber subido unos dos o tres niveles—.

¡Algo vibra a un lado! ¡Mis oídos lo notan! Y entonces me doy cuenta de que es el instinto humano el que me ha alertado y no el de la rata. Miro hacia el lugar y me tienta abrir mis oídos de armonizador, pero me contengo: he localizado una escala latente de protección que procede de una ventana tapada con papel en el último piso —el tercero—. ¡Por fin he localizado la habitación del embozado!

Minutos después me deslizo por unas cornisas hasta lograr alcanzar la cúspide y exploro su alrededor muy atento: los edificios están muy pegados y los callejones son estrechos, pero con este cuerpo me parecen distancias inmensas. Me alivia pensar que, si subimos luego hasta aquí, podremos saltar de un tejado a otro sin problemas. Busco entonces por la cúspide y abro mis oídos de armonizador.

¡No hay escalas latentes en el tejado!

Decido bajar de nuevo y me escurro por la cornisa con los oídos abiertos: empiezo a escuchar de nuevo el zumbido de la escala latente pegada a la ventana, cada vez más cerca, y me coloco frente a ella, en el mismo alféizar. Por un momento me parece ver las cuerdas danzando y estoy tentado de entrar rompiendo el papel. Puede ser peligroso, pero quizá logre sacar mi consciencia de este cuerpo antes de que ocurra lo peor. Entonces, poniendo un especial cuidado en cada paso, empiezo a caminar hasta que...

¡¡Parálisis en mis extremidades!!

¡Siento un dolor terrible, y un zarandeo hace que mi cuerpo se convulsione en el aire!

¡Mis oídos se cierran de golpe y me elevo mientras noto un chasquido en mi cuello y mi visión se apaga! ¡Noto el rictus en el hocico y un estertor de muerte me adormece el rostro!

En medio segundo logro comprender de golpe todo cuanto ocurre: mis oídos de armonizador han tapado el instinto de la rata y el gato ha logrado cazarme, mordiéndome desde atrás justo antes de alcanzar el papel de la ventana.

Mi estómago arde; mi voz... se apaga.

Los dientes del felino se aprietan más.

Mis pulmones intentan tomar aire y, en ese segundo de consternación y parálisis, logro vencer de nuevo al instinto y disuelvo la escala de posesión justo antes de morir.

Caí de rodillas y empecé a vomitar de forma convulsiva. Notaba el cuerpo dormido y destemplado pero el dolor se disipó por completo; todas las sensaciones desagradables que sentía apenas unos minutos antes dieron paso a mis sentidos humanos. Y aunque los sonidos volvían a ser pobres a mi alrededor, mi visión resultó inconmensurable en colores y detalles. Poco a poco recobré el resuello y algunos de mis amigos me recostaron contra el pretil mientras Felindante sacaba unos pomos con un brebaje médico.

—¿Qué es eso?

—Un electuario de raíces —contestó—. Se os ha descompuesto un humor, por eso vomitáis.

Tomé el pomo y bebí su contenido, el sabor aromático y agradable. Lo cierto es que me calmó.

—Gracias, amigo.

—Para eso estoy aquí, Dragos. Decidme, ¿os duele la cabeza?

—Sí —gemí.

—Lógico, tenéis exceso de agua en ella —aclaró—. Quizá una pequeña sangría os calme.

Pero yo sabía que el dolor de cabeza era por causa de la escala, así que negué con la mano.

—Lo que necesito es comer algo.

—¿Qué has visto? —inquirió Nolvaria.

Respiré hondo y conocí que algunas gentes se habían parado en su curiosidad. Entre ellos vi la tasca.

—Vamos adentro y os lo contaré todo.

Me incorporé y nos metimos en el establecimiento, donde tomamos asiento en una mesa redonda que se recogía en un rincón. Pedimos unos callos y carnero verde —y por supuesto hipocrás—. Mientras esperábamos la comida, y ya más repuesto, fui a componer la contraescala para proteger nuestra conversación, la cual se hablaría en susurros. Pero ya lo había hecho Closter.

—Estamos seguros —comentó—. ¿Y bien?

La misma narración que he sacado de mi memoria para vuestras mercedes fue la que expuse ante mis amigos. Duró lo justo para que trajeran el primer plato y nos pusimos a comer los primeros bocados mientras cavilábamos en nuestras mentes la forma de entrar en la guarida. Al cabo, Nolvaria rompió el silencio:

—Dices que en la cúspide no existe ningún tipo de escala.

—Así es —contesté.

—Eso nos da ventaja si queremos acceder por arriba.

Felindante me miró confuso.

—¿Vais a abrir un boquete en la cúspide para entrar?

—No es eso —dijo Nolvaria—. Podríamos transportarnos hacia dentro desde ese ángulo, aunque no habéis tenido mala idea con eso de abrir un boquete.

—No, desde luego —añadió Closter—, pero habríamos de ser prudentes. Lo mejor es hacerlo de noche, resguardados en las tinieblas. Y elegir bien el sitio por donde vayamos a subir.

Martiso lo señaló con la cuchara, asintiendo.

—Estáis en lo cierto, señor Tol. Y tengo la baza perfecta para ello.

—¿Cuál baza?

—Dentro de dos noches serán los bailes de Ennea. —Tomó una cucharada antes de proseguir; tenía nuestra atención—. Hay una mansión detrás de este arrabal, perteneciente a mi amigo Barelio de Nácar, el conde de Parco. Puedo convencerle de que haga una fiesta allí.

—El hijo de Fatua —comenté—, la duquesa de Sidoña. ¡Claro! A veces se me olvida que todos han crecido por aquí. ¡Y ahora conde, por lo que veo!

—De hecho, estáis pisando su barrio, Corneli.

—¿Cuál es el plan? ¿Festejar los bailes de Ennea en su mansión?

Closter soltó una risotada.

—Es buena baza, pues: entrar con las apariencias de asistir a una fiesta privada y, mientras todos estén en la mansión, subir a los tejados desde dentro, sin necesidad de hacerlo por la calle y a la vista de cualquiera.

El barón asintió sonriendo.

—Solo queda galantear una pareja. Y aquí puede surgir una.

Miró a Nolvaria, quien levantó una ceja.

—¿Me estáis cortejando, excelencia?

—¡Oh, no! —contestó—. Que yo tengo acompañante para la fiesta: Aneska Estut es una mujer reservada, pero bien apegada a las finezas, más aún desde que quedó encerrada en el distrito, como yo. Y como sabe que yo tengo privilegios por encima de ella muéstrase muy dada a la amabilidad conmigo. —Nos señaló a los otros tres—. Pero alguno de estos gentileshombres estará dispuesto a acompañaros.

Felindante abrió los ojos y el rubor encendió sus mejillas.

—¡Pardiez, no! —exclamó titubeando—. ¡No os ofendáis, mi señora! Lo que quiero deciros es que no estoy para bailes... Si me hacéis la merced, prefiero esperaros en el coche de Martiso, hablando con el postillón.

—¿No hay manera de convenceros, señor Pelgrin? —preguntó el barón—. Al margen de la faena no viene mal un poco de ociosidad.

—Gracias, excelencia, pero es mi deseo. —Alzó las manos a Closter y a mí—. Quizá estos gentiles caballeros sean más adecuados para formar una pareja con Nolvaria.

La bardo siseó con inquina.

—¿Es necesario que se formen parejas?

—Completamente —respondió Martiso—. La entrada estará prohibida a toda dama y caballero que pretenda ir sin acompañante; son las tradiciones de los bailes. Ante esto, vos podréis presentar a Corneli o a Closter, mas el otro deberá galantear a alguna dama para que todos podamos vernos dentro. Y más vale que lo haga antes de dos noches.

Nolvaria hincó los codos en la mesa y nos observó.

—Bien. Me da igual quién sea, así que proponed vosotros.

Entonces, antes de que nadie dijera esta boca es mía, Closter se levantó de un salto, bebió de su copa lo que quedaba de hipocrás y la dejó sobre la mesa con un golpe. Seguidamente se quitó el sombrero y rompió el volumen de los susurros, oyéndose en la tasca todo cuando allí decía.

—¡Señora mía! ¿Me haréis la merced de acompañar a este hijodalgo durante los bailes de Ennea?

Los vítores de alrededor se alzaron con risotadas y brindis al grito de galán y otras lindezas, y yo me consterné por la situación que la mujer sufría en tan macabras exhibiciones de cortejo. Esto no suele ser así, que gustan de ser discretos tanto hombres como mujeres en el galanteo, porque es cosa sabida que quien lo hace a la vista pública es de dudosa honra o poco religioso. Nolvaria, al igual que Closter, desobedecía estas moralidades —pues si querían cortejar a alguien no dudaban en hacerlo sin pudores—. El caso es que mi amiga sonrió forzadamente para guardar las apariencias y sacó disimuladamente una cuarta de daga que escondía bajo la camisola. «Haré la merced, pero también de rajarte si no te sientas», susurró sarcástica y encolerizada.

Y fue así como, entre tanto aplauso y alabanza, una gurullada de corchetes liderados por un alguacil entró en la tasca con aire altivo, apagando al punto los sonidos por donde pasaban. Con mucha parsimonia anduvieron entre las mesas hasta dar con la barra, al fondo del sitio, donde el tendero aguardaba limpiándose las manos en un paño con nerviosismo. Closter se quedó de pie sirviéndose más vino, mientras el alguacil —un teniente que riscaba los cuarenta— golpeaba la madera del mostrador con su inconfundible vara.

—¡Buena tarde, Agris!

—¡B-buena tarde, señor Loberia! ¿Venís a comer?

El señor Loberia sonrió con flema sin apartar su mirada del menguado tabernero.

—Vengo de parte del corregidor, como bien te habrás imaginado.

—Sí —rio nervioso—, estuve hablando con...

—Ya sé que estuviste hablando con el recaudador. Me ha hecho llamar de nuevo desde el Consejo Supremo de Hacienda y está decepcionado por vuestra falta de mesura para con el Imperio.

—¡Señor! —gimió—. ¡Bien sabe Dios que soy fiel al emperador y estoy contra el cisma! ¡Que bien nos han llevado a la ruina del distrito los que han ido con intereses contrapuestos al valido! Pero ¡ahora...!

Fue un golpe seco en la sien, que hizo que el tendero cayera de costado tras la barra. Felindante volvió su vista al plato mientras exhaló un suspiro; Nolvaria se cruzó de brazos como defendiéndose, y apretó los dientes; Martiso seguía comiendo, como si oyera llover, aunque yo sabía que estaba atento a todo; y Closter, todavía de pie contra la pared y con la jarra en la mano, era quien más me preocupaba. Abrí los oídos: escuchaba el ímpetu y sus ganas de abrir golas, sus ansias de impartir justicia. Entonces se dio cuenta de que yo lo escuchaba y lo saqué de sus iracundos pensamientos en cuanto cruzamos las miradas. Sus ojos se relajaron y, suspirando, negó con la cabeza serenándose. Parecía decir «Tranquilo, Dragos, prometo no inmiscuirme».

El hombre volvió a incorporarse, sus manos levantadas y trémulas. Dos vetas de sangre corrían ahora por su cara mientras el alguacil lo señalaba con la vara.

—Si estás contra el cisma y no contra la Corona, ¿por qué no has pagado tu impuesto?

—Porque ya lo di a la princesa.

Volvió a golpear, esta vez con menos fuerza, mientras el hombre se protegía con los brazos. Por cada sacudida el alguacil remarcaba cada dos o tres palabras.

—¡Yo sirvo al Imperio! ¡El corregidor sirve al Imperio! ¡Mirtos sirve al Imperio!

El tabernero lloriqueaba.

—¡Y yo, voto al Ojo, que sirvo al Imperio también! ¡Pero cuando me pidieron el dinero pensé que era para Su Majestad Imperial y no para el distrito!

Otro golpe en la cabeza que el triste tabernero no llegó a ver. Closter bajó la copa y Martiso giró levemente la cara hacia la barra.

—¡El recaudador volverá mañana! —gritó el teniente—. ¡Saca el dinero de donde sea o te cerraremos el negocio y te secuestraremos lo que haga falta para pagar tus deudas con la Corona! ¡No me hagas volver aquí!

Con lágrimas en los ojos, pero para mi desagradable sorpresa, con una sonrisa en el rostro, el tabernero asentía condescendiente en un millar de genuflexiones. La sangre le caía más abundante por el rostro mientras dijo una palabra que me rompió el alma: *gracias*. La gurullada dio media vuelta para salir y, poco a poco, el silencio volvió a llenarse de murmullos mientras el hombre regresaba a sus quehaceres con desorientado compás.

Por aquel entonces, yo no entendía por qué había gente en Ísbar que no luchaba y se mostraba complaciente con quienes les hacían daño. No entendía por qué había dado las gracias. No lo entendía...

O quizá se me había olvidado.

—No lo entiendo —me encontré diciéndolo, mientras miraba al tabernero—. ¿Por qué lo permite?

—Tanto tiempo en Galvaré te ha hecho olvidar cosas, Dragos —acertó a decir Nolvaria, la voz lúgubre.

—¿Tanto le cuesta luchar a la gente aquí?

—Al principio lo haces —continuó—. Luchas, pero luego solo queda la resignación.

—¿Resignación ante la injusticia?

—Sí. Y siempre te preguntas si alguien hará algo alguna vez, pero es una bella mentira, de esas que a todos nos gusta escuchar, sin condición de casta, raza o edad. Las energías se gastan, Dragos, ya lo sabes. Siempre se terminan gastando.

—Y cuando la ira —añadió Closter— y la resolución se apagan por hastío, solo queda la tristeza. Y así es como se *aprende* a bajar la guardia: la «indefensión», la llaman algunos eruditos. Cuando aprendes la indefensión solo queda recibir y recibir tarascadas sin hacer más que mirar con impotencia y ojos lacónicos el triste pasar de tu puta existencia.

—Le ha dicho «gracias» —susurré, roto de dolor.

Miré a Nolvaria, sus ojos comprensivos, y descubrí que la admiraba: era sin duda más inteligente que cualquiera de los que allí estábamos. Martiso dejó la cuchara y me miró circunspecto.

—Sí, le ha dicho «gracias». —Entrecruzó las manos con los codos en la mesa—. Como es natural, ¿no?

Perdí el apetito y casi sentí ganas de vomitar nuevamente. Todo se redujo entonces a una pregunta que restalló de mi razonamiento: ¿era verdaderamente una víctima el tabernero?

—¿Sabéis qué es lo peor? —musitó Closter en llevándose la copa a los labios, y como si leyera mis pensamientos—, que ese tabernero seguirá dando con placer sus diezmos a Gresnan Cot.

Capítulo 24

Donde se ilustra la apología a la ignorancia y sobre incómodas preguntas

Llegamos en dos coches: uno era el de Martiso, muy ostentoso y de caballos, y que conducía un postillón joven de confianza. Según el barón, era un muchacho muy interesado en la armonización. Como ya vaticinara, Felindante venía en el pescante con él, dándole plática. El otro vehículo funcionaba a vapor, más sobrio y llevado por un autómata, y fue un alquiler por merced del facultativo, en el que viajaban Nolvaria y Closter. Martiso y yo íbamos en el primero, ambos con nuestras acompañantes. Aneska, que venía con el barón, era una mujer de alta alcurnia, divertida y altisonante; mi pareja era Nerinda Caél, una muchacha lacónica, aunque agradable, nieta de un poderoso mercader del distrito del Hórreo. Ambos se vieron encerrados en Mirtos durante el cisma; no habían tenido más remedio que pedir asilo a Sonora, quien tuvo a bien mostrarse aquiescente —al fin y al cabo, el anciano poseía una de las más holgadas haciendas de Ísbar—. No fue difícil convencer a la muchacha, que se prestó a acompañarme con tal de huir de los tediosos protocolos de palacio; y el viaje en un coche de caballos era atractivo suficiente para ella. Desde luego la experiencia fue curiosa pues hasta a mí me sorprendió que, cuando paramos ante el pórtico de la mansión, el suelo no vibrara como lo solían hacer en los coches de vapor —me pareció una puntual sensación de irrealidad, como sentirse en una nube—.

«Pues bien, Dragos», me habló Martiso con sus pensamientos, *«esto debe estar despachado en dos horas, después de la cena»*.

—En fin, queridos —comentó alegre en voz alta—. Según está organizado, Barelio nos pide pasar a su salón principal y allí esperaremos a cenar.

—¿Y el baile? —inquirió Aneska.

Martiso le sonrió con ternura y acarició su rostro.

—Sois impaciente, mi señora. Yo también ardo en deseos de bailar con vos.

Las dos parejas bajamos del coche y enseguida se nos unieron Nolvaria y Closter. Felindante me guiñó un ojo desde el pescante y los coches se retiraron. Pero antes de entrar tomé a Closter del brazo y le afiné el oído con una amenaza que recibió con una risa queda.

—Tranquilo —bromeó—, solo beberé cuatro tinas de hipocrás, no más.

Frente a nosotros se abrió a la vista un recibidor pomposo y amplio, donde fuimos debidamente presentados al ujier. Allí mismo unas escaleras conducían a los pisos superiores, pero las ignoramos y cruzamos unas grandes puertas que daban a un salón donde ciento y pocos pisaverdes hablaban en pequeños grupos —muchos de ellos, reacios a Sonora, pues venían del Palacio Imperial—. Tras unas cuantas presentaciones, donde tuve que soportar comentarios acerca de mi llegada al distrito —la mayoría de ellos, torpes muestras de sarcasmo que hendían la cuchilla en la honra—, fui presentado a Barelio de Nácar, hijo de la duquesa de Sidoña, quien se mostró amable y muy político en las formas, pues no se interesó en mí más allá de las costumbres que compartíamos. El barrio de Sidoña está cerca del Puente de Tierrafértil, y la duquesa siempre tuvo afecto por mi tierra. Ella era enemiga de Dalacael Corne, el marqués de Riogrande, un pariente lejano del emperador, que al igual que la duquesa, Gresnan o Martiso, tenía el título de grande de Ísbar —que es lo mismo que decir príncipe elector—. Me declaré abiertamente partidario de la duquesa y no fue esto por ser condescendiente con su joven hijo, sino por razones puramente verdaderas. La zona de Riogrande siempre fue la más rica de Tierrafértil y el núcleo de gestión de todo el distrito. Sin embargo, la duquesa se mostró muy dada a atender las aflicciones del pueblo, que hasta incluso hacía dos décadas abrió las puertas de su biblioteca familiar a todos los bardos —no a los dómines—, para que pudieran consultar cuantos conocimientos de historia, heráldica y armonización quisieran para su estudio.

Pero volviendo a mi historia: al cabo de una media hora y habiéndose congregado la gente esperada, nos hicieron pasar a un salón de similar tamaño con una mesa larga en el centro. Aguardamos tras las sillas, de pie y con el sombrero en la mano los hombres. Siguiendo el ritual de etiqueta, no tomamos asiento ni nos cubrimos de nuevo hasta que no lo hizo el anfitrión. Y a partir de aquí fueron trayendo las ollas cerradas con candado —una costumbre ceremonial, para asegurar que los criados no metían mano en las cocinas—: primero frutas y avellanas, seguido de francolín y morros de cerdo con patatas asadas; luego las doradas y pez emperador con todo tipo de salsas; pasando por las empanadas y los guisos de pucheros y olla podrida —con mucho carnero—; para acabar con el venado y las almondiguillas de jabalí. A mi vera derecha estaba Nerinda, mi acompañante, mientras que Closter y Nolvaria tomaban asiento hacia la izquierda, en ese orden. Martiso ocupaba un asiento cerca del cabecero, bien lejos de nuestros alcances.

Yo no tenía mucho apetito, porque pensaba en nuestro peligroso cometido y una sensación de expectación me removía el estómago. No obstante, tomé los mínimos bocados para mostrarme natural, mientras en mi mente se enhebraban los hilos de mi futura intrusión en la guarida: primero subiríamos al tejado de la mansión, luego seguiríamos por las techadas de las cúspides hasta llegar a la de la casa concreta; a continuación, entraríamos en ella... y entonces, ¿qué? ¿Investigaríamos acerca de su identidad? ¿Lo esperaríamos allí? ¿Le tenderíamos una trampa? Aunque ya nos habíamos comentado un plan de actuación, todas estas preguntas no podían ser contestadas hasta saber a lo que nos enfrentábamos allí dentro. Lo que sí teníamos claro es que no deberíamos salir de su guarida sin él. Más adelante, ya se encargarían los prelados de sacar la información de su mente, ya fuera gargateando por medio de la tortura o lo que fuera. Pero lo que de verdad me preocupaba no era el prenderle, sino cómo lo haríamos: armonizar contra un ser que no jugaba con el mismo tipo de naipes era algo confuso y peligroso. Había escalas latentes en su ventana, las había escuchado. Pero eso no significaba que él fuera armonizador; una escala latente puede ser encargada a un bardo fácilmente y el embozado no había armonizado absolutamente nada cuando el encuentro en palacio. ¿Hacía verdaderamente magia? No parecía componer ni una nota: siempre había silencio.

Un silencio aterrador.

Porque era un silencio doble: en el mundo terrenal y en el del tejido. Un silencio que solo era acompañado de esa mirada, fría y aviesa.

—Ya me habían hecho conocer que el señor Corneli era pensativo. —La cristalina voz me venía de frente, a dos asientos a la derecha—. ¿Estará componiendo en su mente?

El hombre no transmitía ninguna emoción en su rostro, aunque entonaba cordialidad. Su cabellera era ondulada y castaña, su bigote fino y a lo militar. Pero lo más llamativo era su parche negro en el ojo derecho, a juego con su jubón y su camisa acuchillada; esta particularidad hizo que ya me fijara en él mientras estuvimos en el otro salón.

—Disculpe vuesamerced —dije—, ¿conozco al señor?

—No, excusadme —sonrió, e hizo un leve y respetuoso movimiento de cabeza—. Mi nombre es Peregrino Damos, de la República del Valle.

—Bien lejos os quedan las murallas de vuestro distrito.

—No me gustan las murallas —repuso encogiéndose de hombros—. Cuantas más levanta el hombre sobre su tierra, más sólidas son las de su mente.

—Es una buena reflexión —concedí—, ya veo que no sois partidario del cisma.

—Lo que haga cada uno con su distrito es cosa suya. Lo único que me disgusta es estar encerrado contra mi voluntad, como bien entenderéis.

Se alzó otra voz: era la mujer que tenía frente a sí y que estaba a la derecha de Nerinda.

—El señor Damos no soporta estar en un mismo sitio más de una hora —comentó en voz alta, mientras lo miraba con una mordaz sonrisa por encima de la copa—. Ya es difícil creer que haya estado tanto tiempo sentado a esta mesa.

El hombre le devolvió media sonrisa con complicidad.

—¿Y vuesamerced? —pregunté a la mujer.

—Tenéis la gentileza de tratar con Lírica Plester —contestó sin dejar de mirar al hombre, y seguidamente se volvió, la copa aún tocando sus labios, los ojos ligeramente mirando hacia abajo—. ¿Qué hay de vuesamerced?

—Es un placer conocerla, señora Plester. —Hice un pequeño gesto de sombrero—. Mi nombre es...

—Ya sé quién sois, Dragos —rio, y me miró de frente con una fiera belleza que no subía de tono más que lo necesario—. Bien sabéis que he escuchado vuestra conversación, incluido cómo vuestro nombre ha salido de los labios de este gentilhombre del norte. —Miró seductora a mi pareja—. Me refiero a vuestra bella acompañante.

Nerinda rio con timidez.

—Vuestra merced usa palabras que no merezco. Habláis con Nerinda Caél, a quien le honra vuestra cortesía y vuestras maneras.

Fue un error por mi parte: mis preocupaciones me habían hecho olvidar a Nerinda y aparecí ante ellos como un descortés, muy poco hidalgo por no presentarla. Lírica pareció percatarse de ello y lo noté con una fugaz mirada que clavó en mí. Eran unos ojos marrones y aterciopelados, un rostro vívido que delataba la tardía veintena y una boca voluptuosa. Unas notas agudas y muy armónicas hacían un diminuendo con el leve movimiento de la comisura de sus labios, que parecían sonreír de la manera más sutil que jamás he visto en alguien.

—Señora mía, ya veo cuán buena crianza tenéis —musitó la mujer, y ahora levantó algo el tono, tornando de nuevo su mirada hacia mí—: ¡Y vos, no seáis tragavirotes, Corneli!

—¡¿Cómo decís?! —pregunté exaltado y ofendido. Algunos de los presentes miraron de reojo.

—¡Que os afectáis con fruslerías! —replicó, y se encaró de frente apoyando su codo sobre la mesa. Así parecía escudriñarme mejor, aunque lucía no poca etiqueta.

Se hizo un leve silencio, yo exhortado y confuso por tan repentina falta de decoro; la honra era la honra, al fin y al cabo, y no podía permitirme verla mancillada delante de los demás. Entonces Peregrino rompió a reír con una risa límpida, con un soniquete suave y armónico, elegante. Y mientras se esparcía su risa, la mujer iba entrecerrando los ojos a la par que sus comisuras se tensaban en un tenue retozo, como estudiando mi rostro.

—No me malinterpretéis, que el insulto no es más insulto que un decoro para usía.

—¡Explicaos, pues, señora! —repuse con indignación.

—No habéis presentado a Nerinda Caél, pero sé que eso es un acto de valentía.

Entrecerré los ojos con suspicacia y ella soltó una carcajada.

—Os agradezco, como mujer, que concedáis a nuestro sexo el valernos por nosotras mismas. —Miró a Nerinda—. No dejéis que os presente ningún hombre; vos podéis hacerlo por *motu proprio.*

Mi compañera asintió con timidez y ojos perdidos, y alzó su copa a los labios, muda.

—De cualquier modo, he sido desatento —comenté frío, y Lírica volvió a mirarme desafiante. Me dirigí a Nerinda—: Disculpad, señora.

Y ahí acabó la conversación con Lírica.

—¿Qué os ha pasado en los dedos, señor? —preguntó alguien frente a mí, a la siniestra.

—Que me he sobrepasado tocando escalas.

Algunos rieron la chanza, pero el hombre, un anciano septuagenario, se limitó a bufar.

—Decidme, Corneli. —Me miraba con inquisición—. ¿Qué pensáis vos del cisma? ¿Estáis de acuerdo con los traidores separatistas, o estáis de parte del bueno de Gresnan?

—Disculpad, no conozco vuestro nombre.

—Eliario Risueño —musitó escueto, e hizo un ademán para que continuara.

—No opino nada sobre el cisma.

Eliario chasqueó la lengua.

—¡Todos tienen una opinión sobre el cisma!

—¡Qué más da! —exclamó Closter, acullá—. El cisma o la madre que nos parió.

Noté que Nolvaria le golpeaba bajo la mesa y Closter le echaba una mirada llena de antipatía. Eliario se retrepó mirando al bardo con interés.

—Consideráis una fruslería este tema, señor Tol, pero yo no lo creo. Todos acabamos tomando parte en una opinión: o estás de acuerdo, o no estás de acuerdo con el cisma; o prefieres dar tus regalías a Gresnan Cot o, en cambio, se las das a Malacael Gomori; o eres un haragán, o aportas a nuestro noble Imperio. Eso es lo que creo y no hay más.

—Pues creed en que el mundo es plano, si os place —contestó indolente—. Pero eso solo son fruslerías para poder convivir y calmar conciencias.

La madura mujer que acompañaba a Eliario puso una mano sobre su antebrazo, previendo la tensión creciente, pero el hombre la ignoró.

—¡Explicaos, señor Tol! ¡Me interesa!

Closter suspiró con cansancio y, notando mi inquietud a su diestra —porque la escuchaba con nitidez—, tomó la jarra de hipocrás y se vertió su segunda copa. «Otra vez no», imploré en mis adentros. «No la jodas otra vez, Closter».

—Pues que... —dio un trago y volvió a suspirar— al final todo se reduce a un juego de apariencias, cuando la verdadera cuestión es psicológica. —Aquí muchos rostros se volvieron hacia mi amigo, entre ellos Peregrino y Lírica—. Todos hacemos enrevesados nuestros argumentos y ponemos puntos en común convenciéndonos de por qué esto es mejor y lo otro es peor. Pero en realidad, el fondo humano e ideológico es más primigenio y se reduce a dos cosas primordiales, ¿no?

—¿Qué cosas? —preguntó el anciano.

—¿Eres de los que prefieren un mundo solidario?, ¿o eres de los que piensan que cada perro se lama lo suyo?

Noté aquiescencia en Lírica y un profundo interés en Peregrino. Eliario lo miraba como quien mira a un loco. Y el loco concluyó:

—Esa es el alma de la política, el germen primitivo del cual nacen y se diversifican todas las opiniones e ideologías posibles: o eres dadivoso filántropo, o eres egoísta timorato que mira su ombligo. Eso es en lo único que se toma partido y lo demás son quimeras.

El anciano tornó sus orejas a un color rojizo, encendido por la ira. Sus cachetes temblaban y por un momento pareció que iba a gritar fieros y soltar guante contra todo rostro. Pero la mujer de su lado le apretaba con fuerza su antebrazo, y con esto el hombre transformó su ira en tensión parca.

—Os creéis vos hombre ilustrado por ser bachiller, ¿no?

—¿Eso es todo cuanto podéis decir? —respondió el bardo—. ¡Pues he aquí que yo os contesto! ¡Sí, exacto, ilustrado! Porque estudié armonización en las artes liberales y las cuatro reglas.

—¿Y así pensáis, pues, que sabiendo el *trivium* y el *quadrivium* estáis por encima de alguien sin estudios?

Fui a calmar las tensiones, con un divertido comentario, pero Closter alzó la voz sobre la mía:

—Yo no he dicho que esté por encima de nadie, sino que soy ilustrado. Quizá existan personas que no acudieron a la universidad y son más inteligentes y más ilustradas que yo; y por supuesto los hay quienes acudieron y no son capaces de entender ni la política de su barrio. Pero yo me arrojo justicia a determinarme como ilustrado y a hacerlo conocer. —Su rostro demudó en circunspección mientras que sus ojos se hicieron pétreos; conocía esa mirada, era la que usaba para buscar pendencia. Su voz cortaba el aire—. Y si alguien osa llamarme vanidoso, hombre de puntillo o soberbio por esto, también puede decírmelo en otro lugar con menos bullicio, donde tendré por bien comentarle las razones por las cuales me describo así.

Y como si el sino esperara las palabras del bardo, vino el bullicio: unas puertas altas se abrieron y el salón se encendió de música y gritos, pues una farándula de enanos irrumpió con instrumentos y piruetas. La música del anciano, mientras tanto, se aderezó con prudencia entre los aplausos de alrededor; pero había algunas notas rebeldes aún, imponentes. Es sorprendente cómo el oscurantismo de la mente, por un efímero orgullo contumaz, puede llevarnos a nuestra propia fatalidad. Habló más mutado, pero con más esfuerzo, porque los ruidos del espectáculo apagaban la conversación.

—¿Y creéis también que vuestra opinión vale más que la mía, entonces?

—Lo que creo es que para usar la mayéutica hay que descubrir falacias, caballero. De lo contrario podríamos estar hasta mañana: vos haciendo preguntas vacuas y yo contestándolas como un autómata.

El anciano se mofó pomposo.

—¡Calláis porque no tenéis respuesta! —Volteó las palmas hacia arriba—. ¡Mirad, filántropo! ¿Veis esto? ¿Estas arrugas y estos callos? Todos estos años, más del doble de lo que lleváis respirando, he estado labrando, luchando contra la vida misma para conseguir lo que tengo. ¿Acaso eso lo enseñan los dómines? ¡No me habléis de filantropía, que nadie me ha dado nada!

Para mi sorpresa —y sobresalto de Closter—, Nolvaria se carcajeó amarga.

—¿Labrando? ¿Acaso no erais hijodalgo? ¡Los nobles no trabajan, es cosa sabida!

El anciano se puso rojo de ira, pero Closter remató la conversación.

—Vos no tenéis aprecio por la lucidez y la modernidad —dijo hastiado— y vuestra edad no tiene nada que ver en esto. Podréis tener todos los callos del mundo en las manos, pero despreciáis a la gente ilustre. —«¡No, señor!», interrumpía inútilmente el anciano mientras Closter hablaba—. ¡Sí, señor! ¡Y lo hacéis vilmente porque es la única manera que tenéis para sentiros inteligente! ¡Porque os sentís vulnerable, como la mayoría de las gentes de este país! ¡Vos sois la razón por la cual existen corrales de zancajos en este miserable lugar del mundo! ¡Sois uno más entre la mayoría, mayoría de la cual tenemos que arrastrar los que queremos mejorar! ¡De esa mayoría timorata que frena el progreso de la humanidad!

En viendo que algunas miradas cercanas estaban escuchando todo cuanto allí se agraviaba, Eliario fue a levantarse de golpe, a punto de poner verbos en el nombre de mi amigo. Pero, como si ovacionaran las palabras de este, un estruendo de risas y aplausos llenó el comedor, vitoreando el fin del teatrillo de la farándula. La mujer del anciano le acarició el antebrazo y este le devolvió la mirada, como distraído y confuso. Alguien les vino por detrás, reclamando entre risas la atención de la pareja.

Suspiré aliviado.

Una música tensa requería mi atención; Nolvaria y yo estábamos conectados por *El susurro del viento*, pero no dijo nada, como si una sombra de temor le envolviera las emociones. La miré, y en sus ojos grises y vidriosos vi la necesidad de contarme algo. Asentí levemente con media sonrisa y ella me devolvió el gesto con un quedo suspiro. No solo ella conocía la peligrosidad de nuestra situación. En unas horas, pensé, estaríamos en los tejados camino de la guarida del embozado. En unas horas cuatro personas seríamos conscientes del peligro al que nos íbamos a enfrentar.

De lo único que no fuimos conscientes era de que estábamos a punto de experimentar uno de los episodios más oscuros de aquellos tiempos.

Capítulo 25

De una terrible confesión y del allanamiento a la guarida del asesino

Nerinda, Nolvaria, Closter y yo esperábamos a Martiso y Aneska en un pasillo, copa en mano y cuidándonos de que los invitados nos dejasen en paz. Cosa que no conseguimos del todo, pues otros almidonados, al vernos en grupo, venían a enervarnos con sus insolencias acerca de cómo pensaban arreglar el país.

Recuerdo a dos mamacallos, por ejemplo, que discutían sobre quiénes conquistaron las tierras al otro lado de mar; se les ocurrió hacerme partícipe de su estúpida porfía, como si yo tuviera en mis palabras la justa sentencia sobre quién estaba en su razón. Mas ninguno hablaba con lucidez: mientras uno argüía, muy catequista y avergonzado, que fuimos tiranos, el otro ensalzaba a los íbaros en su esplendor cultural, con sentimiento patrio de conquista. Enajenados ambos; y cuando di a conocer que era de interés historiográfico —no una cuestión de orgullo o vergüenza—, se aliaron contra mí. Ya lo ven: incluso teniendo argumentarios contrapuestos, aunaron silenciosamente una posición de acuerdo y riéronse de mis palabras. Así que asentí como derrotado y todos contentos: yo en aras de mi razón interna y ellos en su sinrazón manifiesta.

—Dragos. —Nolvaria me tomó del brazo—. Me gustaría hablar con vos en privado.

Me sonaba raro el voseo de sus labios.

—¿Ahora, mi señora?

—Me prometisteis hablar sobre armonía —mintió—; mi acompañante os dio el beneplácito, ¿os acordáis?

Torné los ojos al pendenciero de Closter, quien me devolvió una mirada de desidia; se le veía harto de este juego de apariencias.

—Que me place, señora —asentí.

Nolvaria y yo dejamos a los presentes en el pasillo y llegamos hasta las escaleras del piso, donde nadie nos escuchaba. Allí sacó de su faldón una ocarina y tocó unas leves notas. Sentí que se me erizaban los vellos de la nuca —siempre es distinto con instrumentos de viento— y conocí cómo en un lugar a mi espalda se grababa una escala latente: la contraescala de *Los oídos del viento*. Estábamos protegidos ante posibles escuchas.

—¿Por qué quieres hablar en privado? Tenemos un puente armonizado en nuestras mentes, no hay necesidad de esto.

—Hace tiempo, cuando eras un Dragos muy diferente al que eres ahora, me contaste que no hay mejor manera de hablar que con las palabras cuando estas se acompañan de la mirada.

Quedé mudo ante esto.

—Te pido por favor que cierres los oídos de armonizador y mires qué expresan mis ojos.

—No sé qué pretendes... —vacilé.

—¡Hazlo, Dragos!

Obedecí al instante y me limité a observar, sin música, sin armonización. Solo el lenguaje de la mirada.

—¿Qué ves? —preguntó ella.

—Miedo.

Sus ojos se llenaron de lágrimas y bajó su rostro, crispado de un dolor que no podía comprender.

—Es cierto —carraspeé, cambiando el peso de una pierna a otra—. No he dejado de ver miedo en ti desde hace un par de días... ¿Por qué tienes miedo?

Nolvaria alzó levemente su mirada y me inspiró su temor, pero las palabras que salieron de su boca me recorrieron el tuétano, me volcaron el estómago, me desgarraron el ánima con un sentimiento de profundo pesar.

—Esta noche voy a morir.

Quedé clavado un tiempo, admirando cómo se serenaba y enjugaba las lágrimas con tan indecorosas formas que me suscitaban ternura. ¿Cómo que iba a morir?, reí por dentro.

—Pues, ¿cómo que vas a morir?

—Hace días que temo entrar en la visión armónica, Dragos.

—Estás inquieta por lo de esta noche. —Puse mis manos sobre sus hombros, con afecto, pero ella negó con la cabeza.

—No lo entiendes —sollozó de repente—. Esto no me había pasado nunca.

—Nolvaria, ¿de qué me estás hablando?

Suspiró hondo calmando de nuevo su aliento y, abrazándome de repente, me habló en mi pecho.

—Sabes que todos los días —comenzaba—, entro en el tejido con mi visión armónica. Es algo que me relaja, a veces lo hago sin pensar. Es una ventana al pasado y al futuro, y un prisma diferente por el cual observar los mundos alternativos que habitan junto al nuestro.

—Te escucho.

—Entre esos mundos veo las Nolvarias que toman decisiones diferentes a mí: la que de repente se detiene a comprar una fruta; la que cierra sus ojos de armonizadora y desaparece; la que decide irse a dormir una hora antes. —Hizo una pausa—. Siempre me he dicho que yo pude ser cualquiera de ellas, bastaba con tomar las decisiones que las llevaron a ese estado.

—Recuerdo que me contabas esto hace más de una década —musité—. Tenías una mente inquieta, llena de preguntas.

—Hace dos noches —prosiguió susurrando, y empezó a temblar—, durante uno de mis viajes al tejido, noté un cosquilleo a mis espaldas.

Una sensación de malestar me embargó las entrañas y cerré los ojos como si quisiera dejar de existir. De repente la boca se me secó.

—¿Un cosquilleo? —pregunté en tragando lo poco que tenía de saliva.

—Me di la vuelta al punto y la vi. —Otro silencio, notaba el húmedo de sus lágrimas traspasando mi jubón—. Sonreía con unos ojos de maldad que no reconocía, aunque tenía mi rostro, Dragos. —Cerró sus puños pellizcando mi ropa—. Era una alternativa mía... ¡y me estaba mirando!

Quería seguir preguntando, solo para calmarla, para hacerle ver que no tenía importancia, pero no me salía la voz y ella lloraba más fuerte, mutando los gemidos y las palabras en mi pecho.

—«Puta», me susurró, «te veo y voy a por ti». —El tremor de su cuerpo me imbuía de horror y pareciome que la apretaba contra mi pecho más para que no perdiéramos equilibrio que por puro contagio de su ansiedad—. «Puta», repetía con ojos ausentes y sonrisa endemoniada, «voy a entrar ahí dentro de poco».

—¿Qué hiciste? —logré ronquear.

Alcé la mirada por encima, guardándome de miradas indiscretas. A lo lejos Lírica Plester, la mujer insolente de la cena, reparó en mí durante un segundo con una mirada casual. Mostraba sus blancos dientes con una sonrisa juguetona, perfectamente alineada salvo por unos colmillos levemente montados que suscitaban cierta belleza. Al intuir mi momento de intimidad emocional con Nolvaria, tuvo un leve visaje de reconocer su importunidad y siguió a lo suyo.

Y mi amiga dejó de temblar; se separó lentamente de mí, más repuesta. Su cara estaba enrojecida y húmeda entre lágrimas y fluidos; la mirada arrojaba ahora cierta furia resolutiva, que hasta me consternó. Nolvaria había venido para contarme otra cosa.

—Salí de inmediato de la armonización. Asustada... y notaba mi corazón vibrando, pensando que era la ansiedad. —Se llevó la mano al pecho—. No abrí mis ojos de armonizadora otra vez hasta ayer, estando en palacio. Y... —gimió—.

—Volviste a verla.

—Y susurró lo mismo... y mi corazón vibraba... y ella aparecía cada vez que entraba en el tejido, sonriente, como si no se hubiera marchado... como si estuviera persiguiéndome. —Respiró hondo y se irguió con cuajo—. ¡Persiguiéndome! ¡Hasta hoy!

Y comprendí lo que había hecho y me cayó como una tina de agua fría.

Negué con la cabeza.

—No —susurré—. No puedes decirme que la has disuelto. Todo menos eso.

—Lo he hecho, Dragos —asintió, y más lágrimas brotaron mejillas abajo—: he disuelto la contraescala de *El beso del silencio.* Temía tener esa monstruosidad infame en mi corazón. ¡No me mires así! Tú tienes tus tatuajes estúpidos, ¡yo estoy desprotegida!

—Nolvaria... —jadeé mareado, y ella me tomaba el frío rostro entre sus manos, como disculpándose o haciéndome entrar en razón.

—Notaba vibrar la escala cada vez que entraba en el tejido, me atormentaba con temores. Sé que esa Nolvaria alternativa mía era capaz de verme por culpa de la contraescala.

—Es peligroso... no puedo volver a ponértela ahora sin llamar la atención de los urdidores del tejido.

—¡Y ni lo deseo! —Sus palabras aplacaron mi voz—. Sé perfectamente cómo funciona una escala con el número de oro: te deja el cuerpo destrozado, no vuelves a ser el mismo. Una sombra de pesar te marchita los órganos y te atormenta la mente de preocupaciones. ¡Fíjate en el pobre de Felindante! ¡Hasta Closter está más menguado!

—Nolvaria... No conoces a lo que nos enfrentamos. Ese marrajo puede pararte el corazón en un segundo.

—¡Prefiero morir de esta forma que sentir los horrores con esa escala perversa en mi corazón! ¡Desde que la disolví, esa Nolvaria que me perseguía por el tejido me ha perdido la pista!

Mi estómago, como les he dicho, se encontraba volteado y deshecho. Continuar en estas circunstancias podría acabar con la vida de mi amiga, a coste de atrapar al asesino. No podíamos continuar, y de haber tenido más tiempo para pensarlo habría dado fin a nuestra empresa. Sin embargo, en el filo de la escalera aparecieron dos parejas sonrientes: Martiso y Aneska junto a Closter, que acompañaba a Nerinda.

—¿Ya os habéis adelantado? —se carcajeó Martiso—. ¡Vamos a las terrazas!

Es muy natural que mi acompañante manifestara una sensación de pesar y decepción, en viéndonos a mi amiga y a mí en una situación de tanta confianza. Closter se limitó a rezongar, cuando pasó por mi lado, que por qué había cerrado mis oídos de armonizador, y cuando los abrí conocí que la alerta no era solo suya; Martiso, tras ese entusiasmo aparente, parecía estar incómodo conmigo. Después de todo habíamos venido a por otros asuntos y estos habían sido enturbiados con la desazón que ahora embargaba mis entrañas por preocupación de mi amiga. Ella no podía venir con nosotros.

Pero allí estaba ella, valiente aunque acongojada, una hora después sobre las cúspides de los edificios. Habíamos dejado a Martiso con Aneska y Nerinda en una alcoba, ambas dormidas por *El sopor de la anciana.* El barón se ocupaba de mantener el puente de la escala mientras nosotros estábamos fuera; si algún pisaverde indagaba demasiado, mi amigo se ocuparía de él.

—Bueno, Corneli —espetó Closter en la oscuridad de los tejados—. Te toca echar naipes.

El aire frío de otoño me espabiló en la cúspide y noté que Closter reajustaba la afinación de su arpa. La rueda del tiempo había girado; la luna Fa se encontraba en su cénit, rojiza entre el segundo y tercer anillo.

—¡Dragos! —repitió, sacándome de mi ensimismamiento—. ¿Qué mierdas te pasa?

Desabrigué el arpa y comencé a reajustar la afinación. Indiqué con la barbilla hacia el norte.

—Por allí.

Tardamos poco en alcanzar unos edificios que daban a la plaza colgante. Mi amigo se adelantó, alcanzando una cornisa que se encontraba a la sombra, oculta de la luz del Tetragrama.

—¿Es esta la plaza, Nolvaria? —susurró.

—Esta es, Dragos también la reconocerá.

Pero yo no la reconocía, porque la visión de una rata es muy distinta de la de un hombre y todo cuanto se me presentaba a mis ojos era de una naturaleza distorsionada. Sin embargo, podía reconciliar la visión con el recuerdo del recorrido cuando poseí al animal. Miré atrás y vi que, ciertamente, la iglesia y su torre derruida se encontraban justo a nuestra vera y que la configuración de los elementos correspondía tanto a la narración de Nolvaria como lo que viví dos días atrás. Así que señalé con discreción lo que en la distancia parecía una oquedad en el último piso de un edificio, y cuya negrura era tapada por un papel. No había luz ninguna adentro.

—Allí es, Closter. Intentemos llegar hasta la cúspide del edificio; no hay escalas latentes, por lo que podremos moldear el adobe para entrar. —Miré a la mujer en la penumbra—. Bien, Nolvaria, ya has hecho todo cuanto habías de hacer. ¡Vuelve, que nosotros nos aviamos el resto!

—¡Cago en el Ojo y en todo el santoral, Dragos! —blasfemó con un ronquido Closter—. ¿Qué has comido en esa casa? Sabes que necesitamos de su visión armónica allí adentro. Sin ella no podemos detectar las escalas latentes; yo no podré leerlas y luego tú no podrás silenciarlas ¡Deja de hacer el menguado!

Se adivinó un visaje de despreocupación en la mujer.

—¡Arriando, que Dragos delira!

Atravesamos las tinieblas lo más ocultos que pudimos, resguardándonos en todos los ángulos que encontrábamos. La distancia de salto, como ya había intuido, era bastante fácil entre edificios, pero peligrosa si dábamos traspiés —en algunas partes la caída podía ser mortal—, pues el barro estaba más distante allá abajo.

Llegamos hasta la cúspide del edificio y nos situamos justo encima de donde estaba la guarida del que buscábamos. No era ni más ni menos que una planicie de adobe con hiedra.

—Sería conveniente —musité con tristeza— que abrieras los ojos de armonizadora.

Sus ojos, clavados en mí, brillaban grises ante el Tetragrama, y de ellos me venían de vuelta los pesares de mis palabras. De repente noté una chispa en su fondo y conocí que ella ya no veía el mundo terrenal como cualquier ojo lo capta. Ahora podía ver el cielo lleno de movimiento; los edificios derruidos y levantados al mismo tiempo; y a Dragos Corneli de muchas formas.

—Bueno —comentó mirando alrededor—. Estabas en lo cierto: no parece haber escalas latentes en esta parte del tejido. La cúspide está silenciada.

Tal como lo dijo, Closter armonizó un puente armónico con el adobe y el material empezó a abrirse como un círculo que se ensanchaba por cada nota. Yo miraba a Nolvaria con aflicción y nerviosismo, pero ella me rehuía la mirada; la dirigía a la abertura que Closter había dejado. El bardo habló desde su mente: *«Si estuviera dentro, a por uvas sin pensarlo»*, y desenvainó la filosa. Nolvaria sacó un cuchillo oculto y una linterna de mano que comenzó a prender; yo empuñé mi espada. Entonces mi amigo se puso de rodillas ante el boquete y me indicó que hiciera lo mismo. Se había traído un pequeño espejo, rayado y sucio, y me pidió que lo sujetara mientras se sacaba una culebrina de mano del jubón. Moví el trozo de espejo por distintos ángulos para ver el interior, pero estaba demasiado oscuro. Entonces Nolvaria vertió algo de luz introduciendo la linterna con cuidado. Fue algo peligroso, pero era mejor que entrar a ciegas dando cuchilladas.

—Parece que no está dentro —dijo Closter, y antes de un vive Dios ya estaba saltando.

Lo siguió Nolvaria y finalmente, guardándome el trozo de espejo en mi faltriquera, me dejé caer hacia el interior. Noté la contusión de mi cuerpo contra el suelo, que me dejó sin aire —las articulaciones ya no eran las mismas que antes—.

Pues bien, se nos presentó un lugar que en apariencias resultaba de lo más normal: había un camastro de paja húmeda, un estante de hierro con ollas y una mesa podrida sobre la cual descansaban algunos legajos mohosos. A fin de cuentas, una habitación sobria, con una ventana y una puerta, menesterosa.

No se escuchaba nada, ni una escala.

—Bien —susurró el bardo—. Despavesad las linternas: cada puta hile y devane, y el rufián que aspe.

Nolvaria se volvió enérgicamente, su mirada de hielo.

—Llámame puta de nuevo y te vendimio la...

«*¡Callaos!*», les espeté con mi mente, «*¿para qué tenemos un puente armónico tendido en nuestras mentes si no lo usamos?*». Y ambos, por lo delicado del asunto, volvieron a la realidad sin mucha dificultad, disculpándose cada uno con su particular gesto. «*Esa ventana*», comenté olvidando el tema, «*tenía una escala latente cuando vine hace dos días con el cuerpo de la rata*». Nolvaria dejó el candil sobre la mesa y se acercó para escudriñar el papel que la tapaba —nada raro, pues muchas casas menesterosas usan papeles para las ventanas—. «*¡No lo toques!*», le advertí, y ella no lo hizo, pero pidió a Closter que se acercara.

«*Mira esto, azumbrado. ¿Escuchas algo?*».

Se quedaron ambos inspeccionando de cerca, ella observando detenidamente con movimientos sacádicos de ojos; él con los ojos cerrados, pero pegando el oído. Al cabo de unos diez o veinte segundos Closter parpadeó varias veces y se encogió de hombros.

«*Si hubo alguna escala aquí, ya no existe*».

Se giró para seguir investigando, así que yo le di la misma importancia al papel; si Closter no escuchaba nada, es que allí no había nada. Pero Nolvaria no se despegaba de la ventana.

«*Esto no es normal*», dijo.

La miramos con circunspección.

«*¿Qué no es normal?*», inquirí.

«*Esta ventana, el papel*».

«*Está limpia*», comentó Closter, «*no hay remanentes de ningún tipo*».

Nolvaria negó con la cabeza.

«*No es eso*».

«*¿Qué ves?*», apremié.

Ella se volvió hacia mí y en un parpadeo pude escuchar cómo se apagaba su visión armónica. Se llevó las manos a los ojos, masajeándolos mareada.

«*El tejido parece normal...*», suspiró, «*pero vibra muy extraño: cadencias atípicas, como puestas al azar. El papel no parece armonizado, pero según muevo la cabeza veo como si tuviera un fondo más allá; parécenme como patrones en un mar de caos*».

El bardo y yo quedamos extrañados al oír esto.

«*Descansa*», dije a Nolvaria.

Nos dirigimos a la mesa y descubrimos que tenía un cajón suspendido bajo la tabla. Al instante lo reconocimos: era el mismo donde el embozado había guardado su daga quitapenas. Había unos papeles con anotaciones, parecía una especie de diario a primera vista. Se los tendí a Closter.

«¿No eres tú el magistrado?», preguntó con sorna.

«Guárdalos tú».

Una llovizna tenue y pegajosa comenzó a caer en este momento por la abertura del techo y Closter la cerró haciendo que la luz se dispersara mejor. Los legajos que había sobre la mesa parecían no haberse tocado en mucho tiempo debido a su aspecto y al polvo suspendido. Esto me dio a conocer que la habitación se usaba poco. Miré por encima y los garabateos estaban en alto íbaro: *Domine nostri, ascendit ad cælos...* Eran fragmentos del Libro Sagrado. Extendí mi mano y Nolvaria me atenazó la muñeca con fuerza.

—¡No toques esto! —habló con su garganta, y conocí por su mirada lejana que estaba de nuevo viendo el tejido—. Esto no está bien...

El crujir de la madera al otro lado de la puerta nos sobresaltó. Apagué la linterna con los dedos y nos quedamos observando la puerta en la oscuridad: había una luz ambarina que se filtraba por debajo y una sombra parada, como si estuviera escuchando.

«Ni piante ni mamante», comentó Closter dirigiendo la culebrina a la puerta. *«Ya lo sabéis: a por uvas»*.

Notaba los corazones de todos al límite, expectantes y bravos. El pensamiento se me cruzó espeluznante: Nolvaria no tenía la contraescala. De repente la luz que había tras la puerta se apagó y todos contuvimos el aliento. Los segundos se hacían minutos, las ansias se alimentaban enloquecedoras; había instantes de ímpetu armonizados entre los tres compañeros que allí aguardábamos, midiendo pequeños momentos de salir a menear la hoja que se atenuaban con la continencia que ponderábamos. Cerré los ojos y me concentré todo lo que pude.

De pronto, una vibración y un extraño zumbido en mis oídos.

Un ahogo a mi lado seguido de un gemido; Nolvaria se aguantaba el pecho y escuché una pasmosa canción de dolor. La canción de quien sabe que va a morir, que se revela como un terror que adormece el cuerpo y luego lo deja anestesiado para que la tristeza y la amargura lo inunden. Eso fue lo que sintió mi amiga, un terror y una resignación posterior que abrazaba la tristeza. Lo que siguió a continuación fue rápido: de nuevo otra vez el zumbido, y luego una presencia oscura frente a nosotros y que al principio no distinguíamos, como la de un fantasma que aparecía justo delante de la puerta, entre las tinieblas.

¡Ese hideputa se había transportado al interior sin abrir la habitación, y no sonó música alguna! No escuchábamos nada —ni siquiera con oídos de armonizadores—, pero pudimos ver su contorno en la penumbra. Cuando Closter apretó el gatillo, el arma estalló en su propia mano tornándola en un horror sanguinolento. Gritó con tal arrebato que casi se deja la garganta en la habitación. Pero yo vi a quién teníamos delante gracias al fogonazo: de estatura media, todo enfundado de negro y el rostro embozado y desafiante. Y esos ojos… los reconocí enseguida tal como se posaron sobre los míos. La sensación era parecida a la de la pesadilla que nos persigue entre sueño y sueño, pues se me apareció en la última postura que le viera hace veinte días en palacio. No lo dudé y me lancé para baraustar al infame bellaco con mil trasquilones de espada, bramando y jabonándole la honra hasta tres generaciones atrás.

Pero hubo otra vibración seguida de un zumbido, y el aire crujió frente a mi cara tirándome la espada y el sombrero por los aires. El impacto me lanzó de entero contra el papel de la ventana y noté cómo mi cuerpo se dormía.

Capítulo 26

Sobre una música sin sonido, diapasones y huesos rotos

¿Saben la sensación que se produce en el estómago cuando tocamos suelo creyendo que hay un escalón de más? Esa es la que sentí cuando di contra el suelo de madera. Han oído bien vuestras mercedes, que cuando atravesé el papel de la ventana no fue la calle adonde diera a hocicarme, sino a un lugar muy distinto. Noté la vibración por todo mi cuerpo, y para mi sorpresa, el papel no se rompió. *La puerta* o algo similar a esa escala estaba armonizada en el pliego mohoso de la ventana de aquella habitación y ahora había sido transportado a otra mucho más amplia, llena de bancos de trabajo y una gran cantidad de instrumentos musicales, diapasones, cuerdas y otra clase de enseres que daban a entender que me encontraba en el taller de una lutería. Estaba iluminada por el Tetragrama a través de grandes ventanales que mostraban la Fortaleza Grana del barrio de Monteperegrinos. ¡Estaba en Tierrafértil! No podía creerlo. Los magistrados armonizadores de Mirtos de Levante tenían órdenes de disolver toda escala latente que usara un puente armónico entre distritos y *La puerta* estaba entre esas escalas, porque era una vía de escape para transportar a muchos de un lado a otro de las murallas. ¿Qué clase de armonización era esta? ¿Cómo este marrajo podía burlar la seguridad de las murallas y mantener puentes armónicos entrambos puntos?

Unos murciélagos empezaron a chillar en el techo y su aleteo anunciaba algo espantoso. Me di la vuelta hacia el lugar por donde salí y vi un papel similar al de la ventana de la habitación. Conocí que era en verdad un lienzo impoluto enmarcado en un cuadro de madera. Y saliendo del objeto una figura oscura y delgada, embozada hasta los ojos... Esos ojos siniestros, viles de color castaño. Pegó una patada al cuadro que dio con el lienzo de cara al piso.

—Así no nos molestarán —susurró.

Tal cual lo dijo di un salto a un lado y caí entre unos bancos de trabajo cubiertos de telones grandes llenos de polvo. Afufé por donde pude, arrastrándome bajo los muebles para ocultarme, pensando que la única arma de que disponía estaba en mi muñeca. Al cabo salí de debajo de un bufete y me parapeté tras una columna. La voz resonó mutando los chillidos de las alimañas.

—El lado bueno de esto, Dragos Corneli, es que vais a morir en vuestro propio distrito.

No fui tan imbécil como para contestar, así que quedé callado, escuchando todo cuanto me decía en su soliloquio. Su voz, sin embargo, no sonaba con la misma intención, con las mismas emociones. Sonaba triste y cansada, proveniente de todas direcciones debido a la acústica del lugar.

—¡Ay! ¡Cuánto me gustaría acabar con esto de una vez, pardiez! He tenido mucho tiempo para reflexionar todos estos meses, desde que supe que vendríais, esperando vuestra llegada y soportando vuestra dicha por esquivar la fatalidad a la que hoy vais a sucumbir. Al fin...

Noté que la voz se dispersaba y se moldeaba más por uno de los lados, así que me moví unas brazas escondiendo mi cabeza bajo los bancos y las telas.

—Estoy seguro de que creíais que me habíais encontrado —bufó—, pero yo os vi primero, hace dos días con esos otros cuatro. Confieso que estuve tentado de apagar la vida de Martiso, por supuesto, pero si lo hubiera hecho os habría alertado.

Se confirmó entonces que nos había visto en aquella plaza. No me lamenté, los naipes ya estaban marcados desde el principio y no tenía más remedio que arriesgar. Sin embargo, la idea de que pudiera haberle quitado la vida a alguno de mis amigos me estremecía.

—No habría sido justo —continuaba—, ¿verdad? Matar por matar.

Noté una vibración y algunas telas se alzaron por los aires antes de caer llenándolo todo de polvo. Repitió esto varias veces intentando dar conmigo, pero yo me oculté sin tocar una cuerda; en estas circunstancias poco podía hacer. Tenía que llegar al cuadro, al lienzo, volver con los otros; bastaba con despistarle para escapar. Una vez en la habitación me reencontraría con Closter y Nolvaria —la incertidumbre de su salud me tenía con el corazón en un puño—. Después, y evaluando los daños, podríamos regresar los tres aquí.

—¿Sois hombre justo, Dragos?

Me moví sigilosamente y entonces noté otra vibración, y la mesa tras la cual me ocultaba se alzó con violencia, desvelando mi escondite. Un trozo de aire crujió a mis espaldas y me levantó cuatro varas. Pude verle, sonriendo con los ojos. Otro zumbido y otra vibración, como un eco lejano; pero yo me adelanté y toqué algunas notas antes de caer: alcé las telas y me oculté tras ellas antes de dar de bruces contra un puñado de astillas de madera —guitarras y violas amontonadas y podridas—, por tanto, no pudo ver dónde había caído exactamente. Gateé lastimado hasta un quicio donde había dos docenas de diapasones de metal tirados por doquier. Me encontraba como en un pasillo formado por uno de los muros de la estancia a un lado y un conjunto de muebles alineados al otro; yo había caído en un extremo de este pasillo, pero al fondo podía verse un panel hecho de pizarra negra con algunas anotaciones y cálculos. No tenía salida: a medio camino un finísimo haz de luz intenso de una claraboya me impedía el paso por la oscuridad; me desvelaría de arrastrarme por ahí. Puse cautela en mis movimientos, porque los diapasones se usan para afinar los instrumentos y producen una vibración muy particular cuando se los golpea con un trozo de metal. Agradecí no tener ningún cuchillo en mi pretina.

—Fue fácil dar con vosotros esta noche —arguyó como casual—. Os oí. Todo cuanto os decíais, Corneli.

«Eso es imposible», pensé.

—¿Tan imposible como que no sentís el puente armónico de nuestros pensamientos?

Se me cortó la respiración.

—Os he hecho una pregunta: ¿sois justo?

Callé por unos momentos, creyendo que sus palabras se debían a la casualidad. Entonces resoné concienzudamente las palabras en mi mente: *«Lo soy»*.

Y hubo un relajante silencio...

Al que le siguió una risa terrible y entrecortada.

—Si lo eres, por qué no hiciste nada cuando al mesero se le echó encima la gurullada de corchetes con el alguacil.

Un puente armónico que no podía escuchar había sido tendido entre la mente del embozado y la mía. «*Es imposible*», repetí.

—¡Oh, no lo es! —rio—. Es parte de mi *magia*. Digo más, puedo escuchar todo cuanto deseo sin ser descubierto. Así supe todo lo que os hablasteis con vuestra armonía mental. Y por supuesto, de poco valían las protecciones que pusisteis en la tasca para hablar entre susurros. Un juego de niños burlar vuestras escalas.

«*¿Cómo puedes hacer eso?*».

—Los armonizadores pierden el tiempo con la música —se mofó—. Bardos y dómines guerreando por un método: tetragramas contra pentagramas; tetracordos contra tonalidades relativas; monofonías contra polifonías... Perdéis tanto el tiempo con esas zarandajas que ignoráis otras maravillas posibles, otras formas para moldear la existencia.

Eché un vistazo bajo un mueble y vi sus pies parados en la distancia.

—Así que, por vuestra obsesión insana por escuchar los sonidos del mundo, vuestras mentes están descuidadas, distraídas. Y sabiendo todo cuanto os decíais fue harto sencillo llegar hasta la mansión. En esta noche os he estado observando más de cerca.

«*Estabas en la casa de Barelio...*».

—De hecho, nuestras miradas se cruzaron.

Maldije a las doce notas intentando recordar cuántos rostros allí había.

«*¿Eras Peregrino? ¿Eras el tuerto?*».

—Pudiera —trajo el eco de la estancia.

«*No... reconozco las miradas. Vuestra mirada no es la misma que la de ese hombre. Ni vuestra música*».

Carcajeó más fuerte y escuché el arrastre de una silla. Había conseguido que se interesase por la conversación: vi que tomaba asiento y cruzaba sus piernas.

Los murciélagos seguían aleteando entre chillidos.

—Yo no tengo música, Dragos —contestó—. Pero ¿quién sabe? A lo mejor usé la *Balada del hombre muerto.* Creo que se llama así, una escala para enmascarar el verdadero rostro de quien la usa.

En diciendo esto el embozado, conocí algo revelador. Verán, si hay algo que se me da bien es analizar todo cuanto me dicen. Las palabras encierran poderosos significados sobre la forma de pensar, y si no caemos en inferencias pueden destapar una verdad oculta. En ese momento razoné que las palabras del asesino encerraban uno de esos significados: «A lo mejor usé la *Balada del hombre muerto*», dijo, y me reafirmé en la idea de que el embozado era, definitivamente, un armonizador. Si bien es cierto que podía ser un comentario aislado, me convencí de que en su mano se jugaban estos naipes y un pensamiento ingenioso me cruzó los ojos tocando el frío metal que había bajo mi mano. Era arriesgado, pero una fugaz idea se me ocurrió en viéndome rodeado de diapasones. ¡Eso era! ¡Los diapasones de metal! Hacía apenas unas semanas instruía al niño sobre el movimiento de las ondas. Si no podía escuchar su música, al menos la vería. Así que saqué el trozo de espejo de Closter que tenía en el bolsillo y le partí una esquina. Seguidamente tomé un diapasón y por último, y conteniendo el aliento, puncé tres notas en mi instrumento de manera tan tenue que temí que se escucharan, pero confié en los chillidos de los murciélagos.

«*¿Usasteis esa escala, entonces?*» pensaba mientras hacía esto. «*¿Usasteis la* Balada del hombre muerto?».

Su desapasionada contestación me tranquilizó, pues me indicó que no me había escuchado el arpa.

—La pregunta no es esa, Corneli. La pregunta es, ¿usé música?

Pero mi música ya estaba en marcha, y el trocito de espejo se fusionó con el diapasón, justo en una de las puntas del metal. Me escurrí por el pasillo de muebles, vigilando si el embozado seguía sentado. Veía sus botas a unas cuantas varas.

«*Debisteis de haber hecho música, si no, ¿cómo explicáis que podéis modificar el tejido?*».

Yo preguntaba para distraerle y él se mofaba con otra risa, complacido de mi aparente consternación. El eco venía de todas partes.

—¡Eso es lo que creéis! —bramó—. Lo que llamáis el tejido de la realidad puede ser otra cosa para mí, y mis herramientas para enhebrarlo o deshacerlo son muy distintas de las vuestras. Quizá no sea música, sino la propia voluntad de mis pensamientos. La música es un lenguaje y quizá yo hable otra lengua distinta a la de las arpas de muñeca, las trompetas y los tambores.

«*Pero... las cuerdas*», pensé fingiendo sorpresa. Me arrastraba poco a poco hasta el punto donde incidía el rayo de luz de la claraboya, con el diapasón y el trocito de espejo pegado en su punta.

—¿Las cuerdas? Una teoría llena de huecos sin descifrar. La música solo es un lenguaje más, ya te lo he dicho. Un lenguaje creado por el hombre, un lenguaje para descifrar el comportamiento de nuestra existencia; un código que nos hace comprender el mundo. La vida y sus distintas formas, ya sean animales, plantas o seres humanos, usan sus propios códigos para descifrar la naturaleza que les envuelve. —Su voz se hizo de piedra—. ¿Con qué autoridad podríamos decir que la comunicación de una colonia de hormigas es menos seria y atractiva que las palabras del lenguaje humano?

«*Las hormigas no pueden pensar ni estructurar el lenguaje*». Ya estaba casi donde quería llegar. «*Su comunicación es más básica, más primigenia, avezada a los automatismos del instinto*».

—¡Erráis! Son perfectas salvo por una cosa: la limitación no está en la naturaleza de su lenguaje, sino en la incapacidad de crear algo de forma individual. De desligarse de su organización, del resto de sus compañeras. Si alguna deambula en solitario es porque se ha perdido y está abocada a perecer. Como vos, Dragos: lo que sois para mí, una hormiga solitaria, perdida del resto de sus compañeras de colonia. ¡Una rata cazada por un gato!

Por fin llegué al haz de luz de la claraboya y conocí que el Ojo de Dios brillaba intenso a través de la abertura.

—Sois predecibles —continuó el embozado—. ¿No veis algo extraño en Tierrafértil? Aquí no está lloviendo y hace un momento estabais empapado.

«*Así que vos provocasteis la lluvia en la habitación*».

Coloqué el diapasón en el suelo, de pie en el punto donde el intenso haz de luz de la claraboya incidía; el espejo reflejaba la luz como una linterna en un sitio de la pared. Lo moví de modo que dirigí el rayo hasta la pizarra negra, y justo en ese momento me volví a armonizar con el metal, pegándolo en el suelo.

Sonreí satisfecho mirando la luz en la pizarra y volteé el rostro, pero vi que el asesino se había levantado; quizá esta vez me hubiera escuchado.

—Hay mucho vapor en esta asfixiante y decadente ciudad. —Su voz volvió a dispersarse por todos lados—. Solo condensé un poco para haceros creer que estaba lloviendo y cerrarais la abertura por la cual entrasteis.

Inspiré hondo, me temblaba todo el cuerpo. Entonces eché alforjas a la cosa y me puse de pie muy despacio, y le vi frente a mí, parado y encapotado de arriba abajo, siniestro, como si me estuviera esperando.

—Espero que no estén muertos —le amenacé con mi voz.

—Oh, solo están atrapados en la tela de la araña, rodeados de trampas, y uno de ellos desangrándose por la mano. O lo que le queda de ella. —Ladeó la cabeza y guiñó un ojo—. Aunque no os vi las caras, me dieron ganas de apagar corazones en la oscuridad y solo tuve tiempo de intentarlo un par de veces. Al menos dos corazones estaban protegidos; uno el vuestro, claro. ¡Vaya! ¡Os habéis puesto blanco de miedo!

La cólera me subía por la garganta, pero debía calmar la bestia interna y centrarme en esta última jugada.

—Bueno —susurré—. No te hará falta volver a por nadie si me matas a mí.

Negó con la cabeza.

—No soy un palomo cualquiera. Han visto demasiado y cuando regrese les apagaré candela. No sé quién es el que anda a merced de la muerte, si el hombre o la mujer, pero sea quien sea ya va aviado. —Chasqueó la lengua tras el embozo—. Al otro tendré que matarlo a cuchilladas, como voy a hacer con vos ahora.

—¡Pues aprovecha, que me tienes de frente, antes de que te pare los pies! —Abrí los brazos con energía—. ¡Vamos, menguado!

No lo pensó: me alzó en volandas tal y como lo hizo en el Palacio Imperial, con su solo pensamiento, y sacó un arma bajo las ropas, salvo que esta no era una daga sino un pistolete. Esto me pilló muy de sorpresa, pues necesitaba más tiempo. Mientras subía suspendido un palmo del suelo me armonicé con el diapasón y, atenazado de miedo, giré la facha hacia la pizarra para ver si se producía efecto. El terror se aderezó de alivio cuando descubrí que mi suposición era cierta. Mi cuerpo estaba ahora imbuido de armonización; y yo la derivé al diapasón, que comenzó a vibrar. Y así, el espejito pegado a él reflejó la onda hacia la pizarra, tal como le enseñara a Lintus días atrás. Las notas de la escala —pues era una escala lo que el embozado usaba— se dibujaban y desdibujaban en la pizarra, en un baile de quintas al son armonioso y trémolo de la luz del Ojo.

Estaba viendo la alternancia de un cuerpo de notas que no escuchaba; estaba viendo armonización dibujada; estaba viendo música a través de la luz.

Torné mi rostro y vi que me apuntaba.

—Dispense vuesa merced —musitó—, que solo hago mi oficio. Así pues, decid vuestras últimas palabras.

No sé cómo me salió. Quizá fuera el nerviosismo teñido de locura, pero me carcajeé temblando en el aire.

—¡Es una modificación de dos escalas: *El suspiro de Ennea* con *Los zarcillos de Ennea*! Dos escalas que modifican el aire y que se armonizan muy bien entre ellas.

Abrió los ojos en una clara expresión de sorpresa y le vi sonreír tras la tela. Pero su voz ya no sonaba igual, que me pareció tímida y vacilante.

—¿Te gusta hacer estúpidas conjeturas, Corneli?

—Dos escalas muy apropiadas para la festividad de hoy —continué ignorando su comentario—. Ahora que sé que usas la música puedo anticiparme a ti. Esto que estás utilizando para alzarme en el aire tiene una fácil contraescala. —Señalé con la cabeza a la pizarra—. Quizá no pueda escuchar tu música, pero puedo verla.

Giró su cabeza hacia el lugar donde se dibujaban las trémulas ondas y le adiviné su estupor cuando las vio, bailando el son de su música: las llamadas quintas rotativas y laterales. Su cabeza se echó atrás en un suspiro de admiración y el pistolete bajó incauto. Aquí jugué mi naipe, pues en ese momento de distracción mi mano derecha se reencontró con el acorde exacto de mi arpa y disolví su escala.

Él se repuso tarde, y tarde llegó el tiro, que me rozó la sien. Pero ya no tenía las manos bajo su atuendo, donde seguro que ocultaba el instrumento con el que hacía su música. Así que, mientras soltaba su inútil pistolete, le crují el aire frente a su cara con otras notas —estas las puncé con fuerza—, y lo lancé seis o siete varas atrás, hasta que cayó sobre una amalgama de trozos de madera, haciéndolo gritar de dolor. Al fondo a mi derecha vi el cuadro donde estaba armonizada *La puerta* —ya estaba seguro de que sin duda era esa escala— y corrí como pude hasta el objeto para escapar de vuelta. Cuando el canalla se hubo levantado de nuevo, empezó a lanzarme golpes de aire que yo esquivaba con facilidad, y supuse entonces que su instrumento no había salido bien parado, pues no apuntaba bien a los focos de armonización.

Me lancé de cabeza hacia el lienzo del cuadro y dejé que mi cuerpo se transportara a Mirtos de Levante.

La sorpresa fue desagradable, pues no llegué al cuarto del embozado: ante mí se abrió el frío vacío y noté cómo el cuerpo cayó de un tirón hacia uno de los lados, haciendo que el mundo diera vueltas de repente. Intenté asirme por la cornisa, pero no logré ni siquiera rozarla con los dedos y me precipité tres pisos hacia el barro. ¡Claro! ¡El cuadro estaba tumbado! Y yo tuve la equivocación de introducirme por el lienzo por la parte trasera. Así que, como entré por el lado opuesto, también salí por el otro lado del papel que había en la ventana de la habitación del embozado. Y ese otro lado daba a la calle.

En fin, en el aire uno no tiene mucho tiempo para pensar. Pero sí tuve la fugaz idea de que mis amigos se encontraban aún dentro de la habitación. Lo primero que hice mientras caía fue tocar el acorde del *Rondó de partida* para aumentar el calor del papel, que comenzó a arder al punto por una de sus esquinas. Con lo que me quedó de tiempo puncé unas notas antes de llegar a tal mortal impacto y logré frenarme un poco, pero el resultado fue igualmente demoledor. Primero noté cómo mis órganos se movían dentro de mí con el primer impacto y los pulmones se me vaciaron de golpe. Seguidamente inicié un calvario rodando por unas escaleras de piedra llenas de chatarra, cristales y trozos de inmundicia, manteándome el cuerpo de tal manera que en uno de los rebotes me partí el brazo del arpa con el peso de mi cuerpo. No sé cuánto tiempo rodé, pero me desollé las extremidades y la cara.

Cuando frené, mis gemidos, mis gritos y mis llantos resonaron por la masa de chapas y adobe que componían los edificios irregulares, y en algunas ventanas aparecieron candiles que mostraban caras distorsionadas por la iluminación de sus bujías. Esperé una eternidad, intentando colocarme de pie, implorando al sino que el embozado no tuviera otros métodos para llegar hasta allí de forma rápida. Vagué de nuevo calle arriba, mareado y esputando sangre; no me había dado cuenta en el instante, pero me había mordido la lengua fuertemente y mil punzadas que no conocía hasta ahora me recorrieron todo el cuerpo. Un dolor sordo y extendido en el costado me impedía girarme y la articulación del tobillo derecho parecía no responderme debidamente, de tal manera que repartía más el peso en la pierna izquierda mientras subía con un hombro apoyado en la pared.

Y las náuseas... esas náuseas provocadas por la composición y la descomposición de las moléculas de mi cuerpo al atravesar *La puerta*. Era una sensación de irrealidad desagradable, que por momentos se desvanecía, pero solo para despertarme con un tormento mayor entre pinchazos y calambres.

Caí de rodillas en uno de los escalones y vomité toda la cena. Tuve unas fuertes ganas de echarme y dormir. Y así fue con horror como, al tirarme de costado, noté que tenía algo clavado en la parte de atrás y que me estaba haciendo perder galones de sangre. Y entonces supe que si cerraba los ojos ya no los abriría. Sin embargo, la sensación de irrealidad, el mareo y la mortal somnolencia me mantenían las rodillas clavadas; mis pensamientos y mi consciencia estaban lejos de permanecer lúcidos, pues a ratos me encontraba emergiendo con sobresaltos a la fría y traumática vigilia, con la sensación de haber echado una cabezada.

Y en estas circunstancias logré por fin ver la figura de un hombre, al fondo. Se acercaba oscuro, a paso vivo y todo de negro. Un borrón en la oscuridad que se me presentaba amenazante.

En viéndome miserable e incapaz de armonizarme con el tejido, me dejé llevar por un sopor letal, vencido y resignado.

Y cerré los ojos.

Capítulo 27

Donde se clarifican los hechos vividos y en el que el pupilo sorprende al maestro

Dos días permanecí inconsciente y tuve sueños espantosos sobre demonios que susurraban desde el vacío. Estuve con un pie en la tumba, me aseguraron, delirando de cuando en cuando en una especie de vigilia febril de la cual no tuve recuerdo alguno. El señor Pelgrin logró salvar mi vida: sacó el clavo oxidado de casi tres pulgadas que se había quedado hendido en mi costado; me vendó el torso —tres costillas rotas— y también la cabeza; habíame ensalmado el hueso del antebrazo, que ahora tenía entablillado; me llenó de cataplasmas todo el cuerpo y también se percató de que tenía un esguince en el tobillo.

Abrí los ojos con una cabeza aturdida —debido a los jarabes y la debilidad— y lo primero que vi fue el rostro del médico. Se pasó a mi vera día y noche, durmiendo en una butaca junto a mi regazo, por lo que al menor movimiento mío se sobresaltó y me puso la mano en el pecho para impedir que me incorporara de forma brusca. Todo el dolor me vino de golpe: el brazo, el esguince, el costado, la cara y toda la piel de mi cuerpo entumecido. Tenía la sensación de que mis pulmones se resistían a llenarse enteramente de aire y eso me preocupó. Pero lo que de verdad me desagradaba era la impotencia resultante de no poder pensar con claridad. Hasta los sonidos parecíanme al principio ecos distantes. No solo era yo quien despertaba de un mal trance; mi fuerza de voluntad, mis sentidos, mis instintos y mis emociones habían sido sepultados bajo la bota de la parca, y ahora reclamaban agresivamente un lugar en el mundo, que se revelaba espantosamente desnaturalizado ante mi renacimiento.

—No os conviene levantaros tan de seguido, Dragos —me suplicó Felindante.

No contesté nada, pues con solo gemir noté cómo mi garganta resonaba por todo mi cuerpo. La cabeza me daba vueltas, así que no quise emitir sonido alguno hasta no espabilarme del todo. El facultativo fue quien me habló con la ternura a la que se les habla a los dolientes, contándome que había estado dos días entre la vida y la muerte, señalando así todos los estragos de mi cuerpo y la importancia del reposo. Hizo especial hincapié en la herida del costado; que habría de pasar algún tiempo lavando la úlcera con agua lo más limpia posible y que rezara; a lo largo del mes podría manifestarse la enfermedad del tétanos.

—Es importante que acudáis a mí si tenéis espasmos en las extremidades.

—¿Valdría de algo? —ronqueé a duras penas.

Inspiró profundamente para contestar, pero contuvo el aire un momento. Lo soltó en un suspiro que manifestaba displicencia.

—No, si os referís a curarla. Pero puedo paliar algunos dolores... Si también notáis calentura podría...

—¡Nada de sangrías, Felindante!

—Vos mandáis, Dragos. Los amigos mandan.

Entonces, con estupor repentino, recordé a los demás.

—¡Nolvaria!, ¡Closter! —dije—. ¿Dónde están?

Mi amigo, pesaroso, movió la cabeza como queriendo negar la realidad.

—El señor Closter ha perdido dos dedos y tiene rota la mano.

—¡Putos días se viven! —maldije—. ¿Y Nolvaria?

—Está bien.

Espiré aliviado, pero todavía estaba consternado. Me enjugué las grandes gotas de sudor.

—¿Habéis atendido ya la mano de Closter?

—¡Y cómo bramonaba, señor Corneli! —titubeó—. Pero he intentado algo para enmendar el asunto.

—¿Acaso se puede enmendar una amputación?

—Le he colocado una prótesis, con engranajes de latón.

Jadeé exhausto y pesaroso.

—Rediez, Felindante...

—¡Tened fe, Dragos! Me han quedado muy simétricos y él está contento. A lo mejor los nervios no responden, pero ¿quién sabe en un futuro? El dinero ha ido a cargo de Martiso que, por cierto, fue quien os encontró. —Su pecho se ensanchó de pronto, como orgulloso de algo—. Él ya me había prevenido.

—Prevenido, ¿de qué?

—Antes de salir en su carruaje —aclaró—. «Señor Pelgrin», dijo, «no os separéis de mi postillón, que os haré llamar en cualquier momento por si necesito de vuestros servicios». Al principio no entendí bien esto, hasta que cinco o diez minutos antes de encontraros en aquel callejón lo vi salir de la casa, muy preocupado y con diligente paso.

—Tuvo preparación; intuyó que podía haber problemas y dispuso el carruaje de caballos para socorrernos en caso de un peligro.

Felindante me devolvió la sonrisa.

—¿Es porque los caballos son más raudos que el motor de vapor?

—No, sino porque Martiso confía en los animales mucho más que en los engranajes. —Me incorporé dolorosamente con un gemido—. Y porque detesta la fabricación de esas máquinas, que según dice él han dado muerte a los establos. Lo natural siempre gana a lo artificial; espero que la mano de Closter no se gangrene.

En ese instante se abrió la puerta y apareció Nolvaria, que venía a paso vivo y rostro inquieto, con mi herreruelo, mi espada y mi fieltro en las manos. De repente se paró en seco, a vara y media de mi cama, y noté que quiso sonreír. Por instinto abrí mis oídos de armonizador para confirmarlo, pero los cerré de golpe con un quejido.

—¡No abras los oídos! —Se percató ella, y su cara tornó a la ira—. ¡Esa perra de Sonora!

—¿Qué ocurre aquí? —gemí.

Felindante carraspeó.

—En cuanto llegasteis heridos, el palacio se puso patas arriba y la princesa se quejó de que...

—¿De qué, Felindante?

—Bueno, dicen que somos alteradores y gente sombría. Que tenemos que irnos en cuanto despertéis. —Bajó la mirada temeroso—. Y, en fin, ya habéis despertado pues.

Nolvaria dejó sobre los pies de mi cama mis pertenencias con cuidado.

—Ha ordenado que todo el palacio sea un nodo de silencio, incluso las estancias de Martiso, con quien se dice que tiene un trato más tenso.

—¡Lástima de Martiso! —exclamé—. Siento mucho que su reputación se haya deteriorado por mí.

La voz llegó sosegada desde la puerta.

—Mi reputación está intacta, Dragos.

El barón se acercó con paso frágil. Tenía los ojos enrojecidos, con dos grandes bolsas bajo ellos que daban a entender que pocas horas de sueño gastaba.

—No es por mí, sino por vuestras mercedes —musitó cansado—. Esta ala suele estar libre del nodo, pero no es la vez primera que lo agrega o lo disuelve por capricho, pues muchos bardos cortesanos han pasado por aquí. En cuanto os vayáis le pediré que lo disuelva con la excusa de que necesito practicar con mis alumnos. —Arrastró una silla para sentarse a mi lado—. Pero es verdad: quiere que os vayáis todos cuanto antes. Ha accedido a que os quedéis solo por misericordia y a mi petición por vuestro estado.

—Bueno —suspiró Nolvaria—, Closter ya se ido en verdad. Está en una posada cerca de aquí, seguramente con varias botellas de hipocrás. Dice que le alivian el dolor de la mano.

Estiré el brazo hasta el fieltro, pero las punzadas en el costado no me permitieron llegar. Felindante me lo alcanzó raudo y yo le agradecí. Miré a Nolvaria mientras me ponía el sombrero.

—Gracias a ti también, por guardarlo.

—¡No quiera nadie escuchar tus quejas sin tu fieltro! —bromeó.

—¡Bien! —dijo Martiso—. ¿Estás, Dragos, en condiciones de contar lo que te sucedió?

Felindante negó con la cabeza.

—¡No es momento, ilustrísima! Dragos tiene que tomar descanso.

—Pues poco va a tener en cuanto se sepa por aquí que ha despertado.

—Hay muchas cosas que se han de saber —apunté— y con más urgencia, pues nos enfrentamos a algo poderoso. —Miré a mi amiga—. Pero a mí también me gustaría que me contaras qué ocurrió en la habitación. Lo más prudente es que se comience en orden, así que Nolvaria debiera ser la primera en hablar.

—Poca cosa —contestó ella—; para empezar, he de aclararte que ese bellaco se armonizó con la boquilla del arma de Closter cerrándosela.

—Me lo imaginaba.

—Fue como dijiste, Dragos: ninguna música sonó; pero parecían los efectos de *La cantata de los mil tintineos*. —Su rostro se revelaba confuso—. Me cuesta decir que fuera armonización.

—A mí me cuesta creerlo —repuso Martiso—. Pero os creo.

—Continúa, Nolvaria —apremié.

—Luego ya conocemos qué pasó: sonó como una extraña vibración y saliste volando por los aires hasta hacerte pasar por el papel, y yo me temí lo peor. Grité desesperada, creyendo que caías al vacío. Notaba un repentino pálpito en el pecho (creo que intentó pararme el corazón) y en viéndome ya en la tumba me dije que poco tenía que perder, así que le lancé tarascadas por donde pude con mi puñal. Él calentó el arma y tuve que soltarla enseguida, y aunque fuera terrorífico no escuchar música alguna, sí vi algo.

—Pues, ¿qué viste?

—Que el tejido vibraba imperceptiblemente —contestó—. Parecía cosa de magia. Luego me echó a un lado y entró por el papel, dejándome allí plantada y con Closter fuera de sí; casi temí que me invistiera por causa de enloquecedora ceguera. Pero luego se calmó, apretó los dientes y se hizo un vendaje como pudo mientras que yo intentaba atravesar el lienzo puesto en la ventana. Era extraño, como si algo duro, frío y húmedo me impidiera el paso, aunque notaba el adormecimiento de mis manos. —Su mirada se veló, confusa. Lo que Nolvaria había estado palpando era el suelo de aquella estancia—. Buscamos otra salida, pero todo estaba cerrado y ni siquiera la armonización podía abrirnos camino, aun al techo; como si desde dentro todo tuviera una música hecha con un código secreto.

»Así estuvimos una eternidad, hasta que notamos que el papel crujía de nuevo y ambos nos preparamos para luchar. Pero en vez de eso una de las esquinas empezó a arder.

—Escapasteis por ahí, pues.

Martiso estiró los brazos y bostezó.

—Irónicamente por el mismo sitio que tú. Pero ya sabemos que tus métodos para entrar y salir por los sitios son un tanto peculiares. ¿Y bien? ¿Qué has descubierto, Dragos? Espero que esto me haya merecido la pena.

—Os lo habrá merecido, amigo mío —asentí con expectación—. Y antes de empezar os vuelvo a dar gracias mil por todo cuanto nos ayudáis.

—Entendedme, Dragos: que amistades a un lado, quiero también la ruina del Gobierno.

Riendo en una dolorosa tos pedí a Felindante algo de agua; mi mente estaba turbia, pero quise aprovechar el silencio doble de la estancia para contar todo lo que descubrí. Y en cada detalle mis amigos escuchaban atentos y asentían cuando dilucidaban las razones de algunas cosas, como por ejemplo el porqué Nolvaria no pudo traspasar el papel, debido a que el embozado dio con el cuadro al suelo; o cuando el maco miserable me dio razones de por qué había dado con nosotros, después de habernos estado espiando. Pero donde en verdad quedaron confusos fue cuando llegó la parte de los diapasones y las figuras de luz en la pizarra.

—Veía su composición, podía leer las quintas notas, saltando de una a otra.

—¡Pardiez! —exclamó el físico—. ¿Podéis hablar en íbaro? No entiendo nada.

Nolvaria se encogió de hombros.

—A mí no me mires, que a las mujeres no se nos permite pisar la universidad. —Entonces entrecerró los ojos y me miró—. Aunque, sí que sé a lo que puede referirse Dragos. Esos dibujos, ¿eran como curvas, cerradas?

—En las reglas de armonía son figuras muy famosas —añadió Martiso, asintiendo—, y las usan los bardos ingenieros para construir los armonógrafos. ¿Fue así, señor Corneli, como supiste descifrar la escala que usaba?

Asentí, y Martiso rio jovial y todo su cansancio se desvaneció.

—¡Esto sí que es habilidad! —me decía—. ¿Cómo puedes tener el meollo tan fresco para improvisar la contraescala en un acorde?

—Cuando se trata de vivir o morir puedes sorprenderte a ti mismo. El caso es que él ya no podía armonizar bien y he llegado a conocer dos cosas que me llamaron la atención. La primera de ellas fue por algo que dijo: «Dispense vuesa merced, que solo hago mi oficio».

—Es lo que dicen los verdugos —comentó Martiso.

—Es un mandado, ahora estoy seguro.

—No hay que suponer nada —dijo Nolvaria—. ¿Qué hay de la otra cosa que te llamó la atención?

—Fue cuando lo tiré contra una amalgama de quicios de madera. Parece que le hizo bastante daño la caída, pues gritaba dolorido. Ahora bien, cuando afufé hasta el cuadro, me soltó unos cuantos golpes de aire que no llegaron a alcanzarme, pero sí que noté algo interesante que no he llegado a meditar hasta ahora: y es que dejó de gritar mientras lo hacía.

—¿Viento? —inquirió el barón.

—Es probable, si calló es porque necesitaba de su boca para usar su instrumento. —Resoplé abatido y con mirada ausente, como si así hiciera menos doloroso rememorar lo que venía a continuación—. El resto ya lo conoces: me vi cayendo al vacío, pero mi primer reflejo fue quemar el papel, pues pensé que debía liberar a mis amigos.

Tras esto Nolvaria sonrió y me tomó del brazo, hablándome como a ella le gustaba: con los ojos. Meditamos en silencio, como si cada uno escribiera bien toda esta información en la biblioteca particular de su memoria. Al cabo de un rato dije lo que supuse serían nuestros pensamientos más oscuros.

—Bien. Ahora tendremos que irnos, pero ¿a dónde? —Chasqueé la lengua—. ¡Estamos encerrados en un distrito en cisma!

—Eso no es del todo cierto —repuso Nolvaria—. Saldremos de Mirtos a voluntad, Dragos.

Enarqué las cejas, extrañado. Entonces ella sacó de su faltriquera un papel mugriento y plegado. Lo desenvolvió cuidadosamente y vi que Martiso abrió mucho los ojos, alertado y tenso mientras desabrigaba su arpa de muñeca.

—¡Pardiez, muchacha! —dijo—, ¡sé cuidadosa!

Y entonces, vi que el papel tomaba un tamaño considerable y observé que una de las esquinas estaba quemada. ¡Era el papel de la ventana! Mi amiga asintió en viéndome la cara.

—Metí la mano por el hueco que ardía y arranqué el papel. Tan pronto como apagué el fuego comencé a enrollarlo.

—¡Bendita seas mil veces tú y tu astucia! —celebré mientras dejaba caer aliviado la cabeza en el respaldo. Entonces abrí los ojos, alarmado.

—¡No te preocupes! —se adelantó el barón—. Ya hemos entrado. Nolvaria y Closter se quedaron aquí, pero mis sirvientes y yo inspeccionamos el lugar y se encontraba desierto. Llegamos hasta allí por la cara del papel por la cual saliste, claro, que era la que daba a la parte del lienzo que miraba al techo de la lutería. Es un lugar abandonado, como tantos otros talleres que hay por allí. Suponemos que en cuanto el asesino no pudo volver a entrar a través del lienzo pensó que se había destruido (cosa muy acertada por vuestra parte, Dragos). Pero cometió el error de dejar el cuadro allí tumbado, sin pensar en la muy remota posibilidad de que el papel de la ventana se salvara.

—Así que tenemos un enlace hasta una lutería de Monteperegrinos.

—Más bien en mi palacete de Cortes de Tribunal —añadió—. Sería estúpido dejar el cuadro allí tirado, pues al embozado le puede dar por volver. En cuanto atraveséis el papel llegaréis a mi distrito.

—¿Puedes darme la dirección de la lutería?

—Poco vas a recabar allí, pues ninguno hemos escuchado absolutamente nada, pero mi mayordomo Zorton Mastreg os puede llevar si lo necesitas. Es bueno con escalas latentes, por si quieres compartir conocimientos con él en mi ausencia.

—¿Hay alguien que no sea bardo en tu palacete? —bromeé. Al cabo volví a sentir pesadumbre—. Así que te quedas aquí.

—No puedo aparecer en Cortes de la noche a la mañana; soy príncipe elector y grande de Ísbar encerrado en Mirtos. ¿No crees que las gentes de la ciudad pueden extrañarse si me ven andando por aquí y por allá? En cambio, tú... En fin, ya tienes fama de atravesar mágicamente las paredes, ¡y eso en caso de que crean que alguna vez entraste aquí! —Se levantó como ausente y tomó el papel de las manos de Nolvaria—. Además, necesitas a alguien que vigile esto desde el otro lado. Si me necesitaras puedes venir a través del cuadro. No te preocupes por lo de caminar, que si requieres descanso mis alcobas estarán disponibles tanto tiempo como quieras; ya sabes que mi hogar es tu hogar.

—¡Al fin! —sonrió Nolvaria—. Estoy deseando volver a abrir los ojos de armonizadora; en este nodo de silencio todo se ve estanco.

Tal como lo dijo vio algo en mi rostro que le amansó las emociones.

—¿Qué ocurre, Dragos?

—Es sobre el pálpito que notaste en el pecho. —Me miró pasmada; yo no encontraba las palabras exactas para contárselo—. Si el embozado te hubiese querido parar el corazón no lo habrías sentido así.

—Pero... el pálpito...

—Habría durado un segundo, ni siquiera te habrías dado cuenta; habrías muerto al punto, Nolvaria.

—Pero yo noté que me vibraba...

—Fue porque te recoloqué mi contraescala.

Boqueó y parpadeó varias veces. Felindante se santiguó.

—¿Compusiste una contraescala perversa en la guarida del embozado?

—No, Felindante —aclaré—. Ya estaba compuesta, alrededor de mi corazón. Solo la traspasé del mío al de Nolvaria.

Ella farfulló unas palabras ininteligibles, seguidamente exhaló un profundo suspiro y agregó, marcando las sílabas:

—¿Has estado sin protección con el asesino?

—Sí.

Tornó su embobamiento a una expresión de profunda ira.

—¡¿Estás beodo, Dragos?! ¡Has podido morir!

—Fue arriesgado —señaló Martiso—, pero astuto después de todo.

—¡¿Astuto?! ¡¿Cómo que astuto?!

—Astuto porque el embozado asumió que Dragos ya estaba protegido, como aquella vez en palacio.

Nolvaria dio unos pasos para atrás, como dándose cuenta de una horrible certeza, y se agarró el pecho con ansiedad. Sus ojos estaban fuera de sí.

—¡Te lo advertí, Dragos!

—Atiende, Nolvaria —me excusé, intentando sentarme—. No voy a reclamar agradecimiento alguno por protegerte ante un fatal destino, pero creo que hice lo correcto. Ahora estamos en un nodo y voy a volver a aplicarme la contraescala. La pregunta tras estos acontecimientos es sencilla: ¿vas a dejarte la tuya puesta? ¿O vas a volver a disolverla?

Su mirada era ahora una mezcla de ira y tristeza. Y mientras me ojeaba decepcionada sus ojos se llenaron de lágrimas y creí que estaba a punto de rompérsele la voz. Pero sus hombros se alzaron orgullosos y levantó el mentón.

—Eso es algo —susurró— que no vas a saber.

Tal cual lo dijo se giró bruscamente y salió por la puerta. Martiso me miró con gravedad y, ante mi desazón, rio melódico y quedo. Me dio unos golpecitos en el hombro.

—Felindante, ayudad a Corneli a ir a la posada, si tenéis la gentileza. Es hora de que abandonéis este dichoso distrito.

—Que me place, su ilustrísima. Iremos en cuanto Dragos eche a caminar.

Cuando el barón se hubo marchado pedí al médico que me ayudara a incorporarme.

—Sé que vas a horrorizarte —le comenté—, pero no voy a ir tan rápido a la posada. Antes he de pasar por un sitio.

Resultó muy sencillo —incluso con mi estado— burlar a la guardia del palacio; el nodo de silencio hacía posible la armonización sin que quedaran remanentes en ninguna parte del tejido. Se esperaba decoro a la hora de armonizar por parte de los bardos, aunque es cosa sabida que estos no suelen tocar una nota sin abrir los oídos. Al fin y al cabo, tampoco lo necesitaba para tocar *El sopor de la anciana* contra los guardias, y sintiéndome despreciado en este lugar, tampoco tenía mucha voluntad de mostrar decoro si me veían con el arpa desabrigada.

Lo vi en su cama, durmiendo plácidamente e iluminado por la luz del Tetragrama, plateado y gigante en el firmamento. Cerré la puerta sin hacer ruido, poniendo cuidado en no despertarle. Pero lo cierto es que el muy hideputa ya estaba bien despierto.

—¿Vienes a degollarme, magistrado?

Me quedé clavado a los pies de su cama.

—Pues ¿cómo piensas tal cosa?

—¿Por qué dices siempre «pues cómo»? —inquirió Lintus, ignorando mi pregunta—. Queda extraño y estúpido.

—Es una expresión que traduzco del galvo.

Anduve hasta una silla junto a su cama y me senté con flema y dolor. Él se sentó en el cabecero.

—Tu aspecto es desolador —bufó—. Está claro que ese Closter Tol no os conviene como compañía.

—Closter se ha llevado la peor parte —aseguré—. Esto que aquí ves se cura, él tendrá que lidiar con una prótesis en su mano izquierda.

—Ya he oído algo. —Se quedó un rato callado, observando mi figura recortada en el Tetragrama—. ¿A qué has venido entonces, tan de noche y en la quietud del palacio si no es para degollarme?

—Sigo sin entender por qué crees eso.

—Dijiste que lo harías, si se terciaba la cosa: «Te vendimio la gola» o algo así.

—No eres mi enemigo, y si lo fueras, no soy tan menguado para hacerlo así. —Un calambrazo en la rodilla me estremeció—. Pero es cierto: si me hubieras puesto en peligro, te habría mandado a rendir cuentas con tu Reverberado.

—¿Y quiénes son entonces tus enemigos, magistrado? Lo digo porque no termino de conocer a quien dicen que es mi maestro.

—Mis enemigos son justamente los que son y dudo que se amplíe el libro de registros en lo que tengo de vida. Los demás, aquellos que pretenden serlo, son meras molestias.

Me miró suspicaz, dando poco valor a mis palabras. Él no me lo pidió, pero yo quise aclarar estas palabras:

—Bueno, zagal, verás: llegada una edad ya no tienes más enemigos, ¿sabes? Los que son lo son porque incidieron en un momento de tu vida donde aún te quedaban cosas importantes por experimentar. Cuando comienzas a tener canas, quien pretenda ser enemigo tuyo tiene que tener tu consentimiento.

—No lo entien...

—Por eso he venido, porque te quedan muchas cosas por entender.

Esbozó una extrañada sonrisa.

—Se diría que vienes a secuestrarme.

—Bueno —le devolví la sonrisa—. No es la primera vez que lo hago.

Me incliné hacia delante, a pesar del dolor del costado.

—La diferencia es que tanto conmigo como con Sonora sigues secuestrado.

—¿Y qué podría ser mejor que esto? Mírate: contigo solo hay miseria y peligros. Aquí no me falta absolutamente de nada.

—¿Tienes maestro aquí?

—Tengo libros. —Se encogió de hombros y señaló el instrumento que tenía apoyado sobre una mesa—. Y me han traído una guitarra.

—Los libros son buenos maestros.

—¿Cuántos maestros has tenido tú, magistrado?

—He tenido muchos, en los estantes y en la universidad. Déjame que te cuente algo...

—¿Ahora es cuando vas a hablar acerca de ese Risoldar Estut?

—¡Maldita mi suerte! ¡Eres peor que Filip!

—¿Quién es Filip?

—Un muchacho galvo que hacía muchas preguntas —espeté—. Pero al menos las que hacía eran coherentes. ¿Puedes callarte un segundo?

El arco del silencio comenzó a avanzar por el Tetragrama y la luz se atenuó un poco en la habitación.

—Uno de mis maestros, el dómine Dastario, era un hombre al que consideraban rudo y desdeñoso. Closter y yo riscábamos tu edad cuando nos enseñó aritmética. No perdonaba fallos y nos castigaba severamente por ellos; no toleraba razonamientos estultos y despreciaba profundamente a quienes no tenían respeto por la lucidez y la ilustración. Un día se me ocurrió decir algo que le hizo irritarse.

Hice mi característico silencio.

—¿El qué dijiste, magistrado?

La curiosidad de un niño; tenía su atención.

—Pues dije que la aritmética de poco servía en el mundo real; que no tenía utilidad práctica.

—¿Y qué ocurrió?

—Nada bueno —reí trabajosamente—. Pero a pesar de ser duro, era un hombre que en el fondo premiaba a aquellos que abrazaban el conocimiento. No fue por sus castigos por los que aprendí a amar la aritmética, sino porque nos enseñaba la naturaleza de las matemáticas aplicadas a la vida. Vivía para destruir nuestras dudas. Sabía captar nuestros gustos y se preocupaba por nuestras pasiones hasta tal punto que nos daba a conocer las conexiones que existían entre estas y los números. Fue quien me hizo tomar interés por la física de la música; gracias a él me especialicé en armonía latente.

—Me gustaría conocerle.

—Murió dos años después de acabar mis estudios, pero a día de hoy le mantengo inmortal en mis recuerdos. —Me retrepé, observando el sutil parpadeo del niño, su mirada ausente. Parecía poner rostro al recuerdo—. Luego estaba mi maestro de geometría. Él no era tan rudo como el dómine Dastario, pero era arrogante y algo indolente. A mí la geometría me apasionaba; me gustaba el uso de la regla y el compás, las herramientas del trazado que ayudaban a dibujar perspectivas, figuras, calcular distancias sobre el papel. —Mientras hablaba, el niño escuchaba absorto, como si quisiera sentirse partícipe de mi historia—. Un día nos puso una prueba, muy altivo el plante, pues gustaba de darnos problemas de grande dificultad para encumbrar su triunfo en las correcciones. Habíamos de dibujar una serie de figuras geométricas a partir de unos pocos puntos y rectas usando una técnica llamada sistema diédrico. En fin, no importa que conozcas el método en sí, pero nadie logró completar el ejercicio, pues quedábamos trabados en el mismo sitio: hallar la medida de uno de los lados en un triángulo recto. Nadie lo resolvió. Nadie excepto yo.

»Hay un teorema antiguo, en aritmética, que nos permite calcular con una sencilla fórmula uno de los lados del triángulo: la suma de los cuadrados de los catetos es igual al cuadrado de la hipotenusa. Así hallé, gracias a los números, la medida de la línea que teníamos que trazar. Apliqué la aritmética de Dastario en otra disciplina y ¡resolví el problema!

—¡Lo conozco! ¡Conozco ese teorema! Debió de ser muy gratificante demostrar tal capacidad para improvisar.

—Gratificante... —repetí—. No por su parte, al menos. Me reprendió por ello, diciendo que debía centrarme únicamente en la geometría y su método, y que no integrara ambos conocimientos. Otros maestros, por usar el seso, me darían valor y premio, pero este dómine me castigó.

—Entiendo —asintió con tristeza—. A diferencia del otro, a esas personas se las recuerda con desprecio. ¿Cómo se llamaba?

—Zagal, a esas personas no se las recuerda.

Miré por la gran ventana y vi la ciudad allá abajo. Pensé que otra vez llevaría al niño al mundo real, al doloroso.

—Lo que quiero decir con esto es que puedo ser desagradable en muchas ocasiones, pero me esfuerzo en ser como el primer maestro.

—Yo pienso que no eres como ninguno de los dos —contestó al rato—. De hecho, no hace más que unas semanas que nos conocemos y eres tan nuevo para mí como esa ciudad de ahí afuera... Y hay que estar muy loco para querer volver ahí afuera.

—Muy loco —afirmé.

—Fue por ella, ¿verdad? He indagado.

Volteé el rostro hacia él con mucha flema.

—¿Indagado? ¿Qué has indagado?

—Tu enamorada. Estaba enferma, de ese mal que los físicos no pueden curar; el mismo que nos debilita y nos provoca grandes dolores. En palacio cuentan cómo buscaste la escala.

—¿Qué cuentan?

—Encontraste *Los dedos de la bruja*, una escala perversa que modifica los cuerpos, que cura las imperfecciones que las enfermedades provocan, incluso las incurables. Fue el motivo por el cual marchaste de la ciudad, los urdidores detectaron la escala e intentaron prenderte.

El niño no podía ver las lágrimas en mis ojos debido a la oscuridad, por eso no vaciló en sus palabras. No hablé para no quebrar mi voz, así que la cosa quedó en un momento de reflexión cuyo silencio rompió el infante.

—¿Has venido para vengarte?

—Han matado a tu padre —susurré frío—. ¿No deseas tú la venganza?

—¡La deseo! —le tembló la voz—. Pero ¡Gladio Permes decía que eso no es justicia!

—¡Exiguas palabras para torcer la realidad! ¿Qué es la justicia sino venganza institucionalizada? Puesta en manos de magistrados y verdugos para anivelar la balanza y los ánimos del pueblo; para que este no se disparate en una ola de cuchilladas constantes por la sed de sangre. ¿Sabes? Estoy en contra de que los gobiernos maten a personas por condena y, sin embargo, entiendo que uno se tome le justicia por su mano.

—¿No es paradójico?

—¿Paradójico? —bufé—. Más paradójico me resulta, por no decir despreciable, que se desdeñe a aquellos que suplen su dolor *motu proprio* al verse desposeídos de alivio por una Justicia incapaz de resolver sus estragos. Dime si no es paradójico que se pida muerte a una persona y que esta muerte se provea por el frío y artificial trámite de un verdugo, rehusando cobardemente resolverla por uno mismo; dime si no es paradójico que se aplauda la cobardía que el Gobierno se manche las manos de sangre por ti y que, al mismo tiempo, se condene moralmente a quien tiene el valor de llevar a cabo tal ejecución con todas las consecuencias que le suponen el duro precio de matar a una persona, de deformar su conciencia hasta sus últimos días. —Me miré las manos, instrumentos con los que había dispensado la muerte en otras ocasiones—. No digo que la venganza sea buena o necesaria; digo que es oscura pero anestésica, y ayuda a sobrellevar la negligencia de quienes no la palian mediante la ley. Yo lo he podido comprobar y no me siento peor persona por ello. Pero tú haz lo que quieras.

—¡Me instigas a la venganza de mi padre, pues!

—¡En absoluto! Pero por estas razones que cuento no me tengo por hombre justo, sino por ecuánime. Yo ajusticiaré al embozado por ti, o al menos lo pondré en manos de la Justicia como magistrado. Pero no te negaré la oportunidad de poner un cuchillo en tu mano si llega el caso de que quieras rebanarle tú mismo el cuello. No te negaré tu venganza, sea moralmente aceptable o no a ojos de tu pueblo.

Se enjugó unas lágrimas que yo no había visto.

—Mucha rabia anido en mi corazón, pero por ahora no deseo tal cosa. Por otro lado, ¿cómo piensas dar con él? ¡Mira qué te ha hecho! ¡Es un monstruo difícil de prender!

—Dentro de pocos días será el solsticio de invierno y a este le seguirá la Primera Penumbra.

Ambos dimos un profundo suspiro, serenándonos.

—¿Te has preguntado alguna vez, zagal, por qué ocurren las penumbras y la Umbra?

—¿Por qué? —inquirió sosegado.

—El Sol cada día sale más por el sur cuando llega el invierno. Esto es, cada vez más cerca del Tetragrama, pero es una percepción desde nuestro punto de vista: ocurre porque el planeta gira en torno a la estrella con un eje de rotación inclinado. Los anillos también se inclinan junto al planeta, poniéndose entre nuestro territorio y el Sol; y, por tanto, en un momento de su órbita, la sombra de los anillos terminará por llegar a esta parte del mundo, coincidiendo con el solsticio. Desde nuestro punto de observación, cuando el Sol toque los anillos del Tetragrama, se ocultará parcialmente durante cuatro días, es decir, lo que conocemos como la Primera Penumbra.

—Luego se ocultará por completo —siguió el niño—. Es porque Dios ha muerto y vendrá la Umbra de tres días.

—La oscuridad sobre el mundo, el luto sagrado hasta que el Sol salga parcialmente durante otros cuatro días de Segunda Penumbra. Por eso decimos que Dios muere, permanece tres días muerto y resucita en el año nuevo.

—¡Es inconmensurable la perfección que Nuestro Señor nos dispuso en los cielos para recordarnos su sacrificio por nosotros!

—¡Claro, claro! —me mofé, aunque él no lo notó—. Pero yendo al asunto: no me preocupan tanto las penumbras como la Umbra. El periodo de Primera y Segunda Penumbra permite armonizar el tejido, con ciertas reglas de afinación; pero la Umbra... Eso ya es otra historia. Con la Umbra el luto sagrado exige que todo armonizador deje intacto el tejido (el Monocordio de la Creación, como lo llaman los prelados). Así, el mundo que hay tras el velo queda silencioso; reina una quietud que hace muy buena alegoría a la idea del luto y la muerte: pues las cuerdas parecen muertas y los hilos que enhebran todo el tejido de la realidad están tan quietos que los urdidores detectarán cualquier escala armonizada sobre este en la manera que una mosca se posa sobre el telar de una araña. —Carraspeé—. Para que te hagas una idea, quien se atreva a armonizar se escuchará de un extremo a otro de Ísbar, muy similar a la manera en que un susurro se escucha de una a otra parte de esta habitación en esta hora de quietud y noche.

—Pero ¡está prohibido armonizar en ese periodo, ya lo has dicho!

—Y no pienso armonizar, zagal —lo tranquilicé—. Pero el asesino sí lo hará y tiene métodos para pasar inadvertido. Esta es la razón por la que hemos de darle caza antes de la Umbra, y a ser posible, antes de la Primera Penumbra. ¿Sabes qué? He descubierto que hace música, aunque aún no sé cómo se las ingenia para ocultarla del tejido.

—Entonces no hace música.

Reí y volvió la tos con pinchazos en el costado.

—La hace, Lintus, la hace. Y he dicho que no sé cómo, pero tengo mis cavilaciones.

—Oigámoslas.

—Todo a su tiempo... para ello necesito un nuevo instrumento musical. Tengo que visitar a Liscario Tristante.

—¿Vas a encargar otro instrumento? —dijo con voz molesta.

—¿No te apetece uno a ti también?

—¡Quiero un arpa de muñeca!

—Tendrás que demostrarme que la mereces.

Se sentó en el regazo de la cama con rapidez.

—Tenías razón, magistrado —dijo al cabo—. Las emociones tienen un principio y un final.

—¿De qué hablas?

—Hace dos días, antes de que la pifiaras, muchos lugares estaban libres del nodo de silencio...

Lo miré confundido; el niño debía de estar chanceando. Dio un suspiro a modo resolutivo.

—Tengo libros, pero un hombre que lee no es nada sin experiencias. O eso, o debo de estar muy loco para querer volver a salir ahí afuera. Además, me empieza a aburrir este palacio; no te permite abrir los oídos.

—¿Abrir los oídos? —reí inquieto—. ¿Qué sabes tú de abrir los oídos?

—Tú aprendiste a hacerlo donde se enhebra el tejido. Te sorprendería saber lo que hacen horas de concentración en un nodo.

—En un nodo es molesto abrir los oídos.

—Lo sé. Por eso es más difícil hacerlo. —Su voz bajó un tono—. Te vi, y confieso que te desprecié en el pasillo. Estabas absorto, con las manos entrelazadas a las de esa dama a la que pedías que te acompañara a un baile o algo así. Y entonces mis pensamientos se tornaron amargos y conocí que algo se quebraba en mi interior. Sentí como una melodía extraña que no pertenecía a ningún instrumento; un compás en mi alma; un ritmo en mi corazón. Y, sobre todo, una armonía que se adaptaba a tus movimientos, tus pasos, tus golpes de voz. —Sonrió en la oscuridad—. Ya lo dijiste una vez: «Una agradable sensación de pesadez en la mente; el color, el sonido de las cosas». Y escuché tu tristeza. Una tristeza que ocultabas.

El niño me miró continente, pero yo no supe qué responder. La confesión me dejó desorientado.

—Siento que sea lo primero que hayas escuchado —concluí apesadumbrado.

Salió de la cama lentamente. Ojalá hubiera tenido mis oídos abiertos, pues su rostro tenuemente bañado de plata no decía mucho sin la música de sus emociones. Parecía como vacilante, dudoso de decir algo. Al final bajó el rostro con una profunda tristeza.

—¿Por qué das ahora la cara por mí? Soy un pisaverde con privilegios.

Me incliné a él y le puse mi mano sana en el hombro. El contacto le hizo levantar los ojos.

—Estoy dando la cara por mi paje. —Su cara mostraba recelo, pero logré adivinarle media sonrisa. Hablé admirado, musitando las palabras con grave sentencia—. Además, Dantian Pecler, todavía no he terminado tu instrucción. Y yo termino lo que empiezo.

PARTE TERCERA

DOGMA Y LANCE

Capítulo 28

Que narra el testimonio de un auto de fe más algunos problemas añadidos

Días siniestros aquellos, que el Sol besaba muy cerca el Tetragrama del Mundo y la luna Do se interpuso entre la luz y nosotros una vez por día —tantos como autos de fe hubo ese año—, reglando con sus eclipses los llamados *silencios*: momentos previos a los días de oscuridad total y que nos impedían a los armonizadores componer el tejido de la realidad durante largos minutos. Para los religiosos, estos silencios eran avisos de que Dios estaba a punto de morir. Para mí, instantes de indefensión y de angustia, siempre con la mano en la cazoleta de la espada y poniendo ojos en cada sitio, no fuera que el embozado y su música invisible nos aviaran.

Pero retomando el hilo de mi historia: si un juicio por lo civil suscita algún miedo o preocupación, los autos de fe llevados por la curia religiosa son infinitamente más dignos de tomar en cuenta.

Recordarán vuestras mercedes ese auto de fe en particular, porque fue el mismo en el cual quemarían al fraile Damerio Cristilo por defender las noventa y cinco tesis de Crepante. No menos particular fue que, entre el griterío de la muchedumbre, ya se anduviera comentando la rareza de que el emperador no apareciera en tales eventos. Pero, sobre todo, también fue en el que dio condena a don Faustín Gorel, padre de Elio, quien como recordarán fue apiolado por el Santo Oficio antes de mi llegada a Ísbar.

Este era el motivo de mi asistencia a tal execrable evento.

Pues bien, allí estábamos Elio y yo, con los corazones encogidos, incapaces los latidos de acompasarse con el hórrido concierto que se interpretaba en un millar de gargantas encolerizadas. Antes de este ensordecedor disparate, un eclipse dejó al mundo sin luz y en silencio y, como si un maestro compositor lo ordenase al levantar su dedo, la orquesta llenó la plaza de una dantesca música a medida que la luz volvía al mundo. Chillaban fieros contra los disciplinantes condenados, que los traían con el capirote, rodeados de corchetes y familiares del Santo Oficio. Algunos sollozaban muertos de vergüenza, aunque otros aguantaban el porte con mucha dignidad; y la cruel Ísbar los maldecía y los escupía entre una catarsis colectiva demencial. Sé que muchos no estarán de acuerdo, pero soy taxativo en mis pensamientos: para mí esto volvía a ser el síntoma de una sociedad que necesitaba recordarse a sí misma sus obligaciones morales a través de los fallos de otros.

El primero en ser llevado a la palestra fue un niño de poca menos edad que Lintus. ¡Pardiez! ¡Ni siquiera parecía ser consciente de lo que había en rededor! Pero allí lo humillaron y lo hicieron caer de rodillas, comido de mugre de arriba abajo, los ojos enrojecidos y el rostro desencajado. Adulterado. Pasó el trámite entre tanta confusa estridencia y le fustigaron la espalda tantas veces que parecía que caía desmayado en puntuales instantes. Aprovechando a llegar al cordón de corchetes pudimos apartar la mirada del castigo severo, del que las gentes parecían disfrutar y que nosotros no teníamos necesidad alguna en pararnos a ver. Y cuando llegamos al límite del paso vi entre los inquisidores un rostro que hacía once años que no veía. Un rostro que maldije durante todos los días de mi vida en Galvaré y que ahora tenía a unas varas de distancia. Más viejo, por supuesto, pero en la vetusta forma de su asquerosa faz se encontraba la misma despreciable mirada, el mismo gesto de iniquidad y arrogancia.

No tengo miedo de decirlo, ya lo saben. No tengo ya nada que perder, más que la vida, y por eso lo admito en la narración de esta historia que aquí os relato, en las tinieblas de este cuarto: sí. Quise matarlo en ese instante. Me llevé además la mano al antebrazo roto, donde tenía enganchado el arpa sobre el entablillado, sin siquiera darme cuenta de lo que hacía; estaba dispuesto a armonizar contra él. En esos momentos, entre el estruendoso concierto, estuve a punto de echar los últimos naipes e irme lindamente por la posta tras mi resolución repentina. Porque estuve a muy poco de asesinar a Efimerio Caél, calificador de la santa Iglesia de Ísbar. Mas entonces, como si de verdad el Reverberado existiera en los cielos y quisiera tender su mano sobre sus acólitos, cuatro urdidores que rodeaban a su paternidad giraron la cabeza hacia donde yo estaba, cual si por un segundo sintieran la música de mis intenciones —probablemente la escucharan con gran nitidez entre el muro de sonidos de la plaza—. Sus rostros cetrinos, de cera; sus cuencas vacías para no distraer su visión armónica con los estímulos que los ojos colorean en la percepción de nuestra mente; sus capuchas y sus bocas llenas de negrura que se abrieron todas a tempo.

Y así quedaron, hasta que retiré la mano del arpa de muñeca.

—¡Ahí lo llevan! —ahogó Elio con el alma encogida—. ¡Padre! ¡Padre mío!

Pero el señor Gorel, que no parecíame sino un muerto andante entre harapos y costillares, se tambaleaba falto de cordura y resuello, y henchido de golpes reflejados en las costras de su piel reseca. Subiendo a la tarima con gran dolor, pero de repente espabilado y embravecido en su mirada cuando tuvo a los despreciables curas frente a sí —y aquí recuerdo que ya le tuve reconocido en su porte—, se puso de rodillas con la barbilla levantada en sorprendente y enérgico visaje, como si fuera un esfuerzo que se reservara para esta ocasión.

No se escuchaba mucho de lo que decía, pero el dolor se manifestaba con cada apretón de mandíbula. Lo poco que hablaba con los prelados eran monosílabos, cosa poco elaborada. Entonces, los inquisidores dictaminaron resolución y así fue como siguió: Faustín tendría prohibido llevar camisa durante un año y todos sus bienes quedarían confiscados para pagar el proceso de su encarcelamiento —cosa que no debía sorprendernos—. Estos bienes, meses más tarde, irían a parar a las manos de Carlario Altoburgo, que fue quien denunció al pobre señor Gorel —y he aquí el motivo por el cual no debiera sorprendernos—. Luego se dio la vuelta y sus fuerzas tornaron a las del muerto andante, y así bajó las escaleras hasta que dimos con él, desorientado entre el griterío de la gentuza que lo empujaba y le escupía. La honra aquí podía mellarme, pero mis entrañas estaban tan removidas que no lo pensé: saqué una cuarta de espada y a la gente se le quitó las ganas de tocar los aparejos. «Los abrazos para luego», me dije, aunque Elio ya lo rodeaba con su brazo y le daba agua de una botella que traía consigo. En cuanto a sus impresiones sobre mí, yo no sabía si me habría reconocido después de tantos años, pero si lo había hecho no daba muestras de ello. Pero, en fin, que en subiendo unas grandes escaleras desde las cuales se veía la plaza, el rescatado Faustín nos pidió que nos parásemos.

—¿Necesitáis descansar, padre? —preguntó su hijo con gravedad.

Faustín negó con la cabeza. Su derruida y pétrea voz sonó lastimosa y queda:

—Le dije que estaría con él... —Parecía delirar—. Que no le dejaría solo, aun con este mar de gente entre él y yo.

—¿De quién habláis?

Entonces señaló a quien fue, según nos contara más tarde, su compañero cautivo en las mazmorras del Santo Oficio. Lo traían en una mula para que no le fallaran las piernas, lleno de hierros en manos y pies, con el rostro desencajado.

Lo bajaron de la bestia de un tirón y cayó de rodillas perdiendo el cuajo. Cuando lo alzaron empezó a andar junto a los corchetes que lo escoltaban, arrastrando los pies y dejándose llevar pesadamente por un movimiento automático y antinatural, que luchaba contra su voluntad, como si el andar ya no le perteneciera a él mismo. Y subiendo peldaño a peldaño llegó hasta arriba, mirando a la plaza con unos ojos llenos de terror: ora la marea de gentes, ora los balcones, ora las ventanas con celosías que ocultaban a los más discretos... El prefecto le leyó su sentencia, luego le acercó a la cara el bastón con el Tetragrama y el reo pegó los labios a él inspirando hondo, como si quisiera hundir la cabeza dentro de la madera. Pero lo arrancaron de su contacto y le conminaron a tomar asiento con unas poderosas manos que lo asían por los hombros y lo empujaban hacia abajo, sobre un sitial de madera con grillos en las posaderas. Así, en el cadalso, un hombre basto se acercó hasta él y le engrilletó la gorguera, y se acercó hasta el oído para decirle lo que, intuimos, decían estos mercenarios en los desdichados momentos: «Dispensad vuestra merced, que hago mi oficio». Seguidamente, como si con estas palabras le hicieran llegar a su entendimiento lo evidente del asunto, tan lindamente sobre su silla comenzose a convulsionar el cuerpo y a contorsionarse el rostro. Y hubo ahí que rompió a llorar, débilmente, sin fuerzas, la boca tensa dejando salir un hilillo de babas.

No duró mucho, que fueron solo dos vueltas para romperle el cuello. Y limpias que las dio el verdugo, porque no hubo mucho estertor.

Faustín apretó la mandíbula.

—Ya eres libre, Angus.

Abandonamos esa locura infame de forma inmediata; tan solo yo giré la vista para observar al calificador durante un instante. No era el momento adecuado, que había otros asuntos importantes. No dijimos más hasta estar bajo el techo de mi hacienda, dos horas después.

—No creo necesario dar detalles sobre lo que nos hacen dentro de los calabozos, que a la vista está. —El fondero miraba su plato vacío, pero sus ojos lo traspasaban, perdidos en la nada—. Todo lo que hacían durante mi tortuosa estancia era obligarme a hablar sobre cosas que incluso yo desconocía, casi siempre relacionado con antepasados que rendían culto al diablo.

Felindante, Nolvaria, Elio y yo escuchábamos respetuosamente todo cuanto nos decía. Y lo hacíamos de manera instintiva, pues más que con palabras parecía comunicarse con el sufrimiento que cargaba en su cuerpo; que hay pactos primigenios en la naturaleza de los hombres: armonizarse con las emociones es uno de ellos. El señor Faustín no necesitaba contar nada, sino deshacerse de los estragos; las palabras solo eran un medio para volcarlos hacia fuera. Algunos lloran y ya está. Pero hay quienes se toman el asunto de otro modo: como poner los naipes bocabajo, para que el mundo los vuelva a colocar en la baraja, delante de otros testigos. Así, estos reciben el siniestro regalo de una certeza: que esos naipes pueden tocarles a ellos durante la cruel y azarosa partida de la vida.

—¿Claudicasteis? —pregunté al cabo.

Faustín pareció bufar una sonrisa; era difícil saberlo en un rostro tan marcado por el dolor.

—¿Quién no lo hace en las mazmorras del Santo Oficio? Incluso cuando les garganteas lo que inquieren, vuelven a repetir el proceso; la segunda vez es para asegurar que se es puntual en la confesión y que no se hace producto de los delirios del ansia, de la tortura.

Elio, que se encontraba junto a su padre, se retrepó para ocultar su derrumbado rostro, sus ojos anegados.

—Lo que duele —proseguía Faustín— no es el maltrato físico, sino el de nuestros corazones.

Paseó su mirada por el salón de mi casa, como si pudiera ver en el techo y en los muros los de su propiedad perdida.

—Ahora no tenemos a dónde ir, ni con qué ganarnos la vida.

—¿No tenéis algún ahorro? —pregunté.

Elio se enjuagó las lágrimas y carraspeó:

—Según intuimos cómo sería la sentencia hemos vendido casi todo el hipocrás, pero no hemos querido arriesgar demasiado. Además, el notario de secuestros pasó por el Viso de Sol la semana pasada y apuntó todo cuanto nos quedaba, y que no pudimos empeñar. —Puso la mano sobre el hombro de su padre—. Tenemos un escudo de a cuatro y treinta y tres reales.

—No —me encontré diciendo. Me negaba esta realidad.

Faustín posó su mirada sobre la mía, y quedémelo mirando durante un tiempo. Parecía como si supiera qué es lo que yo quería decir con tal súbita negativa; ya lo había estado meditando desde hace días. Nadie dijo nada. Parpadeé, inspiré hondo y volví mi rostro a Felindante.

—¿Podéis hacerme un favor, amigo mío? ¿Podéis traer al niño?

Lintus necesitaba ver esto. Y Dantian merecía aprenderlo.

—Que me place, don Dragos —respondió el facultativo, extrañado.

Elio parecía más confuso que el padre, quien me sostenía la mirada con una serenidad pasmosa. Allí nos quedamos, mudos mientras Felindante traía al infante en cuestión de un minuto. El físico cerró la puerta del salón y tomó asiento. El niño hizo lo mismo.

—¿Sí, señoría?

—Dantian —comenté— necesito que vacíes tu alcoba. Que retires tus cosas.

El niño levantó una ceja con gran confusión; ni él ni yo teníamos nada en mi hacienda. Tras salir de Mirtos nos ocultábamos en casa de mi amigo, el barón de Coteli, en el distrito Cortes de Tribunal; tan solo habíamos bajado a Tierrafértil para el auto de fe. Confié a Nolvaria la protección del muchacho —pese a mis miedos más profundos—, porque no era prudente aparecer con él en la plaza. Así que se quedó en mi hacienda unas horas, esperando mi regreso junto a mi amiga y Felindante. Por estas razones boqueó presto a preguntar, pero yo le corté:

—Y quiero que lo hagas lo más diligentemente posible. Porque estos gentileshombres y Bianca van a quedarse aquí, hasta que tengan un lugar adonde marchar.

El niño y Elio fueron a hablar a la vez, el primero conmovido, como he dicho, por su desconcierto; el otro disintiendo a mi merced mostrada en deseo de no causarme molestias.

—Este hombre —señalé alzando la voz—, se llama Faustín Gorel. Es un hombre que ha sido condenado por el Santo Oficio.

El niño tornó el rostro por otro de sorpresa y cerró la boca de golpe. Abrí mis oídos y escuché la música de la sala: Faustín mantenía una balada serena en cuatro por cuatro, con acordes menores; el niño tocaba un vals a dos por cuatro, con semitonos tristes pero desconfiados. Dos compases hermanos, marcando los mismos pulsos. El fondero, sin embargo, tenía arrestos: me conmovió su grito de dolor interno que no mostraba al exterior, reverberado desde su garganta; una melodía con carácter pesaroso. Necesitaba la soledad para derrumbarse, tenía ganas de llorar.

—Sin embargo —carraspeé—, su condena sobrepasa de sobree manera el agravio de sus acciones. Y en este mundo triste e injusto, vamos a imponer la ecuanimidad con todo esfuerzo que podamos administrar.

El vals del niño se tensaba.

—Vas a... vais a darle vuestra hacienda.

Noté que alguien me tomaba del brazo. Elio estaba inclinado, asiéndome la muñeca.

—Dragos —rompió a llorar en un susurro—, no merecemos vuestra bondad. No tenemos por qué ocupar vuestra casa.

—Pero ese es mi deseo. Y no tengo intención de cedérosla, Elio, que os pediré la llave en cuanto la necesite de nuevo. Mientras tanto, os recuerdo que soy magistrado imperial, que ahora vivo en la Isla —mentí—. No tengo necesidad de mantener un lugar pudriéndose entre el polvo y la herrumbre. —Me volví al niño—. Todos, desde los reyes hasta los más necesitados (porque morimos, sangramos y padecemos) somos iguales ante Dios, ¿no? Entonces, pregunto: ¿acaso no es mandato de Dios Reverberado amar y proteger al prójimo? ¿Darle cobijo si lo necesitara? ¿Alimentar su estómago si su resuello vacilara?

El vals del niño cambió levemente: su dos por cuatro tornó al compás de Faustín y se armonizó con su música; se apiadaba ligeramente de él. Y aprovechando su conmovido sentimiento de afiliación, aunque fuera débil, mi voz tomó el tono que usaba para inculcarle algo. Un tono al que se acostumbró tanto que cada vez que lo utilizaba fruncía el ceño, una muestra de que asimilaba concentrado toda lección que emanara de mis labios.

—Y eso —susurré— tenemos el honor de hacerlo nosotros, no los que le dieron tormento a nuestro señor Faustín. Porque ellos, curas fanáticos, inquisidores y otros hombres que creen tener en su mano el poder y la palabra de Dios solo por llevar el hábito —remarqué las sílabas con contundencia, apretando los dientes—, no son dueños de la moral del mundo.

Antes de volver a Cortes de Tribunal, mientras Nolvaria y Dantian subían al carruaje, remarqué a Felindante que me informara de todo cuanto ocurría en mi hacienda, pues él visitaría la casa asiduamente.

Era probable, le dije, que vertieran oprobio sobre mí al acoger a un condenado; algunos me verían como buen religioso, mas otros —sobre todo la hidalguía— tendrían otro concepto menos digno de mí. A estas alturas se me daba un ardite. Lo preocupante del asunto era que, sabiendo toda Tierrafértil de esta situación, cupiera la posibilidad de que el embozado se enterara, y de esta forma, usara a esta familia para extorsionarme. Pero yo para eso tenía mis propios planes:

—Enviaré a los golondrinos de Martiso, pues dispongo de una veintena de buenos armonizadores que pueden vigilar la casa.

—Sigo pensando que es una mala idea —repuso Nolvaria, con indignada deferencia—. Estás poniendo en peligro a esta familia.

—No puedo dejarlos en la calle, amiga mía. Y es inevitable que tarde o temprano la gente se entere de estas circunstancias. Si el embozado quiere atraerme lo hará con ellos tanto en la calle como dentro de mi casa.

—¿Y los golondrinos? Ya has visto lo que ese maco hizo con nosotros.

—Si el embozado mata por placer correrá a cuenta de su conciencia. ¡No me mires así! Hoy más que nunca sé que no va a matar por placer; le delataron sus palabras de asesino a sueldo.

Felindante carraspeó:

—Pero estará dispuesto a parar más corazones, si eso os atrae hasta él.

—Ya no. Porque sabe que conozco que hace música y ahora es más vulnerable.

—Es solo una hipótesis tuya —dijo Nolvaria— que aún debes probar.

—Lo veremos con el devenir de estos días. Insisto, a diferencia de él, que pretende cogerme por sorpresa, yo quiero cazarlo de frente y él lo sabe; si yo estuviera en su situación ahora no me sentiría tan inmortal. No va a arriesgar tanto. —Me encogí de hombros—. Creo que sus movimientos se limitarán a dar conmigo en silencio, sin advertirme de ningún indicio sobre su presencia. Si un solo golondrino de Martiso aparece muerto, aun siendo esta muerte por cuestiones naturales, yo mismo no aparecería por mi hacienda en años.

—Espero que sepas lo que haces.

El niño bufó desde el asiento:

—Poca fe tenéis en Dragos, que ya ha sobrevivido hasta dos veces frente al embozado. Y tú y Closter no acabasteis muy resueltos.

—¡No es falta de fe, niño! —espetó Nolvaria—. Es falta de cordura por su parte, como siempre...

—¡Deja de decirme niño!

—¿Y qué quieres? —rio Nolvaria con picaresca—, ¿que te llame alteza, como me pediste hace unas semanas? ¿O prefieres su pequeña majestad?

—¡Basta! —levanté la voz—. ¡Ya basta de hablar de estulticias, y menos en la calle! —Me volví al facultativo—. Envíame correspondencia, Felindante. Estaré atento a la silla de postas cada dos días.

—Que me place, mi señor de Corneli.

Y cuando a punto estuve de subir al coche de vapor, una voz estentórea sonó a mis espaldas junto al acompasado tintineo de diligentes pasos que me venían a los alcances.

—¡Dragos Corneli de Tierrafértil!

Me volví y allí vi a la gurullada, enfundada en hierros.

—¡Señoría! —boqueó el comisario entre los corchetes—. ¡Daos a merced de su ilustrísima Corintio Sato!

Volví mi rostro a Nolvaria y al niño, que me miraban espantados desde el interior. Mis ojos se posaron en los de mi amiga y señalé levemente al muchacho con ellos. Ella asintió. Nolvaria jamás me fallaría. Cerré la portezuela del coche y me volteé de nuevo a quienes me requerían. Me descubrí con flema y encogí los hombros, suspirando. Pero me ardían las entrañas.

—¿En potestad de qué? —inquirí como indiferente.

—En potestad de llevaros ante juicio.

Capítulo 29

En el que el magistrado Corneli es investigador y a la sazón investigado por el Imperio

La vista a la que se me convocó es intrascendental para esta historia salvo por una cosa: rendí cuentas a la Justicia en calidad de testigo y eso repercutiría en mí más adelante. Así que seré breve y contaré lo más relevante: imaginen la Sala de Hidalgos de la Imperial Audiencia y Chancillería de Monteperegrinos; un ujier aparece con una resma y la deposita frente al oidor, el implacable y aséptico Corintio Sato, que ojea a través de sus anteojos los escritos. Hablaba como siempre, con flema irritante de funcionario, alzando los papeles por encima de su hombro.

—Entonces, ¿no estabais en las inmediaciones de los portones cuando el suceso?

En un juicio las salas suelen estar abarrotadas de gentes, pero entendiendo mi posición como magistrado imperial solo había una docena de personas que me rodeaban, muy atentas a mis palabras.

—¿Acaso niego a vuestras mercedes tales hechos?

Corintio desprendió de un tirón sus ojos del papel, como queriendo excusarse ante los míos.

—Señoría, aquí ni ponemos en duda vuestras palabras ni se os acusa de ningún mal.

—Y sin embargo aquí me han llamado.

El oidor se retrepó, ladeó el rostro con una ceja levantada, y su porte y su música se hicieron más dignos de repente.

—Naturalmente—musitó—, que es nuestro deber investigar estos asuntos.

Muchos fueron los que me vieron junto a las puertas del distrito de Mirtos cuando los incidentes de la intromisión, pero pocos se atrevían a confirmarlo concluyentemente. Por supuesto que no se me acusaba de nada, yo era magistrado, los ojos de la Justicia. Pero todos sabíamos la verdad, y la verdad era que una delación contra mí salía bastante cara si el denunciante no era de mi posición. Así que me llamaban como testigo para las diligencias; todo lleno de palabrería y buenas intenciones, esperando todos muy atentos a que mis argumentos, producto del miedo o de la torpe inventiva, me delataran de alguna forma.

—Disculpad, su ilustrísima, pero no sé qué se dice de mí al respecto. Aunque estoy anuente a colaborar con el augusto Imperio de Ísbar comprenderéis que mi honra está mancillada al estar sentado aquí, como testigo de algo que no presencié. —Silencio. Aclaré mis palabras ante las miradas tenaces—. Porque, naturalmente, es mi deber esclarecer estos asuntos también... Por la posición que ostento.

—Claro —sonrió—, y todos estamos seguros de que vuestra honra está inmaculada, ahora y cuando marchéis de aquí. Os pedimos disculpas, pero la ley no entiende de emociones ni honras personales. Necesitamos lo que podáis aportar ante los graves hechos que ocurrieron en las puertas del distrito.

Y así empezó una batería de preguntas sobre todo lo que había hecho esos días atrás. Primero preguntaron por mis contusiones, claro, el brazo roto, el esguince de tobillo y las heridas en la cara. «Ya os lo dije antes de entrar en la sala», repuse, «unos asaltantes hace tres días; ya se está investigando». «Claro», contestaban con aire de suspicacia, «disculpad, que el insistir en preguntar es por causa de hacer registro. Sus graves contingencias merecen recogerse en esta vista». Luego preguntaron acerca de qué hacía por las inmediaciones unas horas antes de que robaran la locomotora; que por qué no estaba en palacio; que qué me llevó a querer entrar en Mirtos; sobre qué hora llegué y a qué hora me fui y a dónde —esto último lo contestaba mientras todos aguantaban la respiración—.

—¿Podéis presentar alguna prueba sobre estas razones? —preguntó el oidor.

Hice unos ademanes de indignación exagerados y vi de reojo que unos rostros sonreían, otros negaban con la cabeza y uno de ellos se inclinaba para susurrar algo en un oído.

—Si mis palabras no son suficientes, ¿queréis un testigo? ¿Os serviría, su ilustrísima?

Corintio me aguantó la mirada con escudriñamiento. Asintió levantando las cejas, su música era de indiferencia, de tedio.

—¡Sea entonces! —concedí—, que paseaba por la calle de los relojeros, justo antes de ir a cenar, y me encontraba precisamente en compañía de un amigo cuyo testimonio avalará mis palabras.

—¿Y se encuentra aquí ese amigo de vuesa merced? ¿O hay que ir a buscarle?

—¿Elio Gorel? En mi hacienda lo dejé la última vez.

La música de la sala se tensó en acordes de desconcierto.

—¿En vuestra hacienda, don Dragos? —inquirió Corintio.

—Lo que haga con mi hacienda es cosa mía.

—Por supuesto.

El oidor llamó con un gesto al ujier.

—Buscad a ese tal Elio Gorel, señor Ecoil.

Tardó dos horas en venir, que cuando los asuntos administrativos son importantes, los trámites se agilizan pasmosamente. Y Elio, con una fisionomía impertérrita, admirable de un corral de comedias, habló resolutivamente de que yo frecuentaba su fonda y que dos horas después de los incidentes un hombre informó sobre el atentado, y que Dragos Corneli se encontraba comiendo en la barra, muy sorprendido ante esta noticia. Tengo la firme convicción de que cuando sufres incontables estragos eres capaz de mentir incluso a reyes sin vacilar.

Entonces, cuando Elio aún no había terminado, Corintio llamó de nuevo al ujier y susurró algo en su oído. Luego miró al fondero, que se andaba ya por otros argumentos fútiles, y lo calló alzando la mano, sonriente.

—Puede uced terminar, señor. Sentaos en la bancada, si os place.

El silencio, perturbado por alguna débil tos y el eco de los pasos de Elio, se hizo ahora pesado, y el oidor se inclinó sobre la mesa poniendo los codos en ella, las manos entrecruzadas.

—Gustaría de pedir un testimonio más, señor Corneli, si usía puede hacer la merced de concedernos unos minutos.

Levanté una ceja y, tras unos momentos en los que confieso que me asusté —y ellos lo notaron—, alcé una mano con una mueca de apatía, dando a entender que me prestaba a colaborar.

Hicieron entrar ahora a un hombre alto y bien afeitado, de tez morena y ojos glaucos. En principio no le reconocí, porque anteriormente lo había visto comido de roña, pero al punto sus rasgos me resultaron vagamente familiares. Y al fin, cuando tomó asiento muy menguado y confuso, mi memoria se despertó: era el oficial de justicia que se encontraba junto a las puertas. El mismo hombre que atacamos cuando el incidente. Miraba al suelo, con los ojos asustados y las manos en las piernas, enganchadas a los calzones.

—¿Sois vos el señor Martos Carituresco? —preguntó el oidor.

—Así me llamo, su ilustrísima.

—Tengo aquí vuestro testimonio sobre los hechos en las puertas de Mirtos de Levante. —El oidor alzó los papeles—. Los he leído y en ellos se cuenta que un hombre que decíase magistrado, acompañado de otros dos y un niño, armonizó atacando al teniente mayor Dasteli Quijotesco, a un corchete y a vuesa merced. Sin embargo, no decís nombre alguno sobre esta persona, solo lo que ocurrió.

El oficial suspiró.

—Mi memoria estaba exhausta tras quince horas de servicio, su ilustrísima.

—Pero vuestra memoria se espabilaría si mirarais a este hombre a la cara y —giró su cabeza hacia mí con condescendencia— corroboraraisque el hombre de aquella noche no se trababa de don Dragos Corneli de Tierrafértil, ¿verdad?

El aliento se contuvo de nuevo en la sala, la música se tensaba en una vibración incómoda, como si las cuerdas del tejido estuvieran a punto de partirse. El oficial aupó continente y temeroso los ojos hacia los míos. Una acusación contra un magistrado imperial podía tener un severo castigo sobre él si no demostraba nada. Además, mis palabras valían más, ya no solo por ser magistrado, sino por mi hidalguía. Y en sus ojos, llenos de miedo, un brillo de ira apareció como una chispa que me amenazaba y luego se desvanecía.

—Estaba muy oscuro, su ilustrísima —susurró al fin.

—¡Voto al Ojo! —exclamó el oidor—. Muchacho, ¿tan oscuro estaba? Había centenas de personas allí y entre los supervivientes vos estabais más cerca de ese misterioso hombre que ningún otro. Pensad bien e intentad hacer memoria.

Durante cinco eternos segundos pareció desafiarme con la mirada. No sé qué le transmití con la mía, pero bajó la suya de repente y repitió que «estaba muy oscuro, su ilustrísima». Todos los presentes se mostraron visiblemente inconformes con esto, pero el sereno Corintio Sato, que tenía fama de hombre solvente y puntual, despidió de inmediato al oficial de justicia. Todo estaba despachado ya, o eso me dio a entender cuando llamó al ujier para que archivaran mi testimonio. Sin embargo, su ilustrísima Corintio Sato no había terminado. Miró a los hombres que tenía a sendos lados y se palpó una presión, como si algo ya estuviera pactado de antemano. El oidor parecía molesto, como quien sufre el fastidio de un estúpido trámite para contentar a un puñado de funcionarios majaderos.

—Se me pide preguntaros algo más, señor Corneli de Tierrafértil.

—Que me place responder —asentí.

—Caminar con uno u otro hombre —dijo con una mueca indolente, mientras los demás clavaban su mirada con fiereza en mí— no es motivo para sospechar de vos, don Dragos. ¿Aunque no es verdad que andáis, según se cuenta, con un niño por el distrito de Tierrafértil?

Elevé un tono la voz:

—Sí, mi paje.

—¿Vuestro paje? ¿También está por aquí?

Jugué una mano desesperada, pero dio resultado: me bastó levantar la ceja con rostro de ofendido mientras me escoraba hacia atrás en el asiento, como muy extrañado; unos aspavientos exagerados decoraron la estampa. «Mi honor de hijodalgo», repetí un par de veces en mi argumentación; y que poca menos valía daban a mis palabras si querían llamar para testificar a un criado de la villanía, al que manteníale yo a soldada de siete reales por mes laborado. Aquí, como previne, todos los presentes excepto el oidor —que para farándulas tenía bastante con los pleitos de hidalguía y mostrábase muy cansado ya de tantos incompetentes— empezaron a sonreír aviesamente, alzando las manos y fingiendo una consternación por haber puesto verbos en mi nombre, diciendo que ellos no habían dicho tal cosa, que era un comentario casual. Y mientras lo hacían yo elevaba mi voz con indignación en aquella solemne cámara, pidiendo con porte a Elio que fuera al distrito Cortes de Tribunal, que buscara a mi paje y que lo trajera de la oreja. Los hombres alzaban por encima la suya —bastante desvergüenza lucirían entre tanto tiempo que el niño tardara en llegar, por no hablar de tal desconfianza hacia un magistrado—. Por tanto, algunos ya se empezaban a disculpar alegando —no con poca desgana— que por supuesto no necesitaban tal cosa. Y ahí se quedó el asunto: no se trajo a ningún niño y se dieron por sentadas mis palabras de hijodalgo.

Lo de testificar en la Sala de Hidalgos no me sirvió más que para aumentar sobre mí las sospechas por parte de los familiares del Santo Oficio; si antes me investigaban con cuidada perspicacia, ahora lo hacían con descarado ahínco.

Pero lo que no sabían es que yo, Dragos Corneli, los estaba investigando a ellos.

Fue la quinta o la sexta mañana en la mansión de Martiso Dascar cuando descifré algunos hechos reveladores. Los legajos mohosos que encontramos en la guarida del embozado, y que llevábamos estudiando días, terminaron por revelar anotaciones importantes acerca de su vida: se trataba, como pensamos en su momento, de su diario personal. Sin embargo, eran anotaciones antiguas que hablaban acerca de su educancia en la armonización; más concretamente del año 1614, y su instrucción no era en la universidad, sino en la santa Iglesia. Hablaba de las lecciones aprendidas en la abadía de La Nogalera, un aislado edificio en el distrito de Fronteras del Río, cerca de las ruinas de Capo, y al pie de las colosales murallas que separan Ísbar del Reino Independiente de Puertas del Mar. Hablaba de su maestro y llamaba la atención que fuera un vicario parroquial. —Los monasterios y las abadías no suelen albergar vicarios, sino monjes y abades, por lo que era un hito puntualmente extraño—. En cuanto al edificio de piedra, si bien hacía mucho tiempo de lo que se contaba en el diario, la civilización aún no lo había besado con su deformidad urbana; a la sazón se hallaba rodeado de las pocas zonas rurales que quedaban. Pensé que debería albergar todavía el registro del embozado, si no el testimonio de alguien que por esa época anduviera por allí y todavía siguiera con vida. Deseé que aún viviera ese extraño vicario que, en vez regentar su iglesia, viviera en un monasterio. Y aquí fue cuando, al exponer estas razones en uno de los comedores del palacete de Martiso, Nolvaria dio un suspiro de abatimiento que me llamó la atención.

—¿Qué cosa te aflige?

—Pues que el vicario parroquial del cual se habla en los legajos es de antiguo en esa abadía.

—¡Así que has oído hablar de él!

Mi amiga rio hueca y amarga.

—¿Quién no? Digo más, en realidad no es vicario. Era arcipreste ya por el año 1614.

—¿Y eso qué tiene de malo?

—Tiene que el nombre de su paternidad es Premuro Latente.

Suspiré preocupado.

—Sospecho, por tu forma de decirlo, que su eminencia Premuro no va a mostrarse colaborador. Pero me desconcierta no haber escuchado de él; mi desprecio por la clerecía es tal que cuanto más fanáticos son los curas más los tengo vigilados.

—Será porque no es conocido por su fanatismo religioso, sino que es un hombre de ciencia. Lo apodan el Escudriñador.

Asentí frunciendo el ceño.

—El Escudriñador, dices. ¿Y por qué se ha ganado este apodo?

—Bueno —rio—, porque escudriña.

—Te refieres a que es bueno escuchando armonía, ¿verdad?

—Sencillamente, es imposible engañarle. Su oído está especializado en captar las emociones: si un pensamiento vacila en tu mente él lo sabrá. Si nos pregunta las razones de por qué nos interesamos por algo o alguien, él sabrá si nuestras palabras están en sintonía con nuestros motivos.

—¿Crees que eso puede generarnos un problema?

Mi amiga se encogió de hombros.

—La mentira es un pecado.

—Todo es un pecado para esa gente enferma —bufé.

Tal cual lo dije noté disconformidad en mi amiga; me intrigaba.

—¿De qué conoces a ese hombre? ¿Y por qué siendo un arcipreste se esconde en una abadía?

—Con respecto a la primera pregunta —respondió—, todo el mundo lo conoce por la zona. Y tan bien conocido es, que los feligreses no suelen solicitarlo muy a menudo, de aquí la respuesta a tu segunda pregunta: las gentes prefieren acudir a otros confesores y no a él; le temen, sobre todo a sus oídos. Por estas razones se le encuentra siempre retirado en soledad, dirigiendo su ministerio desde una celda que los monjes le han cedido con venerable respeto. Siempre rodeado de libros, según se dice, no le gusta que le interrumpan: ama el silencio por encima de todo.

—Ama el silencio...

Nolvaria asintió y me señaló con la barbilla cambiando de tema.

—¿Ya has encargado ese instrumento nuevo?

—Envié a Felindante a La Casa del Arpa. No quiero imaginar la cara de Liscario Tristante en cuanto vea los planos que le lleva.

—No entiendo de esas cosas: yo entro en armonía con el mundo. De cualquier modo, has hecho bien; que cuanto menos salgas de este palacete, mejor.

Una voz abatida, apática, sonó a mi espalda:

—¿Y que se mustie entre la ostentosidad de los pisaverdes?

Closter mostraba un rostro cansado, con un constante mohín de repugnancia y aflicción que surgió desde unos días atrás, cuando la operación de su mano. Se tocaba los miembros metálicos y masajeaba los engranajes, como estimulándolos. Debía de ser una sensación horrible tener esas prótesis rígidas e insensibles.

—¿Cómo va el asunto? —pregunté.

—¿Cuál?, ¿el de la mano o el de la daga?

—Primero vamos a preocuparnos por nuestras saludes.

Encogió los hombros en un suspiro.

—El dolor mengua, aunque lo peor siguen siendo las noches. Tengo la sensación de que aún tengo los dedos, aunque no pueda sentirlos.

—Felindante llama a eso miembro fantasma —dijo Nolvaria.

—Felindante cree en fantasmas, santos y en la puta del diablo.

—Yo creo —apostillé— que es un reflejo de la mente; el cuerpo no se resigna a perder un trozo de ti.

—¿Qué más da? Ahora solo hay una carcasa a la que tengo que acostumbrarme. La torpeza es evidente al tocar mi arpa, y el metal no se lleva bien al punzar las cuerdas. Es irritante no poder dominar la intensidad que me ofrecía el tacto de mis yemas.

Tomó asiento con un gemido y se llevó los dedos metálicos a sus ojos cerrados, para masajearlos. Al notar el frío tacto del anular y el meñique metálicos blasfemó y cambió de mano. Entonces, tras unos instantes, después de suspirar ciento y una veces, sacó de su chaqueta la daga del embozado con un fuerte tirón, como sobresaltado, y la dejó en la mesa con un golpe metálico.

—Al asunto —carraspeó—, he estado en la Lonja de Prósperos. Allí la daga gritaba como loca, aunque ya sabéis que el ruido bajo la muralla es insoportable.

—Es la frontera compartida de tres distritos —repuse—, ya sabías qué ibas a encontrarte allí.

—¿Una frontera? ¡Es una metálica caverna de tres portones bajo una muralla, más que una tarafana! Hay tantos comerciantes dentro de la estructura que hasta el Cerco de Irene parece una zapatería austera.

Nolvaria se impacientaba.

—Sí, todo muy difícil de escuchar, pero ¿has hallado algo?, ¿o hay que despojarte de tu fama de oídos sensibles?

—Si en vez de esos dos luceros que te hacen ver el sonido tuvieses mis oídos comprenderías mi estupor. —Se retrepó y cruzó los brazos, dando a entender que ordenaba su memoria. Parpadeó boqueando—. ¡Bueno! ¡He dado con el vendedor de la daga!

Con mis oídos de armonizador abiertos, habría escuchado que la música de la estancia se llenaba de un júbilo muy temperado. Eran buenas noticias, pero sabíamos que cualquier avance nos acercaba más al peligro.

—¿Y bien? ¿Quién era ese comerciante?

—Una carcasa añosa de nombre Esturio —respondió—. Era escueto, pero yo no quise llamar la atención, que en cualquier otro lugar ya le habría santiguado su arrugada cara. Así que tuve que ganarle el diezmo.

—¿Lo sobornaste? —inquirí—. Te lo compensaré.

—Esperaba que lo hicieras, Dragos. —Echó un vistazo por la mesa—. ¿No hay hipocrás aquí?

—¿Qué cantó el viejo Esturio?

—Algo que ya sabíamos: la curia eclesiástica. Por lo visto un hombre que llegaba a los cuarenta y tantos, embutido en rojo de diácono y con acento del sur, buscaba una daga. El anciano no hablaba mucho, por su mustia memoria, claro; aunque me dijo lo suficiente. —Carraspeó—. El prelado pretendía hacerse con el hierro para regalarlo a un mozalbete que cumplía la mayoría de edad o algo así.

—Dime que tienes algo más.

Mi amigo sonrió, avieso.

—Un nombre.

No pude aguantar la risotada.

—¿Y bien? ¿Cuál es el nombre de ese diácono?

—Felinesco de Riosauce.

—¡Eso es! —exclamó Nolvaria, y me miró con ansia—. ¡Como magistrado tienes acceso a los registros de las imperiales audiencias, chancillerías y otros palacios de Justicia! ¡Ese nombre nos esclarecerá los intereses de quién está tras el asesinato! ¡Y a lo mejor nos lleva hasta el embozado! —Sonrió a Closter—. ¡Es una suerte que ese añejo vendedor recordara el nombre del clérigo!

Mi amigo respondió con una sonrisa complaciente bajo una mirada sosegada. *Demasiado* sosegada. Abrí mis oídos al punto, movido por mi instinto, y sentí tensión en los acordes. Los oídos de Closter, siempre abiertos, escucharon el ritmo que se rompía en mi música y sus ojos se posaron en los míos al instante.

—La memoria del anciano —murmuré—, una suerte.

La sonrisa de Closter se hizo resignada y resopló evitando mi mirada, al modo de hastío. Unos armónicos de sutil perspicacia se integraron con mi prudente sonata; Nolvaria se percató de algo. Miró al bardo con el ceño fruncido.

—¿Qué has hecho?

—¿De qué cosa me hablas? —respondió Closter, llevando el rostro a un cuadro, como casual.

Me levanté e incliné el cuerpo para tomar la daga. Estaba harto de tantas riñas, así que cambié de tema:

—El próximo curso de actuación será como sigue: iré a ver a Premuro Latente, el arcipreste. Espero que siga en esa abadía.

—¿Quién es el devoto? —inquirió Closter.

—Uno al que apodan el Escudriñador.

—¿Por qué le llaman así?

—Porque escudriña —respondí mordaz—. Nolvaria, tú has dicho que sabes algo sobre él; te necesito conmigo. —Miré unos instantes a Closter—. Tú irás con Felindante al palacio de Su Augusta Majestad. Miraréis en el registro acerca de ese tal Felinesco de Riosauce.

Mi amigo hizo una mueca displicente.

—¿De verdad tengo que ir a esa puta isla llena de pisaverdes?

—No solo irás allí, sino que te comportarás dentro de los recintos.

—Eso es fácil —repuso—, solo debo evitar a Gresnan Cot.

—Si te pregunta por mí...

—Diré que no te he visto en días. Y que su pequeña majestad goza de excelente salud. Salvo que a Corneli y a Closter se les toquen los aparejos.

Nolvaria chasqueó la lengua.

—¿Y el infante? No es prudente dejarlo aquí.

—El infante... —musité pensativo—. El infante... El niño...

El niño seguía siendo mi rehén, pero también mi pupilo. A esas alturas todos sabíamos que no podía quedarse ni un instante sin protección. Ni siquiera me fiaba del ejército de armonizadores que Martiso disponía en su palacete. Bastante riesgo puse en confiarle la custodia a mi amiga.

—Cuidaste muy bien de él mientras yo estaba en la chancillería de Monteperegrinos.

—¡No sabría decirte! —bufó—. No paraba de exigir que lo llamara alteza.

—En mi presencia no lo hará —contesté—. Nos lo llevamos al monasterio. Mañana por la mañana. —Me tercié la daga a la pretina y me coloqué el fieltro—. Disculpadme.

Eché a andar, presto a buscar mi habitación. El tedio de Closter Tol se escuchaba a mis espaldas.

—¿Y el señor Pelgrin? —preguntó a mi nuca.

—Enviaré una silla de postas —dije sin dejar de caminar—, contactaré contigo. Él va y viene de palacio, es un funcionario solvente. —Entonces me paré en seco ante la puerta de la habitación, escorándome. Al cabo agaché la cabeza, di unos pasos hacia mi amigo, con abatimiento, y lo miré resignado—. Closter... trata bien a Felindante.

Closter se levantó con un suspiro.

—Dragos —repuso—. Puedo ser un azumbrado que mea vino y caga clavo. —Levantó los dedos artificiales—. Pero soy hombre de honra y el sacapotras merece mi respeto.

En la habitación donde dormíamos, Dantian y yo tuvimos una peculiar conversación esa misma noche. Lo encontré rezando a los pies de su cama, como tenía en costumbre hacer. No lo quise interrumpir; me desvestí y me eché sobre mi colchón. Cuando terminó fue a apagar la bujía que mantenía la habitación en una suave penumbra, pero antes se percató de mi presencia.

—No te he oído entrar, magistrado.

—Cuando los hombres rezan, el mundo se enmudece.

—Estoy de acuerdo —exclamó. Se metió en la cama, pero aún no apagó la llama—. El Reverberado merece nuestra atención completa cuando le rezamos.

—Ya —carraspeé—. Así se cerciora de que te envíen con él si te distraes demasiado.

—No te entiendo, ¿por qué dices eso?

—No tienes despavesadas las linternas, zagal. Si yo fuera el embozado ya te habrías ido lindamente por la posta.

Hizo un aspaviento de indignación y alargó la mano con intención de apagar la lumbre. Pero en vez de eso se recostó de nuevo, y no pudiendo vencer su continencia, preguntó pesaroso lo que adiviné que llevaba tiempo queriendo saber:

—No crees, ¿verdad? En Dios, digo.

Me anduve sin contemplaciones:

—No. Dejé de creer hace mucho.

—¿Sabes que te pueden quemar por lo que acabas de decir?

—Pero no dirás nada.

Me volví para ver una mirada extrañada, una mezcolanza de miedo y duda en el fondo de sus pupilas.

—No por conveniencia, claro —añadí—, sino porque un zagal como tú no tiene valía ante mis palabras, aun siendo hijo de quien seas. Yo lo negaría y me creerían a mí. Fin.

Boqueó, aunque tardaron en salirle los sonidos, y yo lo interrumpí:

—Te crees que tu palabra vale más de lo que vale realmente. Y no es así.

Se hizo el silencio y miré de nuevo al techo, pero no abrí mis oídos. Me daban igual sus sensaciones. Y al cabo Dantian, y no Lintus, habló de nuevo:

—¿Y cómo fue?

—¿Qué cosa?

—¿Cómo dejaste de creer, magistrado?

Lo miré de nuevo unos instantes.

—¿Has leído el Libro Sagrado?

—Bueno... —titubeó—. Es un libro...

—Te aconsejo que hables puntualmente, sabes que no puedes engañarme. Es sencillo: ¿has leído el Libro Sagrado?

—No entero —suspiró.

—Lo suponía; como todo el mundo. —Me volví entre las sábanas, dándole la espalda—. Bueno, cuando lo leas por segunda vez, como hice yo, dejarás de creer. Y ahora duérmete; mañana tendremos esta conversación con alguien a quien no puede engañársele con palabras.

Capítulo 30

Donde se da a conocer la templanza del hombre iluminado

Premuro Latente fue siempre hombre reservado, seguramente lo sepan algunos de vuestras mercedes. Para aquellos que no han oído hablar de él, han de saber que se hizo notablemente famoso durante la guerra civil de Ísbar, pero eso ya es otra historia. En la que aquí nos ocupa, su paternidad jugó un importante papel en nuestra pesquisa.

Llegamos temprano a la abadía, situada en un idílico paisaje rural que contrastaba con el óxido acre de la ciudad. El lugar verdoso era decorado por antiguas ruinas, algunas aprovechadas por el edificio monacal. Lejos, al oeste, la gran muralla que separaba Ísbar del Reino Independiente de Puertas del Mar se veía levantándose ennegrecida sobre una cordillera, desvaído todo por las brumas de la mañana.

La gran puerta del edificio no era de metal como es costumbre encontrar en Ísbar; era recia pero austera, de madera maciza, con dos aldabones de hierro, a los que mi mano se vio obligada a golpear contra el metal: clanc, clanc, una vibración estruendosa que se perdió en el silencio del lugar. Esto me recordó que era prudente abrir los oídos de armonizador.

Miré a Nolvaria y a Dantian.

—Recordad que toda sensación que sintamos es visible a Premuro. No habléis a menos que se os pregunte y si os pregunta haced lo posible por creeros vuestras palabras. Enmascarad hasta la última...

La puerta emitió un golpe sordo y un crujido la hizo moverse un palmo hacia dentro. El tirón vino acompañado del chirrido de unas bisagras oxidadas. El rostro que apareció inmediatamente en la fisura era el de un monje ataviado en ascética túnica. Desde antes de que saliera tuve la sensación de haber escuchado en él el mismo sonido parco de los corchetes. Pero para cuando lo tuve delante no parecíame más que un hombre sencillo de veinte y pocos años, sin ningún atisbo emocional que asomara desde él, desde su música. Sumamente extraño porque, como ya sabemos, la música que se desprende de las mentes siempre está sometida a las variaciones que se generan y esto es producto de los estímulos constantes del entorno. Este monje emitía tal quietud musical que le hubiera creído el mismo embozado si no fuera porque sus ojos eran distintos. Supuse que tal quietud resultaba del internamiento y la meditación, que le confirieron una paz extrema. Parecía un autómata, como les digo, pero allí estaba mirándome en su seso. Y, en sacando un poco el cuerpo por la brecha, nos habló dulcemente con fisionomía impertérrita:

—Buen día, hermanos.

—Buen día —respondieron Nolvaria y Dantian a la par, antes que yo abriera la boca. Les eché una mirada de reprobación. El monje nos bendijo con la mano.

—Soy el hermano Nubesco, cillerero de esta abadía y responsable de la puerta. ¿En qué puedo serviros?

—Buen día —hablé—, mi nombre es Dragos Corneli, magistrado imperial al servicio de Su Augusta Majestad. Mis acompañantes son Nolvaria de Bruma y mi pupilo, Dantian Pecler. Vengo a hablar con el arcipreste, su reverencia Premuro Latente. Sé que se encuentra en esta abadía, en su respetable y comedido estudio.

El monje se me quedó mirando largo instante a los ojos, escudriñándome. Confieso que sentí cierta aprensión.

—En estos momentos su paternidad está ocupado, señoría.

—Lo entiendo, pero son asuntos de Estado.

—Y supongo, entonces, que Dragos Corneli tiene una orden imperial que me pida franquearos el paso.

Me quedé unos segundos sopesando la afirmación. Luego descubriría que fue un error el simple hecho de quedarme pensando.

—Bueno —titubeé—, no dispongo ahora...

—Eso quiere decir que su señoría investiga asuntos de Estado de una forma personal y no por mandato de Su Majestad.

Mi irritación con la gente de la Iglesia se espabilaba demasiado pronto; ya estaba bastante furioso con este espectáculo.

—¿Hay algún problema, señor?

—Lo hay.

Se me quedó mirando, sin más. Mi paciencia se estaba agotando.

—Pues, ¿cuál es?

—Que vuestras intenciones, de parte del Imperio o de vos mismo, no me suscitan la confianza apropiada para dejaros ver a mi maestro.

—¡Soy magistrado imperial! —exclamé alzando un tono—. En nombre del emperador, ¡abridme paso a la abadía y llevadme ante el arcipreste ahora mismo!

—En nombre del Altísimo —musitó impasible—, quien reconoce a todos sus hijos por igual, sean emperadores o labriegos, os pedimos una orden imperial para entrar en nuestra abadía. ¡Que el Señor os bendiga! ¡Adiós!

Antes de que pudiera moverme del sitio, el monje cerró la puerta con una agilidad asombrosa, dejándonos en el umbral a los tres. Nolvaria fue a soltar un mordaz comentario, que le escuché las intenciones, pero la callé alzando la mano:

—¡Ahora no!

Y cerré mis oídos.

Nos fuimos a los vestigios de las antiguas ruinas y tomamos asiento en el pretil de lo que antaño componía un puente de piedra. Los tres meditamos sobre lo que acabábamos de presenciar. Fue mi amiga quien rompió el silencio con un comentario muy acertado:

—No solo Premuro sabe escudriñar.

—Sí —contesté—, el hideputa ha enseñado a otros monjes, al menos al de la puerta.

—¿Y qué haremos ahora?

Me encogí de hombros.

—Intentar convencerle, supongo.

—Yo puedo hacerlo —dijo el niño al cabo de un instante—. Puedo contar una mentira enmascarada de verdad.

Mi amiga se guardó la carcajada y chasqueó la lengua, pero yo sonreí al muchacho de forma paternal.

—Hace poco que has empezado a escuchar el mundo con los oídos de un armonizador. Son oídos recién despertados, aún jóvenes, inexpertos. No dudo de tu talento, Dantian, pero sin trabajo y experiencias el talento no sirve de mucho.

—Magistrado —insistió—, dame la oportunidad. Quiero demostrar que puedo convencerle, a él y a Premuro.

Suspiré cansado y miré a la urbe que se levantaba en el este.

—Me gustaría pasar por La Casa del Arpa, pero temo que te reconozcan, zagal. Tu cara es conocida allí más que en ningún otro sitio.

—¡No me cambies de tema!

—¡No, pequeña majestad! —le espeté—. ¡No harás tal cosa! ¡Te quedas aquí, sentado, esperando con nosotros hasta que se nos ocurra alguna idea!

En ese momento se levantó, furioso, y apretando los puños se me quedó mirando.

—Zagal —susurré frío—. No me hagas soltar las cabras.

Entonces se colgó el estuche de su guitarra al hombro y echó a andar con un bufido. Solía hacerlo para aliviar sus nervios.

—Pisaverdes —murmuró Nolvaria—. No vas a cambiar al infante.

—Es un niño.

—Lo que tú digas. Pero ya sabemos qué tipo de niño es. Algunas cosas no cambian nunca.

—Felindante me dijo lo mismo: «No puedes hacer humildes a todos en Ísbar».

Asintió risueña.

—Felindante es sabio, pues.

—Y comedido.

—Demasiado. Pero ¿acaso no es una baza a nuestro favor el ser prudentes? Felindante conoce al muchacho desde mucho antes que tú. A lo mejor conviene hacerle caso, de vez en cuando.

No contesté. Únicamente avizoré cómo el zagal se alejaba por los alrededores.

—Puede —dije al fin— que llegue a ser tan astuto como cualquier niño de la carda.

—Pícaro, querrás decir. Y ahí habrás de preocuparte.

Me volví para mirar detenidamente el rostro de la mujer: la suave piel moteada, que antaño era la de una joven cortabolsas.

—Recuerdo cuando te encontré.

—Me dejaste los oídos aviados —rio irónica y entonces impostó la voz, imitándome—, «Las cosas no siempre salen bien», me dijiste... Pero luego te portaste bien conmigo.

—Fue por tu mirada.

—¿Mi mirada?

—La armónica —aclaré—. La que te permite ver el tejido de la realidad. Risoldar buscaba a alguien como tú, ya lo sabes. Pero lo cierto es que fuiste la primera persona que conocí que tuviera esa cualidad.

Chasqueó la lengua.

—¡Como si nunca hubieras visto a un urdidor!

—He dicho persona —reí, y ella carcajeó conmigo.

La chanza nos relajó lo suficiente como para que le inquiriera algo que llevaba días con necesidad de preguntar.

—¿Te has librado ya de las visiones que te atormentaban?

No contestó al instante, sino que su rostro se puso serio de repente.

—No sabes qué pasmosa sensación te embarga al ver que otras realidades de ti te abruman. —Su mirada tornose iracunda—. No tenías permiso para ponerme la contraescala, Dragos.

—Está en tu derecho quejarte, aun cuando mi tributo te salvara la vida.

—¡Lo entiendo! —exclamó—. ¡Y mil gracias! Pero ya te lo dije: ¡prefiero morir antes que sentir cómo unas abominaciones de realidades paralelas, que hasta se sienten como demonios, te persiguen a través del tejido!

—Así que —susurré afligido— has vuelto a disolverla, ¿verdad?

—No todos tenemos tatuajes que nos prote...

Nolvaria entonces abrió los ojos como platos con el rostro crispado, como si hubiera visto un fantasma detrás de mí. En dándome la vuelta enérgicamente pude ver que el zagal estaba en la puerta de la abadía, hablando con el cillerero que la guardaba. Nos señalaba mientras hablaba. De inmediato nos apeamos desde el pretil y fuimos a paso vivo hacia ellos, que parecían hablar amistosamente. El esguince de tobillo y la herida del costado me estaban matando.

El niño vaticinó mis represalias, por lo que se me adelantó en cuanto lo tuvimos a unas pocas brazas.

—Maestro —dijo con un tono de humildad digno de un corral de comedias—, le he comentado la verdad al hermano Nubesco: nuestras pretensiones no son más que las de preguntar a su reverencia Premuro sobre un amigo de vuesa merced, que no veis desde hace más de una década.

Lo primero que se me pasó por la mente fue darle un pescozón al zagal y pedir perdón al monje, pero vi en este un rostro tierno y comprensivo. Me paré súbitamente, viendo a ambos sonreír con dulzura. Abrí los oídos y escuché en el niño una melodía serena y colorida, llena de humildad. Nubesco, el monje sonriente, nos habló con deferencia:

—Veo vuestro estupor, magistrado. ¡No os avergüence mostraros emocionado ante estos deseos! ¡Por favor, sed bienvenidos a nuestra abadía! El señor abad se encuentra encamado y no podrá recibiros, pero ante la buena voluntad, Premuro, que se encuentra en su celda, siempre está presto a ayudar. Él tan solo me da una instrucción: «Deja pasar a los necesitados y a quienes traigan consigo buenas intenciones en su corazón». —Levantó las palmas con júbilo—. ¡Pues, he aquí que se dan estas circunstancias! Seguidme y, por favor, disculpad mi suspicacia mostrada hace unos minutos.

Nolvaria entonaba la misma sorpresa, pero tanto ella como yo coincidimos en que era mejor no pronunciar palabra alguna y pensar lo mínimo. Solo dejamos que la dulce voz del niño mediara entre nosotros, así que distrajimos nuestras mentes con otros pensamientos. Agradecimos la invitación al monje y entramos en el recinto con diligente paso. Y ante nosotros se nos abrió un vasto patio de hierba verde con empedrado en algunos tramos. Pasando bajo el peristilo del claustro, llegamos ante una puertecilla de madera que nos condujo a un pasillo interior de húmeda piedra, lleno de grietas mohosas. La oscuridad era casi completa, pero escuchaba tras una hilera de puertas los desapasionados salmos de quienes estaban dentro de sus celdas. En llegando a una de ellas, Nubesco se detuvo y nos susurró que le esperásemos en la galería, a lo que accedimos sin ningún reproche. Pude oír una melodía parca que nos llegaba desde dentro de la habitación. El monje tocó en la madera con unos huesudos nudillos, pero ninguna voz sonó ante esto. Por contra, la música templada tornose primero solemne y tensa, con brío. Poco a poco, fue adquiriendo unas escalas más resueltas y consonantes, elevadas en tono. Así fue como el monje, escuchando con sus oídos de armonizador estas músicas misteriosas para nosotros, abrió la puerta y se internó en una lúgubre habitación dentro de la cual solo unas pequeñas llamas danzantes dibujaban en los techos tonos ambarinos.

Miré al niño con inquisición y estuve a punto de pedirle explicaciones. Pero abrir la boca me suscitaba una inseguridad tal que me concentré en creerme la mentira que dijo al cillerero. El hideputa me devolvió la mirada con una ceja levantada, encogiéndose de hombros. Entonces la puerta se abrió y el monje nos invitó a entrar.

—Su reverencia, Premuro Latente, os da la bienvenida —susurró—. Pasad a su celda, donde los asistirá con la mayor benevolencia posible. Si necesitan algo estaré en el patio, barriendo las hojas.

—Gracias —carraspeé.

La puerta se cerró a nuestras espaldas y nos vimos en un cuarto no más grande que el de la fonda de Faustín, austero y sobrio. Los postigos estaban echados y la única luz la derramaba el puñado de bujías encendidas sobre un escritorio anegado de cera y legajos putrefactos, llenos de lepismas. Aparte de esto, el mobiliario consistía en un colchón, una mesita y un espejo pequeño. El símbolo de un tetragrama pendía de la pared, junto a las ropas y el gorro de sacerdote. Pero lo más llamativo eran los montículos de libros, apilados innumerables, rodeando los pies de una silla donde un hombre calvo y de pródigas ropas rasgaba su pluma contra una cédula amarillenta. Se inclinaba sobre el escritorio de espaldas a nosotros; por su posición, y entre tanta lobreguez, no le podíamos ver la cara en ningún momento. Estuvimos ahí largo rato, sin atrevernos a hablar, mientras él escribía paciente y sombrío, encorvado y silencioso.

En este ambiente, que sobrecogería a cualquier demonio, dudaba si abrir la boca. Cualquier cosa que dijera podría ponerme en duda, por lo que elegí en mi mente las palabras adecuadas. Y así caí en la cuenta de que, a medida que pensaba sobre esto, desprendía una música que con toda probabilidad era oída nítidamente por el arcipreste. No hablé palabra alguna y atizando levemente el hombro del niño le conminé con la mirada a que dijera algo al hombre que rasgaba su pluma de forma sistemática, esperando paciente —o quizá distraído y ausente en su estudio—. Y cuando el niño fue a decir algo, la pluma dejó de rasguear y el hombre se irguió. Su rostro se escoró a nosotros, mostrando una faz estropeada con ojos castaños, labios tersos y una nariz arrugada y sucia que sostenía unos anteojos: dos cristales límpidos bajo unas cejas pobladas y blancas como la nieve.

—Niño —le susurró con vibrante voz serena, mirándolo por encima de las lentes—. Dame el fetiche.

El niño se quedó encajado en el sitio, sin saber qué decir ni qué hacer. Me buscó a tientas la mirada, como esperando a que intercediera por él.

—¿Fetiche? —balbuceó Dantian—. ¿De qué cosa me habláis, padre?

El sacerdote se quitó las lentes de manera plácida, dejándolas con flema sobre el escritorio. Fue como si estuviera meditando largamente cada acción, cada gesto; perfeccionaba la factura de sus movimientos, supervisándolos con la mirada. Vivamente, pero de un modo sutil, suave, se giró sobre su silla y colocó las manos entrecruzadas en el regazo, mirando al niño con suspicacia. En un instante su mirada tornose clemente y triste, decepcionada. Alzó la palma de su mano derecha.

—No me hagas tatarear la *Sonata de la revelación*, niño. Dame lo que ocultas.

Pero el niño no se movía. Nolvaria y yo, observando incómodos esta escena, permanecíamos ausentes a los otros dos. El sacerdote se inclinó con tensión, acercando la mano a Dantian quien, como si se hubiera espabilado de pronto, metió una mano temblorosa en su faltriquera y sacó un ardite de vellón. En un primer momento no reconocí el sencillo objeto, pero hilando el asunto me vino a la mente un recuerdo similar: era la moneda que confisqué al familiar del Santo Oficio en el Viso de Sol, la misma que ocultaba las emociones sinceras por una falsa humildad enmascarada. Aquel día la arrojé indolente a la pared y quedó bajo una de las camas. Me olvidé de ella a la sazón, pero recuerdo que lo comenté brevemente a Felindante delante del zagal y este debió de cogerla con astucia en un momento de subterfugio. Luego debió de ocultarla en mi hacienda el mismo día que dejamos la fonda. ¿Recuerdan cuando le crucé la cara en casa de Closter? No es extraño sospechar por qué se mostraba entonces tan afable ante mi amigo. «Me resultas increíble, bardo», le había dicho y le creímos sin más.

Ya lo ven: un muchacho criado en el Palacio Imperial, aristócrata y tan pícaro como cualquier otro niño de la carda.

El caso es que el agranujado mozo depositó la moneda en la mano del cura y en cuanto este notó el tacto del metal se volvió a serenar. Dejó el objeto en su escritorio con la misma cuidadosa manera que antes mostrara con sus anteojos y volvió a girarse hacia el muchacho levantando un dedo.

—A Nubesco puedes engañarle; a tu maestro, a quien escucho sorprendido, puedes engañarle también. —Se volvió lentamente para tomar sus anteojos y la pluma—. A mí no puedes engañarme.

El rasgueo siguió su ritmo natural, como si nada hubiese pasado. El niño no quiso ni mirarme, que avergonzado dio unos pasos atrás, cubriéndose con toda sombra que le pudiera bañar el rostro y el cuerpo. No solo ofendió al arcipreste, sino también a Nolvaria y a mí. Sabía que luego le lloverían fieros por esto, pero dentro de mí los sentimientos no se agitaban de forma punitiva, sino todo lo contrario. Mezclado con la necesidad de reprenderle, confieso que sentía cierta satisfacción por sus acciones: su astucia se refinaba con el entorno.

—Don Dragos Corneli —murmuró el cura al fin, sin parar de rasguear—. ¿No es vuestro nombre? O eso me ha dicho Nubesco... Corneli, el famoso proscrito.

De repente me di cuenta que aún llevaba puesto el fieltro sobre mi cabeza, así que me descubrí rápidamente. Hice una genuflexión. Mi voz sonó ronca:

—Disculpad, su reverencia. Ese es mi nombre, Dragos Corneli de Tierrafértil, al servicio del emperador.

—Todos estamos al servicio de Dios.

—Claro, reverencia —aseveré de inmediato—. Incluso el emperador.

—Del emperador hablaremos luego, señor Corneli. De vuestra mentira, ahora.

No sabía cuál de ambos temas me disgustaba más tratar, sobre todo con Premuro Latente, a quien pretendía contentar. La suspicacia de su mirada, inquisidora, me pesaba extraordinariamente; un aura de respeto se temperaba con su insulsa melodía. Después de todo, yo tuve que componer la *Sonata de la revelación* para detectar la moneda y a él le bastó estar en la misma habitación que el niño para hacerlo.

—Noto desconfianza en vos —continuó—. Es natural, a nadie le gusta que perciban disonancias entre nuestros corazones y nuestra mente, ¿verdad?

—Estoy acostumbrado: cualquier armonizador puede escuchar las emociones de otra persona. Y en Ísbar hay muchos bardos.

Premuro dejó la pluma a un lado y rio amargo.

—Depositáis mucha confianza en los bardos. —Se volvió de nuevo con parsimonia. La visión de su rostro afligido se mezcló con el crujir del asiento—. La música la hacen los hijos del Señor, pero las notas con las que se componen las escalas se toman prestadas de la Creación, del Monocordio del Mundo.

—La música de las cosas, las del tejido de la realidad —apostillé dúctil.

—Llamadlo como queráis. Pero vuestra aserción está basada en la arrogancia de quien cree conocer la verdad absoluta: «Cualquier armonizador puede escuchar las emociones de otra persona», decís. —Extendió los brazos con las palmas hacia arriba—. ¡Adelante! ¿Qué podéis escuchar en mí?

Me anduve sin contemplaciones:

—Escucho una melodía parca, carente de cualquier emoción. Es como un muro recio que os envuelve. La vine oyendo prácticamente igual desde antes de que se abriera la puerta del cuarto.

—Bien, magistrado —dijo—. ¿Y ahora?

Con una velocidad maravillosa —antinatural—, la melodía tornose más suspicaz de repente, con un carácter más vívido y seguro.

Seguidamente noté que las escalas se integraban con otra melodía del cuarto y que la música de Premuro ahora era perfectamente unisonante a la melodía de Nolvaria de Bruma.

Ella abrió los ojos como platos.

—¿Cómo habéis hecho eso? —preguntó con voz trémula—. ¡Cualquiera podría confundiros conmigo!

—Ya lo veis —contestó—, algunos ocultan sus emociones mientras que para otros es tan sencillo como especializarse en escalas latentes y colocar una escala de interferencia en una moneda de vellón. Otros, sin embargo, pueden enmascararlas con el entorno. —En diciendo esto nos dedicó su primera sonrisa—. Pero, quienes alcanzan la iluminación...

De pronto, con un crujido que golpeó la existencia, el sonido que emanaba del prelado precedió a una oquedad acústica que sobrecogía el alma. Y donde los sonidos decoraban su cuerpo se hallaba ahora un vacío inconmensurable de terrorífico silencio. De pronto tuve la sensación de tener delante al embozado. El niño tuvo que sentarse en la cama, mareado, mientras Nolvaria y yo dimos un paso atrás, llevándonos por inercia las manos a los hierros.

Pero la risa burlona del cura llenó de nuevo la estancia y Premuro tornó a sonar de nuevo con su melodía insulsa.

—¡Aguardad, bardos —reía—, que pareciera que habéis visto al Maligno! Y aquí solo hay un siervo del Reverberado.

Soltamos aliento, parpadeando ante la escena. Hasta ese día, los dómines solo eran para mí otro tipo de armonizador más pero avezados a los cantos monódicos y, por tanto, menos dados a los instrumentos, a las polifonías y a las escalas relativamente nuevas. Hasta ese día, os digo, porque Premuro sería para mí un referente de respeto en los tiempos venideros. La iluminación era responsable de su poder, nos diría más adelante, un estado de quietud en su alma, en plena comunión con Dios. Que no sé si la iluminación es cosa de uno mismo o de Dios —si este existe realmente—, pero su mente hizo con la música algo que rompió con lo que hasta entonces conocía sobre la armonización usual.

Se tocó la sien con los dedos.

—Un ancla mental, armonizado en cada segundo de mi vida con la Creación. Con el universo. Con el Monocordio del Mundo. Con Dios. —Sus ojos se cerraron meditabundamente—. Un ancla a la que muchos preferimos darle otro nombre.

—¿Qué nombre? —pregunté.

Abrió los ojos y me miró con ternura.

—Fe, señor Corneli.

Aquejado visiblemente de sus piernas, se levantó de su silla mostrando al fin una debilidad que antes ocultaba tras la fortaleza de su voz y su porte. Y conocimos que estaba enfermo. Viendo cómo reordenaba los libros del suelo nos embargó la sensación de que era un hombre físicamente muy vulnerable; una revelación que nos tranquilizaba después de haber experimentado su aura intimidadora, y tuve la impresión de que quisiera regalarnos esta visión de él mismo, pues su voz tornose mucho más cercana y amigable.

—¡Los huesos ya no son como antes! —exclamó—. Tanto que ya solo salgo de esta celda para oficiar la misa. Digo más, a veces mi diácono celebra las homilías por mí. Yo le autorizo, aun con los problemas que eso conlleva debido a ciertas reglas, pero es que me vienen los fríos y la debilidad, y no puedo moverme mucho. Como ahora, a las puertas del invierno, la peor época para mí. Este cuarto me es más saludable que el de mi iglesia, porque el campo tiene un aire más puro. —Al fin dio con uno de los libros que andaba buscando y lo depositó con un golpe en la mesa. Nos miró afable, antes de volver a tomar asiento—. Buen hermano, mi querido abad, que me concede un sitio en su monasterio. Un hombre verdaderamente bondadoso.

Musitó dulcemente un canto monódico en alto íbaro y el libro se abrió de golpe por una página concreta. Volvió a tomar la pluma y el rasgueo siguió de nuevo. Su voz volvió a ser desapasionada:

—Nubesco me comenta que venís para pedir información acerca de un amigo vuestro. Pero ahora tengo mis dudas.

—Supongo —convine embarazoso— que os debo una explicación, su paternidad.

La pluma dejó de rasguear, pero esta vez no se volvió para mirarnos; únicamente quedose lánguido sobre el papel, las bujías y el libro. Alzó un poco la frente.

—Sé por qué estáis aquí —suspiró.

—¿Me esperabais, entonces?

—No. Lo he descubierto hace apenas dos minutos.

Me maravillaron estas palabras, porque lejos de sentirme suspicaz, las creí totalmente.

—¿En qué momento lo habéis averiguado?

—Lo supe en cuanto me interné en el silencio que habéis sentido en mí.

Nolvaria, admirada aún, no pudo evitar la pregunta:

—¿Acaso ese poder os sirve para saber tales cosas?

—No, señorita de Bruma —rio entre dientes, y se giró de nuevo con el crujir de la silla—. No. Pero me sirvió para escudriñar en vuestras mercedes. Y vi que vuestras emociones mostraron el espanto de quienes ya han visto esta naturaleza. Por tanto, sé que buscáis a alguien en concreto y yo sé de quién se trata: de mi pupilo, por supuesto.

Como si un augurio sombrío se cerniera sobre nosotros, la luz de las bujías pareció menguar, que hasta mi corazón se aceleró de repente y mis palabras salieron sin voluntad propia:

—¿Y tiene nombre vuestro pupilo?

—Oh —exhaló—, lo tiene mi señor Corneli. Lo tiene...

Capítulo 31

Que nos revela parte de la historia del embozado, junto a un suceso de lastimosa naturaleza

—No sé qué mal ha hecho, ni por qué un magistrado imperial lo está buscando. —La voz de Premuro sonaba triste—. Nunca fue pendenciero ni gustaba de beber. Se pasaba largas horas del día asistiendo a los desposeídos, yendo a la casa de expósitos y al lazareto de Nuestra Señora Ennea de la Piedad.

Su mirada se posó lenta sobre la mesilla y la señaló serenamente con un dedo.

—Zagal, abre el segundo cajón.

Dantian —o quizá el devoto Lintus— hizo lo puntual y volvió a mirar al arcipreste, quien asintió.

—Hay un pomo dentro —aclaró—, ¿lo ves? Dámelo, si tienes la gentileza.

El niño le acercó el pomo mientras el prelado se remangaba las faldas de su sotana. Los pies estaban hinchados de gota. Sacó un pañuelo de sus vestiduras y lo empapó con el ungüento del frasco.

—Me alivia las piernas —comentó, mientras se las frotaba con el trapo—. Ahora entendéis mejor por qué me asisten en esta abadía y salgo poco.

En otros momentos sentiría compasión del hombre, pero la información que estaba a punto de brindarme me cegaba las emociones.

—Paternidad, ¿qué podéis decirme de vuestro pupilo?

Paró de frotarse.

—Magistrado —dijo—, ¿qué podéis decirme vos de él?

—No mucho y sabéis que ando en la verdad de lo que os digo.

—Sí, pero no es lo mismo decir la verdad que omitir parte de la verdad, ¿no? —rio someramente—. Es cierto que vuestras sensaciones son armoniosas con vuestras palabras. Mas, ¿acaso lo buscáis *motu proprio*?

Suspiré con hastío.

—Su paternidad sabrá que como magistrado...

—Necesitáis órdenes imperiales —interrumpió— para inquirir sobre los asuntos de la Iglesia. ¡Y no me vengáis con que sois la voz del emperador! ¡Que nada podéis hacer sin una cédula jurídica para tal efecto! El Imperio y la Iglesia son dos cosas diferentes.

—¿Vais a hacerme perder el tiempo intentando conseguir tal documento?

—Vuestras emociones, ahora, me resultan disonantes a vuestras palabras.

Sopesé esta disposición y comprendí que no iba a ganar nada ocultando las cosas. Suspiré derrotado:

—El Imperio lo busca por crímenes contra Ísbar.

—¡Eso es cierto! —exclamó, y volvió a frotarse las piernas—. Y seguramente os pondría en una tesitura delicada si os pregunto qué crímenes ha cometido, ¿verdad?

—Así es, su paternidad.

El cura emitió un leve tono de tristeza que asomó armónicamente sobre su parca melodía. Giró su cabeza al tetragrama de la pared, mientras su sotana se deslizaba de nuevo hasta sus pies. Apoyó el pomo en la mesa.

—Lo conocí cuando era un niño —musitó—. Su padre murió en un lance y su madre padecía males de la mente. A veces, la lucidez volvía a la doliente mujer y, en uno de esos lapsos de claridad mental, acudió a mí para la educancia del muchacho.

—¿Criasteis a ese hombre desde que era pequeño?

—Desde los siete y en ciertos momentos de su vida —puntualizó—, una madre devota que era incapaz de alimentarle me pidió ayuda; tan abrumada estaba por su locura que hasta el Santo Oficio quiso condenarla por posesión demoníaca, de no ser por mi intervención.

Me sobrecogió una sombra de miedo tal cual dijo esto.

—¿Vuestra intervención?... Pertenecíais al Santo Oficio.

Me clavó sus ojos castaños, sonriendo con pesar.

—Era calificador —asintió—. Mi trabajo consistía en aplicar penas en función de los pecados cometidos. Por aquel entonces yo riscaba los veinte y tres años.

—Demasiado joven para el oficio.

—Crecí rodeado de libros, consagrado a las santas escrituras del Libro Sagrado, estudiando y traduciendo el conocimiento, ¡que aún ando en la tarea, por cierto! —Acarició el tomo que tenía en el escritorio, sonriendo—. Un portento de talento, para algunos; una apuesta demasiado cara para Caperio Coordinante.

Se quedó boqueando unos instantes; notó algo en mí en cuanto dijo el nombre. Su mirada se entrecerró, como queriendo escudriñar en mis adentros. Pero no preguntó nada al respecto, en vez de eso siguió con su historia.

—A la sazón, yo creía en los preceptos del Santo Oficio con arraigada resolución. Pero el tiempo es relativo para el hombre y deforma su carácter con la visión de los años. El dogma representa para la mayoría del clero un inamovible pilar de acciones y pensamientos que, de no tener la entereza de un espíritu rebelde, le acompañarán hasta el día de su muerte. Pero el mundo se transforma y el hombre con él; o quizá sea al revés. —Hizo un ademán de desaire—. La mayoría de los prelados que conozco son un desperdicio de talento; se encadenan tanto en la fe que no cuestionan nada. Yo entendí eso enseguida y nunca cerré las puertas de mi mente a otros conocimientos y ciencias. Es por eso por lo que defendí a esa mujer de las llamas, absolviéndola de sus pecados, alegando que no era dueña de sí ni que demonio alguno la poseyera, salvo uno: su enfermedad terrenal. Añadí, además, lo que se sabe de los demonios: una persona poseída no tiene dolencias; es cosa sabida que el demonio usurpador es capaz de regenerar la carne herida del cuerpo de su anfitrión y sanearlo de sus estragos, incluso de las enfermedades de la mente. —Se reclinó de costado en su silla, parpadeando su mirada en la negrura de una esquina, como si allí dibujara los recuerdos de su memoria—. «Demasiado joven», dijeron, «un error confundir el talento con la impetuosidad de la edad». Lo cierto, señor Corneli, es que ahora tengo cuarenta y cinco años. Y aunque mi mente haya tornado las ideas mil y una veces, hay algo que nunca cambió: dudar del dogma.

Nolvaria carraspeó:

—Entonces estamos en el mismo barco, Premuro.

—No —contestó—. Fondeamos las olas de la adversidad fanática en la misma flota, en la misma dirección. Pero mi barco es distinto del de vuestras mercedes. No cuestionaré cuán quebrantada está vuestra fe, pero no olvidéis que soy un hombre de la Iglesia. Nuestros caminos siempre pueden separarse.

—No lo olvidamos, su paternidad —apremié—. ¿Qué pasó tras vuestra destitución?

—¡No me destituyeron! —Su voz indignada tomó ahora un cariz más mordaz—: Dimití.

Dimitió, pensé, que es lo mismo que...

—Sí, sí... —interrumpió el cura mis pensamientos—, sé lo que pensáis: *dimitir* es una palabra suave para no decir que te han echado. Pero, más vale irse por uno mismo que acabar al otro lado del tribunal, antojado de cadenas y con el ansia de los calabozos del Santo Oficio. De cualquier modo, me retiré a una vida de vicario, y al tiempo de morir el prelado al que asistía, fui intitulado como párroco por compensar mi ministerio. Debido a mi experiencia como calificador y a mi singular afinidad por sentir las emociones en los demás, el engaño y la duda fueron elementos que todo devoto de mi parroquia aborrecía. —Rio, divirtiéndose de su propia historia—. Los feligreses dejaron de confesarse con el tiempo en mi iglesia y algunos empezaron a concurrir otros templos para expiar sus pecados. No es un secreto, todos lo saben: es cierto que consagré mi vida a la clerecía, pero ya me empezaba a hastiar de muchos de mis fieles y el estilo de vida monacal me suscitó desde entonces mayor apego, aun siendo sacerdote. Visitaba esta abadía con asiduidad, donde daba clases de armonización como dómine a muchos novicios. Entre ellos estaba el muchacho.

—¿Qué podéis decirnos de él? —preguntó impetuoso el niño.

—¡No le reprendáis, señor Corneli! ¡Que os veo las intenciones! —Sonrió tiernamente a Dantian y le extendió el pomo—. Toma, guárdalo, zagal.

El niño obedeció y pareciome que se llenaba de cuajo, olvidando el agravio de la moneda. O quizá le pesaba poco el habernos engañado; al fin y al cabo, él tenía más motivos para esta investigación que Nolvaria y yo: habían matado a su padre. Admiré cómo escuchaba al cura con atención, en absoluto silencio.

—Era un muchacho tan listo como tú —relataba Premuro—. Aprendía muy rápido la armonización, y aunque en la Iglesia solemos enseñar la monofonía, no tardó mucho en integrar varias voces. Un día lo vi cantando junto a un arroyo, tratando de conjugar su música con la del ruido blanco del agua. —Asintió admirando el cuarto—. Le invité a esta celda y le enseñé varios libros de teoría musical, como el *Códex de Dascario: la música de Madabarante Magris y otras escalas.* Absorbía todos estos conocimientos incluso sabiendo que eran mal vistos por la mayoría de los prelados. Todos sabían lo que yo le enseñaba, que los libros eran míos; pero desde siempre sentí la desaprobación que se vertió sobre mí durante años, por lo que jamás me importó cuánto dijeran las malas lenguas de esta inusual instrucción. Nunca perdió el camino de la fe, ni tampoco renegó de mí como maestro. —Su mirada se perdió de nuevo en la oscuridad—. Mientras yo le enseñara, claro...

»Un día, durante la Segunda Penumbra del año 1619, se me acercó en la quietud de un silencio en el cielo y observó en mi meditación que me fundía con la serenidad del eclipse. A pesar de su talento, siempre tuvo dificultades para leer en las emociones de los demás; proyectaba siempre las suyas hacia fuera con tanto ahínco que sus oídos de armonizador eran incapaces de sentir la aflicción ajena. Quizá por eso siempre demostraba con actos caritativos lo que era incapaz de leer en la música del alma. —Premuro soltó una risilla amarga—. ¡Qué estrago!, ¿verdad? Ser armonizador y no poder escuchar la música de los que te rodean. Y es que su madre había sufrido recientemente uno de sus ataques de locura y él se vio infructuoso al no poder entenderla en su enfermedad. Afligido por ello, la visitaba tanto como podía, pero, cuanto más lo hacía, sus turbaciones tornaban más intensas. Es por eso por lo que me preguntó sobre mi estado de paz, sobre mi capacidad para entender las mentes de otros. Le conminé a que sosegara su temperamento y que entrara en comunión con el Monocordio de la Creación.

»—Ahí está la respuesta —le aseguré—. En la paz interior. Debemos estar bien con nosotros mismos si queremos ayudar a los demás.

»—Ayudadme vos entonces —pidió—, que mis fuerzas flaquean por cada día que mi señora madre envejece. ¡Vos la salvasteis de las llamas del fanatismo! ¿Por qué no la salváis ahora de sí misma? Dios os concede la merced que a mí aún no me ha otorgado.

»—Las fuerzas las da la fe que depositamos en Dios; no Dios por sí mismo. Es tiempo de que tú seas quien lleve a cabo esa tarea; es hora de que te pongas a prueba. Es hora de que te preguntes si la fe por Dios te hace merecedor de ese regalo.

»Los hombres cambian, os repito, que en aquel año un exceso de confianza me llevó a empujarle fuera del nido y poner al límite sus conocimientos. Y me arrepiento de haberle dado la espalda tan pronto; que le sobreestimé. Pues con los meses venideros, su carácter no se sosegó, sino que se avinagró: acudía menos a misa, visitaba menos los hospitales y desatendió el sano hábito de la lectura en aras de pasar más tiempo con su madre, que por el amor a ella el dolor de mi pupilo se hacía más intenso, agravado por la impotencia de no poder ayudarla. Y yo, que creí ciegamente en que estas visitas a su madre fueron causa de sus males (y en cierto modo lo eran), no fui consciente de que la cura a su resabio anímico era tan sencilla como la de tender mi mano de nuevo, como maestro y como amigo. Y aquel quien fuera un chico lúcido y sereno fue adulterando su carácter con la edad, tornándose frío y lacónico, desapegado de la virtuosa caridad en pos de atender a una madre que lo atormentaba, a la vez que lo llenaba de una falsa esperanza que se vaciaba año tras año.

Premuro hundió la barbilla en el pecho y cerró los ojos. Aunque su música sobria no cambiaba —salvo por el eco lejano de una pesarosa nota tras su muro de parquedad—, su rostro se mostraba visiblemente afligido.

—Luego lo vi una o dos veces en la última década. Mi corazón se alegraba y percibía que el suyo también. Frente a lo evidente no tenía razones para ser grosero conmigo ni retirarme la palabra. Pero, a pesar de que me mostrara emocionado por verle, él aguantaba el porte educadamente y me respondía escueto y frío. —Abrió los ojos lentamente—. Lo último que supe de él cuando abandonó esta abadía fue un testamento de lágrimas que me dejó escrito en esta misma celda.

Asentí comprensivo.

—Así que os dejó una nota de despedida.

El cura canturreó la *Sonata de la revelación* y suspirando plácidamente señaló un rincón oscuro del cuarto. Unas letras ambarinas crujían en el adobe, mostrando el siguiente mensaje:

Gracias, maestro.
S. Bálaster

—Gracias, maestro —leyó el cura en voz baja—. No, no es una despedida, don Dragos; que la otra vida nos aguarda en la Gloria del Señor, donde por siempre las almas bondadosas se reencuentran. Esta es una carta de paz.

—¿Bálaster? —preguntó el niño—. ¿Ese es su apellido?

—¿Qué hay del nombre? —inquirí al instante—. Bálaster hay muchos.

El dómine extendió las palmas hacia arriba.

—Si os lo digo, lo pondréis en manos de la Justicia.

—Lo haremos, su santidad —respondí taxativo—. ¿Vais a decírnoslo o no?

Nolvaria palmeó amistosamente las manos.

—Al menos, dadnos algo que nos permita seguir buscando: ¿sabéis dónde puede estar? ¿Qué hay de la madre? ¿Sigue viva?

El arcipreste quedó largo rato mirándola a los ojos. Soltó un bufido.

—¿Por qué habría de dar información al respecto?

—Ya os lo he dicho —contesté—. Es un criminal y ha de ser preso en nombre del emperador.

—El emperador —susurró Premuro, y nuestras músicas se tensaron—. Hombre que se oculta, últimamente...

—Siempre fue agradecido con la santa Iglesia —repuse ahora contrariado—, al igual que todos sus validos. Así que no me vengáis con chanzas ni aspavientos: la Iglesia en Ísbar ha sido privilegiada desde siempre, tanto que participa en asuntos de Estado con la mayor de las frecuencias (con diferencia de otras naciones); y vuestro pupilo, decís, os ha dado una carta de paz cuando en realidad lo que ha hecho ha sido abandonaros.

Noté que la música de mis acompañantes adquiría un ritmo más comedido y temeroso, que hasta me pareció escuchar a Felindante en la habitación. Sentí contrición.

—Su paternidad —me sosegué con deferencia—, no quiero importunaros: de hecho, bien veréis en mis emociones que ando en la verdad cuando os digo que me parecéis un hombre honrado y virtuoso. Sabéis también que no es un exceso de condescendencia; hay algo en vos que me suscita amistad. Admirable confianza en vuestro porte, quizá. Pero me consterna que un hombre ilustrado como vos selle sus labios y aún siga esperanzado con... —Mi súbita interrupción hizo que Premuro sonriera, invitándome a proseguir con la mano— con fantasmas del pasado.

—Os precipitáis mucho hablando, Dragos. Entiendo que tengáis prisa, pero, si solo fueseis un poco más mesurado... Con preguntar mis razones personales bastaba: veréis, no me cierro totalmente a dar información, aunque le cueste la libertad a mi pupilo (si no algo más); es tan sencillo como que el conocimiento tiene un precio.

—¡El conocimiento ha de regalarse!

—¡Erráis! ¡El conocimiento no es para cualquiera!

Quedé meditabundo ante esta afirmación, mirándole los ojos. Desabrigué el arpa de muñeca y todos se sobresaltaron, exceptuando el prelado. Apagué el testamento de lágrimas que aún chisporroteaba en el rincón oscuro de la pared.

—¡Bien! —accedí—. ¿Qué queréis, su paternidad?

—Saber.

—¿El qué?

—Hay muchas preguntas que se me ocurren —contestó—. Y estoy dispuesto a cambiar una porción de información por otra. Ya os he regalado un apellido y un nombre puede ayudaros demasiado con la pesquisa. Se me ocurre preguntar por qué vuestro pupilo rezuma ira cada vez que hablamos del mío; o, quizá, cuál ha sido el crimen cometido. Pero —su mirada tornose aviesa— los hilos de las circunstancias han de enhebrarse siguiendo el orden de los acontecimientos: ¿cómo es que, Dragos Corneli de Tierrafértil, acusado por el Santo Oficio de Ísbar, y proscrito, ha vuelto al país absuelto de su pena?

Hablé sin contemplaciones:

—Me necesitan para una investigación de suma importancia.

El cura asintió con vehemencia.

—Debe de ser de suma importancia. —Me traspasaba con la mirada—. ¿Algo más que decir?

—Es la verdad.

—Sé que es la verdad —señaló—; no hace falta ni tener los oídos abiertos. Pregunto si eso es todo.

—Por ahora sí.

Alzó la cabeza al techo. Parecía decepcionado, pero cerró los ojos unos instantes, como si tratara de recordar algo. Asintió resignado.

—Distrito de Tierrafértil —espetó—; barrio Lóbrego en la baronía de Carbonera; edificio R-39; cúspide, tercera puerta. —Quedó callado un momento y luego susurró—: La que fue la casa de su madre.

—¡Gracias! —dije impávido. A continuación, me giré y abrí la puerta del cuarto de un tirón; tenía suficiente información por ahora.

Nolvaria y el niño, confusos, salieron de la habitación con ansiedad. Antes de cerrar, la voz de Premuro Latente sonó queda mientras se sumergía en su trabajo de traducción: «Sois un hombre verdaderamente interesante, Dragos Corneli», decía para sí.

Tardé en organizarlo cinco horas, pero todo estaba dispuesto: diez y ocho golondrinos de Martiso Dascar, cuatro oficiales alguaciles y doce corchetes, y mi amiga Nolvaria de Bruma y Felindante Pelgrin en la entrada del edificio, conmigo. El niño se quedaría con Zorton Mastreg, el mayordomo de Martiso, en una sastrería a dos manzanas del lugar.

El comisario, que se hacía llamar Arenisco Olmo, bajó las escaleras del edificio hasta donde nos encontrábamos. La tensión se palpaba en el ambiente.

—Magistrado —informó—, el lugar está despejado de peligro, pero en cada planta he dejado a un corchete. Cuando vuesa merced diga, entramos y apiolamos.

—Señor, dejad actuar a los golondrinos primero. Si necesitamos más hierro allá arriba os lo hago saber de inmediato. Venid con nosotros si así os place, pero no toquéis nada, a menos que yo dé la orden.

Parecía molesto.

—Vos lo autorizáis, sois el magistrado.

Desabrigué el arpa de muñeca y cinco de los hombres de Martiso hicieron lo propio. Al punto, compusimos *La cuerda sorda* sobre las paredes de todo el edificio. La campana de silencio creada por la escala sería suficiente, aunque uno de los golondrinos más jóvenes exhaló un suspiro.

—Recemos para que no tenga los oídos abiertos.

—No hay tiempo, ni para rezar ni para un «vive Dios», señor Foribundante. —Miré su pecho; deseé haber podido componer la contraescala de *El beso del silencio*—. ¡Poco a poco, subimos ya!

Asfixiaban tantos escalones. Subimos por un rellano de metal oxidado y remendado en algunos vanos con tablas de madera marchita. Pisar la podredumbre metálica no sonaba más allá de las paredes del recinto gracias a la escala latente, y quienes nos miraran a través de las rendijas de sus casas verían figuras fantasmales subiendo por las escaleras.

Al fin llegamos a la cúspide y nos encontramos con cuatro puertas de tan lamentable aspecto como el que ofrecía todo el interior del edificio. Parte del techo se había hundido y la luz entraba por la brecha como si fuese una claraboya gigante. Nos acercamos sigilosos a la puerta número tres, apoyándonos de costado junto al marco.

—Nolvaria —susurré—. Es tu turno.

La mujer parpadeó suave y repetidamente, y el fondo de sus pupilas brillaron, sonándome sibilantes.

—¿Qué ves? —pregunté con el mismo tono—. ¿Hay alguien?

Llevó la mirada armónica de aquí a allá, muy lentamente; atravesaba los límites de la pared y la puerta.

—Veo una mujer —dijo al fin—. Tendida en una cama. Tiene fuertes dolores. Su música es un horrísono de melodías puntuales y tensas.

—Puede ser la madre. ¿Qué hay de la puerta? No escucho nada, pero ¿ves algo raro?

—Percibo el tejido inmaculado.

—¿Ninguna incómoda vibración? ¿Como la del papel de aquella ventana en Mirtos?

—No, Dragos, eso fue muy diferente. Esta puerta está limpia.

—Bien. —Hice un gesto a Felindante—. ¡Señor Pelgrin!

Nolvaria abandonó su sitio, que lo ocupó mi amigo al instante. Estaba tenso y pálido, asía su maletín con las manos temblorosas.

—Aquí estoy, Dragos.

—Abrid la cerradura.

—Que... que me place...

Sacó de su maletín una muy variada cantidad de instrumentos, desde herramientas dedicadas a la cirugía médica hasta útiles para los remiendos: tuercas, tornillos, plaquetas de latón, drenajes y otros cachivaches. Buscando entre tanta herrumbre sacó por fin unas ganzúas y una llave.

—Será rápido —aseguró pávido.

Lo admiré sumido en su quehacer; era bueno con la mecánica, incluso en situaciones de tensión. En sus años más mozos era capaz de sortear cualquier cerradura o poner en marcha cualquier vehículo de vapor con una simple llave y una chispa. ¡Quién lo iba a decir!: todo ello de espaldas al Gobierno de Ísbar. Ahora lo hacía para el Gobierno y por obligación de un magistrado.

—No hay prisa, Felindante —lo tranquilicé—. Contadme, ¿habéis estado con Closter?

—No hemos hablado mucho, pero estuvimos en palacio.

—¿Y qué tenéis?

—Siento decirlo... —tartamudeó. Se le cayó una de las ganzúas y se agachó para recogerla—. Aún es pronto, señor de Corneli, muy pronto. Gresnan se muestra molesto, pero seguimos investigando; el señor Tol permanece en el archivo.

—Mejor que se quede allí. ¿Qué hay de Liscario? ¿Le habéis pasado ya el plano del instrumento que quiero que me fabrique?

—¡Oh, sí! —rio irónico.

—¿Y qué os ha dicho?

La puerta emitió un suave chasquido.

—Que estáis loco, Dragos.

—Gracias, querido amigo. Retiraos y atended cualquier estrago que nos ocurra.

—¡Que me place!

Felindante guardó sus herramientas y yo empujé la puerta suavemente. Desde dentro se escuchaban los débiles sollozos de una voz anciana. Indiqué a Nolvaria y a tres golondrinos que me siguieran al interior.

Un pasillo comido de roña fue lo primero que se reveló a la vista. Mis oídos de armonizador se centraban hasta en el último cent melódico de la casa, pero no hallé sino un tejido en absoluto silencio. El mundo terrenal, sin embargo, era colmado por el llanto que nos venía desde un cuarto próximo, del cual salía un hedor execrable y nauseabundo. Nada extraño vimos en toda la casa; con espada en mano la gurullada, y los instrumentos listos para armonizar los bardos, recorrimos fervientemente el lugar poniendo suspicacia en cada paso, en cada ojeada, en cada aliento.

Al fin, entramos uno a uno en el cuarto de donde los lamentos venían, con las armas listas para cualquier adversidad. Y tumbada en una cama mugrienta vimos a una niña de no más de doce años, escuálida y con llagas en la piel, los ojos hundidos. Por su enfermizo aspecto, a primera vista parecía tener marasmo; pero la hinchazón de su barriga nos reveló la grotesca verdad: era una embarazada medio muerta. La voz transmitía una sinrazón producida por los delirios de una cuartana fuerte, y la maltratada garganta —posiblemente por gritos de angustia— era el motivo que nos empujó a pensar que fuese una anciana. Y es que una anciana nos parecía ahí tumbada, con tal demacrado rostro y tan extrema delgadez.

—¡Felindante! —gritó Nolvaria.

El facultativo apareció al instante. Resultaba irónico que el sobrecogimiento de tal escena nos impactara a nosotros, pero que Felindante, que siempre se mostraba aprensivo con males menores, entrara a empujones mientras que las manos torpes de antes mostraran gráciles movimientos abriendo su maletín. Se arrodilló muy resuelto ante la niña y puso el oído en su boca.

En menos de dos minutos todo el edificio se enteró y en menos de veinte las gentes del barrio se apelotonaban en la calle, como pudimos ver desde la ventana. Y observando la muchedumbre el facultativo se me acercó.

—Dragos, es una pena: podría salvarse.

—Hacedlo —ordené.

—Tendría que perder el bebé. Es posible que tenga diabetes mellitus y neumonía: se ve por el color amarillento de los ojos y el orín dulce. Una persona así no puede resistir el parto. Como he dicho, tendría más probabilidades de sobrevivir si se le provoca un aborto, aun a riesgo de que se desangrara.

—¡¿Y a qué esperáis?!

Felindante se quedó de piedra, sin saber qué contestar. Había pasado tanto tiempo en Galvaré que olvidé ciertas cosas de Ísbar. Una voz sonó desde la puerta de la habitación para recordármelas:

—El Ojo de Dios brilla en el cielo del ocaso. —El joven sacerdote mostraba un rostro impasible; ni siquiera miró a la moribunda—. Buena tarde, hijos míos.

—¿Qué hacéis aquí? —le espeté—. Esto es una investigación llevada a cabo por el Gobierno.

—Sí. Y esta es una vivienda dentro de mi prefectura eclesiástica.

El cura entonces miró a la niña, le sonrió con conmiseración y comenzó a andar sin inmutarse, llevando sus pasos hasta la cama. Se sentó en su regazo y le tomó de la mano.

—Hola, mi niña —dijo quedo—. Hacía tiempo que no te veía por mi iglesia. Ahora sé el porqué.

La niña, presa del delirio extremo, depositó su ausente mirada en los ojos de quien le tomaba de la mano y, no puedo afirmarlo, pero por un segundo me pareció ver un brillo de lucidez, como si reconociera al sacerdote. Mis oídos de armonista escucharon que a la angustiosa agonía se le sumó de pronto un súbito terror. Algo se me removió en los adentros y mi mano se fue a posar automáticamente en la empuñadura de la espada.

—¡Paternidad! Esta criatura está a las puertas de la muerte. Solo la ciencia médica puede salvarla. ¡Hay que practicar un aborto!

Su rostro se volvió incrédulo hacia mí.

—¿Qué decís, magistrado? —exclamó—. Vos tenéis autoridad sobre el destino de los hombres; de sus almas se ocupa el Altísimo.

—Si no se le practica un aborto, ella puede morir.

—Pues —susurró indolente— sea la voluntad del Señor...

Mi mano que sostenía la cazoleta se tensó y los dedos estrangularon la empuñadura.

—¿Estáis diciéndome que vais a abandonarla a la muerte entre estertores de agonía extrema?

—Os digo —repuso frío— que no pienso permitir que asesinéis a su retoño.

Me moví hasta tener la gola del cura al alcance de mi hoja. Pareció percibir mis intenciones.

—Si no pensáis lo mismo, a lo mejor el Santo Oficio os lo puede hacer entender.

En ese momento noté el áspero tacto de la mano de Nolvaria sobre mi antebrazo. Mis dedos se destensaron, pero mi estómago seguía deshecho.

—Y supongo que, si se muere —mi voz se rompió—, les daréis al menos la extremaunción: a ella y al bebé.

—Por eso estoy aquí. La Iglesia nunca abandona a sus hijos.

Capítulo 32

Donde se manifiesta la sombra del pasado

Abrí la celda de un portazo; el arrebato ni siquiera me dejó sentir el esguince.

—¡Me habéis engañado! —grité a Premuro mientras entraba.

El sacerdote parecía un fantasma, enjuto y perenne sobre su pupitre. El paso del tiempo no tenía lugar en aquella habitación. Levantó un dedo sin dejar de mirar el papel que tenía delante.

—No permito que me acuséis de mentiroso, Corneli —repuso sereno—. Os he dicho la verdad en todo momento.

—¡Me dijisteis que era la casa de su madre!

—Os dije puntualmente: «la que fue la casa de su madre», no que lo sea en el corriente día.

Los pasos descalzos del cillerero me vinieron por el pasillo, gritando el nombre del arcipreste. Cerré la puerta de un golpe.

—¿Lo sabíais? —chillé.

—Por supuesto. Solo probaba vuestra impetuosidad.

El cillerero llegó hasta la puerta y la golpeó desde el otro lado. «¡Reverencia», sonaba su voz mutada, «no lo he podido detener, reverencia!». Premuro se giró con el chirrido de su silla. Al punto, la voz del alarmado monje calló; escucharía la aquiescencia del sacerdote. «¡Estaré por aquí, reverencia!», informó tras la madera.

—Percibo —comentó casual el arcipreste— un irracional afán por volcar frustración en mí. ¿No es acaso vuestra turbación producto de interpretar la información como os place?

—¡Me habéis tomado por imbécil!

De repente, su débil figura se puso de pie con una fortaleza asombrosa y lo vi impresionante ante mí. La luz de las bujías, dirigida desde el escritorio, proyectó por el techo una sombra que se cernió sobre los escasos objetos del cuarto. No levantó la voz, pero su tono sobrecogía susurrando entre dientes.

—¡Os creéis por encima de las personas consagradas a la fe! ¡Os creéis que podéis dar lecciones a los mismos padres de la Iglesia! ¡Os creéis un portento de ilustración y de razón! ¡Y sois un arrogante y un descreído lenguaraz! ¡Yo os pedí información y vos os habéis reído de mí! ¡Debería pedir justicia al emperador o sacaros de aquí a rastras por vuestro descaro, por vuestra falta de mesura!

—¡Hacedlo, si os place! —le enfrenté—. ¡Pedís información personal sobre temas que están al margen de una investigación importante!

—¡Porque vos la pedisteis a título personal!

—¡Ya os lo he dicho: soy magistrado del Imperio!

—¡Entonces, haced lo propio: pedid vuestra ejecutoria y ordenadme por mandato imperial que haga confesión de todo cuanto me conmináis! —Se sentó lentamente, con el rostro aún crispado, y me dio la espalda para volver a su posición inicial—. ¡Mientras tanto podéis marcharos y no volver hasta que no tengáis dicha ejecutoria! ¡Magistrado!

La atención del hombre volvió a posarse sobre el papel. Comprendí que su actitud era inamovible y que nada podía hacerse para cambiar su mente. En un instante, la impotencia dejó paso a un sentimiento de pesar y con él me sobrevino una certeza: el sacerdote tenía razón en cuanto a mi arrogancia. Se me olvidaba que entre tanto fanatismo religioso los prelados eran teólogos, filósofos, físicos, músicos, matemáticos, lingüistas, arquitectos y estudiosos bachilleres en multitud de disciplinas.

Muchos merecían un respeto.

—¿Aún estáis ahí, Corneli? —escupió al aire.

Aspiré hondo, pero en cuanto abrí la boca el cura dejó de leer y levantó su mano. Yo lo había notado también: el tejido quedó estático y silencioso. Los animales lo perciben con mayor exactitud, pero los seres humanos también somos conscientes, entre otras cosas, porque la temperatura baja drásticamente debido a la brisa que produce el fenómeno. Pero somos los armonistas quienes lo sentimos de forma más puntual: primero una vibración incómoda en las entrañas, para pasar a una pasmosa quietud que da la sensación de que se para el corazón. Y esa voz. Esa voz profunda y terrorífica, salida de todas partes y que llega a nuestros oídos en alto íbaro con una sola palabra: «*¡Silentio!*». La sentencia del vigilante de cada prefectura marca el cese de la armonización en Ísbar. Proviene desde la cámara de los urdidores y su voz se expande por el tejido hasta llegar a todos los oídos capaces de escuchar el sonido de las cosas. El caso es que el Sol se había puesto detrás de la luna Do marcando un *silencio*; el mundo se oscureció allá afuera y los armonistas tenían prohibido temperar escalas. Tuve que cerrar mis oídos porque el tejido se hizo terriblemente silencioso, hueco. En alguna plaza se estaría celebrando un auto de fe. El sacerdote se levantó y, como si yo no estuviera allí, se dirigió pesadamente hasta la cama, ante la cual se arrodilló de cara al tetragrama de la pared. Y así quedó por veinte minutos o algo más, rezando hasta que la luz volviera de nuevo allá afuera. En la serenidad de esta escena, el dolor de mis heridas reclamó su caprichosa atención y me di cuenta de que venir aprisa a la abadía no había sido buena idea: sentía los latidos de mi corazón en las costillas y la herida del costado, y en las soldaduras del antebrazo, mientras que unos pinchazos horribles me engarrotaban el tobillo.

Una vez pasado el eclipse, Premuro se levantó, pero esta vez me pidió gentilmente apoyarse en mi brazo sano.

—Gracias, hijo —aquejó—. Cada día tengo menos fuerzas.

Lo acompañé hasta su escritorio y a punto estuve de pedirle disculpas por mi actitud anterior cuando, antes de ayudarle a tomar asiento, entrecerré los ojos mirando el libro que yacía sobre la tabla, a la débil luz de las bujías.

—¿Qué traducís, padre?

—Es un libro del sur, muy al sur —contestó dulcemente—. Pero está en alto íbaro. Lo trajeron a Tierrafértil hace muchas penumbras. Hasta ahora no he podido dedicarle tiempo.

Me incliné sobre el tomo y vi que lo tenía abierto por una página que mostraba una ilustración del cielo. No había tetragrama alguno, sino una única línea fina que lo surcaba de arriba abajo. Dos esferas de distinto tamaño estaban ligadas a la línea, como si siguieran su recorrido.

—¿Qué es esto? —pregunté.

—La región de ese sur del que os hablo. Allí nunca se ensombrece el mundo y siempre hace calor.

Entonces lo comprendí: la línea que surcaba el cielo era el Tetragrama visto desde el cinturón del planeta. En el ecuador, la perspectiva mostraba los cuatro anillos juntos y de perfil, uniéndolos de forma aparente. Las esferas, claro, eran las lunas Do y Fa.

—¿Cómo conseguisteis este libro? Si no os molesta la pregunta.

—¡Ah! —rio—. Se lo compré en los muelles a un comerciante al que apodaban el Mono Negro. Y a fe mía que estaba bien apodado, pues era un capitán de barco con la piel más negra que el azabache. Recuerdo bien su nombre: Taxel Rash.

—Me intriga saber cómo se ha constituido la religión de los habitantes de esa zona.

—Y os intriga porque tenéis un corazón ávido de conocimiento.

Titubeé por un momento, antes de preguntar lo evidente:

—¿Es que a vos no os intriga?

—Pues claro —me sonrió—. Vos y yo somos igual en eso.

El sacerdote metió peso en mi brazo para dejarse caer lentamente en la chirriante silla. Se me quedó mirando largo rato, mientras yo intentaba traducir algo de aquel tomo.

—Os regalo este conocimiento, Corneli —dijo, y señaló la fina línea—. Al Tetragrama ellos lo llaman la Hendidura; a medida que viajamos al sur, los anillos se estrechan a la vista. Eso es porque nos colocamos puntualmente bajo ellos. Para muchas culturas del sur es solo una brecha celestial que separa sus pueblos de los dos infiernos.

—¿Los dos infiernos?

—El norte y el sur. Para ellos el paraíso es terrenal y se ubica en la tierra en la que nacieron, en el calor eterno, lejos de las frías tierras del sur y del norte.

Reí apesadumbrado.

—Eso es lo que ocurre cuando se asume por verdad lo que te cuentan, sin cuestionar lo más mínimo. La naturaleza del mundo es disfrazada por la religión.

—Estoy de acuerdo, Corneli —asintió para mi sorpresa—. Pero siempre tuvo un sentido primigenio que se corrige con el paso del tiempo. Y no olvidéis que somos los mismos padres de la Iglesia quienes tenemos disquisiciones con nuestra propia fe. Somos nosotros quienes reconciliamos el dogma con los nuevos tiempos. Sobre todo, cuando hay prelados que amamos la ilustración: conocer a otros hombres del mundo nos ayuda a comprender cosas como esta. Cosas como que nuestra cultura no es mejor que otras, o quizá que Dios tiene un mensaje distinto para cada país.

—Ya, pero... eso lo sabemos vos y yo, y un puñado de personas. Nadie más tiene la entereza de afrontar estos supuestos.

—Porque les han negado la capacidad de cuestionar.

—Yo creo que es el miedo, paternidad.

—A veces —apostilló—. Si haces que un íbaro viaje al sur, podrá ver la certeza que se le muestra, allá en el cielo meridional.

—Pero no se puede salir de Ísbar.

—Una prueba más por la que creer que nos están engañando —respondió con tristeza—. Es verdad que hay quienes tienen acceso a la ilustración y a los libros, y que aun así no hacen nada para llenar su mente con las maravillas que se les muestran en el conocimiento que tienen al alcance de su mano; a veces por desidia, no sé... otras por miedo, como decís. Pero hay quienes viven esclavos de su mundo interno y esto escapa a su voluntad. Su modo de vivir es impuesto por aquellos que les mandan.

—¿Y quiénes son esos que les mandan? ¿La aristocracia o la Iglesia?

Soltó un bufido e hizo un ademán de obviedad.

—¡Ambas, Corneli! ¡No preguntéis cosas que sabéis! ¡Que de aristocracias ya habréis visto suficiente desde que habéis llegado!

En diciendo esto puso un recortado billete entre las hojas del libro y lo cerró con parsimonia, cuidando de no dañar el desgastado tomo.

—Vos sois diferente al resto —reflexioné.

—¿Al resto?

—Al resto de todo el estamento religioso —aclaré—. Sois hombre que ama la ciencia y el conocimiento. Pero...

—Pero me consagro a la fe igualmente —interrumpió. Levanté una mano a modo de disculpa, pero él prosiguió—: Dragos, hijo mío, ¿qué hay de malo en eso?

Suspiré abatido.

—No cosecho buenas experiencias con la Iglesia.

—Lo sé —aseveró grave—. Guardáis en vuestro historial de vida algunas disputas con el Santo Oficio. Pero ¿acaso este prelado que tenéis frente a vos habla por toda la curia? —Señaló su cama con la palma de la mano—. Tomad asiento, bardo. Vais a cansaros de pie; escucho el llanto de vuestro tobillo herido.

—Os agradezco la merced —contesté, y fui a sentarme.

El sacerdote aguardó a que yo estuviera cómodo. Me miraba con pesar.

—Hablando de pies, no hemos empezado con el bueno.

—A fe mía.

—Pero queréis resarciros —ronqueó—, no hace falta que lo comuniquéis: no me habéis causado ningún problema.

Asentí con respeto.

—Confío en que no, reverencia. Pero he de insistir en que mi investigación está llevada a cabo por el mismo Imperio. ¡Debéis saber que digo la verdad con tan solo escuchar mi música!

—Os dije que os creía, ¿recordáis? En todo caso yo debo insistiros en que estáis investigando a quien fuera mi pupilo y eso no me reporta satisfacción.

—Es comprensible —afirmé—; a nadie le gustaría ver como apiolan a un conocido. Con todo, necesito dar con él para cerrar mis diligencias.

—No. Necesitáis dar con él para colmar otra necesidad que no me habéis dicho.

Se inclinó hacia mí tal cual lo dijo. Le brillaban los ojos con una luz extraña, como la de un felino que está a punto de cazar a su presa.

—Dais información sesgada y lo hacéis a título personal, señor Corneli.

—Bien —contesté tras unos instantes de tensión—. ¿Qué escucháis?

—Escucho una melodía pasional dentro de vos, movida por deseos que colmar, arraigos que desprender. Ya la he escuchado antes, es la melodía de la venganza.

Me sobrecogió la simpleza con la que me escudriñó.

—No tengo pretensiones de venganza contra vuestro pupilo. De hecho, no le conozco.

—Pero queréis vengaros de alguien y para ello necesitáis poner a mi pupilo en manos de la Justicia. —Su rostro no se movía, a excepción de los labios—. O más bien debería decir que necesitáis poner a mi pupilo en manos de la justicia de cierto hombre. —Ahora entrecerró los ojos; estaba escarbando en la verdad—. Queréis que ese hombre salga de su escondrijo, ¿es así?... Sí. Una vez aparezca sobre la presa, le arrancaréis la vida.

—¿Es eso lo que queríais saber, reverencia? ¿Si he vuelto a Ísbar por venganza?

—No. Eso ya lo sé. Hoy me gustaría hablar de los demonios.

—Hablad de todas las fantasías que se os ocurran —repliqué contrariado—, y os responderé hasta donde lleguen mis conocimientos.

Premuro me escudriñó unos instantes con una leve sonrisa.

—Dicen que hace once años, el proscrito Dragos Corneli compuso en el tejido una escala perversa. *Los dedos de la bruja*, según se dice por los mentideros, una escala perversa que regenera miembros y que cura las dolencias del cuerpo más graves e insalvables. Dicen que su enamorada padecía una enfermedad incurable y que con la escala podría salvarla. Pero nada es perfecto, sobre todo con ese tipo de escalas, así que cuentan cómo Corneli la probó antes con un animal... ¿un cerdo?

—No hay mucho que contar sobre eso.

—Pero Dragos, joven como era, no fue lo suficientemente precavido —continuó— y los maestros urdidores del Santo Oficio notaron cómo el Monocordio de la Creación se agitó maculado. Detectaron la escala al punto y persiguieron al entonces imprudente Corneli durante cien días y ciento y una noches. Cuando Dragos llegó al distrito de Puertas de Irene los familiares del Santo Oficio dieron con él y lo ensartaron a cuchillazos; incluso le atravesaron los pulmones con una bala, según atestiguan los que aún viven hoy día.

Clavando mis ojos en los del arcipreste me sobrevenía la ira y la pena, y él me escuchaba. Yo no percibía nada; mi resonante cuerpo se consumía continente, sin prestar atención a nada más que mi aflicción. Premuro seguía hablando, como un anciano que cuenta dulcemente un cuento.

—Ahora bien, cuando fueron a cargar el cadáver de Corneli, este se despertó delante de los presentes y aniquiló a todos cuantos se hallaban en las proximidades. —El prelado entrecerró los ojos—. Es cosa sabida que quien usa *Los dedos de la bruja* es capaz de recobrar sus miembros cercenados y salvarse de la muerte. Pero la escala perversa únicamente sonó una vez antes de que Dragos fuese perseguido. Solo existe una manera de moldear la carne y regenerarla sin usar la armonización: estar poseído por un demonio. Los demonios tienen control total del tejido cuando logran manifestarse en el mundo terrenal, y lo hacen a voluntad, pues no necesitan la música; ellos tienen su propio lenguaje. Eso significa cambiar la materia con tan solo un pensamiento, incluso regenerar la carne.

—Eso dicen —susurré. Nos quedamos unos segundos clavándonos la mirada.

—Por tanto —murmuró él—, gustaría que Dragos Corneli, quien logró escapar de Ísbar, confesara algo...

La pena me ahogaba la garganta.

—¿Queréis que confiese si un demonio entró en mi cuerpo, me curó esas supuestas heridas y asesinó a quienes intentaron capturarme, antes de que yo lograse escapar de la ciudad?

—No. Quiero saber si os merecía la pena sufrir por quien buscasteis la escala; a precio de que un demonio tuviera la oportunidad de poseeros, lo hiciera o no.

Nuestras miradas, aún clavadas en sendos ojos, tornáronse diferentes: la del prelado se hizo misericordiosa bajo unas cejas tristes; la mía estaba borrosa a causa de las lágrimas.

—Sí, paternidad —susurré—. Merecía la pena, sufrir, morir o lo que fuere.

—Entonces comprendéis el alcance de lo que me pedís. ¿Por qué debería daros información sobre él, aun estando yo dispuesto a morir por los seres que amo?

—Porque si no lo hacéis, estaré más lejos de colmar mis deseos de venganza. Y más cerca de la muerte. Y porque si no lo hacéis, tendré que buscar otras vías para alcanzar mis pretensiones.

El sacerdote escuchó en mi música y vio en mi mirada la verdad implacable. Asintió y su música parca vaciló unos segundos: se me mostró incontinente, dolorosa.

—No lo hago por miedo, Corneli, sino por ecuanimidad. El nombre de mi pupilo... —se quedó callado, suspiró y prosiguió—: El nombre de mi pupilo es Selpalius Bálaster.

—¿Dónde puedo encontrarle?

—Agradeced esta información y venid en dos días; hablaremos de muchas cosas, entre ellas sobre vuestros sentimientos de venganza y el sufrimiento que os escucho en vuestro corazón. Con el nombre tenéis suficiente para ahondar en los archivos de la Imperial Biblioteca de la Isla.

Sonreí apesadumbrado, aunque más por respeto que por mera cortesía.

—Gracias, paternidad. Me conformo con eso.

—Corneli —advirtió—. Sé que no tenéis deseos de venganza contra él. Pero guardaos de pisar en falso en un tablero donde os han dicho que sois un alfil. En realidad, solo sois un peón contra una pieza más poderosa.

Me quedé observándolo largo rato, intentando templarme. Él esperaba que hablase sin rodeos; al fin y al cabo, con Premuro no había secretos. Así que asentí suspirando.

—Hasta los peones pueden hacer jaque.

—Sí —contestó como si ya esperara esa respuesta—, pero la venganza no es justicia, en todo caso, ecuanimidad; y también se paga por ella. Guardaos también de no tener que sacrificar otra pieza por ese jaque tan deseado.

Tomé la última silla de postas que llevaba a Cortes de Tribunal, pero cuando bajé de la muralla me limité a vagar unas horas antes de llegar al palacete de Martiso. Anduve por las calles del distrito absorto en mis pensamientos, aunque en realidad tenía la mente embotada y solo deambulaba como un fantasma. Tan ensimismado me hallaba que no tengo ningún recuerdo de cómo llegué a mi cama, o de qué hablé con los mercenarios de la casa.

Sí recuerdo el sueño que tuve:

Risoldar Estut solía decir que no podía irse por la posta sin llevarse por delante, al menos, a un pisaverde.

«¡O dos! —exclamó—, ¡que a cada inocente que habita el mundo le corresponde un ladino responsable de su desdicha!».

En el sueño, mi maestro aparecía como se me viene a la mente cada vez que pienso en él: miraba por la ventana al limbo del sol poniente estival. Su rostro se torcía en una mueca de desprecio, pero su cuerpo yacía sereno sobre la silla, las manos apoyadas en su panza. Era el porte de un hombre resignado, o al menos eso me parecía a mí.

«Y por falta de arrestos del inocente —añadió—, a lo mejor un día acometo yo mismo contra el ladino; así me cercioro de ajustar la balanza de la ecuanimidad».

«Pero, maestro —repuse con la edad de Dantian—, ¿no es cosa del inocente paliar su propia desdicha? ¿No estaríais vos interfiriendo en su empresa?».

Risoldar viró su rostro y me sonrió con ternura. Su escasa melena caía desde las franjas laterales bajo la calva coronada, una cascada rala sobre sus hombros.

«Algún día te hablaré del concepto de la "indefensión aprendida". —Tosió con pesadez—. Entonces sabrás que la mayoría de las gentes no tienen la entereza de sanar sus propios agravios. A partir de ahí, no podrás obviar la injusticia».

Salí de la celda con mi maestro y echamos a caminar por el pétreo pasillo del recinto. Pero yo ya no era un niño. Era el Dragos de hacía once años; el mismo que abandonara meses más tarde la ciudad de Ísbar.

«Madabarante Magris creó la escala —comentaba mi maestro—, pero si lo tuviéramos delante y se la pidiéramos, no creo que nos la diera».

«¿Es por eso por lo que se perdió para siempre? ¿Porque nunca la enseñó a nadie?».

«Ninguna escala se pierde ni se crea —corrigió—. Se descubre».

Me paré impotente frente a la estatua de un bardo. En la Universidad de Monteperegrinos, en ese mismo pasillo, esa estatua pertenece al bardo Calixto Damario, pero en mi sueño la estatua era de Madabarante Magris, el Primero. Las lágrimas asomaron por mis ojos y mi maestro me miró indolente, como solía hacer. Pero su música, como también se solía escuchar, se armonizaba con mis aflicciones.

«Te sientes impotente porque no puedes salvarla», acertó a decir.

Asentí con la garganta quebrada e inútil.

«Dragos —susurró—, *Los dedos de la bruja* es una escala prohibida. Incluso usándola para curar los humores de su cuerpo, la perra Iglesia de Ísbar la detectaría. Los urdidores del Santo Oficio te verían y serías apiolado, torturado y quemado en las llamas. Y ella... ella también».

Entonces alcé la mirada al rostro de Risoldar.

«¿De verdad que no la conocéis, maestro? ¿De verdad no conocéis la escala?».

Había hecho esa pregunta media docena de veces en una semana, por pura desesperación. Las últimas veces que lo pregunté sonó como esa clase de preguntas que se hacen de forma retórica. En esta ocasión lo pregunté realmente con circunspección, al igual que la primera vez. Risoldar me miró largo rato, torció levemente el gesto y su música vaciló.

«Ya te he dicho que no», mintió.

Y entonces nos despedimos en la plaza, como siempre hacíamos. Llegué a mi hacienda a través de *La puerta*. La escala estaba armonizada de hacía años tras un callejón y se conectaba directamente al Puente de Tierrafértil. Todos sabían de la leyenda urbana del Laberinto Estut, aunque Risoldar negaba que hubiera tal cosa: el laberinto no era más que un itinerario de escalas de *La puerta*, repartidas por infinidad de sitios en Ísbar. Atajos cuyo mapa se encontraba en la mente de mi maestro, el creador de tal obra de ingeniería. Un laberinto que había que usar con mucho cuidado porque, si recuerdan cuando entré en la alcoba de Gladio a través de las sábanas, un solo viaje deja la mente confusa y magullado el cuerpo, producto de descomponerse y componerse al otro lado. Ni que decir tiene que es imprudente hacer dos. Tres o más viajes son otra cosa: las náuseas es lo menos grave que puede pasar y se han documentado casos de hemorragias en el estómago. Pero continuando con el sueño, me vi llegando a casa tras usar el Laberinto, mas cuando abrí el cuarto no encontré mi habitación. En lugar de mi alcoba hallé un lugar sobrio en decoración, más austero y descuidado. De repente estaba en la casa de Risoldar. Recuerdo ese día, que se me presentó vívido en mi sueño: mi maestro había sido llamado por Socris y pasaría unos días en el Palacio Imperial. Su casa estaba atestada de escalas latentes de protección, por supuesto, pero yo me las conocía. Su confianza extrema en mí fue su error. Busqué en su archivo durante días, desesperado. Entonces jugué un naipe arriesgado y toqué la *Sonata de la revelación*. Casi me mata la contraescala, a cuyas notas logré anticiparme gracias a la intuición alimentada por los años que pasé entre cientos de melodías junto Risoldar Estut. Y ahí se me revelaron decenas de escalas prohibidas. Por supuesto no estaban todas las de Madabarante, pero mi maestro guardaba un puñado de ellas muy poderosas. Busqué la de *Los dedos de la bruja* con avidez.

La mano de Zorton Mastreg me despertó bruscamente.

—Dispense vuesa merced, don Dragos —susurró—. Se trata de un asunto de urgencia.

—¿Qué cosa? —carraspeé, y miré a las tinieblas del cuarto, solo iluminado por el candil y la tenue luz de lo que me parecía un amanecer—. ¿Ya son las siete?

—En verdad son las doce del mediodía, habéis dormido hasta tarde.

Miré afectado por la ventana y entonces lo vi. El Sol, que se coronaba en el cielo, se ocultaba parcialmente tras los anillos del Tetragrama, dando al mundo un tono grisáceo y triste. Habíamos entrado en la Primera Penumbra. Las cuerdas del tejido ya tenían otras reglas y en muy pocos días el Sol se ocultaría durante tres jornadas enteras de forma completa. Entonces, la oscuridad reinaría sobre la tierra y no se podría armonizar.

El embozado estaba ganando la partida; el tiempo se nos echaba encima.

El mayordomo de Martiso inspiró con gravedad. Agachó la cabeza y soltó un nervioso suspiro.

—Dragos, se trata del señor Pelgrin —comentó—. Ha desaparecido.

Capítulo 33

En el que, en viéndose Corneli necesitado de más tiempo, decide trazar un último plan

La impotencia es una de las peores sensaciones que existen, sobre todo cuando tienes las herramientas impedidas por la ley, la moral o sea cual sea el motivo. Lo único que teníamos de Felindante era su anillo. Como saben, la memoria de la joya podría ser despertada para darnos una visión del entorno en el momento de su desaparición. Pero no podíamos componer *El cantar de Madabarante,* porque las reglas de armonización habían cambiado: mientras el Sol se ocultara parcialmente tras el cuarto anillo solo podrían armonizarse las llamadas escalas sacras: *Los zarcillos de Ennea, La luz del Reverberado, El suspiro de Ennea* o *La pureza de Dios.* Tampoco podíamos despertar la memoria del anillo en un nodo de silencio; la escala sería indetectable por los urdidores del Santo Oficio, pero no serviría de mucho, dado que los objetos en un nodo se impregnan de una pastosa capa de silencio armónico. Sería como escuchar bajo el agua. No quedaba más remedio que esperar a que pasaran la Primera Penumbra, la Umbra y luego la Segunda Penumbra. Así, todo lo que se pudo recabar fue el testimonio de un azumbrado que se encontraba frente a La Tasca del Burlador cuando Felindante fue visto por última vez, en el distrito Central. Comentó que hacia las once de la noche el señor Pelgrin se hallaba en la puerta esperando a su postillón, muy sereno, aunque algo mareado. Intercambiaron pocas palabras con lengua torpe debido al hipocrás y se mostraba muy afable, como siempre. Apareció entonces el carruaje conducido por el autómata y Felindante se despidió cortésmente. Aquí es donde vino lo extraño: según el testigo, de la ventanilla del vehículo salieron las manos del facultativo y pudo observar cómo se desprendían deliberadamente de algo brillante. Cuando se acercó a ver lo que había tirado descubrió entre el barro el anillo. Fue suerte que el hombre se tuviera por honrado, que no tuvo problemas para dárselo a Closter en cuanto este empezó a preocuparse por Felindante y fue a inquirir sobre él en el local.

Se encontraba el bardo junto a mi vera, en el salón del palacete de Martiso. Hacía tiempo que no sonaba tan preocupado. Estaba raro, muy raro. No era miedo ni vergüenza, sino contrición, pero temperado con notas más altas de suspicacia. La segunda voz de toda su melodía la afinaba el pesar.

—No creo —decía— que Felindante fuese el hombre adecuado para esta empresa.

—Esa decisión no dependía de nosotros.

—¿Crees que Gresnan puede tomar medidas si se entera de su desaparición? —Hizo un gesto leve de circunspección—. Ya sabes a qué me refiero; tienes al niño. No es cosa extraña que crea que quieres eliminar a un pávido físico de palacio.

Lo miré unos segundos.

—Sí, lo creo —sentencié.

En realidad, me hubiera gustado decirle que no, que Gresnan conocía nuestra antigua amistad, que no creería que yo fuese su secuestrador, su asesino o algo peor. Pero la estolidez de nuestras instituciones, como les he narrado en la primera parte de mi historia, supera la ficción. Porque en las instituciones, cuando nuestros gobernantes no tienen la entereza que ofrece la ilustración, se macera el miedo. Por estas razones nuestro pueblo está conducido más por la cobardía que por la estupidez. A mi manera de ver las cosas, las dos toman las riendas cuando la calzada se antoja difícil y hay que tomar decisiones, solo que la cobardía las toma, desgraciadamente, al punto en que se va a alcanzar un bache —así que imaginarán las consecuencias—; la estupidez, por el contrario, solo toma las tiendas cuando hay que elegir el camino —a menudo lleno de baches, claro—.

—Bueno —suspiró el bardo mientras metía la mano en la chaqueta—. Tengo algo para ti.

—¿Has descubierto algo sobre el diácono?

¡Clanc!, sonó el objeto sobre la mesa. Estaba cubierto por un pañuelo de esparto raído. A lo Closter Tol. Lo empujó hacia mí.

—El instrumento encargado a La Casa del Arpa.

Destapé el objeto y lo examiné concienzudamente. Me encontré murmurando unas palabras meditabundas, soplando en su superficie. Entonces la decepción me hundió los hombros y una pequeña chispa de cansada rabia actuó por mí: arrojé el cacharro a la mesa de forma desidiosa.

—Que lo vuelva a hacer. Lo quiero con la concavidad de la caja más fina; el dinero no es problema.

—Eso es exactamente lo que el señor Tristante dijo que dirías.

—Pues sobran las palabras, entonces.

—También repuso que no se puede hacer más fina. Y yo estoy de acuerdo. Dice que no entiende por qué quieres «una chatarra inútil que no suena y no las melodías de un instrumento solemne y de calidad». Que le vas a hundir su reputación con estas peticiones.

Chasqueé la lengua con hastío.

—¡Ya sabe que es un encargo personal, así que ni reputaciones ni alforjas! ¡Más fina, Closter! Ten la merced de decírselo: el dinero no es problema.

Se encogió de hombros.

—Como quieras, a mí se me da un ardite.

La pena me inundó.

—¿Qué te aflige? —preguntó el bardo.

—Nada. Que Felindante era el encargado de traerme este instrumento... Él hubiera contestado...

—«Que me place» —añadió Closter.

Asentí. Los dos callamos armonizando el temor de la incertidumbre. Compartir el dolor refuerza las amistades tanto o más que la risa. Al menos eso creo, que la risa uno puede permitirse el lujo de regalarla a un desconocido, pero la tristeza no es algo que se acepte recibir por cualquiera.

—¡Bien! —me serené al punto—. ¿Habéis encontrado algo de trascendencia sobre cierto prelado?

—Dimos con su nombre en el archivo hace dos días. Su asquerosa paternidad Felinesco de Riosauce es diácono de la basílica de San Barelio, en el distrito de Tierrafértil. Ostenta la dignidad desde hace cuatro años y, según hemos podido conocer, se le tiene afecto en su barrio.

—¿Es armonista?

—No lo creo —contestó mi amigo—; de hecho, no se le ve con instrumento alguno. Lo sé porque asistimos a una misa; y además pudimos observar que durante el día de ayer cumplía escrupulosamente con sus labores religiosas y no manifestó nada por el estilo.

Hice un gesto de desaprobación.

—Poco prudente, Closter.

Mi amigo levantó las manos en señal de fastidio, asintiendo como si ya anticipara mis palabras.

—Lo sé, lo sé, pero... ¿qué querías que hiciera?, ¿esperarte? Tú lo dijiste: no tenemos mucho tiempo.

Exhalé un suspiro. Ciertamente, ya había contemplado ese riesgo.

—Ya está hecho. Háblame de su plante.

—Hombre cuarentón, pelo canoso y ojos verdes. La tez, serena; la mirada, siempre afable; y una boca sonriente que muestra todas las piezas salvo un diente de oro. Emitía una sonata que evocaba tranquilidad, como paz espiritual.

—No hay que fiarse de eso —murmuré.

Closter se inclinó con aire de prudencia y yo hice lo mismo con complicidad.

—Dragos —advirtió quedo—, lo primero que tengo que decirte es que este hombre no está solo. Hay una presencia invisible en esa iglesia, que no alcanzo a comprender. No me siento a gusto dentro del recinto. Aunque la música se siente agradable cuando estoy en el interior del templo tengo la sensación de que las estatuas me vigilan. Respecto a las maneras del devoto, es como estar frente a un gran actor, un actor que evoca con asombrosa facilidad la mayor de las afiliaciones con la merced de su sonrisa puntual y la elocuencia de sus palabras. Pero un actor, al fin y al cabo, puesto que, de la misma forma que sabemos que todo fue producto de su magistral actuación, me embargan sentimientos de profundo miedo cuando doy la espalda a la Iglesia. Siento que todo lo hallado ahí fuese una mentira terrible.

»También he logrado percibir que este hombre se apega a quienes más sufren. —Contrapuntos de repugnancia crecían en mi amigo—. El muy deleznable sabe aprovecharse de las aflicciones ajenas para atraerlos a su dogma; quienes son más vulnerables son engatusados con mayor facilidad. Solo lo he visto por unas horas, pero estas razones se hacen evidentes cuando oyes al diácono hablar con distintas personas.

—¿Crees que te han visto?

—¡Tranquilo! ¡Sabes que soy discreto! Solo te diré que, aunque el diácono no parece armonista, no me encuentro cómodo a su vera, pues tengo la sensación de que es capaz de repeler un ataque de armonización como lo haríamos tú o yo.

—Ya sabes qué significa eso.

Closter asintió con una sonrisa apretada.

—O es realmente armonista o está protegido. Y ya sabemos quién puede estar protegiéndolo, según las sensaciones que he podido escuchar.

Me retrepé en mi asiento para meditar toda la información; me ahogaba tanto dolor mental. Y lo peor de todo es que estas desazones me recordaban al pobre Felindante, quien se mostraba siempre preparado para cualquier dolencia mía.

—Hay cerca de seiscientos diáconos en Ísbar, Closter. Tan solo en Tierrafértil el número es de setenta y siete. Seiscientos nombres diferentes de diáconos en toda la ciudad y hemos dado con un marrajo que se enmascara muy bien.

Asentí mirando por la ventana. «Así que se trata de un juego de máscaras», pensé. La ciudad de Ísbar se mostraba oxidada y recia, una cáscara demacrada que pretendía mostrar la grandeza de un imperio que ahora era extinto y que no lograba ocultar la inmundicia que subyacía en sus suburbios. Ísbar en sí era una máscara. Su aspecto físico era la representación de una sociedad caduca y marchita, que se negaba a mirar al futuro. Y al espejo.

—Pero —carraspeé—, tenemos que centrarnos en otra cosa: otro nombre. Necesito que vuelvas al archivo de la Isla.

—¿A saber?

—Selpalius Bálaster —contesté, y volví a girar mi rostro hacia él—. Quiero que averigües si es hidalgo o villano, si ha sido apiolado alguna vez y lo más importante: si tiene padrón en algún lugar.

—Selpalius Bálaster. ¿Por qué lo buscas?

—Es el embozado.

Closter frunció el ceño.

—Esa iglesia tiene conexión con él. ¡¿Qué más quieres saber, rediez?! ¡Actuemos ya!

—Quizá el bravo armonista Closter Tol pretenda entrar a por uvas tan de mañana, pero el prudente magistrado Dragos Corneli primero se informa y luego actúa, que el día tiene muchas horas y ya he cometido el error de dejarme ver por casa de esa pobre cría embarazada. Déjalo estar allí, si está. Porque si está, ya sabe que lo acechamos: te ha debido de ver. Él solo espera a que yo aparezca; tú le importas un ardite. —Tomé el trapo y cubrí el instrumento—. Llévale esto al cascarrabias del lutier y dile que la caja más fina. Con las medidas que le di. Y luego vuelve al archivo; recuerda: Selpalius Bálaster.

—Lo haré, Dragos —contestó, y sus ojos rehuyeron los míos—. Aunque esta vez puede que tarde algo más en la pesquisa.

—Pues, ¿cómo?

Se movió incómodo en la silla. Boqueó un poco, pero no dijo nada. Aquí el elenco de emociones que me transmitía emitió el crescendo esperado y deduje que sus preocupaciones estaban a punto de razonarse en la conversación. Intentaba encontrar las palabras correctas, suspirando y llevando la mirada al suelo, por lo que aguardé pacientemente mirándole a los ojos. Y entonces, al punto en que fuera a decirme el disgusto resolví darle un empujón con mis palabras:

—Closter, ya sabes que me ando sin contemplaciones: ¿qué has hecho ahora?

—Bueno —carraspeó resignado—. Me han apiolado recientemente.

Otra vez el irreflexivo de Closter y sus pendencias estúpidas. Suspiré una gran carga de ansiedad.

—Apiolado. ¿Ha sido por Gresnan? ¿Le has afrentado públicamente? Si es así ya podemos despedirnos de nuestro querido e imprudente Closter Tol.

—Sé que es coherente que andes en ese razonamiento —aclaró—, pero no, no ha sido el valido. Su señoría, el bardo Plumeresco Irrisorio, ha sido quien ha ordenado una vista en la chancillería de Monteperegrinos.

Me recosté en la silla mientras cruzaba las manos con circunspección.

—Un magistrado —parpadeé meditabundo—. ¿Y por qué ha ordenado tu arresto?

Inspiró hondo y al fin habló resolutivo:

—La orden ha sido por componer una escala vetada. Me quema el orgullo confesarlo, pero lo confieso. Me encontraba con Felindante, paseando por la Colmena del puente Doria, pues él quería mirar unas lentes, o algún cachivache parecido para sus menesteres. Estábamos a punto de subir a palacio cuando vino una gurullada con la orden. El oficial leyó que la escala fue detectada el 17 de diciembre en la Lonja de los Prósperos. —Rio con desprecio—. Si haces memoria, es justamente el día en que hablé con el comerciante. ¡No me mires así, porque esto es asunto mío y no eres mi prelado!

Lo miré continente, tenía ganas de partirle la facha.

—Closter —murmuré en tensión—. ¿Qué hiciste?

—Fue con el viejo del puesto ambulante. ¿Recuerdas que me dio el nombre del diácono? Bueno, no me lo dio... al menos por su boca.

«¡Mamarracho!», le insulté desde mis pensamientos. Había tenido los huevos de componer una escala vetada en un entorno tan lleno de gente. ¿Es que a Closter no le importaba jugar naipes con tanto riesgo? Al menos era una escala prohibida por las leyes civiles y no por la Iglesia. Tener a mi amigo en los calabozos del Santo Oficio habría retrasado mucho la misión.

—¿Has declarado ya?

—Me han quitado el instrumento y me han prohibido armonizar hasta el estío.

Eso era peor que encarcelarlo. Aunque viendo la cantidad de problemas que daba, casi era mejor que Closter se pasara una temporada en los calabozos. Así nos dejaría tranquilos a todos por unos días.

—Seamos ecuánimes —exclamó—. Componer esa escala nos ha permitido saber acerca del diácono.

—Sí, pero tú no tienes licencia para componerla; yo sí. Bastaba con que me hubieras avisado.

La contrición elevó una octava su escala. Closter asintió compungido.

—Ya sabes —advertí— lo que ocurrirá si armonizas ahora y te avista un magistrado. Digo más, sabes que yo, como magistrado, debo impedir cualquier contravención a la suspensión de tu licencia.

—Si te hablo con sinceridad...

—¡No vayas más a palacio! ¡No! ¡No quiero hablar más de este tema!, así que cállate y escúchame: buscaremos a Selpalius Bálaster de otra forma.

—¿Ha sido muy grave? —preguntó Dantian cuando nos paramos ante la puerta.

La madera se incrustaba podrida en las piedras bajo la arcada, rodeada de escombros y de basura. Digo bajo la arcada porque, como habrán visto por la ciudad, se trata de ese tipo puertas que dan a una de las tantas excavaciones que los íbaros hicieron bajo los antiguos puentes de piedra. Los ríos que antaño fluían cuando Ísbar ni siquiera existía ahora son calles adoquinadas, aunque los viaductos siguen ahí, como vestigio de su pasado.

Unos barateros charlaban apoyados al otro extremo de la arcada a la lumbre de un farol, como si nada. Los barateros, para aclararles a quienes no estén familiarizados con la escoria, son los que esperan a las puertas de los garitos de juegos a quienes salen sonrientes y azumbrados. Ya se imaginan para qué.

El niño me tiró de la manga.

—¿Corneli?

—Sí, bastante grave —le respondí vigilando a los marrajos. Chasqueé la lengua—. *La confesión del hombre muerto*, ese es el nombre de la escala. Me extrañaba que el viejo del puesto ambulante tuviera la buena memoria de recordar el nombre del diácono. Pero más me extrañaba a mí que Closter lo hubiera sobornado con unas monedas para despertarle la memoria.

—Si me permites la pregunta —titubeó—. ¿En qué consiste esa escala?

—Solo pueden usarla los magistrados, como yo. Aunque se necesita una orden imperial donde figure la hora exacta en la que se componga. Eso es porque está hecha para interrogar a los criminales. —Así la aldaba y golpeé tres veces contra el metal—. Consiste en inmiscuirse en los recuerdos de una persona: con *La confesión del hombre muerto* se puede leer las mentes, tal como te digo, zagal. ¿Recuerdas cuando me lo preguntaste en la fonda de Elio? Pues sí: se puede ahondar incluso en los recuerdos del foco, robando información que ni siquiera la víctima es capaz de recordar por sí misma. No sabía que Closter conociera esa escala.

—Imagino que es muy grave.

Los pasos de alguien nos venían del otro lado.

—Andas en lo cierto. Es una escala que suele usarse junto a la *Balada del hombre muerto*, otra escala vetada, que cambia el rostro del armonizador. Con *La confesión* el usurpador sustrae información de la víctima; con la *Balada* suplanta su identidad, aunque el bardo que la usa no transmuta su rostro exactamente, sino que superpone un espejismo en su cara (muy inestable, eso sí). No hace falta decir que usar ambas escalas es un delito grave.

—¡Vive Dios! ¿Y qué solución hay ante esta disyuntiva, magistrado?

—Solicitaré un fondo contra la tesorería de Martiso y pagaré la prenda, aunque no sé si revocarán la orden de prohibición. Creo que Closter va a pasarse mucho tiempo sin licencia de armonizador.

La puerta emitió un chasquido y unos golpes sordos y metálicos nos daban a entender que estaban abriendo varios cerrojos.

—Magistrado —susurró Dantian—, ¿por qué te has quitado la insignia imperial? ¿No es más fácil entrar en este antro si llevas la credencial?

Mi respuesta fue una sonrisa espirada. La puerta se abrió con un chirrido y un hombre que riscaba los veinte y pocos nos miró con aire altivo.

—¿Quiénes sois y qué queréis?

Me descubrí gentilmente con una genuflexión.

—Buen día, señor. Mi nombre es Dragos Corneli y este es mi paje, Dantian Pecler. Venimos en busca de Lúcido Reverente, el coime de este venerable lugar de peregrinaje lúdico.

El hombre nos echó una mirada vejatoria y bufó una risilla.

—¡Largaos de aquí, antes de que acabéis baraustados!

Fue a cerrar la puerta, pero tras mi sonrisa cortés no había un Dragos muy paciente, y coloqué un pie a modo de cuña. En cuanto notó este agravio, el hombre abrió los ojos como platos y se le tensó la cara con una fría indignación. Abrió de nuevo, el rostro amenazante mientras se sacaba de la parte de atrás de la pretina una daga quitapenas. Pero cuando la puso frente a mí yo ya tenía una cuarta de ropera fuera.

—Veo que uced decide quién entra aquí —amenacé—. ¿También elige cómo morir?

Quedose pálido e, inmediatamente unos segundos después, una mueca temerosa que supuse sería una especie de sonrisa condescendiente apareció en sus temblorosas comisuras. Hizo un abatimiento de cabeza y dio un paso atrás, revelándonos que el rufián se prestaba a colaborar.

Envainé de nuevo.

—Parece que este lugar sigue siendo hospitalario. —Pasé por su lado y Dantian hizo lo mismo. No hablé al niño hasta que no estuvimos lejos del menguado—: Nunca sueltes la mano de la prudencia en tu caminar, Dantian, o te pasará como al gaznápiro de la puerta.

—Ya. Lo dices porque debió tener el cuchillo preparado.

—Yerras —repuse—. Lo digo porque nunca hemos de juzgar tan rápido a quien tenemos frente a nosotros. En este mundo hay verdaderos suicidas.

Bajamos unas escaleras y ante nosotros se nos abrió una leonera de juegos de naipes, llena de risas y toses sumidas en un denso vapor. Una veintena de mesas se esparcían por aquel sótano donde los jugadores tiraban su dinero en absurdos juegos de estocada. Desde la cristalina mirada de la sobriedad podía verse lo invisible: el contador en una esquina, dando pistas; un pedagogo con delirios de grandeza; los fulleros dando muerte a la bolsa; los lamedores que perdían a propósito para desplumar a medio plazo; y los apuntadores, chivateando las cartas de otros para luego ir a medias con las ganancias. No había cambiado desde la última vez que entré, ni siquiera la disposición de las mesas. Pero pasé entre ellos como un fantasma y fui directo hasta una puerta que se encontraba al otro extremo de la habitación. La abrí de golpe, sin permiso y muy sereno, tal cual fuera la puerta de mi propia alcoba.

Los dos hombres que se sentaban en las butacas se sobresaltaron, y uno de ellos se levantó de su asiento y abrió el cajón de una consola. No llegó a apuntarme con la culebrina, que se la tiré por los aires armonizando *El suspiro de Ennea.* Era una escala sacra, así que podía componerla durante la Penumbra.

—¡Qué despropósito! —exclamé—. ¡Después de once años, me recibes con fieros!

Abrió la boca para gritar, pero entonces su rostro moreno se desencajó, sus labios gruesos boquearon y sus ojos oscuros y sus cejas pobladas se abrieron como platos. Y ahí se quedó, como un fantasma.

—Cerrad la boca, Lúcido —advertí—. Ya sabéis lo que dicen de los vapores y los humores.

Titubeó parpadeando y soltó una risa hueca. El otro hombre —al que yo no conocía— entonaba una melodía de pavor, ahora poco armonizada con la creciente sorpresa del coime. Se quedó menguado en el asiento mientras Lúcido se sentaba de nuevo, como mareado.

—Entonces es cierto —ronqueó al fin—. Corneli ha regresado a Ísbar.

—Sí, y gustaría de que pusieras en la puerta a gente más política. Esta casa era respetada antaño y el portero suelta las cabras con mucha facilidad.

Sacudió la cabeza en señal de espabilarse.

—Señor Estilio —se volvió al otro hombre—, ¿podría volver más tarde? El señor Corneli y yo tenemos que hablar de cuestiones de mucha trascendencia. Espero no incomodar a vuesa merced.

—No lo hacéis, señor Reverente —sonrió nervioso—. Regresaré tras el almuerzo.

El hombre se levantó menguado y pasó junto al niño y a mí con mucho espanto. Su música se alivió cuando cerró la puerta tras de sí. Sonreí con cansancio y me acerqué hasta el hombre, aún sentado y con ojos entrecerrados. Los visitantes tomamos asiento con mucha naturalidad y a la música del coime se le sumó una segunda voz de desconcierto.

—Sabéis dónde estáis, Dragos Corneli.

—No niego que en otros tiempos hubiera sido algo más comedido —repuse—. Pero ahora no tengo mucho tiempo, ni tampoco la necesidad de andarme con tiento en una coima. Al menos hoy.

El hombre frunció el ceño y su sobresaltada melodía se fue apagando para mostrar la ahora convenida: inquina. Se inclinó en el asiento en la manera en que un cazador prudente aguarda el momento del disparo —me empezaban a hartar estas maneras en mis paisanos—. Algunos hábitos nunca cambian, pensé, pues vi que juntaba las yemas de ambas manos, como solía hacer Lúcido Reverente cuando el aula se alborotaba.

—¿Y, para alivio de mi desconcierto, podríais dar razones a tal osadía?

—Resulta que soy magistrado —dije.

—Aquí ser magistrado no os da inmunidad a que os asiente el guante en la cara.

—Pero sí me lo da ser Dragos Corneli. Y vuestra gorrionera está por debajo de mi nombre, más que de mi título.

Quedose mudo y, aunque su intensa mirada era su baza para llevar el control de la plática, no logró conseguir su efecto deseado. Demasiado hastío, demasiada ira en mi interior. Así que el señor Reverente, comprendiendo las vicisitudes del asunto, claudicó y se recostó en su asiento dando un suspiro con resignada vehemencia.

—No puedo negar que cultivo interés en saber las razones de vuestra vuelta. Y también comprendo que dichas razones son algo que no tenéis tiempo de contar, que ya lo habréis hecho mil y una veces desde que habéis llegado.

—Andáis en lo cierto.

—Pero también sé que nunca habéis sido un foco de problemas para mí, sino lo contrario. Por eso no os creo tan imprudente (por muy magistrado que seáis ahora), como para andar haciendo enemigos en lugares como estos. Que ya sabéis como hombre ilustrado que el poder atrofia la sensatez. Así que confío en que venís por asuntos ajenos a los míos. —Aquí su voz se llenó del cuajo que siempre gastaba. Amén de fiera y cortante, su mirada era también fría—. ¡O más os valdría!

Le sonreí para temperar su melodía y esto lo tranquilizó. Asentí con flema.

—Se me da un ardite lo que hacéis aquí.

—Bien —croó—, pues sed rápido, Corneli, que tengo asuntos de trascendencia entre manos. En mi casa la cortesía es lo primero, pero vos no habéis entrado aquí con buen pie, por lo que mi complacencia es limitada.

—Pues entonces iremos con diligencia.

Saqué de mi jubón un legajo de papeles y los deposité en la consola. Eran los papeles encontrados en la casa del embozado. Lúcido arqueó una ceja.

—¿Qué es eso?

—Asuntos de los hombres de fe.

—No ando muy catequista, últimamente.

—Ni sois un santo —apostillé irónico—. Ando en la pesquisa de un hombre de la carda y vos sois ducho en encontraros con ese tipo de hombres.

—Ísbar tiene cuatro millones y medio de almas —bufó.

—¡Don Dragos os ha dicho hombres de la carda!

Las palabras del niño atravesaron al maco como un puñal. Quedose mirando al zagal con cara de querer santiguarle la cara.

—Calla a tu cabrito gollín, Corneli —musitó—, o le vendimio la gola.

Me levanté y Lúcido pareció menguar ante mi porte. Aun con la resolución de su mirada, desafiante y actuada, todo su cuajo dejó paso a una tímida melodía con contrapuntos de miedo. Me hubiera cebado con él, «veamos quién vendimia a quién», «del zagal me ocupo yo, como de la avechucha de vuestra madre», y etcéteras del estilo; pero confieso que sentí lástima. Era un hombre poderoso en otros tiempos y ahora parecía un pobre arruga de la germanía. Mis fieros no afloraron y le di un pescozón al niño para aliviar tensiones, como quitándole importancia a su travesura. Se llevó las manos a la nuca y su música se tensó al punto de querer saltar sobre mí, pero ya se conocía mi mirada, así que calló indignado. Más indignante fue para el coime que yo obviara su advertencia con tan suave castigo.

—Vamos a asuntos más importantes que la impetuosidad de un zagal. —Me paseé por la habitación, dándole a entender que yo era el dueño de esa casa mientras la pisara. Me deleité con algunos cuadros que a la sazón estaban de moda—. ¿Qué sabéis de un tal Selpalius Bálaster?

La música del coime no mostró notas de exaltación.

—Bálaster... —recitó—. Una vez conocí un Bálaster, pero gastaba setenta años o más. Y te hablo de hace muchos años; así que, o se ha ido por la posta o yo soy un niño.

—El hombre que busco no tiene edad, ni rostro.

—Entonces buscáis una sombra.

—Quizá debáis saber que su maestro es Premuro Latente.

Arqueó las cejas.

—El arcipreste —afirmó con tono de pregunta—. Nadie quiere confesarse con ese hombre, así que poco puedo decirte. Además, ¿por qué tendría que mezclar mis negocios con los turbios asuntos de la Iglesia? Voy a misa para que los chivatos de los familiares no me atosiguen. Al margen del peso en oro que puede costaros que me meta en esta empresa, no creo que pueda encontrar a alguien sin rostro.

—En realidad no os he dicho que lo encontréis. He dicho que sois ducho en encontraros con ese tipo de hombres. —Saqué mi insignia de magistrado—. El peso no lo da el oro, lo da el poder. Y sé, señor Reverente, que aún no tenéis licencia para este garito de juegos.

Los ojos de Lúcido se iluminaron.

—¿Y vos podéis firmar una licencia?

—Ya os lo he dicho, soy magistrado y tengo contactos. —Señalé el legajo de papeles—. Voy a dejaros esos papeles ahí, en él encontraréis el diario de ese tal Selpalius Bálaster. Agradecería que dierais más prioridad a lo que hay escrito en las páginas por encima de cualquier negocio que tengáis entre manos.

Entonces Lúcido Reverente hizo como sigue: primero me miró con suspicacia, luego se volvió lentamente hacia los papeles, los tomó con metódico cuidado y, en dándoles una atisbadura rápida, volvió su rostro hacia mí.

Me sonrió, mostrando el brillo de un diente de oro.

Capítulo 34

Donde se nos hace conocer la importancia de la dolorosa verdad y de la última visita al maestro lutier

—Me pregunto por qué no traducís en el *scriptorium* con los demás monjes.

Premuro Latente sonrió mientras transcribía.

—Pues porque no soy monje.

—Pero vivís como tal.

—Corneli, formulad bien vuestras palabras.

Bufé una risa cansada.

—Me pregunto por qué traducís en la soledad de vuestra celda.

—Bueno —susurró—, eso está mejor. En vuestra afirmación habéis añadido la palabra *soledad*. ¿Se os ocurre por qué prefiero la soledad?

—¿Calma?, ¿sosiego?

—Eso es cierto. ¿Ya tenéis saciada vuestra curiosidad?

Suspiré resignado, aunque en el fondo me divertían estos juegos dialécticos.

—Bien sabéis que no.

—Entonces, si la soledad no es motivo suficiente... —Levantó la cabeza, mirando al vacío—. ¿Qué opináis vos?

Premuro era no poco reacio a dar información; pero amaba tanto la inteligencia que se mostraba anuente cuando se hacían acertados y astutos comentarios. Resolví arriesgar con mis suposiciones:

—Creo que la razón está en lo que traducís. Sois una eminencia entre estos muros y se os respeta en la abadía. —Premuro no dio señales de querer hablar, esperaba algo más de mí—. Todos saben lo que hacéis, saben qué tipo de libros tenéis bajo vuestra custodia: libros no apropiados para lugares sagrados. Pero nadie habla de ello, porque traducís fuera de la vista de todos. —El prelado mantenía su rostro de estoicidad; giró la cabeza y me clavó los ojos—. Y es que, en estos tiempos, incluso los arciprestes no están a salvo ni en su propio arciprestazgo. Por eso no estáis en vuestra iglesia. —Extendí las manos admirando el ascético y sobrio cuarto—. Esto es vuestro refugio. Teníais razón: somos parecidos en algunas cosas. Vos y yo.

No contestó. Se me quedó escudriñando largo rato hasta que, pareciendo hastiado y pesaroso, parpadeó repetidamente y volvió a girar la vista hacia el libro en el que estaba trabajando.

—Su reverencia —apremié—, la Umbra está próxima. El Sol besa el Tetragrama del Mundo y solo puedo armonizar escalas sacras.

—Hay algo que os atormenta y no me habéis contado.

Fui a protestar, aunque comprendí que con Premuro era mejor tener paciencia, aún con el tiempo en contra.

—¿En qué lo habéis notado?

—¡Oh, rediez, Corneli! ¡En vuestra música! —exasperó—. Hay astillas de disonancia que se clavan en el corazón y se mantienen ahí por mucho tiempo, haciendo la música del alma particular en cada persona. La vuestra está dañada.

Yo no estaba para hablar de mis cosas, y un pequeño resquemor de ira me vibraba en la piel. Sabía que Premuro estaba escuchando mis emociones, por lo que no había razón para mentirle.

—No deseo tornar la conversación de forma fútil, su reverencia. Si deseáis hablar de mis tormentos estaré dispuesto a hacerlo siempre y cuando me deis porciones de información, pero por favor os pido: seamos rápidos.

—Soy enemigo de la rapidez, señoría. Voy a confesaros algo: no es mi pretensión ofenderos al intentar hablar sobre vuestros temas íntimos. Ni tampoco quiero que os confeséis ante el Ojo. Yo también os pediré algo: confiad en mí.

Tras unos instantes de circunspección suspiré con fastidio y asentí a regañadientes.

—Bien. ¿Qué habéis escuchado en mí?

—Dolor —susurró apenado, y su música asomó un instante tras el muro de parquedad; parecía querer mostrarme que se armonizaba con mis emociones—. Pero el peor de todos los dolores: el latente, el dolor de la incertidumbre que nos mata a pequeñas puñaladas de realidad, con desesperanza y miedos. El dolor, cuando lo trae la certeza y la fatalidad es más soportable. En cambio, el vuestro está ensombrecido por la duda.

—Mis preocupaciones son intensas, reverencia, si eso es lo que queréis decirme.

Y entonces pronunció su nombre, sin más, y consiguió lo que pretendía, que no era sino escuchar qué música emanaba de mis emociones al oír las dos palabras.

—Risoldar Estut —murmuró.

Su rostro volvió de nuevo a mí; no tenía suficiente con las notas que desprendía desde mi corazón. Él quería verme el rostro, un rostro claramente afectado.

—Risoldar, el viejo Risoldar —musitaba—. Vuestro maestro y guía en esta Ísbar desolada de ilustración.

—Hace años que no le veo. —Mi voz intentaba sonar despreocupada—. ¡Claro que quiero verle!, le añoro...

—No, Corneli. No es eso lo que queréis expresar.

El corazón empezó a latirme con fuerza y un resquemor me abrasó las entrañas. Reconozco mi falta de cuajo para enfrentarme a ciertas cosas. Pero Premuro esbozó una tierna sonrisa y posó la mano sobre el metal de mi arpa de muñeca oculta.

—Queréis preguntarme y yo quiero responderos.

Un colapso en mi garganta impidió a mis palabras poder articularse. Los latidos retumbaban en mis oídos y mi boca se secó.

—¿Dónde está? —dije al fin como intrigado, la voz trémula, queda.

—Muerto, Dragos. Murió.

Reí hueco.

—¿Acaso vamos a creer lo que dicen un puñado de estultos envidiosos? Risoldar es bueno ocultándose, recordad que creó el Laberinto Estut. Seguramente, como solía decir, esté vagando de aquí a allá, cansado y...

—El maestro Risoldar fue un gran amigo mío —aseveró con lágrimas en los ojos—. El censo de su parroquia registró su muerte. Está registrado, aunque no te hayas atrevido aún a ir a verlo.

—¡Vaya! —croé indignado—. ¡Como si la Iglesia me permitiera consultar sus archivos!

—Bueno, el padre Bareli es un hombre bueno y te habría dejado hacerlo.

—¡¿Acaso os lo ha enseñado a vos?!

—Dragos —susurró, y volvió a sonreír con gran pesar—. Yo vi su entierro, vi el cadáver.

Recuerdo cómo mi cuerpo se relajó de repente y noté cómo muchos tormentos salieron de su enquiste en mi corazón, recorriendo a latigazos hasta los dedos de mis extremidades. La pena me inundó el pecho y la garganta.

Por primera vez, desde que volví a Ísbar, creí en las palabras de alguien cuando me hablaba de Risoldar Estut.

Asentí con los labios apretados. «Qué pena» o algo así dije con mis ojos borrosos mientras seguía asintiendo como un autómata. Y el tiempo pareció acelerarse, que cuando fui a darme cuenta el prelado me dejó a solas en su celda. Así quedé por largo rato hasta que comprendí lo que Premuro pretendía. Y me desgarré y lloré apretando los dientes, destilando la rabia y la pena hasta canalizarlas en mi mandíbula y en mis puños apretados. Y así estuve largo rato, asumiendo la verdad, para que gran parte de las sensaciones que asolaban mi alma ya estuvieran dispuestas a partir fuera de mi cuerpo. Con un suspiro largo abrí relajados los puños y la mandíbula, y las aflicciones salieron por ellos al exterior con una música renovada.

Premuro latente me quitó una espina ese día. Gracias a él mi música sonó distinta, irreconocible. A Dragos Corneli le asustaban los mismos peligros; le preocupaban los mismos tormentos. Pero Dragos Corneli recobró una entereza que creyó perdida. Yo tenía un pavor inmenso por aceptar la verdad, pues al tomarla de la mano creía que vendría con ella la desesperanza. Pero la verdad, por muy dolorosa que sea, es la mejor medicina para romper las cadenas de nuestra mente.

El precio siempre es asumible. Siempre.

Me reconocí renovado, tanto que se me ocurrió una idea antes de volver a la mansión de Martiso. Cuando subí hasta la muralla del distrito para tomar la silla de postas no quise volver mis pasos a Cortes de Tribunal y tomé un pasaje para el Distrito Central, aun con el peligro que ello conllevaba. Durante el trayecto reordené mis pensamientos, observando el paisaje a ambos lados del ténder. A la izquierda el distrito Fronteras del Río se extendía sobre una llanura inmensa cortada por los afluentes que se unían al Íbari; a la derecha el distrito de La Mácula mostraba un manto más pródigo, con los saltos del Íbari perdiéndose en dos direcciones. Eran dos arterias grises en una piel parda moteada por la herrumbre oxidada de los edificios. Una de esas arterias corría fuerte y abundante hacia Tierrafértil, cayendo en quebradas con fuerza poderosa; mientras que la otra, de un caudal débil —debido a que las acequias cortaban su flujo— mostraba un recorrido finísimo que caía lentamente hacia el sureste, a Mirtos de Levante. Los pasajeros del ténder se distraían mirando estos paisajes, leyendo alguna octavilla o hablando entre ellos. En cambio, yo respiraba como si mis pulmones hubieran tomado más capacidad; estaba tan relajado que ni siquiera reparé —en un principio— en los dos marrajos que me venían siguiendo los pasos y que ahora los tenía en el mismo vagón, cuales si fueran una pareja de amigos. No les di importancia. Sencillamente me bajé de la muralla en cuanto llegamos al distrito y me encaminé hacia el barrio principal, por el margen de la Hendidura por donde caían las aguas del Íbari. Al otro lado vi el Palacio Imperial, levantándose sobre la isla que se encajaba entre las dos grandes cascadas. Podía verse la ventana del despacho de Gresnan y también arriba la alcoba de Gladio Permes. Miré una ventana más a la izquierda: los aposentos de Socris II, donde su cuerpo aún descansaría, oculto del mundo. Bajé la vista y vi otra decadencia: la Colmena del Puente Doria I no se veía brillante en absoluto, que en la Primera Penumbra el Sol colorea el mundo de forma muy desvaída y las chapas de la arcada se veían cenicientas. Pero más oscuros eran los callejones en esta época del año, que por el de los Montambancos, donde estaba ubicada La Casa del Arpa, algunos llevaban una linterna de mano para poder vislumbrar el camino empañado de sombras.

Aquella tarde abrí la puerta de la tienda yo mismo, sin intermediarios. Normalmente, la luz de algunos candiles o un hornillo encendido en invierno eran suficientes para dar a la tienda un aspecto alegre. Pero bajo los sobrios paños de débil luz del mundo parecía un salón solemne a altas horas de la madrugada.

La voz del señor Tristante sonó desde el pequeño taller que tenía tras el mostrador:

—¡Ahora mismo voy!

Mientras el anciano dejara lo que tuviera entre manos, mis depuradas pisadas, típicas de los hombres que se han desprendido de temores, me llevaron hasta el laúd que había sobre la mesa. Me vino a la mente la figura del difunto Gladio Permes, el bardo de la corte. Miré al techo donde otrora se hallaba el testamento de lágrimas. «Sucesor mío», rezaba. Las notas de sorpresa me llegaron desde la puerta de la trastienda.

—Vive Dios Reverberado —exclamó el lutier.

—Hola, don Liscario. ¿Cómo va mi encargo?

Liscario dio unos pasos hasta colocarse frente al mostrador con cara de ver un fantasma.

—¡Dragos! ¡Este distrito es muy peligroso para vos! ¡Os buscan!

—Lo sé.

La música del desconcierto se afinó espectacularmente con su fisionomía.

—¡«Lo sé», decís, sin más! Y si lo sabéis, ¡¿qué hacéis aquí?! —Abrió los ojos espantados y su voz se hizo cautelosamente queda—. ¡¿Dónde está el infante?! Hay... rumores.

—Tarde o temprano los habría; de hecho, ya se especula con la muerte de Su Majestad.

—¡Dragos! ¡Bajad la voz! —Corrió hacia la puerta de la tienda y echó la llave—. ¿Qué os han dado para tener vacíos los aposentos de la cabeza, tan de repente? ¿Y vuestra cautela?

—Mi cautela es cosa mía, como el niño. Pero si de cautelas vamos a hablar sabed que vengo a La Casa del Arpa como de molde: si el señor Pelgrin no puede, yo mismo vengo a recoger el instrumento que os he encargado.

El lutier empezó a apagar las notas de pavor y las sustituyó por contrapuntos de pesadumbre.

—¡Pobre señor Pelgrin! —ahogó—. ¿No es posible hacer nada por buscarle?

—No es posible. Tengo su anillo de físico; su memoria podría hablarnos. Pero mucho me temo que estamos en la Primera Penumbra y solo puedo armonizar escalas sacras. La Iglesia me vigila con ahínco. Ellos creen que no me doy cuenta, pero cada vez que tomo una silla de postas me percato de que me siguen familiares del Santo Oficio.

—¡Vive Dios!

—Y mueren los hombres, como se suele decir. Sin ir más lejos hay varios macos del Santo Oficio en este callejón, esperando a que salga. —Solté una risa despreocupada—. Y no son los únicos: Gresnan cree que soy imbécil. Normalmente tengo a uno de sus espías pegado a mis alcances cuando salgo hasta para mear en un callejón.

Liscario suspiró asustado.

—¿No teméis lo que pueda haceros?

—No se atrevería. Gresnan cuenta con dos cosas. La primera es que soy el único que puede dar con el magnicida.

—¿Y la segunda?

—La segunda es que el niño está a salvo en un lugar oculto. Y si me hacen algo... Ya hay órdenes de qué deben hacer con él.

Liscario me miraba como si no tuviese delante al Dragos de siempre. Su música se hizo agria y triste de repente, resignada. Negó con la cabeza mientras apretaba los labios.

—No voy a discutir de nada con vos —sentencié al son de un golpe de nudillos en la mesa—, que ya sabéis en la estima que os tengo. Solo vengo a que me deis el instrumento y me voy enseguida.

—El instrumento —bufó—. ¿Llamáis a vuestro encargo un instrumento?

—¿Está corregido o no?

Me miró con desaprobación durante unos minutos. Nunca había visto ni escuchado al lutier tan ofendido. Chasqueó la lengua y dio media vuelta para entrar en la trastienda, meneando la cabeza con decepción. Al cabo de unos minutos regresó con el objeto envuelto en un cuero blando y lo puso en el mostrador.

—Ni siquiera sé si cobraros por esto, señor Corneli —dijo amargo—. Ni aun por el material.

Desenvolví el instrumento y me lo acerqué a la vista. Lo probé tocando unas notas. Liscario gruñó.

—Dispensad, don Dragos, pero ¿qué pretendéis hacer con algo que no suena?

Mi mirada pasó flemática del objeto al lutier y me quedé mirando al anciano un buen rato, hasta que contesté con una sonrisa:

—Será difícil. Me llevará horas, muchas horas. Pero las suficientes para aprenderme un par de escalas con esto. ¡Buen trabajo, señor Tristante!

Envolví de nuevo el objeto. Liscario arqueó una ceja; su melodía era de preocupación extrema.

—Don Dragos. —Meditó unos segundos antes de hablar—. Estoy asustado por vos. ¿Cómo pretendéis detener a alguien con tal herramienta?

—Cuando se juega a las cartas, algunos hombres hacen trampa y marcan los naipes.

Frunció el ceño.

—No entiendo qué queréis decir.

—Esto —argumenté señalando el objeto— es un naipe marcado, señor Tristante, el mismo que usa el embozado. —Deposité un puñado de escudos en el mostrador—. Si él cree que es el único que puede hacer trampas, está equivocado.

Capítulo 35

Del peligro que corrieron nuestros protagonistas en la basílica de San Barelio

No soy conocido por ser hombre religioso. Esa condición me perseguirá aun después de mi muerte; que quien comete pecado difícilmente podrá purgarlo a ojos de la Iglesia. Tal es el fanatismo de muchos prelados que esgrimen la moralidad tanto con mano izquierda —mediante la indulgencia—, como con derecha —mediante el castigo—. Se nos enseña en nuestra educación religiosa que el perdón, a través de la confesión, es posible, pero solo lo concede Dios misericordioso. Dios, que no los hombres. Recuerden que yo no me confesé en momento alguno, y que mi absolución por orden del Gobierno no fue acatada de buen grado por la curia religiosa.

Comprenderán vuestras mercedes que entrar en una iglesia, aun como magistrado, no era una idea que gustara, ni a mí ni a cualesquiera que fueran los ministros que la administraran. Por mi parte, el peligro era añadido, que entraba en la basílica de San Barelio, donde era diácono Felinesco de Riosauce, a quien estábamos buscando. No esperaba encontrar allí a Selpalius Bálaster, desde luego, pero su daga nos había llevado hasta ese lugar, hasta ese cura. Closter sugería —y no era de extrañar— que apioláramos al cura de inmediato; que lo metiéramos en una celda del corregimiento y le santiguásemos la cara hasta que nos dijera dónde se ocultaba el asesino. No quiero que piensen mal de mi amigo Closter Tol; al fin y al cabo, ya saben que su impetuosidad era debida al desorden de sus emociones y a la bebida.

—No sabemos si es cómplice del embozado —dije mirando las puertas de la iglesia.

—Yo lo tengo claro como el agua cristalina.

«Lo tienes claro como el hipocrás», quise decir, pero lo desaprobé con un vago ademán de mano.

—Lo del diácono se hará como yo guste.

Le observábamos desde un callejón: un hombre más bien bajo, aunque rechoncho, plantado en la puerta del templo. Pelo blanco como la nieve, rostro afable y unos lentes atados a la muñeca que indicaban —además de que era hombre ilustrado— la vejez de unos ojos incapaces de leer a distancia corta. Se hallaba despidiendo a los feligreses que habían acudido a misa. Durante la homilía habíamos permanecido en asientos ocultos de la bancada, justo detrás de unos mozalbetes que venían a galantear a unas damas. El diácono se sentaba junto al presbítero y no pareció vernos en momento alguno, ni aun cuando salimos justo antes de terminar la eucaristía. Sin embargo, tuve la extraña sensación de que estábamos siendo observados desde todas partes —las estatuas del recinto parecían mirarnos—. Quizá por eso acordamos salir antes de que el presbítero diera la comunión. Ahora, en el callejón, aguardábamos a que saliera el resto de las personas, prestos a abordar a Felinesco en cuanto se quedara a solas. Y cuando parecía que una tapada junto a su dueña eran las últimas en abandonar el lugar, Closter y yo andamos rápidamente hasta el cura antes de que este cerrara las puertas del edificio.

—¡Buena tarde, padre! —saludé.

Felinesco se giró con rostro amable, sonriente. No escuché nada fuera de lo normal, ni siquiera teniéndolo a un palmo de distancia.

—Buena tarde, señores —contestó simpático—, la misa ha terminado ya, si venían a eso.

—Ya hemos asistido en oratorio —mentí—. Venimos por otros asuntos.

El hombre frunció el ceño, confuso.

—Pues, ¿en qué puedo ayudar a vuesas mercedes?

Miré a Closter y con los ojos le recordé lo que antes le había dicho: «Deja que hable yo». Pareció notarlo al punto.

—Mi nombre es Dragos Corneli, magistrado imperial al servicio de Socris Corne. —Hice una pausa—. Y al de Dios.

La melodía de Closter dio un puntillo de asombro. Un asombro que se armonizaba con el del cura.

—Dragos Corneli —repitió este—, ¿acaso no es vuesa merced el bardo famoso que, según se cuenta, marchó del país hace poco más de una década?

—No yerra vuesa merced, reverendo señor. —Su música tornose ahora comedida—. Me gustaría saber si hablo con don Felinesco de Riosauce.

El diácono ya no sonreía, aunque sus ojos parecían seguir siendo amistosos.

—Tampoco yerra vuesa merced —repuso, y miró a mi compañero.

—Disculpe su reverendo señor —dijo Closter, quitándose el sombrero con una genuflexión—. Closter Tol, de Tierrafértil. Ayudante del magistrado Corneli.

—¿Ayudante?

—Secretario escribano —aclaré—. Hoy día se necesita todo por escrito, si su paternidad entiende lo que quiero decir.

Aquí el hombre entrecerró los ojos.

—Por supuesto —musitó—. Y, sin embargo, disculpad si os pregunto: ¿debería causarme sorpresa que un magistrado y un secretario imperiales vengan a esta prefectura a hablar conmigo?

—¡Por supuesto que no, reverendo padre! Estamos aquí al servicio de Su Augusta Majestad y al de la Iglesia.

—Bien, bien —asintió, y volvió a sonreír levemente—, entonces llamaré al presbítero. Su paternidad, Lirio Mantesco, os atenderá mejor.

Closter Tol dio un paso al frente.

—En realidad queremos hablar con vos.

El cura parpadeó y su comedimiento se armonizó con tímidos contrapuntos de alerta. Por mucho que Closter fuera un portento de oídos en Ísbar, me arrepentí de no haber traído a Zorton o a otro golondrino de Martiso. Nolvaria era la adecuada, por supuesto, pero había un problema contra esta clase de gente: era mujer, y no la tomarían en serio.

—Hablar conmigo —titubeó—. ¡Esto sí que es una sorpresa! Bien, pues... ¡aquí estoy!

—En privado.

Sonrió apretando los labios. La reticencia ya se empezaba a escuchar. Me lo había temido.

—A fe mía que no tendría ningún problema en otras circunstancias —masculló—. Pero hasta pasada la Segunda Penumbra no podré atenderos. Son periodos litúrgicos en los que me hallo ocupado en la asistencia de su reverencia.

—Es preciso que sea cuanto antes.

—Pues entonces no podré daros esa entrevista.

Se dio la vuelta para meterse dentro de la iglesia.

—Don Felinesco —advertí—, estáis obstaculizando una pesquisa de acuciante trascendencia para el Imperio.

Felinesco se giró con flema, se acercó un paso a nosotros y cruzó las manos en el regazo de su sotana.

—¿Esto es una amenaza?

—Es una advertencia.

—Una amenaza —aclaró. Su música se tensaba—. Y no es prudente amenazar a un diácono.

Closter bufó:

—Vosotros lo hacéis continuamente: lo hacéis en misa con esa máxima de «mi culpa, mi culpa y mi gran culpa», obligando a los feligreses a arrodillarse; lo hacéis cuando amenazáis con los infiernos a quienes no tienen entereza moral ni mente ilustrada; lo hacéis con vuestros criminales autos de fe, donde el miedo doma a las gentes vulnerables mientras os enriquecéis con los diezmos de los que no tienen nada; y lo hacéis cuando sacáis vuestros pasos y tronos en procesiones y no toleráis que un ciudadano cruce su itinerario, a pesar de que cortáis calles impunemente, como merced de los corregimientos pusilánimes.

El cura soltó una risotada y me miró henchido de una maliciosa satisfacción.

—Vuestro secretario es un lenguaraz, señoría —siseó—, y un imprudente que podría ser apiolado por el Santo Oficio. —Me miró de arriba abajo con desprecio—. Pero ¡no me extraña viniendo de un proscrito como vos, que no tiene ni la honra ni el cuajo para llevar la insignia que portáis! —Su voz sonó helada—. Y por no tener... ¡No tenéis ni el perdón de Dios Reverberado!

Ya estaba hecho.

—Felinesco de Riosauce, daos preso en nombre de Su Majestad Imperial por obstaculizar una investigación y por afrentar a la autoridad de un magistrado.

—¿Es que andáis beodos? —exasperó sereno, con una sonrisa indignada—, ¿vais a apresarme, aquí?, ¿a un prelado, delante de tantos ojos? ¿Creéis que tenéis potestad?

—De eso mismo os hablo —contesté con impavidez—. Así que acompañadnos hasta...

—¡No!

La interrupción me pasmó. Tuve que parpadear varias veces para asentar los pies y los aposentos de la mente.

—¿Cómo decís? —El cura fue a hablar, pero sacudí la cabeza y mi voz sonó impaciente. Levanté la mano en un ademán de rechazo—. ¡Escuchad! ¡No estoy para chanzas! No me hagáis sacar los hierros.

—Eso es lo que pretendo —dijo con altivez—. A ver si tenéis los arrestos.

Mi honra estaba mellada, pero Closter levantó un tono la voz por encima de la mía.

—¡Vamos a calmar las cabras, su eminencia, su ilustrísima o su reverendísima mierda, o lo que sea como se os haya de tratar! ¡Os venís con nosotros ahora!

—¡¿Cómo os atrevéis, gaznápiro insolente?!

Me adelanté un paso poniendo el brazo entre Closter y el cura. Mi amigo estaba a punto de estallar.

—Su reverencia olvida que soy magistrado.

—Su señoría olvida que soy prelado.

—¿Os creéis intocable por ser un cura?

El sermón —nunca mejor dicho— que siguió a esto es intrascendental; de hecho, ni siquiera presté atención a las palabras, porque no eran más importantes que lo que yo percibía en el tejido con mis oídos de armonizador. Y es que todo pasó muy rápido.

Mientras el cura hablaba iracundo escuché la parquedad más absoluta seguida del característico pitido en los oídos y Closter también lo notó de inmediato, que escoró su cuerpo hacia el lugar de donde nos provenía el sonido: una callejuela estrecha entre la iglesia y otro edificio. Nos miramos exaltados; estábamos tan resueltos ante lo que íbamos a vivir que ni siquiera tuvo mi amigo la necesidad de volverse a Felinesco cuando este le palmeó insolentemente el pecho mientras le gritaba.

El corazón nos dio un vuelco cuando le vimos: una negra figura salía de la callejuela. No pronunciaba palabra alguna; sus ojos fríos hablaban por él. La espada la portaba en la mano izquierda, ya preparada, mientras en la otra llevaba una daga de misericordia. Sus andares eran diligentes, movidos por una actitud que le hacía encorvar el cuerpo hacia delante, revelando sus intenciones asesinas. Su embozo, su sombrero, sus ropas oscuras... Selpalius, el embozado, había aparecido ante nosotros, nos había cogido por sorpresa. Pero lo que no sabía es que yo tenía un naipe guardado para esta circunstancia.

Closter no tuvo más tiempo que el de desabrigar el sobaco y sacar la espada blasfemando contra el maco. Escuchamos la vibración extraña que daba a entender que el embozado estaba armonizando. Pero yo ya había actuado: me desenganché el herreruelo y lo extendí sobre mi amigo y sobre mí, cubriéndonos de inmediato. Nos inundó la fuerte presión en los oídos; el cosquilleo por las extremidades; el desequilibrio en nuestros pasos. La luz se hizo más tenue y los colores más desvaídos; los olores del exterior dieron paso a la humedad de un recinto cerrado; el sonido de la plaza calló y se sustituyó por el eco de una estancia. Y por supuesto, el tejido de la realidad era distinto. Y así fue como emergimos de una escala de *La puerta* —armonizada en mi capa—, para encontrarnos de pronto en uno de los salones del palacio de Martiso.

—¡¿Qué has hecho?! —vociferó Closter mientras yo arrojaba una silla contra la capa en el suelo. Una capa mucho más vieja que la de mi herreruelo, el cual imaginarán que yacía a cientos de millas de nosotros.

—¡Pisa la silla mientras enciendo el fuego de la chimenea! ¡Me cago en todo el santoral! —gruñí—. Creía que estaría encendida. ¡Closter, vamos: pisa la silla y no toques la capa! ¡No le dejes entrar!

Closter hizo lo propio mientras yo chiscaba yesca en la chimenea. «¡Rediós, Dragos!», decía Closter, que si esto es imprudente, que si he dejado mi herreruelo allí. Que si pueden leer la memoria de la tela y dar con nosotros, y etcéteras similares.

—¡No! —reí cuando prendieron las chispas—. ¡En cuanto arrojemos ese trapo a la chimenea las llamas consumirán las telas del otro lado!

La silla convulsionó bajo los pies de Closter.

—Hideperro —siseó.

Yo ya empezaba con el fuelle cuando, de repente, un estruendo llenó la sala. Casi se me salió el corazón por la boca. Al volverme vi a mi amigo con el brazo extendido y cubierto por una humareda. Había pegado un tiro a la silla, atravesando con el proyectil la madera hasta perderse por la tela de la capa.

La silla dejó de moverse.

—¡Me cago en el Ojo! —bramé—. ¡¿Qué haces, estulto?!

—Espero haberle dado.

—¡Envuelve ese trapo y tráelo aquí!

Closter retiró la silla y plegó las telas con presteza. Me arrojó la capa y la puse entre los rescoldos. Cerré la puertezuela del hogar para evitar que la humarada nos ahogara. Un golondrino de Martiso entró en la estancia con rostro alertado, pero le dijimos que todo estaba en orden, que volviera a sus asuntos. En cambio, nosotros allí nos quedamos esperando circunspectos sin emitir palabra alguna. No suspiré aliviado hasta que la portezuela empezó a escaldar.

—Ya está.

—¿Por qué? —preguntó mi amigo lo evidente—. Podríamos haber zanjado el tema.

—No era el momento. Solo tenemos hierros y escalas sacras para combatirle.

—Entonces, Dragos, ¡¿qué piensas hacer si no tenemos más naipes?!

Sonreí y Closter supo que yo ocultaba algo.

—Tengo cartas bajo la manga, cartas marcadas. —El bardo no dijo nada, sino que se quedó expectante a mis palabras con un rostro hosco—. El instrumento que he encargado me permite combatir contra ese asesino.

—Y si eso es así, ¿por qué no lo has usado ya?

—Porque necesito practicar con él al menos dos escalas. *La puerta* y *La cantata de los mil tintineos.* Este instrumento es extremadamente difícil de domar y temo que me lleve más tiempo del que intuía.

Se me quedó mirando con suspicacia; tras unos instantes asintió con cansancio. El fuego de las entrañas deja los cuerpos muy fatigosos.

—Está claro que el cura es cómplice —comentó al fin.

—O no. Pero lo que sí sabemos que es que el hideputa tiene armonizada escalas por toda la iglesia y sospecho... sospecho que están armonizadas en las estatuas.

—Es imposible —negó Closter—, yo mismo armonicé la *Sonata de la revelación* y no detecté nada. Y si pudiéramos armonizarla fuera de esta asquerosa penumbra que nos capa nuestra libertad descubrirías que no se escucha nada en esa parte del tejido.

La luz menguaba con una rapidez extraordinaria. Las ventanas derramaban un ocaso eterno en un cielo gris donde el Tetragrama ocultaba parcialmente el Sol.

—¿Recuerdas esa vibración extraña cada vez que el embozado armoniza? —pregunté mirando por los ventanales—. ¿Recuerdas la vibración en el papel de la ventana? Ese trozo de papel tenía una escala latente: *La puerta*. Y tú no fuiste capaz de escucharla.

—Tienes razón —suspiró a regañadientes.

—Esa extraña sensación de que nos vigilaban en la iglesia... me juego las alforjas a que Selpalius Bálaster tiene armonizado *Los ojos del fantasma* en las estatuas.

—¿Crees que los ojos de las estatuas están conectados con los de él? Crees que nos estuvo observando... —asintió resolutivo—. Es una buena suposición.

—¿Cómo habría aparecido sino? En cuanto nos vio, a través de las estatuas, no perdió ni un ápice de tiempo para ir hasta donde tuviera armonizado el portal que le traía hasta la callejuela de donde salió.

—¡Y menos mal que estaba lejos! ¡Tardó bastante en llegar!

Sus ojos se iluminaron, dando a entender que Closter tenía una idea. Pero yo ya sabía lo que iba a decir.

—No —le interpelé—. No es imbécil, ya habrá disuelto *La puerta* que tuviera armonizada allí. No va a dejar que investiguemos eso.

Closter tomó la silla que aún yacía en el suelo y la colocó en su sitio. Tomó asiento.

—En cuanto al diácono...

—En realidad no es posible arrestarle, ellos tienen esos privilegios. Pero estamos desesperados. No te preocupes por lo que pueda decir de nosotros, que la palabra de un representante del Imperio vale más de lo que puedas imaginar.

—Hay testigos.

—La palabra de un representante del Imperio vale más de lo que puedas imaginar —repetí—. Y ahora, escucha: necesito que te quedes con el niño por dos horas dentro del palacete.

Mi amigo extendió las palmas hacia arriba, confuso.

—¿Vas a salir otra vez?

—Sí, con Nolvaria de Bruma. Necesito ver a Premuro Latente.

En ese momento la puerta se abrió de golpe. El muy bribón había estado escuchando desde el otro lado, como siempre. Y así, Dantian entró enérgico en la habitación.

—¡Yo también voy!

—¡Tú harás lo que se te diga! —exclamé iracundo.

El niño se paró en seco, pero no intimidado, sino más bien para mostrar un porte de dignidad señorial al que yo aún no había logrado domeñar.

—Pues entonces tendrás que atarme las muñecas y los tobillos. Necesito escuchar al maestro de ese asesino. Quiero hacerle preguntas.

Closter se reclinó en su asiento con un suspiro.

—Mira, zagal. Con la mano en el corazón: cuanto menos salgas de este sitio mejor va a ser para ti.

—¡El embozado busca a Corneli, no a mí!

—¡Y por tanto hará lo posible por dar conmigo! —le grité—. ¡Incluso hacerte daño o secuestrarte!

De repente me di cuenta del dolor que tenía en el costado y el brazo, en el tobillo, en las sienes. Desde hacía más de diez minutos no había hecho más que gritar.

—No voy a discutir, Dantian.

—¡Mi nombre es Lintus Corne! ¡Y ya sería hora de que me dieras el tratamiento que me corresponde, magistrado!

En ese momento desabrigué el arpa de muñeca. Sus ojos se ensancharon de golpe, asustados; hasta Closter emitió una anacrusa de prudencia. Pero yo solo abrí el pestillo que se ajustaba a mi antebrazo para quitármela. En haciendo esto arrojé el instrumento al suelo, a los pies del niño.

—Ahí tenéis. Un arpa de muñeca del mismísimo Liscario Tristante. ¿No queríais una? —Señalé el objeto con hastío—. Esa la pagó vuestro difunto padre con el dinero de vuestra casa, alteza.

El silencio inundó la sala. Y digo silencio porque conocí que había cerrado mis oídos de armonizador; estaba embotado de emociones. El niño, por el contrario, no hacía más que mirar pasmado el arpa, no sé si por mis rudas palabras, si por el desprecio al arrojar con desdén una herramienta de diez y seis escudos, o por tan atrevido y correoso ofrecimiento.

—¿Qué hacéis papando moscas, alteza? ¡Ah, disculpad! ¡Alteza no!: ¡pequeña majestad! —No podía escucharlo, pero la ira se le reflejaba en la cara, en sus puños apretados—. ¿Por qué no tomáis el arpa de un auténtico bardo y salís ahí afuera, a buscar al embozado? Seguro que acabáis con él en un instante. Disculpad: en un vive Dios.

El niño parecía a punto de gritar.

—¿Qué pasa? —pregunté—. ¿No tienes los arrestos que hacen falta? Pero vienes aquí, exigiendo como un aristócrata solo por haberte criado entre las opulencias de un castillo donde te lo han dado absolutamente todo. Pues bien, ahí tienes lo que me pedías: un arpa de muñeca. Ahora te doy la libertad: no soy tu captor, sino un magistrado que no saldrá vivo de esta ciudad. —Solté un bufido—. Al menos a la vista está con la cantidad de enemigos que acostumbro a cosechar. Parece que tú eres uno más de ellos.

El niño entonces gritó. Y parecíame que me venía a los alcances, pero se quedó en el primer paso, lo justo para patear el arpa y mandarla hasta el otro lado de la habitación. Entonces un segundo grito de rabia acabó en gemido y, sollozando silencioso y con la mandíbula apretada, salió de la habitación. Sus arrebatos se oían por los pasillos.

—No digas nada —susurré mirando la puerta entreabierta.

Obviamente se lo decía a Closter, quien tuvo la merced. Tan solo reparé en él cuando me lo vi a mi vera, junto al arpa. Solo dos cuerdas rotas.

—Gracias —le dije cuando la tomé.

Mi mente estaba turbia, ni siquiera tenía ganas de ponerme en movimiento. Toda la carga que se liberó en mí con la visita a Premuro el día anterior parecía rellenarse de nuevos pesares. Tal era la densidad de mis aflicciones que ni siquiera escuché el comentario de Closter.

—Disculpa, amigo. ¿Qué decías?

—Nada importante —comentó—. El tatuaje de tu antebrazo, que digo que es la primera vez que te lo veo.

Capítulo 36

De la última visita de Corneli a Premuro antes de afrentar al embozado

—Mañana entramos en la Umbra —musitó Premuro enjuto sobre su escritorio—. El Sol se ocultará tras el Tetragrama y toda la armonización... toda... quedará prohibida.

Me sentaba junto al rincón oscuro donde Premuro había desvelado el mensaje de Selpalius. Nolvaria estaba de pie, justo detrás del prelado.

—¿Estáis de acuerdo con eso, reverencia? —preguntó.

Premuro suspiró y dejó la pluma a un lado.

—No se trata de estar de acuerdo. Se trata de que se ha dispuesto así.

—Admitís entonces que es una regla impuesta por el hombre y no la voluntad de Dios.

—¡Pues claro que es una regla! —Frunció el ceño—. Pero también la voluntad de Dios. Las reglas son necesarias.

—Las reglas solo sirven para ordenar la moralidad de la época. Son volubles en la manera en que volubles son los sentimientos de una sociedad.

—Sin la moral esto sería un demencial caos, es cierto. Pero hay valores que permanecen inmortales a los siglos.

—¿Como cuáles? —preguntó mi amiga.

—El amor, por ejemplo.

—El amor no tiene nada que ver con la moral o las reglas —repuso ella—. Se siente como el miedo, la felicidad o el dolor. Es parte de la condición humana y no veo qué tiene que ver en lo que estamos hablando. Ni siquiera es una cualidad que las reglas hayan amparado: desde tiempos inmemoriales se ha vilipendiado en aras de los matrimonios de conveniencia. Donde había amor había dolor.

—Y, sin embargo, ahí hubo siempre ambos —sonrió—, tendiendo la sombra de sus manos sobre las reglas del mundo. No hay ni un lugar en él donde el amor no haya tenido nada que decir, para bien o para mal, en el ordenamiento de las sociedades de la tierra.

—¿Qué es para vos el amor?

El cura rio jovial.

—Ya sabéis, mi señora, que para mí el amor trasciende las reglas de este mundo.

—¿La fe?

—Dios —dijo quedo y con obviedad—. ¿Y para vos? ¿Qué es el amor, señora de Bruma?

Mi amiga no sonreía; en quedándoselo mirando soltó un bufido.

—Una distracción.

—Una distracción —musitó asintiendo—. Dolorosas palabras... no es descabellado que penséis en ese silogismo. Os compadezco.

Se la quedó escudriñando, pero ella era tenaz en la determinación de sus palabras. Premuro miró al rincón donde me hallaba.

—¿Y vos, Corneli? —inquirió al fin—. ¿Qué tenéis que decir de esto? ¿Qué es para vos el amor?

No contesté.

Premuro apretó los labios. Era extremadamente difícil sonsacarle una emoción; atravesar el muro de parquedad que lo envolvía en su paz armónica. Pero ese día estábamos a punto de hacerlo.

—Veníais a hablar conmigo, Dragos Corneli.

Me levanté y caminé hasta donde estaba, y vi en su mesa un libro abierto donde se mostraba un dibujo a carboncillo: un burlador miraba hacia unas celosías dispuestas sobre su cabeza. Tenía una mano en el pecho mientras la otra se alzaba para recoger un pañuelo que otra delicada mano le tendía por un resquicio. Un poema soez estaba escrito en galvo bajo el motivo.

—¿Os gusta el arte, magistrado? —preguntó.

—Sobre todo este arte. El que solo los locos se atreven a hacer.

—Bueno —reflexionó—, para crear arte hay que tener ciertas dosis de locura, al fin y al cabo.

Volví mis ojos para depositarlos en su mirada lúcida.

—Eso es cierto, pero no en todos los casos.

Noté que me ponía a prueba...

—¿Por qué no?

—La locura, sin más, entorpece al arte. Para crear arte un hombre debe estar loco y a la vez cuerdo, en su seso.

Rio desconcertado.

—¿Loco y cuerdo a la vez? ¿Cómo es posible tal cosa?

—Creo que existe una diferencia abismal entre los hombres bufos y perdidos que solo llaman la atención y aquellos que correosamente dosifican su tormento, su dolor, con la recatada prudencia de una desordenada pero a la vez ilustrada mente. Estos últimos son los que pueden hacer arte.

Me miró inquisidor por debajo de los anteojos y, de pronto, empezó a reír afablemente.

—Sois muy prosaico, señor Corneli. Esas son vuestras reflexiones, no la verdad. ¿Creéis que la elocuencia da más peso a las palabras?

—No, pero estoy loco.

Le sonreí ante mi jactancioso comentario, aunque él dejó de hacerlo. Sabía que yo estaba a punto de confesarle algo:

—Ayer vi a vuestro pupilo, reverencia.

Asintió con gravedad.

—Y me imagino que no ha sido un encuentro satisfactorio.

—Acertáis en vuestra suposición —asentí—. Pero quiero cogerle yo a él, por sorpresa.

—¿Y cómo pensáis hacer eso si necesitáis atraerlo hacia vos?

—Tarde o temprano cometerá un error.

—Un error... —susurró—, así que estáis convencido de que él comete errores.

Me encogí de hombros.

—Bueno, ya tuvo el error de dejar unos documentos sobre la mesa de su habitación, por eso he dado con vos.

—Claro, pero ¿y si esos documentos son una baliza? —Su rostro se tensó de repente—. ¿Y si él quería que vinierais hasta mí? Yo aparezco en esos documentos, ¿no? ¿Y si yo soy un agente más de sus propósitos?

Nolvaria sonó ansiosa y advertida. Pude oír su continencia en su pecho, en sus latidos acelerados. Yo, en cambio, permanecí sereno.

—Puede que haya verdad en la primera pregunta. Pero creo que ya hubierais actuado contra nosotros, si fuerais aliado de él.

—Descartáis entonces que os dejó su diario adrede.

—No —repuse y pareciome que Premuro sonreía levemente—. Pero de no ser así, estoy seguro que esperaba que vos le protegierais.

—¿Cómo si fuera un correveidile?

—Un resquicio de esperanza —contesté negando con la cabeza—. De que le tendierais vuestra mano, por última vez.

Nolvaria se calmaba y Premuro mudaba su rostro al del hombre circunspecto. Su muro de parquedad empezaba a temblar.

—Pero, aquí estoy, ayudando a quienes quieren ponerle en el cadalso.

—Porque sois hombre íntegro —añadió Nolvaria.

Al punto, la parquedad del sacerdote pareció menguar y una tonadilla de aflicción asomó por una grieta. Y esta melodía no se fue, sino que se quedó armonizándose con la triste habitación.

—No, porque soy un hombre justo.

—Pues yo creo —carraspeé— que sois un hombre ecuánime.

La reflexión lo dejó más aturdido aún. Imposté la voz:

—Ahora necesito una última cosa de vos, paternidad.

Premuro asintió anuente.

—Andáis muy cerca del final. Estáis a punto de reencontraros con mi antiguo pupilo y esta vez puede que alguien no sobreviva.

Ante esto, ni Nolvaria ni yo dijimos nada. Solo lo miramos fijamente durante un largo minuto o más. Él parecía cavilar algo, entornando los ojos. Al fin, como si no pudiera resistir más, admitió que su paz interior estaba rota y su muro de parquedad se derrumbó con ella.

—Os diré lo que me pidáis, pero ya sabéis que no es algo de balde.

—Reverencia —dijo Nolvaria—, ¿qué es lo que pedís? Selpalius es un criminal. ¿De verdad os consideráis un hombre justo si pedís algo a cambio?

—Dragos Corneli, de Tierrafértil. Quiero saber una última cosa.

Nolvaria quiso decir algo ante esta indiferencia, pero la muté con mis palabras.

—Preguntad, reverencia.

El cura cerró los ojos, meditabundo. Nolvaria me miró de soslayo, inquieta, pero yo ya había accedido. Entonces Premuro abrió lentamente los ojos.

—¿Quién es el niño que anda con vos?

Nuestros ojos se clavaron durante una eternidad, pero no hubo ninguna tensión en nuestras miradas. No eran las dudas lo que me mutaba los labios, sino la falta de energías. Hablar se había convertido para mí en una tarea que me pesaba en la mente como una losa. En realidad, ya todo me daba igual, pues quedaba menos de un día para la Umbra. Así que, ni Premuro Latente, que se había visto con su paz quebrada, ni Dragos Corneli, que se encontraba desprovisto de la prudencia de un hombre que tiene algo que perder, tenían motivos para ocultar nada.

Antes de contestarle Premuro confesó algo:

—Una vez morí. —Cruzó las manos en su regazo y apoyó la barbilla en su pecho, haciendo memoria—. Sé que os causa confusión lo que os he dicho. Pero es cierto, mi corazón dejó de latir. Una punzada de intenso dolor que me hizo llevar las manos al pecho. ¿Habéis visto lo que le ocurre a una máquina cuando la apagáis? La válvula lucha por abrir y cerrarse, pero termina por claudicar. Eso fue lo que sentí con mis pulmones. Mi voluntad libraba una batalla con mi cuerpo, con el horror que se siente ante la fatalidad de la muerte. Luché por respirar, fue como si me desconectaran de la vida, como una máquina de vapor. —Levantó la vista, sonriendo con ternura—. Pero me regresaron de la muerte: fue un joven físico llamado Fabio Talentesco quien me oxigenó y me masajeó el pecho. Desde entonces tomo algunos tés para relajar mis dolencias de corazón.

Lo admiré asintiendo.

—¿Por qué me contáis esto?

—Para deciros que todos los hombres tenemos miedos que nos quiebran nuestro estado de paz.

Nolvaria y yo nos miramos, y en nuestros ojos leímos lo que ambos pensábamos sobre la buena voluntad del arcipreste.

—¿Sabéis entonces —pregunté—, lo que necesito saber de Selpalius?

—Su madre —respondió—. Es lo que más ama en este mundo.

Entonces la música de Premuro Latente se apagó y el muro de parquedad le cubrió de nuevo como una cáscara, mostrándose inexpugnable nuevamente. Quedó callado, mirándome con paciencia. Pero yo no estaba presionado; sabía que ahora nos concedíamos el tiempo para hablar.

—Os diré quién es el niño —asentí—. Pero hay algo que me ha dejado inquieto.

—Lo sé, lo escucho. Os habéis armonizado con mi historia.

Mostré una sonrisa amarga. No sabía si quería saberlo, pero Premuro ya no era un cajón de secretos.

—Decís que moristeis, paternidad, y que luego regresasteis de la muerte. —El prelado asintió con la misma naturalidad con la que se le pregunta si ha rezado ese día—. Me gustaría preguntar a su reverencia si...

—Si existen los Cielos del Reverberado. ¿Es eso?

No respondí; de hecho, ni siquiera supe por qué lo pregunté, aunque no me conocí incómodo.

—Bueno, no tengo ya motivos para ocultaros nada —contestó—. Pero esto ya es personal y si mi ánima vio algo o no, es algo que me quedaré para mí.

—¿No creéis que sea importante compartir la verdad al mundo?

Me echó una larga mirada. Parpadeó, intentando dar con las palabras adecuadas:

—Mirad, Corneli. Si digo que no había nada después de la muerte, la desesperación y la congoja se apoderarán de los corazones de la tierra. Si digo que sí hubo algo, será la euforia y la imprudencia las que reinen en el comportamiento de las gentes. Creo, amigo mío, que esa es una de las pocas cuestiones que merece la pena dejarlas en manos de la fe para los hombres religiosos, en las manos de la esperanza para aquellos que no lo sois. —Apretó los labios y en su rostro pudo leerse que había zanjado esta parte de la conversación—. Y ahora, Dragos Corneli, confesad qué es lo que ha pasado en la corte de Su Majestad Imperial.

Al día siguiente me hallaba almorzando en soledad en el comedor del palacete. Ni siquiera había cruzado palabras con el niño, que empezaba a reclamar su nombre de forma muy peligrosa por los pasillos de la mansión.

Era pasado el mediodía cuando el Sol estaba oculto casi por completo tras los anillos; era pasado el mediodía, durante una creciente oscuridad que espeluznaba hasta al más hombre entero; pasado ya el mediodía, les digo, fue cuando el mayordomo de Martiso me trajo la carta del coime justo cuando terminé de almorzar. Una carta que yo esperaba en cualquier momento. Y allí, junto a Zorton Mastreg, la leí en silencio.

Al magistrado imperial, su señoría D. Dragos Corneli de Tierrafértil,

Se hace saber a S. S. que tengo información relativa a lo encomendado. Podéis pasaros por mi local a las cuatro de la tarde, que allí estaré disponible para ofrecer mi ayuda a la Justicia de Su Majestad.

24 de diciembre del año de N. S. Reverberado de 1632,
Lúcido Reverente.

—Ya es la hora, Zorton —susurré al mayordomo mientras releía—. Quiero a veinte golondrinos disponibles en una hora. Llamad también a Nolvaria y a Closter. —Alcé la vista del papel—. Y custodiad a Dantian en su cuarto.

No dijo nada. Sencillamente asintió y se retiró del comedor. Me desmangué lentamente y me deleité con los relieves del perro en el avambrazo de mi arpa. Pasé los dedos por encima del ornamento, como si acariciara el rostro esculpido del animal. Me acordé de *Corchete*, mi antiguo perro, y sonreí entrañable. Pensé en los buenos momentos vividos con él. Recordé mi adolescencia, los primeros galanteos, los primeros besos y los primeros acordes en la Universidad de Monteperegrinos. Pensé en ella, en su rostro, en su dolor y su enfermedad. Pensé en si la música superaba a las sensaciones del amor. Creo que moriré sin descifrar esta incógnita.

También recordé al primer hombre que maté. Tenía diez y nueve años y la sangre caliente de la edad me aceleraba las decisiones. No quise hacerlo, pero no tuve más remedio que hincar el puñal antes que la mojada de un jaque me aviara a mí. Recuerdo su rostro antes de morir, crispado de dolor y terror. Y recuerdo también lo que me dijo Risoldar Estut para consolarme. Me contó que el momento más difícil no es acabar con la vida de una persona; eso a veces ocurre sin más en un mundo tan triste y hostil. Lo realmente duro es cuando puedes decidirlo. Me dijo que una vez estuvo delante de un hombre al que estaba a punto de enviar con el Reverberado. No era precisamente el mejor de todos los hombres: violador, maco, azumbrado, asesino… Lo tuvo arrojado contra el suelo, con la punta de la espada en la gorguera. Mi maestro, según me dijo, cometió el error de instarle a unas últimas palabras, una última petición. El hombre solo pidió una cosa: que lo mirara a los ojos mientras le hincaba la espada.

«Hay una diferencia —dijo—, entre mirar o no a los ojos de un hombre cuando vas a matarlo. Si le miras a los ojos morirá con él un pedazo de tu razón».

Me resonó en la mente la pregunta que le hice: «¿Lo mataste?». Pero nunca me contestó.

Y allí, en el comedor, a la lumbre y el calor del fuego de una chimenea, atraía de mi mente estos recuerdos sobre mi vida en Ísbar. Es curioso, pero no había tenido la ocurrencia de meditar tanto sobre mi pasado. Lo había hecho, por supuesto, pero solo de forma puntual. Ahora sentía un deseo incontrolable de pasar el día hablando conmigo mismo, de pasarme horas enteras recordando rostros, voces, caricias. Pero el tiempo era limitado y el fuego del miedo me abrasaba las entrañas y el corazón se me aceleraba.

Había llegado el momento de jugar la última mano.

Capítulo 37

Sobre los episodios famosos que ocurrieron bajo la arcada del barrio de Los Gallos

Bajo la arcada del viaducto estábamos solo cinco personas: Nolvaria, Closter, el comisario Arenisco Olmo y Cristalio Sombreresco, uno de los golondrinos más veteranos de Martiso. El resto estaban desperdigados por varios rincones, de incógnitos, aguardando en la oscuridad junto a algunos corchetes y alguaciles. No era prudente entrar con tanta gurullada, claro, y había que vigilar bien la zona. Así que solo cinco nos dirigimos a la puerta incrustada en los ladrillos de la arcada, que se protegía de una fina lluvia. Di unos golpes en la madera y, como si nos estuviera esperando, el muchacho que guardaba la entrada abrió con presteza y nos hizo un saludo de sombrero.

—El señor Reverente les espera en su despacho —dijo.

Uno a uno fuimos entrando y dimos con las escaleras que nos conducían al garito de juegos. Abajo, las mesas estaban vacías y la puerta del despacho de Lúcido estaba entornada. Fue Arenisco quien la empujó levemente para revelar al coime sentado junto al fuego de una chimenea, con una jarra de vino tinto en la mano. Dio un salto al vernos entrar.

—¡Magistrado! —Miró al comisario frunciendo el ceño—. ¿Era necesario traer gurullada aquí?

—¡Cerrad la boca, rufián! —le espetó Arenisco—. ¡U os la cierro yo!

—No tenéis que preocuparos —aclaré—, que el señor comisario viene a lo que me atañe a mí, no a vos.

El coime hizo una leve inclinación con anuencia y extendió las manos acompañando el gesto con una sonrisa de iniquidad.

—Bueno, eso es un alivio, que no son estos locales... dignos para un caballero como el señor comisario.

Closter Tol se remangó el antebrazo izquierdo; un arpa de muñeca brilló a la luz de la chimenea. Reconocí el instrumento, aunque hacía mucho que no la veía: era su antigua arpa. Aunque el comisario no lo sabía, Closter estaba impedido a la armonización y yo como magistrado no debía permitir que compusiera escala alguna. Lo miré con gravedad, pero él hizo un gesto de indiferencia.

—Vamos a lo que vamos —dijo—. ¿Dónde está?

El coime soltó una risotada.

—No hace falta que saquéis ya el arpa, bardo. Aquí no hay enemigos.

—Lo que yo haga con mi arpa es cosa mía —amenazó Closter—, vos centraos en dar testimonio de lo que ha pasado.

—Por supuesto. —Inclinó nuevamente la cabeza y nos señaló las butacas con la palma de la mano—. Pero, por favor, siéntense conmigo.

Aunque Closter y el comisario quedaron de pie, Nolvaria, el golondrino y yo tomamos asiento junto al fuego. Una mesa camilla nos separaba, dando más distancia entre nosotros y él. La música del coime no me gustaba nada. Aunque estaba claro que no se sentía cómodo con la presencia de la autoridad en su garito, su melodía revelaba a un hombre relativamente tranquilo. En la visita anterior se había mostrado no solo más comedido, sino en algunos puntos bastante asustado. Su exceso de confianza me intranquilizaba.

—Decid, señor Reverente —apremié.

El señor Reverente entonces se retrepó en su butaca y juntó las yemas de las manos delante de su cara, en la posición en la que la gente se dispone a entrar en su memoria.

—Uno de mis informadores me ha hablado de un tal Selpalius Bálaster —empezó a decir—: un hombre de estatura media y ojos negros. Tenía el pelo azabache y la tez morena.

—¿Y bien?

—Piensa tenderos una trampa. Mi informador le ha dado unas pautas falsas. Le ha dicho que subiréis dentro de una hora por la calle de los Cabestros hasta el mentidero. —Se inclinó sonriente—. Pero ¡ahí está la trampa! ¡Vos podéis rodear la plaza y sorprenderle por detrás!

Lo escudriñé durante largo rato y entonces asentí satisfecho. Saqué del interior de mi chaqueta una cédula y la extendí sobre la mesa. Era la licencia para el garito de juegos de Lúcido Reverente. Se le iluminaron los ojos, aunque su música seguía siendo calma. Sonreí al coime.

—Gracias, señor Reverente. Habéis prestado un gran servicio a la causa del emperador.

—Es un deber y un honor —respondió en devolviéndome la sonrisa—. Espero que esto nos concilie en el trato que teníamos dispuesto.

—Y nos concilia, pero voy a pediros algo más.

Al coime le bailó la sonrisa en la comisura.

—Por supuesto —dijo.

Yo dejé caer mis facciones en un rostro de frialdad. Él también dejó de sonreír, visiblemente confuso ante tal brusco cambio en mi fisionomía.

—Bien —gruñí—. En primer lugar, depositad sobre la mesa el fetiche que os ha dado Selpalius.

Aunque su música seguía siendo la de un hombre tranquilo, el coime se puso blanco de repente, con un rostro crispado de sorpresa.

—¿Cómo decís? —farfulló.

—El fetiche que os oculta las emociones. —Me incliné sobre la mesa y di unos golpecitos sobre ella con dos dedos—. Aquí, en la mesa. Por favor.

El coime no reaccionaba, solo miraba con unos ojos redondos y abiertos. Y su música... claro, su música seguía siendo tranquila.

—Sé lo que os ha dicho —comenté con serenidad—. Os ha dicho que, como estamos en la Primera Penumbra, no podemos armonizar esa escala que nos revela las escalas latentes. Y que por tanto no podríamos descubrir el fetiche que os ha dado. Pero esto es muy sencillo: o lo sacáis *motu proprio*, o estamos aquí dentro hasta la Segunda Penumbra; hasta que os arranquemos a golpes lo que ocultáis.

El hombre seguía sin reaccionar, solo me miraba como un chivo que se paraliza ante la presencia de un lobo. El comisario se llevó la mano a la cazoleta de la espada y Closter dio unos pasos hasta ponerse a su lado para dedicarle estas lindas palabras:

—El señor Corneli no tiene inconveniente en pedir las cosas dos veces, pero yo suelo hacerlo una sola vez.

Entonces, con movimientos trémulos, el hombre sacó un objeto de un bolsillo oculto del interior de su chaqueta. Sus manos parecían tener el mal de la edad, aunque la tranquilidad más absoluta se escuchaba desde el interior de sus tripas. Extendió el brazo sobre la mesa, con el puño cerrado.

—Suéltalo —musité con calma, con calma de verdad. La terrorífica calma de un hombre que sabe que ha ganado la partida.

Y entonces, el hombre que tenía delante, sereno también, abrió los dedos de la mano y un ardite cayó sobre la mesa con un tic-tic. Y esa tranquilidad que el hombre mostrara en su música cayó junto al objeto y se quedó ahí, en disonancia con la melodía antes oculta en las entrañas del coime. Una melodía que, como ya les dije a vuestras mercedes al inicio de mi historia, me conocía bastante bien: la melodía del terror.

—¿Veis cómo no me hace falta la música para leer vuestras intenciones? —dije tomando el objeto.

Admiré el ardite entre mis dedos, una simple moneda de vellón. ¿Cómo un simple trozo de metal podía ocultar las aflicciones de los hombres? Me asqueé de lo deleznable que me resultaban estas cosas.

Arrojé el dinero al fuego.

—Lo segundo que voy a pediros es que me contéis qué habéis hablado con él.

El coime se pasó la lengua por los labios resecos. Me miraba con la cabeza gacha, con unos ojos que clamaban piedad. Su voz le temblaba.

—¿Que qué he hablado?

—¡Vamos, señor Reverente! Los papeles que os di son una baliza. ¿Os he contado cómo los conseguí? Fue en su casa, cuando fuimos a apiolarlo. Los puso a la vista de todos, contando con la posibilidad de que nos fuéramos con ellos, si lográbamos escapar. —Me incliné sobre la licencia y la tomé casual entre las manos—. ¿Sabéis? No se atreve a irrumpir dentro de los muros donde estamos hospedados; hay muchos armonizadores y las escalas latentes de protección están supervisadas día y noche. Pero, en cuanto he sacado su diario al exterior y os lo he traído a vuestra casa, era cuestión de tiempo que diera con su localización. Los papeles deben de tener una escala de detección y él ha esperado hasta hoy, claro, el día de la Umbra.

Lúcido Reverente negaba contumaz con la cabeza, pero no se atrevía a hablar.

—Os conozco demasiado bien —bufé—. Los hombres como vos no se conforman con una porción del pastel. No sé qué os ha ofrecido ese asesino. —Me levanté del asiento con la licencia en la mano y me dirigí al fuego—. Pero ¿por qué rechazar dos ofertas?

Lúcido se tensó. El terror le atenazaba el corazón y sus ojos no se separaban de la cédula.

—Os pido perdón —titubeó—, ese hombre...

—¿De verdad os importa este papel? Es el menor de vuestros problemas; me habéis ofendido.

—¡Corneli! —exclamó el comisario—. ¡Disponed!

—Está apiolado, por supuesto.

Arenisco desenvainó la espada al punto y el coime dio un salto de su butaca.

—¡Lúcido Reverente —gritó el comisario—, daos preso en nombre de Su Majestad!

—¡Esperad! ¡Tengo información! —mentía espantado—, ¡tengo información para vuestras mercedes!

—¡Eso se lo podéis decir al cómitre cuando vayáis de gurapas! ¡Que en las galeras hay mucho tiempo para hablar! ¡Vamos!

Entonces cayó de rodillas, sollozando y clamando misericordia al comisario, luego a mí —que le respondí indolente tirando la licencia al fuego— y finalmente cruzando las manos y rezando al Ojo. Pero el comisario no estaba para aguantar corrales de comedias, así que le puso las manos contra la espalda, le colocó unos grillos en las muñecas y pegó un tirón hacia arriba. El apiolado echó a andar delante de nosotros arrastrando los pies con el rostro compungido. Subimos las escaleras, donde el maco que guardaba la entrada se encontraba estupefacto en los escalones —probablemente había oído los sollozos del coime—; tal como fuimos subiendo él miraba al suelo, que el asunto no iba con él, aunque el comisario le dedicó unas palabras: «Vuesa merced esperad ahí abajo, que ya vendrán a buscarle unos señores que están ahí afuera, a ver qué les tiene que decir». En saliendo al exterior, allí mismo bajo la arcada, Lúcido intentó revolverse, pero Closter y el comisario lo agarraron cada uno de un brazo hasta que, cansado de forcejeos, el coime se derrumbó nuevamente entre lágrimas. Hacía un frío que se metía en los huesos.

Nolvaria me susurró al oído:

—Creo que tenemos que actuar ya.

—Yo también. Avisa a los golondrinos, hay que rodear el mentidero. Vamos a sorpren...

—¡Dragos! —exclamó de pronto Closter—. ¡Algo va mal!

Me volví hacia él y el golondrino de Martiso se desmangó la muñeca del arpa.

—¿Qué cosa va mal?

—No lo sé —siseó comedido—. Hay algo en el ambiente que no me gusta. Todo está silencioso.

Sus oídos de armonizador no tenían cotejo con los de ningún otro, así que, fiándome de este portento, lo primero que hice fue desabrigar el arpa. Nolvaria sacó su ocarina.

—¿Qué notas? —inquirí. Pero no respondió, sino que se volvió hacia un rincón oscuro, justo al lado de la arcada del puente, donde había un pozo.

Y yo lo escuché. Escuché el ladrido de un perro lejano, el chillido de unos murciélagos que, colgados de la arcada sobre nuestras cabezas, batieron las alas y salieron volando para perderse en la oscuridad de la Primera Penumbra. Y luego escuché su parquedad, su ausencia de música, de melodía, como un hueco vacío entre los objetos de alrededor, en la oscuridad. Pero también escuché miedo entre esa parquedad. Al principio creí que ese miedo provenía de él, pero Nolvaria emitió un gemido de angustia.

—¡Lo veo! —exclamó, y el terror se reflejaba en sus grises ojos; tenía abierta la visión armónica—. ¡Tiene al niño, Dragos!

Entonces, el comisario se volvió con la espada en la mano, el golondrino apuntó con su arpa al lugar y el coime aprovechó esta confusión para huir, aún con las manos engrilletadas. Pero eso es todo cuanto hicieron los tres hombres. Una vibración que hizo pitar los oídos y los tres cayeron al suelo sobre el barro, muertos.

La vibración cesó y una voz afilada sonó en la oscuridad. Pudimos ver que un bulto se movía.

—Seguís igual de guapos —dijo el embozado, envuelto en la oscuridad.

—¡Salid afuera —amenazó Closter—, si tenéis los arrestos!

La oscuridad rio.

—¡Qué impetuosidad!

—¡Closter! —advirtió Nolvaria—. Veo al niño, ¿no oyes una melodía de miedo? Es él. Le tiene puesta una daga en la gorguera. No hagas ningún movimiento.

—¡Qué alivio! —contestó Selpalius—, por fin alguien con algo de seso entre vosotros.

Al punto salió de su escondite y pudimos verle como siempre, embozado de negro, pero ahora tenía en su regazo a un niño, tal como nos dijo Nolvaria. Con una mano le amordazaba la boca, mientras que con la otra le apuntaba en la garganta con una daga. Conocía a ambos: al niño y la daga. El zagal era Lintus y la daga era la que requisamos, de nuevo en las manos de su dueño. Se nos heló tanto la sangre que solo las palabras del embozado reclamaron su autoridad bajo la arcada del viaducto.

—Teníais razón, Corneli —ronqueaba—, al menos parcialmente. No me atrevería a entrar en el palacio de Martiso. Al menos no, mientras los golondrinos estuvieran dentro. Pero el caso es que estaban fuera y lo han pagado con su vida. Por vuestra culpa.

—No me culpéis de ser vos un asesino.

—Yo soy la mano ejecutora, pero vos quien habéis tomado esta estúpida decisión. —Notó que me crispaba—. Habéis dejado a este crío con Zorton Mastreg, solos los dos en el palacete. También he recogido mi daga, espero que no os cause molestia; es mía.

Escupí al suelo.

—Ya veo... habéis matado también al mayordomo.

—¿A Zorton? —rio mientras el niño se revolvía impotente—. ¡Pardiez, no! ¡Está vivo! Él mismo me abrió la puerta.

—¡Hideputa traidor! —gritó Closter—. ¡¿Cuánto le habéis pagado?!

—Oh, señor Tol, no he sido yo quien le ha pagado, no. Ha sido Gresnan Cot.

Solté un bufido de desconcierto.

—¿Gresnan? ¿Está detrás de todo esto?

—Gresnan es solo otro pelele más que no sabe de qué va el asunto. Se sorprendió tanto de la muerte de Su Majestad como cualquiera de vosotros. Sencillamente, su obsesión por recuperar al niño ha sido determinante. Es el valido, y el valido todo lo puede en ausencia del monarca. Solo había que poner en su conocimiento la ubicación del zagal y que vos estaríais fuera. Una vez hecho esto no había más que aviar a los funcionarios de palacio y acercarme yo mismo a recoger al muchacho. Solo he aprovechado su tejido de influencias, mientras él sigue asustado, desesperado por dar conmigo. ¡Qué gobernante más incompetente! ¡Ísbar se merece lo que tiene!

Puso su rostro a la altura de Lintus quien, con ojos anegados, intentaba zafarse con algunos aspavientos. La mirada del embozado parecía reír de satisfacción.

—Sin embargo, Corneli, debo partir una lanza en vuestro favor: sois más listo de lo que yo pensaba en un momento. ¿Cómo supisteis que mi diario era una baliza para localizaros?

—Fue un palo de ciego.

—Muy bueno, desde luego.

—Pero os volvéis a adelantar vos —asentí derrotado—. Realmente os esperaba en el mentidero, aguardando mi llegada.

Se encogió de hombros.

—Tengo que contemplar todas las posibilidades. Os espié mientras estabais en el despacho del coime. Armonicé una escala en uno de los botones de su chaqueta y eso me trajo a mis oídos todo cuanto habéis hablado allí dentro.

—Aun así, no fuisteis del todo cauto; ¿por qué me disteis información veraz en vuestro diario?

—Ya lo veis, quería que conocierais a mi maestro.

En su parca melodía asomaron algunas notas de angustia y las mutó enseguida. Reí con sorna.

—¿Decepcionado, Selpalius?

La angustia volvió a aparecer con un leve contrapunto en cuanto escuchó su propio nombre.

—Premuro me ha fallado muchas veces. Pero nunca creí que no me avisaría si os veía.

—Bueno, de todas formas, aquí estoy. —Alcé los brazos en cruz—. ¿Y ahora? ¿Vais a matarme o no?

Selpalius rio hueco bajo el embozo.

—Esperaba que lo hicierais vos mismo. Por eso he traído al chaval. —Su voz tornose fría—. Quitaos la contraescala de *El beso*.

Nolvaria negó con la cabeza.

—¡Dragos, no hagas eso!

Me volví para mirarla, luego a Closter. Parecían más asustados que yo. Entonces volví mi rostro al embozado.

—Y por supuesto, si no lo hago le abrís la gorguera al zagal, ¿verdad?

—Suponéis bien —dijo, y al niño empezaron a temblarle las piernas—. No os preocupéis: no os haré sufrir. Sabéis que será rápido.

Nolvaria repitió lo mismo. La música de su corazón y el de Closter no me ayudaban a mantenerme sereno. Lancé una larga mirada al embozado.

—¿Por qué hacéis esto? Sois solo un verdugo. ¿Es por dinero? ¿Es por poder?

—¡¿Dinero?! ¡Es por amor! —confesó indignado. Seguidamente, parpadeó molesto por su propio comentario—. Pero ¡eso no os atañe!, porque estaréis muerto en menos de un minuto. ¡Vamos!

—Apretó el cuchillo y la voz mutada del niño intentó salir en un grito inútil—. ¡O le avío la gorguera al zagal! ¡Luego jugamos los últimos naipes si hace falta! Pero ¡os conmino a hacerlo fácil! ¡Al menos si apreciáis la vida de este crío y no queréis arrojar sobre él una muerte innecesaria!

—Dragos —susurró Nolvaria.

No la miré. Solo deposité mis ojos en los de Dantian. Por un momento vi a Lintus Corne, el bastardo del emperador. Reí para mis adentros, ¿qué pretendía con tanta palabrería?

—Bien —espeté—. Mátalo.

El niño comenzose a orinar en los pantalones. El embozado quedó paralizado, confuso. Su muro de parquedad se quebró como el de su maestro un día atrás y una emoción de sorpresa le inundó el cuerpo.

—¿Qué habéis dicho?

—En cuanto le vendimies el cuello vamos a destrozarte las entrañas a tarascadas. Ni siquiera vamos a usar la armonización. No vas a llegar vivo a la Justicia de Su Majestad. A lo mejor hasta nos hacen héroes en el país, por esto.

Sus ojos se fruncieron, confusos.

—¿Estáis beodo, Corneli? ¿Sabéis que jugáis en desventaja?

—Vuestro maestro os ha enseñado bien a ocultar las emociones y sois imprevisible. Quizá uno de nosotros no pueda contigo, pero el resto te vamos a dar buenas noches.

Entonces, ocurrió algo inesperado. El temor del niño empezó a macerar una poderosa ira, una ira con una armonía muy particular. Alguna vez la habrán sentido: esa que nace de la impotencia, del hastío que produce la aprensión constante que nos incapacita. Un mecanismo de defensa que desbroza el cascarón del miedo y se canaliza hacia fuera con furia ciega. Y el niño lo sentía: apretaba los dientes bajo la mano del embozado, sus piernas se retorcían y temblaban esperando el tajo, pero bajo la cáscara de terror se ocultaba un valor y una resolución admirables.

Y el embozado no lo pensó, que, de repente, la técnica enseñada por su maestro volvió a envolverle, y la parquedad y la ausencia de emociones regresaron a él con una facilidad pasmosa.

—Bien —susurró—. Entonces, adiós, zagal.

Capítulo 38

En el que se prosiguen los sucesos de este encuentro

El escalofrío me recorrió la espina dorsal. Una voluntad proveniente de mis emociones se apoderó de mi cuerpo y me vi levantando las manos. Selpalius lo notó y su cuchillo hendió solo unos centímetros.

—¡Parad! —grité, con pena, rabia y dolor—. ¡Parad!

—¡Dragos! —repuso Closter con tensión—. ¡A mí tampoco me gusta ver cómo avían a un rapaz, pero en cuanto este asesino deleznable lo haga habrá firmado su sentencia de muerte, ante los ojos del Imperio, la Justicia y la puta que lo parió! ¡Y sí: vamos a ser héroes por esto!

Un despunte de ira pareció brotar de Selpalius. Pero de Closter se armonizó un leve puntillo de temor en cuanto me vio la cara. No sé qué rostro debí ponerle, pero mi desencajada fisionomía hizo que se calmara. Parpadeó como quien observa a un loco. Entonces, mis ojos siguieron su curso: de Closter a Nolvaria, quien me miró con ojos aterrorizados. Le sonreí para tranquilizarla, pero fue en vano pues yo mismo estaba muerto de miedo. Así fue como, de Nolvaria, posé mis ojos en los del niño.

—Ya lo ves, zagal —musité melancólico—. Te lo dije: para esto sirve ilustrarse. Hay una diferencia entre los que eligen saber y quienes desdeñan la lectura, el conocimiento y la compañía de la gente sabia. —El pulso me temblaba de terror mientras me llevaba la mano al arpa; escuché los gemidos del niño, el estupor de Closter y la respiración entrecortada de Nolvaria—. Recuerdo lo que me dijiste, frente al Puente de Tierrafértil. Que eso eran frivolidades. Y yo te dije que cuando vieras la muerte de cerca no te parecerían frivolidades. Para eso sirve ilustrarse: para no perder la determinación cuando la parca te pone un cuchillo en el cuello. Para no papar moscas, preguntándote qué es lo que ha ocurrido. Para no negar una realidad que siempre nos acompaña: el sufrimiento, la injusticia, el dolor y la muerte... Para no pensar que a ti estas cosas nunca te podrían o deberían ocurrir. Porque, sin embargo, aquí estás, con un filo en la gorguera. Y yo... a punto de morir.

Las pupilas de Dantian emitieron una chispa de lucidez. Mis ojos se quedaron posados sobre los suyos no sé cuánto tiempo, hasta que por fin miré al último de los presentes. Selpalius Bálaster me observaba diferente ante mis palabras. Le asentí.

—Disolveré la escala.

Mostré un pulso trémulo al mover mi mano derecha a las cuerdas del arpa.

—Cuidado con lo que armonizáis, Corneli —me advirtió.

Y entonces tiré de la cejilla.

Y con la cejilla se liberaron las cuerdas.

Y al liberarse las cuerdas mis dedos temblorosos fueron a posarse sobre ellas.

Los corazones de mis amigos parecían que iban a estallar de miedo y noté que desde sus estómagos se prensaba una impotencia y una ira tremebundas, que hasta ahogaron un «¡no!». Pero supe que estaban listos para cualquier adversidad, continentes con las armas en las manos. Escuché el metal de la daga de Selpalius, que bebía un hilo de sangre. Y aunque no era devoto recé murmurando. Entonces, mis dedos sacaron del hueco que había bajo las cuerdas un pequeño objeto de latón: un silbato hecho por el lutier Liscario Tristante.

—¡¿Qué es eso?! —gritó alarmado el embozado.

—¡Las cuerdas no están afinadas, algunas son nuevas! —titubeé alarmado—. ¡Dejadme disolver la escala con esto!

—¿Qué es?

—¿No lo veis? Un silbato.

—Si noto una armonización que no tenga que ver con *El beso del silencio* no lo pensaré ni un segundo, Corneli.

En mirándonos un instante con severidad, me llevé el objeto a los labios y soplé: no se escuchó absolutamente nada.

Todos los presentes quedaron confusos excepto el embozado, que arqueó una ceja y relajó la muñeca de la daga. Me costó tres intentos, pero al fin noté un ancla en mi mente: ¡por fin estaba armonizando un foco en el tejido! Mis manos dejaron de temblar. Solo había que temperar unos cents y... logré armonizar la escala tendiendo un puente hasta la cara del asesino. El mismo perro de antes volvió a ladrar y un pitido nos inundó los oídos.

Algo bajo el embozo de Selpalius estalló y este cayó tendido de espaldas mientras el niño se tiraba asustado al barro, llorando. Los gritos ya no eran los de un embozado, sino de un hombre con la cara descubierta y media dentadura rota en una masa sanguinolenta. El embozo, que yacía tirado por los suelos, mostraba en la parte interna lo que Selpalius había estado llevando oculto a la altura de su boca: una especie de flauta que yacía ahora destrozada junto a unos cuantos dientes esparcidos por el suelo. El instrumento se había quebrado en varios pedazos; se lo desmenucé con *La cantata de los mil tintineos*, la escala para moldear los metales. Me había pasado horas ensayándola con el silbato. Horas para poder eludir los remanentes melódicos en el tejido. Horas enteras ensayando sin escuchar el sonido invisible del instrumento, porque el oído del ser humano es limitado. Y Selpalius lo sabía, al igual que yo. Ultrasonidos, los llaman los teóricos matemáticos, y solo algunos animales pueden escucharlos. Por eso los perros ladraban cuando el embozado armonizaba; por eso los murciélagos chillaban; por eso no había música en su *magia*; y, por supuesto, por estas mismas razones las vibraciones del tejido de la realidad eran tan leves que parecía que nadie había armonizado nada y solo los armonistas notábamos una leve vibración en nuestros oídos.

Un instrumento y un hombre invisibles. Un instrumento de viento oculto bajo el embozo, como sospechaba; un instrumento que usaba los ultrasonidos. Un hombre sin música, entrenado por Premuro Latente en el camino de la paz interior, para tapar del mundo toda melodía proveniente de sus emociones.

Pero ahora yacía sin ese muro de parquedad, con la mano aguantándose la cara ensangrentada, perturbado por una pavura y una ira descontroladas. Closter y Nolvaria se lanzaron a él sin dudarlo, pero en menos de un segundo este se revolvió, sorprendiéndonos con un arpa de muñeca oculta en su antebrazo, y los lanzó por los aires con *El suspiro de Ennea*. Cayeron a unas cuantas brazas y Nolvaria se golpeó la sien contra el muro de la arcada, quedando aturdida por unos momentos.

—¡No sabéis a quién os estáis enfrentando! —gritó Selpalius, frenético.

Solo me dio tiempo a tirar el cachivache y recolocar las cuerdas del arpa. Crují el aire junto a Dantian y así fue como lo lancé fuera del alcance del asesino. Pero Selpalius ya me había golpeado con la misma técnica y noté cómo un muro de ladrillos venía a darme en los riñones. Algo se quebró en mis espaldas, cortándome la respiración. Antes de que pudiera armonizar algo contra el maco, Closter le llegó a los alcances y se vieron ambos enzarzados en un tintineo de espadas. A pesar de sus graves heridas, Selpalius se movía con una soltura y una juventud que no eran propias para su edad. Quizá el fuego de las entrañas le estaba dando unas fuerzas añadidas a su plante; la desesperación fortalece a los hombres, y más, cuando está en juego la vida. Me incorporé con un grito y conocí que tenía una costilla fracturada. Pero en el albur del peligro uno siente menos el dolor, así que llegué hasta él con espada en la diestra. Nolvaria llegó con su cuchilla de matarife justo antes, logrando acertarle un tajo en el hombro. Selpalius peleaba como una fiera acorralada y, aunque logramos besarle el cuerpo con la punta del arma hasta en tres ocasiones, el muy hideputa parecíase como poseído por un demonio, lanzando cuchilladas al aire con tal resuello que Nolvaria, Closter y yo nos conocíamos más cansados en la reyerta. Y así, como si se dispusiera una tregua pequeña, quedó su espalda contra la pared, protegiendo uno de sus flancos con la boca del pozo antes mencionado.

—¡Daos preso! —ahogué en un gruñido.

Rio hueco, con lágrimas en los ojos.

—¿Preso? Antes me hago matar.

—¡¿De verdad deseáis tal cosa?! —preguntó Nolvaria con furia—. ¡¿Tan desquiciado tenéis los aposentos de vuestra cabeza?!

—Quizá —susurró impotente, aunque su brazo parecía tener la fuerza de un toro—. Quizá es mejor morir que haber fallado en esto.

Se dieron más cuchilladas, pero ni una acertó, que el jayán las desvió todas con una celeridad admirables. Y tras esto, en otra pausa para tomar aliento, me fijé bien en el rostro de Selpalius: al ver su fisonomía de cerca, sus ojos ya no parecíanme tan bellacos ni fríos; una nariz rechoncha y llena de mugre, y unos labios gruesos, aunque ensangrentados, mostraban un rostro por fin humano, completo. Aunque volvía a tener un muro que ocultaba sus emociones, su cara le delataba: parecía el rostro de un muchacho sufrido por años de penurias. Entonces, aunque mi guardia no bajó en momento alguno, hice un esfuerzo colosal para serenar mi voz y ponerla en el tono bajo del maco.

—Selpalius. ¿Es por vuestra madre?

Apretó los labios, arrugó la nariz y los ojos se llenaron de lágrimas. Subí la espada ropera, temiendo una cuchillada, pero no la lanzó. Solo me ofreció silencio, pero conseguí lo que pretendía: su muro de parquedad empezó a resquebrajarse.

—¿Qué os han prometido? —pregunté sin rodeos.

Se me quedó mirando, aún con la espada en la mano. Detrás de mí podía escuchar el rondó de pánico que me venía del corazón del niño. A mi lado, los corazones de mis amigos estaban ávidos de sangre. Pero el de Selpalius era un corazón que luchaba por traspasar las grietas del muro que lo ocultaba. Como si quisiera confesarse al mundo.

—Vida —musitó por fin en un quejido.

Asentí, y bajé el arma. Mis amigos se tensaron ante esto y la espada de Closter reclamó el filo de Selpalius. Ambas hojas se besaban, manteniendo a raya a ambos hombres.

—Os han prometido vida —apunté—, pero muchas habéis quitado. El amor debe de ser para vos motivo suficiente.

—¡Es deleznable! —bufó Closter.

Selpalius tensó más el brazo y las hojas se acariciaron con un siseo.

—Me dieron *El beso del silencio* —admitió con la voz rota—. Y me prometieron *Los dedos de la bruja.*

—Ya veo —dije—, os pidieron mi cabeza. Una vez me matarais, os darían una escala para salvar a vuestra madre. ¿Es eso?

Soltó una risotada de resignación y sus ojos se entornaron con un visaje de obviedad.

—Pero, si me matáis —repuse—, ¿cómo pensabais tomar la escala?

—¡No sois vos quien debía dármela!

Fue a lanzarse sobre mí de forma suicida y Closter tuvo entonces hueco para ensartarle. Pero el disparo de un pistolete se adelantó sonando a nuestras espaldas, arrancando la espada de mi amigo de su mano. Tanto él como Nolvaria, Selpalius, el niño y yo nos volvimos a la oscuridad, donde vimos la figura. Me costó reconocerla, pero al fin ubiqué su rostro. Era el mismo rostro de hace unos días, claro, solo que cuando lo conocí llevaba un parche en el ojo y un fino bigote que ahora tenía bien rasurado.

—Peregrino Damos —susurró con desprecio Selpalius, dándome a entender que lo conocía.

La carcajada de Lírica Plester sonó detrás de nosotros.

—¿Has oído eso, Peregrino? —reía con una carabina en la mano—. Me ha parecido escuchar que uno de ellos tenía *El beso del silencio.*

Los cuatro combatientes quedamos entonces escorados a ambas direcciones. Lírica nos apuntaba sin temblarle el pulso, mientras Peregrino cargaba de nuevo su pistola. No le quité ojo al niño, aunque la pareja que conocimos en aquella mansión de Mirtos de Levante no parecía interesada en él.

—¡Selpalius! —llamé—, ¿quiénes son estos?

—Cazadores de escalas.

Lo que me faltaba. Escoria que se dedicaba a ahondar en el conocimiento prohibido a precio de aviar a quien fuera.

—¡¿Os gusta perseguir a la gente?! —bramé—. ¡¿O es que venís a dar más lecciones de moral y de etiqueta como hicisteis durante la cena?!

—Voy a deciros la verdad, Dragos Corneli —reía Lírica—. Nos hubiera gustado sacarte a golpes la legendaria escala de *Los dedos de la bruja* esa misma noche, como teníamos pensado. Pero de repente, sin más, desaparecisteis de la casa, del barrio y del distrito de Mirtos.

Nolvaria escupió con desprecio.

—Veo que también sabéis eludir murallas.

—¿Desde cuándo andáis siguiéndome? —inquirí— ¿Desde que entré en el distrito de Mirtos?

Peregrino se encogió de hombros con el pistolete ya cargado. Apuntó de nuevo, con indiferencia.

—Desde que entrasteis en Ísbar.

Reí extrañado.

—¿Desde que entré en Ísbar?

—Os estuve espiando, solo que con otros rostros. ¿Recordáis ese galante hombre que entró en La Casa del Arpa hace poco más de un mes?

Me embargó una sensación de desasosiego. Me acordaba perfectamente: un almidonado pisaverde que venía a comprar un laúd para un familiar. Hablaba de los cismáticos y la política de Mirtos. Tenía acento del sur y me resultó tan indiferente que ni siquiera le miré a la cara.

Lírica sonrió aviesa; parecía disfrutar del pesar en mi rostro.

—Lo lindo de todo este asunto es que no solo os hemos encontrado, sino que además hemos escuchado un interesante coloquio acerca de *El beso del silencio.* —Soltó otra risotada mirando a Selpalius—. En realidad, no nos hubiera importado seguir esperando, aunque la cosa ahora está muy delicada. Disculpad el desaire, pero ¡no podemos dejar que os matéis sin antes revelarnos cada escala!

—Creía —comenté— que también podían sustraerse de los cadáveres.

—No cuando se hiere el cerebro; y no vamos a arriesgar con una mala cuchillada.

—¿La queréis? —siseó Selpalius, amenazante—. ¡Pues venid a por ella!

En ese momento Selpalius soltó la espada y se llevó la mano a la muñeca, y conocí que ya estaba aviado. ¿Saben vuestras mercedes cuánto se tarda en accionar el percusor de un arma de fuego? Mucho menos que tocar una escala.

Pero la escala sonó, porque el disparo no dio a Selpalius, sino a mí. A veces hay que hacer sacrificios por contingencias que trascienden lo terrenal, aunque la vida esté en juego. Y a veces, esos sacrificios salen porque sí, sin pensar. A veces te abrazas a tu enemigo para protegerle. Y así me abracé a él, dándole la espalda a la carabina y notando cómo la bala penetraba por detrás de mi hombro, haciéndome soltar la empuñadura de la espada. Porque de una cosa yo estaba seguro: Selpalius era mi enemigo. Y nadie me arrebata las cuentas pendientes con mi enemigo.

A esta sazón, el cuerpo inerte de Peregrino Damos cayó con un golpe seco al suelo y el grito de dolor de su compañera resonó por el vasto espacio de la calle, colándose por el viaducto. Pero su disparo se perdió en la oscuridad, que la ocarina de Nolvaria se adelantó con *El suspiro de Ennea* y la muy tusona fue lanzada por los aires.

En cuanto a Selpalius y a mí, con nuestros rostros a una pulgada, nos miramos con los ojos de dos hombres que estaban irremediablemente armonizados el uno con el otro. Tal fue así que, despachado este asunto y sabiéndose él con los dedos en las cuerdas de su arpa de muñeca, ambos miramos a lo que me hacía más vulnerable: el zagal. Y comprendí una certeza que me heló la sangre. Tanto él como yo lo sabíamos: el niño no tenía el corazón protegido. Abracé a Selpalius con fuerza y tiré de él hacia atrás, dejándome caer de espaldas a través del brocal del pozo. El grito de mi enemigo resonó por toda la galería vertical hasta que, cuando fuimos a golpear el fondo de piedra, el impacto fue sustituido por un fuerte tirón de gravedad que nos desequilibró nuestros sesos y nos hizo caer de costado contra un suelo de madera, en otro distrito.

Recordarán que practiqué dos escalas con el silbato. Una de ellas era *La cantata de los mil tintineos*, la otra era *La puerta*. Necesitaba una vía de escape por si las cosas tornábanse crudas. Así que de esta forma rodamos ambos por el suelo hasta que me liberé de él. Rápidamente me dirigí hasta la losa grande de piedra que yacía apoyada en la pared del cuarto donde habíamos sido transportados y la volqué con brío para quebrarla contra el suelo, cerrando el portal. Me llevé la mano al arpa, haciendo un esfuerzo titánico para ignorar los dolores del brazo tullido, del costado y, sobre todo, la punzada sorda e insufrible que me acababa de atravesar el hombro. Él ya estaba de pie, en la misma posición que yo.

—¿A dónde me has traído?

Echó una atisbadura por el ventanal de la habitación.

—Bosqueninfeo —farfulló—, me has traído a Bosqueninfeo.

—Sí, unos cuatro distritos más al norte. Eso harían —informé irónico— unas veinte o treinta leguas de donde estábamos.

Me echó una larga mirada, sonriendo a media vela. Mientras nos apuntábamos, anduve hacia mi diestra y él caminó conmigo en la misma dirección, trazando un movimiento tangente en un círculo imaginario. Ambos estábamos aturdidos debido al viaje.

—Decididamente, estáis loco, Corneli.

—¡¿Quién está detrás de esto?! —exigí—. ¡¿Quién desea mi muerte!?

—¿Queréis saberlo?

—¡Podéis matarme luego, si queréis! Pero ¡decídmelo ya!

Empezaba a sentirme mareado por la pérdida de sangre, y él sabía que yo no iba a mantenerme de pie eternamente. Tenía todos los naipes a su favor, por lo que una muestra de deferencia afloró en él.

—Nunca le vi. Usa muchos otros rostros que están a su servicio. De hecho, conocéis a uno de ellos.

Fruncí el ceño, iracundo.

—¿De quién me habláis?

—Yo aguardaba instrucciones —continuó—. Sabía que habíais llegado a palacio el mismo día que pasasteis por sus puertas. No entré porque me lo impidieron. No lo hice hasta que me dieron la orden.

Entonces me acordé del físico de la corte. Él me exhortó a encontrar la escala.

—¿Danubios? —pregunté confuso—. ¿Danubios Vitorio?

—Bueno, él no me dio la orden, pero sí que cuidó de mi pobre madre.

«Mañana viajaré a Tierrafértil para acompañar a un regidor al concejo de Monteperegrinos», eso dijo el hideputa. Fue el día en que me apremió a dar cuanto antes con el embozado; el mismo día que me alentó a entrar en la alcoba de Gladio Permes. Él fue quien me ayudó a dar con la contraescala de *El beso del silencio.*

—Pues sabed, Selpalius Bálaster —comenté—, que Danubios Vitorio nos ha traicionado a ambos.

Selpalius resopló.

—¿Qué chanza es esta?

—Bueno, a mí no me parece chanza, sino extrema casualidad que os den la orden de entrar en palacio justo un minuto después de que yo obtuviera la contraescala. Danubios Vitorio me ayudó a proteger mi corazón contra vos.

—¿Insinuáis que me ordenaron vuestra cabeza en el momento en que os protegisteis? ¿Qué sentido tiene eso?

—Mucho. Lo que pretendía es que sonara una escala prohibida por el Santo Oficio dentro de los recintos de palacio. Y bien acertado estuvo el asunto, que no dudé en armonizarla cuando entrasteis. —Reí amargo—. ¡Qué remedio me quedaba! Era eso o morir a vuestra voluntad.

El maco quebró otra brecha en su muro de parquedad y la confusión llenó la estancia.

—Sigo sin verle sentido.

—Lo tiene, si quien quiere acusarme de algo no puede hacerlo y me presiona, acorralándome contra una muerte inminente. —Imposté la voz—. Decidme, ¿quién os metió en esto?

—Felinesco de Riosauce —confesó sin más—. Pero él es uno de sus agentes, como Caperio Coordinante, como Danubios.

Arrugué la nariz, carcomidas mis entrañas por la ira.

—Caperio... No me extraña.

—Su santidad estaba presente cuando se nos dio las instrucciones. Un hombre arrogante, reacio a admitir que otro llevara el control del plan.

—Un plan que se os revela a cada uno de forma parcial —espeté—. ¡Sois títeres de su voluntad!

El dolor me hizo trastabillar y Selpalius alzó la muñeca.

—De cualquier manera, me da lo mismo mataros aquí que en el palacio o en Tierrafértil. No sé qué pretendías rompiendo ese portal de transportación. —Su voz sonaba ahora cansada—. A veces resultáis decepcionante: preparáis una mera entrada y la destruís. Una vez estéis muerto será cuestión de tiempo que alcance a los otros tres y les quite la vida.

—No es una mera entrada, Selpalius Bálaster. Es una entrada que he dispuesto en un lugar muy específico.

—¿Volvéis a delirar?

Paré mis pasos y él hizo lo mismo, lo tenía justo en el sitio que pretendía. Sonreí con mis labios y con mis ojos.

—Bienvenido al Laberinto Estut.

Frunció el ceño y bufó una risotada nerviosa. Fue a hablar, pero calló unos segundos, tras los cuales sus palabras vacilaron como sigue:

—¿El Laberinto Estut?

—Un complejo de cientos y cientos de escalas latentes de *La puerta* esparcidas por toda Ísbar.

—Conozco esa leyenda. Pero no es más que eso, una leyenda. Por donde hemos entrado no ha sido más que una escala compuesta por vos. Y ahora pretendéis insultarme la inteligencia haciéndome creer que existe ese recorrido.

Mi sonrisa se extendió, mostrándole mis dientes; en cambio su rostro se tensó.

—El Laberinto Estut es un cuento —repitió como un susurro que sonó a incógnita.

—No lo es —susurré avieso—. El Laberinto es real, fue mi maestro quien lo compuso. ¿Queríais saber cómo escapé de Ísbar? Galerías de puertas ocultas que acercan cientos de millas a solo un palmo. No solo vos tenéis un maestro que os enseña trucos, señor Bálaster. Y os recuerdo que las escalas latentes... —dejé la frase en el aire— son mi especialidad.

El suspiro de Ennea sonó en ambas arpas, pero mientras yo di contra un muro, él atravesó el que tenía a sus espaldas, perdiéndose por otro portal.

Lo que viene a continuación podría seguir narrándolo desde mi punto de vista. Pero no creo importante ni prudente desvelar por qué puertas entraba yo. En vez de eso, haré un imaginario esbozo del recorrido que haría Selpalius.

Lo primero que se encontraría al caer fue con el distrito del Hórreo, que vería tras un ventanal de una nueva habitación en una casa abandonada. Pero no duraría mucho la nueva visión, pues la inercia le haría ponerse justo sobre la puerta de madera que yacía inteligentemente tirada bocabajo en el centro del cuarto y que era otra entrada oculta. Era seguro que pisaría en falso y caería por ella. Y al caer por la puerta la gravedad tiraría del otro lado, pues saldría por una tabla de madera que yacía en vertical en una fábrica en ruinas del distrito de Castroalto. Yo sabía que el tirón lo llevaría a una pared de ladrillos que lo transportaría a otra similar en el Distrito Central. Al otro lado lo esperaba yo, con el arpa en la mano, y antes de que se sacudiera el mareo, lo arrojé nuevamente por los aires y de costado. Con rostro sorprendido y el cuerpo tensado no tuvo tiempo a reaccionar y fue a dar contra otra pared de granito. Saldría entonces por la fachada del palacete de la condesa Dalia Iris, que se hallaba al pie de un acantilado. No alcanzaría a agarrarse a la cornisa. Por mucho que intentara algo de armonización, unas rocas salían del abismo con forma dentada y debió de asustarse de veras al verse de bruces contra ellas. Pero las traspasó para salir trastabillando tras una pared cavernosa en cuyo suelo volvería a hundirse bajo una charca que lo sacaría por la gran cortina de agua de una cascada, cuyo nombre no pienso revelar, ni el distrito donde se encuentra. Así fue como dio contra la techada marmórea de un puente bajo el viaducto —y aquí es donde, creo, debió de hacerse añicos la pierna, porque la caída hacia la siguiente entrada no fue muy ajustada y la extremidad quedó un poco fuera de la superficie donde estaba compuesta la escala—. El caso es que salió gritando tras una estatua de una parroquia de Puertas de Irene, pero yo me encontraba tras una balaustrada y lo volví a empujar por el aire hasta una de las vidrieras. Ningún cristal se rompió, claro, sino que salió por otra vidriera, esta vez a cientos de leguas de distancia: la parroquia del barrio de Acantonados. Exhausto, su cuerpo daría con una pétrea columna por la cual se zambulliría y así fue como quedó colgando bajo la arcada del puente donde nos habíamos batido.

Y al otro lado ya lo esperaba yo, a un palmo y recuperada mi espada en la mano.

Lo así de la gola y tiré fuertemente de él hasta que su cuerpo, lacio y sin fuerzas, retumbó contra el barro de la acequia. Su rostro quedó bocarriba y al descubierto, con la espalda parcialmente apoyada en unas maderas podridas. Era el rostro de un hombre retorcido por el tormento físico y la confusión mental que provoca la descomposición repetida del viaje.

Mi espada ropera le besaba la gola con la punta.

—¡Selpalius Bálaster! —croé—, ¡quedáis preso en nombre de Su Majestad Imperial por su asesinato!

Capítulo 39

De las confesiones de Selpalius Bálaster, donde se nos revelan los motivos de sus acciones

Viéndose resignado ante su derrota, carcajeó débilmente entre toses. Había perdido y, a veces, resulta que cuando un hombre lo pierde todo no le queda más que abandonarse al disparate. Por perder, había perdido hasta la cáscara que ocultaba sus emociones. En viéndole loco y acongojado decidí devolverlo a la realidad clavándole una cuarta de espada ropera en el hombro.

—¡¿Dónde está Felindante Pelgrin?! —Le hundí aún más el filo mientras gritaba—. ¡¿Dónde está Felindante Pelgrin?!

—¡No lo sé! —sollozó—. ¡Os lo juro por el Ojo del firmamento!

—¡Mentís!

—¡Os lo juro por mi señora madre!

Nolvaria se me acercó con Dantian. Me percaté de que eran los únicos en el lugar.

—¿Y Closter? —pregunté airado.

—Ha ido tras Lírica Plester. La miserable ha afufado por ese callejón.

Estaba tan cegado por la ira que no reparé en que la segunda voz de mi melodía se me armonizaba desde mi vera. Lintus, Lintus Corne, el bastardo del emperador. Traspasaba al embozado con una mirada gélida que acuchillaba.

—Ya no estáis tan resuelto, ahí, aviado.

Selpalius le devolvió una mirada asustada.

—¿Os provoca placer, zagal, verme así?

Retorcí la espada y Selpalius emitió un gemido.

—El zagal hablará luego. Antes vamos a hablar, vos y yo.

—Hablaremos, Corneli —jadeaba con un contrapunto de desesperación—. Hablaremos.

La oscuridad aún no había llegado, pero el Sol de la Primera Penumbra estaba casi oculto tras los anillos celestiales. Estábamos a punto de entrar en la Umbra y las tinieblas y el frío avanzaban a pasos gigantescos.

—Habladme desde el principio, señor Bálaster —conminé—. No omitáis ningún detalle.

Cerró los ojos, todavía con el acero atravesado, y no supe si meditaba sobre el asunto o si era una expresión de dolor. Quizá estaba haciendo ambas cosas.

—Supongo, Dragos, que ya no tengo motivos para ocultar la verdad. Hablaré si eso os complace. —Dio un gemido en abriendo sus ojos—. O si eso os confía para no mutilarme más.

Su cara estaba rota por el tormento y conocí que Selpalius Bálaster ya no era un peligro. Saqué de un tirón la hoja y el apiolado dio un gruñido. Muy lentamente se llevó la mano a la herida. Se quedó así durante un largo minuto, hasta que hizo una lastimosa pregunta:

—¿Puedo apoyar la espalda contra la pared?

Le contesté con un movimiento comedido de cabeza.

—Gracias, señor Corneli. —Se incorporó lentamente y quedó tendido con la espalda besando los ladrillos de la arcada. Chasqueó la lengua y escupió un gargajo de sangre. Inspiró hondo—. Bien. Diré lo que queráis, pero no me deis más tormento.

—Todo, ya lo os lo he dicho. Decidlo todo.

—Todo... —repitió—. Mi maestro me enseñó que «todo» es una palabra horrible. Al igual que nada, siempre o nunca. Son los corolarios de los pusilánimes, las mentiras de los curas, las falsas promesas de los políticos.

Mi mirada se retorció en sus ojos y el niño se le abalanzó de repente. Nolvaria lo agarró de la valona.

—¡Espera, gazmoño!

—¡Dantian! —grité, y el niño se retuvo—. ¡Primero deja que hable!

Y así fue como Selpalius Bálaster, sabiéndose en su desdicha, no tuvo más remedio que esforzarse por hablar. Y todo cuanto nos decía supimos que era verdad, que ya no tenía sentido el embuste ni el subterfugio.

Y así, tras unos instantes de duda para encontrar las palabras correctas, comenzó su testimonio:

—El dolor provocado por el sufrimiento de quien amas puede motivar a hacer cualquier cosa. —Hizo una pausa, y repitió—: Cualquier cosa.

—¿Incluso asesinar? —preguntó Lintus.

—Los remedios de los físicos son caros y mi bolsa nunca ha sido muy pesada. No fue hasta hace tres años y medio cuando decidí, muy desesperado, empezar a robar para comprar los paliativos para los dolores de mi señora madre. Este país a menudo abandona a sus gentes y a veces ocurre que algunas de esas gentes no se resignan ante sus desgracias.

»Primero fui asaltador de diligencias; más tarde serví como apuntador en algunas casas de juego, hasta que pasé a ser baratero. No era difícil deducir que pronto ofrecería mis servicios como jaque. —Algo en su rostro se quebró sutilmente—. ¿Incluso asesinar, decís, zagal? Si asesinar hubiera sido de mi placer no habría dejado el oficio, que es lo que se me pedía. El tiempo pasó y concluí que matar por dinero no era motivo suficiente para aliviar mis aflicciones. Fue entonces cuando decidí volver a robar, pero esta vez a lindos y almidonados pisaverdes. —Suspiró, recordando algún infortunio—. La Justicia funciona distinta para unos y otros, aunque todos estemos hechos de lo mismo. El nombre del lindo es Profano Doil y abandonaba su hacienda en el invierno pasado, hace más o menos un año, para pasarlo en el sur, donde el clima es mucho más templado que en las montañas. No voy a extenderme mucho en mi historia, así que seré breve: el señor Doil tenía previsto marchar el 1 de enero, justo después de la Segunda Penumbra. Profané su mansión y, en creyéndome dichoso de haber despachado buena faena, salí imprudentemente por una de las ventanas sin pararme a escuchar una escala latente de protección.

»Aquel día no escuché esa escala por una razón: yo, sencillamente, era incapaz de hacerlo. En la habitación oscura de aquel lugar yací tendido de espaldas, paralizado por unos grillos invisibles que me impedían moverme: la escala latente era *Los zarcillos de Ennea*, por lo que pueden imaginar que tuve toda la noche para cavilar sobre las desgracias que me esperaban al día siguiente, cuando me encontraran. Con Profano Doil uno no acaba apiolado sin más. Con Profano Doil no me esperaba un calabozo, sino el remo de las gurapas. Pero la mayor aflicción fue pensar que mi señora madre... —Hizo una pausa, que la pena le ahogó la garganta. Conocí que el tormento que nos contaba era el mismo que a la sazón sentía; había vuelto a fracasar. Sentí aflicción por sus pesares. Continuó quebrado—: El amanecer llegó y al fin me sacaron de allí antojado de grillos y el rostro partido a golpes. El juicio llegó pronto, pero el dinero puede comprar sentencias y el pago de Doil debió de ser generoso: me condenaron al mal de la soga.

Mi indignación afloró:

—¿Os condenaron a la horca por entrar en una casa?

—No —respondió—. Por entrar en una casa, robar posesiones y asesinar a Bastian Bicornio, un comendador del Distrito Central, dos semanas atrás. Recordad mi oficio de jaque.

»Pero volviendo al hilo. Me santiguaron la cara durante semanas y solo me mantuvo de pie el pensamiento de que mi madre estaba en Monteperegrinos, esperándome. No dije nada sobre ella, que a los funcionarios no les hacían falta mis palabras para indagar. Un día llegó el carcelero con el plato de la inmundicia que nos daban. "Vuestra madre ha fallecido", dijo indolente. Lo espetó frío y tajante, para derrumbar mis ánimos; ellos disfrutaban con el dolor físico que me administraban, pero no les era suficiente. El sadismo de los calabozos no conoce parangón, pero lo que no sabía ese malnacido es que, con sus malintencionadas palabras, me había hecho más poderoso. Yo tampoco me di cuenta hasta que tuve tiempo para reflexionar sobre ello días después.

—¿Qué cosa fue? —inquirí.

—Cuando lo pierdes absolutamente todo ya nada te importa. Desde el día en que el carcelero me dio la falsa noticia (pues mi madre seguía en verdad viva), afloraron todas las lecciones aprendidas de Premuro Latente. La primera noche lloré hasta que el sueño me venció con la primera luz del día. La segunda me la quedé en latencia, sin reflexión alguna. De hecho, no tengo recuerdos de esas horas en las cuales, de lo único que estoy seguro, solo hice mis deposiciones y no probé bocado. La víspera del día siguiente iba a ser llevado al cadalso y dos curas vinieron a mi celda a darme extremaunción. El confesor se llamaba Lirio Mantesco, el otro...

—Felinesco de Riosauce —interrumpí, y Selpalius asintió con un gesto de dolor.

—Entraron en mi celda y hablaron conmigo durante largo rato. Mi elocuencia se había perdido y mi voluntad de articular palabras era tan menguada que solo lanzaba sentencias escuetas. En cuanto Felinesco terminó de escribir en su libro de registro, salió de la habitación y me dejó a solas con el presbítero, que me confesó en menos de un minuto.

»Pensé que ya estaba todo despachado, hasta que al cabo de una hora la puerta se volvía a abrir y quien entraba era uno de los hombres de sotana. Pero esta vez quien entró fue Felinesco, que me miraba con una sonrisa de ternura en el rostro. Tomó asiento junto a mi jergón y me tomó de la mano. Yo no sentía ya nada por el contacto humano, pero el mercenario se mostró cercano y comprensivo. Me ofreció un consuelo más humano que el frío trámite administrado por los funcionarios del Gobierno y los ministros de la Iglesia. Y no tardó en confesarme que había escuchado algo particular en mí.

»—Nada —dijo—, sois un muro parco de paz.

»Es inefable la sensación que me embriagó en las entrañas. ¿Sabéis cómo se ocultan las emociones, Corneli? El secreto es estar en paz con uno mismo. Mis tormentos nunca me habían permitido escuchar el sonido de las cosas. Hasta ese momento. Escuché la misericordia del diácono, su magnanimidad. Escuché la vetusta tristeza del jergón, la impotencia de la piedra perenne de la pared, la impertinencia de los barrotes de la claraboya. Escuchaba el mundo, que me hablaba, y me sentía tan dichoso que un pensamiento cruzó mi cabeza con una terrible certeza: no era tan feliz desde que fui niño. El prelado notó estas emociones y me preguntó si querría ser libre de nuevo. Le contesté que no, que podía morir tranquilo. Quería morir, Corneli, mientras mi estertor estuviera acompañado de esa paz. Me preguntó si no tenía miedo y le contesté que siempre se muere con miedo; morir en paz es solo un privilegio más que puede acompañarte en el trámite. Pero la armonía de mi corazón, mi más absoluta paz, fue hecha mil pedazos con la malicia de los hombres que tienen el poder de esclavizar las emociones de otros.

»—Vuestra madre sigue viva, hijo mío —sonrió con una ternura maliciosa.

»Muchos eclesiásticos se valen de la desesperación para mantener atados a sus feligreses. Felinesco es un maestro en esa malversación. Es irónico, ¿verdad? En cuanto conocí que mi madre estaba viva esa paz en mi alma se derrumbó de nuevo y el mundo volvió a ser gris, y los oídos de armonizador se me volvieron a cerrar de golpe.

»No podía morir.

Selpalius Bálaster alzó débilmente el brazo del arpa.

—Corneli, dejad que me quite esto, por favor. Me molesta.

—Yo lo haré —concedió Nolvaria.

—Lo mismo se me da, vuesa merced o yo —dijo—. Gracias, señora de Bruma.

Nolvaria desprendió los broches del arpa y colocó el instrumento a un lado del maltrecho cuerpo. Y el maltrecho cuerpo retomó su historia:

—Felinesco consiguió mi indulto y durante meses me ofreció algo con lo que había esperanzado solo en mis sueños.

—Los paliativos de vuestra madre —añadí.

—Sois astuto, Corneli —rio con un sollozo—. Y ya sabéis cuál fue el precio de ello: la paz de mi alma se convirtió, sin yo saberlo, en mi propia prisión. Felinesco se dedicó día tras día a hablarme de que mi destino era superior al de los demás hombres. No soy imbécil, sabía que intentaba llenarme la cabeza de delirios de grandeza. Nunca creí en esas supercherías, sino que supe desde el principio que ese hombre tenía intereses personales. Pero mientras el dolor de mi madre fuera aplacado yo estaba dispuesto a bailar zarabanda en un corral de zancajos. Así fue como aprendí durante los siguientes cuatro meses de entrenamiento, junto al diácono, a volver a levantar el velo que oculta mis emociones del mundo. Danubios Vitorio, el físico de la corte del país, era quien iba a visitar a mi señora madre, y el corazón se me aliviaba al ver que los resultados traían el consuelo que mi maestro Premuro fue incapaz de darme.

»Una noche de septiembre Felinesco me llevó a una casa abandonada en Cortes de Tribunal. Su maestro, me dijo, aguardaba en ella. Cuando llegamos a la habitación había dos hombres: uno no me mostraba el rostro, sino que se lo cubría de las tinieblas del cuarto. El otro podía verse a la lumbre del candil: Caperio Coordinante, sumo calificador del Santo Oficio. Me dijeron que yo era el elegido para una empresa que tenían entre manos. No entendía qué podía tener yo de especial trascendencia para estos menesteres. Felinesco volvió a repetir que yo era un alma eminente, con un sino elevado. Entonces el hombre ensombrecido me dijo estas palabras: "Hay cosas que pueden curar las enfermedades de la mente".

»La paz volvió a mí y noté que la música del calificador se agitaba con una violencia que pocas veces he escuchado. Escupió, no con poco desprecio, que la Iglesia podría hacer una excepción y ofrecerme una escala perversa: *Los dedos de la bruja,* o la canción de la fortuna que también la llaman en el lenguaje de germanía. Una escala que cura las dolencias, que restablece los miembros, elimina los bultos malignos y sanea las mentes. La Iglesia, según Caperio Coordinante, estaba dispuesta a dejar que yo usara esa escala. Solo había una condición para ello. —Me miró con pesar—. Atraeros a Ísbar.

»—Esa escala execrable —bufaba Caperio—, anda por el mundo con Dragos Corneli, manchando la voluntad de Dios Nuestro Señor. Ese secreto no debe conocerse ni expandirse por la tierra; debe morir. Ni siquiera debiera custodiarse en los sótanos más recónditos por los maestros urdidores.

»Me negué en un principio a volver a asesinar. Pero... ¡ay, ya era prisionero de ellos!, que en cuanto me amenazaron con matarme no hice más que envalentonarme y soltar fieros. Pero la cosa cambió cuando sugirieron que mi madre moriría entre sufrimientos, que le retirarían toda ayuda que le estaban a la sazón proveyendo. Me aferré a excusas como que no se puede salir de Ísbar y que no seríais tan loco como para volver. Pero el diácono rio: "Vendrá, Selpalius. Vendrá", decía, "porque vais a asesinar a dos hombres para atraerle". Como si ya hubieran decidido por mí, Felinesco colocó un paquete de tela encima de la mesa.

»—Esto es para Gladio Permes —dijo. Mi confusión era extrema.

»— Y esto —croó de mala gana Caperio— es para Su Majestad Imperial.

»Y extendió un sobre: dentro estaba la escala de *El beso del silencio,* sacada de los subterráneos más profundos del Santo Oficio. Mis ojos se posaron en el paquete al punto en que Felinesco lo desenvolvía.

»—¿Una daga? —pregunté aturdido.

»— Por si... fallare la escala —titubeó, y conocí que algo hubo oculto en estas palabras —. Ya sabes que Gladio es bardo. Nunca se sabe.

»Entonces no lo supe, pero ahora, gracias a vos conozco los motivos de por qué fallé la escala; lo tenían todo planeado. El caso es que con estas dos herramientas de muerte mis palabras dejaron de tener fuerza y quedeme menguado frente a la mesa mientras los otros tres hombres hablaban sin tener en cuenta mi presencia; como si yo fuera un niño que no lograra a comprender los razonamientos de las personas adultas.

»—¿Y sobre convencer al valido? —preguntaba Caperio con ansiedad—. ¿Estáis seguro de que accederá al indulto?

»—De eso me encargo yo —respondía el hombre de sombras—. Es un hombre pusilánime que entrará en pánico en cuanto el emperador sea muerto. Mis contactos le convencerán de que Corneli es el único que puede salvar su reputación. Corneli, el maestro de las escalas latentes.

—Caperio Coordinante —aquejé presionándome la herida. Estaba empapado en sangre, pero aún mantenía la cabeza fría—. En cuanto llegué a Ísbar ya había familiares del Santo Oficio esperándome. Dos jaques que me increparon en una venta del Cerco.

—Es un hombre impetuoso, que se ve que no respetó el plan de sus aliados. De hecho, hubo incluso una desarmonía entre ellos cuando Caperio me dijo que ibais a contactar con el barón de Coteli, como realmente ocurrió, y que si apagaba la vida de Martiso se acelerarían mis recompensas. A esto no se mostró aquiescente la figura ensombrecida y estuvieron discutiendo largo rato. —Parpadeó con cierta vergüenza—. Con todo, está claro que, si os dieron la oportunidad de encontrar la contraescala, es porque pretendían que llegaseis a palacio sano y salvo.

El rostro de Selpalius se reveló confuso, mas luego tornose hastiado.

—Pero ¿por qué me iban a empujar a mataros, si luego os dan una escala de protección?

—Creo saberlo —razonó Nolvaria—: en realidad pretendían que sonara la contraescala en palacio. Creo que hay un fin político detrás de todo esto.

—Sí —asentí—, yo mismo he llegado a esa conclusión. Pero ¿qué hay de Selpalius y yo? Cualquiera podría haber muerto. Podríamos haber muerto incluso los dos, así que, dilucidando que hay un plan mayor por encima de nuestras vidas, ¿acaso querían hacer caer en desgracia a Gresnan Cot?

Selpalius rio.

—Como os he dicho, sois astuto, Dragos, pero estar cerca del bosque solo nos hace ver la corteza de un árbol. Estoy seguro que, en base a estos razonamientos, los propósitos ocultos de ese hombre que no se dejaba ver no se quedaban en desacreditar al valido. Creo que le daba igual que cualquiera de nosotros dos hubiera muerto. Creo que lo único que quería era que el Santo Oficio llegara a palacio para demostrar que la justicia de Dios se ha hecho y que, por muchos años que pasen, el Señor Reverberado todo lo puede: incluso volver a atraer a Dragos Corneli a Ísbar para saldar sus deudas con la Fe. Aunque... —Miró a Lintus—. No contaban con él. Os llevasteis al bastardo del emperador como rehén y Gresnan, asustado e impedido, echó a los calificadores de la santa Iglesia del palacio en cuanto estos no tuvieron ninguna prueba que demostrara la armonización de la contraescala. Pues vos os fuisteis y además lo hicisteis con el permiso de su excelencia.

—Un golpe de suerte —admití—. Pero los motivos de ese hombre de sombras, como vos lo llamáis, no serán esclarecidos hasta que no demos con él. Entretanto, la justicia ha de hacerse con vos; que ninguna conmovedora causa que me contáis os exime de la culpa de cuanto habéis hecho, ni aun por salvar a vuestra madre.

Selpalius suspiró una risa queda:

—Cosas veredes, al fin y al cabo: Dragos Corneli parece como olvidadizo.

—Vuestras palabras no me intimidan los sentimientos.

—Lo sé, que no sentís ni un ápice de comprensión por mi dolor, ese que sentisteis y que parece no retornar en vuestra memoria. —Tosió con pesadez—. Porque vos y yo no somos tan distintos, Corneli, que habéis experimentado en vuestros seres queridos la enfermedad y la dolencia hasta el punto mismo de pudriros el ánima y enloqueceros la mente. En esencia, ambos somos iguales.

—Yo no soy un asesino —repuse cortante.

—¿No? —rio entrecortado por la tos—. ¡Qué fácil resulta entonces enmascarar la muerte provocada cuando se hace a través de la Justicia y el trámite que dicta un magistrado!, ¿verdad? ¡Yo, al menos, si maté, maté por amor!

Aunque quise contestar a estas palabras, no supe cómo; era cierto que yo había matado amparándome en una insignia de magistrado, mientras Selpalius mataba presa del amor y del miedo al mismo tiempo. No estaba justificado, por supuesto, pero reconozco que, tanto igual fuera por el dolor y la mente embotada como por mi falta de razones ante el argumento del maco, únicamente escupí al suelo con desprecio.

Entonces sonreí avieso, envainé la espada y, mirándolo frío, me dirigí a la daga de Selpalius aún tirada en el barro. La así y me acerqué a Lintus.

—¿Matar por amor, decís? —El miedo inundó a Selpalius Bálaster mientras le tendía la daga al niño—. Ahora, zagal, como ya te prometí, he aquí la oportunidad de una venganza. —Señalé al infeliz del suelo, mientras el niño empezaba a temblar. Pero a él toda la ira le había menguado con la historia escuchada—. Y bien, ¿qué vas a hacer? ¿Vas a dejar que lo llevemos ante la Justicia? ¿O vas a aplicar tu justicia, como él dice haber hecho? ¿Vas a ser justo o ecuánime?

Por primera vez noté una ruptura en la melodía del niño y no supe su identidad: no era Lintus, pero tampoco Dantian. Era silencio. Un silencio largo y vacío, como si en un gran libro de música el pentagrama se quedara en latencia. No era un pentagrama sin escribir, si entienden vuestras mercedes lo que quiero decir, sino con los silencios perfectamente escritos en sus líneas. El tiempo era el que pasaba las páginas y los silencios seguían decorados en ellas. Unas notas de dolor surgieron de repente, leves, con compases muy cortos, como los latidos de un corazón. La mano del niño apretó la guarda y empezó a caminar, ahora indeciso, hacia Selpalius.

—Vamos, zagal —dijo este—, conviértete en un asesino.

El niño respondió al fin con el nombre de Lintus Corne y levantó la daga. Pero la poderosa armonización del tejido de la realidad nos alertó a todos, que nos volvimos asustados hasta una pared de ladrillos lejana. La visión armónica de Nolvaria notó lo que estaba ocurriendo:

—Han armonizado un portal. Veo la escala de *La puerta.*

Dimos un sobresalto, pues de la pared empezaron a surgir una docena de corchetes enfundados en sus grandes armaduras de caballero. Un alguacil los controlaba mientras hacían un corro abierto. Al punto, surgió de la planicie lo que estaban escoltando: un carruaje grande de vapor conducido por un autómata. En las portezuelas se ornamentaba una insignia con dos floretes y un árbol, una insignia que nos paralizó de pies a cabeza: era el escudo del Santo Oficio de Ísbar.

El ritmo de los acontecimientos no me había dejado pensar con claridad, pero al fin comprendí cuando reparé en el cuerpo inerte de Peregrino.

—Han detectado la escala de mi arpa —comentó Selpalius.

Capítulo 40

De las confesiones de Dragos Corneli, donde se nos revelan los motivos de su vuelta a Ísbar

El carruaje se detuvo en medio del canal y los corchetes se colocaron rodeándolo bajo la fina capa de lluvia. El alguacil me apuntó con una pistola. Con un chasquido se abrió la portezuela del vehículo y de su interior salió un hombre con sotana roja. El niño dejó caer la daga al suelo y Nolvaria dio unos pasos atrás en señal de reverencia. Por primera vez, la llegada del Santo Oficio era una buena noticia, pues el armonista que había compuesto *El beso del silencio* estaba en el suelo y su situación era ineludible ahora. Sin embargo, conocí más tarde que temprano que el rostro del hombre de la sotana no era otro que el de Felinesco de Riosauce quien, con una voz suave pero altiva, dijo como sigue:

—¡En nombre de la santa Iglesia! ¡Queden vuestras mercedes donde están!

Noté un mareo repentino y tuve que llevarme la mano a los ojos para masajearlos.

—¿Dónde está el calificador? —pregunté, como si no conociera al diácono, y saqué mi insignia—. Es cierto: se ha armonizado una escala perversa, pero como magistrado del Imperio de Ísbar he de decir que la situación se ha intervenido con la captura de...

Me interrumpí yo mismo. El hombre no me estaba escuchando, sino que pegaba su oído a la ventana de la portezuela. Por su postura, se nos dio a conocer que alguien más estaba dentro, susurrándole algo.

—¡Disculpad, su reverencia! —exclamé—. ¡Os habla Dragos Corneli, magistrado imperial de Su Majestad!

Felinesco giró lentamente el rostro hacia mí dedicándome una sonrisa perversa.

—La situación ahora está controlada por el Santo Oficio, señor Corneli. Y será el calificador quien determine quién de vosotros ha armonizado la escala. No vos.

Una voz ronca sonó del interior, aunque no logré escuchar lo que decía. Felinesco hizo una genuflexión.

—Como gustéis, su ilustrísima.

Ofreció su brazo y una mano anciana, huesuda como la de un esqueleto, se aferró temblorosa a Felinesco. El dueño de esta mano salió con esfuerzo del carruaje y, en cuando lo vi, desenvainé la espada.

—¡Buena tarde, su ilustrísima de mierda! —escupí sin más, y las músicas de Nolvaria, de Lintus (y hasta la de Selpalius) se tensaron del mismo modo que si vieran la muerte de un hombre. El mareo cada vez era más fuerte, pero ahora no me podía permitir perder el conocimiento—. ¡Tenía ganas de veros! ¡De hecho, para eso he vuelto a este sórdido lugar!

Caperio Coordinante, sumo calificador del Santo Oficio de Ísbar, se quedó plantado en el sitio, apoyado en el brazo del diácono. Y el diácono rio con desprecio.

—Definitivamente, sois un demonio, Dragos Corneli. Un alma perdida a los ojos del Señor.

—Dragos Corneli —fueron las primeras palabras de Caperio, roncas y vetustas— no tiene alma.

Lo dijo con su aviesa mirada traspasándome, la boca en un rictus de aborrecimiento. Me miró de arriba abajo con la insolencia misma que gastaba hacía once años.

—En cuanto los urdidores detectaron la escala demoníaca supe que vos estabais aquí. —Levantó un dedo ahusado para señalarme en la manera en que se dicta una sentencia—. Estoy seguro de que fuisteis también quien armonizó la que se detectó en palacio.

—¿En palacio? —exclamé irónico.

—¡No me tratéis como a un sandio! ¡Habéis sido vos! ¡Como ahora!

—Como hace once años, ¿verdad?

El anciano inquisidor abrió los ojos con una ira irrefrenable y su rostro se tensó. No soportaba tanta irreverencia. Dio un paso adelante y el diácono se lo impidió alertándole por su salud —no por la vejez, claro, que los malos insectos no mueren fácilmente; sino por la espada que yo tenía en la mano—.

—Sois un ladino y un hereje —continuó—, y vais a pagar con las llamas vuestra impureza. Dios Nuestro Todopoderoso Señor os ha traído hasta aquí para rendir deudas ante su Ojo.

Hacía mucho tiempo que yo no me carcajeaba y tuve que parar para no tambalearme debido al mareo por la pérdida de sangre.

—¿Creéis que he vuelto a Ísbar con voluntad de que me pongan en una pira?

—Es el oro, sí —siseó—, el oro material y vuestro título lo que os ha atraído. El pecado de los bienes materiales.

—Tenéis razón, su ilustrísima, a lo mejor me quedo vuestra bonita berlina de vapor. Debe de valer por lo menos quinientos escudos. —Fue a responder, pero la ira me hizo bramar las siguientes lindezas—: ¡He venido por venganza, gusano miserable! ¡Dios tiene una cuenta conmigo, pero yo la tengo con vos!

Clavé la espada en el suelo y coloqué mis dedos sobre las cuerdas del arpa. Los corchetes adoptaron posiciones de esgrima, aunque no se movieron del sitio. El alguacil hizo un ademán para enseñarme la boca del cañón, que me apuntaba a la cabeza.

—¿Venganza? —susurró Caperio—. ¡Yo soy un heraldo del Señor! ¡Si me amenazáis a mí, estáis amenazando a vuestro Dios! ¿Vais a vengaros de él también?

—Puede —siseé—, que tiene a bien llevarse las vidas de sus hijos con gran indolencia.

—¡Fue su voluntad! ¡Vuestra novia era una manceba que vivía en el pecado al yacer con vos fuera de los sagrados votos del matrimonio! ¿Creísteis que podíais ocultaros de la visión del Ojo de los cielos? ¡Él todo lo ve!

—¡Sí, y pronto va a ver un baño de sangre!

Si la vida fuese la cuerda de un arpa, hubiera estado tan tensa que parecería a punto de partirse.

—¡Parad vuestras chirigotas y chanzas! —ronqueó su voz anciana—. ¡Que más verdades se encuentran en vuestras palabras endemoniadas y llenas de perversidad! ¡Baño de sangre, si eso es lo que queréis! —Sus ojos se posaron ahora en el niño—. ¡Lintus Corne! ¡¿Qué hacéis junto a ese rufián todavía?! ¡¿No veis que es un hereje?! ¡Venid aquí! ¡Que vuestro cautiverio ha acabado!

—¡Dantian Pecler! —chillé—. ¡Ni te muevas del sitio!

El niño no tuvo tiempo de dar el primer paso. Estaba tan asustado como si le estuvieran apuntando a él con un arma.

—¡¿Dantian?! —La voz de Caperio se atenuó—. ¡Lintus! ¡Sois el hijo del emperador! ¡Qué demonio se os ha metido en el cuerpo que confabuléis con este hombre, que además es asesino de vuestro padre!

—No —musitó el niño con lágrimas en los ojos.

—¡Lintus! ¡Venid aquí, os digo!

Entonces la voz de Selpalius se alzó en el canal.

—Padre. —Se intentó incorporar, quedando de costado contra la pared—. Padre, si mi trabajo está hecho, dadme lo que me prometisteis. Dadme lo que acordamos.

La mirada de Caperio se depositó con flema en Selpalius Bálaster, quien era un horrísono de temores. El pánico era palpable en él, ese tipo de pánico de quien espera la grave sentencia de un oidor. El inquisidor soltó un resoplido.

—¿Me estáis exigiendo? —repuso fríamente, y Selpalius, desesperado, comenzó a negar. Pero mientras lo hacía entre sollozos Caperio le decía—: Ni siquiera fui yo quien os prometí *Los dedos de la bruja.* De hecho, aborrezco que uséis la escala que conocéis.

—Pero —lloraba Selpalius—, vos lo permitisteis. Vos me permitisteis usarla.

—Porque con ello atraeríais a este hereje. Mucho me temo que vuestro maestro, el imprudente e indecoroso Premuro, os ha llenado la cabeza de pensamientos redentores. La vida no es redención, es castigo para los que desdeñan la fe. Deberíamos haberle acusado de protestante cuando tuvimos la ocasión. ¡El infierno os espera, Selpalius Bálaster!, ¡y a vuestra madre también!

Estallé:

—¿¡Conmináis a un hombre a pecar y ahora lo condenáis?!

—¡Él es el pecador! —repuso Caperio mientras Selpalius volvía a dejarse caer, sollozando—. ¡Y un asesino!

—¡Vos supisteis que el emperador iba a ser muerto por él!

—Sí... —Su sonrisa cortaba—. Pero incluso los emperadores deberían morir por hacer justicia divina.

El miedo del niño volvió a menguar en aras de la ira. Caperio seguía hablando y cuanto más hablaba la cólera del muchacho crecía.

—Y cuando el calificador Efimerio y el procurador Mustio llegaron a palacio, tuvimos la mala dicha de que Gresnan fuese un menguado. Menguado por el rapto de este zagal estúpido y menguado ocultó este vil rapto, así como la muerte del putero de su padre. Gresnan se atrevió a echar al Santo Oficio de palacio para no ver caer su reputación. ¡Y vos,

Corneli, sois cómplices de todo esto!, ¡y también vuestras perversas amistades: esa mujer y ese azumbrado que no está aquí! ¡Vais a ser juzgados!

—¡Ellos son mercenarios, pagados de mi bolsillo!

—Eso lo valorará Dios Nuestro Señor. —Señaló a Selpalius, que temblaba en el suelo entre lamentos—. Como ya está dispuesto para esa miserable rata. ¡Selpalius Bálaster, se os condena a la purificación de las llamas!

En ese momento salieron del carruaje dos figuras encapuchadas y Selpalius se retorció con horror, clamando piedad, fuera de sí. Los dos urdidores se quitaron las capuchas y mostraron sus rostros: dos cuencas vacías y unas bocas que se abrieron a tempo, emitiendo un sonido hueco. Selpalius entró en combustión y los indescriptibles chillidos llenaron la arcada. El niño se tapaba las orejas con ambas manos y Nolvaria miraba hacia otro lado con el corazón encogido. Hasta el alguacil tuvo un segundo de vacilación y temblaba ante esta dantesca escena, apartando también la mirada. Solo los corchetes y el postillón del carruaje permanecieron inmutables, como autómatas, mientras los curas rezaban al unísono.

De repente, los urdidores callaron de golpe con un gemido de angustia y se encogieron. Felinesco dio un paso atrás, espantado, y Caperio casi pierde el equilibrio de no ser porque su espalda se apoyó contra el vehículo. Mi espada se había clavado en el corazón de Selpalius, dando fin a su tormento.

Caperio titubeó, producto de una mezcolanza de indignación y estupor.

—¿C-cómo os atrevéis?

—Aquí solo uno será el que muera entre horribles sufrimientos —amenacé.

—¡Sois el demonio! —dijo señalándome—. ¡El demonio en persona! ¡Afrentáis a la voluntad de Dios!

Escupí otro esputo sanguinolento al suelo.

—Si esta es la voluntad de Dios espero morir con la Umbra para verme con él, de cadáver a cadáver.

—¡Blasfemo! —gritó y se percató de los rostros que nos miraban desde las viviendas cercanas, rostros asustados que observaban cautelosamente desde los papeles de sus ventanas—. ¡Este hombre es Dragos Corneli! ¡El proscrito! ¡Ved, hijos! ¡Ved y escuchad el pecado que se manifiesta en sus acciones y en su retórica infame! ¡Ved al portador de

Los dedos de la bruja! —Se volvió con furia hacia mí—. ¡¿O vais a negar eso ante esta gente?!

Entonces mis ojos se llenaron de lágrimas y recordé a mi amor. La recuerdo aún, tendida sobre su camastro, doliente de su enfermedad, esperanzada en que hallara la escala que le curara su tormento. Recuerdo cuando encontré la solución, recuerdo...

—Recuerdo cómo hallé la escala en casa de Risoldar —musité para mí.

Los ojos de Caperio Coordinante se abrieron como platos. Sonreía de satisfacción. No, sonreía como un loco.

—¡¿Confesáis entonces que ese indecente pecador borracho os dio *Los dedos de la bruja*?

Y entonces mi mano se posó en el arpa, dispuesto a armonizar, y el golpe seco de un tiro resonó junto a los chillidos de Nolvaria y el niño. Primero sentí el impacto en la barriga como un puñetazo. Luego un ardor insufrible me embargó en la herida y todos los dolores que antes sentía me parecieron nimios en comparación. Me atravesó las entrañas, en vez de la cabeza, porque el alguacil no pudo apuntar bien debido al efecto de mi música.

Bueno, no fue solo el alguacil quien fue afectado por mi música, sino la docena de corchetes, los dos urdidores y Felinesco de Riosauce. Todos cayeron al suelo con sus corazones apagados. Ahora el miedo cambió de bando y Caperio quedó apoyado contra el carruaje, sin comprender lo que estaba sucediendo a su alrededor.

Escupí un río de sangre, pero la ira me mantenía en pie.

—No —respondí, ahora moribundo—. No me dio *Los dedos de la bruja.* Sin embargo, yo encontré otra escala. Una escala para dar a mi amor un final digno. Un final sin sufrimiento. —Entre el sabor de la sangre se mezclaron el de las lágrimas que me caían por la cara. Tenía mi cuerpo deshecho, pero logré asir la espada, que aún seguía clavada en Selpalius, y en dando un tirón para arrancarla de su cuerpo, comencé a andar hacia el calificador—. Pero vuestra fe, vuestros dogmas, vuestra intransigencia... vuestra asesina religión, impedisteis que yo pudiera darle el último beso.

Caperio se llevó las manos al pecho, como protegiéndose el corazón.

—¡No! —gimió con angustia.

—Por supuesto, su ilustrísima, por supuesto que no. Vos no vais a obtener ese beso. —Sonreí como pude y debió de ver al demonio de verdad, porque le fallaron las piernas—. Vos no vais a obtener el sueño plácido que quise regalarle a ella y que me negasteis a base de persecuciones, como si yo fuera un criminal, mientras mi amor se moría entre sollozos, creyéndose abandonada. Vos vais a obtener otro tipo de fin. —Alcé la espada, solo lo tenía a unas pocas brazas—. Vais a sufrir, pero antes me vais a contar quién está detrás de todo esto y dónde está mi amigo Felindante.

Pero la cabeza ya no aguantaba más y la oscuridad empezó a venirme a los ojos.

¿Saben vuestras mercedes ese recuerdo confuso en el que no se puede dilucidar entre la vigilia y el sueño? Así me vi, de rodillas de repente, con el cuerpo destruido y la mente oscurecida. Oía los pasos de mi amiga detrás, podía escuchar su música. Eché la vista hacia Nolvaria y vi que sus botas se paraban. Al voltear mi mirada en otra dirección vi que me venían a los alcances una veintena de corchetes y alguaciles. Yo casi no podía tenerme en pie, pero Caperio se levantó pesadamente, clamando ayuda y pidiendo «¡A mí la guardia!». Recordé las palabras de Premuro el día anterior, cuando describió su propia muerte, y me conocí en ese estado. Fui consciente de una verdad inevitable: estaba a punto de morir. Sabía que no tendría tiempo ni resuello para más, salvo una última cosa.

—Corre —dije con un débil hilo de voz a mi amiga, que me miraba con lágrimas en los ojos—. Corre y no eches la vista atrás. Llévate al niño.

Me quité los enganches del avambrazo del arpa y la arrojé al suelo. Al punto desenvolví los paños del entablillado y me desprendí de las varillas de latón. Al descubierto quedó el tatuaje que tenía en el antebrazo, que roto como estaba teñía la piel de morada. Recogí de nuevo la espada con la mano adormecida, pues la había soltado al caer, y puse el filo sobre el dibujo de mi piel: un círculo de protección que albergaba una escala latente.

Pasé la hoja sobre el antebrazo, sobre el tatuaje, y casi ni sentí el fuego del acero abriéndome la piel dibujada. Entonces, delante de mis ojos escuché la voz de alguien que parecía fuera de este mundo y que me estaba esperando: «¡Qué bello cuerpo!», dijo.

No me conocí dueño de mí mismo hasta tres años después, durante los cuales estuve poseído.

EPÍLOGO

Lo que a continuación se expone en el epílogo de este primer libro que escribo por petición de Corneli, es un documento que ayuda a comprender esta historia y es independiente de ella. Es un anexo que he visto a bien añadir y está sacado del archivo de la Imperial Audiencia y Chancillería de Monteperegrinos.

En él se recoge el testimonio dado por Closter Tol en la vista militar durante la guerra civil de Ísbar por causa del cisma de Mirtos de Levante. La entrevista tuvo lugar casi un mes después del inicio de la guerra. El testimonio del señor Tol narra los hechos ocurridos el día que estalló el conflicto bélico, que coincide con dos sucesos históricos y graves: la matanza que perpetrara Corneli bajo la arcada de las antiguas ruinas de Los Gallos, junto con la muerte del valido de S. M., Gresnan Cot, quien fue encontrado en su despacho sin vida.

Como nota personal y aclaratoria, me responsabilizo de decir que Corneli no sería dueño de sus acciones hasta tres años y medio después, momento en el cual el usurpador abandonara su cuerpo. No se sabe mucho acerca de sus andanzas durante este tiempo, pues se le consideró oculto de Ísbar durante el conflicto militar, apareciendo en las escasas ocasiones que las gentes afirman haberle visto y cuya veracidad hoy día está por determinar. Pero, de la segunda parte de *La historia triste de un hombre justo*, Corneli nos la cuenta en el siguiente libro de sus memorias, que espero registrar estos días según me la narra.

S. I. Martiso Dascar,
barón de Coteli.

«A 15 de enero del año de Nuestro Señor Reverberado de 1633, en la Imperial Audiencia y Chancillería de Monteperegrinos, que funciona a la fecha como tercer cuartel militar del Sacro Imperio de Ísbar.

Saludes y gracias, sabedes,

Que testimonio pasó y se trató en la nuestra corte y chancillería ante los nuestros alcaldes de los hijosdalgo, el comendador de la Orden de Peñagrís, el Concejo Militar y el notario del distrito de Tierrafértil, que está y reside en el barrio de Monteperegrinos. Siendo D. Corintio Sato oidor de estos relatos y el licenciado D. Arterio Frugal como procurador, por una parte; y el maestre de campo D. Lucario Dascar, por los militares, de la otra; ambas dos partes en nombre del emperador nuestro señor.

Que este testimonio es dado por el señor D. Closter Tol, originario de Tierrafértil, para esclarecimiento de los hechos ocurridos bajo las arcadas de las antiguas ruinas de Los Gallos, donde Dragos Corneli, según los testigos, amenaza al sumo calificador Caperio Coordinante y mata a cuatro personas y tres docenas de autómatas.

Que, visto por los dichos funcionarios, se procede a registrar la testificación como sigue:

Narra el señor Closter Tol: *Llegué al lugar justo cuando lo vi repuesto, sin herida alguna, como les digo, yéndose y dejando los cadáveres de los corchetes tirados por el suelo: decapitados, desmembrados y baraustados todos.*

Inquiere S. I. Corintio Sato: *Pero según cuentan los testigos, don Dragos Corneli estaba mortalmente herido. Según cuenta su ilustrísima Caperio Coordinante, que como sabe logró escapar a pie, Corneli fue como poseído por un demonio, regeneró sus heridas a voluntad e hizo y deshizo el tejido con solo el pensamiento, respondiendo a los ataques de todos cuantos allí le intentaban herir. ¿Vio uced esas escenas cuando llegó?*

C. Tol: *Mire, usía, yo no entiendo de regeneraciones, posesiones o escalas perversas. Yo entiendo de lo que veo y vuestras mercedes me piden que cuente unos hechos que yo no vi. Las gentes dicen que Corneli estaba herido, mas yo le conocí entero en el momento en que fui en persecución de la delincuente.*

Inquiere Lucario Dascar: *¿Podéis hablarnos algo más de esa delincuente misteriosa?*

C. Tol: *Ya os he hablado de esa mujer, se llama Lírica Plester. Y en efecto, escapó, porque fue en el momento en que, como ya les he dicho a sus señorías, me encontré con el fuego cruzado y las explosiones de los primeros encuentros bélicos.*

»Cuando volví al lugar vi que la gurullada ya estaba aviada. Pude observar a Corneli por última vez mientras atravesaba un muro de piedra. Es una escala latente llamada La puerta *y permite recorrer grandes distancias. Cuando toqué el muro la escala ya estaba disuelta.*

C. Sato: *¿Sabe vuesa merced donde se encuentra Nolvaria de Bruma y Lintus Corne?*

C. Tol: *No lo sé, señoría. No he vuelto a verlos desde ese día.*

C. Sato: *Pero ellos sí presenciaron la reyerta.*

C. Tol: *Esto fue lo que ocurrió cuando llegué:*

»Atravieso las arcadas y me encuentro con un reguero de sangre y una treintena de cuerpos tirados. Los únicos que respiran son tres: Nolvaria de Bruma, el niño y un autómata que conduce el carruaje del Santo Oficio. Les pregunto y Nolvaria me dice que Corneli, de repente, ha sacado unas fuerzas y unos bríos sobrehumanos y que ha despedazado uno a uno a los corchetes que les venían por la calle del viaducto. En un momento dado, incluso se da de bruces con el calificador, Caperio Coordinante, pero al ver Corneli que este no es una amenaza, sino que se protege de los ataques, lo tira por los aires con un movimiento de mano para apartarlo de su camino, como si fuera un estorbo. Fue cuando Caperio debió de escapar del sitio. Entonces, según me cuenta Nolvaria de Bruma, Dragos se dirige al muro y lo atraviesa, testimonio que coincide con lo que vi. Después de eso nos separamos.

C. Sato: *Pero ¿es cierto que escapasteis de las autoridades en cuanto llegaron a las ruinas?*

C. Tol: *¿Me estáis acusando? El Gobierno de Ísbar estaba deshecho ya, que esas autoridades estaban actuando sin poderes ni permisión. La guerra ya había empezado a esa hora y esto es un juicio bélico, no civil.*

L. Dascar: *Sí, pero si bien somos los militares quienes controlamos la situación ahora, no dejan de ser asuntos de importancia. Señor Closter Tol, ¿vos sabíais que el niño era Lintus Corne?*

El señor Closter Tol no contesta a la pregunta y los magistrados le instan a hacerlo. Rompe el silencio con una risa y sigue hablando:

Le conté a Nolvaria de Bruma que la guerra había estallado. Que se hablaba de que Gresnan Cot había sido asesinado en su despacho y que el emperador, Socris II, había declarado la guerra a Mirtos de Levante, distrito alzado y traidor, que abrió sus puertas para invadir Tierrafértil en el día de la oscuridad de la Umbra. Nolvaria y yo tuvimos el mismo pen-

samiento: devolver al niño al Palacio Imperial, pues él se había declarado a sí mismo como Lintus Corne, horas antes de estos sucesos. Así que Nolvaria y yo quisimos cumplir con lo que haría un buen súbdito del emperador, y le dijimos a Lintus que se preparara, que lo devolvíamos a su casa.

»Entonces el niño se puso a llorar, repitiendo que no entendía qué le había pasado a Dragos Corneli y que no quería moverse del sitio. Y no nos conmovió en absoluto, al menos a mí. Nolvaria, fría y justa le dijo algo como esto: "Venga, alteza, nos vamos". Pero entonces el niño, con lágrimas en una mirada perdida y la voz rota y resignada, musitó, más para sí que para nosotros: "No me llaméis alteza...".

»Algo se rompió dentro de Nolvaria, que se le quedó mirando mientras yo le preguntaba qué camino tomaríamos hacia el Distrito Central. Ella entonces cambió el plan y gritó: "¡Dantian, vamos a escapar!, ¡sube al carruaje del Santo Oficio!". ¿No es de locos? Eso pensé en ese momento, pero ahora confieso a vuestras mercedes que Nolvaria de Bruma tuvo el cuajo del que yo carecí en esos momentos. Nolvaria metió al niño en el carruaje y, aunque le alerté de que no lo hiciera, ella repuso que harían política con el zagal, que podrían matarle por ser hijo de quien era, que la corte ya no era un lugar seguro ni siquiera para él y que le estaba salvando la vida. Le dije que si se lo llevaba la que no estaría segura sería ella. Estaba secuestrando a un marrajo importante. "Es el bastardo del emperador", le decía. Fue entonces cuando me tomó con ambas manos la cara y me repitió de cerca, sollozando: "Es un niño, Closter. Es un niño".

»Nolvaria dio la orden al postillón y el carruaje se camufló en el caos de gentes, lejos de mi soledad en aquel canal, rodeado como única compañía de una desolación de cadáveres. Y, miren vuesas mercedes, ¿qué quieren que les diga? Mientras se iban los dos escuché en mi mente la voz de Corneli, susurrándome desde mis recuerdos: "La justicia es un bien que se comercia", decía con una moneda de oro en la mano —aún lo recuerdo vivamente—. "Un hombre que mueve sus acciones por el dinero, ¿sería un hombre justo, Closter? ¿Sea cual fuere su faena? ¿Incluso por lo que estamos haciendo a espaldas de toda la sociedad, tú y yo?".

»¿Por qué les cuento esto a vuestras mercedes? Porque creo que ya no tengo miedo a nada. Me sentí un mercenario cuando Corneli me dedicó estas palabras. Tuve muchas dudas desde un principio, aunque nunca se lo dije. Nolvaria me había abierto los ojos al llevarse al niño. ¿Saben, sus señorías? El primer pago que me dio Corneli fue a las puertas del Palacio Imperial. Fue un escudo de a ocho que él creyó que yo me había gastado en solo dos días. Pero ahora no era Corneli quien tenía una moneda de oro

en la mano, sino yo, allí, bajo las arcadas de Los Gallos, frente al cadáver calcinado de Selpalius Bálaster. Un escudo de a ocho, el mismo que me dio en las puertas del palacio.

»Las palabras de mi amigo me resonaron en la mente y algo dentro de mí se rompió. No me di cuenta hasta ese preciso momento. ¿Quieren saber qué hice a continuación? Hablé conmigo mismo, con mis pensamientos y mi entereza. ¡Durante años he estado en las sombras, viviendo como un paria, y ahora no tengo intenciones de embozarme con subterfugios! Siempre oculto, siempre eludiendo a unos y a otros, hasta que, yo sin saberlo, Corneli me había abierto los ojos, como a Nolvaria. A cada uno nos aleccionó de la instintiva manera que siempre gasta. Así que reí mordaz y me entraron ganas de gritar y llorar. "Maldito seas, Dragos Corneli", me encontré susurrando y deposité la moneda en el regazo del difunto Selpalius.

»Eso fue lo que hice.

»Luego sacudí mi sombrero, respiré hondo, renovado, y me dispuse a marchar. Ahí fue cuando el tiro me rozó la cabeza a unas pulgadas. Salí corriendo. A mis espaldas escuchaba a la gurullada: "¡Daos preso en nombre del emperador!". Pero yo corría y corría, y saqué mi arpa de muñeca, presto a armonizar.

»Poco me importa lo que este tribunal pudiera condenarme por ello, pero no el del Santo Oficio. Antes de que pudiera pulsar una cuerda se hizo una terrible oscuridad y el mundo se sobrecogió con un estertor. Pero lo que ahogaba no era la oscuridad, sino un estímulo que era percibido con mis oídos de armonizador: el tejido se hizo silencioso de golpe. ¡Nadie armonizaba en él! La tierra tornó a la negrura más absoluta de la santa Umbra y una voz ronca y terrible sonó en todos los oídos de cuantos armonizadores habíamos en Ísbar: "¡Deus mortus est! ¡Silentio!".

»En la temprana tarde del día, vigilando como un faro la tierra ennegrecida de sombras, el Ojo de Dios brillaba en un cielo anegado de estrellas.

Puente de Tierrafértil, 1633»

Apéndice I

Que recoge una breve teoría sobre armonización

Extracto del libro La música de los armonistas,
del maestro lutier Liscario Tristante

I. Del tetragrama al pentagrama

En teoría musical las escalas se componen sobre un conjunto de líneas que demarcan las distancias entre los tonos o notas, que son: do, re, mi, fa, sol, la y si. Antiguamente estas líneas eran cuatro y a su ligado completo se le llamaba tetragrama. Este tetragrama ha sido durante siglos el dosel donde los padres de la Iglesia han tejido las cortinas de las músicas que conocemos y sus transcripciones han sobrevivido al paso de guerras, cismas, antigüedades y fronteras. La santa Iglesia preservó su legado hasta nuestros días y todavía se usa como método para la composición de muchas escalas —las más sacras—, y como canal de transmisión de las antiguas.

Apareciendo ya la polifonía —se considera su precursor en Ísbar a Madabarante Magris, pues él la trajo de Oriente—, el armonizador hubo de colocar en aras de su comodidad una quinta línea bajo el tetragrama. Y, siendo el armonista de oído bachiller avezado en las leyes de las matemáticas y apegado a las nuevas ciencias, se hizo necesario colocar esta nueva línea con distante holgura con respecto a la última del tetragrama, dado que entre línea y línea necesitó de escribir los ajustados algoritmos para muchas de las composiciones —sobre todo las llamadas escalas perversas, que necesitan del número de oro—. Estas últimas escalas —junto con otras de más pura naturaleza—, si se pretenden armonizar, deben ir acompañadas en su transcripción con unas anotaciones matemáticas entre las dos líneas últimas; así se permite ajustar el arpa de muñeca a la frecuencia exacta. Y con respecto a esta exactitud, muchos bardos son capaces de punzar el lugar puntual en la cuerda, mientras otros se han de valer del calibrador de frecuencias de su arpa.

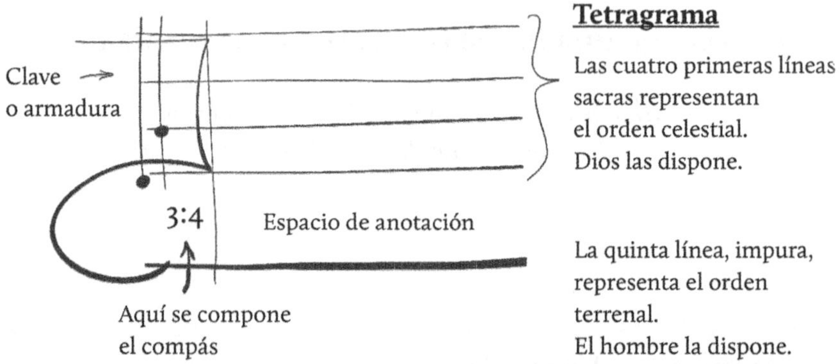

DESCRIPCIÓN DEL TETRAGRAMA-PENTAGRAMA

Las líneas sacras

Son las cuatro primeras líneas, que originalmente eran las que componían el tetragrama, y los armonistas de fe son los que más hacen uso de ellas. Señalan el orden celestial de Nuestro Señor Dios Reverberado, pues cada línea es la representación de los cuatro anillos del Tetragrama celestial.

La quinta línea

Es la línea añadida por los armonistas de oído y que amplía el conjunto de las otras cuatro al llamado pentagrama. Esta quinta línea representa el orden terrenal del hombre, impura; con el paso de lustros y décadas más armonistas hacen uso de ella. Representa, por tanto, la tierra bajo los cuatro anillos celestiales. Aunque al principio era repudiada por la Iglesia, el tiempo ha ido abriendo una visión más permisiva; hoy día tanto armonistas de fe como armonistas de oído componen escalas sobre el pentagrama, dejando el tetragrama para escalas sacras y otros usos arcaicos.

La clave o armadura

Existen tres claves para facilitar la lectura del pentagrama: do, fa y sol. La última no tiene símbolo y solo se anota con un punto para señalar la línea donde se coloca la nota correspondiente a la clave. La anotación sol es la natural, pero se modifica por ciertas reglas marcadas por la santa Fe. Durante el día se suele componer con esta clave.

Las claves do y fa corresponden a nuestras dos lunas. Según marquen el centro del Tetragrama en una hora del día o la noche, las afinaciones han de cambiarse octavas hacia arriba o hacia abajo, subiendo y bajando los tonos de las escalas. De aquí surge la necesidad de la anotación de ambas claves para facilitar la lectura musical y se anotan de esta manera:

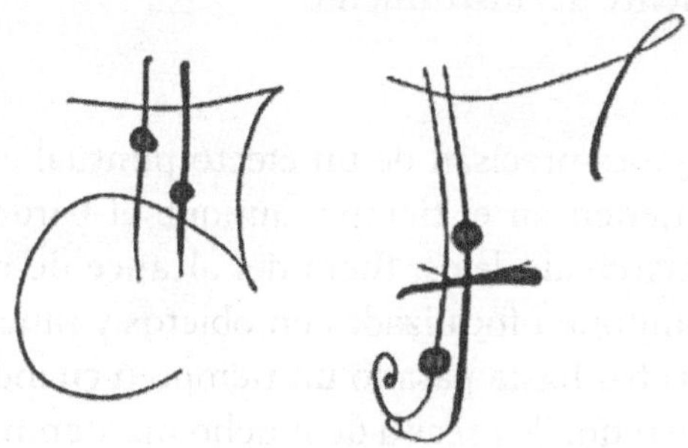

Claves de do y fa

Los puntos colocados sobre las grafías verticales determinan la altura donde se coloca la nota sobre el pentagrama. El primer punto suele ser la lectura natural, mientras que el segundo indica una lectura auxiliar.

II. Sobre los tipos de escalas

Existe una gran discusión entre armonistas de oído y armonistas de fe en lo que respecta a la clasificación de las escalas. El Gobierno de Ísbar ordena solo tres tipos: escalas convencionales, escalas sacras y escalas prohibidas; y las últimas se dividen entre dos: escalas perversas y escalas vetadas. Personalmente, según mi experiencia hablando con los bardos y estudiando la naturaleza armónica de los distintos tipos de escalas, he llegado a la conclusión de que las escalas latentes son también un tipo de escala dentro de las convencionales, pues tienen una diferenciación suficientemente grande en cuanto a reglas de armonización. Por tanto, hago distinción de un total de cinco, a saber:

Escalas convencionales

La mayor parte de las escalas conocidas entran dentro de este conjunto. Se caracterizan por tener un efecto inmediato y suelen asociarse, según su naturaleza, a un instrumento en concreto. Por ejemplo, el metal suele llevarse bien con instrumentos de viento de metal, mientras que la piedra suele responder más a las notas bajas y profundas de los tambores. El agua está asociada a la delicadeza del arpa de muñeca mientras que el fuego responde bien a un conjunto amplio de cordófonos con notas altas, siendo muy afín a la pasión de la voz humana y enemigo de los tonos bajos.

No obstante, el entrenamiento del bardo es quien determina finalmente si es capaz de controlar las distintas naturalezas del mundo independientemente del instrumento.

Escalas latentes

Si las convencionales precisan de un efecto puntual e inmediato, las latentes se mantienen en el tiempo, aunque el bardo que las componga se haya marchado lejos, fuera del alcance de sus efectos. Estas escalas se componen focalizadas en objetos y muchas de ellas no muestran sus efectos hasta pasado un tiempo o cuando se las activa, conscientemente o no. Se precisa de mucho mantenimiento, pues los remanentes de la escala se van debilitando en su vibrar hasta que nada queda de ellas en el tejido. Por estas razones los compositores de escalas latentes suelen estar muy bien pagados, con la seguridad de que se les llamará asiduamente para el reforzamiento de los efectos.

Se reconoce a dos bardos maestros en este tipo de escalas por su asombrosa habilidad para mantenerlas perennes en el tiempo, incluso muchos años después de haber sido compuestas. Tal capacidad de mantenimiento aún no se ha descifrado, aunque muchos conjeturan que se debe a una gran habilidad, mientras que otros sostienen que hay un secreto antinatural detrás de ello. Uno de esos bardos es el maestro Risoldar Estut, de quien se cuenta una leyenda acerca de un laberinto de escalas de portal repartidas por toda Ísbar; el otro es su alumno Dragos Corneli de Tierrafértil.

Escalas sacras

Las escalas de la Iglesia, propiamente dichas. Todas están compuestas sobre un tetragrama y con estructura monódica. Algunas pueden armonizarse todo el año, pero otras solo pueden sonar en algunos periodos litúrgicos.

Las escalas sacras pueden ser armonizadas por cualquier armonista, aunque hay algunas que solo los dómines y los prelados pueden componer.

Escalas vetadas

Algunas escalas tienen unos efectos tan poderosos como para desvirtuar al armonista y muchos criminales lo saben. Estas escalas son perseguidas por las leyes imperiales, dado que ciertos bardos aprovechan sus efectos para delinquir. Su detección depende de los armonistas magistrados, que se encargan de vigilar el tejido armónico —también llamado tejido de la realidad—.

Escalas perversas

Las escalas que usan la exactitud del número sacro de Dios son las escalas prohibidas por la santa Iglesia. Sus efectos modifican la vida, que es cosa repudiable, pues solo Dios Nuestro Señor Reverberado puede darnos la salud que combata la dolencia y la enfermedad. Con celo religioso y pasional, una docena de urdidores del Santo Oficio reza día y noche para detectarlas. El método consiste en que cada urdidor canta una de las doce notas, repartiéndose todas entre los hermanos en una cámara cerrada y desprovista de ruidos, la cual está regentada por el vigilante urdidor. Este último se halla en el centro, escuchando e integrando cada nota sacada del tejido por cada urdidor y compone una música en su mente gracias al trabajo conjunto de los otros doce. Los urdidores se introducen en el tejido armónico —llamado por la Iglesia Monocordio del Mundo— y se valen de su visión armónica para extender su vigilancia por millas, abarcando todo un distrito. Ellos dan las notas, mientras que el vigilante las enhebra y tiene en su mente una visión puntual del tejido, una construcción armónica exacta sin interferencias.

Cuando una escala perversa es detectada, notan el vibrar de la *mancha* en las cuerdas del tejido; entonces el vigilante urdidor transcribe lo que sus doce urdidores le hacen llegar hasta su mente: lugar y momento aproximados de la armonización. Lamentablemente, los armonistas que osan cometer este execrable pecado no son vistos fácilmente, así que un comité de investigación ha de trasladarse junto a un calificador y varios urdidores a la zona afectada.

No hay transcripción de este tipo de escalas, pues solo su aberrante naturaleza desvirtuaría lo que aquí escribo.

III. Algunas escalas

A continuación, transcribo una pequeña clasificación de escalas y sus efectos sacada del *Códex de Dascario: la música de Madabarante Magris y otras escalas.*

Rondó de partida
Este rondó de dos actos calienta o enfría la materia haciendo vibrar las moléculas. No se sabe por qué se llama así, pero una de las conjeturas más acertadas es que, cuando los primeros armonizadores sintieron las moléculas, la primera inercia que tuvieron fue modificar su movimiento. La ciencia de la naturaleza legisla que, si las partículas de la materia se mueven más rápido, se produce calor, mientras que si se lentifican aparece el frío.

El susurro del viento
Cuando la Iglesia mostró su rechazo a que ajenos a su ministerio compusieran sobre el tejido, los armonistas de oído encontraron formas para transmitirse músicas y conocimientos en conciliábulo. Así nace esta bella escala que mantiene un puente entre dos mentes, conectándolas y permitiéndoles transmitir ideas de una a otra sin necesidad de articular palabra.

El cantar de Madabarante
Es una balada antigua que reproduce visiones de un hecho concreto en la tensión superficial de un líquido. Esta escala tiene mal fario y, aunque es legal, no suele verse con buenos ojos, pues quienes la usan son tomados por chismosos. Gracias a esta escala, Madabarante Magris, el Primero, fue reconocido como armonizador imperial —posteriormente bardo imperial—.

Esta es la escala que otorga a los armonizadores de oído el sobrenombre de «bardos», pues con ella se traen al mundo las voces del pasado.

Sonata de la revelación
Una escala con compás de a dos por cuatro que sirve para detectar escalas latentes en el tejido, usualmente los remanentes de *El testamento de lágrimas.*

La lauda del bardo
Provoca sordera en el armonizador. Normalmente, todo armonizador tiene su contraescala aplicada de forma latente en sus oídos. Solo los magistrados pueden usarla.

Los oídos del viento
Trae sonidos mundanos hasta el armonizador. Suele tener una contraescala para desvelar a un posible espía.

Las caricias de Estilio
Esta escala, que lleva el nombre del antiguo dios pagano Estilio, señor del mar, condensa el agua del ambiente provocando una neblina alrededor. La Iglesia presionó durante años para prohibir esta práctica, alegando que era usada por adoradores paganos. Pero el Gobierno nunca se inmiscuyó en tal empresa, pues no se vieron motivos ya que, si bien puede ocultar a bellacos entre la niebla, también tiene usos prácticos, como crear agua de vapor.

La cantata de los mil tintineos
Es una escala que suele usarse con instrumentos de viento de metal, ideal para las trompetas y trombones, debido a la tensión que hay que aplicar. Sus efectos suelen verse más efectivos sobre el metal, pues se usa por los ingenieros para moldear hierros y otros materiales de naturaleza parecida.

ESCALAS LATENTES

El testamento de lágrimas
Aunque en su forma más básica es una melodía de pocas notas, con el tiempo se ha estilizado en un *arpegio* con un compás de a cuatro por cuatro y se utiliza para transcribir un mensaje oculto en un foco. *El testamento de lágrimas* se le atribuye hace poco más de un siglo al bardo Parexis Famel, quien fue hombre desdichado, más por orgullo que por sus propias circunstancias. Para su explicación, extraigo un breve

texto del libro de su paternidad Premuro Latente *De la reconciliación y el perdón*, y dice así:

«... porque hay cosas que creemos bajo nuestra determinación, hasta que la muerte viene a llevarnos; el miedo aflora y la conciencia se desborda de arrepentimiento. Entonces, en nuestro lecho de muerte empiezan a asomar sentimientos de aflicción que nunca antes habías experimentado: lo puedes ver en los ojos de aquellos que se van por la posta, moribundos en sus camastros. Parexis Famel vio esta fatalidad antes de dar sus últimos estertores, llevando su agonía con un pesar que dolía a aquellos que miraban a sus ojos. Llevaba años sin hablar con su hijo, armonizador también, tantos que lo desheredó de la casa y de todos sus bienes. Sin embargo, el moribundo en su lecho pidió que fueran a buscar a su amado hijo y, cuando este llegó, el bardo casi no podía hablar debido a que estaba ante las puertas de la muerte. El muchacho, con el corazón asfixiado por el dolor, percibió que los ojos de su señor padre ya estaban apagados por el velo de la parca y que lloraron unas últimas lágrimas al tiempo que musitaba lo que le parecía unas palabras débiles. Al acercar el oído a los desvaídos labios del bardo, el muchacho descubrió que lo que su padre estaba haciendo era tatarear una melodía. Esta era *El testamento de lágrimas*, solo que el muchacho pasó semanas sin saberlo. Hasta que el día de la subasta, por mera casualidad mientras tatareaba esta musiquita que creyó el último legado de su padre, abrió sus oídos de armonizador y escuchó una escala latente en la pared de la alcoba. Solo le bastó la *Sonata de la revelación* para hacerla aparecer y he aquí que descubrió lo que su padre se vio incapaz de decir con palabras, pero que la música, compuesta desde su corazón le mostraba escrito en la pared: su testamento, donde en su codicilo salvaba la casa en favor de su hijo y en donde le contaba cuánto lo quería y cuánto le hubo echado de menos. Parexis Famel encontró así la paz que todo hombre debería hallar antes de morir. Por eso mismo, es ingenuo creer que el orgullo nos va a acompañar más allá de la vida.

»En ocasiones, el orgullo puede arrancarnos el brazo antes de meterse con nosotros en un ataúd».

El quiebro del telar

Aísla a una persona en una esfera de silencio donde no sale ni entra sonido alguno. No obstante, un armonizador puede abrir un hueco en el quiebro para permitir la entrada de sonido. No todos los armonizadores se protegen contra esto, pero existen contraescalas al respecto. Durante años se ha intentado categorizar como escala vetada y actualmente solo los magistrados pueden hacer uso de ella.

El tiempo ciego
Congela el paso del tiempo sobre el foco: por ejemplo, preservar un cadáver para que este no se descomponga.

La cuerda sorda
Es una escala sencilla que crea una campana de silencio sobre una zona. Según la amplitud de la escala la zona afectada puede agrandarse.

La puerta
Es una escala que empieza en un acorde y acaba en el mismo acorde una octava inferior o superior, como si se cerrara en círculo. Se ha de usar dos veces para conectar dos focos que se mantendrán unidos por un puente armónico. Requiere de una superficie más o menos estable y funciona mejor si los objetos armonizados están hechos de lo mismo. Una vez conectados ambos focos mediante el puente, el armonista puede usarlos como si se tratara de portales conectados, permitiéndole salvar grandes distancias pasando su cuerpo de uno a otro foco. El problema es que las moléculas de la persona que viaja se descomponen en el primer foco para volver a componerse en el segundo y esto puede tener efectos secundarios peligrosos, sobre todo si las distancias son grandes o los remanentes están debilitados en el tejido. Se conoce el caso de un bardo que se esperaba al otro lado de un foco y solo se encontraron de él jirones de ropa y restos de pelo.

La obra de ingeniería más notable sobre la escala *La puerta* se le atribuye a Risoldar Estut con su legendario Laberinto Estut, un complejo entramado de pórticos repartidos por toda la ciudad de Ísbar, pero de la que no se tiene evidencia alguna, pues nadie ha probado su existencia.

Cántiga del mundo
Se usa para moldear la piedra. El esfuerzo es monumental con instrumentos de cuerda, pues la vibración de un cordófono —o un arpa— no se lleva bien con la roca. La percusión es ideal para imprimir vibración en esta escala, pero con concentración puede moldearse con casi cualquier instrumento.

Romanza del bardo

Esta romanza bellísima enmascara emociones, sustituyéndolas por otras. Es una escala mal vista cuando se detecta, pero no es ilegal. Suele armonizarse sobre un objeto pequeño que basta con llevar oculto, como una piedra o una moneda.

El sopor de la anciana

Duerme al foco mientras no se disuelva. No se considera escala prohibida, pero sí es denunciable si el afectado procede a pedir justicia.

ESCALAS SACRAS

El suspiro de Ennea

Ennea es la Madre Purísima y Virgen de Nuestro Señor Reverberado, al que concibió al ser fertilizada por un abrazo durante un baile. El poder de Dios se manifiesta a través del amor de Ennea y su suspiro mueve el mundo. Quien use esta escala podrá quebrar el aire fuertemente provocando una onda expansiva. Queda prohibida usarla durante la Umbra y algunos días festivos.

Los zarcillos de Ennea

La justicia de Ennea asiste a los ministros de la Iglesia. Esta escala genera fuertes corrientes de aire que se arremolinan en forma de zarcillos translúcidos o invisibles. Los prelados lo usan para hacer grilletes a apiolados por el Santo Oficio. Puede armonizarse en cualquier momento excepto los días festivos y durante las liturgias importantes, como la Umbra.

La luz del Reverberado

Emite luz desde un objeto cualquiera, por ejemplo, la palma de la mano. Cuando el Sol está en el cielo esta escala se debe evitar; está creada para que Dios ilumine el camino de los armonizadores en periodos de Primera y Segunda Penumbra, silencios y durante la noche —durante la Umbra está prohibida—. También se permite usarla bajo tierra o en lugares oscuros e incluso para combatir el poder del Maligno, pero habrá de justificarse si es detectada por un urdidor. Aun así, no se hace demasiado hincapié en detectarlas, pues ya está bastante popularizada y los prelados del Santo Oficio consideran «perder el tiempo» perseguir su uso indebido.

La gracia de Ennea
Crea un muro de aire que protege a los armonizadores. Esta escala está permitida exceptuando los festivos y los periodos de liturgia.

La pureza de Dios
Es una escala muy poderosa y requiere un gran dominio. Al igual que el *Rondó de partida* mueve las partículas del ambiente para, en este caso, controlar, en la mano del armonizador, una esfera flamígera que hace combustión con las partículas de alrededor —incluso la propia carne—. No utiliza el número de oro, pues los daños son aleatorios y no modifica la carne del armonizador de forma localizada y puntual. Los resultados pueden ser catastróficos si no se usa la escala correctamente; pero si el armonizador la controla bien, puede lanzar la bola de fuego ocasionando daños. Únicamente los hombres de la Iglesia pueden usarla y la suelen armonizar en grupo para minimizar posibles consecuencias, a excepción de los mártires, que se atreven a armonizarla solos llevando a un fatídico final como precio.

ESCALAS PROHIBIDAS: VETADAS

Balada del hombre muerto
De manera errónea se cree que metamorfosea el rostro del foco, pero en realidad es un espejismo. El armonizador suele usarla sobre sí mismo y crea una ilusión sobre su rostro, camuflando su identidad por otra. No es preciso decir que suplantar una identidad es motivo de delito.

La confesión del hombre muerto
En conjunción con la escala anterior, esta se usa para sustraer pensamientos y recuerdos de la mente del foco. Así, la suplantación de identidad puede hacerse con más fiable exactitud, ya que un rostro suplantado es más creíble si se acompañan de palabras y pensamiento de la persona que se imita.

Balada de la envidia
Esta escala es realmente un vals de a tres por cuatro. Sirve para colocar la mente en otro cuerpo, aunque el precio es alto: muchas veces el armonista se queda con recuerdos del foco mientras que este puede quedarse con un residuo de la mente del armonista. Esto es porque la consciencia de las mentes ocupa un espacio físico en el cerebro, por

lo que dos mentes no pueden estar dentro de una misma cabeza conviviendo. Así, cuando se armoniza esta escala, quien la compone sabe que su cuerpo va a ser ocupado por la mente del foco. Es decir, ambas mentes se intercambian en cada cuerpo.

Existe una escala latente de protección para evitar que el foco haga uso del cuerpo del armonizador, escala que muchos armonizan en un símbolo —se conocen bardos que lo tienen tatuado—; así, cuando el armonizador entra en el cuerpo del foco puede usarlo como si fuera el suyo, pero cuando el foco entra en el cuerpo del armonizador se sume en un profundo sopor y no suele recordar nada, excepto algunos fugaces recuerdos de la vida del armonizador que se pierden en el proceso. Esta escala está prohibida con seres humanos pero no con animales, aunque la práctica con estos últimos se considera ignominiosa.

El silencio de la luz

Extiende las sombras, moviéndolas a placer, imponiéndose a la luz. Es una escala prohibida pues está relacionada con bellacos que quieren ocultarse y no hay motivos coherentes para armonizarla, ni siquiera para escapar de la luz de Dios en el cielo. En el habla de germanía, cuando es usada, es llamada: *extender las sombras* o *arrimarse a la penumbra.*

La sátira del ángel

Esta escala prohibida modifica la temperatura del ambiente. No hay razones cívicas para hacer esto en público, de modo que está prohibida por el Imperio. No obstante, existe una excepción a su uso mediante una regalía o permiso para que el armonizador pueda usarla única y exclusivamente dentro de su hogar.

ESCALAS PROHIBIDAS: PERVERSAS

A continuación, se hace breve descripción de las escalas perversas, cuyas notaciones están prohibidas y además las desconozco, pues solo el Santo Oficio las archiva para su estudio en su lucha contra la oscuridad. Estas descripciones se sacan de diversos libros y son una idea aproximada de lo que puede hacerse. No tienen más pretensión que la de dar testimonio de cuán deleznable resulta su uso y de servir a quienes puedan detectarlas para denunciar la práctica.

La voz del Maligno
Esta escala usa la composición del número sacro para doblegar las pasiones y los pensamientos de sus víctimas. Con su composición se puede convencer y confundir a los focos, imponiéndoles sentimientos y deseos fuera de la naturalidad que dispone Nuestro Señor.

El aliento del Maligno
Hace que una persona entre en combustión. Es una versión amplificada de *La pureza de Dios* usada sobre las personas, pues incide en las moléculas de un ser vivo; es una inquietante melodía, distorsionada, y quienes la han oído la describen como enloquecedora. A menudo la confunden cuando un armonizador ha prendido las ropas de alguien usando el *Rondó de partida*, pero en este caso el condenado suele salir indemne cuando comprueba que no se ha usado sobre la carne, sino sobre la ropa —lo que no implica no responder a las leyes civiles por los daños causados—.

Los dedos de la bruja
Esta escala modifica los cuerpos. Aunque muchos que han claudicado bajo el Santo Oficio han defendido su uso, lo cierto es que está prohibida, puesto que nadie debería deshacer los designios que Dios impone sobre los hombres. Se dice que esta escala puede regenerar miembros mutilados, curar dolencias mentales y reducir gomas tumorales.

El beso del silencio
El beso es la más terrible de todas las escalas, pues apaga el corazón de un ser vivo al ser compuesta. No se sabe con exactitud quién fue quien compuso por primera vez la escala, pero se cree que es una versión contrapuesta a *Los dedos de la bruja.*

Apéndice II

Breve glosario del habla de germanía

(Sacado de un compendio de notas y cartas de Prímula Fatua de Altatorre y Nácar, duquesa de Sidoña, recopiladas por Nolvaria de Bruma)

[...] Que, de forma engreída y con presunción de bachillerías, algunos se atreven a decir en alto íbaro: *stultorum infinitus est numerus*. Yo les digo que podría estar de acuerdo: que «infinitos son los tontos en número», pero que no me digan que es por la lengua que usan y cómo la usan, sino por otras lides de sus fueros internos. Que en mi corte he visto yo a gentileshombres y bachilleres como los que más y no han sabido luego hacer buen ordenamiento de sus haciendas ni manejo honroso de las gentes que gobiernan. Y también he visto personas que siendo poco virtuosas de bolsa han visto el fluir de sus vidas como gente menesterosa sin opción a un pan de hoy y que, siendo así como les digo, han afilado en sus mentes una sabiduría y un talante de ingenio que muchos gentileshombres de la corte de Su Majestad Imperial envidiarían.

Que en definitivas cuentas: el acento, las cadencias, sus formas y sus fonéticas no son indicios de la estolidez ni del disparate de los tontos; porque afuera de mi mansión he abrazado y he hablado a gentes de toda clase y he descubierto en ellas que en el intrincado algoritmo de las sílabas de la calle se esconde una suspicacia, una agudeza y una inventiva que afinan y estilizan nuestro idioma. Es el lenguaje de germanía, el lenguaje de la carda, o también llamada la jerga de la rufianesca, y raras veces lengua de jacarandina o golfarái.

Glosario

Afrenta: ignominia, insulto u oprobio contra la honra de alguien, normalmente para provocarle.
Afufar: escurrirse, huir, escapar.
Aguado: se dice de quien no toma vino. Suele ser usado a modo de burla.
Alborotar el aula: generar ambiente tenso u hostil.
Alforjas: testículos.
Aliviador de sobaco: ladrón de bolsas.
Almidonado: persona aprensiva en los modales y la pulcritud que transmite. Dicho con sorna también significa *sucio.*
Almifora: mula.
Ansia: tormento o tortura.
Antojado (Ir): ir apresado con grillos y cadenas.
Apagar candela: agonía o estertor antes de morir.
Aparejo: pene.
Aparejos: testículos.
Apiolar: capturar, apresar a alguien, normalmente a un criminal.
Apuntador: quien se coloca tras un jugador para chivatear con señas a otro jugador.
Arruga: rufián novato.
Atarazar: comer con avidez.
Avechucho/a: presumido/a. También personaje de mala estofa, rufián o prostituta.
Azumbrado: borracho, ebrio.
Baratero: quien espera a la salida de las casas de juego a quien va borracho para quitarle todo el dinero.
Baraustado/barahustado: muerto a puñaladas.
Baraustar/barahustar: acometer con intenciones asesinas.
Barragana: mujer adúltera que yace con un hombre en la clandestinidad.
Bramonar: blasfemar.
Buscona: prostituta que no tiene dueño.

Cagar el bazo: enfadarse.
Carda: bajos fondos.
Casco: cabeza.
Coima: garito de juegos.
Coime: regente de un garito de juegos.
Contador: en el garito de juegos, persona que lleva la cuenta de las apuestas y que, a menudo, da información a cambio de una recompensa. También bodegonero.
Contentos: dineros.
Corral de zancajos: degeneración del corral de comedias en Ísbar, donde los espectáculos pasan de ser interesantes obras de teatro a un lugar donde se le roen los zancajos a gente conocida y cuya función la dirigen personajes desvergonzados y soeces.
Cuajo: valor.
Dama de medio manto: prostituta de baja estofa. Llamada así por llevar medios mantos negros por ordenanza de mancebía.
Dar muerte a la bolsa: desplumar los dineros de alguien, a veces robarle.
Dejar a buenas noches: matar a alguien.
Desabrigar el sobaco: se dice del que aparta el herreruelo o la capa para mostrar las armas, ya sea a modo de intimidación o para entrar en combate.
Despachar por la posta: matar.
Despavesar las linternas: estar alerta, abrir bien los ojos.
Devoto: ladrón que hurta en las iglesias.
Dios os salve/guarde: cicatriz en la cara. Se utiliza de forma despectiva y burlona; es la parodia de una jaculatoria religiosa conocida.
Disciplinante: reo que se fustiga y se expone públicamente para provocarle vergüenza.
Doblar la cresta: morir.
Dueña: mujer que se encargaba de acompañar a otra mujer para vigilar sus galanteos.
Echar las cabras: enfadarse o soltar fieros.
Encargar misas: morir.
Enhoranegra: expresión que se usa para describir el infortunio o la mala suerte.
Entrar a por uvas: cargar contra el enemigo.
Facha: cara.
Fantesco: criado, correveidile.
Fieros (soltar): gritar enfadado, dejar aflorar la ira.

Filosa/o: espada, cuchillo.
Fisberta: espada ropera.
Follosas: zapatos menesterosos, normalmente de esparto. También espada.
Fruslería: tontería.
Gargantear: confesar bajo la tortura.
Garito: lugar donde se refugian maleantes. También lugar menesteroso y, a veces, casa de juegos.
Gazmoño: mojigato, aprensivo.
Gaznápiro: imbécil.
Germanía: el habla usada por los criminales y las gentes de condición social baja. También designa a esta gente.
Gola: cuello, pescuezo.
Gorguera: cuello, pescuezo.
Ganar el diezmo: sobornar.
Grillos: grilletes, esposas.
Grumete: ladrón que se cuela por las balconadas escalando muros.
Gurapas: condena de galeras.
Gurullada: corchetería, ronda de corchetes y alguaciles.
Herreruelo: ferreruelo, capa donde se ocultan los hierros o armas.
Hideperro: Lit. *Hijo de perro.*
Hideputa: Lit. *Hijo de puta.*
Hígados (tener): tener valor o entereza.
Hurgonada: estocada, puñalada.
Ir con las del diablo: tener mala suerte.
Jabonar: hablar mal de alguien. También alabarlo de forma exagerada.
Jacarandina: mundo del hampa.
Jaque: rufián, también bellaco o valentón, según la situación.
Jayán: rufián de condición respetable.
Jugar la negra: esgrimir las armas.
Lamedor: quien interpreta que pierde jugando a las cartas para desplumar al contrincante.
Lenguaraz: quien habla impertinentemente.
Levantar caramillos: decir mentiras acerca de alguien.
Lumaderos: dientes.
Maco: bellaco.
Mal de la soga: también llamada *enfermedad del cordel:* dícese de quien se sentencia a morir en la horca.
Mamacallos: imbécil.

Mantear: golpear.
Maraña: turbamulta, muchedumbre de gentes.
Marrajo: astuto.
Menguado: cobarde.
Meter mano: empuñar las armas.
Mojada: herida.
Montambanco: vendedor ambulante, normalmente estafador o charlatán.
Mosquetero: en los corrales de espectáculos, espectador que se coloca de pie en la parte más alejada frente al escenario. Los mosqueteros suelen ser temidos por los artistas, pues se componen de gente pródiga y vivaracha, y sus elogios o abucheos pueden determinar el éxito o fracaso de un espectáculo.
Palomo: hombre simplón. También ladrón, en algunos contextos.
Pardiez: interjección derivada de «por Dios» y que expresa contrariedad o asombro.
Pecunia: recompensa, pago por un trabajo.
Pedagogo: tahúr de renombre, buen jugador.
Pendolista: embustero/a.
Piante ni mamante: no dejar a nadie con vida.
Pisaverde: persona timorata y presumida que vaga por las cortes alardeando de su condición social.
Platero: criado.
Quitapenas (daga): daga militar de mayor longitud que la ordinaria usada entre la gente de la carda y que es vista como indecorosa. Se suele llevar terciada en la pretina, debido a su longitud, y es usada en combate de forma auxiliar junto a la espada ropera. También es llamada *daga de la misericordia,* puesto que en las guerras se usa para poner fin al tormento de los moribundos.
Rediez: interjección derivada de «rediós» y que expresa contrariedad o asombro.
Resuello: dinero. También se usa cuando alguien mengua en fuerzas.
Roer los zancajos: hablar a las espaldas de uno.
Rufián: chulo de mancebía. También se usa despectivamente para insultar.
Rufianesca: modo de vida de los rufianes.
Sacapotras: dícese de mal médico.
Santiguar: golpear.
Tañer campanas: morir.

Tapada: mujer que se tapa la cara con un trozo de tela para que no sea reconocida.
Tarafana: aduana.
Tarascada: puñalada, tajo.
Temeraria: espada ropera.
Tocar los aparejos: enfadar. Lit. *Tocar los cojones.*
Tusona: buscona.
Untar la cerra: sobornar.
Valentón: dícese de quien se arroja valiente, sin serlo.
Vendimiar: degollar.
Verbos (echar/poner): vilipendiar.
Vusted: usted.
Zalagarda: emboscada.
Zarabanda: baile propio de la gente humilde y que es visto como obsceno por las altas clases.
Zarandaja: cosa poco importante.